WELTEN DER ZUKUNFT
Chroniken aus Raum und Zeit

Band 1:

Robert Silverberg   Die Sterne rücken näher
John Brunner   Die Pioniere von Sigma Draconis
C. J. Cherryh   Brüder der Erde
DM 7,80 – Best.-Nr. 06/1001

Band 2:

Robert A. Heinlein   Revolte auf Luna
Ben Bova   Die dunklen Wüsten des Titan
Poul Anderson   Das letzte Sternenschiff
DM 7,80 – Best.-Nr. 06/1002

Band 3:

John Brunner   Die Zeitsonde
Brian W. Aldiss   Feinde aus dem Kosmos
Robert Silverberg   Kinder der Retorte
DM 7,80 – Best.-Nr. 06/1003

Band 4:

Chad Oliver   Die Affenstation
Philip José Farmer   Die Irrfahrten des Mr. Green
John Brunner   Bürger der Galaxis
DM 7,80 – Best.-Nr. 06/1004

Band 5:

A. E. van Vogt   Kinder von morgen
Robert Silverberg   Der Gesang der Neuronen
Philip José Farmer   Der Steingott erwacht
DM 7,80 – Best.-Nr. 06/1005

Band 6:

Philip José Farmer   Das Tor der Zeit
Chad Oliver   Das große Warten
Robert Silverberg   Macht über Leben und Tod
DM 7,80 – Best.-Nr. 06/1006

WELTEN DER ZUKUNFT

Chroniken
aus Raum und Zeit

Band 5

herausgegeben
von

Wolfgang Jeschke

Mit freundlicher Unterstützung
von Philip Morris

WILHELM HEYNE VERLAG
MÜNCHEN

HEYNE SCIENCE FICTION & FANTASY
· Nr. 06/1005

Redaktion: Wolfgang Jeschke
Copyright © 1985 by Wilhelm Heyne Verlag
GmbH & Co. KG, München
(Einzelrechte, Übersetzer etc. siehe jeweils
am Anfang der Texte)
Printed in Germany 1985
Umschlagbild: Karel Thole
Umschlaggestaltung: TBWA, Frankfurt,
im Auftrag von Philip Morris
Satz: Schaber, Wels
Druck und Bindung: Pressedruck, Augsburg

ISBN 3-453-31151-5

INHALT

A. E. VAN VOGT
Kinder von morgen
(CHILDREN OF TOMORROW)
Seite 7

ROBERT SILVERBERG
Der Gesang der Neuronen
(THORNS)
Seite 225

PHILIP JOSÉ FARMER
Der Steingott erwacht
(THE STONE GOD AWAKENS)
Seite 407

Von A. E. van Vogt erschienen in der Reihe
HEYNE SCIENCE FICTION & FANTASY:

Der Krieg gegen die Rull · 01/254, auch: 06/3018, auch: 06/3205
Die Weltraumexpedition der »Space Beagle« (später als: Die Expedition
    der »Space Beagle«) · 06/3047
Das unheimliche Raumschiff · 06/3076
Slan · 06/3094
Die Waffenhändler von Isher · 06/3100
Die Waffenschmiede von Isher · 06/3102
Die Welt der Null-A · 06/3117, auch: 06/3925
Kosmischer Schachzug · 06/3119
Die Veränderlichen · 06/3199
Palast der Unsterblichkeit · 06/3257
Kinder von morgen · 06/3278, auch ⁄06/1005

in der BIBLIOTHEK DER SCIENCE FICTION LITERATUR:
Welten der Null-A · (in Vorb.)

KINDER VON MORGEN
erschien ursprünglich als HEYNE-BUCH Nr. 06/3278
Titel der amerikanischen Originalausgabe:
CHILDREN OF TOMORROW
Deutsche Übersetzung: Walter Brumm
Copyright © 1970 by A. E. van Vogt
Copyright © 1972 der deutschen Übersetzung
by Wilhelm Heyne Verlag, München

A. E. VAN VOGT

Kinder
von morgen

1

Etwas beobachtete die Straße. Es sah durch eine unsichtbare Linse, die alles klar erkennen ließ, obwohl Nacht war.

Die Aufmerksamkeit des unsichtbaren Beobachters blieb eine Weile auf das Heim einer gutbürgerlichen Familie gerichtet, dann schwenkte der Blickwinkel langsam weiter, streifte mehrere andere, nicht weniger feine Häuser, und kam zur nächsten Straßenkreuzung, wo der Aufgang einer Station der Untergrundbahn zu sehen war.

Der Sinn dieser Einrichtung schien den Beobachter zu interessieren, denn er holte das Motiv wie mit der Gummilinse einer Filmkamera heran und konnte nun den Text einer beleuchteten Anzeigetafel neben dem Treppenaufgang lesen:

EINSCHIENEN-SCHNELLVERKEHR
Abfahrten halbstündlich
Stadtzentrum 8 Minuten
New York 5 Stunden
Achtung: Städteschnellverkehr erfordert Umsteigen

Bald darauf setzte sich die Rolltreppe in Bewegung, und nacheinander kamen sieben Personen zur Straßenebene emporgefahren, fünf Männer und zwei Frauen. Bis auf zwei Männer gingen sie rasch in verschiedenen Richtungen auseinander. Die beiden gingen gemächlich geradeaus, die Straße mit den eleganten Bungalows entlang. Der Beobachter zog sich in Schrittgeschwindigkeit vor ihnen zurück, so daß die Distanz gewahrt blieb.

Der Beobachter war nicht imstande, ein menschliches Wesen in allen seinen verschiedenartigen Aspekten zu beurteilen. Aber er war sich bewußt, daß er hier zwei Männer vor sich hatte: einen, der etwa Vierzig sein mochte, und einen, der ungefähr Mitte Fünfzig und ergraut war. Der jüngere Mann sah gut aus und wirkte entschlossen und zuversichtlich. Seine Züge und seine Haltung ließen aber auch eine ausgeprägte Aggressivität erkennen, und es war deutlich, daß er Widerspruch nicht vertragen konnte.

Der ältere Mann schien toleranter und umgänglicher zu sein. Er war sehr gut gekleidet, und sein Auftreten zeugte von Erfolg und Unabhängigkeit, von eigenen Ansichten und Erfahrungen, nach denen er die Welt und seine Mitmenschen beurteilte. Nun wandte er den Kopf zu seinem Begleiter und sagte mit sanftem Tadel:

»Es scheint seltsam, John, daß deine erste Handlung nach zehn Jahren die ist, mich als Prellbock zwischen dir und Estelle zu gebrauchen, so wie es damals vor der Abreise deine letzte war.«

»So habe ich es nicht in Erinnerung, Dez«, widersprach der andere. »Vor meiner Abreise gingen wir alle aus und feierten, denke ich. Aber ich gebe zu, daß ich heute abend deine Hilfe brauche. Ich rief Estelle heute morgen nach der Landung an und sagte, daß ich in einer Stunde käme. Das war ein Fehler, weil ich aufgehalten wurde. Und Estelles Tonfall heute früh sagte mir, daß sie für solche Dinge noch immer kein Verständnis hat.«

»Oh, sie hat sich auch verändert«, war die Antwort. »Überhaupt hat es hier in Spaceport viele Veränderungen gegeben, John. Denk nur an deine damals sechsjährige Tochter. Sie ist jetzt sechzehn und gehört zu einer Gruppe.«

»Einer Gruppe? Was für einer Gruppe?«

»Du wirst schon sehen.«

John Lane zuckte ungeduldig die Achseln, aber sein Benehmen blieb freundlich. »Mein lieber alter Freund und Ratgeber, du kannst es so geheimnisvoll machen, wie du willst, mir ist es gleich. Ich werde all diese Dinge selbst entdecken und in jedem einzelnen Fall das tun, was ich für angezeigt halte. Meine Frau, meine Tochter, meine Arbeit ...«

Desmond Reid, der ältere Mann, sagte in seiner milden Art: »Ich sehe, daß dir einige Schocks bevorstehen, John. Während du dort draußen warst, wurde dein Typ psychologisch analysiert. Eine Informationslücke ist durch eine neue Wahrheit beseitigt worden.«

Lane blieb ruhig. »Für gute wissenschaftliche Gedanken bin ich immer offen. Ich habe noch nie eine neue Sache abgelehnt, bevor sie gründlich untersucht und erprobt war.«

»Gut!« sagte Desmond Reid.

Die zwei Männer erreichten schweigend das Haus, auf das der unsichtbare Beobachter zuerst seine Aufmerksamkeit gerichtet hatte. John Lane öffnete die Gartenpforte, und als sie die Stufen zur Haustür hinaufstiegen, kam eine Frau heraus, legte ihre Arme um John Lane und fing sofort zu schluchzen an.

Kurz darauf gingen sie ins Haus. Desmond Reid folgte ihnen und schloß die Tür.

Das Etwas, das die Szene beobachtet hatte, machte keinen Versuch, ihnen ins Haus nachzugehen. Es fuhr fort, die Straße und die umliegenden Gebäude im Auge zu behalten, und wartete.

Im Innern des Hauses geschah unterdessen, was Eheleute tun und sagen, wenn sie einander nach fast zehnjähriger Trennung wiedersehen. Aber Küsse und Gestammel finden auch bei einem liebenden Paar einmal ein Ende. Und in Wahrheit war ihre Wiedersehensfreude nicht, wie sie hätte sein können.

Desmond Reid, der die Begrüßungsszene aus diskreter Distanz beobachtete, sah, daß der Augenblick der Wahrheit näherrückte. Dem Mann war es zuerst anzumerken. Lanes Enthusiasmus für Zärtlichkeiten begann nachzulassen, und er erwiderte die Küsse seiner Frau nur noch halbherzig; seine Gedanken schienen bereits anderswo zu sein. Offenbar fiel ihm ein, daß etwas zu tun sei, und er zog seine Frau mit sanfter Beharrlichkeit zu den Sesseln in der geräumigen Diele und sagte: »Wo ist Susan?«

Die Frau trocknete ihre Tränen und murmelte: »Ach, sie ist mit ihrer Gruppe zusammen. Sie hatten noch spät zu tun.«

Lane runzelte die Brauen und sah auf seine Uhr. »Es ist nach elf«, sagte er. »Das ist ziemlich spät, selbst für eine Sechzehnjährige.«

Die Frau zuckte unbekümmert die Achseln und umarmte ihn von neuem. »Mach dir keine Sorgen um Susan«, sagte sie. »Ich soll dich herzlichst von ihr grüßen.«

Reid, der dem Ehepaar in einiger Entfernung gegenübersaß, bemerkte einen eigentümlichen Ausdruck in Lanes Gesicht. Er gab dem anderen einen Wink, aber Lane reagierte darauf nicht.

»Ich fürchte, ich verstehe nicht«, sagte Lane mit veränderter Stimme. »Seit dreitausendfünfhundert Tagen und Nächten war ich jetzt in fernen Gegenden des Weltraums. Nun bin ich glücklich wieder hier, und du erzählst mir beiläufig, daß meine Tochter sich am Abend meiner Rückkehr irgendwo herumtreibt. Sie konnte irgendein unwichtiges Zusammentreffen mit anderen Kindern nicht absagen, um bei meiner Ankunft hier zu sein!«

Die Frau gab sich einen sichtbaren Ruck, und dann nahm sie ihren Kopf von der Schulter des Mannes und zeigte zum erstenmal ihr Gesicht. Sie mochte Ende Dreißig sein und sah trotz der geröteten und geschwollenen Augen ziemlich hübsch aus. Nichtsdestoweniger war es ein trauriges Gesicht. Es spiegelte die Wirkungen der jahrelangen Trennung von dem Mann, den sie geheiratet hatte: Sorge, Frustration, Langeweile – und Groll.

»Liebling«, sagte sie, »den ganzen Tag lang habe ich versucht, mich mit den falschen Versprechungen abzufinden, die du bei deinem Anruf heute morgen machtest. Und mindestens achtmal beschloß ich, die Rede nicht darauf zu bringen. Aber nun bemerke ich in deinem Tonfall dieselbe gebieterische Qualität, die ich von früher kenne. Und ich muß dir sagen, mein Lieber, daß du während deiner Abwesenheit als ein Typ eingestuft worden bist, der als Vater ungeeignet ist. Nimm es mit Ruhe hin. Kümmere dich um deine eigenen Angelegenheiten dort draußen in der der Welt und im Weltraum, wo du immer schon lieber gewesen bist als zu Hause. Und überlaß Susan mir und ihrer Gruppe.« Sie lächelte ihn an. »Einverstanden?«

Auf der anderen Seite des Raums klatschte Desmond Reid in die Hände. »Bravo, Estelle, das war gut gesagt, und es trifft genau die Dinge, die wir John klarmachen sollten, bevor er sich aufregt und auf der falschen Fährte davonstürmt.«

Er wandte sich Lane zu und sagte: »John, deine Frau ist weise, und sie hat dir eben einen guten Rat gegeben. Warum beschließt du nicht jetzt gleich, ihn zu beachten?«

Lane schwieg, einen benommenen, fast geistesabwesenden Ausdruck im Gesicht. Aber nicht lange. Seine Kinnbacken mahlten, und nach kurzer Pause sagte er: »Erkläre mir das etwas deutlicher. Du sagst, ich sei als Mann eingestuft worden, der nicht zum Vater tauge?«

»Alle hier in Spaceport ansässigen Teilnehmer an den Raumfahrtprogrammen«, antwortete Reid, »wurden auf der Basis früherer Erfahrungen und Beobachtungen beurteilt und eingestuft, und du bist in der Kategorie der ...«

Er brach ab, und Estelle führte den Satz für ihn zu Ende: »In der Kategorie, die du eben richtig gekennzeichnet hast.«

»Und Susan weiß das?« fragte Lane. Farbe war in seine Wangen gestiegen.

»Natürlich«, sagte seine Frau. »Das ist notwendig, damit sie nicht irgendwelche Phantasien oder Illusionen über dich entwickelt.«

»Wie etwa, mich als einen pflichtbewußten Offizier zu bewundern«, sagte Lane in einem gefährlichen Ton.

Estelles Gesichtsfarbe, die sich mit zunehmender Erregung vertieft hatte, ging plötzlich zurück. Nur rote Flecken auf ihren Wangen blieben. »Diese Sache mit dem Pflichtbewußtsein«, sagte sie beherrscht, »müssen wir ein andermal diskutieren.«

Sie mußte ihrem Mann die bevorstehende Explosion angesehen haben, denn sie ergriff rasch seinen Arm. »Hör zu, John«, sagte sie versöhnlich. »Du bist zurückgekehrt, und wir sind froh, dich wiederzuhaben. Susan hat ihren Vater vermißt. Ich habe wie eine gute, brave Ehefrau regelmäßig meine Pillen gegen Verstimmung genommen. Also wollen wir uns jetzt nicht von unnötigen Emotionen mitreißen lassen.«

Desmond Reid stand auf. Er nickte Lane zu und sagte: »Deine Frau sagt all dies so gut, daß ich es nicht besser sagen könnte. Ich glaube, ich kann dich ihrer Obhut überlassen.«

Lane erhob sich mechanisch. Ein schwaches, humorloses Lächeln spannte seine schmalen Lippen. »Deine Zeitwahl ist wie gewöhnlich perfekt«, sagte er. »Und du darfst dich darauf verlassen, daß ich diese ganze Angelegenheit objektiv behandeln werde.«

»Ich bezweifle, daß dir das möglich sein wird, John«, sagte Reid. »Vergiß nicht, dies ist keine Flottenangelegenheit.«

Lane fuhr fort, als ob er den anderen nicht gehört hätte: »Was Susan betrifft, so werde ich mich mit ihr unterhalten, wenn sie nach Hause kommt, und wir werden zu einer Übereinkunft darüber gelangen, um welche Zeit eine junge Dame abends daheim sein sollte.«

Reid zuckte die Achseln und blickte zu Estelle. »Nun, meine Liebe«, sagte er. »Wir haben es versucht.«

Sie stand auf, hob hilflos beide Hände und sagte: »Es sieht nicht so aus, als ob er begriffen hätte.«

Lane blickte von seiner Frau zu seinem Freund. »Also gut«, sagte er gereizt, »wenn ihr zwei so klug seid und ich so dumm bin, dann könnt ihr mir vielleicht sagen, wo Susan jetzt ist und was sie tut.«

Estelle sagte: »Sie ist mit ihrer Gruppe.«

»Das ist alles, was du zu wissen brauchst, John«, sagte Reid. Er ging zur Tür, verbeugte sich vor Estelle und nickte John Lane zu. »Auf Wiedersehen, John.« Er ging hinaus und zog die Tür hinter sich zu. Das automatische Schloß schnappte ein.

2

Ein paar Minuten bevor Desmond Reid das Haus der Lanes verließ, gab der unsichtbare Beobachter seinen Aussichtspunkt auf – und war im nächsten Augenblick drei Blocks entfernt.

Er schien genau zu wissen, worauf er sein Augenmerk zu richten hatte, denn sofort hatte er eine Verfolgungsjagd im Blickfeld, die offenbar gerade begonnen hatte. Ein Junge von dreizehn oder vierzehn Jahren floh vor einer Gruppe etwas älterer Jungen und Mädchen und rannte direkt auf den Beobachter zu. Ein älterer Junge hatte sich von der Gruppe gelöst und lief dem Flüchtigen nach.

Der Kleinere hatte eine Art zu laufen, die übertrieben unbeholfen wirkte. Er war schmächtig gewachsen und mager, und sein Verfolger hatte keine Mühe, ihn einzufangen und neben einem weißgestrichenen Zaun ins Gras niederzuwerfen.

Der gefangene Junge wehrte sich heftig und brachte es fertig, einige Meter weiterzukriechen, während der andere an ihm hing. Dies brachte ihn in den Drei-Meter-Bereich des Beobachters, der so imstande war, einen Gedanken zu projizieren.

– Brauchst du Hilfe, mein Sohn?

– Nein, mein Vater.

– Dann ist alles gut?

– Es schien eine gute Gelegenheit zu sein, mich von jemand berühren zu lassen. So kann ich während eines Durcheinanders meine Fähigkeit zur Täuschung seiner Sinne ausprobieren. Sein Name ist Mike Sutter, und er ist eines der beiden führenden Mitglieder dieser Gruppe. Ich glaube, es ist mir gelungen, denn ich habe sein Wahrnehmungssystem überzeugt, daß ich die Gestalt eines Menschen habe.

– Gut. Sind meine verschiedenen Vorschläge anwendbar?

– Ja. Indem ich fortlief, gab ich vor, den menschlichen Vater zu fürchten, bei dem du mich unterbrachtest. Ich sagte, wenn ich zu spät nach Hause käme, würde er mich bestrafen. Ich tue so, als glaubte ich nicht, daß diese Gruppe mich vor ihm schützen könne, und sie behaupten es zu können.

– Weil Beobachten und Fühlen die entscheidenden Wahrnehmungen sind – nach dem Sehen –, werde ich zusehen, bis diese Episode beendet ist.

– Danke, mein Vater.

Während dieses stummen Zwiegesprächs stand Mike auf und zog seinen Gefangenen auf die Füße. Dann hielt er ihn fest und ließ die anderen Jungen und Mädchen herankommen.

Das fremde Wesen, das so schnell gekommen war, um seinem Kind nötigenfalls zu helfen, beobachtete die jungen Leute aufmerksam. Wie zuvor bei den älteren Männern, sah es sich auch jetzt außerstande, zu einer klaren Einschätzung zu kommen – was natürlich der Grund war, daß man entschieden hatte, die Menschenstadt Spaceport zu infiltrieren. Sie mußten genau feststellen, was die menschliche Rasse war – wie fähig oder wie hilflos sie war, über welche Waffen sie verfügte und von welcher Art ihre Verteidigungseinrichtungen waren.

Der Beobachter faßte zuerst Mike Sutter ins Auge. Er sah einen schlanken, drahtigen Burschen mit gebräunter Hautfarbe. Da sein eigenes Kind dem Beobachter gemeldet hatte, daß Mike einer der Anführer dieser Gruppe sei, musterte er den Jungen eingehend, und es fiel ihm bald eine gewisse Ungeduld auf – ein Zug, den er schon bei John Lane bemerkt hatte.

Der Fremde wußte, daß sein Kind den Menschennamen Bud Jaeger führte, aber er hatte keine Identifikation für die anderen Halbwüchsigen. Er mußte sie nach den Gesichtern und dem Klang ihrer Stimmen auseinanderhalten und versuchte sich jeden einzelnen einzuprägen, um sie in Zukunft überall wiederzuerkennen.

Der erste Junge, der sich zu Mike und Bud gesellte, war untersetzt und kräftig. Weil er nichts von Mikes Lebhaftigkeit hatte und darüber hinaus von unerschütterlichem Gleichmut beseelt schien, folgerte der Beobachter, daß er nicht sehr intelligent sei. Von den fünf restlichen Jungen in der Gruppe sahen vier aus, als warteten sie darauf, daß jemand ihnen sagte, was zu tun sei. Auch von den vier Mädchen hielten sich zwei mehr im Hintergrund,

14

während die beiden anderen zu Mike und seinem Gefangenen drängten. Eine war blond und mittelgroß, die andere brünett und klein.

Im gleichen Augenblick, als die Mädchen herankamen, unternahm Bud einen Ausbruchsversuch. Mike ließ nicht locker, und nachdem Bud eingesehen hatte, daß er so nicht loskam, trat er nach Mikes Schienbeinen. Er machte es ziemlich ungeschickt und traf nur einmal, aber der Tritt mußte schmerzhaft gewesen sein. Mike verzog das Gesicht und revanchierte sich mit einem Faustschlag gegen Buds Brust.

Wieder mußte es für Mike schmerzhaft gewesen sein, denn er zog seine Hand hastig zurück und schüttelte sie.

Die zwei Mädchen in seiner Nähe schienen die Reaktion nicht zu bemerken. Das blonde Mädchen hatte sich halb nach dem gutaussehenden blonden Jungen umgewandt, der ein paar Schritte abseits stand und das Hin und Her wie ein Schiedsrichter beobachtete, der sich bereits seine Meinung gebildet hat, das Eingreifen aber noch hinauszögert.

Das Mädchen sagte: »Lee, ich finde es nicht in Ordnung, daß Mike einen Schwächeren schlägt.«

Bevor Lee etwas sagen konnte, fuhr Mike ärgerlich herum. »Susan, das ist doch Quatsch! Bisher bin ich derjenige, der was abgekriegt hat. Zuerst hat er mich getreten, und wie ich es ihm zurückgeben wollte, hätte ich mir beinahe die Knöchel gebrochen. Er hat überall nur Knochen ...«

Der Beobachter, der den Vorgang mit Besorgnis verfolgt hatte, projizierte einen Gedanken auf sein Kind:

– Machst du nicht zu viele Versuche in zu kurzer Zeit?

– Nein, mein Vater. Ich nützte nur die Konfusion aus. Mikes Aufmerksamkeit war auf die anderen Gruppenmitglieder gerichtet. Ich möchte in Mikes Verstand die Erkenntnis verankern, daß es schmerzt, mich zu schlagen. Er ist ein impulsiver Typ, der drauflosschlägt, ohne Lee Davids Billigung abzuwarten. Dabei ist Lee der Anführer dieser Gruppe.

– Lee David. Ist das der kräftige blonde Bursche links von dir?

– Ja.

– Und dieses Mädchen, das Susan genannt wurde – das blonde Mädchen. Ist das Susan Lane?«

– Ja. Und das Mädchen neben ihr ist Marianne Baker. Obwohl

15

er nicht sehr interessiert zu sein scheint, versucht sie Mikes Mädchen zu sein.

– Du hast an deinem ersten Abend viel gelernt.

– Es ist meine Ausbildungszeit.

– Gut so, mein Sohn.

Der Beobachter war beruhigt. Die Minuten vergingen. Der blonde Bursche, der das älteste Gruppenmitglied zu sein schien, blickte in die Runde und sagte in einer erstaunlich tiefen Stimme: »Was meint ihr, Kumpel? Es ist zwanzig vor zwölf. Ich glaube, das reicht für Bud. Wollen wir für heute Schicht machen?«

Der drahtige, dunkelhaarige Mike zögerte. »Warum nicht bis zwölf, Lee?« fragte er schließlich. »Unsere gewohnte Zeit.«

Lee lächelte. »Bud hat schon genuß Schiß. Das Resultat ist das gleiche.« Er blickte wieder zu den anderen, ihre Zustimmung erwartend. »Schicht?«

Die anderen nickten und machten Anstalten zu gehen, und als Mike das sah, sagte er widerwillig: »Wenn ihr es so wollt, meinetwegen.«

Lee gab seinem etwas jüngeren Rivalen einen kurzen, herausfordernden Blick. Einen Moment später fragte er: »Was willst du?«

Wieder zögerte Mike, dann sagte er: »Nichts.«

Sofort erwiderte Lee: »Irgendein Zweifel steckt dir im Hals. Spuck ihn aus, damit wir ihn prüfen.«

Mikes Hand ließ den kleinen Jungen los. Ein Grinsen kam in sein Gesicht. »Nichts auszuspucken, Lee«, sagte er. »Also Schicht für heute.«

Lee machte eine lässig wirkende Geste, sagte »Schicht, Leute«, nahm Susans Arm und zog sie mit sich.

Die zierliche kleine Brünette faßte Mike bei der Hand, und zusammen sahen sie Lee und Susan eilig die Straße hinuntergehen. Mike schüttelte seinen Kopf, während er den beiden nachblickte, aber er war jetzt friedlich. »Zu dumm«, sagte er.

Marianne warf ihm einen schnellen Blick zu. »Was hast du?«

Mike zuckte die Achseln und wandte sich an den kleineren Jungen. »Schicht, Bud.«

Bud fragte besorgt: »Heißt das, daß ich gehen kann?«

Mike nickte.

»Aber wer geht mit mir nach Hause und macht es mit meinem

Alten aus? Er hat gesagt, er würde mich zum Krüppel schlagen, wenn ich mit einer Gruppe ginge.« Seine Stimme war vor Angst hoch und weinerlich.

Mike sagte: »Bud, wir haben dir alles erklärt. Wir können dich in unser Quartier bringen oder nach Hause. Entscheide dich.«

»Ich – ich muß nach Hause«, sagte Bud. »Ich kann nicht die ganze Nacht wegbleiben.«

Mike schürzte die Lippen und wandte sich an den untersetzten Halbwüchsigen, der bei ihnen geblieben war. »Albert, bring Bud nach Hause.« Er gab Albert einen kleinen Gegenstand und fügte hinzu: »Wenn sein Alter Schwierigkeiten macht, drückst du auf den Knopf, und in drei Minuten ist Hilfe da. Schicht?«

Bud war noch nicht beruhigt. »Was für Hilfe?« jammerte er.

Mike blickte ihn ruhig an. Dann sagte er mit ebenso ruhiger Stimme: »Schicht, Bud.«

Der Tonfall brachte Bud zur Besinnung. Sein kleines Gesicht, mager und gequält, blickte zu Mike auf. »Was bedeutet das?« fragte er.

»Es bedeutet, daß ich eine Antwort erwarte, die zeigt, daß du mich gehört hast.«

»Was für eine Antwort?« fragte Bud verzweifelnd.

»Sag: ›Schicht, Mike.‹«

»Und wenn ich ›Schicht‹ sage, dann bedeutet es, daß ich dich gehört habe und einverstanden bin, und damit ist unser Gespräch beendet, und wir gehen nach Hause.«

»Du bist nicht auf den Kopf gefallen, Bud. Das bedeutet es. Übrigens redet hier jeder, wie er denkt, und du wirst bald Vertrauen haben.«

Bud nickte ohne rechte Überzeugung, und es gab eine längere Pause, die der Beobachter nützte, um wieder telepathische Verbindung mit seinem Kind aufzunehmen.

– Für heute ist es genug. Du hast viel in Erfahrung gebracht.

– Nichtsdestoweniger werde ich wirklich Schwierigkeiten bekommen, wenn ich nach Hause gehe, mein Vater. Du wähltest Mr. Jaeger, weil er ein Mann ist, der nichts von diesen Gruppen wissen will. Er hat mir schon gesagt, daß ich mich von ihnen fernhalten soll, solange ich bei ihm bin. Ich weiß nicht, ob ich mit einem erwachsenen menschlichen Wesen fertigwerden kann, ohne mich zu verraten.

– Ich werde mit dir hingehen, mein Sohn. Keine Sorge.

– Ich fürchte nicht für mich. Aber ich will nicht entdeckt werden, bevor meine Mission erfüllt ist. Immerhin kann ich schon jetzt sagen, daß ich, ein bloßer Junge meiner Rasse, diesen menschlichen Wesen weit überlegen bin. Ich glaube sogar folgern zu dürfen, daß sie gegen Leute wie uns keine Abwehrmöglichkeit haben.

– Nicht zu hastig, mein Sohn. Die Dinge sind nicht immer so, wie sie scheinen. Nimm dir Zeit. Erfülle deine Mission.

Der Gedankenaustausch endete, und Bud blickte zu Mike auf und sagte: »Ist gut, also – Schicht, Mike.«

Mike Sutter und Marianne Baker standen Seite an Seite, als Bud und Albert davongingen. Als sie außer Hörweite waren, sagte Mike, halb zu sich selbst: »Komischer Vogel. Schau mal, wie er geht. Schlurft durch die Gegend wie ein Alter.«

Der Beobachter wartete gespannt. War es möglich, daß der Junge einen Verdacht hatte? Daß die Kontaktsituation fehlerhaft gehandhabt worden war?

Mike schüttelte seinen Kopf. »Schon wieder ein Problem. Anscheinend nehmen sie kein Ende.«

Mariannes eiförmiges kleines Gesicht blickte verehrend zu ihm auf. »Mike, was ist mit Lee?«

Ihre Worte lenkten den Jungen ab. Der Beobachter war erleichtert. Mike zuckte die Achseln und sagte: »Er beendete den Abend vorzeitig aus einem privaten Grund, den er uns nicht sagte.«

»Warum hast du dann nicht nachgestoßen?«

»Es ist nicht immer leicht zu wissen, wann man bohren soll und wann nicht. Susans Alter ist heute nach Hause gekommen, nach der längsten Reise in der Geschichte von Spaceport.«

»Ach so! Du denkst, Lee . . .«

Mike nickte. »Ich glaube, Lee wollte Susan früh nach Hause bringen.«

»Dagegen ist doch nichts zu sagen. Warum haben wir Susan nicht den Abend freigegeben? Wir haben es früher schon manchmal so gemacht.«

Der Junge schüttelte seinen Kopf. »Nein«, sagte er entschieden. »Ihr Alter ist einer von diesen selbstherrlichen Typen, die nur an ihren eigenen Mist glauben. Mein Vater scheint gegen ihn noch harmlos zu sein. Mit solchen Leuten können die Gruppen keine Kompromisse schließen, weil sie keine Kompromisse annehmen. Und ein Zugeständnis würde uns nur als Schwäche ausgelegt werden ...«

Während er redete, hatten sie sich langsam in Bewegung gesetzt und schlenderten über die Straße. »Sieht so aus, als hätten wir uns in nächster Zeit mit allerhand Problemen herumzuschlagen, und das ausgerechnet, wo ich auf ein bißchen Ruhe gehofft hatte«, sagte Mike verdrießlich. Er legte seinen rechten Arm über ihre Schultern. »Komm, latschen wir noch mal um den Block; ich muß nachdenken.«

3

Ungefähr zehn Minuten waren vergangen. Während dieser Zeit hatte sich Estelle ins Schlafzimmer zurückgezogen, sich entkleidet und war unschlüssig auf der Bettkante sitzengeblieben, halb erwartend, daß ihr Mann es eilig haben würde, nachzukommen. Aber als es still blieb, zog sie mit plötzlicher Entschlossenheit ihren Pyjama an und schlüpfte in ihren Morgenmantel.

Und dann ließ sie sich wieder auf die Bettkante sinken, noch immer halb damit rechnend, daß er zu ihr käme, aber in zunehmender Ungewißheit, als die Minuten vertickten, und ihre Gemütslage wechselte von Erwartung zu Verwunderung. Aus Verwunderung wurde die alte Empfindlichkeit und Verstimmung, und die schlug endlich in verärgerte Erbitterung um.

Aber eine solche Emotion konnte sich in ihr nicht lange halten. Dieser Mann! dachte sie, dieser unmögliche Mann!

Damit ließ die Erbitterung nach, und sie stand auf und ging aus dem Schlafzimmer in den von Bücherwänden eingerahmten Raum mit der Hausbar. Ihr Mann stand hinter der Bar und hatte sich eben einen Cocktail gemixt.

Mit seiner üblichen mechanischen Höflichkeit hielt er ihr sofort sein volles Glas hin. Als sie ihren Kopf schüttelte, weil sie sich noch nicht hinreichend in der Gewalt hatte, um etwas zu sagen, fragte er: »Darf ich dir deinen Lieblingscocktail zurechtmachen?«

Einen Moment spielte sie mit dem Gedanken, herauszufinden, ob er sich tatsächlich an ihren Lieblingscocktail erinnerte. Sie entschied sich dagegen. Es könnte ihren Entschluß schwächen, ihr das Gefühl zu geben, daß er sich in seiner Art doch um sie kümmere – was nicht gut genug war.

Worauf sie ihren Kopf schüttelte. Dabei wurde ihr bewußt, daß er sie anblickte, als wolle er sie durch die Augen in sich hineinsaugen. Früher hatte sie es sich gern so vorgestellt, daß er sie mit seinen Augen verspeise, war doch damit die Implikation verbunden, daß sie in der Tat ein leckeres Gericht sei. Unglücklicherweise erschien ihr dieses Klischee jetzt als unpassend. Die Wahrheit war, daß sie sich nach zehn Jahren nicht mehr aufregend fand. Und sein Verhalten nach der Rückkehr bewies, daß dies auch seine wahre Meinung von ihr war.

Lane stellte plötzlich sein Glas weg und sagte, als ob er ihre Gedanken gelesen hätte: »Weißt du, wir können nicht zu Bett gehen, bevor Susan zu Hause ist.«

Normalerweise war das kein Argument. Aber Estelle mußte zugeben, daß Susans Abwesenheit auch im Hintergrund ihres Bewußtseins gewesen war und sie gehindert hatte, das Benehmen ihres Mannes mit totaler Entrüstung zu quittieren. Heute abend würde Susan, fände sie ihre Eltern nicht mehr auf, zweifellos ins Schlafzimmer kommen; und es wäre unglücklich, wenn sie sich dann gerade in einer kompromittierenden Situation befänden.

»Da hast du wohl recht«, sagte sie.

Lane warf ihr einen schnellen Blick zu, und er war erleichtert. Er fühlte, daß etwas von ihrer zehnjährigen Verstimmung gewichen war. Als hätte er das Bedürfnis, etwas auszunutzen, das er als Kapitulation zu begreifen schien, sagte er schnell: »Liebes, warum gehst du nicht zu Bett? Dann, nach meiner kleinen Unterredung mit Susan, komme ich zu dir.«

Die Frau zögerte, dann echote sie: »Deine kleine Unterredung?«

Lane sagte, um Zuvorkommenheit bemüht: »Ich werde es sehr freundlich und sanft machen. Zuerst ein freudiges Wiedersehen. Dann die vorsichtige Andeutung, daß es für eine junge Dame nicht richtig ist, so spät unterwegs zu sein. Und dann die Anregung, daß sie sich nun, da ich zu Hause bin, von dieser Bande zurückziehen kann.« Er breitete seine Hände aus. »Schließlich ist sie mit Sechzehn noch nicht viel mehr als ein Kind. Es scheint mir ganz einfach zu sein, und wenn sie ein wenig verständig ist …«

Estelle schüttelte ihren Kopf und seufzte. »Der alte John Lane, gewohnt, daß alle nach seiner Pfeife tanzen. Ohne den Schatten eines Zweifels, daß er die Antwort auf ein Problem hat, das zu verstehen er sich noch keine Mühe gegeben hat.«

Lane ging langsam an die Bar zurück, wo er sein Glas abgestellt hatte. Er kämpfte erkennbar mit neu aufkommender Gereiztheit, dann trank er von der braunen Flüssigkeit. Nach einer Weile sagte er freundlich: »Nun hör mal, Liebes, ich muß dir sagen, daß du Susan nicht vor einem Gespräch mit ihrem Vater schützen kannst. Warum gehst du also nicht zu Bett?«

Estelle schaute ihn erstaunt an, dann leuchteten ihre Augen verstehend auf. »Ach so«, sagte sie. »Mr. Reid und ich versuchten es dir klarzumachen, aber es scheint dir entgangen zu sein.«

»Entgangen?« fragte Lane stirnrunzelnd.

»Susan bedarf keines Schutzes von mir«, sagte die Frau.

Lane starrte sie verdutzt an. »Ich fürchte, ich verstehe immer weniger. Wovon redest du?«

Seine Frau sagte: »Die Gruppen werden Susan schützen.«

Lanes Gesicht nahm einen seltsam leeren Ausdruck an. Ihre Worte schienen ihm völlig unverständlich zu sein.

Estelle sprach eindringlich weiter.

»Kannst du es nicht sehen, John? Die Gruppen sind eine etablierte Einrichtung. Keine Einzelperson kann ihnen Widerstand leisten. Du sowenig wie ein anderer.«

Das erreichte ihn. Er war plötzlich ungeheuer erstaunt. Nach einer Pause sagte er: »Was du gesagt hast, war zu meinem Schutz bestimmt?«

Eine neue Pause. Lane hatte sein Glas wieder abgesetzt. In seinem Gesicht war Aufruhr. Es war, als ob die Bedeutung ihrer Worte sich in ihm mit allen Ideen verknäuelten, nach denen er sein Leben ausgerichtet hatte. Doch der Konflikt dauerte nicht lange. Die schmalen Lippen verhärteten sich. »Nun weiß ich, daß die Situation ernst ist«, sagte er grimmig. »Ich werde mit Susan sprechen.«

Estelle seufzte. »Ich muß mich falsch ausgedrückt haben. Bitte, laß es mich mit einfacheren Worten sagen. Gruppen erziehen die Kinder von Spaceport; sie tun es seit achteinhalb Jahren.«

Lane schüttelte seinen Kopf. Er war ungeduldig, aber er lächelte überlegen. »Ich beginne mir ein Bild zu machen. Ein paar Idioten haben wieder eine modische Idee geboren, und die Kinder machen einen Rummel daraus.«

Die Frau war auf einmal auch ungeduldig. »Die Idioten waren jene, die ins Universum hinauszogen und ihre Kinder hier zurückließen, ohne jemals einen weiteren Gedanken an sie zu verschwenden. Und die Kinder konnten sehen, wie sie allein zurechtkamen.«

»Ich dachte, ich hätte meine Tochter in einem schönen Heim zurückgelassen, umsorgt von ihrer Mutter und in der Obhut einer guten Schule mit einem Stundenplan, der ihr nicht viel Zeit ließ, auf dumme Gedanken zu kommen.«

»Die Wirklichkeit und das, was du dachtest, haben nichts miteinander zu tun«, erwiderte die Frau mit erhobener Stimme. »Die Schule und die Mutter waren nicht genug – mach dir das endlich einmal klar! Übrigens ist man heute zu der Überzeugung gekommen, daß die Anwesenheit gewisser Typen von Vätern für ein Kind wahrscheinlich nicht weniger schädlich ist als die Abwesenheit.«

»Du meinst meinen Typ?« fragte Lane.

In seiner Frage war ein gefährlicher Unterton, und sie warf ihm einen schnellen, forschenden Blick zu. Und dann war sie plötzlich bekümmert und sagte: »Du darfst Susan nichts tun.«

Das überraschte ihn so, daß er für einen Moment alle Härte vergaß. »Ich? Meiner eigenen Tochter etwas tun? Fällt mir nicht im Traum ein. Ich liebe sie innig. Ihr Bild und das deine waren immer auf meinem Schreibtisch, auf jedem Schiff, das ich kommandierte.«

Stille. Die Frau schaute resigniert und müde drein, als ob die ungewohnte Diskussion zuviel für sie gewesen wäre. »Schon gut«, sagte sie und wandte sich um.

»Gute Nacht«, rief Lane ihr nach.

Sie antwortete nicht, drehte sich nicht um.

4

Zeit verging. Lane schob die Zeitung zurück auf den Rauchtisch, stand auf und ging zur Bar, wo er sich mit bedächtiger Sorgfalt einen weiteren Cocktail mixte. Dann zurück zum Sessel.

Die Verärgerung staute sich an. Er ließ die Zeitung sinken, fuhr mit beiden Händen an den Hemdkragen und lockerte ihn mit ruckartigen Bewegungen. Dann blickte er auf seine Armbanduhr. Seine Miene verdüsterte sich, als er sah, daß es zwei Minuten vor zwölf war.

Er packte das Cocktailglas, hob es an seinen Mund und nahm einen kleinen Schluck. Als er das Glas auf den Tisch stellte, hörte er ein Geräusch.

Schritte näherten sich auf dem Fußweg durch den Vorgarten. Lane stand auf und ging zum Fenster neben der Hausbar. Als er durch die Gardine spähte, hörte er gedämpfte Stimmen bei der Haustür. Einen weiblichen Sopran von sehr jugendlichem Klang, und eine gedämpfte Männerstimme, deren Alter schwieriger zu bestimmen war.

Er bewegte sich zur Seite des Fensters und konnte sie vor der Haustür stehen sehen, wo ein Licht brannte. Ein großes schlankes Mädchen mit blondem Haar und ein kräftig gebauter junger Bursche von vielleicht achtzehn Jahren, auch er blond, standen an der Tür und hatten ihre Arme umeinander gelegt.

Das Mädchen küßte den Jungen auf die linke Wange und sagte leise: »Nacht, Lee.«

Der Junge küßte das Mädchen auf die rechte Wange und sagte zärtlich: »Gute Nacht, Susan.«

Worauf er sie losließ und näher an die Tür trat, aus Lanes Gesichtsfeld. Lane hörte den Schlüssel in der Haustür, dann wurde die Tür geöffnet. Er blieb am Fenster stehen. Der Junge kam wieder in Sicht. Er gab dem Mädchen etwas, das der Schlüssel sein mußte. Sie steckte es in ihre Tasche. Sie ging ins Haus, und Lane hörte das Schließen der Haustür. Der Junge drehte sich um und ging mit schnellen Schritten durch den Garten, schloß die Pforte hinter sich und ging nach rechts davon.

Aus der Eingangshalle kamen leise Geräusche. Lane durchquerte sein Zimmer und ging in den Korridor. Wo dieser in die geräumige Diele mündete, blieb er stehen. Der Teppichboden hatte seine Schritte gedämpft, und Susan stand bei der Garderobe und hatte ihm den Rücken zugekehrt; sie wußte nichts von seiner Nähe.

In dem großen Sessel unweit der Haustür schlief eine junge Katze. Susan beugte sich zu ihr, hob sie sanft auf und hielt sie mit beiden Armen wie in einer Wiege. So drehte sie sich um, sah Lane und hielt inne.

»Papa!« Sie kam ein wenig scheu auf ihn zu, und ohne das Kätzchen loszulassen, legte sie einen Arm um seinen Hals und küßte ihn auf die Wange. »O Papa, du bist zurück. Endlich.«

Unbeholfen legte er seine Arme um sie und war im Begriff, sie zu küssen, als sie ihm die rechte Hand hinhielt und sagte: »Die rechte Seite, Papa. Freunde und Eltern küssen ein Mädchen auf die rechte Wange. Andere Mädchen und kleinere Kinder küssen ihre linke Wange.«

Lane war verdutzt. Er küßte sie in der vorgeschriebenen Weise und wollte dann zurücktreten, aber sie hatte ihren Arm noch immer um seinen Hals, und ihre blaugrauen Augen waren naß.

»Ach Papa«, flüsterte sie. »Ich bin so froh, daß du wieder da bist. Ich habe dich vermißt.«

Lane erholte sich. Viel von seiner Verärgerung war verflogen, und auch seine Augen glänzten. »Ich auch, mein liebes Kind«, sagte er, seine Bewegung hinter gewollter Schroffheit des Tons verbergend. »Und diesmal bleibe ich endgültig. Ich hoffe, du wirst dich freuen, das zu hören. Wir drei werden zur Abwechslung wieder ein normales Familienleben haben.«

Susan nahm ihren Arm von seinem Hals, hob das Kätzchen mit beiden Händen vor sein Gesicht und sagte: »Papa, das ist Fuzzy.« Sie drückte das kleine Tier gegen seine Wange. »Wenn du wirklich zu Hause bleibst, wird sie oft auf deinem Schoß sitzen, also macht ihr euch am besten gleich miteinander bekannt.«

Lane entließ Susan aus seinen Armen. Mit einer Handfläche hob er das Kätzchen aus ihren Händen. Mit der anderen Hand faßte er Susans Arm und zog sie in sein Arbeitszimmer.

»Ich möchte eine Minute mit dir sprechen, Susan.«

Susan unterdrückte ein Gähnen. »Ich möchte tausend Stunden mit dir sprechen, Papa. Aber heute abend nicht mehr. Ich kann meine Augen kaum offenhalten.«

Lanes Ausdruck verhärtete sich ein wenig. »Gerade darüber wollte ich mit dir reden. Hier, setz dich.«

Er hatte sie zu einem Stuhl geführt. Sie setzte sich und nahm das Kätzchen an, als er es ihr reichte. Ihr Gesicht war plötzlich ernster geworden. Lane zog einen zweiten Stuhl heran und setzte sich zu ihr.

»Wie alt bist du, Susan?«

»Sechzehn.« In ihren Augen war ein geistesabwesender Ausdruck. Ohne ihn anzusehen, sagte sie: »Es ist schlecht, wenn ein Mädchen die Gedanken haben muß, die mir plötzlich in den Sinn gekommen sind.«

»Eh?«

»Du wirst doch nicht wirklich ein Tyrann sein, Papa?«

Das war eine unerwartete Wendung des Gesprächs, aber er war nicht der Mann, der sich von seinen Vorhaben abbringen ließ. »Tyrann«, sagte er ruhig. »Das klingt wie eins von diesen Etiketten, für die besonders junge Leute so empfänglich sind, weil sie ihnen erlauben, die Umwelt in grob vereinfachte Kategorien einzuordnen. Ich will sagen, beurteile mich nicht, bevor ich meine Meinung dargelegt habe.«

Susan nickte. Sie sah erleichtert aus. »Das ist fair«, sagte sie. »Aber ich würde wirklich lieber bis morgen früh warten. Ich fühle, daß ich nicht richtig über das nachdenken kann, was du sagen willst, weil ich schon jetzt konfus bin.«

»Ich werde es kurz machen«, sagte Lane.

Darauf erklärte er ihr, was er vorher schon zu seiner Frau gesagt hatte: wie überrascht und enttäuscht er gewesen sei, daß seine einzige Tochter am Abend seiner Rückkehr ausgegangen und erst um Mitternacht nach Hause gekommen war.

»Ich war mit meiner Gruppe«, sagte Susan in einem Ton, als sei damit alles befriedigend erklärt. »Wenn du ein Tyrann bist, dann wird dir das nichts sagen, aber wenn du ein paar Tage warten und herausfinden willst, was es damit auf sich hat, dann wird es dich nicht stören.«

»Wir haben das Wort ›Tyrann‹ bereits erörtert«, erwiderte Lane. »Es hat eine besondere Bedeutung, die du akzeptiert hast und die ich nicht akzeptiere. Warum entfernen wir es nicht aus dem Gespräch und gehen von da aus?«

Der geistesabwesende Blick war wieder in Susans Augen. »Egal was geschieht, Papa«, sagte sie nach einer Pause, »vergiß nicht, daß dieser Quaßler dich als Vater liebhat und daß sich daran nie was ändern wird.«

»Ich sehe, du denkst noch immer mit dem Etikett ...«, begann Lane. Und dann brach er ab. Er saß da wie einer, der sich zum erstenmal in seinem Leben hilflos fühlt. Schließlich sagte er:

»Mein liebes Kind, wir müssen einfach an diesen Klischeeantworten vorbeikommen, die du mir gibst.«

Susan nickte. »Das ist fair. Keine Vaterklischees, keine Gruppenklischees. Topp?«

Eine Pause folgte. Lane saß da und trommelte mit den Fingern seiner Rechten auf sein Knie. Seine Gesichtsmuskeln hatten sich beträchtlich verhärtet, aber er blieb noch ruhig.

»Ich weiß«, sagte er, »daß ›Topp‹ soviel heißt wie abgemacht oder einverstanden, aber warum bezeichnest du dich als einen Quaßler?«

»Ein Kind zwischen dreizehn und achtzehn ist ein Quaßler.« Susan lächelte plötzlich, und ihre ganze Persönlichkeit schien sich zu verwandeln. Solange sie nicht lächelte, war sie hübsch. Das Lächeln machte sie zur blendenden Schönheit. Noch immer lächelnd, sagte sie: »In dem Alter wird noch viel gequasselt, weißt du. Was man in zwanzig Minuten sagen kann, dauert zwei Stunden.«

Lane ließ sich nicht ablenken. »Woraus bestehen deiner Meinung nach Vaterklischees?«

»Was du eben sagtest, zum Beispiel«, antwortete sie sofort. »Daß du mich vermißt hättest, als ich nicht hier war. Das ist eine Unwahrheit, und du solltest keine Unwahrheiten sagen – niemals.«

»Wo siehst du darin eine Lüge?« fragte Lane in einem gefährlichen Ton.

»Wir sind verschiedene Generationen, Papa. Wir sehen uns. Wir gebe einander die Hände. Du sprichst mit mir, um herauszubringen, ob alles in Ordnung ist, und um dich zu vergewissern, daß ich nicht über die Stränge schlage. Dann geht jeder von uns seiner Wege. Ein längeres Beisammensein wäre für mich langweilig und für dich nur eine Pflicht. Du könntest deine eigentlichen Wahrheiten in meiner Gegenwart nicht sagen, und wenn ich die meinen in deiner Gegenwart sage, macht es dich bloß wütend, nicht wahr?«

»Die Wahrheit ist nicht teilbar«, erwiderte Lane ungeduldig. »Es gibt nur ein ...«

Er verstummte, denn in diesem Moment wurde im Flur ein sonderbares Geräusch hörbar, wie wenn jemand ein Husten oder Niesen unterdrückte. Lane erhob sich steif, als Estelle hereinkam. »Ich dachte, ich hörte Stimmen«, sagte sie. Sie zitterte ein wenig.

»Was ist los?« fragte Lane. »Möchtest du ein Glas Wasser?« Sie nickte stumm, und er ging zur Bar. Als er mit dem Glas zurückkehrte, verschwand Susan gerade im Korridor.

»Nacht«, rief sie über die Schulter.

Estelle hatte sich in den wenigen Augenblicken bemerkenswert erholt. Aber sie nahm das Glas, nippte daran und sagte dann: »Ich habe Susan zu Bett geschickt. Ich hörte den letzten Teil eurer Konversation und dachte, es sei genug für heute abend.«

Während sie sprach, verfinsterte sich die Miene ihres Mannes mehr und mehr. Er ballte seine Fäuste und starrte sie aus schmalen Augen an. »Du hast mich ausgelacht! Deshalb zittertest du so komisch; du versuchtest das Lachen zurückzuhalten.«

Die Frau mußte wieder mit sich kämpfen. Ein Lächeln brach hervor, und sie kämpfte es nieder, indem sie die Lippen zusammenpreßte. Endlich murmelt sie: »Vergib mir, Liebling, aber ich konnte sehen, daß du in Bedrängnis warst.«

Lane war entrüstet. »Das ist absolut unwahr. Ich versuchte fair zu sein. Ich war bereit, mir ihre Argumente anzuhören.«

»Schon gut, schon gut.« Seine Frau nickte schnell. »Selbstverständlich. So war es, und ich bin froh darüber.«

Im Gesicht des Mannes spielte sich sichtbar ein Kampf ab. Er war immer noch wütend, aber allmählich gewann ein anderer Gedanke die Oberhand. Zeit lassen, dachte er; warum die Dinge überstürzen?

Er sagte ruhig: »Anscheinend sind es nicht nur die Kinder, die hier komische Ideen haben. Aber es ist spät geworden, und heute abend wird sich nichts ändern. Also lassen wir es einstweilen auf sich beruhen.«

»In deinem Ton und deinem Gesicht ist etwas von den alten Vorbehalten. Und ich glaube, daß mir nicht gefallen wird, was du dir jetzt ausdenkst.« Sie zuckte die Achseln. »Aber ich wollte dir sagen, daß ich allmählich schläfrig werde. Vielleicht würdest du nicht so gern ins Bett kommen und mich schlafend finden, oder?«

Sein Gesicht entspannte sich. Er lächelte und begegnete ihrem forschend-auffordernden Blick mit einem Augenzwinkern.

Dann faßte er sie bei den Schultern. »Mein altes Mädchen«, sagte er zärtlich und zog sie an sich.

»Zehn Jahre älter«, sagte sie. »Und jede Minute davon schmerzt mich in einer Weise, daß du viel wiedergutmachen mußt.«

»Hör zu«, sagte Lane, »geh schon ins Bett. Ich werde in zwei Minuten nachkommen.«

Sie entzog sich seinen Armen und fragte: »Was willst du machen?«

»Aufräumen.« Er zeigte auf die Blätter am Boden und die Flaschen auf der kleinen Theke seiner Hausbar.

»Ich kann das morgen früh wegräumen«, sagte Estelle.

»Du weißt, ich hinterlasse nicht gern ein Durcheinander«, sagte ihr Mann.

»Derselbe alte John Lane«, sagte sie, bevor sie durch die Türöffnung verschwand.

Lane hob die Zeitungsteile vom Teppich auf, faltete sie sorgfältig und legte sie auf den Rauchtisch. Dann ging er zur Bar und stellte die Flaschen ins Kühlfach. Er nahm einen Lappen und wischte die Bartheke ab, legte ihn wieder an seinen Platz.

Dies getan, wanderte er zur Tür und warf, eine Hand am Lichtschalter, einen letzten Blick ins Zimmer. Er sah nichts, das noch zu tun bliebe. Dann drückte er den Schalter und ging langsam durch den dunklen Korridor. Gleich darauf schloß sich eine Tür mit einem Klick.

Auf einer anderen Straße in einem ärmlicheren Stadtviertel wartete der unsichtbare Beobachter vor einem einstöckigen alten Holzhaus mit abgeblätterter weißer Farbe. Seine Mieter waren Mr. und Mrs. Jaeger, bei denen Bud lebte.

Als Bud und der größere Junge, Albert, an der Haustür anlangten, zögerte Bud. Worauf sich Albert an ihm vorbeischob, am Türknopf rüttelte und drehte, die Tür aber verschlossen fand. Dann drückte er den Klingelknopf. Ein schwach summendes Geräusch drang aus dem Innern des Hauses.

Lange rührte sich nichts. Endlich, nachdem Bud ein zweitesmal geläutet hatte, wurde die Tür geöffnet, und eine dünne Frau in einem Nachthemd mit lose übergeworfenem Morgenmantel aus blaßblauem Frottee erschien auf der Schwelle. »Ach, du bist es, Bud«, sagte sie, als habe sie jemand anderen erwartet.

»Ja, Mam.«

Die Frau hatte dünnes braunes Haar. Sie war Mitte Dreißig, aber ihr Gesicht hatte bereits scharfe Linien. Ihr Ausdruck und ihre Körperhaltung drückten Traurigkeit und Resignation aus.

»Dein Papa ist noch nicht da«, sagte sie. »Komm 'rein und geh schnell ins Bett, bevor er entdeckt, wie lange du aus gewesen bist.«

Bud zögerte nur einen winzigen Moment. In dieser kleinen Zeitspanne stellte er eine Gedankenverbindung mit dem ungesehenen Beobachter her.

– Ich muß zugeben, daß ich sehr erleichtert bin, mein Vater. Aber Mr. Jaegers Abwesenheit hat nur aufschiebende Wirkung. An einem dieser Tage wird er erfahren, daß ich jetzt Mitglied einer Gruppe bin.

Für den Vater war die Existenz solcher Halbwüchsigengruppen ein unglücklicher und nicht vorhergesehener Umstand. Aber im Moment hatte er eine dringlichere Wahrnehmung.

– Beeile dich! Geh hinein! Ich fühle, daß jemand kommt.

Bud schlüpfte an der Frau vorbei ins Haus. Sie schloß die Tür. Albert zog sich auf die Straße zurück und blieb unschlüssig stehen, denn er hatte die ferne Gestalt ausgemacht, die eben um die Ecke des Blocks kam. Seine Haltung machte deutlich, daß er in dem langsam Näherkommenden Bud Jaegers Vater erkannt hatte. Er war sichtlich von zwei widerstrebenden Empfindungen hin und her gerissen: Verschwinden, oder bleiben und den weiteren Gang der Dinge beobachten.

Gleich darauf ging er auf die andere Straßenseite und stellte sich hinter einen abgestellten Lieferwagen.

Eine Minute verging, dann näherte sich ein ungefüger Mann von mittlerer Größe und etwa Ende der Dreißig dem Haus. Er hatte sichtlich Mühe, das Gleichgewicht zu halten.

Er erreichte das zerbrochene Gartentor und fummelte an der Klinke, die offenbar klemmte. Er bückte sich und untersuchte sie. Dann fummelte er wieder, stieß das Tor auf und reckte sich.

Aus der Nähe gesehen, zeigte das Gesicht des Mannes derbe und energische Züge. Aber seine Nase und die oberen Wangenhälften waren von einer Vielzahl kleiner purpurner Adern durchzogen, sein Mund war schlaff, und die kleinen Augen standen etwas zu eng beieinander.

Der Beobachter, der ihn nicht das erstemal sah, hatte wieder den unfrohen Gedanken, daß man sich im Spionagegeschäft oft armer Teufel bedienen mußte, deren Persönlichkeiten deformiert waren. Wenn er nicht betrunken war, war Len Jaeger ein erfahrener Werkzeugmacher, und als solcher hatte er sich erfolgreich um eine Stelle in Spaceport beworben – lange bevor er für seine Rolle ausgewählt worden war.

Sein echter Sohn war im Alter von zwölf Jahren von zu Hause durchgebrannt. Was jedermann hätte verwundern sollen, es aber nicht tat, war die Tatsache, daß der Entlaufene zu einem solchen Vater zurückgekehrt war ...

Der Betrunkene schwankte durch das Gartentor und brachte den kurzen, plattenbelegten Weg durch den Vorgarten glücklich hinter sich, ohne aufs Gesicht zu fallen; dann torkelte er die Stufen zur Haustür hinauf. Er stützte sich am Türsturz, stand und suchte den Klingelknopf. Er fand ihn und hielt den Finger darauf, bis die Tür wieder aufschwang und Mrs. Jaeger vor ihm stand.

»Schhhh!« sagte sie. »Du wirst Bud wecken.«

Nichts deutete darauf hin, daß die Ermahnung das Bewußtsein des Mannes erreichte. Er grunzte etwas und schwankte geräuschvoll an ihr vorbei und ins Haus, wo der Beobachter ihn aus den Augen verlor. Die Frau folgte ihm nicht gleich. Sie trat vor die Tür, blickte kurz umher und lief dann zum Gartentor, um es zu schließen. Nachdem sie das getan hatte, blickte sie wieder auf die Straße und zu den benachbarten Häusern, als fürchtete sie, gesehen zu werden, machte eilig kehrt und lief ins Haus zurück. Die Tür wurde leise geschlossen.

Albert wartete noch fast eine Viertelstunde hinter dem Lieferwagen. Alles blieb still, und endlich gab er sich zufrieden, verließ sein Versteck und ging schnell die Straße entlang.

Der ungesehene Beobachter wich nicht von der Stelle. Er hatte eine lange Nachtwache vor sich.

5

Das Licht des neuen Tages sickerte gedämpft durch die grünen Vorhänge in Susans Zimmer. Es war ein hübsches Zimmer mit einer Frisiertoilette, deren großer Spiegel im matten Licht schimmerte, einer Schrankwand mit eingebautem Fernseher und herausklappbarem Schreibsekretär, Bildern an den übrigen Wänden und einer geschickt kaschierten Tapetentür, die in ein geräumiges Bad führte. Und im Bett lag Susan unter einer dünnen Decke und schlief fest.

Plötzlich erklang feines Glockengeläut aus einem uhrenähnlichen Gegenstand auf Susans Nachttisch. Eine Klappe sprang auf, und aus dem Weckergehäuse schob sich eine kleine Flagge und wurde von einem verborgenen Mechanismus hin und her geschwenkt. Klick-klack. Als das Glockenspiel verklungen war, sprach eine Stimme aus dem Wecker. Eine vertraute, mädchenhafte Stimme. Susans eigene Stimme. Sie sagte: »Guten Morgen, Susan ... es ist sieben Uhr dreißig. Zeit zum Aufstehen.«

Das Mädchen im Bett regte sich nicht.

Im Frühstückszimmer am anderen Ende des Hauses saß Lane am Tisch. Er hatte ein kleines Notizbuch neben seinem Teller und machte wiederholt Eintragungen, während er frühstückte. Endlich legte er den Bleistift aus der Hand, steckte den letzten Bissen in seinen Mund und sagte dann, ohne Estelle anzusehen, die ihm gegenübersaß: »Ich sehe, das hat sich nicht geändert.«

Seine Frau hatte ihn beobachtet und gewartet, daß er seine Eintragungen beende. Seine unvermittelte Bemerkung traf sie unvorbereitet. »Was?« fragte sie.

»Gruppe oder nicht, den Kindern fällt das Aufstehen immer noch so schwer wie in meiner Jugend.«

Sie lächelte. »Das Aufstehen fällt Susan etwas schwer, das ist wahr. Aber sie hat so viele Pflichten, daß ich mich manchmal frage, wie sie es aushält. Ich glaube, ich würde den Verstand verlieren.«

Lane blickte stirnrunzelnd auf. »Pflichten?«

»Für die Gruppe.«

»Ah.«

Das klang so, daß Estelle ihn scharf anblickte. »Vergiß nicht, was du mir versprochen hast«, sagte sie.

Er sah verdrießlich aus, und um seinen Mund erschien ein zynischer Ausdruck, der klarmachte, daß er nicht wirklich eingewilligt hatte.

Aber er sagte laut: »Ich erinnere mich.«

Seine Stimme klang falsch. Estelle seufzte müde. »Wirklich, John ... Müssen wir alles das noch einmal behandeln?«

Lane hob die Schultern. »Du versuchst mein Zugeständnis auf Bereiche auszudehnen, für die es nicht gilt.«

»Du hast zugestimmt ...«

»Ich stimmte zu, Susan wegen gestern abend nicht weiter zur Rede zu stellen«, sagte Lane. »Ich habe aber nicht gesagt, daß die Situation mir gefällt.«

Estelles Augen waren plötzlich umflort. Hastig zog sie ihr Taschentuch aus dem Ärmel und betupfte ihre Augen. Lane sah dem kleinen Zwischenspiel ungeduldig zu, dann sagte er in gereiztem Ton: »Um Himmels willen, Estelle ...«

»Ich stelle mir vor«, sagte sie mit unsicherer Stimme, »wie du mißmutig und wortkarg hier herumsitzt – wie du es immer machtest, wenn du deinen Willen nicht durchsetzen konntest. Nach all diesen Jahren ist so eine Aussicht einfach zuviel.«

Lane sah sie kopfschüttelnd an. »Du schlägst hart zu«, sagte er. »Ich habe noch nichts von alledem getan.«

Sie erwiderte halb schluchzend: »Die halbe Nacht habe ich um das kleine Zugeständnis gekämpft, das du schließlich machtest, und nun sieht es so aus, als ob du in Wirklichkeit gar nichts zugestanden hättest.«

»Ich versprach dir, daß ich abwarten würde«, sagte Lane. »Und ich warte ab. Ich werde mein Urteil zurückhalten, bis ich die Tatsachen höre. Aber wenn Susan ihrer Gruppe aus eigenem freien Willen den Rücken kehren würde, dann würde es meine Gefühle nicht verletzen – das kann ich dir sagen.«

»Was für eine seltsame Bemerkung!« Sie starrte ihn an. »Ich kann mir nicht vorstellen, was im Gehirn eines Menschen vorgeht, der so etwas sagt.«

»Estelle, hör endlich auf!« protestierte der Mann. »Ich habe nichts getan.«

Die Frau war noch immer mißtrauisch. »Kann ich dir vertrauen?«

»Daß ich einhalte, was ich sagte – ja.«

»Gut.« Der Ton war noch grollend, aber allmählich veränderte sich ihr Gesicht; die Linien um ihren Mund zeigten Befriedigung. »Ich höre was«, sagte sie halblaut. »Jemand kommt.«

Er hörte auch Geräusche im Korridor. Nachdem er einen Moment gelauscht hatte, schüttelte er verdutzt seinen Kopf. »Wenn ich raten sollte, würde ich sagen, daß ein einbeiniges Huftier im Korridor ist.«

Er hatte kaum ausgeredet, als Susan auf einem Fuß in den Raum gehüpft kam, während sie noch beschäftigt war, den anderen Fuß in ihren Schuh zu bringen. Mit einer Hand half sie nach, in der anderen trug sie eine kleine Broschüre.

Sie hatte den Schuh an und stellte den erhobenen Fuß auf den Boden. In der kurzen Zeit hatte sie erstaunlich viel getan. Ihr Haar war gekämmt, ihr Gesicht sah gewaschen aus, und offenbar hatte sie ihre Zähne geputzt, denn sie waren strahlend weiß. Rock und Bluse saßen richtig, und nicht einmal die Strümpfe waren verzogen.

»Guten Morgen, Mama«, sagte die jugendliche Erscheinung. »Morgen, Rückkehrer aus dem Universum.«

»Guten Morgen, Kind«, sagte Estelle.

Lane zögerte. Die Begrüßung durch seine Tochter war irgendwie nicht nach seinem Geschmack. Seine Miene gab es deutlich genug zu erkennen, und obendrein waren die früheren Gefühle noch zu stark in ihm, als daß er unbefangen und heiter hätte reagieren können. Er blieb stumm sitzen und sah sich nicht nach ihr um.

Estelle war sofort wieder angespannt. »John, Susan hat zu dir gesprochen.«

Lane wandte sich halb um. »Susan«, sagte er, »redest du die Leute immer mit ihrer letzten Heldentat an? Angenommen, ich sagte zu dir: ›Hallo, eben Aufgestanden.‹ Wie würdest du das finden?«

Susan hatte sich schon an ihren Platz gesetzt und trank Orangensaft. Sie ließ das Glas sinken. »Können wir noch mal anfangen, Papa? Guten Morgen, Papa. Ich bin wirklich froh, daß du aus dem Universum zurückgekehrt bist.«

»Guten Morgen, Susan«, sagte Lane.

Die Worte fielen ihm schwer. Er sah grimmig zu, wie seine Tochter ihren Orangensaft trank, mit ihrem hellen Lächeln zu ihm aufblickte und dann die kleine Broschüre brachte, um sie neben seinen Teller zu legen.

»Was ist das?« fragte Lane. Sein Blick fiel auf den bedruckten Umschlag, und er las langsam und laut: »Regeln und Bestimmungen für Gruppen.«

Susan zog sich zurück, und ihre Stimme klang formell, als sie sagte: »Daß ich dir dies gebe, ist Teil des Gruppenprogramms für den Umgang mit Eltern.«

»Du hörst dich an, als ob du zitiertest«, sagte Lane.

»Umschreiben kommt der Sache näher.«

»Was ich nicht verstehe, ist«, sagte ihr Vater, »warum der Umgang mit Eltern eines Programms bedürfen sollte.« Er warf einen Blick in Estelles Gesicht, aus dem ihn Mißbilligung anstarrte, und er fügte hinzu: »Schon recht, Susan. Ich betrachte mich als einen, mit dem umgegangen wird.«

»Es ist nur eine Kommunikation, wenn du es liest«, sagte Susan. Sie schien jetzt unsicher, als ob sie endlich die unveränderte Intensität seiner grundsätzlichen Ablehnung begriffen hätte. »Nun ...«, sagte sie unbestimmt, ohne an ihren Platz zurückzukehren.

Es war ein schlimmer Augenblick, und Lane erkannte, daß die Situation nur durch eine Geste des guten Willens von ihm gerettet werden konnte. Zum erstenmal brachte er ein Lächeln zuwege. »Ich denke, ich habe etwas Besseres für dich als die Lektüre dieses Hefts, meine liebe, im Gehen begriffene Susan.«

Die Worte erreichten seine Tochter an der Tür. Sie hielt inne und wandte sich langsam um. Ihr Fluchtplan, der offensichtlich die Lösung war, zu der sie gekommen war, ließ sich nun nicht mehr ausführen. Einfach fortzugehen und Lane und das Problem, das er stellte, hinter sich zu lassen – das hatten seine Worte verhindert, eben noch rechtzeitig. Lane merkte, daß er ein Unheil abgewendet hatte; er blickte unwillkürlich zu seiner Frau und sah in ihrem beklommenen Ausdruck das Bewußtsein der gleichen finsteren Wahrheit. Er fragte sich, was noch geschehen wäre, wenn Susan sich tatsächlich davongemacht hätte und er mit Estelle allein geblieben wäre.

Er schluckte und sagte mit gezwungenem Lächeln. »Deine Mutter hat sich stark für dich eingesetzt ... also lassen wir das mit gestern abend. Ich habe nicht vor, noch einmal darauf zurückzukommen. Ich werde mich eingehender informieren, bevor ich ...« Er brach ab und schnitt ein Gesicht.

Was immer er noch gesagt haben würde, es blieb ungesagt. Susan kam von der Tür zurück und legte ihre Arme um seine Schultern. »Ach, Papa, ich wußte ja, daß du ein großartiger Kerl bist.« Und sie küßte ihn auf die linke Wange. Als er sie auf ihre rechte Wange küßte, sagte sie flüchtig: »Ist es wahr, daß ihr draußen auf irgendeine Rasse von gefährlichen Fremden gestoßen seid?«

Lane lächelte, etwas zynisch. »Nun, Kind, wenn es keine Indiskretion gegeben hätte, könnte ich es dir nicht sagen. Aber inzwischen steht die ganze Geschichte schon in den Zeitungen. Wir verbrachten ein Jahr mit Ausweichmanövern und Kursänderungen, um sicherzugehen, daß sie uns nicht zur Erde folgten. Der Kampf selbst war sehr kurz, drei Monate – was im Raum drei Tagen Gefecht auf der Erde entspricht. Dann das lange, ermüdende Versteckspiel.«

»Es klingt furchtbar aufregend«, sagte Susan mit kaum verhüllter Ungeduld. »Aber ich muß jetzt gehen.« Sie lief zur Tür und rief aus dem Korridor zurück: »Wiedersehen.«

Die Eltern im Frühstückszimmer sagten kein Wort, als das Mädchen ging. Nachdem die Haustür laut zugefallen war, schob Lane die kleine Broschüre, die sie ihm gegeben hatte, von seinem Teller fort. Estelle beugte sich über den Tisch und schob ihm das Heft wieder hin. Lane blickte finster darauf, dann seiner Frau in die Augen. »Ich muß es nicht lesen, nicht wahr?« sagte er trotzig.

»Darin steht irgendwo«, antwortete seine Frau, »daß ein Quaßler alt genug sei, seine Eltern einzuschätzen, normalerweise aber nicht in der Lage sei, eine vernünftige Abhilfe zu schaffen, wenn das Urteil negativ ausfalle. Die Gruppen sagen ihnen in solchen Fällen, was zu tun ist. Ich dachte, es könnte dich interessieren, was sie sagen.«

»Warum sagst du es mir nicht in einem Satz?«

Die Frau schüttelte den Kopf. Sie war nicht unfreundlich, und ihr Ton war nicht so kritisch wie ihre Worte. Sie sagte: »Wenn du deiner Tochter nach zehn Jahren keine zehn Minuten geben kannst, dann ist es möglich, daß ich auch zu einem negativen Urteil über dich komme. Bloß gibt es für mich kein Buch mit Regeln, das mir sagt, was ich tun kann.«

Lane schüttelte verdutzt seinen Kopf. »Es muß wirklich so sein,

35

daß ich wieder zu Haus bin, denn plötzlich ist die Welt der Logik verschwunden. Plötzlich kann ich nicht mehr damit rechnen, daß Vereinbarungen eingehalten werden. Wir haben alles das gestern abend geregelt – erinnerst du dich? Ich habe eingewilligt, mein Urteil zurückzustellen. Und ich habe mich daran gehalten.«

»Das hast du nicht. Nicht wirklich.«

Er blickte sie mit ruhigen grauen Augen an. »Denk, endlich! Für mich ist entscheiden gleich handeln. Ich habe nicht gehandelt.« Pause. »Oder?«

Lange Zeit blickte sie starr in irgendwelche unauslotbaren Räume über seinem Kopf. Dann schüttelte sie plötzlich ihren Kopf und biß sich auf die Lippen. »Ich vergesse immer wieder, daß ich mit einem Flottenkommandeur verheiratet bin. Von nun an können Susan und ich jeden Abend damit rechnen, daß du nach Hause kommst und mit präziser Phraseologie präzise Feststellungen triffst.«

Lane sagte: »Ich lasse andere niemals im Zweifel darüber, wo ich stehe.«

»Das ist nicht wahr«, widersprach sie. Sie verstummte rasch, als die Gewitterwolken sein Gesicht verdunkelten, doch dann faßte sie sich und fuhr mutig fort: »Ich weiß, daß du manchmal mit den abwegigsten Tricks arbeitest, um deinen Willen durchzusetzen. Und du kannst extrem heimlichtuerisch sein.«

»Ach, das.« Seine zornige Aufwallung klang ab, und er lächelte finster. »Du redest von der Taktik und Strategie des Gewinnens.«

Die blonde Frau seufzte. »Hauptsache, du bringst die Regeln deiner Kriegführung nicht in dieses Haus«, sagte sie.

Lane blickte auf seine Armbanduhr und stand auf. »Zeit, daß ich mich auf den Weg mache.« Er beugte sich über sie. Seine Lippen berührten ihre Stirn, aber ihr Kopf blieb unten.

Kurz darauf ging sie mit ihm zur Tür, winkte ihm zu, als er das Gartentor schloß, und sah ihn die Straße entlanggehen. Als er außer Sicht war, kehrte sie ins Frühstückszimmer zurück, blieb eine Weile stehen und starrte auf die Broschüre, die noch neben seinem Teller lag. Schließlich trug sie sie zum Geschirrschrank, wo sie eine Schublade öffnete und sie hineinlegte.

6

Nachdem Susan das Haus ihrer Eltern verlassen hatte, ging sie eilig die Straße hinunter zur Station der Untergrundbahn. Aber sie ging am Metallgehäuse der überdachten Rolltreppen vorbei, überquerte eine Straße und einige Zeit später die nächste. Auf einmal war sie in einer anderen Welt. Die inmitten großer Gärten gelegenen kostspieligen Bungalows hatten einfachen Reihen- und Einfamilienhäusern mit handtuchschmalen Gärten Platz gemacht. Und weiter vorn verwandelte sich die Straße, auf der sie ging, noch einmal: sie wurde zu einer lauten, belebten Geschäftsstraße.

Ein Stück voraus und ohne daß Susan davon wußte, bereitete sich unterdessen ein kleines Drama vor. Ein gutaussehendes dunkelhaariges Mädchen kam die Geschäftsstraße entlang, zuerst eilig, dann langsamer, als sie auf der anderen Straßenseite einen Jungen sah, der ihr zuwinkte und dann im Laufschritt schräg die Straße überquerte.

Der Junge war blond und mittelgroß. Er trug die braune Hose und die gelbe Jacke einer Gruppe, die sich »die gelben Hirsche« nannte; und als er über den Gehsteig kam, wo das dunkelhaarige Mädchen auf ihn wartete, war er unverkennbar nervös und warf verstohlene Blicke in alle Richtungen.

»Hallo, Dolores«, sagte er hastig. »Du, warum warst du gestern abend nicht an unserem Platz? Ich habe zwanzig Minuten gewartet ...«

Sie gingen langsam weiter und redeten, und das Mädchen lachte. Als sie bei einem Erfrischungskiosk anlangten, zog der Bursche sie hinter ein großes Aufstellplakat und zur Seitenwand der kleinen Bretterbude.

Ungefähr zwanzig Sekunden später kam Susan mit schnellen Schritten am Kiosk vorbei. Ein flüchtiger Seitenblick zeigte ihr das Paar. Sie blieb stehen, drehte sich um. Der blonde Junge und das schwarzhaarige Mädchen standen eng umschlungen und küßten sich mit selbstvergessener Hingabe.

Susan ging langsam näher. Ihr Gesicht war beunruhigt, aber sie wußte, was sie zu tun hatte. Als sie noch etwa zwei Meter von dem Paar entfernt war, sagte sie: »Jetzt reicht's.«

Das dunkelhaarige Mädchen reagierte nicht. Während der

37

Junge vor Schreck buchstäblich zurücksprang, zeigt sie kaum das unwillkürliche Zusammenzucken plötzlicher Überraschung. Nun, da der Junge aus ihrer Umarmung ausgebrochen war, ließ sie langsam die Arme sinken, trat einen Schritt zurück und sah ihn mit einem gewissen Maß von Verachtung an.

Diese Entwicklung verwirrte den Jungen vollends. Er stand vor den beiden Mädchen, tiefrot im Gesicht und schnaufend wie ein Blasebalg. Seine Bestürzung war so offenbar, daß er Susan leid tat. »So schlimm ist es auch wieder nicht, Joe«, sagte sie. »Du mußt dies nur deiner Gruppe melden und Prügel dritten Grades beziehen.«

Joe schien sie kaum zu hören. Er versuchte zu sprechen, aber es kamen nur stammelnde Laute über seine Lippen. Er stand wie unter einem Schock. Das dunkelhaarige Mädchen beobachtete sein Versagen spöttisch und ärgerlich zugleich. »Typisches Gruppenmaterial«, sagte sie.

Nichtsdestoweniger machte sie einen Versuch, ihm zu helfen. Sie fixierte Susan mit einem durchbohrenden Blick und sagte: »Warum scherst du dich nicht zum Teufel, Schnüfflerin? Schielt in jede Ecke, ob sie nicht was Anstößiges entdecken kann, wie so eine versauerte Alte! Steck deine Nase in deine eigenen Angelegenheiten!« Sie wandte sich dem Jungen zu. »Joe«, sagte sie, »laß dir doch von der blöden Kuh nicht den Schneid abkaufen. Komm, laß sie stehen. Es ist ihr Wort gegen deins.«

Der Junge starrte verlegen auf den Boden vor seinen Füßen. Er hatte sich blamiert, und so fieberhaft er nach einem Ausweg suchte, der ihm erlaubte, sein Gesicht zu wahren, er konnte keinen finden.

»Du hast recht«, murmelte er schließlich unsicher. »Aber ich muß jetzt weg. Ich-ich habe noch was zu erledigen.« Er schob sich seitwärts davon, drehte um und entfernte sich linkisch. Als er zehn Meter entfernt war, fing er an zu laufen.

Dolores rief ihm zornig nach: »Laß dich nicht wieder blicken, du Feigling!«

»Schsch, Dolores«, sagte Susan. »Du weißt, daß es so etwas wie einen Feigling nicht gibt.«

Dolores warf ihr einen vernichtenden Blick zu. »Verschone mich mit deiner Gruppenphilosophie, ja? Das ist doch dummes Zeug, Kinderkram. Ihr Gruppenleute macht große Worte und findet euch selbst Gott weiß wie edel. Aber das hat die roten Katzen damals nicht gehindert, mich 'rauszuschmeißen.«

Susan sagte: »Das ist nicht mit dem hier zu vergleichen. Du willst nicht zugeben, daß du Fehler machtest. Joe wird den Fehler zugeben.«

Dolores stand da, und ihre Augen blitzten. »Schon wieder Heuchelei, da sieht man es! Ich machte keine Fehler. Ich war Lees Mädchen, bis er auf dein süßes kleines falsches Gesicht 'reinfiel. Danach war in der Gruppe natürlich kein Platz mehr für mich.«

Susan fühlte sich unbehaglich. Sie hatte schon einmal eine solche Konfrontation gehabt, und sie wollte keine Wiederholung. »Du kennst die Regeln«, sagte sie zögernd, »wenn eine solche – ah – Veränderung passiert. Man schließt sich einer anderen Gruppe an. Mehrere wären bereit gewesen, dich zu nehmen, aber du wolltest nicht.«

»Ich könnte nicht so heuchlerisch sein. Und heute würde ich nicht für viel Geld in eine Gruppe zurückgehen. Ach, ihr kotzt mich alle an!«

»Du kennst die Regeln«, erwiderte Susan so ruhig sie konnte, »also weißt du auch, daß ich mich auf gegenseitige Beschimpfungen einlassen kann.« Sie faßte Dolores' Arm und zog sie herum. »Geh zur Schule, Dolores!«

Das war zuviel für das dunkelhaarige Mädchen. »Ich laß mich nicht bevormunden!« zischte sie. Und wie in einem Reflex flog ihre rechte Hand heraus und traf Susan hart vor die Brust.

Susan zuckte schmerzlich zusammen, ließ das andere Mädchen los und wich einen Schritt zurück. Aber Dolores war jetzt enthemmt und ging mit verbissenem Gesicht auf sie los, die Augen schmal und böse. »Ich hasse deine glatte Visage!« sagte sie. »Hau ab! Ich laß mir keine Vorschriften machen, und von dir schon gar nicht! Los, zieh Leine!« Und als Susan, von plötzlicher Angst überkommen, blaß und mit geweiteten Augen dastand und sich nicht von der Stelle rührte, schlug die andere wieder zu, und noch einmal. Als die flache Hand rechts und links in ihr Gesicht klatschte, erwachte Susan aus ihrer Erstarrung; sie hob abwehrend beide Hände und wich langsam zurück auf den Gehsteig, während das andere Mädchen triumphierend folgte, die Arme zum Zuschlagen angewinkelt.

So war die Szene, mit der Mike Sutter sich konfrontiert sah, als er aus einem nahen Schreibwarengeschäft kam. Er stutzte, dann beschleunigte er seine Schritte und stand plötzlich neben den beiden Mädchen. »He, was macht ihr hier?«

Susan war so erleichtert, daß sie im ersten Moment keine Worte fand. Dolores bewies wieder ihre phantastische Geistesgegenwart. Sie stemmte ihre Hände in die Hüften, nahm den Oberkörper zurück und warf Mike einen koketten Blick über die Schulter zu. »Ach, du bist es, Mike, Liebling«, sagte sie mit übertrieben kehliger Stimme. »Ich mußte der da gerade eine kleine Belehrung erteilen, über ihre und anderer Leute Angelegenheiten. Nicht der Rede wert. Und was macht deine kleine Null? Seid ihr noch zusammen? Was würdest du von einer Abwechslung halten?« Ihre weißen Zähne blitzten ihn an.

Das brachte Mike Sutter aus dem Gleichgewicht. Ohne recht zu verstehen, wie ihm die Initiative so plötzlich entglitten war, sagte er lahm: »Es gibt keine Nullen in dieser Welt.«

»Wie kommt es dann«, schnappte Dolores, »daß die kleine Miß Marianne in einem ausgebauten Schreberhäuschen am Bahndamm wohnt, und du in einem Palast mit Schwimmbad und Bediensteten lebst?«

Mike errötete. Nach kurzem Zögern sagte er: »Die Gruppen werden das alles ändern.«

»Das glaubst du doch selber nicht.«

Mike ging nicht darauf ein. Bestrebt, die Initiative zurückzugewinnen, sagte er fest: »Hör zu, Miß Munroe, du wirst jetzt in die Schule gehen und keinen weiteren Stunk machen. Und wir fordern dich auf, daß du dich benimmst und dich wieder einer Gruppe anschließt.«

Sie lächelte wieder, spöttisch und unendlich verächtlich. »Dafür ist es ein bißchen spät, mein lieber Mike. Ich habe entdeckt, wie lustig und frei es sich ohne die Gruppen mit ihrer bigotten Moral, ihrem Strebertum und ihrer Schnüffelei leben läßt. Das Leben ist jetzt viel interessanter.«

»Du wirst jetzt in die Schule gehen?« wiederholte Mike.

»Ich habe nicht vor, auf meine Ausbildung zu verzichten«, sagte Dolores von oben herab, »aber ob ich in die Schule gehe oder nicht, ist meine Sache.« Mit einem letzten geringschätzigen Blick ließ sie die beiden Jugendlichen stehen und ging rasch davon.

Susan und Mike folgten ihr etwas langsamer zur Schule, deren Gelände eineinhalb Blocks weiter begann. »Was ist eigentlich passiert?« fragte Mike. »Wie ist es zu eurem Krach gekommen?«

»Ach«, sagte Susan wegwerfend, »Joe und sie knutschten hinter dem Kiosk. Ich ging hin, und dann kriegte Dolores die Wut und wischte mir ein paar.« Sie verstummte. Nach einer Weile fragte sie plötzlich: »Mike, was passiert, wenn Leute erwachsen werden?«

Mike antwortete nicht gleich. Er beobachtete eine Frau, die ihnen auf dem Gehsteig entgegenkam. Sie hatte ihre Handtasche offen am Arm hängen und bemalte ihren Mund mit Lippenstift, wobei sie mit konzentrierter Aufmerksamkeit in einen kleinen Handspiegel spähte. Sie war hübsch, und so war ihr Bemühen im Grunde vergeblich.

Die Frau ging an ihnen vorbei, und Mike drehte sich halb nach ihr um. Susan, die ihren eigenen Gedanken nachhing, bemerkte, daß Mike etwas zurückblieb. Sie sah sich um, dann sagte sie tadelnd: »Mike, es ist nicht höflich, andere Leute anzustarren.«

Mike nickte, und sie beschleunigten wieder ihre Schritte. »Sie erinnerte mich ein bißchen an meine Mutter«, sagte Mike. »Ich sehe meine Mutter jeden Tag vor dem Spiegel. Sie ist erst Anfang Vierzig, aber manchmal tut sie, als ob sie Ende Sechzig wäre.« Er zuckte mit den Schultern. »Ein Teil der Antwort auf deine Frage ist also, sie haben Angst, alt zu werden und zu sterben.«

Susan schüttelte ihren Kopf. »Was mit den Leuten nicht in Ordnung ist, wenn sie erwachsen werden, interessiert mich nicht. Ich meine, was haben sie davon? Was ist daran gut?«

Mike runzelte die Stirn. »Das Erwachsenwerden ist unvermeidlich, also was ist dein Problem?«

»Ich frage ja nur«, sagte Susan. »Ich dachte, du hättest vielleicht einen Gedanken dazu, aber wenn du keinen hast ...«

Mike hörte nicht hin. Sein Blick war auf einen Mann und eine Frau gerichtet, die auf der Straße daherkamen. Das Paar achtete nicht auf die übrigen Passanten. Der Mann hielt die Frau fest am Arm gepackt; zu fest, denn sie zerrte ständig und versuchte sich zu befreien. Aber er ließ sie nicht los. Ihr Ausdruck war rebellisch. Das Gesicht des Mannes war dunkel vor Zorn.

Als die zwei an Mike und Susan vorbeigingen, sagte der Mann: »Wenn ich dich noch mal mit diesem Kerl reden sehe, gibt es

Zunder ...« Seine Haltung machte klar, daß es keine leere Drohung war. Aber die Frau ließ sich nicht einschüchtern und keifte zurück: »Und das Luder, mit dem du herumziehst ...?«

Sie waren vorbei. Mike schüttelte seinen Kopf. »Ich weiß wirklich nicht, was am Erwachsensein gut ist, außer daß man auf sich selbst gestellt ist. Aber in Zukunft wird es besser werden müssen. Dafür müssen die Gruppen sorgen.«

»Wie sollten sie das tun? Sie existieren nur in Spaceport, nirgendwo sonst.«

»Wir werden uns ausdehnen«, sagte Mike. »Das ist keine Frage.«

Diesmal hörte Susan nicht hin. Sie hatte auf der anderen Straßenseite Bud Jaegers schmächtige Gestalt ausgemacht und stieß ihren Begleiter an. »Da kommt Bud Jaeger«, sagte sie mit einer Kopfbewegung. »Haben wir beschlossen, was wir mit ihm machen?«

»Was?« Mike war aus seinen Gedanken über die Zukunft der Erwachsenenwelt gerissen. »Nein, ich glaube nicht. Wir werden ihm die Aufsicht über ein paar kleinere Kinder geben und im Auge behalten, was er macht. Dann werden wir schon sehen.«

Der unsichtbare Beobachter bewegte sich einen Meter hinter Bud, als der Junge die Straße zum Schulgebäude überquerte. Er war es, der Mike und Susan zuerst sah.

– Zwei von deinen Gruppenmitgliedern kommen.

– Während der Schulstunden sind sie kein Problem, erwiderte der Junge. Er änderte die Richtung seines Gedankens: Mein Vater, muß ich wirklich weiter diese Schule besuchen? Warum genügt es nicht, wenn du die Stadt so beobachtest?

– Weil es nicht damit getan ist, sich einen äußeren Überblick über die Kultur zu verschaffen. Was wirklich vorgeht, können wir nur durch eine vorsichtige und gründliche Infiltration feststellen. Du weißt, wir mußten diese Flotte ein ganzes Jahr lang verfolgen. Sie arbeiteten mit allen denkbaren Tricks, um uns von ihrer Fährte zu bringen und zu verhindern, daß wir ihnen zu ihrem Planeten folgten. Aber wir sind hier. Unsere Flotte wartet draußen im Raum, und wir haben keine Eile, mein Sohn. Wenn wir angreifen und einen Fehlschlag erleiden, dann wird es wegen deiner Ungeduld sein, oder weil dir wegen Unaufmerksamkeit oder Gleichgültigkeit etwas entgangen ist. Das darf nicht geschehen.

– Ich verstehe das, sagte der Junge. Aber es ist langweilig, Dinge lernen zu müssen, für die man nie irgendeine Verwendung haben wird.

– Die Kriegsführung hat ihre eigenen Bedürfnisse, und Wissen steht immer in einer Beziehung. Also ist es wichtig. Wir haben sehr wohl Verwendung für das, was du lernst ...

Der unsichtbare Vater übermittelte seinem Sohn diese ermahnenden Gedanken, ohne auch nur die leiseste emotionelle Kritik oder Mißbilligung zu zeigen.

Das stumme Zwiegespräch zwischen ihnen endete, als Mike und Susan sich zu Bud gesellten. Die drei begrüßten einander und gingen gemeinsam über den Vorhof ins Schulgebäude.

Wieder stationierte sich der unsichtbare Beobachter in der Nähe des Eingangs – und wartete.

7

John Lane verließ die Station der unterirdischen Schnellbahn durch Ausgang 8. Vor einer Kontrollschleuse, die hier statt einer gewöhnlichen Bahnsteigsperre eingerichtet war, befand sich ein großes Schild mit der Aufschrift:

ACHTUNG
SPERRGEBIET
Zutritt nur mit Sonderausweis

Nach zehnjähriger Abwesenheit, während der er zum Oberkommandierenden einer Flotte von Raumkampfschiffen aufgestiegen war, war es ein wenig lästig, in eine Lichtschranke zu treten und sich von einem Computer identifizieren zu lassen. Aber er tat es mit dem selbstgefälligen Lächeln eines hohen Offiziers, der jederzeit bereit ist zu beweisen, daß er sich nicht über notwendige Sicherheitsbestimmungen erhaben dünkt.

Natürlich hielt er sich nur kurz in der Kontrollschleuse auf. Schon nach wenigen Sekunden leuchtete eine grüne Signallampe auf, und die Metallschiebetür vor ihm öffnete sich selbsttätig.

Lane nahm die Rolltreppe zur Erdoberfläche und wurde in

einen breiten, langen Korridor entlassen, der vor Sauberkeit blitzte. Er sah viele Männer, fast alle in Offiziersuniformen, geschäftig hin und her eilen.

Bald löste sich eine vertraute Gestalt aus diesem ameisenhaften Hin und Her. Lane erkannte Desmond Reid und steuerte rasch auf ihn zu. Sie schüttelten einander die Hände. »Ich hoffe, du hast nicht lange warten müssen?« sagte Reid.

»Nein, ich bin gerade gekommen«, antwortete Lane.

Der andere nahm seinen Arm und führte ihn in einen abzweigenden Korridor. Er schüttelte seinen Kopf. Er war ernst. »Du hast einen harten Tag vor dir, John. Eine neue Sitzung. Es verspricht lebhaft zu werden.«

»Dasselbe Thema?«

Reid nickte. »Alle sind in heller Aufregung über diesen Zusammenstoß unserer Flotte mit den Fremden. Man fürchtet, daß nicht genug Vorsichtsmaßnahmen getroffen wurden.«

Lane blieb gelassen. »Als unser Treibstoff zur Neige ging, hatten wir eine einfache Wahl. Entweder überhaupt nicht zurückkehren und dort draußen sterben, oder die Flotte nach Hause bringen in der Hoffnung, daß sie in einem Notfall nützlich sein wird. Diese Schiffe kosteten eine Menge Geld, und es dauerte lange, sie zu bauen.«

»Ich weiß«, sagte Reid grimmig. »Hier entlang, John.« Es war ein weiter Korridor. Als sie ihn entlang gingen, fuhr Reid fort: »Wirst du schwören, daß nur militärische Gesichtspunkte deine Rückkehr motivierten? Ich bin ziemlich sicher, daß man dir diese Frage stellen wird. Ich meine, du hast dich nicht von dem Gedanken an Estelle und Susan beeinflussen lassen?«

Lane blieb mit ärgerlichem Gesicht stehen. »Hast du den Verstand verloren? Natürlich ließ ich mich von solchen Gedanken beeinflussen. Und ich dachte nicht nur an Estelle und Susan, sondern an alle die Frauen und Kinder der achtundvierzigtausend Mannschaften und Offiziere.« Er lachte kurz auf. »Du glaubst doch nicht im Ernst, daß die Offiziere die Kontrolle über die Schiffe behalten hätten, wenn wir jemals bekanntgegeben hätten, daß wir nicht nach Hause zurückkehren würden?« Seine Miene verfinsterte sich zusehends. »Wenn das die Überlegungen sind, mit denen man sich beschäftigt, dann werde ich nicht einmal mit den Bastarden reden. Ich erwähnte die Alternative zur

Heimreise nur. Niemand – weder ich noch sonst jemand – zog sie jemals ernsthaft in Betracht.«

»Das Schicksal des ganzen Planeten kann auf dem Spiel stehen«, sagte Reid bedächtig. »Was sagst du dazu? Ich stelle die Frage nur, weil man sie dir in ein paar Minuten vorhalten wird, John.«

Lane drückte den Arm seines Freundes. Seine Miene hatte sich etwas geglättet und zeigte nun eher Besorgnis als Zorn. »Ich bin dir dankbar, daß du diese Fragen aufwirfst, Dez«, sagte er nach einer Pause. »Aber ich kann dir versichern, diese Art von Gedanken liegen ein Jahr hinter mir, alle gelöst, beantwortet und in ihren kleinen Schubladen verstaut. Ich weiß zu würdigen, was du eben für mich getan hast. Zum erstenmal verstehe ich jetzt, warum ich gestern nicht nach Hause ging, bis Estelle drauf und dran war, aus der Haut zu fahren. Das Komitee behandelte mich so respektvoll, daß ich die wirkliche Richtung ihres Denkens nicht erkannte.«

Sein hartes Gesicht entspannte sich. Er stand da und starrte nachdenklich auf die leere Wand über Reids Kopf. Schließlich nickte er zu sich selbst. Sein Blick fand zum Freund zurück. »Ich dachte eben an die Diskussion, die ich zur Zeit des Zusammenstoßes mit meinem Stab hatte. Paß auf! Die entscheidende Tatsache ist, daß wir es – von unserem Standpunkt aus gesehen – mit einer absolut gewalttätigen Lebensform zu tun haben. Möglich, daß wir in Regionen eingedrungen waren, die sie zu ihrer Heimat zählen. Möglich, daß sie uns für eine Invasionsflotte hielten, die sich anschickte, ihre Zivilisation zu zerstören. Das wissen wir nicht. Aber sie griffen uns ohne Warnung an, reagierten auf keine Kommunikationsversuche und waren offensichtlich darauf aus, uns zu vernichten. Hast du das verstanden?«

Reid nickte.

Lane fuhr fort: »Sie sind nicht so weit entfernt, Dez, daß wir uns jemals werden sicher fühlen können. Nur einundzwanzig Lichtjahre. Bei einer so relativ kurzen Distanz zwischen zwei raumfahrenden Rassen, die obendrein ähnliche Charaktereigenschaften zu haben scheinen, muß es früher oder später zu einer Konfrontation kommen. Nehmen wir andererseits an, wir hätten uns gegen die Heimkehr entschieden. Dann würde der Gegner wissen, daß die Erde existiert, aber die Erde würde nichts von ihnen wissen. Unser spurloses Verschwinden hätte Besorgnis, Angst und vielleicht einen vagen Verdacht zur Folge, aber die Menschheit würde nichts wissen. Jetzt weiß sie. Und außerdem haben wir die Flotte, die sich im Gefecht mit einem mächtigen Gegner bewährt hat.« Er breitete seine Hände aus. »Das ist die Überlegung. Ich kann keinen Fehler darin sehen.«

Desmond Reid nickte. »Ich auch nicht«, sagte er. Sein Gesicht war nachdenklich. »Was sollten wir tun, John?«

»Mehr Schiffe bauen. Die Beschädigungen analysieren, um festzustellen, welche Waffen sie gegen uns einsetzen.«

Reid nickte wieder. Als sie weitergingen, sagte er lächelnd: »Wie bist du gestern abend mit Susan zurechtgekommen?«

Lane lachte. »Mach dir keine Gedanken wegen Susan. Sie wird gar nicht merken, was mit ihr geschieht, so glatt werde ich es über die Bühne bringen.« Er brach ab. »Wann soll die Sitzung beginnen?«

»Sie hat schon angefangen, aber zur Zeit befragen sie noch Villiers.«

»Dann habe ich noch Zeit, mein neues Büro ausfindig zu machen?«

»Ich werde dich hinbringen«, antwortete Reid. »Aber nun, was Susan angeht ...«

Lane schüttelte seinen Kopf. »Dez, ich möchte lieber nicht darüber diskutieren.«

Sein Freund akzeptierte den Wunsch, und sie gingen schweigend den Rest des Weges zu der Tür mit der Aufschrift:

RAUMÜBERWACHUNG
HAUPTQUARTIER
John Lane, Flottenkommandeur

Lane hielt inne, um den Text zu lesen, dann sagte er: »Es ist mir noch nicht ganz klar, was das bedeuten soll.«

Reid lachte. »Es muß seinen Platz irgendwo am oberen Teil des Totempfahls haben. Wo genau, wirst du entdecken, wenn du die Gegensprechanlage einschaltest und merkst, wer dich anruft und weswegen.« Er hielt ihm die Hand hin. Als Lane sie mit fragendem Blick nahm, fuhr der andere Mann fort: »Ich muß in die Sitzung zurück. Man wird dich bald rufen.«

»Wie soll ich meinen Weg durch dieses Labyrinth finden?«

fragte Lane mit einer vagen Armbewegung in die Richtung der verschiedenen Korridore, die sie durchwandert hatten.

»Laß dich von einem deiner Leute führen.«

Mit diesem Vorschlag machte er kehrt und ging den Weg zurück, den sie gekommen waren. Lane blickte ihm einen Moment nach. Seine Augen wurden nachdenklich, und er nickte vor sich hin.

Worauf er die Tür öffnete und einen großen Raum betrat, der auf den ersten Blick sehr viel Ähnlichkeit mit der Kommandobrücke eines großen Raumschiffs hatte. Langsam schloß er die Tür hinter sich. Dann ging er verwundert auf die linke Wand zu, die nicht mehr und nicht weniger war als ein riesiger Bildschirm. Seine schimmernde Fläche zeigte im Moment eine Ansicht des Weltraums: Schwärze mit Nebelschleiern und Sternen im Hintergrund. Lanes Augen wurden feucht, als er diese vertraute Szene betrachtete. Er ging langsam weiter, vorbei an einem Fenster, an einer Tür, die sich in einen Konferenzsaal öffnete, und zu einer Maschine, die den größten Teil der Rückwand einnahm. Der Zweck der Anlage war ihm sofort klar. Es war eine Großrechenanlage fortgeschrittenen Typs. Die Signallampen, die über den transparenten Fenstern flackerten, und die Kodezeichen, die in fortgesetzter Folge in diesen Fenstern auftauchten, waren ihm verständlich und sinnvoll. Er nickte zu sich selbst, zufrieden und ein wenig stolz.

Noch immer nickend, murmelte er. »So ein schlechter Job scheint es schließlich doch nicht zu sein. Ich werde nicht den Kontakt verlieren. Ich werde dort draußen sein, und doch zu Hause mit meiner Familie leben.«

Als er das Wort »Familie« aussprach, verengten sich seine Augen ein wenig. Er drehte sich auf dem Absatz um und ging an den großen Metallschreibtisch, der vor dem Computer stand. Er drückte einen Knopf der Sprechanlage; und als sich sofort eine Männerstimme meldete, sagte er: »Hier ist Lane. Mit wem spreche ich?«

»Scott, Sir. Andrew Scott. Ich bin eine Kreuzung von Sekretär und Verbindungsoffizier, Sir.«

»Sehr gut«, sagte Lane. »Mr. Scott, ich bemerkte, daß viele jüngere Offiziere in diesem Bau herumlaufen. Geben Sie mir eine Liste des aktiven Flugpersonals, das sich im Hafen aufhält.«

»Sehr wohl, Sir.«

»Wie lange wird das Zusammenstellen einer solchen Liste dauern?«

»Nun, Sir, ich bin in dem Raum auf der anderen Seite des Computers. Ich bin gerade dabei, ihn zu programmieren. Darf ich Ihnen die Liste in einer Minute hineinbringen?«

Lane mußte lächeln. »Selbstverständlich dürfen Sie«, sagte er. Er trat vom Schreibtisch zurück und sah sich um. Außer der Tür zum Korridor und der in den Konferenzsaal hatte er keine weiteren Türen gesehen. Als er eine Weile gewartet hatte, hörte er ein leises Geräusch auf der linken Seite der Rückwand. Eine der Metalltafeln, mit denen die Wand hinter dem Computer verkleidet war, schwang auf, und ein Mann kam herein. Er war dunkelhaarig, etwa in Lanes Alter, leicht dicklich und hatte ein Doppelkinn. Er trug wie Lane Zivilkleidung. Lane nickte ihm zu, nahm den Computerausdruck, der ihm gereicht wurde, und sagte: »Warten Sie.«

Es war keine lange Liste. Die aktiven Flugoffiziere im Hauptquartier machten nur einen kleinen Teil des Personals aus. Lane überflog die Liste und schätzte die Zahl der Namen auf ungefähr dreißig. Nur vier von ihnen hatten Hauptmannsrang. Lane zeigte auf sie, sagte: »Wie alt sind sie? Können Sie mir Fotos besorgen?«

Scott brauchte nicht einmal den Raum verlassen. Er ging an den Computer und kam schon wenige Momente später mit dem Ausdruck zurück. Da waren die vier Fotos und die Altersangaben der Männer. Einer war sechsundzwanzig, einer siebenundzwanzig, und die anderen zwei waren achtundzwanzig. Drei von ihnen sahen hinreichend stattlich aus, aber der vierte Mann war – nach dem Foto zu urteilen – außergewöhnlich hübsch, ein wahrer Adonis. Unglücklicherweise war er einer der zwei Achtundzwanzigjährigen. Aber Lane entschied rasch, daß die Frage des Alters zweitrangig sei.

Er blickte auf. »Mr. Scott?«

»Ja, Sir?«

»Schicken Sie diesen Mann zu mir, Captain Peter Sennes. Aber lassen Sie mich überlegen.« Er rieb sein Kinn und murmelte sinnend: »Gestern wurde die Sitzung um zwölf Uhr dreißig für das Mittagessen unterbrochen – sagen Sie ihm, er möge sich um eins hier einfinden. Sagen Sie ihm, daß ich beabsichtige, ihn heute oder morgen zum Abendessen in mein Hauss einzuladen, je nachdem, wie es ihm besser paßt. Werden Sie das machen?«

»Selbstverständlich, Sir.«

»Und – Mr. Scott.«

»Ja, Sir?«

»Rufen Sie meine Frau an und sagen Sie ihr, daß ich heute oder morgen abend einen Gast zum Abendessen mitbringen werde. Können Sie das machen?«

»Natürlich, Sir.«

Als Scott sich abwandte, ertönte der Summer der Sprechanlage. Der Mann ging rasch an den Schreibtisch und drückte den Knopf. »Büro von Kommandeur Lane.«

Eine Stimme sagte: »Der Sonderausschuß des Präsidenten erwartet Kommandeur Lane. Wollen Sie ihm sagen, daß er so bald wie möglich herüberkommen möge?«

»Ich werde einen Führer brauchen«, sagte Lane schnell.

»Ich werde ihm persönlich den Weg zeigen«, sagte Scott in die Sprechanlage. Er blickte zu Lane. »Wann, Sir?«

»Jetzt gleich.«

»Wir werden in zwei Minuten drüben sein«, sagte Scott. Er unterbrach die Verbindung und deutete zur Korridortür. »Nach Ihnen, Sir.«

Sie gingen hinaus. Im Raum wurde es still, bis auf die schwachen Geräusche elektrischer Energie in der ständig betriebsbereiten Rechenanlage.

Auf dem riesigen Bildschirm fuhren die Sterne fort, langsam über den schwarzen Himmel zu ziehen, als das Kampfschiff (von dem die Sternenszene übertragen wurde) seine Erdumlaufbahn beschrieb.

8

Mitternacht kam und ging. Dann ein Uhr. In der einen Hälfte des überdimensionierten Ehebettes der Lanes regte sich etwas in der Dunkelheit. Ein nervöser Seufzer. Wieder Stille. Dann wurde plötzlich das Licht neben der rechten Betthälfte eingeschaltet und zeigte Estelle Lane, wie sie sich aufsetzte, nach einem Glas Wasser auf dem Nachttisch griff, daraus trank und es zurückstellte. Dann warf sie ihrem fest schlafenden Mann einen ungeduldigen Blick zu, seufzte wieder, kratzte sich unter dem Arm und räusperte sich vernehmlich.

John Lane, in sein Kissen vergraben, schnarchte leise.

Estelle hustete.

Das Schnarchen hörte plötzlich auf. Lane wälzte sich schlaftrunken herum, blinzelte unwirsch ins Licht und brummte: »Was ist denn los?«

Als er sie im Bett sitzen und ihn vorwurfsvoll anstarren sah, erhob er sich ächzend auf einen Ellbogen.

»Es ist halb zwei durch«, sagte die Frau mit gereizter Stimme. »Ich habe noch kein Auge zugemacht. Captain Sennes hätte Susan längst nach Hause bringen sollen!«

»Und deshalb hast du mich geweckt?« Er begann wieder unter seine Decke zu rutschen, aber ihr Gesichtsausdruck hielt ihn zurück. »Wahrscheinlich sind sie noch irgendwo eingekehrt.«

Dieser Kommentar war für die Frau so offensichtlich unzureichend, daß er seine Taktik änderte. Er setzte sich aufrecht und sagte kriegerisch: »Warum sorgst du dich wegen Captain Sennes, während es dir nie etwas ausmacht, wenn sie mit dieser Halbstarkenbande herumlungert?«

»Dies ist ein Mann«, sagte Estelle.

»Du bringst alles durcheinander«, sagte ihr Mann mit verletzter Geringschätzung. »Als ich achtzehn war, machte ich folgende Erfahrung: Ungefähr zwanzig Prozent der Jungen legten ungefähr achtzig Prozent der Mädchen aufs Kreuz, von Vierzehnjährigen aufwärts. Die anderen Jungen waren überwiegend nette, anständige Burschen. Einige von ihnen hofften natürlich, daß ein Mädchen ihnen Gelegenheit geben würde, aber du und ich wissen, daß das nicht die Art und Weise ist, wie es gemacht wird. Nun, hier ist mein Argument: Du kannst mir nicht erzählen, daß es diese zwanzig Prozent aggressiver Jungen heutzutage nicht mehr gebe, und daß achtzig Prozent der Mädchen auf einmal immun gegen ihre Methoden geworden wären.«

»Männer sind verschieden«, sagte Estelle bestimmt.

»Du meinst, Männer sind urteilsfähiger. Der durchschnittliche, halbwegs anständige Mann hat gelernt, nicht nach jeder Frau zu greifen, die er kriegen kann. Es ist zu schwierig, sie wieder loszuwerden, wenn man sie einmal hat. Und die meisten Männer entdeckten das recht frühzeitig im romantischen Teil ihres Lebens.«

»Du scheinst eine Menge darüber zu wissen«, sagte Estelle; und für einen Moment sah es aus, als ob seine Antwort die Richtung ihrer Gedanken verändert hätte.

»Hör mal zu«, sagte er geduldig, »du kennst die ganze traurige Geschichte meiner Erfahrungen mit Frauen. Ich erzählte dir jedes unglückliche Detail, bevor wir heirateten.«

»Nach deinen Erzählungen warst du der größte Simpel, den es je gegeben hat«, sagte sie schroff.

»Was Frauen und Mädchen anging, ja«, sagte Lane. »Bei der Gelegenheit wollen wir festhalten, daß ich niemals die Geschichte deiner vorehelichen Erfahrungen zu hören bekam. Ich kann mich gut erinnern, daß du jedesmal, wenn das Thema zur Sprache kam, in eine für dich sehr ungewöhnliche Schweigsamkeit verfielst.«

»Du versuchst vom Thema abzulenken«, sagte die blonde Frau erzürnt.

Der Mann saß da, und er war sichtlich in einem Zustand gemischter Gefühle. Eine Emotion drängte ihn, darzulegen, daß sie es gewesen war und nicht er, die vom Thema abgeschweift war. Eine zweite Emotion war Verärgerung über den sinnlosen nächtlichen Streit und die Unmöglichkeit, mit der Frau sachlich zu diskutieren. Aber schließlich siegte die Vernunft. Er sagte mit einem Seufzer: »Ich bin überzeugt, daß der Captain sich bei seinem ersten Ausgang mit der Tochter eines Flottenkommandeurs wie ein Kavalier benehmen wird. Gute Nacht!«

Er rutschte wieder unter seine Decke und schloß die Augen. Aber die Frau blieb aufrecht im Bett sitzen und sagte: »Ich möchte wissen, warum du diesen Captain Sennes zum Abendessen eingeladen hast; noch dazu so bald nach deiner Rückkehr.«

»Estelle, meine Abwesenheit hat keinen Einfluß auf die Vorgänge im Raumfahrtzentrum.« Er drehte sich auf die andere Seite, und seine Stimme klang etwas gedämpft, als er fortfuhr: »Wie ich den Burschen sah, wurde mir plötzlich klar, daß sich hier für Susan eine Gelegenheit bot, statt dieser großmäuligen Halbstarken einmal einen richtigen Mann kennenzulernen, einen ganzen Kerl. Ich dachte, das sei hier vielleicht das eigentliche Problem. Die besten Männer sind fort. Mädchen und Frauen verlieren ihre Maßstäbe.«

»Ich kann nicht glauben«, sagte die Frau, »daß der Gedanke dir ganz zufällig gekommen ist.«

Als er nicht antwortete, blieb auch sie eine Weile still. Dann streckte sie ihren Arm aus und löschte das Licht. Aber als sie sich niederlegen wollte, zögerte sie wieder. Aus der Dunkelheit kam ihre Frage: »Wie lange wird Captain Sennes in Spaceport bleiben?«

Lanes Antwort war ein schläfriges Murmeln. »Ursprünglich acht bis zehn Wochen. Aber angesichts des Aufruhrs über die Sache mit den fremden Lebewesen wurde die Expedition, an der er teilnehmen sollte, abgesagt. Aber so oder so, ich glaube, daß er in zwei, drei Monaten wieder Flugdienst tun wird.«

Wieder eine Pause. Die Stille war jedoch von hektischen Gedanken belebt. Die Essenz davon war in der Stimme der Frau, als sie endlich mit einem gedehnten Seufzer sagte: »D-r-e-i M-o-n-a-t-e!«

»Schlaf jetzt!« murmelte Lane verdrießlich.

Nach einer weiteren Pause kam endlich das Rascheln von Bettzeug und ein Knarren von Sprungfedern, als Estelle schließlich widerwillig unter die Decke kroch. Sie wußte, daß sie nicht schlafen würde.

Im Schlafzimmer dauerte es eine Stunde subjektiver Zeit, bevor fünfzehn Minuten realer Zeit verstrichen waren. Nach Ablauf etwa dieser Spanne konnte man einen Mann und ein Mädchen die dunkle Straße heraufkommen sehen. Eine Weile blieben sie im Halbschatten zwischen zwei Straßenlaternen, aber als sie kurz vor dem Grundstück der Lanes in den Lichtkreis einer Lampe kamen, wurden die zwei als Susan Lane und der Offizier erkennbar, dessen Foto John Lane am Morgen in den Händen gehalten hatte; es war kein anderer als der männlich-schöne Captain Peter Sennes.

Als Susan und ihr Begleiter die Gartenpforte öffneten, entließ die Schnellbahnstation einen Block weiter zwei Passagiere. Sie gingen die Straße entlang, die sie am Haus der Lanes vorbeiführen mußte. Aus der Ferne sahen sie zuerst wie Männer aus, aber als sie in den Lichtkreis der ersten Straßenlaterne kamen, entpuppten sie sich als Mike Sutter und Lee David.

Die beiden jungen Burschen waren offenbar auf dem Heimweg; sie hatten die Hände in den Hosentaschen und schritten stumm und mit eingezogenen Schultern nebeneinander her. Mike war es, der einen flüchtigen Blick über den Gartenzaun des Laneschen Anwesen warf, noch einmal hinsah und zugleich Lees Arm festhielt. Dann starrten sie beide über Gartenzaun und Hecke zur Haustür.

Susan und Sennes hatten nach einigen verbalen Manövern des Mannes einen Punkt erreicht, wo er die Tür für sie aufsperrte. Danach wandte er sich so um, daß er ihre mögliche Absicht blokkieren konnte, einfach den Schlüssel zu nehmen und an ihm vorbei ins Haus zu schlüpfen. In Wahrheit dachte sie an kein solches Manöver. Und nun, als sie den Schlüssel annahm, hielt sie ihm ihre rechte Wange zum Kuß hin, wie es dem Sittenkodex ihrer Gruppe entsprach.

Captain Sennes legte ohne zu zögern seine Arme um sie und küßte sie auf die Lippen, fest aber kurz. Susan fing an zu zappeln, und als er seinen Mund von dem ihren nahm, protestierte sie mit gedämpfter Stimme: »Nicht den Mund ... auf meine Backe. Auf die Backe ist in Ordnung ...«

Daß ihre Stimme gedämpft war, hatte den einfachen Grund, daß der Mann ihr Gesicht geschickt an seine Brust zog. Für ihn war es der geeignete Augenblick, seine Hände sanft über ihren Körper streichen zu lassen und sie in Positionen zu bringen, wo er das Mädchen für sein nächstes Manöver fester im Griff hatte.

»Nein«, sagte er, »nicht die Backe. Wir sind doch keine Kinder.« Nachdem er das in ihr Haar gemurmelt hatte, hielt er mit der einen Hand ihren Hinterkopf, während sein Mund ein zweitesmal ihre Lippen fand. Sie wand sich einen Moment hilflos, dann schien sie zu begreifen, daß sie von seiner überwältigenden Kraft völlig gefangen war, denn sie gab ihren Widerstand auf und überließ sich passiv seinen Zärtlichkeiten.

Dieser Kuß dauerte fast eine Minute, und Mike und Lee beobachteten ihn mit gemischten Gefühlen. Es geschah alles viel zu schnell, als daß echte Emotionen hätten durchbrechen können. Beide Burschen waren hauptsächlich schockiert. Nicht einmal Lee zeigte in diesen Momenten Eifersucht; er verharrte in einer psychologischen Reaktion aus Bestürzung und Verdruß. Mike überwand diese Phase zuerst. Er stürzte zur Gartenpforte und fummelte nach der Klinke, als Lee ihn am Arm packte und zurückzerrte. Lee machte eine Kopfbewegung, und nach einem Moment nickte Mike. Die beiden Jungen bewegten sich im Schutz von Hecke und Gartenzaun weiter und erreichten einen Baum, hinter dem sie stehenblieben.

Unterdessen hatte Captain Sennes seine Umarmung gelockert. Susan begann wieder zu zappeln, worauf er sie ganz losließ. »Bis ich neunzehn bin«, schnaufte sie, »darf ich nur auf die rechte Backe geküßt werden, und ich möchte, daß du dir das in Zukunft merkst.«

Ihre Stimme klang so ernst und tadelnd, daß der Mann lächeln mußte. »Das ist doch dummes Zeug, Susan«, sagte er. »Lippen sind viel süßer.«

»Gute Nacht«, sagte Susan fest.

»Es hat dir gefallen, nicht wahr?« fragte Sennes.

»Es ist gegen die Gruppenregeln.« Ihre Stimme ließ erkennen, daß das alles war, was über die Angelegenheit zu sagen war.

Der Mann ließ sich nicht beeindrucken. »Aber es hat dir gefallen?« sagte er.

Es gab eine Pause. »Nun«, sagte Susan schließlich in ihrer ehrlichen Art, »wenn ich neunzehn bin, werde ich es vielleicht mögen.«

»Du hast dir nicht gewünscht, es wäre ein anderer, der dich küßte?« fragte Sennes.

Der Gedanke war für Susan zu kompliziert. Weil sie von keinem auf den Mund hatte geküßt werden wollen, war die Idee, sie könnte es vorziehen, von einem anderen geküßt zu sein, außerhalb ihrer Realität. So kam es, daß die Frage sie verwirrte. Die Verwirrung zeigte sich in einer plötzlichen Scheu. Auf einmal wollte sie seine Gefühle nicht verletzen, was auch etwas war, das sie bisher nicht erfahren hatte. So sank sie innerhalb weniger Momente von der Höhe einfacher Wahrhaftigkeit, wo man andere nicht verletzten konnte, in jene negative Tiefe, wo man sich mit unwahren Antworten aus Situationen zurückzuziehen suchte.

Sie sagte: »Ich hatte keine Zeit, mir etwas zu wünschen.«

»Nun fängst du an, wie eine Frau zu klingen«, sagte der Mann in vorwurfsvollem Ton.

Das war ein neuer Gedanke für sie. »Wie meinst du das?« fragte sie verwirrt.

»Ich meine, so zu tun, als ob du nicht verstündest – eine direkte Antwort zu vermeiden.«

Das hatte zuviel Drall, selbst für eine Susan in einem verwirrten Zustand. Weil sie das ursprüngliche Gefühl, das ihr unterstellt wurde, nicht gehabt hatte, wurde sie von seiner Idee in die Nähe ihres normalen Empfindens geschockt. Sie fragte: »Willst du eine direkte Antwort?«

Der Offizier zögerte. Seine Erfahrung sagte ihm, daß sie ihm irgendwie entwischte. Er merkte, daß er die Kontrolle über die Situation verlor, und weil er nicht genau wußte, was schiefgegangen war, unternahm er einen hastigen Versuch, sie für die Zukunft zu retten. Er lächelte.

»Vergiß nicht«, sagte er, »du hast versprochen, am Sonntag einen Flug mit mir zu machen.«

»Dabei bleibt es«, sagte Susan. »Wenn meine Mutter einverstanden ist.«

Sennes wandte sich ab. »Ich werde um acht hier sein.« Er ging rasch die Stufen hinunter und durch den Garten, bevor sie mit irgendwelchen Einschränkungen aufwarten konnte. »Gute Nacht«, sagte er über seine Schulter.

Susan machte Anstalten, ins Haus zu gehen, aber in der Türöffnung schien sie in eine unsichtbare Barriere zu laufen. Sie trat sogar einen Schritt zurück, um sich umzudrehen und dem Mann nachzublicken. Die verdrehten Worte und Andeutungen der letzten Minuten kreisten noch in ihrem Kopf. Scheu und irgendwie beklommen stand sie in der Türöffnung und sah Captain Sennes das Gartentor öffnen, auf die Straße hinaustreten und das Tor hinter sich schließen. Er blickte auf und sah Susan. Er winkte ihr zu. Sie winkte unsicher zurück.

Der junge Offizier lächelte triumphierend. Er hob noch einmal seine Hand und ging dann mit raschen und energischen Schritten die Straße hinunter. Weil er außerordentlich kräftig und athletisch war, einer jener Elitesoldaten, die man ausgesiebt und für den aktiven Dienst in der Raumflotte ausgebildet hatte, machte er aus jedem Schritt eine kraftvolle Bewegung von natürlicher Anmut. Er kam hinter einer hohen Hecke außer Sicht. Es war ein guter Abgang.

Susan stand mit einem geistesabwesenden Blick in den Augen auf der Schwelle. »Gute Nacht«, murmelte sie leise.

Worauf sie hineinging und die Tür schloß.

Lee und Mike kamen hinter ihrem Baum hervor. Sie standen beisammen und beobachteten Captain Sennes' sich entfernende Gestalt. Er war schon einen Block weiter und steuerte den Eingang zur Schnellbahnstation an. Enttäuschung und Kummer malten sich in Lees Gesicht. Mike war grimmig, aber dann zuckte er mit der Schulter und legte seine Hand auf den Arm des Freundes: »Überlaß diese Sache nur mir, Lee.«

Der andere blieb still, und Mikes Miene zeigte an, daß er Lees Schweigen als Zustimmung auslegte.

»Vorhin dachte ich«, sagte Mike nach kurzer Pause, »daß diese monatlichen Bezirksversammlungen ein großer Mist sind, weil sie bis spät in die Nacht dauern und meistens nichts dabei herauskommt; und dann stoßen wir auf eine unvermutete Situation mit einem unserer Mitglieder, und es zeigt sich, daß die Versammlungen vielleicht doch nicht so schlecht sind.«

Wieder blieb er ohne Antwort von Lee. »Komm, wir ziehen ab«, sagte er. Er nahm den blonden Jungen am Arm und zog an ihm. Lee ging wortlos mit ihm.

Im Schlafzimmer der Lanes veränderte die Gestalt auf der rechten Seite des Doppelbettes langsam ihre Lage. In der Dunkelheit war es schwierig, den Unterschied auszumachen, aber der Eindruck, der sich aus der veränderten Lage und dem Umriß der Gestalt ergab, war, daß die Frau sich plötzlich entspannt hatte.

Bald darauf – denn Susan war bereits in ihrem Bett auf der anderen Seite des Hauses – lag die ganze Familie in tiefem Schlaf.

9

Am nächsten Morgen …

Der unsichtbare Beobachter bewegte sich im Schrittempo hinter Bud Jaeger. Das außerirdische Kind, das in der Gestalt eines menschlichen Jungen ging, wanderte in seinem schleppenden Schritt die Straße entlang und trug seine Bücher genau wie die anderen Kinder unter einem Arm. Das stumme Zwiegespräch zwischen Vater und Sohn war kurz.

– Wir haben den Eindruck, sagte der Vater, daß die in einer

Umlaufbahn um die Erde befindliche Raumflotte gegen einen möglichen Angriff in Alarmbereitschaft versetzt worden ist.

– Du meinst, sie wissen, daß unsere Flotte in der Nähe ist?

– Nein, mein Sohn. Wenn sie uns ausgemacht hätten, würden sie sicherlich angreifen. Was dieser Alarm bedeutet, ist, daß John Lane seine Meldung gemacht hat, und daß die militärische Führung keine Risiken eingehen will.

– Warum sagst du mir das?

– Ich möchte, daß du die Ohren offenhältst, wenn du mit der Gruppe bist. Sieh zu, daß du alles hörst, was Susan Lane in eurem Kreis über ihren Vater sagt. Seine Aktionen können für unsere Entscheidungen wesentlich sein. Wenn er zum Beispiel plötzlich an Bord seines Kommandoschiffs zurückversetzt wird, könnte es das Signal sein, daß sie uns ausgemacht haben.

– Du bist fast immer dabei gewesen, mein Vater, wenn ich mit der Gruppe war. Du bist so gut im Bilde wie ich, was dort geschieht.

– Ja, und dabei wird es nach Möglichkeit bleiben. Aber ich kann keine Gebäude betreten, und es ist meine Absicht, gelegentlich John Lane zu folgen, also wirst du mehr als bisher auf dich selbst gestellt sein. Ich versichere dir, daß ich nicht öfter als absolut notwendig abwesend sein werde.

– Gut, sagte der Junge, ich werde Susan beobachten.

Sie waren zum Schultor gekommen, und Bud ging nun über den Vorhof. Sein Vater blieb im Schwebezustand über dem Gehsteig und etwas abseits vom menschlichen Verkehr, aber er war auch hoch genug, um jede Art von Energiekonflikt mit vorbeifahrenden Fahrzeugen zu vermeiden. Aus dieser Position sah er Bud auf die Stufen vor dem Schulgebäude zusteuern. Kurz darauf sah er Mike Sutter kommen und sich am Schultor postieren. Das war eine unerwartete Entwicklung. Der Beobachter, schon im Begriff, seinen Standort zu verlassen, blieb und wartete.

Ungefähr eine Minute verging. In dieser Zeit drängten ungefähr hundert Jungen und Mädchen verschiedenen Alters durch das Tor. Dann tauchte im Strom der Schulbesucher ein Gesicht auf, das ihm bekannt vorkam. Noch immer fast verdeckt von einer Gruppe anderer junger Leute näherte sich Lee David dem Schultor. Er war offenbar tief in Gedanken verloren, denn er sah Mike Sutter erst, als dieser sich zu ihm drängte, seinen Arm nahm

57

und ihn beiseitezog. Für den unsichtbaren Beobachter gab es
keinen Zweifel mehr: irgend etwas Ungewöhnliches war geschehen.

Lee nickte Mike zu, dann sagte er, bevor der andere zu Wort
kam: »Wegen gestern abend, Mike … Ich habe beschlossen,
Susan zu vertrauen. Klar?«

Der dunkelhaarige Junge schüttelte langsam seinen Kopf. »Zu
spät«, sagte er.

Lee starrte ihn an. »Zu spät?«

Mike nickte. Er sah unglücklich, aber entschlossen aus.

Lee schoß auf einmal das Blut in die Wangen. Er sagte durch
zusammengebissene Zähne: »Verdammt, wie kommst du dazu?
Ich bin der Leiter dieser Gruppe!«

»Tut mir leid, Lee«, sagte Mike, »aber die Gruppe stimmt überein, daß dir nicht voll vertraut werden kann, wenn es Susan betrifft.«

Lee begann wütend: »Du Quatscher! Das ist …« Er verstummte. Ein Gedanke kam ihm. Seine Augen wurden schmal. »Ich
weiß, neulich abends. Du wolltest nicht spuren.«

Mike nickte. »Du hattest wegen Susans Altem vorzeitig Schicht
gemacht.«

Die Farbe verlor sich aus Lees Gesicht. Er starrte mit bitterer
Miene ins Leere. Etwas ruhiger sagte er: »Warum hast du nicht
die Klappe aufgemacht, wenn dir die Richtung nicht schmeckte?
Ich weiß jetzt, ich ließ etwas durchgehen, das wir nicht hätten tun
sollen.«

»Du meinst«, korrigierte ihn Mike, »du tatest etwas, das du
nicht hättest tun sollen.«

»Nein«, widersprach Lee fest. »Gerade weil ich mich nicht von
meinem Gefühl für Susan beeinflussen lassen wollte, ließ ich
mehr als einmal zu, daß du ihren Alten einen Arschtreter und
Kommißknochen nanntest. Und Mr. Lane hat nichts getan,
Mike.«

»Du meinst, er hat noch nichts getan.«

»Abwarten.«

Mike blickte auf seine Uhr. »Ich habe mit der Gruppe gesprochen, und Marianne wird Susan stellen. Nach den Regeln muß
diese Sache durchgekaut werden. Das ist alles, und du hast keinen Grund, dich deswegen aufzupusten.«

Susan hatte sich verspätet. Sie kam in großer Eile, nur flüchtig gekämmt, und die Augen in ihrem unausgeschlafenen Gesicht waren trübe und ohne Glanz. Hätte sie Marianne nicht zuerst gesehen, wäre die Konfrontation vielleicht verschoben worden, weil jede Minute die Klingel zum Schulbeginn schrillen mußte. Aber sie sah Marianne und winkte. Und das war der Moment. Marianne kam eilig herüber, Dringlichkeit in jeder Bewegung.

»Die Gruppe schickt mich«, platzte sie heraus. »Ich muß dich zur Rede stellen!«

Susan erschrak. »Zur Rede stellen?« sagte sie langsam. »Aber warum?«

»Ich soll dir sagen: Halte dich heute von den Gruppenmitgliedern fern. Heute abend um halb acht wird bei Lee über dich gerichtet.«

Susan begriff, daß es kein Scherz war; sie wurde ärgerlich. Ihre Stimme ging eine halbe Oktave hinauf. »Was für ein Quatsch ist das?« fragte sie.

»Tut mir leid«, sagte Marianne, »aber du wurdest gesehen.«

Susan schwieg verdutzt. Wenn eine erste vage Erkenntnis über den Grund dieser unerwarteten Entwicklung in ihr aufdämmerte, so versuchte sie sie aus ihrem Bewußtsein zu verdrängen. »Was meinst du?«

Für Marianne war es der große Augenblick. »Heute nacht«, sagte sie, lauter als nötig gewesen wäre. »Wie du mit einem Mann geknutscht hast.«

Das Unmögliche war eingetreten. Die verborgene Abschiedsszene, lange nach Mitternacht, für deren Verlauf sie nicht verantwortlich war. Das Geheimnis, das sie nicht preisgeben wollte, weil sie sich unschuldig fühlte ... Susan schluckte, dann stammelte sie: »Aber – aber er – er riß mich plötzlich an sich.«

Irgendwo gellten die Klingeln durch das Gebäude und riefen gute und schlechte Schüler zu ihrer Pflicht. Aber die beiden Mädchen waren in der Intensität des Augenblicks gefangen. »Ich bin nur diejenige, die es dir zu sagen hat«, erklärte Marianne stolz. Aber im nächsten Moment wurde sie von ihrer Neugierde übermannt, denn sie blickte Susan mit großen, faszinierten Augen an und sagte: »Wie war es?«

Die Gedanken des blonden Mädchens waren weitergerast, und so entging ihr der Sinn der Frage. »Was?« sagte sie.

»Das Küssen«, sagte das dunkelhaarige Mädchen, fasziniert von ihrer Vorstellung.

Es war eine Frage, mit der Susan sich ungern beschäftigte, besonders in diesem Augenblick. »Ich erinnere mich nicht«, sagte sie. Ihre Augen, blau wie Mariannes, aber umflort und vom Widerstreit ihrer Empfindungen überschattet, fixierten die andere. »Wer hat mich gesehen?« fragte sie.

»Mike und Lee.«

Als Susan nichts sagte, einen gequälten Ausdruck im Gesicht, während sie diese Auskunft in ihrer Tragweite zu erfassen suchte, fügte Marianne hinzu: »Mike sagt, daß du vielleicht kein Quaßler mehr sein wirst.«

Die Worte waren wie ein Schlag, der ein nervöses und empfindliches Tier trifft; selbst wenn es krank ist, springt es auf. Sie war sofort wieder zornig. »Oh, dieser Mike – warte, bis ich ihn sehe! Das ist lächerlich.«

Der Ausbruch alarmierte Marianne. »Laß du gefälligst Mike in Ruhe. Er tut nur seine Pflicht in der Gruppe.«

»Aber – aber das ist einfach zuviel«, sagte Susan wütend. »Ich wette, er wird genauso ein Tyrann wie sein Alter, wenn er erwachsen ist.«

»Du hast kein Recht, so was zu sagen«, schrillte das jüngere Mädchen. »Dir stinkt er ja nur, weil du erwischt wurdest!«

»Ich wurde nicht erwischt!« schrie Susan.

Der Klang ihrer Stimme echote über den Vorplatz der Schule.

»Du meine Güte!« keuchte Marianne. »Los, der Unterricht hat schon angefangen!«

Sie rannten zum Portal, durch die Halle und die Treppe hinauf, um sich oben wortlos zu trennen. Marianne lief nach links in den Korridor, Susan nach rechts.

Am Spätnachmittag – nach Schulschluß – erfüllte Bud Jaeger unter Mikes Aufsicht seine erste Aufgabe als Gruppenmitglied. Gegenstand seiner Bemühung war ein achtjähriger Junge namens Martin Rilby, dessen Mutter schilderte, wie er jedesmal, wenn er seinen Willen nicht durchsetzen konnte, einen Wutanfall bekam. Nachdem sie sein Verhalten bildhaft beschrieben hatte, verließ die Mutter das Zimmer, und Bud erteilte dem Jungen die

Gruppenlektion für Fälle dieses bei kleinen Jungen und Mädchen nicht ungewöhnlichen Verhaltens. Bud beendete seinen Vortrag mit den Worten: »Und wenn du nicht damit aufhörst, weißt du, was dann passiert?«

Der Junge, eingeschüchtert und gespannt, schüttelte seinen Kopf.

»Dann wirst du in ein Zimmer eingesperrt; und eine ganze Stunde lang mußt du dir eine Aufnahme von dir selbst bei deinem letzten Wutanfall anhören. Das ist das erstemal. Wenn du es wieder tust, werden es eineinhalb Stunden sein.« Er machte eine Pause und sagte dann: »Die Gruppe hat nachgeprüft, wie deine Mutter dich zu Hause behandelt, und sie macht es tadellos. Also bist du derjenige, der sich ändern muß. Klar?«

Der Junge starrte mit runden Augen zu ihm auf. Etwas an diesem Blick alarmierte Bud, und er wandte sich telepathisch an seinen Vater, der wenige Meter entfernt vor dem Fenster schwebte.

– Könnte es sein, mein Vater, daß kleine Kinder mich sehen können, wie ich bin?

– Sehr kleine Kinder, vielleicht. Aber dieses ist schon ein wenig alt.

– Vielleicht ist der Grund, daß die Gruppe sich seiner annehmen muß, der, daß er in einer Weise zurückgeblieben ist, sagte Bud.

Für weitere Kommunikation auf dieser Ebene war keine Zeit. Der kleine Junge war nahe an ihn herangegangen. »Siehst du immer so komisch aus?« fragte er.

»Martin!« sagte Bud. »Du mußt auch höflich sein.«

Der Junge wich zurück und murmelte scheu eine Entschuldigung. Bud war erleichtert. Hastig fuhr er fort: »Du wirst dich zusammenreißen müssen, Martin. Gewöhnlich kümmern wir uns erst um kleine Jungen und Mädchen, wenn sie zehn sind, aber in deinem Fall machen wir eine Ausnahme. Wenn du schließlich einmal in eine Gruppe aufgenommen wirst, dann wird die Art deiner Behandlung davon abhängen, wie du dich jetzt benimmst. Klar?«

Martin war überwältigt. Einer Gruppe anzugehören, akzeptiert zu werden, war sein sehnliches Verlangen. Er schluckte und murmelte mit niedergeschlagenem Blick: »Klar.«

»Ziemlich gut«, erklärte Mike, als Bud und er wieder auf der

61

Straße standen. »Martin ist jetzt ein Fall, für den du verantwortlich bist. Du behältst ihn im Auge – klar?«

Bud nickte. »Klar.«

10

Der unsichtbare Beobachter suchte. In der Dunkelheit des frühen Abends schwebte er die Fassade eines mehrstöckigen Wohnhauses hinauf. Die Gruppenmitglieder waren in den Aufzug gegangen, aber in welche Etage waren sie gefahren?

Er schwebte von Fenster zu Fenster, um festzustellen, wo Bud war. Nach einiger Zeit fand er seinen Sohn – im vierten Stock.

Unglücklicherweise war das Gebäude mit Spiegelglasscheiben ausgerüstet, und die halb zugezogenen Vorhänge ließen gerade noch erkennen, daß in dem Zimmer, wo Bud sich aufhielt, Licht brannte. Mehr war nicht auszumachen. Irritierend war auch, daß Bud lediglich seine Anwesenheit bestätigte und dann seine Kommunikation einstellte. Endlich konnte der Vater seine Ungeduld nicht länger zügeln.

– Es ist wahr, mein Sohn, daß ich in erster Linie als dein Beschützer hier bin. Aber ich bin auch an der Organisation und der Arbeitsweise der Gruppen interessiert. Was machen sie?

Buds Gedankenemissionen war zu entnehmen, daß er sich der Vernachlässigung seiner Pflicht bewußt war. Das Schuldgefühl war da, wurde aber von Spannung und Erregung überlagert, als er antwortete:

– Als eine Höflichkeitsgeste gegenüber der Gruppe der gelben Hirsche bestrafen wir Joe Patton. Der Leiter der anderen Gruppe, Tom Clanton, ist hier und paßt auf, daß alles nach den Regeln gemacht wird. Joe muß uns überzeugen, daß er es nicht wiederholt.

– Wiederholt? Was?

Während der telepathische Dialog zwischen Vater und Sohn andauerte, sagte Mike zu Joe: »Mein Eindruck ist, daß du wieder mit dem Weib herumziehen würdest, wenn du glaubtest, daß niemand davon erfahren würde.«

Joe stand allein im Kreis der anderen, und nachdem Mike seine Meinung gesagt hatte, gab er Joe einen harten Stoß vor die

Brust, so daß der Junge durch den Kreis zu einem anderen Gruppenmitglied zurücktaumelte.

Diesmal aber war Joe nicht bereit, das Ritual mitzumachen. Er fand sein Gleichgewicht wieder, bevor Mikes Gegenüber ihn in Empfang nehmen konnte, ballte die Fäuste und griff Mike an. Einen Augenblick sah es aus, als ob er den Ring sprengen würde, denn sein wilder rechter Schwinger traf Mike gegen die Halsseite und warf ihn zurück, aber dann waren die anderen über ihm, droschen auf ihn los und ließen ihn in den Kreis zurück, der sich sogleich neu formierte.

Joe wurde wütender und wütender, verlor aber zusehends die Kontrolle über sich. Er fiel, sprang auf und rammte Lee seinen Kopf in die Magengrube. Sie stürzten übereinander, und Joe hatte wieder etwas Luft. Zwei Jungen packten ihn bei den Armen, rissen ihn hoch, schleppten ihn wieder in die Mitte und gaben ihm einen Stoß, der ihn gegen den bulligen Albert warf. Joe schlug wild um sich, und Albert duckte sich, umfaßte Joes Hüften und schleuderte ihn durch die Luft zu Tom Clanton. Dieser, ein siebzehnjähriger, rothaariger Bursche, packte Joe bei den Handgelenken und hielt ihn fest. Er sagte ruhig: »Was ist jetzt? Hast du genug? Willst du uns versprechen, daß es nicht wieder vorkommt?«

»Ich verspreche gar nichts!« heulte Joe wütend. »Wenn es euch nicht genügt, daß Dolores nichts mehr mit mir zu tun haben will, dann ist euch nicht zu helfen! Susan war dabei; sie kann es bezeugen.«

Tom Clanton gab ihm einen Stoß und ließ seine Handgelenke los. »Das überzeugt mich nicht. Wenn es gestern Dolores war, dann ist es morgen eine andere. Willst du versprechen, daß du dich in Zukunft an unsere Regeln halten willst?«

»Ihr könnt mich alle am Arsch lecken«, sagte Joe trotzig. Er wischte sich mit dem Handrücken Blut von den aufgesprungenen Lippen. »Laßt mich raus, ja?«

Lee löste sich aus dem Kreis der Umstehenden und ging auf Joe zu, der abwehrend die Arme gegen den Älteren hob. »Keine Angst, ich schlage nicht«, sagte Lee. »Für meinen Geschmack ist hier schon zuviel gedroschen worden. Du weißt, Joe, dies ist nicht persönlich. Wir tun einen Job für deine Gruppe. Du hast eine der Regeln durchbrochen und zeigst dich störrisch, willst die Strafe nicht akzeptieren und keine Änderung deines Verhaltens versprechen. Normalerweise bedeutet das den Ausschluß aus der Gruppe.«

Er trat einen Schritt zurück und blickte in die Runde. »Trotzdem finde ich«, fuhr er fort, »daß wir ihm mildernde Umstände zubilligen sollten. Was er gemacht hat, war nicht so schlimm. Außerdem weiß keiner von uns, ob die Initiative allein von Joe ausgegangen ist. Also schlage ich vor, daß er für eine Woche von seiner Gruppe geschnitten wird und an keiner Zusammenkunft teilnehmen darf. Das gibt ihm genug Bedenkzeit. Wenn er sich danach zu den Regeln bekennt, ist alles in Ordnung; wenn nicht, bleibt er draußen. Ist jemand da, der was anderes meint?«

Niemand sprach. Lee blickte zu Tom Clanton. »Klar, Tom?«

Der Leiter der gelben Hirsche nickte. »Klar«, sagte er. Er streckte seinen Arm aus und nahm Joes Ärmel zwischen die Finger. »Komm mit.«

Die Tür öffnete und schloß sich. Die beiden Jungen gingen durch den kleinen Korridor zur Haustür. Unter den Zurückbleibenden herrschte Schweigen. Der Kreis der Gesichter und Körper, der Joe umringt hatte, existierte nicht mehr. Die Jungen und Mädchen lehnten jetzt an den Wänden oder standen herum. Mike hatte sich auf den Tisch gesetzt und ließ die Beine baumeln. Marianne hatte sich in seine Nähe geschoben. Nur Bud hatte seinen Platz in der Nähe des Fensters nicht verlassen.

Alle warteten. Lee schien sich zu sammeln. Er preßte seine Lippen zusammen und spannte seine Schultern, aber er rührte sich nicht vom Fleck. Mike warf ihm einen ungeduldigen Blick zu, und als Lee noch immer nicht reagierte, ließ er sich von der Tischkante gleiten und ging auf Susan zu. Jetzt erst kam auch Lee in Bewegung und durchquerte den Raum. Die anderen Gruppenmitglieder schlossen auf. Als Lee neben ihm anlangte, sagte Mike: »Lee und ich gingen von der Bezirksversammlung nach Hause. Wie wir bei dir vorbeigingen, sahen wir dich mit diesem Offizier knutschen.«

Susan war vorbereitet. Sie sagte einfach: »Er hatte mich überrumpelt.« Ihre Stimme zitterte ein wenig; sie schämte sich, in diese mißliche Lage geraten zu sein, wo sie sich vor ihrer ganzen Gruppe rechtfertigen mußte. »Ich konnte mich nicht bewegen.«

»Lee glaubt das auch«, sagte Mike. »Aber ich habe die Szene

nicht ganz so in Erinnerung, und die Gruppe findet, daß der Fall ähnlich liegt wie bei Joe. Wenn wir gerecht sein wollen, muß das Urteil das gleiche sein – eine Woche Ausschluß zur Bewährung.«

Susan war schockiert. »Aber – aber ich habe nichts getan!« protestierte sie. Und dann verstummte sie für eine Weile. Zuletzt fragte sie: »Was denkt Lee?«

»Er«, sagte Mike, »denkt, daß du nichts getan hast.«

»Ich«, sagte Lee, »möchte darauf hinweisen, daß Susan immer eines unserer fleißigsten Mitglieder gewesen ist. Dies ist das erstemal, daß sie irgendeines Vergehens beschuldigt wird.«

Alle schwiegen. Dann meldete sich einer der in Gruppendiskussionen meistens passiven Jungen zu Wort, ein aufgeschossener Sechzehnjähriger: »Aber warum ist sie überhaupt mit einem Offizier ausgegangen?«

»Das ist eine unerlaubte Frage«, sagte Lee. »Jeder Quaßler hat zu Hause seine eigene Welt. Die Familienangelegenheiten, die Verwandten und Bekannten der Eltern, die auf Besuch kommen – das alles geht uns nichts an, es sei denn, irgendwas passiert.«

Susan sagte, beinahe schüchtern für ein Mädchen ihrer geraden Art: »Dieser Offizier ist ein Freund meines Vaters. Wenn meine Mutter mich läßt, will er mich Sonntag zu einem Flug mitnehmen. Ist das in Ordnung? Ich freute mich wirklich darauf – bis er mich packte. Aber ich habe ihm gesagt, wie das mit dem Küssen ist. Ich denke, er hat mich verstanden.«

Lee war nicht glücklich über die Aussicht auf ein weiteres Rendezvous, aber er fand sich damit ab. »Du bist frei«, sagte er kurz. »Hauptsache, du befolgst die Regeln. Klar?«

Für Susan war es eine begrenzte Lösung. »Klar«, sagte sie zögernd.

»Du bist bereit, den zeitweiligen Ausschluß zu schlucken?« fragte Mike.

Susan schluckte wirklich, bevor sie antwortete. »Ich finde es unfair«, sagte sie, »aber ich werden es schlucken.«

»In Ordnung«, sagte Mike befriedigt. »Ein richtiger Quaßler schluckt seinen Stolz runter und beugt sich dem Urteil der Gruppe.«

Für die übrigen Mitglieder war der Fall damit erledigt; sie brachen auf. Mike und Marianne gingen, als außer Susan nur noch

Lee im Raum war, und sie ließen die Korridortür offen. Susan folgte ihnen, doch Lee hielt sie zurück. »Ich bring dich nach Hause«, sagte er. Er ging rasch zu einer anderen Tür, klopfte kurz daran und rief: »Mutter, wir gehen jetzt.«

Stille.

»Hast du mich gehört, Mutter?«

»Ja, Lee«, antwortete eine kaum hörbare Stimme. »Ich komme.«

Gleich darauf ging die Tür auf, und Mrs. David erschien, eine große und stattliche, doch etwas zur Fülle neigende Enddreißigerin. Sie las ein Buch und schloß die Tür mechanisch hinter sich, ohne von den aufgeschlagenen Seiten aufzublicken. Sie beachtete weder Lee noch Susan, sondern bewegte sich langsam zu einem Sessel unter einer hellen Stehlampe, ließ sich hineinsinken und las weiter.

Lee und Susan sahen einander an. Lee hob die Schultern. »Gute Nacht, Mutter«, sagte er. »Ich bringe Susan nach Hause.«

»Gute Nacht, Susan«, sagte Mrs. David geistesabwesend.

»Nacht, Mrs. David«, antwortete Susan von der Tür.

Als Lee die Wohnungstür geschlossen hatte, fragte Susan: »Wann wird dein Vater nach Hause kommen?«

»In einem Jahr oder so.«

»Ich verstehe«, sagte Susan. Schweigend gingen sie zum Aufzug. Als sie hinunterfuhren, fragte das Mädchen: »Wirst du in die Raumflotte eintreten, Lee?«

Lee zuckte mit den Schultern. »Nun, du weißt so gut wie ich, daß es nicht so funktioniert. Jede Raumfahrergeneration ist eine neue Gruppe für sich. Sie melden sich freiwillig und kommen aus allen Teilen des Landes nach Spaceport, ohne klare Vorstellungen, was sie erwartet. Hier begegnen sie den heranwachsenden Kindern der letzten Raumfahrergeneration. Und weißt du, wohin diese Kinder gehen, wenn sie die Schule hinter sich haben?« Er blickte sie ironisch lächelnd an.

»Ich kann es mir denken«, sagte Susan.

»Sie hauen ab aus Spaceport, Susan. Natürlich sagen sie den Neuankömmlingen nichts. Sie wollen niemand entmutigen, und wahrscheinlich könnten sie diesen Leuten gar nicht die Illusionen nehmen, selbst wenn sie es wollten. Und wenn sie draußen sind, an den Universitäten oder in irgendwelchen Berufen, halten sie gewöhnlich den Mund. Aber Susan, weißt du, daß die meisten von ihnen nicht mal auf Besuch nach Hause kommen mögen?«

»Gibt es keine Hoffnung«, sagte Susan, »daß die Gruppen alles das ändern werden? Haben sie nicht schon ein klein wenig erreicht?«

»Schwer zu sagen«, meinte Lee, »wo die Tatsachen aufhören und die Propaganda anfängt. Ein Spießer denkt sich nichts dabei, eine Wahrheit in eine Halbwahrheit zu verbiegen, damit sie in sein Bild paßt. Und ich sage es nicht gern, aber ich habe selbst gehört, wie erwachsene Befürworter unserer Gruppen das Bild verzerrten, wenn sie mit Leuten sprachen, die den Gruppen ablehnend gegenüberstehen.«

»Aber warum die Dinge verdrehen? Was hat das für einen Sinn? Die Gruppen sind, nun, die Gruppen, das ist alles. Wir existieren hauptsächlich, weil unsere Väter zu anderen Sternen geflogen sind, und weil wir selbst zusehen mußten, wie wir zurechtkommen. Nur haben wir das Ganze organisiert. Mehr ist nicht daran, und es genügt auch. Aber jemand muß sich in den Kopf gesetzt haben, daß es auch noch andere Probleme lösen kann, und solche Leute werden natürlich enttäuscht sein, wenn das nicht geschieht.«

»Ich glaube, wir müssen anfangen, uns darüber Gedanken zu machen«, sagte Lee, »wenn wir nicht wollen, daß es eines schönen Tages heißt, die Gruppen hätten versagt. Mich wird es nicht mehr lange betreffen, denn in einem Jahr bin ich neunzehn. Aber es wird mehr und mehr solches Gerede geben, wenn die Leute zuviel von uns erwarten. Was wir den Leuten klarmachen müssen, ist, was du sagtest. Wir sind, was wir sind: wir helfen uns gegenseitig und bringen uns durch die schwierigen Jahre. Nichts sonst. Nicht mehr.«

Der Aufzug war im Erdgeschoß angelangt; die Türen glitten zurück, und die beiden Jugendlichen verließen das Gebäude. Draußen fuhr Lee fort: »Alles das ist wahr, Susan, nur kommt es dann und wann vor, daß ein Mädchen, Tochter eines Offiziers, einen besonders attraktiven Dienstfreiwilligen heiratet, der sie irgendwie vergessen machte, welcher Generation sie angehört.«

Susan machte eine unwillige Geste. »Falls diese Bemerkung auf mich gemünzt sein sollte, Lee David«, sagte sie, »bist du nicht mein Freund.«

»Du warst diejenige, die das Thema zur Sprache brachte«, gab er zurück. »Werde ich mich zum Dienst beim Raumfahrerkorps melden?« Er schüttelte seinen Kopf. »Nein, Susan, ich werde es nicht tun.«

Sie gingen langsam weiter durch den Abend.

Eine Straße weiter hatte sich der unsichtbare Beobachter Bud Jaeger angeschlossen und folgte ihm durch die dunklen Straßen. Es entwickelte sich ein telepathischer Dialog zwischen Vater und Sohn.

– Wenn ich recht verstanden habe, ist es einem Quaßler verboten, seine Gesichtsöffnungen mit der Gesichtsöffnung eines anderen Quaßlers oder eines Erwachsenen vom anderen Geschlecht in Berührung zu bringen. Ist das richtig?

– Ja, mein Vater.

– Kannst du mir das erklären? Warum ist das ein solch ernster Verstoß?

Weil Bud selbst noch keine klare Vorstellung davon hatte, wechselte er das Thema. – Es sieht so aus, als würde ich nicht die erwarteten Schwierigkeiten mit Mr. Jaeger kriegen. Gestern kam er auch wieder betrunken nach Hause, lange nach Mitternacht. Wenn es so weitergeht …

Der Vater ignorierte die Abschweifung, blieb gespannt und aufmerksam.

– Ich sollte dir sagen, mein Sohn, daß unsere Flotte heute durch einen Zufall entdeckt worden ist. Du weißt, wie groß der Raum ist, und wie sorgfältig wir untersuchten, welche Richtungen ihre Schiffe am häufigsten zu benützen pflegen. Aber plötzlich tauchte ein Patrouillenboot in der Nähe unserer Flotte auf. Natürlich mußten wir handeln, wenngleich mit Widerwillen. Niemand weiß, welches die Auswirkungen sein werden, aber wir müssen damit rechnen, daß wir unser Studium dieser Rasse plötzlich abbrechen müssen … Je eher du also herausbringst, warum die Berührung der Gesichtsöffnungen für diese Leute eine Sache von offenbar großer Bedeutung ist, desto zufriedener werde ich mit dir sein. Ich habe das Gefühl, daß wir hier eine überaus interessante Verhaltensform entdeckt haben.

Und das war im wesentlichen das Ende dieses Gesprächs.

Einen Block zurück hatte Lee David das Stadium mit Susan erreicht, daß er fragen konnte: »Und dieser Flug mit Captain Sennes – was ist das für ein Unfug?«

»Ich muß noch um Erlaubnis fragen«, parierte Susan abwehrend.

11

Samstag. Susan und Estelle saßen am Frühstückstisch. Die Frau blickte zum wiederholten Mal ihre schweigsame Tochter an. Susan aß an diesem Morgen langsam und ohne Appetit, ein Zeichen, das gewöhnlich bedeutete, daß sie etwas wollte. Estelle trank den letzten Rest Flüssigkeit aus ihrer zweiten Tasse Kaffee und stellte die Tasse dann mit der unechten Entschlossenheit der Kaffeeliebhaberin ab, die weiß, daß sie keine dritte Tasse trinken sollte.

Wahrscheinlich war es eine vertraute Signalhandlung aus all den Jahren, wo sie bei den Mahlzeiten allein gewesen waren, denn Susan regte sich auf ihrem Stuhl. »Ah ... Mama«, sagte sie.

Die Worte waren die Bestätigung. Estelle wußte, daß die Bitte, von welcher Art sie auch sein mochte, jetzt fällig war; und dafür mußte sie unbedingt noch eine Tasse Kaffee haben. »Einen Moment, Kind«, sagte sie zu Susan. Ihre Hand ergriff Tasse und Untertasse, dann ging sie zur Kaffeekanne, die sie immer außer Reichweite vom Tisch plazierte. Sie füllte die Tasse mit dem dampfenden Kaffee, balancierte sie vorsichtig zum Tisch hinüber und ließ sich nieder. Sie tat einen tiefen Atemzug und sagte: »Was ist es, Kind?«

Susan, die unwillkürlich ihren Atem anzuhalten pflegte, wann immer das Kaffeeritual stattfand, seufzte vor Erleichterung über das Gelingen der Mission. Aber sie war nun abgelenkt. Sie zögerte, und dann fragte sie: »Wo ist Papa?«

»Das ist nicht, was du sagen wolltest«, sagte Estelle unmutig. »Sag mir, was hast du auf dem Herzen?«

»Aber wo ist er? Ist er noch im Bett?«

»Ja«, gab Estelle widerwillig zu. Sie zögerte, dann: »Er kam gestern abend spät nach Hause.« Wieder das Zögern. Schließlich entschloß sie sich zur Preisgabe der ganzen Information und sagte seufzend: »Es gab eine Art Notsituation.«

»Oh!« Susan erblaßte ein wenig. Was immer geschehen sein

mochte, sie sah es in diesem Moment als ein Hindernis für ihre eigenen Pläne. Vorsichtig fragte sie: »Wurde jemand verletzt?«

Die Frau zuckte die Achseln. »Ich habe keine Ahnung. Früher war ich von diesen Dingen immer so beunruhigt, daß ... also, dein Vater hörte einfach auf, mir davon zu erzählen.« Eine Pause. »Ich weiß nicht, ob es mich heute noch aufregen würde. Nach zehn Jahren fühle ich mich all diesen Details sehr fern.«

Susan schluckte, erkannte, daß unerwartet ihre Gelegenheit gekommen war, und sagte rasch: »Dann wird es dir sicherlich nichts ausmachen, wenn ich Captain Sennes morgen bei einem Routineflug außerhalb der Atmosphäre begleite.«

Estelle war sprachlos. »Ich glaube nicht, daß ich ...«, murmelte sie. Sie brach ab, und nun gewann Entrüstung die Oberhand. »Deshalb also hast du so herumgedruckst!« Ein Schlüsselwort in Susans Erklärung erreichte verspätet ihr Bewußtsein, und sie beendete ihre erste Reaktion mit einer hilflosen Wiederholung. »Routine, sagst du?«

Susan war im Erkennen negativer Signale erfahren. Schon in diesen ersten Sekunden war ihr klar, daß es nicht ohne Kampf abgehen würde. Ihre Stimme ging eine halbe Oktave hinauf. »Hör zu, Mutter«, sagte sie, »ich bin die Tochter eines Flottenkommandeurs, und es ist irgendwie lächerlich, daß ich noch nie oben war.«

»Und ich«, sagte Estelle mit geröteten Wangen und erhobener Stimme, »bin die Frau eines Flottenkommandeurs, und ich finde es absolut nicht lächerlich, daß ich noch nie oben war.«

»Das ist etwas anderes«, fing Susan mit gleicher Energie an. Aber für mehr reichte es nicht. Noch nie in der Vergangenheit war ein Gegenangriff von ihrer Mutter so schnell, so hart und so kompromißlos gewesen. Sie versackte in der Düsternis trauriger Emotionen. »Ach, Mama«, bettelte sie. »Bitte sag nicht nein. Es ist wirklich ein Routineflug. Als aktiver Flugoffizier muß Captain Sennes soundsoviele Flugstunden im Monat absolvieren, auch wenn er im Hauptquartier Bürodienst zu machen hat.«

Zehn Jahre lang war Susan der moralische Halt ihrer Mutter gewesen, ihr liebes, herziges Kind, Bezugsperson für all ihre emotionalen Bedürfnisse. Es war der bettelnde Ton in der Stimme des Mädchens, der sie erreichte. Sie seufzte und machte einen letzten Versuch, Susan zu retten – denn das war es, wie sie darüber dachte. Sie tat es, indem sie die Verantwortung auf die breiteren Schultern ihres Mannes abwälzte.

»Also gut, Kind …«, fing sie an.

Susan sprang auf. »Oh, Mama, danke!«

»Laß mich ausreden!« sagte Estelle. »Du kannst gehen, wenn dein Vater seine Erlaubnis gibt.«

Als diese letzten Worte kamen, hatte Susan schon ihren Arm um die Schultern der Mutter gelegt und sich über sie gebeugt, um ihr einen Kuß zu geben. Doch als sie sich aufrichtete, war sie etwas beunruhigt.

»Mama«, sagte sie zögernd, »ich habe eine Menge zu tun. Würdest du so gut sein und Papa fragen?«

»Ausgeschlossen«, sagte die Frau. Aber ein Minute später hatte sie nachgegeben. Und eine Stunde danach vertrat sie Susans Anliegen bei John Lane, als dieser sein spätes Frühstück verzehrte. Sie drückte es so aus: »Susans Argument ist, daß du kein Recht hast, andere Leute in gefährliche Situationen zu schicken, wenn du nicht bereit bist, auch deine eigene Tochter zu schicken.« Und dann endete sie rasch: »Ich bin nur eine ehrliche Mittlerin, aber ich muß auch sagen, daß ich strikt dagegen bin.«

»Susan hat vollkommen recht«, sagte John Lane nach einer Pause – nachdem er einen Bissen Toast verschluckt und nachdem sein Stillschweigen in seiner Frau die Hoffnung geweckt hatte, daß das Ansinnen bei ihm auf entrüsteten Widerstand stoßen werde.

»Laß dich doch nicht so leicht überreden!« rief Estelle entsetzt.

Tatsächlich hatte Lane Mühe, seinen Triumph zu verbergen. Nur einen winzigen Moment erschien in seinen Augen der Ausdruck eines Mannes, dessen Pläne sich ganz nach Wunsch verwirklichen. Schließlich sagte er in beiläufigem Ton: »Ich bin stolz auf Susan. Ihr Interesse an einem solchen Flug sagt mir, daß sie von den Gruppen nicht vollständig kaputtgemacht worden ist.« Er brach ab. »Falls du dazu eine Erklärung wünschst: Ich habe gestern eine kleine Nachforschung angestellt und entdeckt, daß Gruppenmitglieder sich grundsätzlich nicht als Freiwillige zum Raumfahrerkorps melden. Soviel zu dieser Bande von Halbstarken und Herumtreibern.«

Seine Frau war empört. »Soviel zu deinem Informanten. Eine Sechs in Statistik für diesen Schurken!«

71

»Was meinst du damit?«

»Du weißt«, sagte sie, »daß die Kinder von Raumfahrern sich noch nie freiwillig für den gleichen Dienst gemeldet haben … Du erinnerst dich ganz genau an diese Tatsache … oder vielleicht nicht?«

»Um Himmels willen, Estelle«, sagte der Mann. »Beruhige dich. Sieh mal, ich sagte nur …«

»Ich hörte, was du sagtest! Du hast mit irgendeinem verbitterten Spießer gesprochen, und ihr zwei habt euch auf eine Entstellung der Wahrheit geeinigt. Ich hoffe wirklich, daß dies nicht die Art und Weise ist, wie du deine Entscheidungen als Kommandeur vorbereitest und begründest! Ich fürchte für das Schicksal der Welt, wenn das die Art von Logik ist, von der wir alle abhängen.«

Der Mann erstarrte. Die Worte und ihre Bedeutung trafen zu genau ins Schwarze, als daß sie ihn unberührt lassen konnten. Sein ganzes geistiges Universum hing von Entscheidungen über Dinge ab, und von systematischen Gedanken, denen keine Gewißheit zugrunde lag. Die militärische »Wissenschaft« bestand aus einem halben Dutzend grundlegender Gedanken – nicht mehr. Der Rest blieb der Fantasie des jeweiligen Kommandeurs an Ort und Stelle überlassen … Es bestand eine reale Möglichkeit, daß er falsch überlegte, als er die Flotte heimführte.

Weil der Fehler aber noch nicht bewiesen war, konnte er sich von ihrem Angriff erholen. Er zuckte die Achseln und sagte sich, daß Frauen gefährlich seien, die Erfahrung jedoch zeigte, daß es falsch sei, ihnen das zu sagen. Auf diese Weise wieder ins Gleichgewicht gebracht, sagte er beschwichtigend: »Komm, Liebes, beruhige dich. Wir leben im Zeitalter der Raumfahrt. Susan gehört wirklich dazu, und wenn sie es für ein paar Stunden akzeptiert, so freue ich mich. Augenscheinlich gehörst du nicht in dieses Zeitalter, aber ich bitte dich, versuche den Gang des Fortschritts nicht zu behindern. Niemand kann ihn aufhalten.«

»Man höre sich diese Phrasen an!« sagte seine Frau mit vernichtendem Spott.

»Bitte«, sagte John Lane gequält, »vergleiche meine Opposition zu den Gruppen nicht mit …« Er brach müde ab. »Du willst also nicht, daß Susan geht. Wenn es dir recht ist, werde ich ihr sagen, daß ich meine Erlaubnis gegeben hätte, du aber dagegen seist.

Und daß ich mich um des Familienfriedens willen hinter dich stellen müsse. Möchtest du das?«

Estelle sah sich auf einmal mit dem Dilemma des Spielers konfrontiert, der als letzte Karte den Schwarzen Peter in die Hand bekommt und ihn nicht weitergeben kann. Die Aussicht, daß Susan von ihrem Vater diese Auskunft bekäme, war zuviel für sie. Sie seufzte und fand sich mit ihrer Niederlage ab. Und sagte: »Nein, ich möchte nicht, daß du ihr das sagst. Ich zählte auf dich und daß du den Mut haben würdest, Susan gerade in die Augen zu sehen und nein zu sagen. Ich kann es nicht. Also, von mir aus – du hast gewonnen.«

Nun war das Seufzen an ihm. »Ich weiß nicht, wie es dazu kam, daß dies mein Sieg ist«, sagte er. »Aber laß mich nur noch eins sagen: Wenn Susan morgen früh zum Flugfeld kommt, wird an der Kontrollstelle ein Berechtigungsschein für sie bereitliegen.«

12

Anfangs war es nicht viel anders als das Besteigen einer gewöhnlichen Passagiermaschine. Nur ging Susan in dieser ein paar Schritte vom Einstieg nach vorn und war schon im Cockpit. Sie sah einen einzelnen Sitz vor einem Aussichtsfenster – wenigstens sah es wie ein Aussichtsfenster aus. Die Sicht betrug ungefähr 210 Grad in einem überzogenen Halbkreis, der auf beiden Seiten hinter den Sitz zurückgebogen war. Der Sitz war breit, eher eine Bank, und hatte Sicherheitsgurte für vier Personen; und sie setzten sich Seite an Seite. Von rückwärts kam ein leises, tief summendes Geräusch. In diesem Geräusch war eine Kraft, die man fühlen konnte. Das Bewußtsein von der Größte dieser Kraft hatte für Susan etwas Überwältigendes. Als sie ihre Gurte mit leicht zitternden Fingern anlegte, blickte sie zu Captain Sennes, der das gleiche tat. Und in diesem Augenblick war sie nahe daran, die Kraft der Maschine auf den Mann zu übertragen. Bewunderung für die Maschine drohte in Verehrung für den Mann umzuschlagen, der sie fliegen konnte.

Schweigend wandte er sich zu ihr, prüfte ihre Gurte: den um ihre Mitte, den um ihre Brust und den, der an ihrem Helm befestigt war. Dann sprach er die ersten Worte, seit sie an Bord gekommen waren. »Bewege dich. Sieh, wie flexibel alles ist.«

Susan bewegte sich. Alle drei Gurte ließen ihr einen Spielraum von gut dreißig Zentimetern. Sie nickte, aber Sennes hatte sich schon zurückgelehnt und zog ein von der Decke hängendes Mikrophon an seinen Mund. Er sprach hinein; sie hörte kein Wort, vermutete aber, daß er mit dem Kontrollturm sprach.

Sennes ließ das Mikrophon fahren und langte wieder hinauf. Diesmal zog er etwas herunter, das wie ein verbogenes Lenkrad aussah. Er justierte es, bis er es in bequemer Reichweite und in der Höhe seines Magens hatte. Er blickte mit einem Lächeln zu Susan und zeigt auf das untere Glas. Ein Bild war dort erschienen. Es zeigte das Raumschiff in einer Seitenansicht, aufgenommen von einem Punkte außerhalb. Es hatte eine lange, spitz zulaufende Nase, kurze Tragflächen und ein Leitwerk für das Manövrieren in der Atmosphäre. Während Susan das Bild betrachtete, hob die Maschine vom Betonboden des Hangars ab und schwebte durch eine Dachöffnung hinauf ins Freie.

Weil sie keine Bewegung fühlte, war sie einen Moment verwirrt und enttäuscht und sagte: »Aber ich fühle gar nichts. Ist es nur eine Simulation?« Sie blickte auf und sah durch das Aussichtsfenster, daß sie über dem Flugfeld schwebten und rasch stiegen. Die Stadt Spaceport war zu sehen, aber der Ausblick weitete sich mit jeder Sekunde, und schon konnte sie das Ackerland jenseits des Flusses sehen, die Wälder, und weiter in der dunstigen Ferne das Gebirge. Susan sagte: »Das war ein sauberer Start – wie mit einem Schnellaufzug.«

Der Mann neben ihr nickte. »Ein ›Tigerhai‹ braucht keine Luft zum Fliegen.«

Susan erschauerte. »Tigerhai!« murmelte sie.

»Das ist eine Kampfschiffklasse«, sagte Sennes.

»Kein schöner Name.«

»Aber eine schöne Maschine.«

»Es scheint furchtbar einfach zu sein, damit zu fliegen«, sagte Susan.

»Wie man's nimmt«, antwortete Sennes. Der »Tigerhai« war inzwischen auf dreitausend Meter gestiegen und durchstieß die lockere Wolkendecke. Oben war alles ein strahlendes Blau, doch dieser Bereich blieb bald zurück. Der Himmel wurde dunkler und dunkler, dann war er ganz schwarz.

Sennes sagte zu Susan: »Bis jetzt wird unser Kurs vom Computer der Bodenstation bestimmt. In einer bestimmten Höhe, die wir gleich erreichen werden, wird auf die nächste Orbitalstation umgeschaltet, und der Computer dort übernimmt unsere Weiterleitung. Deshalb gibt es jetzt nicht viel für mich zu tun. Außerhalb des Bereichs der Orbitalstationen muß ich natürlich mit der Navigationsanlage hier an Bord arbeiten. Aber im erdnahen Raum kann ich mich auf die Überwachung und Beobachtung der Galaxis beschränken.«

»Was bedeutet das?«

Er grinste. »Das bedeutet, daß ich mich mit einer potentiellen Freundin unterhalten kann.«

Sie war sechzehn Jahre alt. An ihrem Körper war nichts Kindliches mehr, aber ihr Denken war noch ganz den kindlichen Kategorien Schule-Elternhaus-Gruppe verhaftet. Weil sie ihre ganze Schulzeit und den größten Teil ihrer Freizeit unter Jugendlichen verbrachte, von denen viele jünger waren als sie, hatte sie nie den Wunsch gehabt, älter zu sein, als sie war. Nun saß sie hier in der Pilotenkanzel eines Raumschiffs, nur eine dicke Glasscheibe zwischen sich und dem Vakuum des Raums. Der Ausblick gab ein Bild von Unendlichkeit. Es war ein überwältigendes Erlebnis und ein denkwürdiger Tag in ihrem Leben, und sie war diesem großartigen Mann dankbar, daß er sie mitgenommen hatte. Aber sie war niemandes Freundin. Das versuchte sie ihm nun zu erklären. Sie tat es wortreich und ließ sich in Verkennung seiner Interessen dazu hinreißen, ihm von Lee und Mike und Marianne und Dolores zu erzählen – für ihn bloße Namen, die ihm nichts sagten.

Er war achtundzwanzig Jahre alt, und er hatte einfache Antworten für Quaßler, dazu bestimmt, sie aus der einseitigen Fixierung durch Gruppen-Gehirnwäsche zu reißen. Er ließ ihr Geplapper über sich ergehen, und als sie fertig war, sagte er trocken: »Du redest wie ein Kind, aber du bist keins. Sieh dich doch an. Einem hübschen Mädchen wie dir würde es besser stehen, wenn du nicht so tätest, als ob du noch nie von Liebe gehört hättest.« Er gab ihr Zeit, das zu verdauen, dann sagte er in seiner feierlichsten Stimme: »Willst du mich heiraten, Susan?« In den folgenden Minuten erzählte er einem ratlosen und plötzlich sehr stillen Mädchen von sich selbst. Mit neunzehn Militärakademie und Ausbildung zum Luftwaffenpiloten. Vier Jahre später freiwillige Meldung zum Raumfahrerkorps. Weitere Ausbildung, dann, nach zwei Jahren, Überdruß, Beurlaubung und Physikstudium. Nach den ersten zwei Semestern tödliche Langeweile und Rückkehr in den Dienst. Seither zufrieden. »Aber ich brauche genau dich für mein Nest«, endete er.

Worauf er so weit zu ihr rückte, wie seine elastischen Gurte es ihm erlaubten, seine Hand zwischen ihre Taille und die Rückenlehne schob und sie zu sich zog. »Du siehst«, sagte er lächelnd, »dies ist in Wirklichkeit ein Liebessitz.«

Es war ziemlich unbequem. Die Gurte zogen an ihren Köpfen und Körpern. Selbst wenn Susan eine Umarmung gewünscht hätte, wäre es kein Vergnügen gewesen. Susan sagte mit einiger Mühe: »Ich glaube, du solltest mich auf meinen Platz zurückrutschen lassen.«

»Gleich«, sagte der Mann. Er legte seinen anderen Arm um sie. Seine Hand zog ihren Kopf ein wenig näher, und er drückte seine Wange gegen ihre. »Du siehst«, murmelte er in ihr Ohr, »Zärtlichkeiten auf Quaßlerniveau sind nicht ausgeschlossen.«

»Ich mag jetzt nicht schmusen«, sagte Susan widerstrebend. »Laß mich bitte los.«

Während seines Annäherungsversuchs hatte der Offizier seine Anzeigeinstrumente beobachtet. Nun blinkte ein Signallicht auf, und er hatte es plötzlich eilig, sie loszulassen. Die Elastikgurte zogen Susan mit sanfter Gewalt in ihren Sitz zurück. Hätte er die Zugkraft nicht vorsorglich mit einer Hand gebremst, wäre sie wie eine Puppe an einem Gummiband zurückgeschnellt. Nachdem er sich selbst in Position gebracht hatte, sagte er: »Wir nähern uns der Orbitalstation Tombaugh und werden in zwei Minuten landen. Du weißt ja, Tombaugh ist fast fünfhundert Meter dick und hat Platz für alle nur denkbaren Einrichtungen. Der dortige Computer steuert uns bereits und wird uns in eine Schleuse manövrieren. Du brauchst also nicht zu erschrecken, wenn es für eine Weile aussieht, als ob wir eine Kollision haben würden.«

»Ich beginne diesen Tigerhai zu lieben«, sagte Susan, »aber ich finde den Namen schrecklich.«

»Du wirst anders darüber denken«, antwortete der Mann,

»wenn du dir klarmachst, welche Aufgabe er im Kampfgeschehen hat. Er muß rangehen und die saftigen Brocken herausreißen – wie der Name andeutet.«

Sie sah ihn an und schüttelte ihren Kopf. Sie fühlte sich plötzlich beunruhigt, als sie sich die gefährliche Kampftaktik vorstellte. »Du meinst«, sagte sie langsam, »du mußt mit diesem Schiff den Gegner aus der Nähe angreifen?«

Sennes warf ihr einen schnellen Seitenblick zu, dann sah er wieder geradeaus und lächelte. Ihr Gesichtsausdruck ließ erkennen, daß er den eigentlichen Zweck dieses Ausflugs erreicht hatte. Ein Mädchenherz war erobert, oder wenigstens angeschlagen. »Nun, der Tigerhai und ich gehen ran«, sagte er leichthin, »und der Bordcomputer erledigt den Rest.«

»Aber – aber das kann tödlich ausgehen, nicht?« sagte sie mit schwacher Stimme.

Sein Gesicht blieb heiter, aber er konnte sich nicht länger um das Mädchen kümmern. In der Dunkelheit voraus waren die unregelmäßigen Formen des Asteroiden Tombaugh undeutlich sichtbar. Die zerklüftete und dunkle Gesteinsoberfläche hob sich kaum vom schwarzen Hintergrund ab.

»Weil du noch nie hier oben gewesen bist«, sagte Sennes, »möchte ich dich aufmerksam machen, wie schwierig es ist, Tombaugh zu sehen. Seine Oberfläche ist so uneben, daß sie kaum Licht reflektiert. Das ungeübte Auge glaubt nur die Dunkelheit des Weltraums zu sehen.«

Susan beugte sich vorwärts und spähte in die Finsternis jenseits des Aussichtsfensters. Das Schiff hatte seine Geschwindigkeit bereits verlangsamt, und so traf die Größe dessen, auf das sie zuschwebten, Susan mit einem plötzlichen Schock. Sie sah auf einmal etwas Massives, Monströses. Grauschwarze Zacken, finstere Felsbastionen schwammen unwirklich in bodenlosem Raum, glitten heran und erfüllten das Fenster. Susan schreckte zurück und krümmte sich in Erwartung des Aufpralls in ihren Gurten. Aber die Sekunden vergingen, und es geschah nichts weiter als daß ein Bordscheinwerfer aufstrahlte und eine plattige Felspartie beleuchtete, deren pockennarbige rauhe Oberfläche schwärzlich wie Basalt schimmerte. Dort öffnete sich eine Tür. Zuerst sah die Öffnung wie das Loch einer Hundehütte aus. Es wurde rasch größer, nahm gewaltige Dimensionen an und wurde zum Eingang einer mächtigen Luftschleuse. Die Maschine schwebte hinein und sank leicht wie eine Feder auf den Betonboden. Die Türen schlossen sich. Sennes blickte konzentriert auf sein Armaturenbrett. Ein neues Signallicht glühte auf, und er nickte vor sich hin. Vor ihnen öffnete sich das innere Tor. Es war der Haupteingang in das ausgehöhlte Innere des Asteroiden, und die Maschine rollte langsam vorwärts in den geräumigen Hangar, wo mehrere Maschinen ähnlicher Größe abgestellt waren.

»Da sind wir«, sagte Captain Sennes. Seine Finger umfaßten das verbogene Lenkrad, das er kurz vor dem Start heruntergezogen und bis zu diesem Augenblick nicht berührt hatte, und stieß es nach oben in die Ruhestellung. »Neunundsechzigtausend Kilometer in achtunddreißig Minuten«, sagte er befriedigt. »Das ist nicht schlecht. Unsere Höchstgeschwindigkeit lag etwas über zweitausendfünfhundert Kilometer pro Minute.«

»Aber ich fühlte kaum etwas«, sagte Susan.

»Die Beschleunigung ist nicht so rasant«, sagte er, »dafür aber kontinuierlich.« Er löste seine Gurte mit geübten Griffen und hatte sie abgelegt, als sie gerade den um ihre Mitte geöffnet hatte. »Laß dir mit den anderen zwei helfen«, sagte er. Er tat es, und dann beugte er sich über sie und küßte sie leicht einen Zentimeter neben ihren Mund. Das Mädchen wollte sich ihm entziehen, aber er hatte ihren Arm, und er sagte: »Moment mal, das war auf die Backe, nicht auf den Mund.«

»Sagst du gute Nacht oder auf Wiedersehen?« fragte sie in strengem Ton.

»Nein, natürlich nicht. Keins von beiden.«

»Gruppenmitglieder küssen nur, wenn sie sich voneinander trennen. Das ist eine Abschiedssache.«

Zum erstenmal konnte Sennes eine Aufwallung von ungeduldiger Verärgerung nicht unterdrücken. Bevor er sich zügeln konnte, sagte er unfreundlich: »Hast du außer deinen kindischen Gruppenregeln noch etwas im Kopf, oder ist das alles?«

Susan schreckte zusammen. Ein vages Gefühl des Ausgeliefertseins verband sich in ihr mit dem Minderwertigkeitskomplex der viel Jüngeren und mit dem Bewußtsein, daß sie dem Mann Dankbarkeit schulde. Sie hatte ihn irgendwie verletzt, und es war ihr peinlich. Errötend stammelte sie: »Ich-ich meinte nur ... Ich werde nicht mehr davon reden.«

78

Der Mann nickte befriedigt. »Gut so«, sagte er munter. »Nun werden wir die Maschine für ein paar Stunden verlassen, zu Mittag essen, ein paar Filme sehen und einen kleinen Rundgang machen und dann zu Abend essen. Anschließend werden wir nach Hause fliegen, aber bis dahin werden wir auf der anderen Seite der Erde und einige tausend Kilometer weiter von ihr entfernt sein, und es wird ungefähr eine Stunde dauern.« Er machte eine Pause. »Einverstanden?«

Sie nickte: »Aber ... ich bin wirklich nicht richtig angezogen für alle diese Dinge ...«

»Das ist hier niemand«, sagte der junge Offizier lächelnd. »Übrigens kannst du dich auf eine kleine Beifallskundgebung gefaßt machen, wenn sie hören, wessen Tochter du bist.«

Susan blickte rasch auf, die Lippen zusammengepreßt. »Einem Quaßler ist nicht erlaubt ...«, begann sie in zurechtweisendem Ton. Sie brach ab und fuhr unsicher fort: »Ich meine, man soll sich nicht mit dem brüsten, was die Eltern sind, oder was sie geleistet haben.«

Der Mann grinste. »Komm schon, gib es ruhig zu. Du bist ein bißchen stolz auf den alten Tyrann, nicht?«

Susan mußte lächeln. »Es ist wahr«, sagte sie. »Ich bin schon stolz auf ihn.«

Sie stiegen aus und standen neben der langen, gefährlich aussehenden Maschine. Sennes zeigte nach links. »Hier entlang«, sagte er, und als sie gingen, fuhr er fort: »Du kennst die Geschichte dieses Trabanten, nicht wahr?«

Susan zuckte apathisch die Achseln. »Es ist kaum zu vermeiden. Die Schulen stopfen uns mit diesem Weltraumkram voll. Es ist Zeitvergeudung. Niemand denkt daran, diese Laufbahn einzuschlagen. Raumfahrt ist für Außenseiter der realen Welt. Du weißt das, denn du bist auch von dort gekommen.«

Er nickte, und sie fuhr fort: »Wir bemühen uns, diese Dinge möglichst rasch wieder zu vergessen.«

Er war entsetzt. »Du meinst, du hast schon vergessen, was es mit Tombaugh auf sich hat?«

»Das will ich nicht sagen«, antwortete Susan gelangweilt. »Ich weiß, daß ein Astronomieprofessor namens Tombaugh vor langer Zeit zu der Überzeugung kam, daß die Erde in ihrer langen Geschichte eine Anzahl von Meteoriten eingefangen haben müsse, die sie nun als Kleinsatelliten umkreisen. Er meinte, daß darunter auch Asteroiden mit einem Durchmesser bis zu einem Kilometer sein könnten. Und er verbrachte seine Jahre mit der vergeblichen Suche nach diesen Himmelskörpern. Nachdem der Mensch tatsächlich einige Kleinsatelliten entdeckt hatte, wurde der größte von ihnen Tombaugh genannt. Zufrieden?«

13

Das Telefon läutete kurz vor neun, und eine nervöse Estelle rannte in die Diele, den Hörer abzunehmen.

»Mama«, sagte Susans Stimme in ihr Ohr, »wir starten jetzt von Tombaugh. Peter sagt, er werde mich kurz nach zehn zu Hause abliefern.«

Die Frau formte den Namen »Peter« mit den Lippen, sprach ihn aber nicht aus. Offensichtlich betrachtete sie den Gebrauch von Captain Sennes' Vornamen als eine bedeutsame Entwicklung. Trotzdem sagte sie nur: »Ich erwarte dich.«

»Ist Papa zu Hause?«

»Noch nicht.«

»Hat jemand angerufen?«

»Ein Mädchen. Aber sie nannte ihren Namen nicht.«

Die Verbindung wurde unterbrochen. Die Frau legte den Hörer auf und saß mit der Miene eines Menschen da, dessen aufreibender Tag noch nicht vorüber ist. Plötzlich schien ihr ein neuer Gedanke durch den Kopf zu fahren. Sie griff zum Telefon, wählte eine Nummer. Sie wartete, während der Signalton aus dem Hörer kam. Endlich die Antwort: ihres Mannes Stimme.

Sie berichtete ihm, was Susan gesagt hatte, dann fragte sie: »Wo ist Tombaugh jetzt?«

»Auf der anderen Seite der Erde. Aber du brauchst dir keine Sorgen zu machen. Ein Tigerhai kann sie in der genannten Zeit zurückbringen.«

»Ein Tiger ...?«

»Liebes«, sagte er nervös, »ich kann jetzt nicht mit dir sprechen. Ich bin in einer Konferenz.«

Nachdem sie eingehängt hatte, seufzte John Lane und kehrte an den Konferenztisch zurück, wo er seit nahezu acht Stunden mit Regierungsbeamten und Generalstäblern in einer Marathonsitzung war.

»Meine Frau«, sagte er zu den anderen. »Sie macht sich Sorgen um unsere Tochter, die heute mit einem Flugoffizier Tombaugh besucht hat. Meine Herren, wenn ich überlege, wie beunruhigt sie über diese Kleinigkeit war, dann drängt sich mir ganz von allein die Entscheidung auf, daß ich gegen jede Bekanntmachung der mysteriösen Vernichtung eines unserer Aufklärungsschiffe stimmen werde. Sobald wir festgestellt haben, was dort draußen geschehen ist, und wenn es sich tatsächlich um Feindeinwirkung handelt, dann bin ich der Meinung, daß wir die Flotte sammeln und angreifen sollten. Aber die Vorbereitungen müssen in aller Stille und Verschwiegenheit getroffen werden. Niemand darf vorher erfahren, um was es geht. Ich glaube, es käme zu Panik und Massenhysterie, wenn die Bevölkerung erführe, daß die Flotte einer Rasse fremder Lebewesen im Bereich Neptun-Pluto steht.«

Im Laneschen Haus hatte Estelle kaum den Hörer aufgelegt, als das Telefon wieder läutete. Am anderen Ende war das Mädchen, das schon einmal angerufen hatte. »Guten Abend, Mrs. Lane. Ist Susan schon zu Hause?«

»Sie wird erst nach zehn kommen«, antwortete die Frau. »Hattest du schon mal angerufen?«

»Ja. Ich werde es kurz nach zehn wieder versuchen. Auf Wiederhören.« Die Verbindung brach ab.

Drei Blocks entfernt trat Dolores Munroe aus einer Telefonzelle und machte ein Gesicht wie eine Katze, die eben eine Maus gefangen hat. Sie ging langsam die Straße entlang und kehrte dann in einem Café ein.

Um neun Uhr zwanzig war sie zu zappelig, um es noch länger im Café auszuhalten. Sie zahlte und wanderte weiter, diesmal eine Parallelstraße hinauf, die sie in zehn Minuten in die Nachbarschaft des Laneschen Hauses brachte. In den folgenden dreiundzwanzig Minuten wechselte sie viermal ihren Standort, um schließlich hinter einem Baum auf der anderen Straßenseite und schräg gegenüber von der Gartenpforte zu warten.

Es war genau sieben Minuten vor zehn, als die Gestalten von Peter Sennes und Susan aus der Schnellbahnstation kamen. Dolores sah sie die Straße heraufgehen, vor der Gartenpforte halt-

81

machen und ein paar Worte miteinander reden. Dann öffnete der Mann die Gartenpforte, und die beiden gingen zum Haus. Dolores verließ ihr Versteck, überquerte eilig die Straße und erreichte ungesehen den Schutz von Gartenzaun und Hecke. Sie bewegte sich langsam daran entlang, bis sie eine Stelle gefunden hatte, wo sie durch die Hecke den Hauseingang beobachten konnte. Der Mann und das Mädchen standen davor.

Sennes sperrte gerade die Haustür auf. Er wandte sich um und reichte Susan den Schlüssel mit den Worten: »Du hast es den ganzen Tag klar genug gemacht. Also ist dies der Abschied.«

Susan bot ihm ihre Wange. Er hob seine Linke und tippte mit der Fingerspitze dagegen, statt sie zu küssen. Susans Gesichtsausdruck veränderte sich. Sie trat erschrocken einen Schritt zurück. »Abschied? Du meinst gute Nacht für heute?«

Der Mann schüttelte seinen Kopf. »Ich bin ein Mann, Susan«, sagte er. »Und ein Mann will eine Frau. Heute habe ich entdeckt, daß du entschlossen bist, ein Quaßler bis zum bitteren Ende zu sein.«

»Aber«, sagte Susan kleinlaut, »es hat mir Spaß gemacht, mit dir zu sein. Es ist so – so anders. Wenn man mit jemand wie mit dir zusammen ist, kommt man in eine ganz andere Welt.«

Sie blickte verlegen an ihm vorbei. Das gab ihm Zeit, ihr Gesicht zu beobachten und festzustellen, ob sie tatsächlich richtig reagierte. Und dann sagte er freundlich: »Danke, Susan. Ich weiß das Kompliment zu würdigen. Aber ich habe von meinem Urlaub nur noch ein paar Wochen übrig. Es ist am besten für mich, wenn ich dich so rasch wie möglich vergesse. Vielleicht, wenn ich heil zurückkehre ... Du wirst älter sein; dann kann es etwas bedeuten.«

Wieder warf er ihr einen schnellen Blick zu. Und es gab keinen Zweifel. Dieses Mädchen war jetzt bekümmert und beunruhigt. Sie berührte mit schüchterner Gebärde seinen Arm, als wolle sie ihn zurückhalten. Es war eine instinktive Handlung, was Sennes nicht entging; es war aber auch das Signal, auf das er gewartet hatte. Ohne weiteres Zögern nahm er sie fest in seine Arme. »Kriege ich jetzt einen Gutenachtkuß?« fragte er leise. Sie schwieg, versuchte aber nicht auszuweichen, als er sie auf den Mund küßte.

Es war ein langer Kuß und eine enge Umarmung, und es war

Dolores' Augenblick. Sie ging mit lautem Klappern ihrer Absätze am Gartenzaun entlang, verhielt an der Gartenpforte und rief: »Ach, wie nett! Macht's Spaß?«

Vor der Haustür ließ der Mann das Mädchen los. Als sie beide zur Straße starrten, winkte Dolores höhnisch hinüber und stolzierte hocherhobenen Hauptes davon. Sennes blickte verdutzt zurück zu Susan. »Was hatte das zu bedeuten?«

»Das war Dolores. Sie haßt mich. Sie wird meiner Gruppe erzählen, daß sie mich hier beim ... beim Küssen gesehen hat.«

»Ah!« Das war eine unerwartete Wendung. Der Mann stand einen Moment ratlos, aber dann sah er, wie er das Geschehen seinen Zielen nutzbar machen konnte. Er packte das benommene Mädchen am Arm und drängte sie zur offenen Tür. »Geh du hinein«, sagte er. »Ich werde Dolores einholen und mit ihr reden.«

Ohne Susans Antwort abzuwarten, sprang er die Stufen hinunter und lief durch den Vorgarten. Er hielt sich nicht an der Gartenpforte auf, sondern flankte mit der Leichtigkeit des durchtrainierten Sportlers darüber weg.

Dolores, die die schnellen Schritte hinter sich hörte, blickte zurück. Als sie sah, wer da kam, bekam sie es mit der Angst zu tun und fing an zu laufen. Sennes rief mit gedämpfter Stimme: »Keine Angst, ich will nur mit dir reden.«

Sie blieb stehen, und als er herangekommen war, sagte sie in herausforderndem Ton: »Sie also sind Susans schmucker Offizier?«

Während der kurzen Pause, die darauf folgte, musterten die beiden einander. Endlich sagte Sennes: »Ich hatte nicht gemerkt, daß ich hinter so einem Prachtkäfer hergerannt bin.« Mit einem Achselzucken tat er ab, was sie gesagt hatte. »Susan? Das ist vorbei. Ich habe mich heute endgültig von ihr verabschiedet.«

Dolores hatte ihre kühle Sicherheit zurückgewonnen. Sie bedachte ihn mit einem Blick völligen Unglaubens, zusammen mit einem zynischen Lächeln. »Es sah mehr wie ein zärtlicher Gutenachtkuß aus«, sagte sie.

»Es war nie etwas daran«, erklärte er. »Deshalb habe ich Schluß gemacht. Ich hoffe, du wirst vergessen, was du gesehen hast.«

Er klang ein wenig besorgt, und das Mädchen gab durch Blick und Haltung zu erkennen, daß sie bereit war, mit sich reden zu lassen. »Ich kann mich erinnern oder vergessen«, sagte sie leicht-hin. »Es hängt ganz davon ab, wie ich fühle.«

Sennes bewunderte ihre köstliche Figur und ihre großen dunklen Augen und begann sich zu fragen, warum er seine Zeit jemals mit der spröden, eckigen Susan verschwendet hatte. »Ich hätte es gern, wenn deine Gefühle dir raten würden, es zu ver-gessen«, drängte er.

Dolores' unmittelbare Antwort war, daß sie sich von ihm ab-wandte und weiterging. Aber der Mann hatte seinen Entschluß schon gefaßt, und im nächsten Moment war er neben ihr. Ver-suchsweise nahm er ihren Arm. Als sie seine Hand nicht abschüt-telte, faßte er fester zu. »Du bist ein sehr schönes Mädchen«, sag-te er.

»Finden Sie?« sagte sie. »Sicherlich haben Sie Susan das gleiche gesagt. Wie mache ich mich neben ihr?«

»Kommt darauf an. Bist du auch der Typ der unnahbaren Schönheit?«

Es war ein Versuch, den Wert dessen, was sie gesehen hatte, herunterzuspielen, und darauf ließ Dolores sich nicht ein. »Oh, erzählen Sie keine Märchen«, entgegnete sie. »Susan sah gar nicht unnahbar aus.«

»Ich überraschte sie«, sagte der erfahrene Mann neben ihr. Er selbst betrachtete die Feststellung allerdings nicht als wahr; er hatte seine eigene Theorie, warum manche Mädchen überrascht werden konnten. Aufrichtig ergänzte er: »Von Susans Stand-punkt aus gesehen war es eine Überrumpelung.«

Das Mädchen an seiner Seite sagte mit einem lockenden und zugleich abschätzenden Blick: »Sie sehen nicht wie der Typ aus, der Mädchen überrumpelt. Sie sehen korrekt aus ... ehrlich und anständig.«

»Ich glaube«, sagte Captain Sennes sanft, »wir beginnen einan-der zu verstehen.« Er schob seinen Arm um ihre schmale Taille, schwang herum und zog sie in seine Umarmung. Sein Mund fand ihre vollen Lippen. Kurz darauf löste er sich von ihr und blickte tief in die Augen des Mädchens. »Siehst du, wie überra-schend es sein kann?« murmelte er.

Dolores, die auch erst sechzehn Jahre alt und entsprechend unerfahren war, war atemlos. Noch nie hatte sie einen Mann die-ses Alters zum Liebhaber gehabt, und schon gar nicht einen so hübschen und stattlichen Mann wie Captain Sennes. Sie keuchte: »Ich glaube, wir verstehen uns wirklich.« Das war eine Bemerkung, die einen zweiten und längeren Kuß verdiente, und der Offizier war der Mann, der das erkannte. Als sie sich diesmal voneinander lösten, sagte Dolores: »Wenn ich Susan nicht verrate, wirst du sie dann für mich ausrangieren?«

»Je schweigsamer du bist«, sagte er, »desto höher werden wir fliegen. Schließlich ist sie die Tochter meines Chefs. Ich will nicht seinen Zorn auf mich laden.«

Das dunkelhaarige Mädchen sah ihn nicht an. Ihre Miene war nachdenklich, und als sie sprach, war es halb zu ihm und halb zu sich selbst. »Wenn ich sie bei ihrer Gruppe meldete, würde sie sich wahrscheinlich herausreden, und wenn jemand mich dann mit dir sähe, würden sie glauben, Susan und ich trieben Spiele. Also würden sie es mir vielleicht nicht abnehmen.«

Sennes schüttelte verwundert seinen Kopf. »Bist du immer so kompliziert?«

»Man muß die Dinge durchdenken«, erwiderte Dolores nüchtern. »Die Gruppen gehen einfach nach dem, was sie sehen.«

Ihre Augen blickten noch immer nachdenklich, als er sie ein weiteres Mal küßte. Und wie sie sich diesmal voneinander trennten, waren sie beide außer Atem. Sennes sagte: »Hör mal, Süße ... alles, was ich wissen möchte, ist, sind wir uns einig?«

Das hübsche Gesicht war gerötet. Im Moment war alle Erinnerung an Susan daraus gelöscht. Sie war gefangen in der Leidenschaft. »Ja«, flüsterte sie, und es klang ganz ehrlich und ohne Falsch.

Die Arme umeinandergelegt, wanderten sie zur Schnellbahnstation und verschwanden im Treppenaufgang.

Susan war nervös und unkonzentriert, als sie ihrer Mutter die Erlebnisse des Tages schilderte. Sie war es in einem Maße, daß Estelle mißtrauisch geworden wäre, hätte sie das Verhalten ihrer Tochter nicht der Aufregung dieser ersten Raumfahrt ihres Lebens zugeschrieben. Nicht lange, und Estelle – die nach ihrem langen, in Ängsten verbrachten Tag wirklich müde war – stand auf und gab Susan den Gutenachtkuß. »Dein Vater wird wieder lange ausbleiben«, sagte sie. »Also ist für uns Schlafenszeit.«

»Ich gehe gleich zu Bett«, sagte das Mädchen, »aber vorher

muß ich noch einen Beruhigungscocktail haben.« Sie machte eine umständliche Angelegenheit daraus, und als sie einige Zeit später ins Wohnzimmer schaute, entdeckte sie, daß ihre Mutter wirklich schlafen gegangen war. Susan schlich auf Zehenspitzen hinaus ins Arbeitszimmer, wo das Telefon stand. Sie mußte Dolores zuvorkommen, oder die Gruppe würde sie verstoßen. Die Angst vor Schmach und Isolierung war übermächtig in ihrem Bewußtsein, als sie im Dunkeln über das Telefon gebeugt stand und eine Nummer wählte, dann mit angehaltenem Atem dem fernen Läuten lauschte. Plötzlich gab es ein klickendes Geräusch, und Mikes Stimme sagte: »Hallo?«

»Mike ... hier ist Susan«, sagte sie halblaut. »Weil du dein eigenes Telefon hast, dachte ich, ich sollte es probieren, solange du noch nicht schläfst.«

»Von Schlafen kann nicht die Rede sein«, sagte Mike. »Gut, daß du mich noch erwischt hast. Wir haben einen Notfall. Wir gehen rüber, um Bud Jaeger gegen seinen Alten zu helfen.«

»Jetzt?«

»Jetzt. Aber warum hast du angerufen?«

Der Augenblick war alles andere als günstig, aber das unglückliche Mädchen gab sich einen Ruck und beichtete. »Ich muß dir was sagen, Mike. Heute abend, als ich nach Hause kam, küßte Captain Sennes mich zum Abschied auf den Mund. Aber diesmal war es wirklich Abschied.«

Am anderen Ende der Leitung blieb es lange still. Dann sagte Mike: »Schon gut.«

Ein Knacken, und er hatte aufgelegt.

14

In einem eleganten Haus nicht allzu weit vom Anwesen der Lanes waren ein Mann und eine Frau frühzeitig zu Bett gegangen und schliefen fest, als ihr Telefon läutete. Der Mann befand sich anscheinend im tiefsten Stadium des Schlafs, denn es war die Frau, die endlich verschlafen nach dem Hörer auf dem Nachttisch zwischen den Doppelbetten tastete. Sie murmelte ein müdes »Hallo, wer ist da?«, lauschte dann eine Weile und schaltete schließlich die Nachttischlampe ein, in deren Licht sie sich als eine gutaussehende Mittdreißigerin entpuppte. Es war zu diesem Zeitpunkt unmöglich, sich ein Bild von ihrem Mann zu machen, denn er lag mit dem Rücken zum Licht, und sein Kopf war zwischen Kissen und Decke fast verschwunden.

Die Frau war inzwischen seufzend aus ihrem Bett geklettert und drüben bei dem anderen, wo sie den Mann schüttelte. Es bedurfte mehrerer energischer Stöße, aber zuletzt wälzte er sich herum, blinzelte und setzte sich auf. Sie sagte: »Arthur, die Gruppe, für die du eine Patenschaft übernommen hast, braucht dich als Zeugen.«

Der Mann rieb seine Augen. Dann hob er seine Uhr auf und blinzelte das Zifferblatt an. Was er sah, schien ihn zu verblüffen, denn er sagte: »Um diese Zeit! Wer ist am Apparat?«

»Lee David.«

»Ah.« Er kroch unter der Decke heraus, ergriff den Telefonhörer so, daß seine Handfläche das Mikrophon zudeckte, und sagte zu seiner Frau: »Das mit der Patenschaft war die dümmste Sache, auf die wir uns je eingelassen haben, das kann ich dir sagen. Nichts gegen die jungen Leute, aber der Zeitaufwand ... es wird mir einfach zuviel!« Dann hob er den Hörer mit plötzlicher Entschlossenheit an sein Ohr und sagte mit fester Stimme: »Was ist los? Konntet ihr nicht noch später anrufen?« Pause. »So? Na ja, dann muß es wohl sein. Und die Adresse?« Er kramte Bleistift und Papier aus der Nachttischschublade und schrieb. Schließlich sagte er: »Paß auf, Lee, ich muß mich erst anziehen, aber in zehn Minuten könnte ich dort sein. Tut inzwischen, was nötig ist, um den Jungen zu schützen ... wie war sein Name? ... Ist gut.« Er legte auf, erhob sich von der Bettkante und ging ins Badezimmer.

Wie sich zeigte, brauchte er zum Anziehen länger, als er geschätzt hatte. Die zehn Minuten waren fast um, als er das Haus verließ.

Der unsichtbare Beobachter machte nach seiner längsten Abwesenheit an diesem Tag den Sprung hinüber zum Haus der Jaegers und entdeckte, daß die männlichen Mitglieder der Gruppe der roten Katzen draußen auf dem Gehsteig herumstanden. Bud war bei ihnen.

Der Beobachter sah, daß die Haustür verschlossen war, im Haus aber mehrere Lampen brannten.

– Was ist geschehen, Junge? fragte er besorgt.

Bevor er antwortete, schob sich Bud scheinbar ziellos näher –
fort von den anderen. Dann nahm er die Verbindung auf.

– Mr. Jaeger blieb heute abend zu Hause, und er war zur Abwechslung einmal nüchtern. So kam es, daß er zum erstenmal
mein Gruppenabzeichen sah. Er kriegte einen Wutanfall und
wollte mich verprügeln. Das alarmierte seine Frau, die über meine Zugehörigkeit zur Gruppe Bescheid weiß, und sie rief einen
der Jungen an. Also muß die Konfrontation jetzt stattfinden. Was
eine dumme Sache ist, denn es war wirklich keine schwierige
Situation. Jedenfalls ist er jetzt in seine Stammkneipe gegangen,
und dort werden wir ihn zur Rede stellen.

– Es tut mir leid, daß ich nicht hier war, entschuldigte sich sein
Vater.

– Es war nicht schlimm. Er schlug dreimal zu, und jedesmal traf
er das Harte – du weißt schon. Er brach sich fast die Knöchel, also
hatte er bald genug. Wo warst du?

– Ich sprang den ganzen Tag zwischen den verschiedenen
Startplätzen und den Häusern von Lane und Desmond Reid hin
und her. Wir haben das Gefühl, daß wichtige Entscheidungen in
der Luft liegen, und wir sollten wissen, wo Lane sich zu jeder Zeit
aufhält.

Der telepathische Dialog endete, als der Beobachter sah, daß
Lee David die Straße heraufkam. Die Jungen der Gruppe hörten
die schnellen Schritte und spähten die schlechtbeleuchtete Straße entlang. Plötzlich erkannten auch sie, wer der Ankömmling
war, und es kam zu einer Reaktion allgemeiner Erleichterung.
Wenig später war Lee bei ihnen und übernahm sofort den Befehl.

»Bud, du bleibst hier. Und wenn Mr. Laurieux kommt, unser
Zeuge, dann sagst du ihm, wohin wir gegangen sind. Klar?«

»Du meinst, ich darf nicht mitgehen?« sagte Bud enttäuscht.
»Ich will sehen, was ihr macht.«

»Wenn möglich«, sagte Lee, »stellen wir die Eltern nicht vor ihren Kindern zur Rede. Das hätte wenig Erfolg. Klar?«

»Klar«, sagte Bud widerwillig.

Der Leiter der roten Katzen wandte sich seinen jugendlichen
Gefolgsleuten zu. »Los, ihr Quaßler. Kommt mit.«

Der Haufen setzte sich in Bewegung und zog die Straße hinauf
zur nahen Eckwirtschaft.

Als sie gegangen waren, dachte Bud zu seinem Vater: – Warum

folgst du ihnen nicht und sagst mir hinterher, was geschehen ist?

– Noch nicht, antwortete der unsichtbare Beobachter. Du mußt dir klarmachen, mein Sohn, daß der Krisenfall eingetreten ist. Mein einziger Zweck ist, dich zu schützen, bis eine Entscheidung über deine Spionagemission auf diesem Planeten getroffen wird. Darüber hinaus habe ich die Aufgabe, Lane zu beobachten. Er ist eine Schlüsselfigur. Warte hier, während ich hinüberfliege und nachsehe, wer mit der nächsten Schnellbahn kommt. Ich muß mich vergewissern, ob und wann Lane nach Hause geht. Es wird ungefähr fünf Minuten dauern, bevor ich beim Wirtshaus sein und das Geschehen dort beobachten kann.

– Sieh zu, daß du bald hingehen kannst, sagte sein Sohn, denn ich muß in den nächsten Tagen der Krisenperiode mit ihm leben. Ist das nicht so?

– Es ist so. Und ich werde mein möglichstes tun, antwortete der Vater.

Weil er in seinem unsichtbaren Zustand nur ein projiziertes Bild war, machte er den Sprung wie immer mit der Geschwindigkeit des Gedankens. Er blieb seine beabsichtigten fünf Minuten … noch immer kein Lane … und sprang dann hinüber zur Straßenecke, wo die Bierwirtschaft war, die Len Jaeger aufgesucht hatte.

Obwohl der ungesehene Fremde die verstrichene Zeit als lang empfand, entdeckte er, daß die Jungen erst kurz zuvor bei der Kneipe eingetroffen waren. Und daß Mike Sutter, gefolgt vom dicken Albert, eben hineingegangen war, um Jaeger zum Herauskommen aufzufordern. Er sah, daß die anderen Jungen, die zuvor lautstark geprahlt hatten, wie sie Len Jaeger »schlafen legen« würden, blaß und gespannt draußen warteten. Einer der sonst stilleren Jungen drückte aus, was alle dachten; er sagte: »Hoffentlich macht der alte Jaeger nicht zuviel Stunk.«

Als Mike die Kneipe betrat, sah er das übliche Arrangement aus einem elektronischen Musikautomaten, einer Theke, fünf oder sechs Tischen und zwei Spielautomaten. Ein halbes Dutzend Männer saßen herum oder standen an der Theke. Die Musik aus dem Automaten heulte laut und mit stampfendem Rhythmus, und niemand beachtete Mike, als er zu dem Tisch ging, wo Jaeger mit einem anderen Stammgast saß.

Mike mußte warten, bis die Musik eine Pause machte, dann

machte er ungefähr drei Schritte vor seinem Mann halt und sagte mit lauter, energischer Stimme: »Mr. Jaeger!«

Der Angeredete hob verdutzt den Kopf, fuhr auf seinem Stuhl herum und versuchte gleichzeitig aufzustehen. Das konnte nicht gutgehen, und er fiel schwerfällig auf seinen Stuhl zurück.

Erst als er wieder saß, richtete sich sein Blick auf Mike, und er merkte, daß es der Junge war, der ihn angeredet hatte. Er begriff auf einmal, daß er sich von einem lausigen Halbstarken hatte aus der Ruhe birngen lassen, und knurrte wütend: »Was willst du?«

»Mr. Jaeger«, sagte Mike, »die Gruppe der roten Katzen ist draußen und ersucht Sie, hinauszukommen. Wir möchten mit Ihnen über Ihren Sohn Bud reden.«

Die Worte lösten in Len Jaegers alkoholisiertem Gehirn eine ganz neue Gedankenfolge aus. Seine blutunterlaufenen blauen Augen starrten den trotzig dastehenden Jungen an, der ihn wachsam beäugte. Len Jaegers Blick ging darauf zur Tür, wo er den dicken Albert postiert sah. Auf der Stirn des bulligen Mannes schwoll die Zornesader, aber noch hatte er sich unter Kontrolle. Er lehnte sich in seinem Stuhl zurück wie ein Mann, der sich seines kühl abwägenden Verstandes sicher ist, und sagte über die Musik, die von neuem eingesetzt hatte: »Redest du mit mir, Junge?«

»Das wissen Sie, Mr. Jaeger«, erwiderte Mike. »Sie haben gehört, was ich sagte. Kommen Sie mit hinaus, die Gruppe möchte mit Ihnen über Bud reden.«

»Zuerst rede ich ein Wörtchen mit dir, Rotzlöffel!« brüllte Len Jaeger los. Im selben Moment schnellte er in die Höhe und warf sich mit unvermuteter Behendigkeit auf Mike.

Aber der Junge war auf der Hut. Als der Mann sich von seinem Stuhl katapultierte, flog er herum und raste zur Tür, die Albert für ihn öffnete. Möglicherweise hätte Len Jaeger ihn trotzdem gefangen, denn seine Wut und der Anblick des Jungen spornten ihn an wie das rote Tuch den Stier. Als Mike Sutter zur Tür hinausraste, war sein Verfolger kaum noch eineinhalb Meter hinter ihm.

Albert sorgte dafür, daß es nicht Jaegers Abend wurde. Wie der Mann in berserkerhaftem Zorn an ihm vorbeistürzte, schob er seinen rechten Fuß ein wenig vor. Jaeger stolperte. Seine Geschwindigkeit war viel zu hoch, um den plötzlichen Verlust des Gleichgewichts auszugleichen, und er schoß mit dem Kopf voran über die Schwelle ins Freie und schlug schwer auf die Steinplatten des Gehsteiges. Zweimal versuchte er hochzukommen. Er konnte nicht. Er sackte wieder auf die Steinplatten und blieb in einem Zustand partieller Bewußtlosigkeit liegen.

Eine kleine Menschenansammlung bildete sich. Passanten blieben stehen, Zecher kamen aus dem Wirtshaus. Die Gruppenmitglieder, die draußen gewartet hatten, standen unbehaglich beisammen. Der dicke Albert hatte sich von der Tür zur Peripherie der Menschenansammlung verdrückt. Mike hatte Lee beiseitegenommen und erzählte ihm hastig und im Flüsterton, was in der Kneipe geschehen war.

Der Wirt kam heraus und brachte Aktivität in die Situation. Auf sein Geheiß packten zwei kräftige Männer den Gefallenen unter den Schultern und bei den Beinen und trugen ihn in die Kneipe zurück, wo sie ihn auf einen Tisch legten, während er selbst zum Telefon eilte und Polizei und Ambulanz verständigte. Beide waren innerhalb von vier Minuten zur Stelle.

Zur Stelle war inzwischen auch Mr. Arthur Laurieux. In seiner Eigenschaft als Zeuge zu spät gekommen, konnte er sich doch als Sachwalter der Gruppe nützlich machen, gegen die sich nun der Groll der Kneipenbesucher und der übrigen Zuschauer zu richten begann. Wie sich aus den anschließenden Wortwechseln und den Vernehmungen durch die Polizisten ergab, hatte keiner der Gäste bemerkt, daß Len Jaeger von Albert zu Fall gebracht worden war. Alle vermuteten, daß der Mann bei der Jagd nach dem Jungen über die Türschwelle gestürzt sei, was nicht so abwegig war, denn die Schwelle war verhältnismäßig hoch und aus Beton, und an der Innenseite der Wirtshaustür gab es ein Schild mit der handgemalten Aufschrift »Vorsicht Stufe!«

Dies war ein Glück für die Gruppe, und weder der dicke Albert noch Lee, der den wirklichen Hergang von draußen beobachtet hatte, verspürten in diesem Fall ein Verlangen, der Wahrheit zum Durchbruch zu verhelfen. Jaeger wurde zur Unfallstation des nächsten Krankenhauses gebracht. Der Gedanke an Folgen wie Strafanzeige und Schmerzensgeld, die der Gruppe drohten, wenn Alberts Tat herauskäme, veranlaßte Lee, seinen Quaßlern noch vor dem Auseinandergehen strengstes Stillschweigen über den wunden Punkt dieses Abends einzuschärfen. Er verpflichtete sie auf ihr Ehrenwort, ließ sie nach Hause gehen und machte sich zusammen mit Laurieux und Mike davon, eine Meldung für die Gruppenzentrale aufzusetzen.

Es war ein Uhr vorbei, als Mr. Arthur Laurieux wieder nach Hause kam, sich auskleidete und in sein Bett kroch. Er hatte kein Licht eingeschaltet, um seine Frau nicht zu wecken, aber sie wachte auch so auf, wälzte sich herum und fragte ihn aus der Dunkelheit: »Was war los?«

»Du würdest mir nicht glauben, wenn ich es dir sagte«, seufzte ihr Mann. »Aber ich kann alles mit einem Wort zusammenfassen: nichts.«

»Zwei Stunden für nichts?« sagte sie.

»Für nichts«, bestätigte er.

Etwa um die gleiche Zeit kam Captain Peter Sennes in sein unterirdisches Quartier. Das Licht brannte noch, und der Oberleutnant, mit dem er das Zimmer teilte, lag lesend im Bett. Sennes setzte sich auf die Kante seines zerwühlten Bettes und begann sich schweigend auszuziehen. Nach einer Minute blickte sein Stubengenosse auf und sagte: »Wie du wahrscheinlich bemerkt hast, bin ich gleich nach deinem Anruf von hier verduftet.«

»Dafür bin ich dir dankbar«, sagte Sennes. »Und wenn du mal Bedarf hast, brauchst du es nur zu sagen.«

»Ich vermute«, sagte der andere mit einem bedeutungsvollen Blick zu Sennes' Bett, »du hast den Abend mit deiner Kleinen zu einem glücklichen Finale gebracht.«

Der Captain streckte sich, gähnte zufrieden und sagte dann mit schlauem Lächeln: »Das darfst du annehmen. Und die andere ziehe ich auch noch durch.«

Der Freund überdachte das eine Weile. Zuletzt schüttelte er bewundernd seinen Kopf und sagte: »Ich weiß wirklich nicht, wie du es machst. Die Mädchen aus den Gruppen haben mechanische Herzen, statt des Gehirns ein Buch mit Regeln im Kopf und sind in ihrer Prüderie so fanatisch wie alte Betschwestern. Außerdem, wenn die Gruppen dich bei der Jagd auf ihre Mädchen erwischen, kann es ziemlich unangenehm werden.«

Sennes war unbesorgt. »Heute abend habe ich das große Los gezogen. Die schöne Dolores. Wild wie ein schwarzer Panther und weich wie ein Kätzchen. So ein Weib findest du nicht alle Tage. Und was Susan angeht ...«

»Ich habe mich schon gefragt, was aus ihr geworden ist.«

»Ich gab ihr heute abend den Abschied«, sagte Sennes abwinkend. »Der alte Trick. Mal sehen, wie das Herzchen darauf reagiert. Ich glaube, ich werde sie noch kriegen.« Er verschwand im Badezimmer, duschte, putzte seine Zähne und kam im Pyjama wieder zum Vorschein.

Sein Stubenkamerad begrüßte ihn mit der Frage: »Warum heiratest du Susan nicht?«

Sennes schüttelte sein Kissen auf, zog Laken und Decke glatt und stieg ins Bett. »Sei kein Idiot, Harry.«

»Wieso? Du könntest größere Dummheiten machen, als die Tochter des Flottenkommandeurs zu heiraten.«

Sennes sagte: »Ich bin aktiver Flugoffizier. Ich möchte gern an einigen der großen Expeditionen teilnehmen. Das würde der Alte verhindern, wenn ich seine Tochter heiratete. Und selbst wenn er das nicht täte – es ist zu hart für eine Frau, jahrelang allein im Haus zu sitzen. Entweder gehen sie fremd – was mir egal wäre –, oder sie bleiben brav im Nest bei den Kindern und versauern allmählich. Nein, danke.«

»Susan ist ein hübscher Käfer«, sagte Harry.

Sennes streckte die Hand aus und löschte seine Nachttischlampe. »Andere Mütter haben auch hübsche Töchter«, sagte er.

15

Der große Sattelschlepperzug, der wie ein Kühlwagen aussah, wartete auf John Lane und Desmond Reid, als sie aus der Befehlszentrale kamen. Die beiden Männer stiegen durch eine Seitentür ein und sahen sich in einer Umgebung, die an das Innere eines U-Boots gemahnte: der Raum war eng und vollgestopft mit Geräten, Maschinerien, Leitungen. Lane schien jedoch zu wissen, was er suchte. Er führte Reid durch eine schmale Stahltür in eine etwas geräumigere Kammer, wo ein Mann auf einen Stuhl vor einer Art Kontrollschirm saß. Gegenüber vom Kontrollschirm war eine herausklappbare Sitzbank in die Zwischenwand eingelassen. Lane ließ sie herunter und lud Reid ein, neben ihm Platz zu nehmen.

Sie hörten, wie die äußere Tür mit Druckluft geschlossen wurde, und gleich darauf setzte sich das Fahrzeug in Bewegung. Bald rollte es, nach dem Fahrgeräusch zu urteilen, mit ansehnlicher Geschwindigkeit – irgendwohin. Den Männern im Innern des fensterlosen Kastenaufbaus blieb verborgen, in welche Richtung die Reise ging.

Der Mann vor dem Kontrollschirm ergriff das Wort. »Meine Herren«, sagte er, »gestatten Sie, daß ich mich vorstelle. Ich bin Doktor Yanlo, Physiker und heute abend – ich sollte sagen, heute morgen, denn es ist halb zwei Uhr früh – Schichtleiter in dieser komplexen Anlage, die Sie hier sehen. Außer den beiden Fahrern haben wir im rückwärtigen Teil noch mehrere Assistenten. Obwohl wir Sie, Mr. Reid, zuerst nach Hause bringen werden, besteht unsere eigentlich Aufgabe darin, Kommandeur Lane zu eskortieren und ihn und sein Haus ständig zu bewachen, bis die gegenwärtige Krise vorüber ist.

Sie sitzen in dem, was wir den Beobachtungsraum nennen. Und wenn Sie den Kontrollschirm hier beobachten, werden Sie Energiesymbole sehen.«

Für Lane war es nichts Neues. Der Kontrollschirm hatte den matten blauen Schimmer von dickem Glas, eingefaßt von einem schwarzen Metallrahmen. Das ganze Gerät schien sich weit in den rückwärtigen Teil des Stahlaufbaus zu erstrecken; was sie sehen konnten, war offenbar nur der Erdteil dieser größeren Anlage. Aber auch er war eindrucksvoll genug und nahm fast die Hälfte der Rückwand ein. Winzige Lichtpartikel flimmerten ständig über den Kontrollschirm. Sie kamen in Mustern und Wellen, bewegten sich aber nicht in einer einzigen Richtung – dies war kein modifizierter Fernsehschirm mit einem Einweg-Empfangssystem. Aufwärts, abwärts, seitwärts, diagonal liefen die Bewegungen, zuweilen gleichzeitig und einander durchdringend ... aber es blieben nichtsdestoweniger erkennbare Muster.

Die Stimme des Wissenschaftlers fuhr fort: »Der Kontrollschirm könnte theoretisch ein Bild zeigen, aber gegenwärtig empfangen und reflektieren wir mehr oder weniger zufällige Energieformen aus der Raumregion jenseits der Umlaufbahn von Pluto, ungefähr sechstausendfünfhundert Millionen Kilometer oder sechs Lichtstunden entfernt. Es ist die Gegend, wo vor einigen Tagen unser Aufklärer zerstört wurde. Natürlich ist die Distanz normalerweise zu groß, um Radio- oder Fernsehsignale beziehungsweise organisierte Energieausstrahlungen irgendeiner anderen Form auszumachen, es sei denn, sie wären speziell für unsere Empfangsanlagen modifiziert und auf sie gerichtet. Aber das«, schloß er, »dürfte wohl kaum in der Absicht einer fremden Gruppe liegen, sofern eine solche Gruppe tatsächlich dort draußen manövriert.«

Lane lauschte der Erläuterung mit nachdenklicher Miene. Desmond Reid nickte einige Male, und als der Physiker geendet hatte, machte er eine alles einschließende Gebärde und sagte: »Wann wurde dies alles organisiert, und warum? Ich muß zugeben, daß ich überrascht war, als wir herauskamen und du mich in diesen Wagen führtest.«

»Ich könnte das nicht gut vor den anderen erklären«, sagte Lane entschuldigend.

»Macht nichts«, sagte Reid. »Ich beschwere mich nicht. Aber ich kann nicht einsehen, daß diese fahrbare Meßstation ein echter Schutz sein sollte. Wenn Spaceport verwundbar ist, dann kann ich mir nicht gut vorstellen, daß ein Lastwagen wie dieser, vor deinem Haus geparkt, im Notfall irgendeinen Schutz bieten sollte.«

Lane lächelte ein wenig. »Ich sehe, du hast über das, was Schutz ist, die gleiche falsche Vorstellung wie die meisten anderen Leute te. Jemand, der aus Abenteuerlust zur Flotte geht, wird bald zu der ernüchternden Erkenntnis gelangen, daß man in diesem Dienst sein ganzes Leben mit Instandhaltungsarbeiten und Routineflügen im erdnahen Raum verbringen kann. Immerhin gibt die bloße Existenz der Flotte den Leuten ein Gefühl von Sicherheit. Sogar diejenigen unter uns, die an Bord der Kampfschiffe Dienst tun, fühlen sich sicherer, weil die Flotte da ist – obwohl sie es eigentlich besser wissen müßten. Denn was geschah, als wir dem feindlichen Verband begegneten? Er griff an. Drei von unseren Einheiten, die ihm am nächsten waren, wurden in den ersten Sekunden zerstört. Unsere restlichen Einheiten zogen sich auf meinen Befehl zurück. Dies bedeutete, daß unsere Flotte als Ganzes außerhalb ihrer Reichweite blieb. Um Zeit zu gewinnen und die erste Überraschung zu verdauen, versuchten wir es mit Kommunikation. Es kam keine Antwort. Dann schickten wir einige Einheiten vor, die ihre atomaren Torpedos abfeuerten. Die Dinger waren nicht geladen, gewöhnliche Übungstorpedos für Zielmanöver. Wir wollten bloß sehen, ob wir ihre Abwehr durchstoßen könnten. Die Geschosse kamen nicht in die Nähe ihrer größeren Kampfschiffe, aber von den kleineren wurden mehrere getroffen. Daraus schlossen wir, daß die großen feindlichen Schiffe über Einrichtungen verfügten, die mittels Strahlungstheorie die Zielsuchgeräte der Torpedos ausschalten konnten, daß aber die kleinen Schiffe keine solchen Verteidigungseinrichtungen hatten. Es gab uns eine Vorstellung von ihren Grenzen, also fühlten wir uns besser. Wenn ich heute nacht mit dem Wissen schlafe, daß vor meinem Haus diese fahrbare Station steht und ihre Antennen in die Richtung des Feindes hält, werde auch ich ein Gefühl von Sicherheit haben.«

»Ja, aber wenn der Feind uns tatsächlich beobachtet, dann wird es ihn warnen, daß du mißtrauisch geworden bist. Abgesehen davon, daß dieses monströse Vehikel zu Gerede in der Nachbarschaft führen wird.«

»Ja-a-a-«, sagte Lane und sah seinen Freund mit geheimnisvoller Miene an. »Ich muß dir sagen, daß ich dir die eigentliche Information bis jetzt vorenthalten habe. Erinnerst du dich, daß du mich am Abend nach meiner Rückkehr nach Hause begleitetest?«

Der ältere Mann seufzte. »Ich erinnere mich nur zu gut. Du warst in einer sehr entschlossenen Stimmung, was Susan betraf. Ich wollte dich schon fragen, wie das ausgegangen ist.«

»Das Thema Susan werden wir ein andermal erörtern«, erwiderte Lane. »Das Interessante an jenem Abend war, was am nächsten Morgen bei dir und bei mir sichtbar wurde.«

Reid zwinkerte verblüfft. »Bei mir – sichtbar?« sagte er.

»Wir gingen beide in die Zentrale und passierten beide die Identifikationssperre.«

»Natürlich«, bestätigte Reid. »Nach mehr als zwanzig Jahren hält man die tägliche Kontrolle für überflüssig. Trotzdem habe ich mich ihr jeden Tag unterzogen.«

»Gut«, sagte Lane. »Es wird dich interessieren, daß der Computer an jenem ersten Morgen nach meiner Rückkehr wohl unsere Identität akzeptierte, zugleich aber feststellte, daß unsere sichtbare Körperoberfläche – Gesicht, Hals und Hände – eine schwache Energie von einer Wellenlänge ausstrahlte, die in Verbindung mit Menschen bisher unbekannt war. Niemand dachte sich allzuviel dabei, aber am folgenden Morgen ging diese schwache Ausstrahlung nur von mir aus, nicht aber von dir. So blieb es bis heute; und heute nun wurden mir diese Tatsachen vorgetragen . . .«

Desmond Reid starrte ihn erschrocken an. »John, ist das dein Ernst? Willst du damit sagen, daß jemand dein Haus beobachtet?«

Lane hob seine Schultern. »Es scheint darauf hinzudeuten, nicht wahr? Denn das einzigemal, wo du zu meinem Haus kamst, war eben jener erste Abend. Anscheinend läßt die Intensität in ungefähr zwanzig Stunden so weit nach, daß nichts mehr auszumachen ist. Und dann ist da noch ein Punkt . . .«

Er wurde von der Stimme des Physikers unterbrochen. »Da, sehen Sie!« keuchte der Mann erregt. »Ein Bild!«

Lanes Kopf fuhr herum, und er sah das Bild für die wenigen Sekunden, die es sich zeigte. Es war ziemlich verschwommen, aber er gewann den Eindruck eines nicht menschlichen Gesichts vor einem Hintergrund höchst komplizierter Schalttafeln mit Skalen, Knöpfen, Hebeln, Bildschirmen.

Dann war es weg.

Lane sagte schnell: »Kann der Computer das als ein Standfoto rekonstruieren?«

Der Wissenschaftler antwortete nicht. Seine Hand schoß hoch und legte einen Hebel über seinem Kopf um. Es gab ein quietschendes Geräusch, dann ein Ziehen und Aufschaukeln in Fahrtrichtung, und das schwere Fahrzeug stand. Eine lange Pause, dann begann es langsam rückwärts zu rollen, um nach einer Weile wieder anzuhalten. Dr. Yanlo arbeitete angestrengt an seinen Einstell- und Ableseinstrumenten. Währenddessen wandte sich Lane aufgeregt an seinen Freund. »Hast du das gesehen?«

Es ergab sich, daß Reid zu langsam gewesen war. Er hatte auf den Kontrollschirmen eine Helligkeit gesehen, aber nur aus den Augenwinkeln. Nachdem er sich schweigend Lanes Beschreibung der seltsamen Erscheinung angehört hatte, war er sehr beunruhigt. »Du meinst, daß es ein erster Blick auf den Feind gewesen ist?« fragte er.

Bevor Lane antworten konnte, sprach Dr. Yanlo. »Ich denke«, sagte er, »wir sollten uns nicht zu weit von der Stelle entfernen, wo das durchkam, weil wir es so rasch wieder verloren. Dieses schnelle Verschwinden ist mir ein Rätsel.«

»Was soll daran rätselhaft sein?« fragte Lane.

Der Physiker setzte zu einer Antwort an, aber in diesem Moment kamen zwei jüngere Männer durch eine schmale Tür aus dem rückwärtigen Teil. Vermutlich waren sie einem Signal gefolgt, denn sie machten sich sofort an den Schaltkonsolen zu schaffen. Dr. Yanlo machte eine um Geduld bittende Handbewegung zu Lane, worauf er seine Aufmerksamkeit auf die Instrumente vor ihm konzentrierte.

Lane und Reid sahen den Männern zu, doch als deren Bemühungen zu keinem raschen Resultat führten, sagte Reid: »Du sagtest, es gebe im Zusammenhang mit dieser Strahlung noch einen Punkt von Bedeutung.«

Lane nickte. »Richtig. Natürlich ließen wir sofort alle anderen Computer überprüfen, die in Spaceport für Personalkontrollen verwendet werden – in den Büroabteilungen, den Fabrikations- und Instandsetzungsbetrieben und den sonstigen Bereichen. Die Gesamtzahl der täglich duch die Identifikationskontrolle gehenden Personen liegt bei etwa einer halben Million.« Ein grimmiges Lächeln umspielte seine Lippen. »Nach dem jetzt vorliegenden Untersuchungsergebnis scheint es, daß von allen diesen Leuten eine einzige andere Person jeden Morgen die gleiche Energiestrahlung aussendet. Es ist ein Mechaniker in einem kleineren Instandhaltungsbetrieb. Sein Name ist Len Jaeger.«

Reid blickte ihn verdutzt an. »Das sieht nach einem beziehungslosen Phänomen aus«, meinte er kopfschüttelnd. »Vermutlich hast du über diesen Mann Erkundigungen eingezogen?«

»Selbstverständlich«, sagte Lane. »Vor ein paar Minuten fragtest du mich nach Susan. Du kannst es glauben oder nicht, es gibt eine Verbindung zwischen Susan und diesem Jaeger.«

Desmond Reid warf seinem Freund einen forschenden Blick zu. »In deiner Stimme klingt eine Befriedigung an, die mich bekümmert, John. In einer tödlichen Situation wie dieser solltest du aus einer solchen Koinzidenz kein persönliches Vergnügen beziehen.«

»Nenne es Koinzidenz, wenn du willst«, sagte Lane mit einem Anflug von Ärger, »aber hör zu, was ich dir sage: Jaeger und seine Familie sind vor relativ kurzer Zeit nach Spaceport gezogen. Weil er in einem wenig geheimnisträchtigen Bereich arbeitet, haben wir keine dicke Personalakte über ihn und seine Familie. Er ist verheiratet und hat einen vierzehnjährigen Sohn. Aber nun kommt der Witz – der Sohn ist erst kürzlich ein Mitglied der Gruppe der roten Katzen geworden, zu der auch Susan gehört.«

»Nun, dann ist alles erklärt«, sagte Reid sichtlich erleichtert. Er ließ den Satz hängen und machte eine abwinkende Handbewegung, als ob nicht mehr dazu zu sagen sei.

»Nicht so schnell«, widersprach John Lane. »Ich kann deiner Überlegung nicht folgen.«

»Hör zu«, sagte Reid geduldig. »Nach einem Zusammensein mit dir emittiere ich diese Energiestrahlung. Du emittierst sie die ganze Zeit. Über Susan und den Jungen hast du sie an Jaeger weitergegeben, wie eine Infektion. Jaeger war dir also jeden Tag nahe, ohne daß du es wußtest . . . Natürlich kennst du ihn nicht – was ist er von Beruf?«

»Mechaniker«, sagte Lane. Seine Augen waren nachdenklich. Er versuchte die Hypothese seines Freundes zu analysieren. »Dann müßten Estelle und die anderen Gruppenmitglieder und eine Menge andere Leute die gleiche Emission haben«, sagte er langsam. »Und die Möglichkeit eines direkten Kontakts zwischen mir und Jaeger scheint mir ziemlich unwahrscheinlich zu sein. Er wohnt zwei Kilometer von mir entfernt. Wir haben nicht denselben Weg zur Arbeit. Was sollte er jeden Morgen und jeden Abend in meiner Nähe tun, wenn ich zur Arbeit fahre oder von ihr komme? Die übrige Zeit bin ich im Büro oder zu Hause.«

»Nun«, sagte der ältere Mann, »versuchen wir es von einer anderen Seite. Wann hat es nach den Aufzeichnungen des Computers mit der sonderbaren Emission angefangen? Fing es zur gleichen Zeit an wie bei dir und bei mir?«

Lane blickte mißmutig auf seine Hände. »Das läßt sich nicht feststellen, Dez«, sagte er. »Jaeger arbeitet in einer Abteilung, wo es keine besonderen Sicherheitsauflagen gibt. In solchen Betrieben sind die Einrichtungen für die Personalkontrolle einfacher, die Computer in ihren Prüfungsfunktionen begrenzter. Die Gründe dafür sind natürlich wirtschaftlicher Natur und leuchten ohne weiteres ein. Man kann diese Kontrolleinrichtungen an kompliziertere Systeme anschließen und so in ihren Möglichkeiten erweitern, aber das geschah erst nachdem das Phänomen bei uns beiden festgestellt wurde. Dann fing der Sicherheitsdienst an, der Sache auf den Grund zu gehen, und dehnte die Kontrollen auf sämtliche im Raumfahrtbereich Beschäftigten aus. Natürlich hatten sie keine Ahnung von der Natur des Problems, so wenig, wie sie heute eine haben. Aber so kam es, daß sie Jaeger ausfindig machten. Ich werde den Mann morgen früh in mein Büro kommen lassen.«

Desmond Reids Augen blickten mit abwesendem Ausdruck ins Leere. Als Lane längst geendet hatte, besann sich der alte Mann plötzlich und sagte: »Ich kann mir nicht denken, daß dir das weiterhelfen wird, aber lassen wir es auf sich beruhen. Nun zu Susan. John, an der Oberfläche ist dir nicht viel anzumerken, aber ich kenne dich und weiß, daß du in der Tiefe noch immer gegen sie arbeitest.«

Lane blieb ruhig. »Deine Ausdrucksweise mißfällt mir, Dez«, sagte er, »aber in der Sache ist es wahr. Ich habe Störungen in Gang gesetzt. Ein Mann wie ich braucht sich nicht direkt mit den simplen Denkweisen von Halbwüchsigen auseinanderzusetzen. Die Kenntnis der menschlichen Natur ist der Schlüssel zum Erfolg, wo die Vernunft nichts ausrichten kann.«

»Ich glaube, ich verstehe«, sagte Desmond Reid traurig. »Anscheinend bekümmert es dich nicht, ob Susan dadurch Schaden zugefügt wird oder nicht.«

»Susan«, war die kühle Antwort, »ist von der Gruppe bereits Schaden zugefügt worden. Das Mädchen ist total verbogen, lebt in einer irrealen Welt voll von absurden Spielregeln und Tabus. Ich kann nicht mehr tun als eine Bergungsoperation einleiten und das Beste hoffen.« Er schüttelte seinen Kopf und bemühte sich um ein kameradschaftliches Lächeln. »Hör zu, Dez: Estelle und du und die anderen, die hier zu Hause geblieben sind, ihr seid diesem Problem zu nahe gewesen. Erstens gibt es überhaupt kein Problem. Aber ihr habt euch von Moralschnüfflern und alten Tanten bearbeiten lassen, und dann habt ihr Vernunft und Elternrecht verkauft, ohne es überhaupt zu bemerken.«

»Es gibt kein Problem, sagst du?« entgegnete der andere mit erhobener Stimme. »Das kann nicht dein Ernst sein. Die zehnjährige Abwesenheit eines Ehemannes und Vaters schafft ein Problem, und wenn es durch die Abwesenheit Zehntausender Männer vervielfältigt wird, dann wird es in der Tat zu einem sehr ernsten Problem.«

Lane lächelte zynisch. »Dez, ich habe mich auch damit abfinden müssen, ohne Sex zu leben, genau wie Estelle hier. Zehn Jahre lang, Dez. Aber ich jammerte nicht, und ich wurde nicht schwach. Ich sah die Realität. Ich machte der Raumfahrtbehörde keine Vorwürfe, denn ich hatte dieses Leben selbst gewählt. Vielleicht wählte ich es, bevor ich klar dachte; junge Leute sind oft so. Aber die Regierung investierte fünfzigtausend Dollar in meine Grundausbildung und dann noch mal soviel für die fortgeschrittene Ausbildung. Darum gehöre ich jetzt zu den Leuten, auf die sie sich verlassen kann. Ich werde mein Bestes tun, ungeachtet der Selbstverleugnung, die manchmal dazu nötig ist. Und was finde ich nach meiner Rückkehr vor? Die Kinder sind auf irgendeinen weltfremden puritanischen Rattenfänger hereingefallen, haben sich einen eigenen Moral- und Sittenkodex um den Hals gehängt und alle normale Natürlichkeit eingebüßt. Wenn du die Augen offen hättest, würdest du sehen, wie verklemmt und neurotisch sie geworden sind. Und die Erwachsenen sind weich geworden, finden alles richtig, was die Kinder machen. Statt nach einer Lösung zu suchen, die ihre Persönlichkeiten stärken und sie zu normalen, natürlich empfindenden Menschen machen würde, haben sie ihre Verfremdung noch gefördert. Der Erfolg ist, daß unsere heranwachsenden Kinder keine Ahnung haben, wie es in der Welt zugeht. Zugleich aber nimmt man es für gegeben, daß diese jungen Leute nach dem Schulabschluß in andere Städte abwandern, eben in jene Außenwelt, auf die sie in keiner Weise vorbereitet sind. An ihrer Stelle kommen dann nichtsahnende Neulinge herein, die dann mit ihren Kindern den gleichen Zyklus durchmachen. Das ist falsch. Ich werde mich nicht an der Institutionalisierung des Unsinns beteiligen.«

»Was hat das alles mit den Schwierigkeiten zu tun, die du Susan bereitest?«

John Lanes Geduld war am Ende. »Mein Gott!« schnappte er. »Du bringst das durcheinander! Bei meiner Rückkehr fand ich Susan in Schwierigkeiten. Mein Urteilsvermögen, basierend auf meiner Erfahrung und meinen eigenen Beobachtungen, sagen mir, daß sie reingelegt worden ist. Ich bin jetzt dabei, dem ein Ende zu bereiten.«

»Ich sehe.« Desmond Reid lächelte, aber in einer beunruhigten Art. »Ich will jetzt nicht über deine Argumente diskutieren. Ich fürchte nur, daß die Gruppen schlauer sind, als du denkst. Sie werden merken, was du vorhast. Und dann wirst du entdecken, was mit Leuten passiert, die sich den Gruppen entgegenstellen.«

Lane nahm die letzten Worte nicht bewußt wahr. Während seiner Diskussion mit Reid hatte er wiederholt rasche Blicke zum Kontrollschirm und zu den drei Wissenschaftlern geworfen. Nun hatte Dr. Yanlo seinen Assistenten abgewinkt und sich seinen Passagieren zugewandt. Lane begriff, daß der Physiker ihm weitere Informationen geben wollte.

Dr. Yanlo ließ einige Sekunden verstreichen, um auch Reids Aufmerksamkeit zu gewinnen, dann sagte er: »Was mir rätselhaft erschien, meine Herren – um Kommandeur Lanes Frage zu beantworten –, war die Tatsache, daß wir das Bild so rasch verloren. Man hat beinahe den Eindruck, daß sie uns bemerkten und sich ausschalteten. Und das ist natürlich ausgeschlossen, denn ihre Entfernung von der Erde ist zu groß. Können Sie meinem Gedankengang folgen?« Er blickte fragend von Lane zu Reid und wieder zurück. »Sie befinden sich sechs Lichtstunden entfernt, außerhalb der Pluto-Umlaufbahn. Das sind sechs Stunden auch für Radiowellen und verwandte Emissionen. Würden wir ihnen signalisieren, daß wir Verhandlungen wünschten, so würde unsere Aussendung bei normaler Direktübertragung sechs Stunden benötigen, um zu ihnen zu gelangen. Und ihre Antwort würde nach weiteren sechs Stunden hier eintreffen. Wenn sie andererseits wie wir die Fähigkeit haben, gewöhnliche Trägerwellen auf das Vielfache der Lichtgeschwindigkeit zu beschleunigen, dann würde es bei der enormen Entfernung, die hier zu überbrücken ist, immer noch einige Minuten dauern. Aber die Reaktion, die wir sahen, war eine Sache von Sekunden. Als ob jemand hier in Spaceport unsere Frequenz abgeschaltet hätte.«

»Sie können sie nicht wieder einschalten?«

»Bisher ist es mir nicht gelungen. Und das legt die Vermutung nahe, daß wir tatsächlich abgeschnitten wurden. Dies würde bedeuten, daß sie ein Rückkopplungssystem haben, das feststellen und anzeigen kann, wenn sich ein Empfänger auf ihrer Frequenz einschaltet.«

»Und Sie meinen«, sagte Lane, »daß sie so empfindliche Geräte hier auf der Erde haben?« Er war auf einmal äußerst beunruhigt. Er wandte sich an seinen Gefährten. »Dez, ich bin todmüde, und deshalb muß ich unbedingt etwas Schlaf haben. Aber diese Information sollte Elliotson in der Zentrale durchgegeben werden.«

»Das wird geschehen«, antwortete Reid. »Aber reg dich nicht auf. Schließlich ist die Flotte in Alarmzustand. Unser Radarnetz reicht bis Pluto in den Raum hinaus – darum haben sie sich nicht näher herangewagt. Es ist schwierig, sich vorzustellen, wie etwas von der Größe einer atomaren Trägerwaffe sechstausend Millionen Kilometer durchdringen sollte, ohne irgendwo einen Alarm auszulösen.«

Er verstummte, denn der Mann neben ihm hatte sich vorgebeugt und sprach wieder zu dem Wissenschaftler. »Wie sieht es mit dem Bild aus, das wir sahen? Kann der Computer es reproduzieren?«

Der Physiker schüttelte den Kopf. »Tut mir leid, Sir. Die Einrichtungen an Bord dieses Fahrzeugs sind für den Kriegsfall bestimmt und müssen daher ohne äußere Energiequellen und Hilfsmittel funktionsfähig sein. Das bringt eine Begrenzung der Möglichkeiten mit sich. Ich habe bereits den Einsatz einer zusätzlichen atmosphärischen Überwachungsstation beantragt, und wenn Sie mit Kommandeur Elliotson sprechen, ersuchen Sie ihn bitte, daß er sofort einen entsprechenden Befehl erteilt.«

»Meinen Sie mit atmosphärischer Überwachungsstation ein Schiff, das über meinem Haus schweben soll?« fragte Lane.

»Über diesem Gebiet, Kommandeur. Wir müssen den gesamten Bereich zwischen Jaegers Haus und der Straße hier, wo wir das Bild sahen, überwachen. Dieser Bereich würde auch Ihr Haus mit einschließen. Aber nun, wenn es recht ist, möchte ich Sie nach Hause fahren.«

Es war recht. Doch sie wollten die Hoffnung noch nicht aufgeben und saßen den Rest der Fahrt erwartungsvoll vor dem Kontrollschirm. Unglücklicherweise blieben die Energiemuster neutral, und sie waren es noch, als Lane ausstieg, um in sein Haus zu gehen.

Der unsichtbare Beobachter wurde zum erstenmal auf den Lastwagen aufmerksam, als er innerhalb des Energiekomplexes, durch den er auf der Erde operierte, eine automatische Gegenwirkung fühlte. Als Reaktion darauf schaltete er das Bild aus, das Lane und Dr. Yanlo so flüchtig sahen.

Einige Minuten später sah er den Sattelschlepperzug vor Lanes

Haus rollen und anhalten. Kurz darauf verließ Lane das Fahrzeug und ging in sein Haus.

Nachdem Lane verschwunden war, näherte sich das Energieduplikat eines entfernten realen Lebewesens wachsam dem Lastwagen, umkreiste ihn wachsam, erhob sich in die Luft und begann ihn aus der Höhe zu untersuchen.

Letzteres war ein Fehler.

16

Estelle las im Sessel neben der Hausbar, als sie den Motorenlärm und die zischenden Druckluftbremsen des Lastzugs hörte. Sie brachte das Geräusch offensichtlich nicht mit ihrem Mann in Verbindung, denn sie blickte nicht von ihrem Buch auf. Aber sie war müde, und die Linien in ihrem Gesicht waren tiefer als sonst. Als sie wieder eine Seite gelesen hatte, lehnte sie sich zurück und rieb ihre Augenlider. Dann öffnete sie ihre Augen, ließ die Hände auf das Buch sinken und blickte auf ihre Uhr.

»Ich weiß, daß du auch müde bist, Kommandeur Lane«, sagte sie plötzlich laut. »Aber muß das Leben so schwierig sein?«

Wenige Augenblicke nach dieser Beschwerde kam ein Geräusch von der Haustür. Ein Schlüssel drehte sich im Schloß, die Tür wurde geöffnet und wieder geschlossen. Als seine Schritte näher kamen, legte die blonde Frau ihr Buch auf den Rauchtisch und wartete. Dann kam ihr Mann herein, blieb stehen, blickte umher und sagte überrascht: »Noch auf? Aber Liebes, du solltest mehr Vernunft haben.«

Er schloß die Tür und ging an ihr vorbei. »Ich muß noch einen Anruf machen«, sagte er. Während er den Hörer abnahm und die Nummer wählte, war sein Gesicht im Lichtschein der Stehlampe. Seine Augen waren gerötet. Sein Gesicht sah nicht so müde aus wie das ihre, aber die Haut war unnatürlich blaß. Sobald er seinen Anschluß hatte und sich identifiziert hatte, sagte er: »Hören Sie, Elliotson, wir brauchen noch eine fliegende Überwachungsstation vom Typ L 20 zur Unterstützung der Bodenstation A 67. Doktor Yanlo hat die Leitung. Scheint ein sehr tüchtiger Mann zu sein. Fein. Wiedersehen.« Er legte auf, kam herüber und nahm die Frau bei den Händen. »Zeit zum Schlafengehen, meinst du nicht?«

Er zog sie aus dem Sessel, aber ihr Körper protestierte gegen seine Annahme, daß er um zwei Uhr früh nach Hause kommen konnte und alle Signale auf »freie Fahrt« finden würde. Sie wartete, während er ihr einen Kuß gab, und sagte dann in unnachgiebigem Ton: »Bist du nicht daran interessiert, was deiner Tochter heute widerfahren ist?«

Der Mann machte ein Gesicht. »Ich merke, ich bin wieder unwillkommen«, sagte er.

Seinen Worten folgte eine lange Pause. Estelle schloß ihre Augen und erschlaffte in seinen Armen. Endlich seufzte sie und blickte zu ihm auf, Tränenspuren auf den Wangen.

»Seit deiner Rückkehr«, sagte sie, »scheinen wir immer etwas außer Phase gewesen zu sein. Du warst niemals unwillkommen. Selbst an jenem ersten Abend blieb ich friedlich, bis du anfingst, wie ein Flottenadmiral den Befehl zu übernehmen, ohne auf die Entdeckung zu warten, daß kein Krieg war. Seit damals leben wir in einer Art Waffenstillstand, wo jeder auf den Ausbruch neuer Feindseligkeiten wartet. Als du eben sagtest, du seist wieder unwillkommen, da ging mir zum erstenmal der Gedanke durch den Kopf, ob diese Ehe wirklich halten wird. John, ich glaube nicht, daß ich es aushalten könnte, wenn du dich so gar nicht darum kümmerst, was mit Susan geschieht. Ich könnte einfach nicht damit leben.«

Während sie sprach, war das Lächeln allmählich aus dem Gesicht ihres Mannes gewichen. Nun, da sie geendet hatte, schüttelte er seinen Kopf. Er sagte: »Wenn das, was du eben sagtest, alles ist, was dich am Fortbestand unserer Ehe zweifeln läßt, dann gibt es kein Problem. Ich wußte Susan in der Obhut eines unserer besten Männer. Ich wußte, daß die beiden mit einem Tigerhai flogen, und das ist eine der sichersten und bewährtesten Konstruktionen der letzten zwanzig Jahre. Ich ließ mir vom Computer der Bodenleitstelle regelmäßige Meldungen machen, auch während ihres Aufenthalts auf Tombaugh. Kurz vor zehn ging die letzte Meldung ein, und sie hatte den Inhalt, daß die Maschine sicher gelandet war. Nun, was gibt dir das Recht zu sagen, ich kümmere mich nicht um sie? Was möchtest du sonst noch über mein Interesse an Susans Ergehen wissen – abgesehen von der Tatsache, daß ich sie nicht in einer von diesen Gruppen sehen will?«

»Warum vergißt du das mit den Gruppen nicht einfach?« sagte seine Frau ärgerlich. »Du bist so spät in die Situation hineingekommen – mit ihrem neunzehnten Geburtstag wird sie ohnehin ausscheiden. Das sind noch zwei Jahre und ein paar Monate.« Ihre Stimme hatte einen bittenden Unterton.

»Ich werde mir eine endgültige Meinung über die Gruppen bilden«, sagte der Mann, »sobald ich ein wenig Zeit erübrigen kann, sie zu studieren. Aber was ich bisher über sie in Erfahrung brachte, ist kaum geeignet, meine kritische Grundhaltung zu ändern.« Er trat von ihr zurück. »Estelle, du mußt mir zugestehen, daß ich mir darüber meine eigenen Gedanken mache. Verlange nicht von mir, daß ich dir im Zusammenhang mit Susan eine Art Blankoscheck für meine Nichteinmischung gebe. Das werde ich nicht tun.«

»Es stört mich«, sagte die Frau, »daß du bereit warst, sie mit einem Mann ausgehen zu lassen, wo sie allein mit ihm in einem Raumschiff und dann in einer Raumstation sein würde, die bei euch Raumfahrern einen Ruf als Vergnügungsstätte hat.«

Lane seufzte. »Ich muß was trinken«, sagte er. Er ging zur Bar und stellte zwei Gläser heraus. Er blickte zu ihr hinüber. »Auch einen?« Sie schüttelte ihren Kopf. Also füllte er sein Glas mit irgend etwas, tat Eis und Wasser dazu und stand dann da und trank mit kleinen Schlucken. Endlich schien er sich zu entspannen, denn er sagte: »Ich habe mir dieses Glas eingeschenkt, um mich an einer übereilten Entgegnung zu hindern. Eins von den Dingen, Estelle, die uns Männer bei manchen Frauen stören, ist, daß sie niemals aufhören können. Man kann den Gedanken im Gesicht der Frau sehen, in ihrer Haltung und in jeder ihrer Bewegungen.«

Er nippte an seinem Glas und fuhr fort: »Ich brauchte dich eben nur anzusehen, und es war mir klar, daß du mehr sagen wolltest. Ich dachte mir: Sie wird sich nicht damit zufriedengeben, daß ich meine Unschuld bewiesen habe. Ich beziehe mich auf deine Beschuldigung, daß ich mich nicht um Susan gekümmert hätte. Ich habe es getan. Aber was ich in deinem Gesicht beobachtete, war: Sie wird nicht fähig sein, sich zu beherrschen, sondern einen fruchtlosen Streit fortsetzen. Was immer der neue Gedanke ist, er wird nicht zurückgehalten werden, sondern herausplatzen, vermutlich in der Form eines Angriffs. Und so hast du es gemacht. Meine Antwort ist: Ich bestreite, daß du ein vernünftiges Wort gesagt hast.«

Die Frau verteidigte sich wütend: »Wie kannst du so was sagen? Es ist in Spaceport wohlbekannt, daß jüngere Offiziere in ihrer Freizeit hinter den Frauen ihrer abwesenden Kollegen und hinter den Mädchen her sind ...«

John Lane schloß die Augen, preßte seine Zähne zusammen, ballte die freie Hand zur Faust und packte mit der anderen das Glas fester. Alles waren melodramatische Gesten der Beherrschung.

Seine Frau hatte innegehalten und ihn offenen Mundes angestarrt, als er seine Schau abzog. Seine Reaktion erschwerte ihr das Wiederaufnehmen des Fadens, aber sie ließ sich nicht beirren und sagte entschlossen: »Deshalb haben die Eltern hier – das heißt, diejenigen, die sich wirklich um ihre Kinder kümmern – sich zur Regel gemacht, daß sie ihre halbwüchsigen Mädchen von den erwachsenen Männern fernhalten.«

Lane stellte sein Glas auf die Bar. »Ich entnehme deinen Worten«, sagte er langsam, »daß du ernsthaft glaubst, Susan habe sich bei ihrem ersten Ausgang mit Captain Sennes und nun wieder bei ihrem Raumausflug nach Tombaugh zu sexuellen Handlungen hinreißen lassen.«

Wieder eine der langen Pausen. Als seine Frau endlich antwortete, war sie in der Defensive. »Das habe ich nicht gesagt. Ich sagte ...«

»Wie ist deine Meinung«, fragte ihr Mann, »hat Susan sexuelle Erfahrungen mit Männern?«

»Nein!« Es kam entrüstet und explosiv. Dann sagte sie ärgerlich: »Nun hast du mich mit einem Thema in die Defensive gedrängt, das gar nicht zur Debatte steht. Um Himmels willen, John, bis zu deiner Rückkehr hatten wir solche Probleme nicht. Auf einmal haben wir sie. Auf einmal wird ein Captain Sennes in unser Haus eingeladen und mit unserer sechzehnjährigen Tochter in engen Kontakt gebracht. Auf einmal ist Susan ein verwirrtes Mädchen – und das war sie nie. Das ist es, was mich beunruhigt.«

»Vielleicht hätte ich draußen im Raum bleiben sollen!« schnappte ihr Mann.

Die Frau schwieg. Aber ihre Miene sagte, daß sie mit diesem Gedanken wenigstens teilweise übereinstimmte. Lane war nun auch zornig. »Nun, dann laß dir sagen, welches meine Meinung ist. Susan ist bald siebzehn. Viele Mädchen in ihrem Alter arbeiten im Berufsleben mit Männern zusammen, haben Umgang mit ihnen, lernen ihre Stärken und Schwächen kennen. Manche heiraten sogar – ich will nicht sagen, daß ich das gut finde. Jedenfalls lernen solche Mädchen die Wirklichkeit des Lebens kennen und sich darin behaupten. Sie wissen, was die Männer von ihnen wollen und welche Risiken im Spiel sind. Du willst Susan gegen all das abschirmen. Du läßt sie bis neunzehn in einer illusionistischen Kinderwelt spielen, und dann, als ob mit dem neunzehnten Geburtstag automatisch alle Erkenntnisse von selber kämen, wird sie in eine Umwelt gesetzt, in der ihre gewohnten Spielregeln keinen Pfifferling wert sind und ganz andere gelten, denen sie nicht gewachsen ist. Susan ist körperlich eine Frau und geistig ein Kind, dessen Horizont auf Schule und Gruppe begrenzt ist. Es ist höchste Zeit, mit dieser künstlichen Verdrängung des Körperlichen Schluß zu machen. Ich bin froh, daß sie mit Captain Sennes ausgeht; für sie ist es ein Schritt in die reale Welt. Sie wird neue Perspektiven sehen. Und wenn du ihr so wenig Selbstbeherrschung zutraust, daß du befürchtest, sie werde sich willenlos dem ersten Mann hingeben, mit dem sie ausgeht, dann beweist dies nur, daß du selbst kein Vertrauen in deine Erziehungsmethoden hast und ihre gefährliche Einseitigkeit erkennst.«

»Das ist absolut lächerlich!« schrie Estelle. »Wenn du dich nur mal eine Minute von dem befreien würdest, was du da in der Zentrale tust, dann …«

Das Telefon läutete, und ihre Stimme brach mitten im Zornesausbruch ab. Sie warf ihrem Mann einen erschrocken-fragenden Blick zu. »Ein Anruf um diese Zeit …?« flüsterte sie.

Lane antwortete nicht. Er stürzte zum Telefon und riß den Hörer ans Ohr. »Lane? Ah – Doktor … Was? … Sie halten tatsächlich etwas fest? … Ja, ich habe mit Elliotson gesprochen. Eine L 20 sollte innerhalb der nächsten Minuten zu Ihrer Verfügung sein … Unglücklicherweise sind sie nicht hier stationiert, aber … In Ordnung. Tun Sie Ihr Bestes, Doktor. Vor allem, beschaffen Sie Daten.«

Er legte auf und stand einfach da, während seine Gedanken rasten. Alle Übermüdung schien für einen Moment von ihm gewichen zu sein. Er wandte sich halb von der Frau weg und zur

Tür, erfüllt von einem Impuls, hinzurennen, wo das Ringen sich abspielte.

Als sie ihren Mann so stehen sah, verwandelte sich der Gesichtsausdruck seiner Frau zu Besorgnis. Sie kam zu ihm und legte ihre Hand auf seinen Arm. »Ist es etwas, das du mir sagen kannst?« flüsterte sie.

Er schüttelte den Kopf. Immerhin schien ihre Nähe ihm die unmittelbare Situation ins Gedächtnis zurückzurufen. Seine Hände erfaßten ihre Hände.

»Gehen wir zu Bett«, sagte er mit einem Seufzer. »Es ist nicht meine Schicht; also sollte ich etwas ausruhen.«

Er ließ eine Hand sinken und führte Estelle mit der anderen aus dem Zimmer, löschte das Licht und wanderte schweigend an ihrer Seite durch den Korridor ins Schlafzimmer.

17

Der unsichtbare Beobachter schwebte sechzig Meter über dem großen Lastwagen. Die Aussicht umfaßte den größten Teil der nächtlichen Stadt. Die langen Lichterketten der Straßen liefen in alle Richtungen auseinander, kreuzten sich und vereinigten sich in der Nähe des Geschäftszentrums zu einer verfließenden Helligkeit. In der Raumstadt gab es keine wirklich hohen Bauwerke, und um diese Stunde waren fast alle Fenster dunkel, die Straßen still und ohne Verkehr, so daß man den Eindruck einer friedlichen Stadt hatte, in der nichts Widriges geschehen konnte.

In der nächsten Sekunde verschwamm die ganze Szenerie. Dann begann die ganze Stadt sich wie eine riesige Scheibe unter ihm zu drehen.

In der Bodenstation machte sich die Begegnung als ein plötzliches Hochschnellen der Anzeigenadeln vor dem ersten Assistenten bemerkbar. Einen langen Augenblick starrte er die Skalen an, dann wandte er sich zu seinem Chef um und sagte mit unsicherer Stimme: »Sir, ich glaube, wir sind eben mit einem Energiefeld von beträchtlicher Leistung in Berührung gekommen.«

»Festhalten!«

Der junge Mann nickte. »Die Magneten der A-Gruppe halten

es. Aber starten Sie vorsichtshalber den zweiten Motor, daß wir die B-Gruppe dazunehmen können.«

Dr. Yanlo sprang an ein Schaltbrett und schloß einen Relaisschalter. Der zweite Motor sprang an.

»Sehen Sie!« sagte der Assistent aufgeregt. »Der Schirm!«

Die satinartige, bläuliche Oberfläche war eine Masse von aufblitzenden Mustern. Der Physiker beugte sich unwillkürlich vorwärts. Immer wieder glitt sein Blick über die Anzeigeskalen, zurück zum Kontrollschirm und dann wieder zu den Instrumenten.

Mit ruhiger Stimme kamen seine Anweisungen, und sie machten deutlich, daß ein wissendes Gehirn die Vorgänge registrierte. »Mehr auf A – schnell! Gehen Sie mit B ruhig bis an die Obergrenze, Phillip ... Meine Herren, sehen Sie diese Ablesungen? Sie zeigen, daß unser Gegenspieler annähernd die gleiche Energieleistung aufbringt wie unsere Station. Leon, rufen Sie Elliotson an. Wir brauchen jetzt die L 20. Und Sie, Phillip, verbinden mich mit Lane ...« Pause, dann: »Sehen Sie sich das an. Wenn das über sechstausendfünfhundert Millionen Kilometer gesteuert wird, dann verwenden sie ein System, das um ein Vielfaches schneller ist als das Licht. Das hier sind Sofortreaktionen ... Trotzdem, warum haben sie das Feld nicht verstärkt? Die Energieleistung ist immer noch dieselbe. Hoch, aber nicht hoch genug, um unsere Magneten zu überwinden ...«

Er wurde unterbrochen. »Doktor Yanlo«, sagte Phillip, »die Leitung zu Lane ist offen; Sie könnten gleich übernehmen.«

Der Physiker griff nach dem Hörer, führte sein Gespräch mit Lane, legte auf und fuhr fort, als ob es keine Unterbrechung seiner Gedankenfolge gegeben hätte: »Wir haben es hier mit einem Geheimnis zu tun, einem Wunder von Fernsteuerung ... Dies ist der größte Tag meines Lebens. Und Ihres Lebens. Lassen Sie sich nichts entgehen. Dies ist Lernen auf der dynamischen Ebene von Augenblick zu Augenblick wechselnder Daten.«

Leon sah ihn mit zweifelnder Miene an. »Im Moment, Doktor, denke ich an meine Frau und zwei Kinder. Dies kommt mir eher wie ein Kampf auf Leben und Tod vor. Und wir sind in dem Stadium, wo wir noch nicht wissen, wie es ausgehen wird ... Ihre Analyse ist nicht ermutigend.«

Phillips war als erster am Telefon, als das Schrillen kam. Er riß den Hörer von der Gabel, meldete sich, lauschte einen Moment, dankte und legte auf. »L 20 hat abgehoben, Doktor. Eine Minute, sagen sie.«

»Gut, gut«, murmelte Yanlo gespannt.

Leon zeigte auf den Kontrollschirm. »Die Muster verändern sich, Doktor. Sieht nach Energieverstärkung aus, fürchte ich ...«

Der ältere Mann beobachtete sie bereits, und er wurde auf einmal blaß, als er die Formationen von Kreisen und Vierecken über die glatte Oberfläche zucken sah. Er blickte auf die Anzeigeskalen, und seine Augen zeigten Resignation. Alle Anzeigenadeln zitterten in den roten Markierungen. Er sagte unglücklich: »Sie haben ihre Energie in den letzten Sekunden vervierfacht. Halten Sie sich für den Moment bereit, wo er ausbricht. Versuchen wir unsere Geräte zu retten ...«

Seine Augen beobachteten starr die Muster auf dem Kontrollschirm. Als eins von ihnen sich zu einem Viereck von der vollen Größe des Kontrollschirms zu vergrößern drohte, rief Dr. Yanlo: »Jetzt!«

Seine Helfer schalteten die Leistung der Magnetfeldgeneratoren herunter. Das Feld brach zusammen.

Nachdem er entkommen war, schoß der unsichtbare Beobachter über die Stadt zu Len Jaegers bescheidenem Haus und zum Fenster von Buds Zimmer. Er gehörte einer Rasse an, die kein Schlafbedürfnis kannte. Der »Junge« lag im Bett und tat, als ob er schliefe, weil es zu seinem Anpassungsprogramm gehörte. Er antwortete auf den telepathischen Ruf seines Vaters, indem er aus dem Bett schlüpfte und näher zum Fenster kam.

– Ist etwas geschehen?

– Sehr viel, und nichts Erfreuliches, mein Sohn. Sie fingen mich in einem Magnetfeld, und ich mußte um Hilfe bitten. Nun paß gut auf. Ich werde mich möglicherweise plötzlich zurückziehen müssen, denn ich habe ein Gefühl, daß sie einen neuen Versuch machen werden, mit verstärkter Energie.

Der Junge war beunruhigt. – Ist das gefährlich für uns?

– Ich fürchte, ja, kam die zögernde Antwort. Bis Hilfe für mich kam, müssen diejenigen, die mich mit ihren Geräten aufspürten, eine Menge erfahren haben. Natürlich müssen sie auch bemerkt haben, wie lange es dauerte, bis die neue Energie eintraf. Daraus werden diese Menschen wahrscheinlich korrekt folgern, daß wir

111

deren Lichtgeschwindigkeitsenergien als Träger für die über-
lichtschnelle Übertragung von Energie und Kommunikation verschwenden. Sie haben es nur für Kommunikation. Noch schlimmer ist, daß ich nun, da ich einmal ausgemacht wurde, nicht bleiben kann. Sie werden Spaceport mit Suchgeräten und Feldgene-
ratoren überziehen.

– Aber was soll aus mir werden?

– Mein gegenwärtiger Plan, sagte sein Vater, ist folgender:
Morgen werde ich versuchen, kurz hereinzukommen und zu
sehen, ob dein menschlicher Vater, Len Jaeger, aus dem Krankenhaus entlassen ist. Falls ich an ihn herankomme, werde ich
ihm den Befehl eingeben, seinen Arbeitsplatz zu kündigen und
sofort wegzuziehen.

– Er scheint schwerer verletzt zu sein, als man zuerst dachte,
erwiderte der Junge unbehaglich. Ich glaube, er wird noch ein
paar Tage im Krankenhaus bleiben müssen.

– Dann mußt du morgen gleich nach der Schule die Schnellbahn nehmen. Nimm die Strecke, die über den Fluß nach Osten
führt. Steig in der zweiten oberirdischen Station aus. Ich werde
dich dort erwarten. Gib dich im übrigen so menschlich, wie du
kannst. Keine Experimente. Keine Tests … Die Gedanken des
Vaters verhielten, dann: Es ist Zeit. Hier kommt ein Schiff. Ich
muß den Kontakt mit dem Planeten vorübergehend abbrechen.
Leb wohl …

An Bord des Schiffes, das in langsamer Fahrt über die Stadt kreuzte, sagte einer der Wissenschaftler: »Ich bekam eben eine plötzliche Emission herein. Die Quelle muß in der Nachbarschaft des
Jaegerschen Hauses gewesen sein. Aber jetzt ist nichts mehr.«

»Wir kreuzen weiter«, kam die Antwort von der Brücke. »Soviel ich weiß, wird diese Familie morgen unter die Lupe genommen.«

Das Schiff setzte seine Patrouille über der Stadt die ganze
Nacht fort, während die Sterne von einem mondlos schwarzen
Himmel herabblinzelten. Aber die Suche blieb ergebnislos.

Der Morgen kündigte sich durch ein mattes Grau an, als Lane
hinreichend erwachte, um sich zu erinnern, was vor dem Ein-
schlafen passiert war. Die Ernüchterung machte ihn in wenigen
Momenten hellwach, und er war erleichtert zu bemerken, daß

er von den wenigen Stunden Schlaf bereits profitiert hatte. Er fühlte sich viel besser.

Von Estelles Betthälfte kam ein Geräusch gleichmäßig-ruhigen Atmens. Er kroch leise unter seiner Decke hervor und schlich auf Zehenspitzen hinaus und durch den Korridor in sein Arbeitszimmer. Von dort telefonierte er und hatte bald den Bericht über den nächtlichen Kampf zwischen zwei Energiefeldern.

Nachdem er sich informiert hatte, ließ er sich mit Elliotson verbinden, und die zwei Kommandeure diskutierten die Folgerungen, die aus dem Geschehen zu ziehen waren. Rasch einigten sie sich, daß es nicht schaden könne, wenn sie mehr fliegende Stationen des Typs L 20 über dem Stadtbereich stationierten. Aber sie stimmten auch darin überein, daß die Schiffe nach Möglichkeit ungesehen bleiben sollten, um die Bevölkerung nicht zu beunruhigen.

»Meine persönliche Ansicht ist«, schloß Lane, »daß die Fremden uns dort draußen bekämpften, weil sie verhindern wollten, daß wir ihren Planeten entdeckten. Dann folgten sie uns, um herauszubringen, wo unser Planet ist. Und sie fanden ihn. Sie sind jetzt im Vorteil. Darum müssen wir mit ihnen in Kommunikation treten – oder kämpfen. Das sind unsere Alternativen. Ich werde vorschlagen, daß wir den Versuch machen, eines ihrer kleinen Schiffe zu fangen und mit der Besatzung ins Gespräch zu kommen. Ich bin überzeugt, daß dies unsere einzige Chance ist, einen Kampf auf Leben und Tod zu vermeiden. Und wir sollten ihn vermeiden, denn im Fall unserer Niederlage wäre ihnen die Erde auf Gedeih oder Verderb ausgeliefert.«

Elliotson sagte lakonisch: »Ich glaube, in Kommission und Regierung herrscht der Wunsch vor, die Fremden einfach zum Abzug zu bewegen. Sollte das nicht gelingen, bin ich mit Ihrem begrenzten Ziel einverstanden.«

Lane legte den Hörer auf, tappte ins Schlafzimmer zurück und kroch unter die Decke. Diesmal schlief er, bis seine Frau ihn wachrüttelte.

Während er frühstückte, saß Estelle über ihrer Kaffeetasse und sah ihm zu. Schließlich blickte sie auf die Uhr, stand kopfschüttelnd auf und verschwand – um bald darauf beunruhigt zurückzukehren. »Susan fühlt sich nicht gut«, sagte sie nervös. »Sie wird heute im Bett bleiben.«

Lane sagte nichts. Er blickte von seiner Morgenzeitung auf, nickte und murmelte schließlich ein neutrales »Mmmm«.

Estelle holte die Kaffeekanne und füllte ihre Tasse auf. Ihre Hände zitterten. Als sie wieder saß, sagte sie: »Es ist ihre erste Krankheit seit der Kindheit.«

»Wenn du einen Arzt rufst«, meinte Lane, »laß ihn gleich eine gründliche Allgemeinuntersuchung machen. Es kann nicht schaden, wenn wir Bescheid wissen.«

Die Frau war augenblicklich entrüstet. »Was ist das für eine Bemerkung?« fuhr sie auf.

Lane ließ seinen Blick auf der Zeitung, als er sagte: »Ich dachte, du seist besorgt.« Er zuckte mit den Schultern. »Aber geh ruhig von deinem eigenen Urteil aus. Ich persönlich habe es immer einfacher gefunden, von Tatsachen auszugehen. Nur einmal angenommen, sie wäre schwanger. Das wäre in ihrer Situation fatal, weil sie so, wie sie jetzt ist, wahrscheinlich aus Scham nichts sagen und warten würde, bis es zu spät wäre. Hast du sie eigentlich mit den Möglichkeiten der Empfängnisverhütung vertraut gemacht?«

Seine Frau bebte. »Nein!«

»Dann wird es Zeit, denke ich. Aber um auf unser Thema zurückzukommen: Wenn du einen Arzt rufen willst, und wenn meine Überlegungen irgendeinen Einfluß auf dich haben, dann könnte eine Allgemeinuntersuchung nicht schaden.«

Estelle nippte von ihrer Kaffeetasse, und diesmal vermied sie es, ihn anzusehen, als sie sagte: »Ich sehe wirklich keinen Grund, einen Arzt kommen zu lassen.«

Er ließ die Zeitung sinken, blickte seine Frau an und schüttelte den Kopf. »Ich wünschte, du könntest dich und mich in diesem Moment sehen«, sagte er, »wie ich uns sehe. Hier sitze ich, einer der drei höchsten Flottenkommandeure, den man für fähig hält, über hunderttausend oder mehr Leute zu entscheiden. Trotzdem fühle ich so viele Emotionen in dir, daß es einfach nicht möglich ist, in einer vernünftigen Art mit dir über meine sechzehnjährige Tochter zu diskutieren. Mache ich eine offene Bemerkung, habe ich das Gefühl, daß du sie gegen mich wenden wirst.«

Die Frau war bleich. »Du hast Susan am ersten Abend angegriffen«, sagte sie mit vor Erregung undeutlicher Stimme. »Du hast

Captain Sennes ins Haus gebracht, und ich fühle, daß das eine überlegte Handlung war, um das Mädchen zu verwirren. Und nun, heute morgen, ist sie zum erstenmal seit zehn Jahren krank.«

Als sie diese letzten Worte sagte, wich die Farbe aus Lanes Gesicht. »Großer Gott, jetzt machst du mich noch für ihre Krankheit verantwortlich!«

Sie saß ihm stumm und starr gegenüber, und ihre gespannte Haltung sagte, daß sie ihn in der Tat verantwortlich mache.

John Lane zeigte sich schockiert. Er stand auf, und der Stuhl, auf dem er gesessen hatte, fiel krachend hintenüber. Keiner von ihnen schien es zu merken. »Es tut mir leid, John«, flüsterte die Frau, »aber das sind meine Gedanken. Ich kann nichts daran ändern.« Plötzlich rollten Tränen über ihre Wangen.

Lane wahrte mit einiger Mühe seine Beherrschung. »Was du sagst, ist, daß Susans heutiges Unwohlsein einen geistig-emotionalen Grund hat. Falls das zutrifft, sollte sie befragt werden. Ich habe bemerkt, daß sie im engen Rahmen ihrer Gruppenethik ein gerades und ehrliches Mädchen ist. Also glaube ich, daß sie sich dir anvertrauen wird, wenn du sie nach meinem Weggang befragst. Ich werde nämlich gehen, bevor weitere unüberlegte Bemerkungen gemacht werden. Aber laß mich vorher auf deine Beschuldigungen antworten. Ja, ich brachte Captain Sennes ins Haus. Ich glaubte, es sei an der Zeit, daß sie mit einem richtigen Mann zusammenkommt, statt ständig mit diesen verbogenen Kindern an Straßenecken herumzulungern, halbwüchsigen Feiglingen, die sich davonmachen werden, sobald sie alt genug sind.«

»Sie gehen wegen Leuten wie dir«, sagte die Frau. Mit einer raschen, zornigen Bewegung wischte sie ihre Augen. »Weil es nicht normal ist. Susan sah mich hier ungefähr dreitausendsechshundert Abende allein in der Wohnung sitzen. Es wäre völlig unintelligent von ihr, nicht zu bemerken, was für ein Alptraum das war. Sie wird deshalb eine normale Existenz haben, und ich werde sie darin unterstützen. Der Weltraum ist nichts Heiliges, daß ein Mann zehn Jahre dort draußen zubringen müßte. Ich fühle mich als Frau entehrt. Mein Ehemann zog es vor, die längste Weltraumfahrt in der Geschichte zu unternehmen, statt zu seiner Familie nach Hause zu kommen. Und selbst wenn Sennes ein heiratswilliger Mann wäre – was er bestimmt nicht ist –, würde ich nicht wollen, daß er sich für Susan interessiert, oder sie sich für ihn.«

Ihr Mann hob abwehrend die Hände. »Ich gehe jetzt lieber«, sagte er ärgerlich, »bevor ich zu der Entscheidung komme, daß diese Ehe sich selbst überlebt hat.« Er ging zur Tür und verhielt noch einmal. »Bisher war das allein dein Gedanke.«

Er wartete ihre Antwort nicht ab, sondern ging eilig hinaus. Sekunden später fiel die Haustür zu. Wieder eine Weile später sprang der Motor des schweren Lasters an, dann fuhr das Fahrzeug langsam an und rollte die Straße entlang.

Die Frau in der Küche stand stirnrunzelnd, als sie den Lärm hörte. Dann eilte sie ins Arbeitszimmer und zum Fenster, das auf die Straße hinausging. Sie sah gerade noch, wie das ungefüge Militärfahrzeug an der nächsten Kreuzung in die Querstraße einbog. Kurz nachdem es außer Sicht gekommen war, läutete das Telefon. Estelle ging mechanisch hinüber, nahm ab und sagte: »Hallo?«

»Estelle, hier ist Ann«, sagte eine Frauenstimme. »Ich habe diesen Panzerwagen von meinem kleinen Fenster auf dieser Straßenseite gesehen, und ich möchte wissen: Gibt es irgendeinen geheimgehaltenen Grund, warum Kommandeur John Lane in einem Panzerwagen zur Arbeit und nach Hause gefahren wird?«

»Sie erproben neue Ausrüstungen«, log Estelle. »John muß sie beurteilen, und er hat sonst keine Zeit dafür.«

»Oh, ich bin so froh, das zu hören«, sagte Ann. »Ich machte mir plötzlich solche Sorgen wegen diesen schrecklichen Kreaturen, die die Flotte im Weltraum angegriffen hatten. Es wäre einfach furchtbar, wenn sie uns so schnell finden würden. Alle sagen, daß es früher oder später passieren wird, aber ich hätte es lieber, wenn es später wäre.«

»Ich auch«, antwortete Estelle munter.

»Danke, und auf Wiederhören.«

»Wiederhören.« Estelle legte auf. Dann stand sie da, den Kopf etwas zur Seite geneigt und mit einem selbstzufriedenen Ausdruck im Gesicht. Sie bewegte sich zu einem Spiegel und blickte ihr Ebenbild darin an. »Immer noch geistesgegenwärtig, nicht?« lobte sie sich. Dann wandte sie sich um und kehrte in die Küche zurück. Ihre Brauen zogen sich zusammen. »Ich frage mich«, murmelte sie, »wozu dieser Lastwagen wirklich da ist.«

Damit ließ sie sich auf einen Küchenstuhl sinken und starrte aus dem Fenster, ohne etwas zu sehen.

Sie sprach wieder. »Wen habe ich getäuscht? Mich oder Ann?« Ihre Augen weiteten sich. »Ist es möglich, daß wirklich fremde Lebewesen hier sind?«

18

Im Morgengrauen dieses Tages schwebten acht Beobachtungsstationen des Typs L 20 über der Stadt Spaceport. Mit zunehmender Helligkeit stiegen sie höher und höher, bis sie kurz nach Sonnenaufgang nur noch als winzige glänzende Punkte am Himmel schwebten. Die Besatzungen blickten aus fünfzehntausend Meter Höhe auf eine Spielzeugstadt hinab, deren Einzelheiten für das unbewaffnete Auge nicht mehr erkennbar waren.

Von den fliegenden Beobachtungsstationen ungesehen, aber in ständiger Radioverbindung mit ihnen, kroch Dr. Yanlos Lastwagen durch die belebten Straßen der inneren Stadt und weiter zu dem weitläufigen Flachbau, der den sichtbaren Teil der militärischen Befehlszentrale vorstellte. Als Lane den Laster verließ und das Gebäude betreten hatte, meldete Dr. Yanlo an die fliegenden Stationen: »Kommandeur Lane hat die Zentrale betreten. Unsere Aufgabe ist damit abgeschlossen, und wir schalten uns bis achtzehn Uhr aus.«

Eine Minute später, als Lane in seiner Etage den Aufzug verließ, sah er sich von zwei Sicherheitsbeamten erwartet. Die beiden salutierten. Der Kommandeur nickte. Dann schritt er langsam zur Identifikationssperre. Wie gewöhnlich leuchtete die Signallampe grün auf, als er herauskam.

Aber er blieb geduldig stehen, während einer der Sicherheitsbeamten zum Telefon trat und eine Nummer wählte. Er war ein fleischiger Typ, etwas jünger als Lane, und ein selbstzufriedenes Lächeln war auf seinem dicken Gesicht, als er zu der Person am anderen Ende der Leitung sagte: »McKay hier. Kontrolle der Strahlungsmessung B 10. Haben Sie das Ergebnis?« Die Antwort schien prompt zu kommen, denn er hängte ein, wandte sich um und sagte: »Negativ, Sir.«

Lane starrte ihn sekundenlang an. »Damit ich Sie richtig verstehe«, sagte er bedächtig. »Nach der Feststellung des Computers emittiert meine Haut heute nicht diese Strahlungsenergie?«

»Das ist richtig, Sir«, sagte der Beamte.

Lane nickte. »Sehr gut, ich danke Ihnen.«

Er drehte um und marschierte den Korridor hinunter. Sein Gesicht war steinern, seine Augen blickten abwesend. Sowie er sein Büro erreicht hatte, rief er seinen Verbindungsoffizier an. »Mr. Scott«, sagte er, »wann wird Mr. Jaeger hier sein?« Er machte eine kleine Pause und ergänzte: »Man hat Sie verständigt, daß ich den Mann heute erwarte, ja?«

»Jawohl, Sir«, antwortete der andere. »Was Mr. Jaeger angeht, so scheint das eine lange Geschichte zu sein. Ich habe Ihnen ein Memorandum darüber auf Ihren Schreibtisch gelegt. Er liegt mit einer Gehirnerschütterung im Krankenhaus. Ich behalte die Sache im Auge.«

Lane bedankte sich und unterbrach die Verbindung. Aber er ging nicht gleich zu seinem Stuhl. Statt dessen beschrieb er eine halbe Drehung und blickte in den riesigen Bildschirm. Die Szenerie war wieder eine des sternenübersäten Himmels. Der Anschein von Bewegung, wie er an seinem ersten Morgen vorgeherrscht hatte, fehlte diesmal. Heute war eine Gruppe von Sternen im Mittelpunkt des Bildschirms, die er nicht identifizieren konnte, aber schräg darunter machte er das Kreuz des Südens aus.

Er nickte nachdenklich. Anscheinend befriedigt, wanderte er nun um seinen Schreibtisch zum Stuhl und setzte sich. Er blickte eine kurze Weile unkonzentriert auf das Blatt Papier, das direkt vor ihm lag – vermutlich das Memorandum über Len Jaeger –, während seine Gedanken anderswo weilten. Plötzlich nahm er dann das Blatt auf und begann lesen.

Er las noch immer, als wenige Sekunden später eine Stimme aus dem Bildschirm kam: »Wir haben unseren Patrouillenbereich in der Nähe der Uranusbahn erreicht und kreuzen in einer sich erweiternden Spirale, um Kommunikationsrichtstrahler zur Erde auszumachen. Bisherige Flugzeit drei Stunden dreiundzwanzig Minuten. Bis neun Uhr elf Normalzeit kein Kontakt, keine Beobachtungen.«

Lane hörte nur halb hin. Er las das Memorandum zu Ende, dann blickte er mit einem sardonischen Lächeln vor sich auf die

Schreibtischplatte. Er hatte offenbar etwas gelesen, das ihm höchst interessant erschien.

Er schaltete die Sprechanlage ein und sagte: »Mr. Scott.«

»Ja, Sir?«

»Ich entnahm Ihrem Memorandum, daß Mr. Jaeger im Krankenhaus die Gruppe der roten Katzen beschuldigte, ihn zu Fall gebracht und verletzt zu haben.«

»Das stimmt, Sir. Wie in solchen Fällen üblich, wird die betreffende Gruppe vermutlich eine andere Version über den Hergang vertreten. Wenn Sie sich dafür interessieren, könnte ich Ihnen diese zweite Version über die Gruppenzentrale besorgen. Sind Jugendliche einer Gruppe in solche Zwischenfälle verwikkelt, hinterlegen sie gewöhnlich eine Art Bericht bei der Gruppenzentrale.«

Der Kommandeur lächelte skeptisch. Er sagte: »Was könnten sie zu ihrer Rechtfertigung sagen, da der Mann tatsächlich ernsthaft verletzt ist?«

»Ich weiß es nicht, Sir«, antwortete Scott. »Ich erkundigte mich nur nach Mr. Jaeger selbst, wie es Ihrem Auftrag entsprach. Möchten Sie, daß ich ...«

»Nein, das ist nicht so wichtig.« Er dachte einen Moment nach, dann sagte er: »Bitte verständigen Sie mich, sobald ein Gespräch mit Mr. Jaeger möglich ist. Die Ärzte werden Ihnen sagen können, ob der Zustand des Patienten es erlaubt. Ich habe die Absicht, ins Krankenhaus zu gehen und ihn selbst zu befragen.«

»Sehr wohl, Sir.«

Beide unterbrachen die Verbindung. Lane hob das Memorandum auf und las es noch einmal. Sein Lächeln machte einem härteren, ernsteren Ausdruck Platz. Er nickte halb zu sich selbst, als bereite sich in seinem Verstand eine Entscheidung vor.

19

Am selben Morgen konferierte Mike Sutter vor Schulbeginn mit Johnny Sammo, dem Leiter der blauen Biber, und Tom Clanton von den gelben Hirschen. Das Thema: Susan Lane.

Die beiden älteren Jungen zeigten keine große Lust, sich mit dem Thema zu befassen, aber Susans vorausgegangenes »Vergehen der gleichen Art«, wie Johnny Sammo es ausdrückte, verlangte nach weiteren Schritten. Und so wurde die Entscheidung getroffen, daß Marianne wiederum Susan zur Rede stellen sollte. Nachdem die beiden Gruppenleiter in ihre Klassen gegangen waren, sah Marianne unglücklich ihren Gefährten an. »Ihr macht es euch leicht«, sagte sie. »Hängt mir einfach die unangenehmen Dinge an den Hals und geht eurer Wege. Ich wußte überhaupt nichts davon. Warum hast du es mir nicht gesagt, bevor du mit Tom und Johnny redetest?«

»Hatte keine Zeit«, brummte Mike. Er blickte finster über die Straße. »Hoffentlich kommt sie bald. Diese Warterei vor der Schule geht einem auf die Nerven. Ich muß noch eine Hausaufgabe abschreiben, bevor es losgeht.«

Marianne zupfte an seinem Ärmel. Als er den Kopf zu ihr umwandte, sah er, daß sie beunruhigt war. »Warum warten wir nicht, Mike, und reden vorher mit den anderen?« sagte das schwarzhaarige Mädchen.

Er fixierte sie mit einem kurzen, aber aufmerksamen Blick. »Wozu, hm? Susan hat es mir selbst gestanden. Als Lees Stellvertreter in solchen Angelegenheiten habe ich mit zwei anderen Gruppenleitern darüber beraten. Das ist nach den Regeln.«

»Ich weiß, aber ...« Sie hielt seinen Arm fest, als er weggehen wollte. In bittendem Ton fuhr sie fort: »Aber du mußt doch deine Gefühle für deine Freunde zeigen, Mike.«

Mike schien nicht zu hören, vielleicht weil in diesen Augenblicken mehrere Trupps Halbwüchsiger geräuschvoll an ihnen vorbei durch das Tor drängten. Er blickte wieder die Straße entlang, vermutlich, um Susans Gesicht unter denen der von überall zusammenströmenden Jugendlichen zu suchen. Marianne sagte: »Hör doch zu, Mike! Lee und Susan sind unsere besten Kumpel.«

Er warf ihr einen verdutzten Blick zu und sagte: »Was quatschst du da? Ich tue das für sie – nicht gegen sie.«

»Sie hat doch gestanden, oder?« beharrte Marianne. »Sie hat dich selber angerufen. Das war doch anständig von ihr.«

Mikes Gesicht gab erste Zweifel zu erkennen. »Das war in Ordnung, ja. Also gut, warten wir bis nach der Schule. Es wird sowieso zu spät.« Er drehte sich um und gewahrte Bud Jaeger, der still hinter ihnen ausgeharrt hatte, wie es sich für ein neues Mitglied geziemte. Mike sagte, halb im Spaß: »Na, Bud, was hältst du davon?«

»Ah«, sagte Bud, »ich bin auch dafür.« Er stand unbeholfen da, ein linkischer Vierzehnjähriger. »Was soll das alles eigentlich?« fragte er. »Diese Gruppen, meine ich.«

Mike schüttelte mißbilligend seinen Kopf. »Du hast doch das Buch, oder?«

»Ja, aber ...«

»Lies es.«

»Aber«, protestierte Bud, »ich habe früher nie von so was gehört. Wo ich herkomme, läßt sich ein Junge von seinem Vater anleiten, und ...« Er verstummte.

»Außenseiter haben nicht die gleichen Probleme, die wir in einer Basis wie dieser haben«, erklärte Mike sachlich. »So steht es in den Regeln. Aber wenn ich einen Arschtreter wie deinen Alten sehe, dann möchte ich wetten, daß sie die Gruppen anderswo genauso brauchen wie hier.« Er blickte auf seine Uhr und erschrak. »Höchste Zeit«, sagte er. »Wir können später noch genug quasseln. Klar?«

Während des Vormittags blickte Estelle von Zeit zu Zeit in Susans Zimmer. Jedesmal lag Susan mit geschlossenen Augen im Bett und schien zu schlafen. Und jedesmal schlich die Mutter auf Zehenspitzen wieder fort. Aber gegen Mittag hörte sie endlich Geräusche. Die Toilette rauschte. Bald darauf erschien Susan, einen Morgenmantel über dem Pyjama, in der Küchentür und ließ sich zögernd am Tisch nieder.

Die Mutter war auf eine solche Eventualität vorbereitet. Innerhalb von Sekunden stellte sie ein Glas Orangensaft, eine Tasse heißen Tee, Toast, Butter und Marmelade vor das Mädchen. »Wenn du nicht lieber etwas anderes möchtest, Kind.«

Susan machte zum erstenmal den Mund auf. Ihre Stimme klang bedrückt. »Nein, Mama, es ist gut so«, sagte sie.

Estelle nahm eine Kaffeetasse aus dem Küchenschrank, stellte sie auf eine Untertasse und wollte beides zum Herd tragen, wo ihr Lieblingsgetränk warmgestellt war. Auf einmal wurde ihr bewußt, was sie tat, und mit enttäuschter Miene machte sie kehrt, um das Geschirr wieder in den Küchenschrank zu stellen. Dann trat sie an den Küchentisch und setzte sich ihrer Tochter gegenüber. Sie hatte sich offenbar überlegt, was sie sagen wollte, denn sie begann prompt: »Dein Vater war sehr besorgt über deine Krankheit und wollte einen Arzt rufen. Aber ich dachte, ich sollte zuvor lieber mit dir sprechen.«

»Danke, Mama«, sagte Susan leise. Sie saß eine Zeitlang einfach da, und dann seufzte sie. »Die Dinge wurden mir irgendwie zu kompliziert, Mama. Ich habe es dir nicht gesagt, aber seit ich den ersten Abend mit Captain Sennes ausgegangen bin, hat die Gruppe mich mit Bewährungsfrist ausgeschlossen.«

Das war eine unerwartete Neuigkeit. Daß es auf diesem Gebiet Probleme gab, war völlig überraschend. Estelle murmelte: »Bewährungsfrist! Die Gruppe!« Endlich fing sie sich wieder und protestierte: »Aber du bist immer so ein guter kleiner Quaßler gewesen!« Und dann endete sie in scharfem Ton: »Aber warum denn, in Gottes Namen?«

Susan seufzte und sagte mit einem Unterton leiser Verzweiflung: »Als Peter mich am ersten Abend nach Hause brachte, standen wir eine Weile vor der Haustür und redeten, und dann ... nun, dann küßte er mich. Und gerade in dem Moment mußten natürlich Lee und Mike vorbeikommen und es sehen.«

»Oh!« Estelle saß mit gequältem Blick da und überdachte das Bekenntnis und seine Implikationen. Schon nach kurzer Zeit zeigte ihr Gesicht Erleichterung, aber sie schien einer zusätzlichen Beruhigung zu bedürfen, denn sie fragte: »Und deshalb hat die Gruppe dich vorübergehend ausgeschlossen?«

Susan nickte betrübt. »Lee wollte nichts unternehmen«, sagte sie, »aber Mike ...«

Estelles Erleichterung war nun so gewachsen, daß sie mit verständnisvollem Nicken sagen konnte: »Mike hatte recht, nicht wahr?«

»Aber Peter überrumpelte mich«, klagte Susan. »Ich habe ihm gleich danach die Regeln vorgehalten, aber ...« Sie zuckte die Achseln.

Die Frau nickte verständnisinnig. Sie sagte: »Das haben Lee und Mike wahrscheinlich nicht gewußt.« Sie warf ihrer Tochter einen fragenden Blick zu. »Bist du sicher, daß der Ausschluß nur auf Bewährung ist?«

»Ja«, sagte Susan mit neuerlichem Seufzen.

»Ich sage es nicht gern, Kind«, erklärte die Mutter nun, »aber das scheint doch ein sehr geringfügiger Anlaß zu sein, um deswegen krank zu werden.« Als eine Antwort ausblieb, wartete die Frau eine kleine Weile, während der sie das bekümmerte Mädchen aufmerksam betrachtete. Schließlich sagte sie: »Außerdem ist die Bewährungszeit in ein paar Tagen um, nicht?«

»Ja«, sagte Susan, aber es klang unglücklich und kam widerwillig heraus. Plötzlich ballte sie ihre Fäuste und platzte heraus: »Oh, Mama, es ist alles so unfair!«

Estelle war verdutzt. »Aber es ist doch so, oder? Die Bewährungszeit wird in ein paar Tagen um sein, nicht?«

»Ja, aber ...«

»Aber was?« Estelle schüttelte bekümmert den Kopf. »Liebling, ich kann dir nicht helfen, wenn du mir nicht alles sagst.«

Susan seufzte. »Es ist nichts.«

»Hältst du mit etwas zurück?«

»Nein, nein. Sonst ist nichts passiert. Ich habe nur das Gefühl, daß es alles zuviel ist.«

Jetzt war das Seufzen an Estelle. »Ich glaube, ich kenne das Gefühl. Wenn diese Bewährungszeit um ist, wird es sicherlich vergehen, glaubst du nicht?«

Susan zuckte mit der Schulter. »Es scheint alles so eine Zeitverschwendung zu sein. Ich wünschte, ich wäre endlich mit der Schule fertig und erwachsen und anderswo, wo die Dinge weniger schwierig sind.«

Das Mädchen hielt den Kopf geneigt und starrte auf den Teller. Die Mutter beobachtete ihre Tochter mit der Unsicherheit und Besorgnis von jemand, der das Gefühl hat, daß die ganze Geschichte noch nicht draußen sei, zugleich aber glaubt, daß der fehlende Teil der Geschichte der unangenehmere sei. Aber sie mußte es wissen. »Paß auf, Kind«, sagte Estelle. »Heute abend, wenn dein Vater nach Hause kommt, werde ich ihm sagen müssen, wie es dir geht, und warum ich keinen Arzt geholt habe, wenn es ernster ist. Wenn ich also dein Schuleschwänzen vertuschen und mich vor dich stellen soll, dann möchte ich auch genau wissen, was es ist, das ich mit meiner Person decken muß. Nun hör mich an, Susan: Hast du vielleicht eine ... eine Liebesaffäre mit Captain Sennes gehabt und fürchtest, daß Folgen entstehen könnten?«

»Nichts dergleichen«, begann Susan gleichgültig. Dann hielt sie

123

inne. Verspätet ging ihr der Sinn der Frage auf, und sie reagierte mit verlegenem Erröten. »Aber wie kannst du nur so etwas sagen, Mutter!«

»Ist schon gut«, sagte Estelle. »Und nun noch eine Frage: Hast du jemals Verkehr mit einem Mann oder einem Jungen gehabt – mit Lee, zum Beispiel?«

»Oh, Mutter! Um Himmels willen – nein!« Susans Stimme klang gequält; sie war plötzlich feuerrot. »Du kennst doch die Regeln, und was du mir immer gesagt hast. Keine solchen Sachen bis neunzehn, und auch dann nur, wenn ich verheiratet bin!«

Estelle gab sich mit der Erklärung zufrieden. Sie wußte, daß Susan ihr die Wahrheit gesagt hätte, wenn etwas gewesen wäre. Und plötzlich fühlte sie Zerknirschung. »Es tut mir leid, Liebes«, sagte sie. »Ich hatte auf einmal so ein beunruhigendes Gefühl. Du warst so ... du bist so geheimnisvoll.«

Die Röte war aus Susans Gesicht verflogen. Sie versank wieder in Melancholie. »Es ist alles so verwirrend«, sagte sie.

Die Mutter biß sich auf die Lippen. Das Gespräch war vorbei, weil sie keine zusätzlichen Fragen hatte. Sie fühlte sich unzufrieden, als ob sie irgendwie einen entscheidenden Punkt übersehen hätte. Aber es gab auch Erleichterung, weil sie ihrer Tochter glaubte. Und so war der Hauptpunkt für sie geregelt. Nichtsdestoweniger seufzte sie betrübt und sagte: »Warum gehst du dann nicht wieder zu Bett? Willst du morgen in die Schule gehen?«

»Ich glaube«, sagte Susan unglücklich.

»Wenn heute jemand anruft – Lee oder Marianne oder ein anderer aus der Gruppe«, fragte Estelle, »möchtest du dann mit ihnen reden?«

Das Mädchen schüttelte bedrückt den Kopf. »Sag ihnen einfach, daß ich sie morgen alle sehen werde.« Und dann fügte es hinzu: »... wahrscheinlich.«

Alles in allem war es für Estelle eine beunruhigende Unterhaltung gewesen. Aber sie begriff, daß nichts mehr herauszuholen war und daß sie sich mit dem zufriedengeben mußte, was sie hatte.

Während Susan frühstückte, herrschte Schweigen zwischen Mutter und Tochter. Ein paar Minuten später, nachdem sie eine Scheibe Toast gegessen hatte, stand Susan wortlos auf und ging hinaus in den Korridor und vermutlich zurück in ihr Zimmer. Erst als sie gegangen war, schien Estelle sich plötzlich an etwas zu erinnern. Sie stand auf und ging an die Küchentür und rief durch das Haus: »Hast du jemand von deiner Gruppe angerufen, daß du heute nicht in die Schule kommst?«

Susans leise Stimme antwortete von fern: »Nein, Mutter.«

»Warum hat dann niemand angerufen und nach dir gefragt?« erkundigte sich Estelle erstaunt.

»Ach, man wird es nicht gleich gemerkt haben, Mutter«, antwortete die entfernte Mädchenstimme.

20

Als Len Jaeger erwachte, sah er, daß ein gutaussehender Mann über ihn gebeugt stand. Des Fremden Gesicht war ernst, und es war das Gesicht eines Mannes mit Macht und persönlichem Einfluß. Jaeger hatte ein feines Gespür für diese Dinge und wußte sofort, daß sein Besucher einer sozialen Klasse angehörte, mit der er normalerweise keine Kontakte hatte. Aber der Mechaniker hatte Selbstbewußtsein und sagte, ohne Überraschung oder Verlegenheit zu zeigen: »Hallo, Doc. Was für einer sind Sie?«

Die Verwechslung seiner Identität ließ John Lane einen Moment zögern. Er überlegte kurz, ob er den Mann in seinem Glauben lassen solle, entschied aber sehr rasch dagegen. »Nein, Mr. Jaeger«, sagte er kopfschüttelnd, »ich bin kein Arzt. Ich bin in einer anderen Angelegenheit hier.« Er lächelte aufmunternd. »Ich sehe, es geht Ihnen schon besser. Bei der guten ärztlichen Betreuung hier werden Sie bald wieder wohlauf sein.«

»Ich habe noch Kopfschmerzen, und manchmal wird mir plötzlich übel«, sagte der Patient, »aber es ist schon viel besser.«

»Gut«, sagte Lane fest. »Und ich möchte, daß Sie es mir sofort sagen, wenn Sie sich unwohl fühlen. Nun, was ich herausbringen möchte, hat mit der Tatsache zu tun, daß von allen Leuten in Spaceport nur Sie und ich eine Energiestrahlung von uns gegeben haben, die von der Sicherheitsabteilung K-Energie getauft wurde.« Er beschrieb kurz, wie die menschliche Haut offenbar imstande sei, diese Strahlungsenergie zu speichern und dann in etwa zwanzig Stunden auszustrahlen. »Wir versuchen festzustellen, wie Sie dazu gekommen sind«, endete er.

Es dauerte eine Weile. Das Thema war für den armen Teufel im Krankenbett offenbar außerhalb der Realität. Infolgedessen empfand er die Situation als bedrohlich. Seine Augen wurden noch etwas verkniffener und wichen Lanes Blicken aus. Er wußte nichts. Er hatte keine blasse Ahnung. Er war nur ein hart arbeitender kleiner Mann, der sich mehr schlecht als recht durchs Leben schlug. Er war vor ungefähr einem Jahr nach Spaceport gezogen, angelockt von den höheren Löhnen. Vor einiger Zeit war sein durchgebrannter Sohn reumütig zurückgekehrt und lebte nun wieder bei seinen Eltern. Und dann, es mochte zwei Wochen her sein, hatte sich der Junge einer Gruppe angeschlossen. Aber Jaeger hatte es erst am Tag zuvor gemerkt. »Davon wollte ich nun absolut nichts wissen«, sagte er. »Wo ich herkomme, bestimmen die Eltern über die Erziehung ihrer Kinder, jawohl. Das überlasse ich nicht irgendwelchen Bürgersöhnchen und feinen Pinkeln, die vom Leben keine Ahnung haben. Und dann glauben sie noch, unsereinem Vorschriften machen zu können. Das ist ein starkes Stück, wissen Sie, da mache ich nicht mit ...«

Er mußte den zwiespältigen Ausdurck in John Lanes Gesicht bemerkt haben, denn er blickte auf und sagte dann hastig: »Verstehen Sie mich nicht falsch, Mister. Für manche Kinder sind diese Gruppen vielleicht gut, wenn sie zum Beispiel kein Elternhaus haben, oder so. Aber mein Junge soll richtig erzogen werden.«

Lane begriff, daß er einen jener bedauernswerten Wirrköpfe vor sich hatte, von denen die Welt voll war. Es sah aus, als ob er eine Moral nicht von der anderen unterscheiden könnte. Offensichtlich hatte Jaeger in vielen Dingen verdrehte Ansichten, widersprüchlich und abstrus, basierend auf Instinkten und Vorurteilen. Konfrontiert mit dem verschwommenen Geist der Len Jaegers dieser Welt, nahm das systematische, auf Prinzipien beruhende Denken eine mehr schattenhafte Bedeutung an. Die Realität erzitterte – und in John Lane wurde sie nun erschüttert.

Aber er sagte, ohne sich die plötzliche Krise seines Denkens anmerken zu lassen: »Was ist eigentlich geschehen? Wie sind Sie zu dieser Verletzung gekommen?«

Das grobe Gesicht des Mannes nahm wieder den schlauen, gewitzten Zug an. Anscheinend sah er sich wieder von irgendeiner Gefahr bedroht. Er beschrieb, wie er in der Wirtschaft gesessen und sein Bier getrunken hatte, als zwei Jungen hereingekommen waren, von denen einer ihn vor allen Gästen in beleidigender Weise herausgefordert hatte.

»Wie ich es mir denke«, sagte Jaeger, »erwarten sie, daß ich mich aufrege und diese zwei Lockvögel hinausjagen würde. Deshalb stellte sich einer an die Tür und hielt sie für den anderen offen. Und wie ein Idiot fiel ich auf den Trick herein. Ich rannte dem frechen Kerl nach und hatte ihn schon fast eingeholt, aber da stellte mir der an der Tür ein Bein, und ich knallte hin. Natürlich stand draußen die ganze Bande bereit, und wenn ich mir nicht so die Birne angeschlagen hätte, daß ich nicht mehr hochkam, dann hätten die mich zusammengedroschen. So war das. Wahrscheinlich wäre ich so oder so hier gelandet.«

Seine Miene verfinsterte sich. »Ich weiß jedenfalls, was ich tun werde, wenn ich aus diesem Bett komme.«

Mehrere Sekunden vergingen in John Lanes Raumzeit-Universum. Jedes Wort von Len Jaegers Bericht befriedigte sein inneres Bedürfnis nach Selbstbestätigung in Verbindung mit den Gruppen und fügte sich nahtlos in das Bild, das er sich selbst gemacht hatte. Aber jede Silbe, die von dieser rauhen Stimme ausgestoßen wurde, verursachte ihm fast körperliches Unbehagen, und Jaegers eigentümliches, mißtrauisches und ausweichendes Wesen beleidigte Lanes Integrität und seinen guten Willen.

Sein Zögern endete. Er fragte: »Was werden Sie tun?«

»Ich nehme den Jungen«, sagte Len Jaeger, »und ich verschwinde aus dieser verrückten Stadt. Diese Gruppen sind mehr, als ich auf die Dauer vertragen konnte. Unsereiner muß jeden Tag hart arbeiten und kann sich nicht die ganze Zeit um sein Kind kümmern. Das nützen diese Gruppen aus. Diese Faulenzer wissen nicht, was ehrliche Arbeit ist, aber sie haben jede Menge Zeit, können machen, was sie wollen, und so stacheln sie die Kinder gegen ihre Eltern auf. Aber nicht mit mir, danke bestens. Ich gehe in meine Heimat zurück, wo ein friedlicher Mann in Ruhe leben und seine Kinder aufziehen kann, wie er es für richtig hält.«

Hätte Lane seine Fragen nicht vorbereitet gehabt, wäre er vom Schwadronieren des anderen unweigerlich aus dem Kurs seiner Nachforschungen gedrängt worden. Als er jetzt merkte, daß er den Faden verloren hatte, blickte er in sein kleines Notizbuch und wurde erinnert.

»Wie war das damals mit Ihrem Sohn, als er von zu Hause durchbrannte?« fragte er. »Geschah das, bevor Sie nach Space-port kamen?«

Jaeger war momentan verwirrt. Die Frage stieß tief in eine ihm selbst nicht bewußte Lüge – die eingepflanzte hypnotische Beeinflussung, mit der seine Frau und er selbst behandelt wor-den waren und die ihnen einen Ersatzsohn beschert hatte. Seine Unsicherheit machte ihn wieder ausweichend, ließ den Blick un-stet schweifen.

Es war alles die Schuld der Mutter gewesen. Mit ihrer übertrie-benen Fürsorge hatte sie Bud der gesunden Vernunft entfrem-det. Jedesmal, wenn es auch nur eine Andeutung von Disziplin gab, fühlte der Junge sich mißhandelt. »Wie so ein verzogenes Muttersöhnchen«, sagte Len Jaeger. »Also eines Tages wurde es mir zuviel; ich hatte genug davon, wie seine Mutter den Jungen ruinierte. Ich wandte ein kleines bißchen Druck an. Er haute ab und ging nach …«

Der Mann im Bett verstummte. Er machte eine Handbewe-gung, die dazu bestimmt war, solche Details aus der Aufmerk-samkeit zu entlassen. Aber er war verblüfft, daß ihm nicht einfal-len wollte, wo Bud gewesen war. Er faßte sich an den Kopf und grübelte. »So was«, brummte er. »Ich habe vergessen, wohin der Junge gerannt war. Das ist komisch, denn ich bin sonst gar nicht vergeßlich. Na, vielleicht hängt es mit meiner weichen Birne zu-sammen.«

Das Signal war deutlich für Ohren, die darauf eingestimmt wa-ren. Aber Lane konnte es nicht hören. Die hypnotische Fiktion war angekommen. Sie leuchtete Lane ein. Er hatte lange ge-braucht, um zu akzeptieren, daß dieses ungeschlachte Indivi-duum und er Schicksalsgenossen waren: zwei Männer, die sich mit ähnlichen Familienproblemen herumzuschlagen hatten. Aber die Geschichte von übertriebener mütterlicher Fürsorge erreichte dieses Resultat. Das war Wirklichkeit. Er stellte sich Mrs. Jaeger als eine Estelle ohne Estelles sexuelle Anziehungskraft vor. Die Frau mußte mehr vom mütterlichen Typ sein.

Erneut in seiner negativen Entscheidung bestärkt, stand Lane auf. Nichtsdestoweniger war er über das Ergebnis seiner Nach-forschung nicht sehr glücklich. Und so sagte er halbherzig: »Wo-hin könnte der Junge gegangen sein?«

»Fragen Sie lieber meine Frau«, war die Antwort. »Es ist mir glatt durch das Sieb gerutscht.«

Lane blieb stehen, noch immer unschlüssig und unzufrieden. Endlich sagte er: »Sie sagen, er sei vor ungefähr drei Wochen nach Hause gekommen?«

»Nun, wir gingen natürlich hin und holten ihn.«

Auch das schien offensichtlich und unwichtig zu sein. Da Jaeger es für gegeben nahm, daß der Junge, Bud, sein Sohn sei, war der gedankliche Durchbruch praktisch unmöglich: daß der echte Sohn nicht zurückgekehrt war und wahrscheinlich nie zurückkehren würde. Und daß die ganze Erinnerung an eine solche Rückkehr eine hypnotisch eingepflanzte Lüge war, mit deren Hilfe ein Kind nichtmenschlicher Rasse in Spaceport hatte eindringen können.

Lane hatte das Empfinden, vor einer Barriere zu stehen. Ein bestimmtes Gefühl, daß er hier mit einem Menschen zu tun hatte, der irgendwie nicht in der Lage war, ihm in dieser Situation zu helfen. Er stand eine lange Weile da und starrte in das bleiche Gesicht des Mechanikers. Dann hob sich sein Blick und wanderte über die anderen Betten im Krankenzimmer. Verglichen mit Len Jaeger waren die übrigen drei Patienten blühende, gesund aussehende Exemplare.

Ohne ein Wort ging Lane zu dem Mann im entferntesten Bett hinüber, kehrte Jaeger den Rücken zu und sagte so leise, daß die anderen es unmöglich verstehen konnten: »Sie sind Sicherheitsbeamter?«

Der Mann nickte. »Ja.«

»Hat er etwas gesagt, das nach Ihrer Ansicht von Bedeutung sein könnte?«

Der Sicherheitsbeamte schüttelte seinen Kopf und verneinte.

Lane kehrte zurück zu Jaeger und unternahm einen letzten Versuch. »Mr. Jaeger«, sagte er formell, »Sie haben absolut keine Erklärung dafür, wie es geschehen konnte, daß Ihre Haut mit K-Energie gesättigt war?«

»Ganz bestimmt nicht, Chef«, sagte der Mann wahrheitsgemäß.

»Ich danke Ihnen.« Lane ging zu Tür, sagte mit einer leichten Verbeugung in den Raum hinein: »Ich wünsche allerseits gute Besserung«, und verließ das Krankenzimmer. Draußen steuerte er auf die kleine Gruppe Krankenhauspersonal zu, die ihn herbegleitet hatten. Er zog den diensthabenden Stationsarzt beiseite und sagte mit gedämpfter Stimme: »Ich vermute, Sie wissen, daß die Patienten in den anderen Betten sämtlich Sicherheitsbeamte sind?«

»Das ist richtig.«

»Sollte einer von ihnen etwas Wichtiges zu melden haben«, sagte Lane, »verbinden Sie ihn bitte sofort mit mir.«

»Ich bitte um Entschuldigung, Kommandeur«, sagte der Arzt, »aber darf ich fragen, was nach ihrer Meinung eine wichtige Bemerkung wäre?«

Das brachte Lane in Verlegenheit. Er schüttelte hilflos seinen Kopf und sagte einfach: »Tun Sie Ihr Bestes, Doktor. Ich habe keine spezifischen Anhaltspunkte.«

Als er in sein Büro zurückkehrte, war das Verwaltungspersonal im Begriff, nach Hause zu gehen. Er rief Scott zu sich und besprach mit ihm die Termine für den Rest des Nachmittags und den Abend.

Ungefähr zur gleichen Zeit schloß die Schule für diesen Tag ihre Pforten. Dolores Munroe schlenderte im Strom der lachenden und schwatzenden Schülerinnen und Schüler über den Vorhof, trennte sich vor dem Tor von ihrer Freundin, mit der sie die Bank im Klassenzimmer teilte – und sah Mike Sutter mit Marianne am Straßenrand stehen. Einer plötzlichen Eingebung folgend, änderte sie ihren Kurs und ging auf die beiden zu, ein abgründiges Lächeln im Gesicht.

Dann stand sie vor dem Jungen und erinnerte sich plötzlich ihres Vesprechens vom vergangenen Abend. Sie dachte an Captain Sennes – und das hielt sie zurück.

Doch es war nur ein momentanes Zögern. Sie war, unter anderem, von Natur aus neugierig. Vor allem aber haßte sie Susan. Gegen diese Gefühle vermochte das Schweigeversprechen, das Sennes ihr abgenommen hatte, nichts auszurichten. Immerhin blieb etwas Vorsicht erhalten. Sie sagte spöttisch: »Hat die brave kleine Susan schon gestanden?«

Mike starrte sie verwundert an. Aber er dachte nicht daran, Informationen preiszugeben. Schließlich sagte er: »Wie wär's, wenn du für sie beichten würdest?«

Dolores lachte hell. »Hat sie dir nichts gesagt, wie? Dachte wohl, ich würde es nicht wagen, sie zu verpfeifen, weil man mir nicht glauben würde. Aber das ist mir egal. Also, ich kam gestern abend bei ihr vorbei, als sie mit diesem Offizier vor der Tür stand und knutschte – wieder. Was sagst du dazu, Mike Sutter?«

Mike warf Marianne einen schnellen Blick zu. Das Mädchen wich seinem Blick aus und schaute unbehaglich über die Staße.

Mike fragte: »Was kannst du sonst noch sagen, Dolores?«

»Was brauchst du sonst noch?« entgegnete das Mädchen schnippisch. »Ist das nicht genug?«

»Wann passierte das?« fragte Mike zurück.

»Ungefähr um zehn«, antwortete Dolores wahrheitsgemäß.

Der Junge nickte. »Klar, Dolores«, sagte er. »Ich werde es der Gruppe stecken.« Er wollte sich abwenden, aber dann kam ihm ein neuer Gedanke. Er faßte Dolores' Arm und hielt sie zurück. Er blickte aufmerksam in ihre dunklen Augen, die ihn spöttisch und trotzig ansahen, und sagte: »Weiß Susan, daß du sie gesehen hast?«

Dolores lachte amüsiert auf. »Du hättest sehen sollen, wie sie zusammenfuhr, als ich sie vom Gartentor anrief! Sie war ganz durcheinander.«

»Und dieser Offizier umarmte und küßte sie auf den Mund, als du riefst?«

Das Mädchen zuckte mit der Schulter. »Sie lagen einander richtig in den Armen und hatten alles andere vergessen, wenn du verstehst, was ich meine.« Sie lachte wieder. »Soll ich es dir zeigen, oder reicht deine Phantasie aus, daß du es dir vorstellen kannst?« Sie hob ein wenig die Arme und lächelte herausfordernd.

Mike errötete leicht und machte eine abwehrende Geste. »Äh – danke, nein.«

»Hast wohl Angst, was?«

»Laß den Unsinn, Dolores«, sagte Mike mit einem Seitenblick zu Marianne, die das ältere Mädchen halb zornig und halb neugierig anstarrte. »Also klar«, sagte er dann, »wir werden die Sache zur Sprache bringen.« Er nahm Mariannes Arm und zog sie eilig mit sich fort.

Marianne fragte nach einer Weile: »Was willst du machen?«

»Susan anrufen«, sagte er grimmig, »und tun, was ich schon heute morgen hätte tun sollen.«

Das Mädchen mußte fast laufen, um mit ihm Schritt zu halten. Aber nach seiner Antwort schüttelte sie seine Hand von ihrem Arm und verlangsamte ihren Schritt. Mike war so in seinen Gedanken gefangen, daß er sie erst nach mehreren Sekunden vermißte. Er wandte den Kopf und sah, daß sie einige Meter zurückgefallen war. Er verhielt und ließ sie kommen. »Was ist los?«

Er nahm wieder ihren Arm, aber sie leistete Widerstand. Tränen standen in ihren Augen, und sie sagte weinerlich, aber entschlossen: »Ich werde dir nicht helfen, Susan zu ruinieren.«

Der Junge war nicht bereit, Tadel hinzunehmen. »Hör zu«, sagte er. »Susan hat gestanden, weil Dolores sie gesehen hatte. Sie rief mich gestern abend an, um schnell ihre eigene Version an den Mann zu bringen, bevor Dolores erzählen konnte, was sie gesehen hatte. Also hör endlich mit diesem Freundschaft-mit-Susan-Quatsch auf. Der beste Freundschaftsdienst, den wir ihr erweisen können, ist der, sie dahin zu bringen, daß sie mit dem Mann Schluß macht.«

»Warum redest du nicht erst mal mit Lee?« drängte Marianne. Ihre braunen Augen blickten bittend zu ihm auf, und sie hielt ihn am Arm zurück. »Bitte, Mike.«

Der Junge blickte mit einem Ausdruck gespielter Verzweiflung zum blauen Nachmittagshimmel auf, dann sah er wieder das Mädchen an und schüttelte den Kopf. Und als Marianne zu einem weiteren Versuch ansetzte, ließ er sie stehen und ging fort. Sie sah ihm hilflos nach, als er die Straße überquerte und eine Telefonzelle auf der anderen Seite ansteuerte. Sie bewegte sich noch immer nicht, als er hineintrat, den Hörer abnahm und eine Nummer wählte, aber sie schüttelte ihren Kopf ein wenig, als könne sie nicht ganz glauben, daß er wirklich den Anruf machte.

Estelle meldete sich am anderen Ende. »Oh – oh, ja Mike«, sagte sie. »Nein, Susan ist im Bett. Sie sagt, sie werde euch morgen sehen ... Ich verstehe nicht. Ist diese Bewährungsfrist nicht in ein paar Tagen um? Oh ... etwas Neues ... gestern ...«

Die Frau stand mit dem Rücken zur Korridortür, und so sah sie nicht, wie Susan leise vor die Türöffnung glitt. Das Mädchen verhielt und lauschte, als Estelle sagte: »Ich glaube, du machst einen Fehler. Kann ich mit Lee sprechen? ... Oh!« Pause. Die Frau schluckte hart. Sie kämpfte gegen einen starken Impuls, ihren Gefühlen Luft zu machen. »Damit wir uns recht verstehen«, sagte sie, »Susan soll für eine weitere Woche jeden Kontakt mit Gruppenmitgliedern vermeiden? Das ist die gesamte zweite Strafe? Wie? ... Noch nicht entschieden?« Sie seufzte. »Also gut, ich werde es ihr sagen. Aber ich glaube wirklich, daß ihr die ganze Sache falsch beurteilt ... Wie ich es sehe, Mike, ist es genauso wichtig, keine übereilten Schlußfolgerungen – ... Schon gut, schon gut, ich sage nichts mehr.«

Sie legte auf, stand da und starrte aus dem Fenster. Und dann wandte sie sich um und sah, daß Susan zur Tür hereingekommen war. Mutter und Tochter blickten einander an. Beide hatten Tränen in den Augen.

21

Bud Jaeger kam pünktlich um drei aus der Schule. Er hatte es sehr eilig, aber zuerst brachte er seine Schulbücher nach Hause. Die magere kleine Frau, die seine »Mutter« war, sah ihn ins Haus kommen, seine Bücher in seinem Zimmer deponieren – und erwartete ihn an der Haustür.

»Was willst du machen, wenn dein Vater nach Hause kommt?« fragte sie ihn, als er wieder hinaus wollte.

»Ich habe Gruppenpflichten, Mam«, sagte Bud. »Kann jetzt nicht lange reden. Klar?«

Sie ließ ihn vorbei, stand in der Türöffnung und schaute ihm nach, wie er in seiner unbeholfenen Weise die Straße entlangging. Sie wartete, bis er außer Sicht war, und dann kehrte sie mit einem Seufzer und einem Kopfschütteln ins Haus zurück. Die Tür schloß sich.

Bud Jaeger verließ die Schnellbahn bei der zweiten Station außerhalb des Stadtgebiets und jenseits des Flusses. Er war der einzige Passagier, der den Zug um diese Zeit und in dieser Station verließ, und als er aus dem leeren kleinen Betongehäuse der Station kam, sah er sich allein auf freiem Feld. Die Außenbezirke von Spaceport waren nicht zu sehen, denn von der letzten Station innerhalb bis zur zweiten Station außerhalb der Stadt waren es genau zwanzig Kilometer.

Ringsum waren grüne Wiesen und Felder, dazwischen Hecken und verstreute Baumgruppen. Ungefähr einen Kilometer nördlich lag ein kleines Dorf, und ein zweites war im Süden zu sehen, etwas weiter entfernt. Bud schlurfte langsam am Rand des Fahrwegs entlang, der zu den Farmen im Norden führte, dann folgte er einem rechtwinklig abzweigenden Feldrain, wo er durch eine dichte Hecke und einen Entwässerungsgraben nach der einen Seite und durch mannshohen Mais nach der anderen Seite gegen Sicht geschützt war. Dort blieb er stehen und blickte erwartungsvoll auf. Nach links. Nach rechts. Kein Signal kam. Kein Gedanke. Kein Zeichen von seinem Vater.

Seine Aufmerksamkeit war schon vorher auf eine kleine Mauer weiter voraus gefallen. Langsam ging er weiter und blickte über die niedrige Brüstung in eine kleine, sumpfige Vertiefung, die durch ein Betonrohr mit dem Entwässerungsgraben verbunden war. Der Zweck der Mauer war ihm nicht klar, aber vielleicht hatte sie zu verhindern, daß Ackerkrumen bei starken Regenfällen in die Vertiefung geschwemmt wurden. Bud blickte umher; vergewisserte sich, daß niemand ihn beobachten konnte. Dann eilte er ein paar Meter weiter um ein Ende der Mauer und kletterte in die Mulde hinunter.

Unten angelangt, machte er ein seltsames Geräusch. Es war kein menschliches Geräusch. Aber es war eine unverkennbare Freude darin, eine Erregung und ein Eifer. Er begann sich auszuziehen. Er entledigte sich aller menschlichen Kleider. Dann griff er zu einer Stelle zwischen seinen Beinen – und etwas Fantastisches geschah. Seine Haut begann zu glitzern. Sie trennte sich, löste sich. Sie fiel ins Gras und lag da wie ein Stück reiner Seide.

Wo eben noch ein ungelenker Vierzehnjähriger gestanden hatte, stand jetzt die längliche, rosafarbene harte Schale eines sehr schön geformten Körpers mit Tentakeln anstelle von Armen und Beinen. Ein zweites Paar Fangarme war an die Seiten seines Körpers geschnallt; und diese wurden jetzt losgeschnallt und herumgeschwenkt, als ob ihre lange Untätigkeit ihrem Besitzer nahezu unerträglich geworden wäre.

Sobald sie funktionsfähig waren, gebrauchte er sie dazu, die Tentakel an seinen Körper zu schnallen, die er bisher zum Bewegen seiner menschlichen Armhüllen verwendet hatte. Das getan, machte er sich hastig daran, wieder das schmiegsame und komplizierte Material überzuziehen, das ihm eine menschliche Gestalt verlieh. Zuerst, als er es ganz angelegt hatte, glitzerte es unnatürlich wie Fischschuppen, aber dann nahm er unter seinem

Körper zwischen den Beinen irgendeine Manipulation vor, das Glitzern erlosch plötzlich – und übrig blieb der menschliche Junge, der wie Bud Jaeger aussah.

Dieser Junge zog etwas unbeholfen seine Kleider an. Kletterte die Böschung neben der kleinen Mauer hinauf. Und wanderte langsam die Hecke entlang in der Richtung, die ihn zur Station zurückbringen würde, als ihn der Gedanke seines Vaters traf:

– Mein Sohn, was hast du gemacht?

Bud sagte es ihm. Der Vater war bestürzt.

– Das war eine sehr gefährliche Handlung, in diesem späten Stadium … Aber es ist geschehen. Nun paß gut auf. Ich kann nicht lange bleiben. Die menschlichen Wesen haben Patrouillenschiffe bis in die Region der Neptunbahn hinausgeschickt, und wir schickten diesen Kommunikationsrichtstrahl vor sechs Stunden durch eine Raumgegend hinunter, die sie zu der Zeit nicht kontrollierten. Sie können jeden Moment dort sein.

Bud warf ein: – Wie kann ich entkommen? Das ist, was ich vor allem anderen wissen möchte.

– Es wird schwierig sein. Wir dachten zuerst, daß jemand durch die Abwehrsysteme des Planeten abwärtsgleiten und seine Motoren nur für die Landung einschalten könnte. Aber das halten wir nicht für ratsam.

– Aber so sind wir hierher gekommen. Was ist passiert?

– Sei ruhig, mein Sohn. Du wirst dich erinnern, daß wir zwei, sobald wir wußten, welches Sternsystem die menschliche Flotte ansteuerte, mit Hilfe unseres Hochgeschwindigkeitssystems für kleine, leichte Schiffe vorauseilten. Wir trafen drei Wochen vor ihnen auf der Erde ein, bevor die Bewohner gewarnt wurden. So gelang uns eine ungesehene Landung.

– Du meinst, das wird nicht mehr klappen?

– Ich bedaure es, mein Sohn, aber so läßt es sich nicht mehr machen. Darum sage ich dir jetzt, was du tun mußt. Wir werden uns des Offiziers bedienen, der das Raumschiff der Tigerhai-Klasse fliegt.

– Desjenigen, der Susan neulich zu einem Ausflug mitgenommen hat?

– Ja. Du verwendest die gleiche Methode, mit der wir deinen menschlichen Vater, Len Jaeger, steuerten, und bringst ihn so dazu, daß er dich zu uns fliegen wird. Unsere Ingenieure würden sich gern eines dieser Tigerhai-Schiffe ansehen. Anscheinend haben sie eine enorme Zerstörungskraft.

– Aber was soll ich machen? Wie komme ich in dieses Schiff?

– Du hast gemeldet, daß er periodisch ein solches Schiff fliegen muß, um in Übung zu bleiben. Bringe von Susan oder Dolores in Erfahrung, wo er wohnt. Besuche ihn. Verwende die Steuerungsmethode. Geh mit ihm. Kein Problem. Du hast die zwei Kapseln noch, nicht wahr?

– Was wird mit ihm geschehen?

Der Antwortgedanke des Vaters spiegelte Härte wider: – Wir können diese Leute nicht unsere Methoden entdecken lassen. Darum wird er natürlich nicht die Erlaubnis zur Rückkehr erhalten ... Das unsichtbare Energieduplikat eines fremden Wesens, das von einem sechs Lichtstunden entfernten Raumschiff operierte, schloß: – Mein Sohn, ich muß diese Verbindung unterbrechen. Du hast deine Instruktionen verstanden?

– Ja ... Die Antwort des Jungen kam zögernd. – Das Dumme ist nur, daß ich soviel für die Gruppe zu tun habe. Ich muß sieben kleinere Kinder überwachen. Es ist ganz interessant, aber ich werde nur wenig Zeit finden, mich an Captain Sennes heranzumachen.

– Mein lieber Sohn, du mußt jetzt handeln, während dein menschlicher Vater im Krankenhaus ist. Du weißt, welche Dinge vorrangig sind. Schließlich mußtest du auch eine Pflicht vernachlässigen, um mich hier zu treffen.

– Das ist wahr. Ein kleiner Junge. Ich muß noch mit ihm reden, bevor ich nach Hause gehe.

– Dann machen wir jetzt lieber Schluß. Aber noch etwas: Wie du weißt, ist es einfach, aus Spaceport herauszukommen, aber schwierig, wieder hineinzukommen. Wenn du bei deiner Rückkehr angehalten und kontrolliert wirst, dann solltest du vielleicht erzählen, du hättest fortlaufen wollen, deine Meinung aber wieder geändert. Welche Folgen würde diese Ausrede haben?

– Keine. Nur die Gruppe würde mich vielleicht mit einem zeitweiligen Ausschluß bestrafen, so wie sie es mit Susan gemacht hat.

– Das wäre zu begrüßen, weil es dir mehr freie Zeit verschaffen würde. Siehst du, wie einfach es ist? Nun, auf bald, mein Sohn. Nimm dich in acht.

– Auf bald.

Während dieser Gedankenaustausch vor sich ging, kehrte Bud zur Schnellbahnstation zurück. Als die unsichtbare Energieeinheit verschwand, betrat er die kleine Station, zog eine Fahrkarte aus dem Automaten und ging auf den Bahnsteig hinaus. Er brauchte nicht lange zu warten. Kaum fünf Minuten später lief eine Schnellbahn ein, die in Richtung Spaceport fuhr, und nahm ihn auf.

John Lane war noch nicht lange von seinem Besuch bei Len Jaeger zurückgekehrt, als er einen Anruf von einem Leutnant König empfing. Der Leutnant gehörte zur Eingangskontrolle, und was er zu melden hatte, war, daß Bud Jaeger, ein vierzehnjähriger Junge, um 16:09 Uhr nach Spaceport zurückgekehrt sei. Man habe ihn ohne Kommentar in die Stadt eingelassen. »Nach Rücksprache mit den Sicherheitsbeamten«, schloß der Offizier seine Meldung, »erfuhren wir jedoch, daß die Familie dieses Jungen aus besonderen Gründen unter Beobachtung steht. Darum mache ich diese mündliche Meldung, der eine schriftliche folgen wird.«

Lane bedankte sich, und dann saß er einen Moment still an seinem Schreibtisch und überdachte die Information. Der Anruf hatte eine alte Gewohnheit in ihm geweckt; diese bestand darin, daß er mit Untergebenen oder dem Personal anderer Stellen gern über unwichtige und offensichtliche Dinge zu diskutieren pflegte, und zwar in einer Form, daß der andere in seiner Selbsteinschätzung bestätigt wurde und ihn von da an mochte, weil er ihm Gelegenheit gegeben hatte, seine Intelligenz zu zeigen. So sagte er nun: »Der Junge gibt also an, er sei von zu Hause weggelaufen, habe es sich aber dann anders überlegt?«

»Ja, Sir. Er sagte, er fürchte sich vor dem, was passieren werde, wenn sein Vater aus dem Krankenhaus kommt.«

Der Mann in seinem riesigen Büro, hinter sich die Datenverarbeitungsanlage, vor sich den mächtigen Bildschirm, nickte zu sich selbst. »Mir scheint, Leutnant König«, sagte er, »daß seine Furcht begründet ist. Sagte er auch, wie er zu seiner Sinnesänderung kam?«

»Er meinte, Kommandeur, daß die Gruppen ihn schützen würden.«

»Oh!« sagte Lane. Seine Miene verfinsterte sich. Ohne es zu merken, war er wieder in der Gewißheit gefangen, daß der Junge tatsächlich der echte Bud Jaeger war. Sein Gesichtsausdruck zeigte auch, daß er den Gruppen Gewaltanwendung zutraute. Er sagte kurz: »Das bleibt abzuwarten. Nun, ich danke Ihnen sehr, Leutnant. Ich weiß Ihren Anruf zu schätzen.«

Und das war das abrupte Ende dieses Gesprächs.

Ein weiteres schloß sich sogleich an; denn als er die Verbindung mit König unterbrochen hatte, summte die in seinen Schreibtisch eingebaute Sprechanlage, und Andrew Scotts Stimme sagte: »Ich werde gleich kommen, Sir. Ich habe eine wichtige Nachricht.«

»Gut.«

Lane lehnte sich zurück, noch beschäftigt mit den vorausgegangenen Gedanken. Seine Lippen waren zusammengepreßt; seine Augen starrten zur Seite, wo irgendein Gerät mit unregelmäßig aufblinkenden Signallampen vor sich hin tickte.

Die kleine Tür am anderen Ende des Computers wurde geöffnet. Der dickliche Sekretär kam herein, schloß die Tür und ging eilig auf Lane zu. Da er sich angemeldet hatte, nahm er an, daß er erwartet würde, denn er fing schon unterwegs zu reden an: »Es ist sehr dringend, Sir. Die Kommission befindet sich in Beratung über diese K-Energie und hat eben zum drittenmal angerufen.«

Lane schwang mit seinem Drehsessel herum, und in seiner Miene mußte etwas sein, das der andere als gefährlich betrachtete. Mr. Scott blieb stehen und verstummte plötzlich. Lane saß schweigend, seinen düsteren Blick auf das Gesicht seines Verbindungsoffiziers gerichtet.

»Mr. Scott«, sagte Lane kühl, »ist es Ihre Gewohnheit, bei anderen Leuten so hereinzuplatzen?«

Er hatte einen zerknirschten Mann vor sich. »Ich bitte um Entschuldigung, Sir. Aber wir leben in einer sehr gespannten Atmosphäre.« Das war seine taktvolle Art, den Zweck seines überstürzten Kommens in Erinnerung zu bringen.

Lane war besänftigt. »Gut, Mr. Scott. Haben Sie Ihre Meldung zu ergänzen?«

Scott zögerte nicht. Er wußte, daß die Krise vorüber war, und sagte in seinem gewohnt zuversichtlichen Ton: »Ich fühle Nervosität, Sir, und dunkle Impulse. Mr. Reid hat privat angerufen und gesagt, daß es so aussehe, als ob die Flotte Befehl zum Zuschlagen erhalten würde.«

»Das ist heller Wahnsinn!« sagte Lane bestürzt. »Das bedeutet, daß sie wegen einem bißchen Spionage den Kopf verlieren ... Und das ausgerechnet jetzt, wo wir der Sache Herr geworden sind.« Er preßte seine Lippen zusammen. Allmählich begann sein Gesicht sich jedoch zu entspannen, und er nickte, wie wenn er zu einem Entschluß käme. Ohne aufzublicken, sagte er endlich: »Mr. Scott, wir müssen auf solche Dummheiten mit Wahrheit und Aufrichtigkeit reagieren. Wenn jedermann seinen wütenden Impulsen folgte, dann wären wir bald in einer fatalen Situation. Auf solche Ideen sollte man reagieren, indem man die Mitglieder der Kommission einlädt, mit der Flotte hinauszugehen; das heißt, falls sie wirklich darauf bestehen sollte, daß die Flotte zur Schlacht hinausgeht, weil der Feind es fertigbrachte, ein wenig zu spionieren ...«

Er wurde unterbrochen. Scott machte eine eifrige Gebärde und sagte: »Würden Sie mich auch einladen, Sir? Ich diene seit zwanzig Jahren, aber ich habe noch nie im Gefecht gestanden.«

Der Kommandeur schüttelte seinen Kopf. »Ich sagte Ihnen eben, Mr. Scott, daß es sich hier um unvernünftige Impulse handelt. Es wäre leichtfertig, wenn das Oberkommando ihnen nachgeben würde. Rufen Sie die Kommission an und sagen Sie, ich sei auf dem Weg. Danach rufen Sie meine Frau an und sagen ihr, daß ich zum Abendessen nach Hause kommen werde.« Er stand auf. »Ich werde heute ohne besonderen Schutz nach Hause gehen, so wie ich es zu tun pflegte, als ich die K-Energie in meine Haut aufnahm. Dann werde ich am Abend hierher zurückkehren und mich einer Prüfung auf K-Energie unterziehen.«

Er machte einen Bogen um seinen Schreibtisch und strebte der Korridortür zu. Eine Hand auf der Klinke, machte er eine halbe Kehrtwendung und verharrte einen Moment in Nachdenken. »Selbstverständlich bin auch ich der Meinung«, sagte er zuletzt, »daß wir unsere Verteidigungs- und Sicherheitsmaßnahmen intensivieren müssen, wo dies möglich ist.«

Damit öffnete er die Tür, trat hinaus in den Korridor und schloß die Tür hinter sich. Nachdem er gegangen war, erledigte Scott die beiden Telefonanrufe, wie es ihm aufgetragen war. Und dann wählte er eine dritte Nummer und sagte: »Wie ist der

Gesundheitszustand von Len Jaeger?« Er nickte, als die Antwort kam. »Morgen im Laufe des Tages? Sehr gut. Ich danke Ihnen.«

Das getan, ging er die lange Front des Computers entlang, öffnete die kleine Tür an seinem Ende, trat durch und schloß sie. Im Büro des Kommandanten blinkte die unermüdliche Maschinerie mit ihren Signallampen, und die Sternenszene auf der riesigen Mattscheibe zeigte mehrere Veränderungen.

Die Schiffe dort draußen waren in Bewegung.

22

Nach seinem Anruf bei Susan kam Mike über die Straße zurück zu Marianne und sagte: »Ich habe ein paar Kinder zu überwachen. Und du mußt dieses fünfjährige Mädchen besuchen, das mit Jungen spielen will. Klar?«

»Klar«, sagte sie lustlos.

Sie wandte sich weg, ein hübsches, aber schmollendes fünfzehnjähriges Mädchen in einem blauen Kleid, als Mike ihre Schultern umfaßte und seine Wange an die ihre legte. »Komm schon«, drängte er zärtlich. »Ein guter Quaßler tut seine Pflicht. Das kapierst du doch, oder?«

Das Mädchen holte tief Atem. Es war von seiner Handlung sichtlich beeinflußt. Aber sie schluckte nur und sagte nichts.

»In acht Tagen wird Susan wieder in der Gruppe sein«, fuhr Mike beschwichtigend fort. »Deswegen brauchst du nicht mit der sauren Tour zu kommen.«

Mehrere Erwachsene gingen vorbei. Marianne blickte ihnen geistesabwesend nach, und schließlich sagte sie: »Aber acht Tage sind eine lange Zeit. Warum nicht zwei Tage? Oder bloß morgen?«

Für Mike war das ein irrationales Ansinnen. Er zog seine Wange von ihrer zurück und richtete sich auf. »Ich richte mich nur nach den Regeln«, sagte er. Er blickte auf seine Uhr. Als er wieder aufsah, ging sein Blick an ihr vorbei, und ein komischer Ausdruck kam in sein Gesicht. Marianne wandte sich rasch um – und auch ihre Augen weiteten sich.

Der schlaksige blonde Junge machte bei ihnen halt, steckte sein Bündel Schulbücher unter den Arm und nickte ihnen zu.

140

»Hallo, ihr zwei«, sagte er.

»Hallo, Lee.« Mike und Marianne sagten es gleichzeitig.

»Wo ist Susan?« fragte Lee. »Hat jemand sie gesehen?« Sein Ton war harmlos. Es war sofort klar, daß er von nichts wußte. Marianne warf Mike einen beklommenen Blick zu. In ihren braunen Augen war der Vorwurf: Du hättest es ihm sagen sollen!

Mike geriet in eine kurze Verlegenheit und fing zu stammeln an. »Ah«, sagte er. »Äh!« Doch im nächsten Augenblick hatte er sich gefangen. Sein schneller Verstand und seine Geistesgegenwart kamen ihm zu Hilfe und retteten die Situation. Mit ruhiger, doch gespannter Stimme schilderte er ihm Susans Anruf vom Vorabend, berichtete, was Dolores erzählt hatte und was schließlich er und die anderen Gruppenleiter beschlossen hatten – unter Berücksichtigung der Tatsache, daß Susan Lees Mädchen war. Er endete: »Also ist sie für eine weitere Woche aus der Gruppe ausgeschlossen. Das ist die Entscheidung.«

Lee hörte sich die Zusammenfassung an, und seine Miene wurde zusehends gespannter und weniger freundlich. Als Mike fertig war, sagte Lee explosiv: »Nein!« Seine Augen starrten voller Feindseligkeit aus dem blassen Gesicht. »Du hast mit diesem Blödsinn angefangen!« beschuldigte er Mike. »Aber ich lasse dich nicht weitermachen! Susan war völlig in Ordnung, bis du sie ohne Grund zur Rede stelltest und durcheinanderbrachtest. Das hört jetzt auf.«

»Es ist zu spät«, sagte Mike achselzuckend. »Es ist alles geregelt.«

»Nichts ist geregelt!« entgegnete Lee wütend. »Mister Mike Sutter, du rufst die Gruppenleiter heute abend bei dir zusammen, und dann werden wir herausbringen, was du vorhast. Allmählich habe ich den Verdacht, daß du mit diesen schlauen Manövern versuchst, unsere Gruppe zu übernehmen. Paß gut auf, Mister Sutter, wenn du nicht aus der Gruppe fliegen willst. Kapiert?«

»Darüber hast du zum Glück nicht allein zu entscheiden«, konterte Mike. »Und überhaupt, puste dich nicht so auf! Ich habe nur meine Pflicht getan.«

»Ja«, sagte Lee böse. »Du hattest soviel zu tun, die Gruppe zu leiten, daß du dich nicht mal erinnertest, daß ich informiert werden muß!«

»Rede keinen Quatsch!« erwiderte Mike gereizt. »Weil Susan

dein Mädchen ist, liegt eine besondere Situation vor. Alle stimmten darin überein.«

»Ich nicht!« wütete Lee. »Willst du nun tun, was ich sagte, oder nicht?«

Mike schwieg einen Moment, dann sagte er: »Solche Streitereien wie diese sind der Grund, warum so viele Quaßler ihre Gruppen verlassen. Aber so leicht lasse ich mich nicht rausekeln. Vielleicht ist es ganz gut, wenn wir heute abend mit ein paar anderen zusammenkommen. Wenn du glaubst, du könntest hier den starken Mann spielen, wird es Zeit, daß dir mal richtig der Kopf gewaschen wird. Ich werde Johnny Sammo und Tom Clanton und vielleicht noch ein paar andere einladen, und dann werden wir ja sehen.«

Lee sagte ultimativ: »Ich verlange, daß du bei dieser Versammlung auf meiner und Susans Seite stehst.«

Mike starrte ihn an. »Ich bin auf Susans Seite«, sagte er. »Aber ich bin auch für die Beachtung der Regeln und dagegen, daß mit zweierlei Maß gemessen wird. Deshalb werde ich nicht auf deiner Seite sein.«

»Du hast dieses Mädchen beinahe ruiniert«, sagte Lee. »Entweder machst du das heute abend wieder gut, oder diese Gruppe wird nicht mehr genug Platz für uns beide haben.«

»Wenn du es mit Einschüchterung versuchen willst, mußt du dir einen anderen aussuchen«, sagte Mike kalt. »Wenn man dich anhört, fragt man sich wirklich, ob Susan nicht bloß dein Mädchen ist, sondern deine Geliebte.«

Lee ballte die Fäuste. »Das ist eine Lüge, eine – eine Verdrehung guter Absichten! Und in letzter Zeit hast du ein bißchen zuviel von diesem Schleim ausgespuckt, wenn es um Susan ging. Schlimmstenfalls hatte sie beim erstenmal eine Warnung verdient.«

Mike wandte sich halb ab und machte eine Geste gespielter Hilflosigkeit. »Das ist eine Frage der Auslegung«, sagte er, »und die Mehrheit hat ja wohl entschieden, welche Auslegung die richtige ist. Aber dir ist die Perspektive verrutscht. Wir werden zusammenlegen müssen, daß du zu einer Brille kommst, die das korrigiert. Vielleicht heute abend schon. Klar?«

»Könnte dir so passen«, knurrte Lee. »Warten wir mal ab, Mister Sutter, wer von uns beiden die Brille verpaßt kriegt.«

142

Lane verzehrte sein Abendessen in Gesellschaft einer schweig-samen Estelle und einer schwermütigen Susan. Anfangs war er sich ihrer Stimmungen nicht allzu deutlich bewußt, weil er mit seinen eigenen Gedanken beschäftigt war, aber das blieb nicht lange so, denn er war ein wacher und aufmerksamer Mann. Und bald löste er sich hinreichend von seinen Überlegungen, um erst seine Frau und dann Susan anzublicken. Als ein paar allgemein gehaltene Bemerkungen keine positiven Reaktionen zeitigten, stellte er mehrere direkte Fragen, die bald die Wahrheit über Susan und ihren zeitweiligen Ausschluß aus der Gruppe ans Licht brachten.

»Oh!« sagte er dann, einigermaßen verblüfft. Er beugte sich über seinen Teller und stellte seine Gedanken auf die neue Ent-wicklung ein, prüfte ihre Möglichkeiten. Sie waren so erstaunlich groß und – wie ihm schien – passend für seine eigenen Ziele, daß er sich zurückhalten mußte, sie nicht zu rasch auszubeuten. »Laßt mich darüber nachdenken«, sagte er.

Er aß langsam und fühlte die mißtrauischen Blicke seiner Frau auf sich. Schließlich begann er mit einer Frage.

»Bist du schuldig?« fragte er das Mädchen.

Sie schüttelte ihren Kopf. »Eigentlich nicht. Es ist ein Mißver-ständnis. Mike ist das Problem, glaube ich. Er ist das Gewissen der Gruppe.«

Nach kurzer Pause fragte Lane: »Ist das der Grund, daß du heu-te krank warst?«

Susan nickte stumm.

»Also«, fuhr der Mann fort, »quält es dich.« Als sie stumm blieb, drängte er: »Ist das noch immer so?«

Sie schluckte. Eine Träne rann über ihre Wange. Ihre blauen Augen waren verschleiert. Sie hatte ihn die ganze Zeit noch nicht einmal direkt angesehen.

Es war ihm Antwort genug. Und so sagte Lane: »Es ist sehr ein-fach. Wenn die acht Tage um sind, gehst du einfach nicht zu-rück.« Er fühlte sich gedrängt, in Estelles Richtung zu blicken, als er diese Worte sagte. Ihre Augen waren wie Flammen, die nach ihm stachen. Danach kostete es ihn etwas mehr Anstrengung, weiter-zusprechen. Aber er tat es.

»Wir werden dich in einer guten Privatschule außerhalb von Spaceport unterbringen«, sagte er zu Susan. »Du brauchst nicht in diese Schule zurückzukehren, nicht einmal morgen oder an einem anderen Tag.«

»Oh, Papa ...« Mit einem Achselzucken lehnte Susan das Angebot ab. »Du kannst das nicht tun. Die Gruppen erlauben solche Sachen nicht.«

Lane hatte sich noch völlig in der Hand, und so beschränkte er sich darauf, die Bemerkung zu überdenken. Seine Miene zeigte leichte Verblüffung. Endlich sagte er: »Ich muß zugeben, ich finde es ein wenig schwierig, mir präzise vorzustellen, was zum Teufel sie dagegen tun könnten.«

Susans Gesicht nahm einen strengen Ausdruck an. »Papa, ich muß dich erinnern. Eine der Gruppenregeln ist, daß in Anwesenheit eines Quaßlers keine derbe Sprache gestattet ist.«

Darüber mußte er lächeln. Er sagte: »Du hast mir eben erzählt, daß du für acht Tage kein Quaßler bist.«

Die Frau auf der anderen Seite des Tisches regte sich. Dann sagte sie: »Liebling, laß dich mit deinem Vater nicht auf einen Austausch von Schlagfertigkeiten ein. Er ist ein Haarspalter, und er schlägt unter die Gürtellinie.« Sie holte tief Atem und schloß: »Offenbar begreift dein Vater nicht, welche Strafe ihm für das droht, was er vorschlägt, warum also beendest du nicht einfach deine Mahlzeit und gehst wieder zu Bett?«

»Schon recht, Mutter.« Susan blickte trübselig auf ihren Teller und spießte lustlos eine halbe Kartoffel auf ihre Gabel.

Der Mann beobachtete den Vorgang, und für einige Augenblicke schien ihm nicht bewußt zu sein, daß seine gesamte Erörterung durch eine einzige Bemerkung seiner Frau entwertet worden war. Plötzlich kam die Erkenntnis. »Einen Moment«, sagte er, lauter werdend. »Soll ich das so verstehen ...«

»Schschscht, Lieber«, sagte Estelle. »Laß das arme Mädchen in Ruhe. Du hast genug Ärger verursacht.«

John Lane war plötzlich in einem Zustand, wo so viele zornigerregte Worte aus ihm herausdrängten, daß sie sich gegenseitig behinderten und keins herauskam. Er stieß seinen Stuhl vom Tisch zurück. Und dann saß er da. Kurz darauf brachte er eine Hand auf die Tischoberfläche und begann mit seinen Fingern auf das Tischtuch zu trommeln. Seine Frau vermied sorgfältig, ihn anzusehen, und so hörte er endlich mit seinem Getrommel auf und sagte in einem gefährlichen Ton: »Ich dachte, es sei ein Grundsatz elterlicher Psychologie, daß kein Elternteil den anderen in der Gegenwart des Kindes herabsetzt. Was ist das also für ein Gerede, daß ich genug Ärger verursacht hätte?«

Estelle blickte schweigend auf den Tisch. Lane wandte seinen Kopf und starrte seine Tochter an. »Habe ich dir irgendwelchen Ärger verursacht, Susan?«

Das Mädchen wand sich unbehaglich auf dem Stuhl, warf der Mutter einen entschuldigenden Blick zu und sagte: »Nein, Papa. Nicht wirklich.«

Lane fuhr fort: »Ich kam heute abend nach Hause und entdeckte, daß du Schwierigkeiten mit deiner Gruppe hast. Ich dachte über das Problem nach und bot dir eine Lösung an. Habe ich dir befohlen, diese Lösung zu akzeptieren?«

»Nein, Papa.« Etwas Farbe war in ihre Wangen zurückgekehrt.

Der Mann wandte sich an die Frau: »Nun, Mrs. Lane, was haben Sie dazu zu sagen?«

Auch in Estelles Gesicht war Farbe. Ohne ihn anzusehen, sagte sie zu Susan: »Willst du deinen Vater informieren, welches die Strafe für die Lösung ist, die er vorschlägt?«

»Oh, Mama – wirklich, ich kann doch nicht ...« Sie brach verlegen ab.

»Es ist in Ordnung, Susan«, sagte Lane rasch. »Ich will es nicht hören. Also demütige nicht dich oder mich, indem du es sagst.« Nach kurzer Pause endete er kühl: »Ich versichere dir, Kind, daß ich in dieser Angelegenheit niemals Strafen in Betracht ziehen werde. Handle so, als ob sie nicht existierten.«

»O mein Gott!« ächzte Estelle. »Jetzt haben wir das männliche Prinzip herausgefordert.«

»Verdammt noch mal, Estelle«, brüllte der Mann. »Hör endlich auf, mich vor meiner Tochter herabzusetzen!« Er sprang auf, zu verärgert, um das Gespräch fortzusetzen. »Ich gehe jetzt lieber, bevor ich etwas sage, das ich bedauern müßte.« Aber er zögerte zugunsten einer letzten Bemerkung für Susan. »Das Angebot bleibt bestehen«, sagte er in ruhigem Ton. »Du kannst eine auswärtige Schule besuchen – wenn du willst.«

Darauf machte er auf dem Absatz kehrt, verließ den Raum und Augenblicke später das Haus.

Er hinterließ Druck. Auf ein Mädchen, das sich bereits überwältigt fühlte. Es war die Art von Druck, dem sich einer ausgesetzt sieht, wenn er eine Entscheidung treffen muß. Das Bewußtsein dieses Drucks war in Susans Gesicht, als sie bekümmert auf ihren Teller starrte. »Ach, Mutter, was soll ich machen? Wenn ich nicht tue, was er will, wird er wütend sein ...«

»Und wenn du es tust, Liebling, wird die Gruppe ihn zur Rede stellen«, sagte die Frau ernst. »Darum ist es am besten, du behandelst dieses heutige Gespräch, als ob es nie stattgefunden hätte.« Ihre Augen blitzten auf. »Überlasse deinen Vater nur mir. Ich werde in der Zurückgezogenheit des Schlafzimmers mit ihm reden, wo wir alle wirklichen Entscheidungen treffen.«

Susan schien nicht zu hören. Sie starrte auf die Wand. »Ach, ich wollte, ich wäre erwachsen!« platzte sie heraus. Und nun war sie es, die aufsprang und hinauslief. Estelle hörte ihre Schritte im Korridor. In diesem Augenblick läutete das Telefon. Estelle stützte ihr Hände auf die Tischplatte und begann sich hochzustemmen, aber bevor sie auf den Füßen stand und den Stuhl zurückgestoßen hatte, kam Susans Stimme schwach durch den Korridor: »Ich nehme ab, Mama.«

Sie hatte Augenblicke später den Hörer in der Hand. Die Stimme eines Jungen meldete sich, im ersten Moment unvertraut. Dann sagte sie: »Ach, Bud! Was ist los?«

Im Jaegerschen Haus arbeitete die Mutter in der Küche, und Bud war im Wohnzimmer, wo er mit dem Rücken zur Tür kauerte und halblaut in das mit einer Hand abgeschirmte Hörermikrophon sprach. Mehr konnte er nicht tun, um sein Gespräch unbemerkt zu führen. Er sagte: »Ich wollte dich fragen, ob du mir sagen kannst, wo dieser Captain Sennes wohnt, mit dem du den Flug gemacht hast. Ich würde gern hingehen und mit ihm reden.«

Für Susan war die Frage kein Problem. »Tut mir leid, Bud, aber ich habe seine Adresse nicht. Ich habe nur seine Telefonnummer. Warte, ich besorge sie dir.« Sie legte den Hörer weg und raste hinaus und in ihr Zimmer.

Auch Bud eilte unbeholfen in seine Schlafkammer, holte einen Bleistift und Papier und lief zurück ins Wohnzimmer. Wenige Sekunden später hatte er die Telefonnummer. Erst als er sie notiert hatte, kam dem Mädchen ein zweiter Gedanke zu seiner Frage. Sie fragte etwas verdutzt: »Was willst du von Captain Sennes?«

»Er hat dich nach Tombaugh mitgenommen, nicht?«

»Ja.«

»Er muß alle paar Tage Probeflüge machen, nicht wahr – sagtest du das nicht?«

»Das ist wahr«, antwortete Susan.

»Nun, ich möchte ihn fragen, ob er mich nächstesmal nicht mitnehmen kann.«

»Ach so!« sagte Susan. Ihre Miene zeigte an, daß ihr nun klar wurde, wie wenig Bud die Wirklichkeit der Welt verstand, wo ein hübsches sechzehnjähriges Mädchen als Reisegefährtin annehmbar sein mochte, schwerlich aber ein vierzehnjähriger Junge. Sie sagte mitleidig: »Bud, ich sage es nicht gern, aber Captain Sennes tut solche Dinge nicht aus Herzensgüte. Wenn du ein hübsches, siebzehnjähriges Mädchen wärst, würde er vielleicht mit sich reden lassen – aber du bist es nicht. Also mach dir nicht zu viele Hoffnungen. Trotzdem kannst du ihn ja mal fragen, wenn du willst.«

»Das werde ich machen«, sagte Bud. »Wir sehen uns morgen in der Schule.«

»Vielleicht, vielleicht nicht«, sagte Susan unvorsichtig. »Es ist möglich, daß mein Vater mich in eine Privatschule außerhalb von Spaceport schickt ...«

Die Worte entfuhren dem verwirrten Mädchen in einem halb leichtfertigen und halb trotzigen Ton, der ihre augenblicklichen Gefühle für die Gruppe widerspiegelte. Als Susan verspätet zu Bewußtsein kam, was für eine Dummheit sie gemacht hatte, hörte sie das Knacken in der Leitung. Viele Sekunden lang stand sie starr vor Schreck über ihre Indiskretion. Dann griff sie hastig zum Telefon, um Bud noch einmal anzurufen. Zu ihrem Entsetzen hörte sie das Belegtzeichen.

Tatsächlich war die Situation nicht so ernst, wie sie glaubte, denn Bud hatte ganz andere Dinge im Kopf. Sofort nachdem er aufgelegt hatte, wählte er die notierte Nummer. Es ergab sich, daß Sennes nicht da war, aber der junge Offizier, mit dem er das Quartier teilte, kam ans Telefon. Buds Bitte um Angabe der Adresse überraschte den Mann. »Ich glaube, es kann nicht schaden, wenn du kommst und mit ihm redest«, meinte er zweifelnd, »aber es wäre sicherlich besser, wenn du ihn morgen früh anrufen würdest – das ist die günstigste Zeit – und ihm selbst die Entscheidung überlassen würdest. Richtig?«

Der Junge war verzweifelt. »Wann macht er seinen nächsten Routineflug?« fragte er.

»Nicht vor Mittwoch.«

Bud machte einen letzten Versuch. »Können Sie mir nicht die Adresse geben, damit ich morgen früh hinkommen kann?«

»Nicht gern.« Der junge Mann hatte sich von seiner Überraschung erholt. »Es gibt Höflichkeitsregeln«, sagte er. »Wir drängen uns nicht anderen Leuten auf, ohne ihre Erlaubnis zu haben. Ruf ihn morgen früh an, ja?«

»Ja«, sagte Bud trübselig. Er legte auf und verließ das Haus. Als eine Minute später das Telefon läutete, kam Mrs. Jaeger aus der Küche und beantwortete den Anruf. »Nein, Susan, Bud ist ausgegangen ... Ich glaube, vor fünf Minuten ... Nun, das tut mir leid, Susan, ich weiß nicht, ob ich noch auf sein werde, wenn er heimkommt. Er sagte etwas von einer Gruppenversammlung, und du weißt, wie spät es dabei werden kann ... Keine Ursache. Wiederhören.«

23

Nachdem die Entscheidung gefallen war, saß Lee David eine Weile mit gesenktem Kopf und starrte auf den Boden. Oder genauer gesagt, auf den Teppich. Es war ein echter Orientteppich von bester Qualität, und er zeugte von erheblich mehr Wohlstand, als im Haus irgendeines anderen Gruppenmitglieds zu sehen war.

Ohne aufzublicken, sagte der Junge: »Wann kommt dein Alter von seiner Reise zurück?«

»In ungefähr einem Jahr.« Mike blickte von ihm zu den anderen und zuckte mit den Schultern, um zu zeigen, daß er mit der Frage nichts anzufangen wußte.

Nach kurzer Pause sagte Lee: »Zu dumm, daß er nicht ins Bankgeschäft der Familie gegangen ist.«

Mike machte ein Gesicht. »Das soll wohl heißen, daß ich nicht hier wäre und dir Schwierigkeiten machen würde, wenn er in die Bank eingestiegen und nicht unter die Raumfahrer gegangen wäre?«

Der blonde Bursche starrte weiterhin aus leicht verengten Augen auf den Teppich. Der große Raum war taghell erleuchtet. Die Versammelten standen stumm und beobachteten den sitzenden Lee. Auf einer Seite standen die Mitglieder seiner eigenen Gruppe, auf der anderen außer Tom Clanton und Johnny Sammo die Leiter zweier Gruppen, Ben Kismo und Martin Tate. Kismo war ein lang aufgeschlossener junger Neger, Tate ein bulliger, untersetzter Typ mit unordentlichem Blondhaar. Etwas abseits von beiden Gruppen stand Dolores Munroe, die als Zeugin geladen war, und bei ihr war Bud Jaeger. Nun ging Martin Tate auf Lee zu und blieb vor ihm stehen.

Er sagte: »Lee, du bist unter Freunden. Wir haben gehört, was Dolores ausgesagt hat. Nicht mal du hast Zweifel an der Richtigkeit ihrer Angaben geäußert.«

Ohne seinen Blick vom Tisch zu heben, antwortete Lee: »Nein, ich glaube ihr, obwohl ich nicht weiß, was sie dort zu suchen hatte.«

»Darüber ist sie niemandem Rechenschaft schuldig«, erklärte Martin Tate in seiner sonderbar rauhen Stimme. »Mike hat gemeldet, was Susan ihm sagte. Du hast nichts daran auszusetzen gehabt.«

Lee sagte: »Nein, ich glaube nicht, daß Mister Sutter lügen würde.«

Martin Tate fuhr unbeirrt fort: »Dann, Lee, hast du deine Einwendungen vorgebracht. Aber wir entschieden, daß Susan schuldig ist. Und nun, wenn wir dich so dasitzen sehen, haben wir wohl alle das Gefühl, daß du nicht bereit bist, das Urteil anzunehmen. Das ist eine sehr ernste Sache.«

Lee David schüttelte seinen Kopf. »Du irrst dich. Ich nehme es an, aber mit einem Vorbehalt.«

»Dann spuck ihn aus.«

Zum erstenmal, seit er sich gesetzt hatte, blickte Lee auf. »Ich bin nicht mehr der richtige Leiter für diese Gruppe«, sagte er. »Darum werde ich für den Rest meiner Zeit einfach ein gewöhnliches Mitglied werden und untergeordnete Pflichten tun. Die Gruppe soll einen neuen Leiter wählen.«

»Ist das alles?«

»Nein.« Es kam widerwillig.

»Spuck alles aus!«

»Ich finde, daß es mit der Intelligenz der Mitglieder meiner eigenen Gruppe nicht weit her ist. Sie stimmten gegen Susan, die vom Tag ihres Beitritts an immer ein guter Quaßler gewesen ist, nie Anlaß zu Tadel gegeben hat. Ich verstehe solches Denken nicht. Ich habe nur eine Erklärung dafür.«

»Welche?«

»Ich glaube«, sagte Lee, »es hat mit Dolores' Ausscheiden aus der Gruppe zu tun. Die anderen nehmen mir das heute noch übel, weil es so aussah, als ob ich Dolores ohne einen richtigen Grund und nur wegen Susan abgeschoben hätte. Aber die Wahrheit ist, daß ich Dolores oft gewarnt hatte. Ihre Haltung zu mir war nicht so, wie sie nach den Regeln sein soll; zuletzt wollte sie immer erreichen, daß ich sie auf den Mund küßte – was ich nicht tat.«

»Brachtest du das Problem vor die Gruppe?«

»Nein.«

»Warum nicht?«

Während Lee nach einer Antwort suchte, sagte Dolores laut: »Das ist Quatsch. Er schob mich ab, weil er auf Susan stand. Alles andere ist dummes Zeug.«

Johnny Sammo, der so groß und stark war wie Albert, kam an Martin Tates Seite. Er blickte in die Runde und hob beide Hände.

»Seid mal einen Augenblick ruhig, ja? Wir haben hier gerade was gehört, und ich finde, daß jetzt die anderen Mitglieder der Gruppe ihr Gedächtnis und ihr Gewissen erforschen und ausspucken sollten, was sie über diese Angelegenheit von 'Lee und Dolores entdecken. Mike, was sagst du?«

Mike zog die Brauen hoch, dann schüttelte er langsam seinen Kopf. »Du verlangst zuviel auf einmal, Johnny. Laß jeden von uns einen Tag darüber nachdenken und dann seinen Senf dazugeben.« Er machte eine Pause und fuhr dann fort: »Jeder weiß, daß ich keine Abweichungen von den Regeln dulde – nicht von Susan, nicht von Lee oder irgendeinem anderen. Aber ich erinnere mich jetzt, daß ich ein bißchen überrascht war, als die Gruppe mein Urteil über Susans ersten Verstoß praktisch einstimmig billigte. Ich vermute jetzt, daß sie irgendeinen unterschwelligen Grund für ihre Entscheidung hatten, und dieser Grund könnte sein, daß sie Susan wegen der Geschichte mit Dolores insgeheim verurteilten. Es scheint also Konfusion zu geben, und wir brauchen Zeit, das auszubügeln.«

Während dieser Rede hatte Lee Davids Miene sich mehr und mehr aufgehellt. »Ist das nicht Grund genug«, sagte er, »das Urteil über Susan zu vertagen?«

Johnny Sammo machte eine ungeduldige Geste. »Lee«, sagte er zurechtweisend, »Susans zweiter Verstoß ist für sich selbst ernst genug. Es wird ihr nicht schaden, eine Woche lang darüber nachzudenken.«

»Es ist falsch, die Unschuldigen zu bestrafen«, sagte Lee hartnäckig.

»Lee«, sagte Tom Clanton mit skeptischem Lächeln, »vielleicht ist es genauso falsch, die Schuldigen zu bestrafen. Seit sechs Monaten benimmt sich Dolores wie eine, der Unrecht geschehen ist. Und doch glaube ich, daß sie in dem Sinne schuldig ist, wie du es dargestellt hast.«

Man schien zu erwarten, daß Dolores auf diese Worte reagieren würde, denn alle blickten sie an und schwiegen einen Moment. Aber sie hatte anscheinend nichts gehört. Sie unterhielt sich im Flüsterton mit Bud Jaeger, und das Gespräch schien ihre ungeteilte Aufmerksamkeit zu finden.

Das hatte einen guten Grund, denn Bud hatte das Gespräch angefangen, indem er ihr zugeflüstert hatte: »Ich weiß, daß du mit Captain Sennes in seinem Zimmer warst – aber ich sage nichts, wenn du mir seine Adresse gibst.«

Das Mädchen war wie vom Donner gerührt. Die Angst, vor allen Versammelten bloßgestellt zu werden, lähmte sie sekundenlang. Und dann wurde sie sich der Bedeutung seiner letzten Worte bewußt und erholte sich vom ersten Schreck. Erstaunt flüsterte sie zurück: »Wozu willst du seine Adresse haben?«

»Ich will ihn bitten, daß er mich auf einem Flug mitnimmt, wie er es mit Susan gemacht hat. Und ich möchte morgen zu ihm gehen und mit ihm darüber sprechen.«

Der naive Wunsch beruhigte Dolores völlig. So sehr, daß sie den Jungen freundlich anlächeln und sagen konnte: »Soll ich dir nicht lieber seine Telefonnummer geben?«

Bud wies das zurück. »Nein. Am Telefon kann er mich zu leicht abwimmeln. Schließlich kennt er mich überhaupt nicht. Deshalb muß ich morgen selber zu ihm gehen und ihn persönlich sprechen.«

Dolores begriff, daß Bud sein Ziel nicht erreichen würde. Aber das sollte nicht ihre Sache sein. Für sie kam es nur darauf an, daß er sie jetzt nicht verriet. »Augenblick«, flüsterte sie und öffnete ihre Handtasche. Sie suchte kurz darin herum, fand Papier und Bleistift, schrieb die Adresse auf und gab ihm den Zettel. Dann sagte sie: »Es wird nicht klappen, Bud, fürchte ich. Du bist kein hübsches Mädchen, weißt du.«

»Das sagte Susan auch«, antwortete Bud, als er das kostbare kleine Papier in seine Tasche steckte.

»Ach!« Das war ein neuer Gedanke, völlig faszinierend. »Du hast sie nach Captain Sennes' Adresse gefragt?«

»Sie hat seine Adresse nicht«, sagte Bud. »Nur seine Telefonnummer.«

Es war eine willkommene Information, aber Dolores hatte keine Zeit, sich daran zu erfreuen. Sie erinnerte sich wieder ihrer Situation und starrte Bud eindringlich ins Gesicht. »Hör zu«, sagte sie. »Ich habe dir die Adresse gegeben, du hältst den Mund über mich. Wir sind quitt. Klar?«

Bud sagte: »Klar. Mach dir keine Sorgen.« Er war froh über die Gelegenheit, eine zusätzliche Information loszuwerden, die seine Motive zu verdeutlichen hatte. »Meine Mutter sagt, daß sie im Krankenhaus mit meinem Vater gesprochen habe, und daß wir bald von Spaceport wegziehen werden. Darum muß ich diesen Flug jetzt machen – oder es wird nie was daraus. Verstehst du?«

»Klar«, sagte Dolores, lachend vor Erleichterung.

Während dieses Zwiegesprächs war die Diskussion zwischen Lee und den anderen Gruppenleitern weitergegangen. Der dunkelhäutige Ben Kismo, der sich bisher nicht zu Wort gemeldet hatte, sagte plötzlich: »Ich habe mir all dieses Gequassel angehört, und meine Meinung ist folgende: Wenn Lee vor sechs Monaten wegen der Sache mit Dolores gebeichtet oder um Rat gefragt hätte, wäre sie nicht aus der Gruppe gefeuert worden. Dann würde sie jetzt nicht mit Erwachsenen gehen und Propaganda gegen die Gruppen machen.«

Eine Pause folgte, während das Argument überdacht wurde. Dann sagte Martin Tate: »Das ist richtig.« Tom Clanton nickte, und Johnny Sammo ging hinüber zu Mike und sagte: »Was ist dein Urteil?«

»Ich finde es auch richtig«, sagte Mike. »Aber daß wir nicht schon früher auf diese Frage gekommen sind, zeigt wieder, daß wir seit sechs Monaten eine Art Konfusion in der Gruppe haben und Rat brauchen, um die roten Katzen zu retten. Lee hat den Laden zu selbstherrlich geleitet, wenn ihr mich fragt.«

Neue Pause, Stille, und alle wandten sich Lee David zu. Martin Tate fragte: »Nun, Lee, wie urteilst du über dich selber?«

Der blonde Bursche schaute niemanden an. Er schien benommen. Die abrupte Wendung des Gesprächs hatte ihn überrumpelt. »Ich gebe zu«, murmelte er, »daß ich aus anderen Gründen als denen, die ich zuvor nannte, nicht der richtige Leiter für die Gruppe bin. Die Art und Weise, wie ich Dolores behandelte, war wahrscheinlich falsch.«

»Und Susan?« drängte Martin.

Wieder eine Pause. Dann schüttelte Lee seinen Kopf. »Nein. Es ist eine andere Situation. Dolores hatte falsch gehandelt. Susan nicht.«

Martin Tate wandte sich zu den anderen um. »Hört zu«, sagte er. »Mein Urteil ist, daß Lee gebeichtet hat, wie es sich gehört, und weil es der erste Verstoß ist, bin ich dafür, daß er eine Verwarnung bekommt, aber Leiter bleibt. Andererseits finden ich und Mike, daß Lee zur Selbstherrlichkeit neigt. Deshalb sollte er seinen Posten mit einem teilen, der gleichberechtigt neben ihm steht. Was meint ihr?«

Zu diesem Zeitpunkt wendete Dolores ihre Aufmerksamkeit wieder dem Geschehen zu, und ihre Stimme kam feindselig aus dem Hintergrund der Gruppe. »Was ist mit Susan?«

Martin Tate sah sich irritiert um. »Nun warte doch ab, Mädchen; wir werden gleich darüber abstimmen.« Zu den anderen gewandt, fuhr er fort: »Also, wer ist gegen meinen Vorschlag?«

Als keiner sich meldete, nahm Mike das Wort: »Die Idee ist nicht schlecht, Martin«, sagte er. »Aber wer der zweite Mann neben Lee sein soll, das ist eine schwierige Frage, die wir in der Gruppe klären müssen. Ich schlage vor, daß die Entscheidung darüber vertagt wird.«

Nachdem Mikes Anregung allgemeine Billigung gefunden hatte, nickte Martin Tate und sagte: »Nun zu Susan. Das Urteil bleibt bestehen. Ausschluß für acht Tage, heute mitgerechnet.« Er blickte umher. »Jemand dagegen?«

»Ich«, sagte Lee.

153

Aber keiner der anderen sagte etwas. Und keiner von ihnen bewegte sich. Alle starrten ihn an.

Lee nickte leicht vor sich hin. »In Ordnung«, sagte er. »Ich akzeptiere das Urteil gegen Susan, aber ich werde ihr sagen, daß ich nicht damit einverstanden bin.«

Einige Augenblicke blieb alles still. Plötzlich brach Buds Stimme die Stille. »Ich weiß nicht, warum wir das alles durchkauen«, sagte er. »Susan erzählte mir am Telefon, daß ihr Vater sie in eine Privatschule außerhalb von Spaceport schicken möchte, und daß sie überhaupt nicht mehr hier in die Schule käme.«

Diesmal war die Pause länger. Sie wurde von Martin Tate beendet. Er wandte den Kopf zu Lee und sagte leise: »Na, was sagst du dazu?«

Lee David war aufgestanden, noch während Bud geredet hatte. Nun stand er da, blaß und gegen eine innere Erregung ankämpfend. Er sagte: »Es ist klar, daß Mr. Lane zur Rede gestellt werden muß. Er wird einige Fragen beantworten müssen. Was danach geschieht, wird von seinen Antworten und seiner Haltung abhängen. Aber ich schlage vor, daß wir für heute Schicht machen.« Er blickte zu den anderen Gruppenleitern. »Vielleicht werden wir wegen Mr. Lane noch euren Rat einholen, aber heute ist es zu spät.«

Mike geleitete sie alle zur Tür. Nachdem er hinter dem letzten geschlossen hatte, kam eine hübsche dunkelhaarige Frau die breite Treppe in die Eingangshalle herunter. In ihrem Gesicht war ein leichtes satirisches Lächeln.

»Nun«, sagte sie, »hast du gewonnen oder verloren?«

»Du weißt, Mutter«, antwortete Mike, »daß solche Begriffe bei den Gruppen verpönt sind. Aber Lee hat einen auf den Deckel gekriegt.« Er musterte sie mit kritischem Blick. »Erwartest du jemand?«

Sie zuckte mit der Schulter. »Ach, einen guten Freund, Doktor Marshall. Du weißt, ich sitze nicht herum, während dein Vater sich im Weltraum herumtreibt.«

»Ja, das habe ich kapiert«, sagte er.

»Ich habe den Eindruck, daß du dich allmählich gut herausmachst, Mike«, sagte seine Mutter, während sie ihn mit schiefgelegtem Kopf betrachtete. »Wie du weißt, habe ich meine Elternrechte sehr widerstrebend zugunsten der Gruppen aufgegeben, weil ich ernste Zweifel an der Vernunft der ganzen Einrichtung hatte. Aber ich muß zugeben, daß es sich auf dich günstig ausgewirkt zu haben scheint.«

»Danke, Mutter«, sagte Mike.

Ein Schatten von Mißfallen ging über das hübsche Gesicht der gepflegten Frau. »Du bist ein wenig kälter geworden, finde ich«, sagte sie endlich, »aber wenigstens ...«

»Wenigstens bin ich dir aus dem Weg.«

Die Frau schien keinen Augenblick an die Möglichkeit zu denken, daß seine Worte eine ironische Bedeutung haben mochten. »Das ist absolut wahr. Ich muß sagen, das ist eine gute Sache an den Gruppen. Dasselbe Argument trug ich deinem Vater vor. Ich sagte ihm, es sei beinahe so wie eine ständige Gouvernante, bloß kostenlos. Wirklich«, schloß sie, »ich finde, daß die Vorteile der Gruppen ihre Nachteile bei weitem aufwiegen.«

Die Mutter winkte ihm in milder Ungeduld zu. »Nun geh an deine Schularbeit, oder was immer du zu tun hast. Henry – ich meine, Doktor Marshall sieht dich nicht gern hier im Haus herumgeistern, wenn er zu Besuch kommt. Er hat den Eindruck, daß du seine Besuche mißbilligst, obwohl ich ihm sagte, daß das absolut lächerlich sei und daß jeder von uns sein eigenes Leben führe. Wenn ich schon gedrängt werde, auf meine Elternrechte zu verzichten, dann sehe ich auch nicht ein, warum ich die Pflichten behalten sollte.«

Eine kurze Pause folgte. Das Gesicht des Jungen war angespannt. »Gute Nacht, Mutter«, sagte er. »Ich gehe in mein Zimmer; ich habe noch zu arbeiten.«

»Gute Nacht, Junge.«

Er hatte sich umgewandt und lief die Treppe hinauf. Innerhalb von Sekunden war er außer Sicht. Eine entfernte Tür fiel krachend ins Schloß.

Bald nach der Versammlung in Mike Sutters Haus rief Dolores Munroe Captain Sennes an. Sie konnte nicht wissen, daß der junge Offizier mit der hübschen blonden Frau eines lange abwesenden Raumfahrers im Bett lag. Und so war er zuerst halb geneigt, den Anruf nicht zu beantworten. Aber dann kam ihm ein Gedanke, und er schwang seine Beine aus dem Bett. »Vielleicht eine Nachricht für meinen Zimmergenossen«, sagte er. Mit diesem Gedanken hob er den Hörer ab. Aber es meldete sich Dolores, und Sennes machte sich auf einen unerfreulichen Dialog gefaßt.

Doch das Mädchen berichtete ihm nur von ihrem Gespräch mit Bud Jaeger und endete: »Ich kann mich nicht erinnern, ihn gesehen zu haben, aber zweifellos hat er uns gesehen.«

»Und was, sagtest du, will er von mir?« fragte Sennes.

»Einen Raumflug – wie Susan ihn gekriegt hat.« Dolores lachte mit einem nervösen Unterton. »Ich sagte ihm, daß du nur hübsche Mädchen an Bord nimmst. Aber er will morgen früh kommen und mit dir reden, wahrscheinlich vor der Schule. Ich dachte, ich sollte dir lieber sagen, daß er was über uns weiß. Es könnte für uns beide gefährlich werden, wenn die Gruppen davon erführen.«

Der Offizier zuckte die Achseln. »Gegen mich können die gar nichts ausrichten«, sagte er. »Aber immerhin, ich sehe das Problem ... Paß auf, ich habe eine Dauergenehmigung, die mich berechtigt, für Probeflüge zwei Personen an Bord zu nehmen. Unter diesen Umständen, und wenn ich berücksichtige, daß seine Familie in Kürze die Stadt verlassen wird, wäre es sicher nicht verkehrt, wenn ich ihm eine Freundlichkeit erweisen und ihn Mittwoch mitnehmen würde. Und am Sonntag bist du an der Reihe, wie wir vereinbart haben. Gut?«

»Klar.« Das Mädchen war erleichtert. »Gute Nacht.«

Nachdem er den Hörer aufgelegt hatte, saß Sennes eine kleine Weile still und dachte befriedigt, daß es durchaus kein unerfreuliches Gespräch gewesen war.

24

Desmond Reid erwartete Lane, als dieser aus dem Aufzug trat. Er stand lächelnd dabei, als der Flottenkommandeur in die Identifikationssperre trat. Wieder erhielt Lane ein »Alles klar« vom Sicherheitsbeamten.

»Sehr gut«, sagte Reid. »Deine Sicherheitsmaßnahmen scheinen dieses Problem gelöst zu haben. Keine K-Energie mehr.« Lane nickte, und sie gingen zusammen weiter. »Es legt den Gedanken nahe«, fuhr Reid fort, »daß wir unseren Planeten verteidigen können und daß es Hoffnung gibt.«

»Es ist wirklich ein Rätsel«, erwiderte der jüngere Mann. »Ich habe den Eindruck, daß sie mehr an Informationen über uns als an einem Kampf auf Leben und Tod interessiert sind. Was wir natürlich auch nicht wollen – den Kampf auf Leben und Tod, meine ich. Wenn wir andererseits entdecken könnten, was für Informationen sie wollen, würde es vielleicht einfacher sein, sie ihnen zu geben und dann zu sagen: ›Bitte. Und was nun?‹«

Sie waren bei der Tür von Lanes Büro angelangt. Sie blieben stehen, und Reid sagte bewundernd: »Wenn ich dich in Flottenangelegenheiten reden höre, dann habe ich immer das Gefühl, einem scharfsinnigen und kühlen Verstand zuzuhören, der sich unablässig näher an die Tatsachen heranarbeitet. Aber jetzt möchte ich dir eine Frage über ein Gebiet deines Lebens stellen, wo ich nie dieses Gefühl von Bewunderung hatte ... Was macht Susan?«

Das Gesicht John Lanes verlor schlagartig seinen gelassenen Ausdruck. Mit einem irritierten Blick in die forschenden Augen des Freundes sagte er kühl: »Ich beginne es eigenartig zu finden, daß du in dieser Sache immer wieder versuchst, mich zu bearbeiten, obwohl du weißt, daß ich kein Freund von Einmischung in meine Privatsphäre bin. Aber wenn du es unbedingt wissen willst: alles entwickelt sich planmäßig. Susan ist gegenwärtig auf Zeit aus ihrer Gruppe ausgeschlossen. Ich habe das Gefühl, daß diese kleinen Spießer sie vor Ablauf dieser Woche ganz ausstoßen werden. Sie reagieren wie programmierte Roboter. Es ist erstaunlich, aber« – er nickte selbstzufrieden – »es war wohl zu erwarten.«

Reid stand stumm da, während Lane seine Tür öffnete. Als Lane fragte: »Willst du hereinkommen?«, schüttelte der andere den Kopf und sagte ernst: »Vielleicht sollte ich ein Mitglied des Psychologenstabs vom Institut für Gruppenausbildung herüberschicken, der mit dir redet, John ...«

Er hielt inne, denn Lanes harte graue Augen zeigten keine Spur von Nachgiebigkeit. »Dez«, sagte Lane mit fester Stimme, »Susan ist meine Tochter. Mein Elternrecht ist in unseren Gesetzen verankert. Ich würde es vorziehen, wenn du es mir überlassen würdest, für ihre Zukunft zu planen.« Er lächelte finster. »Ich habe das Gefühl, daß ich, wenn mir einer dieser Psychologen begegnen würde, imstande wäre, ihm zu sagen, was ich von ihm denke, und ihm dann einen Kinnhaken zu versetzen.«

In Desmond Reids Augen war ein abwesender Ausdruck. Dann sagte er freundlich: »Nun, ich stehe den Gruppen positiv gegenüber, und so werde ich nichts mehr sagen, weil ich sehe, daß unsere Freundschaft leiden würde, wenn ich es täte. Aber sei nicht schockiert oder entrüstet, wenn du plötzlich entdeckst, daß dein kleines Spiel zu einem unangenehmen Zusammenstoß mit den Gruppen führen kann.«

Sie trennten sich. Lane ging in sein Büro, Reid wanderte nachdenklich zur nächsten Telefonzelle und rief Lee David an. Er mußte lange warten, während am anderen Ende das Telefon läutete und läutete. Endlich meldete sich Mrs. Davids lustlose Stimme und sagte, daß Lee gegen neun nach Hause kommen würde.

»Dann rufe ich später wieder an«, sagte Desmond Reid.

Er legte auf, trat aus der Telefonzelle und marschierte rasch zurück zu den Aufzügen.

In John Lanes Haus läutete das Telefon kurz nach acht Uhr. Estelle war in der Küche und las ein Magazin, während sie Kaffee schlürfte. Sie stellte die Tasse weg, stand auf und ging zur Korridortür. »Möchtest du das Gespräch abnehmen, Susan?« rief sie. Aus dem Mädchenschlafzimmer kam ein gedämpftes: »Nein!« Darauf ging die Frau selbst an den Apparat und meldete sich. Es war Lee David für Susan.

Wieder ging Estelle zur Tür. »Es ist für dich, Susan«, rief sie. »Es ist Lee.«

Es gab eine kurze Pause. Dann sagte dieselbe undeutliche Stimme: »Ich will weder mit ihm noch mit sonst jemand sprechen.«

Die Mutter schüttelte langsam und verwundert ihren Kopf und ging zurück zum Telefon. »Lee«, sagte sie ernst, »ich scheine hier ein bekümmertes und verwirrtes Mädchen zu haben. Sie will mit niemandem sprechen. Gibt es etwas Neues?« Pause. »Oh, das hat sie zu Bud gesagt? Das war sehr dumm von ihr, denn es ist nichts daran. Laß die anderen nicht zu übereilten und falschen Folgerungen kommen, hörst du, Lee? Gut, ich werde jetzt zu ihr gehen und sehen, was in ihrem Gehirn vor sich geht. Ich will versuchen, sie dahin zu bringen, daß sie morgen in die Schule kommt. Wenn sie nicht will, kannst du wieder anrufen. Gut. Auf Wiederhören.«

Die Frau legte auf, hob den Hörer jedoch gleich darauf wieder ans Ohr und wählte eine neue Nummer. Eine Frauenstimme meldete sich. »Ist dort Jaeger?« fragte Estelle. Das gedrückte kleine Wesen, das Mrs. Jaeger war, sagte am anderen Ende: »Ja, bitte, was ist?« Estelle sagte: »Hier ist Susan Lanes Mutter. Susan und Bud sind beide in einer Gruppe. Kann ich mit Bud sprechen?«

»Ja, ich glaube, ich hörte ihn kommen«, sagte Mrs. Jaeger. »Ich werde nachsehen.«

Eine Minute verging, während die Frau in das kleine Zimmer des Jungen ging. Bud saß am Tisch über seine Schulbücher gebeugt und schrieb mit Hingabe in ein Heft. »Es ist für dich, Bud«, sagte Mrs. Jaeger. »Susan Lanes Mutter.«

Der Junge stand unbeholfen auf und meldete sich kurz darauf. Am anderen Ende der Leitung sagte die blonde Frau streng: »Bud, ich möchte genau wissen, was Susan dir darüber gesagt hat, daß ihr Vater sie in eine Schule außerhalb von Spaceport schikken will.«

Ein präzises Gedächtnis gehörte ebenso wie seine telepathische Fähigkeit zu Buds Rassemerkmalen, und so konnte er Susans Worte genauso wiederholen, wie sie sie gesprochen hatte. Als er fertig war, zögerte Estelle, verblüfft über die Geschwindigkeit und Präzision seines Denkens. Dann gewann der Zweck ihres Anrufs wieder die Oberhand, und sie brachte ihren Tadel in jener diplomatisch-einschüchternden Form vor, die bei jüngeren Adressanten ein Gefühl hoffnungsloser Unterlegenheit zu erzeugen pflegte: »Bud, ich weiß, daß du noch neu in der Gruppe bist, und außerdem etwas jung – dreizehn oder vierzehn, nicht wahr? In dem Alter hat man noch viel zu lernen, und deshalb muß ich dir sagen, daß du diese Information über Susan nicht so schnell hättest weitergeben sollen. Es wird Zeit, daß du beurteilen lernst, ob eine Person, die dir etwas sagt, in einer beruhigten Gemütsverfassung ist oder nicht. Susan ist in einem solchen Zustand, seit sie auf Bewährung ausgeschlossen wurde, also solltest du nicht alles, was sie sagt, ernst nehmen. Dadurch, daß du es so schnell weitererzähltest, hast du ihr neue Schwierigkeiten gemacht, ganz unnötigerweise, weil an der ganzen Sache nichts ist. Merke dir das für die Zukunft, ja?«

Bud war, wie erwartet, zerknirscht. »Es tut mir leid, Mrs. Lane«, murmelte er. »Ich wollte keine Schwierigkeiten machen.«

»Schon gut«, sagte die Frau hastig, um den Effekt ihrer Standpauke nicht durch ein langes Nachspiel zu verwässern. »Hauptsache, du ziehst daraus eine Lehre. Wiedersehen.«

Als Bud den Hörer auflegte, sagte Mrs. Jaeger mit einer bei ihr ganz ungewohnten Neugierde: »Was wollte sie?«

Der fremde Junge mit dem Gesicht Bud Jaegers drehte sich langsam um. Am Vorabend seiner Abreise bewegte ihn seine Verwunderung über die vielen unerklärlichen menschlichen Verhaltensweisen, zu seiner Pflegemutter zu gehen und seine Hand auf ihren Arm zu legen. Er schüttelte seinen Kopf und sagte: »Ihr Leute verblüfft mich. Wie konnten die Menschen getan haben, was sie taten?« Er hielt inne. Es war nicht ganz der richtige Weg, auszudrücken, was er sagen wollte.

Zum erstenmal, seit er sie kannte, regte sich Intelligenz in den Augen der Frau. Sie setzte sich an den Tisch in der Eßecke des Wohnzimmers und blickte ihn aufmerksam an. »Was du sagst, klingt seltsam, Bud«, sagte sie, und sie runzelte die Brauen wie in einem Versuch, eine nebelhafte Stelle in ihrer Erinnerung zu durchdringen. »Aber du bist ein sehr seltsamer Junge, seit du zurückgekommen bist. Das Weglaufen … hat dich verändert. Und deine Augen sind so hell geworden. Es ist komisch.«

Der Fremde blickte sie aus Augen an, die noch heller wurden. Er sagte langsam: »Es ist eine Art von Schönheit im Fühlen und Denken der Menschen. Zuerst verstand ich es nicht, aber jetzt …« Er machte eine lange Pause. »Dieses arme Mädchen, Susan. Sie ist wirklich ganz durcheinander. Und es passierte ihr so schnell … Die Menschen sind zu empfindsam. Menschliche Kinder brauchen Hilfe, sowie etwas schiefgeht. Wenn sie diese Hilfe nicht bekommen, fangen sie an, etwas Automatisches zu tun, das sie nicht aufhalten können. Es ist, als ob ihre Intelligenz plötzlich beiseitegestoßen würde. Und danach können sie nichts weiter tun, als die automatischen Handlungen zu rechtfertigen. Bei den meisten Erwachsenen ist es nicht anders, soviel ich beobachten konnte; bloß liegt es nicht so offen.«

Im Gesicht der Frau rang etwas im Ausdruck. Bewußtheit? Aber das war natürlich nicht möglich. In diesem hypnotisierten Geist konnte der Durchbruch nicht stattfinden. Aber was geschah, war ein Bemühen, aus Wahrnehmung Einsicht zu gewinnen. Ihre Augen weiteten sich, als er aussprach, was verräterische Worte hätten sein können. Aber statt die Wahrheit zu erfassen,

160

erfuhr sie die aufwallende Wärme mütterlicher Gefühle. Diese Wärme war in ihrer Stimme, als sie sagte: »Dies ist das erstemal, Bud, daß du so etwas sagst, und ich bin sehr glücklich darüber. Es zeigt mir, daß du vielleicht die Intelligenz geerbt hast, die ich einmal hatte, bevor ich diesen Mann heiratete, weil ich dachte, er sei ein wirklich männlicher Typ und kein Weichling wie so viele andere junge Männer, die ich damals kannte. Das war mein Fehler, und er war so groß, daß ich alle Hoffnung auf mein eigenes Glück aufgab. Aber wenn du dich gut herausmachst, dann wird mir meine Last leichter.«

»Du verstehst, was ich meine«, sagte Bud. »Die Menschen sind wirklich schön. Das Leben auf der Erde ist tatsächlich voll von Einzelheiten, von Entdeckungen, nicht wahr?« Er zögerte. »Selbst Papa ist schön ... so kompliziert, so verletzlich ...«

Ein Lächeln erhellte das traurige Gesicht der kleinen Frau. »Ich fürchte, das hieße die Schönheit zu weit tragen«, sagte sie sanft. »Nun geh lieber wieder an deine Schularbeit, mein Junge.«

Bud zögerte. Er stand mit halb angewinkelten Armen vor ihr, die Hände geöffnet, als ob er mehr von seinen Gedanken in konkreter Form ausdrücken wollte. Aber er besann sich eines Besseren, denn nach einem Moment drehte er sich um und schlurfte fort in seine Kammer. Die Tür schloß sich.

Nachdem Estelle mit Bud Jaeger gesprochen hatte, ging sie schnurstracks zu Susan. Das Mädchen hörte sie kommen und war vorbereitet. Kaum hatte ihre Mutter die Tür geöffnet, begann Susan: »Mama, bitte dränge mich nicht, mit Lee oder einem der anderen zu reden. Wie mir zumute ist, kann ich nichts richtig sagen oder tun.«

»Ich kann das verstehen, Kind«, sagte Estelle begütigend. »Aber ich glaube trotzdem, daß wir uns ein bißchen darüber unterhalten sollten, was zwischen dir und Captain Sennes tatsächlich geschehen ist.«

Susan blieb still.

Ihre Mutter fuhr fort: »Du mußt zugeben, daß die zweite Überrumpelung nach einer zusätzlichen Erklärung verlangt. Du wurdest getäuscht, nicht wahr?«

»Ich weiß nicht, was du meinst«, sagte Susan abwehrend. Aber eine erste leise Röte zog in ihr blasses Gesicht.

»Was genau ist geschehen?« drängte die Frau.

Susan schwieg, und für einen Moment versteifte sich ihr Körper in einer Andeutung von Widerstand. Aber diese Phase dauerte nur Sekunden; dann seufzte sie und gab ihrer Mutter eine genaue Schilderung.

Als sie fertig war, nickte ihre Mutter und seufzte ebenfalls. »In der plötzlichen Furcht, ihn zu verlieren, hängtest du dich also an ihn.« Ihre Augen beobachteten Susans Gesicht. »War es so?« fragte sie.

»Ich kann mich wirklich nicht an solche Einzelheiten erinnern«, sagte Susan in gequältem Ton. »Ich klärte ihn das erstemal über die Regeln auf, und er schien sie gut aufzunehmen. Und beim zweitenmal packte er mich plötzlich wieder. Er ist wirklich unglaublich stark, Mama. Ich konnte mich nicht bewegen.«

Ihre Mutter lächelte in grimmiger Erinnerung. »Ich weiß. Nicht mal als Pythonschlange möchte ich mit deinem Vater ringen. Sie trainieren die Raumfahrer, damit sie das Doppelte der irdischen Schwerkraft aushalten können. Ich glaube es dir. Sobald es geschehen war, war es zu spät. Man kann nur stillhalten, bis diese Stahlmuskeln von selbst loslassen.«

»In diesem Fall«, sagte Susan, »war es Dolores' Stimme, die sie dazu motivierte.«

Ihre Mutter holte tief Atem. Es war der rechte Augenblick, Susan für das zu gewinnen, was Estelle als die logische Strategie betrachtete. Sie sprach plötzlich mit entschiedener Stimme: »Hör zu, Kind«, sagte sie. »Das ist eine Situation, in die jedes Mädchen einmal schlittern kann. Du solltest einfach beschließen, diesen Abschied als solchen zu akzeptieren, Captain Sennes und diese kleine Affäre als lehrreiche Episode in die Erinnerung zu verbannen, die Woche durchzustehen und dann wieder dein Gruppenleben aufzunehmen. Wie wäre es damit?«

»Ach, Mama«, sagte das Mädchen tränenreich, »so wie mir zumute ist, wird es nie wieder so sein, wie es war.«

»Komm schon«, sagte die Frau aufmunternd. »Du hast dabeigestanden, wenn andere Quaßler ihre Strafen bekamen, nicht wahr? Wollten sie alle die Gruppen verlassen?«

»Nein. Wenigstens haben sie es nicht getan.«

»Sind sie aus härterem Holz geschnitzt als du? Ist es das, was du sagen willst?«

»N-nein!«

Sie war offensichtlich noch immer nicht fähig, die vorwärtsgerichtete Entscheidung zu treffen. Ihre Mutter drängte in zärtlichem Ton: »Was ist denn los? Komm schon, Kindchen, sag es mir.«

»Papa«, sagte Susan unbehaglich.

»Oh!« Die Frau verstummte. Nach einer Pause fühlte sie behutsam vor. »Du willst seine Gefühle nicht verletzen?«

»Ich will, daß er mich lieb hat. Und das kann er nicht, wenn ich nicht tue, was er sagt.« Das hübsche Mädchengesicht zuckte im Bemühen, die Tränen zurückzuhalten.

»Aber er sagte dir, daß es deine Wahl sei.«

»Ach, Mama« sagte Susan. »Du weißt es besser.«

»Nun ja, das ist wahr«, gab Estelle widerwillig zu. Die Sache nahm eine Richtung, die ihr nicht gefiel. »Ich bin überrascht, einen Quaßler reden zu hören, wie du es tust. Auch Eltern müssen die Regeln zur Kenntnis nehmen.«

»Mir ist noch nie so was passiert«, sagt Susan wehleidig. »Ich fühle mich nicht mehr stark. Es ist … einfach zuviel.«

»Hör zu«, sagte Estelle. Sie machte eine vage Geste. »Ich sagte dir, daß ich heute abend mit deinem Vater reden würde. Lassen wir es einstweilen dabei, ja?«

Das verschob die Entscheidung. Susans Gesicht zeigte so viel Erleichterung und Einverständnis, daß der Augenblick günstig schien, die Unterhaltung zu beenden. Estelle stand auf. »Denke darüber nach«, sagte sie freundlich. »Beschlafe es. Und morgen früh werde ich zur gewohnten Aufstehzeit zu dir kommen, und wir werden sehen, wie die Situation ist.« Sie lächelte ermutigend. »Gut?«

Das Mädchen war augenscheinlich froh, das Gespräch beenden zu können. Es nickte und schloß die Augen.

Die blonde Frau beugte sich über das Bett und küßte ihre Tochter auf die Wange. Dann ging sie hinaus und in die Küche zu ihrer Illustrierten und dem inzwischen erkalteten Kaffee, den sie fortschüttete und durch köstlich heiße Flüssigkeit ersetzte, genau richtig in Aroma und Stärke.

Mittlerweile zeigte die Küchenuhr auf halb neun. Einige Minuten später ergriff Desmond Reid in seinem Haus das Telefon und rief Lee David an. Nach der einleitenden Begrüßung kam der Mann sofort auf den Zweck seines Anrufs zu sprechen. »Lee«, sagte er, »in meinen Gesprächen mit Susans Vater ist mir klar geworden, daß er zur Rede gestellt werden sollte. Ich denke, es genügt, wenn ihm drei Fragen vorgelegt werden. Wie ich ihn kenne, wird er alle drei wahrheitsgemäß beantworten, und damit wäre ein Punkt erreicht, wo die Gruppe ein Urteil über ihn fällen kann, das ihn hoffentlich zur Besinnung bringen wird. Ich weiß nicht, was geschehen wird. Aber etwas muß geschehen. Ich kenne Susan länger, als ihr Vater sie kennt, und ich habe sie heranwachsen sehen. Ich weigere mich entschieden, untätig beiseitezustehen und zuzusehen, wie sie Schaden leidet. Werdet ihr etwas unternehmen?«

Der junge Bursche war ein wenig aufgeregt und durcheinander, aber was Desmond Reid wollte, entsprach seinen eigenen Wünschen. Und so sagte er nach einer Pause: »Welches sind die drei Fragen, die wir nach Ihrer Meinung stellen sollten?«

Er schrieb sie auf, während Reid sie langsam diktierte, und dann sagte er: »Wenn die Gruppe dafür ist, haben Sie eine Ahnung, wie wir erfahren können, wann Kommandeur Lane morgen nach Hause kommt? Susan sagte mir, daß er keine festen Stunden hat.«

»Heute abend wird er ungefähr um elf nach Hause kommen«, sagte Reid. »Ist das zu spät?«

Lee erschrak. »Ich weiß nicht«, sagte er zweifelnd. »Ich habe noch eine Menge Hausarbeit ... nun, vielleicht kann ich es bis halb elf schaffen.« Er brach ab. »Ist das wirklich Ihr Ernst?«

»Ich habe noch nie etwas ernster gemeint«, antwortete der Mann grimmig. »Ich möchte diesem Unsinn jetzt ein Ende bereiten, wenn möglich.«

Nach einer neuerlichen Denkpause sagte Lee: »Nun, Sir, wie ich es sehe, ist das eine Art Überrumpelungstaktik, mit der wir Mr. Lane zwingen sollen, seine Karten auf den Tisch zu legen. Aber das Motiv leuchtet mir ein. Wenn Mr. Lane die drei Fragen zustimmend beantwortet, dann überführt er sich selbst. Das ist fair genug ... Ich will Ihnen was sagen: Ich werde Mike Sutter anrufen. Wenn er zustimmt, werden wir es tun.«

»Du meinst – heute abend?«

»Ja«, war die Antwort. »Und, Mr. Reid ...«

»Ja?«

»Ich glaube, wir sollten für diese Konfrontation zwei erwachsene Zeugen haben.«

»Das ist eine sehr gute Idee«, sagte Desmond Reid.

25

Drei Männer und zwei Frauen kamen kurz nach 23 Uhr aus der Schnellbahnstation. Einer von ihnen war John Lane. Als er hinter den anderen die Rolltreppe verließ, bog er nach links und ging die Straße hinauf zu seinem Haus.

Er war in Gedanken verloren und bemerkte anfangs kaum, daß auf dem Bürgersteig zwischen ihm und seinem Haus Leute waren. Weil er sie nicht mit sich selbst in Verbindung brachte und keine Angst vor Halbwüchsigen auf nächtlichen Straßen hatte, schenkte er ihnen nicht mehr Aufmerksamkeit als einer beliebigen Gruppe Menschen auf einer beliebigen Straße. Im Weitergehen sah er zwei Männer im Gespräch vertieft abseits stehen. Und das war beruhigend, nicht in dem Sinne, daß er die Jugendlichen als Bedrohung empfand, sondern weil er sie irgendwie mit den Männern in Zusammenhang brachte.

Als er näher kam, machten die Jugendlichen den Gehweg frei. Scheinbar taten sie es, um ihn vorbeigehen zu lassen. Aber wie er noch etwa drei Meter von der Gruppe entfernt war, trat ein kräftiger junger Bursche auf ihn zu und sagte: »Mr. Lane, dürfen wir kurz mit Ihnen sprechen?«

Er sagte es in einem höflichen, beinahe ehrerbietigen Ton, der nichts Herausforderndes oder Feindseliges hatte. Und Lane, der gewohnt war, mit einer gewissen Freundlichkeit zu antworten, wenn er höflich angesprochen wurde, sagte: »Wieso, selbstverständlich. Was …?«

Er brach ab. Erst jetzt wurde ihm bewußt, daß er sieben oder acht Jungen vor sich hatte, und daß ihn anstarrten. Ein erstes warnendes Gefühl drang in sein Bewußtsein. Die Möglichkeit, daß *er* die Person sein könnte, für die sie sich interessierten, erschien ihm so abwegig, daß er nach dem Anhalten verdutzt stehenblieb und lange genug in diesem Zustand verharrte, daß Lee David sagen konnte: »Sir, wir sind Mitglieder der Gruppe der roten Katzen, zu der Ihre Tochter Susan gehört, und wir möchten Ihnen drei Fragen stellen ...«

Der blonde Bursche sagte noch mehr, aber dies war alles, was Lane tatsächlich hörte. Gedanken und Bruchstücke von früheren Überlegungen zuckten durch seinen Verstand. Eine Erinnerung: was Susan beim Essen über das Zur-Rede-Stellen gesagt hatte ... Eine zweite Erinnerung: Desmond Reids warnende – oder drohende – Worte im Korridor vor seinem Büro, einige Stunden zuvor.

Das dritte geistige Ereignis war eine Erkenntnis: Er wurde von einer Gruppe zur Rede gestellt.

Sein Gesicht verdunkelte sich. Jeder Muskel seines Körpers versteifte sich. Während einer weiteren Periode von mehreren Sekunden blieb er sprachlos vor Scham über diese Erniedrigung.

Der Sprung von Scham zu eiskalter Wut kam als nächstes. Augenblicklich wurden Überlegungen und Entscheidungen in der Angelegenheit der Gruppen, die er in den vergangenen Tagen gemacht hatte, in den Vordergrund seines Bewußtseins transportiert. Unglücklicherweise schärfte die Wut sein Bewußtsein für die Bedrohung, nahm ihm aber zugleich jene weitere Übersicht, die ihm erlaubt hätte, jede Diskussion zu verweigern und nach Hause zu gehen.

Von seiner Wut in die verhängnisvolle Position vermeintlicher Stärke gedrängt, sagte er mit tödlicher Ruhe: »Was für Fragen sind das?«

»Sind Sie dagegen, daß Susan in einer Gruppe ist?«

Er konnte eine entscheidende Frage erkennen, wenn er sie hörte. Und es gab keinen Zweifel, diese traf den Kern der Sache. Für Lane war dies die Konfrontation, der Punkt, wo es kein Zurück gab. Und keinen Kompromiß. Die Krise war überraschend eingetreten. Sie war unwillkommen. Ihre Folgen waren ihm unbekannt. Aber dies war genau die Art von Situation, die ihm als Kommandeur der Flotte vertraut war. Er war sozusagen immer auf einen Kampf mit unbekanntem Ausgang vorbereitet.

So antwortete er mit einem knappen: »Ja!«

Die beiden nächsten Fragen waren: »Haben Sie bereits irgendeine Aktion eingeleitet, die Susan veranlassen wird, ihre Gruppe zu verlassen?«, und: »Haben Sie die Absicht, weiterhin zu versuchen, Ihre Tochter von der Gruppe zu trennen?«

Lane bejahte jede Frage. Er war sich inzwischen bewußt, daß die einzige Alternative zu einer bestätigenden Antwort eine Verweigerung jeder Auskunft wäre. Aber er hatte die erste Frage beantwortet und damit die Herausforderung angenommen. Etwas anderes als die trockene Wahrheit wäre ihm jetzt als schmachvoller Rückzieher erschienen.

Nachdem Lee sein letztes Eingeständnis gemacht hatte, sah er eine Bewegung aus dem Augenwinkel. Es war einer der Erwachsenen. Der Mann kam mit schnellen Schritten näher, blieb zwei Meter vor ihm stehen und sagte: »Sir, mein Kollege und ich sind die erwachsenen Zeugen Ihrer Erklärungen. Wir werden melden, daß diese Konfrontation von der Gruppe der roten Katzen gemäß den Regeln durchgeführt worden ist, und wir möchten, daß Sie dies wissen. Ich danke Ihnen.«

Nachdem er diesen Spruch aufgesagt hatte, zog er sich fast so schnell zurück, wie er gekommen war. Innerhalb von Sekunden stand er wieder neben dem anderen, etwas jüngeren Mann.

Er ließ einen verwirrten Lane hinter sich zurück. Der Flottenkommandeur bemerkte die fast offiziell wirkende Förmlichkeit des Vorgangs, und das war ein neuer Gedanke, der ihm zu schaffen machte. Er rang noch mit den Widersprüchlichkeiten des ganzen Komplexes, als der blonde Junge ihm in dreister Anmaßung ein Ultimatum stellte:

»Mr. Lane«, sagte Lee, »Sie haben bis morgen mittag Zeit, Ihre Meinung zu ändern. Guten Abend.«

Es war zuviel. Der Mann stieß hervor: »Das werdet ihr noch bereuen!« und setzte sich in Bewegung. Es ergab sich, allerdings nicht ganz zufällig, daß Albert Mayo den Gehweg blockierte. Albert war ein großer, dicker Kerl und nahm eine Menge Platz ein. Lane machte dicht vor dem ungeschlachten Jugendlichen halt und sagte durch zusammengebissene Zähne: »Geh mir aus dem Weg!«

Albert nahm unwillkürlich die Fäuste hoch. Er war der starke Mann der Gruppe und unentbehrlich, wann immer es zu Handgreiflichkeiten kam. Sein Verstand blieb hinter seinen Reflexen zurück; er registrierte nur die Bedrohung, und sein Körper nahm instinktiv Kämpferhaltung ein.

Lane war wütend. »Zur Seite!« kommandierte er, nahe daran, den Jungen zu packen und auf die Straße zu werfen.

Aus der Nähe kam Lees Stimme. »Albert ... laß Mr. Lane gehen.«

Albert entspannte sich und gab den Gehweg frei. John Lane ging weiter die Straße entlang, ohne einen Blick zurück oder zur Seite. Die männlichen Gruppenmitglieder beobachteten ihn, wie er das Gartentor erreichte und öffnete, in den Vorgarten trat, das Tor hinter sich schloß und zum Haus ging. Der Schlüssel drehte sich im Schloß. Die Tür ging auf ... fiel zu.

Im Haus angelangt, bemerkte der Mann, daß seine Hände zitterten. Er ballte die Fäuste und preßte die Zähne aufeinander, daß die Backenmuskeln schmerzten. Und er stand da, randvoll von einer nicht mehr zu überbietenden Wut.

»Bist du es, John?« rief Estelle.

Diese Stimme brachte ihm die Vorgänge des Morgens wieder in Erinnerung, als er verärgert vom Frühstückstisch aufgestanden und gegangen war, um einen Ehekrach in Susans Anwesenheit zu vermeiden. Die Erinnerung war nicht geeignet, seine Wut zu dämpfen, aber sie lenkte ihn von der eben erfahrenen Demütigung ab. Er trat vor den Spiegel und starrte in sein verkrampftes Gesicht. Er wandte sich ab und rieb Wangen und Kinn. Das Geräusch sich nähernder Schritte zwang ihn schließlich, auf die Frau zu reagieren, und als sie in die Eingangshalle kam, empfing sie ein düsterer Blick.

»Was ist los, John?« fragte die Frau. »Du siehst aus ... einfach furchtbar!«

Er dachte einen Moment daran, ihr zu erzählen, was geschehen war, doch der Impuls verging unter seinem Groll. Er erinnerte sich, daß sie auch auf der anderen Seite stand. Um ein Wiederaufleben der Auseinandersetzung zu vermeiden, schützte er Müdigkeit vor. Er fuhr mit der Hand über seine Stirn und brummte: »Nichts ist los. Ich bin müde.«

»Du armer Liebling«, besänftigte sie ihn. »Diese langen Stunden.« Sie nahm seinen Arm und zog ihn zu der Tür, durch die sie gekommen war. »Ich will dir was sagen: Ich werde dir heute abend nicht wegen Susan in den Ohren liegen, wie ich es eigentlich vorhatte. Das hat bis morgen früh Zeit. Nun. Fühlst du dich jetzt besser?«

Lanes Augen verengten sich. »Laß mich los«, sagte er kalt. »Ich habe dein Verhalten von heute früh nicht vergessen. Statt mir mit falschem Mitleid zu kommen, hättest du dir lieber ein paar selbstkritische Gedanken machen sollen. Und was Susan betrifft: Ich sehe keinen Sinn in irgendeiner weiteren Diskussion über Susan und die Gruppen, weder jetzt noch zu irgendeiner anderen Zeit. Je eher meine Tochter aus der Atmosphäre dieser Stadt herauskommt, desto besser für sie.«

Estelle war nach seinen ersten Worten von ihm zurückgewichen; dann, als die Rede auf Susan gekommen war, hatte ihre Haltung sich energisch gestrafft. Nun sagte sie: »Deine Tochter?« Sie wollte fortfahren, aber in diesem Augenblick fiel ihr Blick auf sein Gesicht.

Die ganze Wut war wieder darin. Seine Lippen waren zurückgezogen und machten seine Miene zur zähnebleckenden Grimasse. Kaltes Feuer loderte in seinen Augen. Er streifte an ihr vorbei und ging mit schnellen, entschlossenen Schritten zu Susans Zimmer. Vor der Tür, durch deren Spalten Lichtschein drang, blieb er einen Moment mit geschlossenen Augen stehen und zählte in Gedanken bis zehn. Aber als er dann seine Hand auf die Klinke legte, kam Estelle von hinten gerannt, krallte ihre Finger in seinen Arm und versuchte ihn zurückzuzerren. Lane ignorierte sie. Er öffnete die Tür, blickte in Susans erschrockene Augen und sagte: »Susan, nach reiflicher Überlegung und im Bewußtsein meiner Verantwortung habe ich heute mit dem Leiter einer der bekanntesten Privatschulen des Landes gesprochen. Er hat sich entgegenkommend bereit erklärt, dich ab kommenden Montag aufzunehmen. Es ist ein gemischtes Internat und der Universität Vassar angegliedert, für die es als Vorbereitungsstufe dient. Vielleicht ist dir bekannt, daß dort nach den letzten pädagogischen Erkenntnissen gearbeitet wird. Unterrichtsgestaltung und Lehrprogramme werden von den Schülern mitbestimmt. Es gibt freie Wahl der Fächer, individuelle Förderung und eine Bewertung der Leistungen nach dem Punktsystem, wobei die Schüler ein Mitspracherecht haben. Keine Zensuren, Klassenarbeiten und so weiter. Ich bin sicher, daß du dort eine andere, freiere Welt kennenlernen und schätzen lernen wirst.« Er holte tief Atem und fuhr fort: »Morgen früh werde ich deine Schule verständigen und dich abmelden. Gute Nacht.«

Vom Bett kam kein Geräusch. Ein angespanntes Mädchengesicht starrte zu ihm auf, das war alles.

Lane fühlte sich wieder Herr der Lage. Sein Vortrag hatte ihn zum vernünftigen Denken zurückgeführt. Er nickte seiner Tochter zu und lächelte sogar, bevor er sich umwandte und das Zimmer verlassen wollte. Er fand, daß seine Frau die Türöffnung blockierte, und blieb vor ihr stehen.

»Bist du verrückt geworden?« schrillte die Frau. »Was ist los mit dir?« Ihre Tonlage war fast eine Oktave höher als gewöhnlich.

Lane war plötzlich müde. Seine schreckliche Wut war von ihm gewichen – nicht ganz, aber hinreichend, um ihm die Nutzlosigkeit einer neuen Auseinandersetzung klarzumachen.

»Laß mich vorbei«, sagte er.

Die Frau bebte vor Zorn, aber sie ließ ihn durch. Als er die Tür geschlossen hatte und sie im Korridor standen, sagte sie erbittert: »Du weißt, wo das Fremdenzimmer ist. Das Bett dort ist gemacht. Komm nicht in mein Zimmer!«

»In Ordnung«, sagte Lane.

26

Bud Jaeger lag in der Dunkelheit seines kleinen Zimmers und lauschte den Geräuschen der Nacht, die durch das offene Fenster drangen. Die Läden davor waren geschlossen, aber durch ihre Luftschlitze fiel das Licht einer Straßenlaterne und projizierte ein waagrechtes Strichmuster auf die gegenüberliegende Wand. Bud kannte es von vielen Nächten auswendig. Im Schlafzimmer der Eltern, das im Dachgeschoß des kleinen Hauses lag, wälzte sich seine »Mutter« unruhig in dem großen alten Doppelbett. Ihre Lider zuckten, und dann öffnete sie die Augen. Sie wälzte sich auf die andere Seite, ordnete ihre Decke und blickte eine Weile starr über das leere Bett ihres Mannes hinweg zur Tür. Nach kurzer Zeit fielen ihr die Augen wieder zu.

In der Villa der Sutters geleitete Mikes Mutter ihren Liebhaber Dr. Henry Marshall die teppichbelegte Treppe hinunter zur Haustür, wo sie sich mit einem Kuß von ihm verabschiedete. Leise schloß sie dann die Tür hinter ihm und ging langsam wieder die Treppe hinauf, ihren langen seidenen Morgenmantel mit einer Hand gerafft, daß ihre zierlichen bloßen Füße zu sehen waren … Mike, wach in seinem Bett, hörte sie das Licht ausschalten und ihre Schlafzimmertür schließen. Räkelte sich faul unter seiner Decke. Schlief fast sofort wieder ein.

Lee David wachte mitten in der Nacht auf. Gedrängt von einem menschlichen Bedürfnis, kroch er seufzend aus dem Bett und tappte barfuß zur Toilette. Auf dem Rückweg sah er Lichtschein aus der angelehnten Wohnzimmertür dringen, verhielt und spähte hinein. Seine Mutter saß im Sessel unter der Stehlampe, ein aufgeschlagenes Buch auf dem Schoß. Während er sie beobachtete, wendeten die weißen, schmalen Finger eine Seite um.

Von wo er stand, konnte er einen Wecker unweit von ihr auf dem Tisch stehen sehen. Er zeigte 3 Uhr 12 an.

Lee zog sich zurück, tappte in sein Zimmer und kroch ins Bett. Schlief ein.

Es war eine Nacht, wo die wachsamen Schiffe wieder tief über der Stadt kreuzten. Unaufhörlich durchsuchten ihre hochempfindlichen Instrumente den Himmel und das Land. Sie suchten nach Signalen unbekannter Herkunft, vor allem aber nach Ausstrahlungen der K-Energie, die dem Magnetfeld der Bodenstation A-67 einen erbitterten Zweikampf geliefert hatte.

Nichts. Nicht der geringste Nadelausschlag auf irgendeiner Anzeigeskala. Die Nacht war friedlich. Die Erde drehte sich um ihre Achse. Ein weicher Wind blies zarte Federwolken vom Meer herein. Die Sterne zwinkerten.

Die Nacht nahm ihren Gang. Ein neuer Morgen zog im Osten auf; zuerst nur ein düsteres Grau, wurde er rasch heller und verkündete einen sonnigen Tag.

Im Duschbad neben dem Fremdenzimmer drehte John Lane einen Wasserhahn auf. Er wusch und rasierte sich, zog sich an. Und ging durch den Korridor zur Haustür. Als er sie aufsperrte, hörte er ein Geräusch hinter sich. Er hielt einen kurzen Moment inne. Er wußte, wer es war – wer es sein mußte. Zögernd wandte er den Kopf. Estelle war aus ihrem Zimmer gekommen und stand nun im Durchgang zur Diele.

Sie hatte ihn offenbar gehört und war hastig aufgestanden, um ihn abzufangen. Ihr Gesicht war ohne Make-up, und die Spuren der Jahre waren deutlich sichtbar. Aber obwohl Wangen und Kinn begannen, schwammig zu werden, war es noch ein hübsches Gesicht.

Mit einem kummervollen Blick fragte sie: »Ist dies das Ende?«

Die Worte mit ihrer tragischen Emotion reizten den Mann sofort. Er machte eine ungeduldige Gebärde mit seinen Händen. Er legte seinen Kopf in den Nacken und murmelte etwas, dann sagte er: »Das liegt bei dir, Estelle, nicht bei mir. Wenn du weiterhin glaubst, die Loyalität zu deinem Mann der Loyalität zu diesen – diesen Gruppen unterordnen zu müssen, dann kann es allerdings dazu kommen. Du siehst selber, wie schnell es zur Entfremdung führt.«

»Ich bin nur um das Schicksal meiner Tochter besorgt.«

»Ich auch«, sagte er. »Aber ich halte nichts davon, daß Kinder Kinder erziehen, und schon gar nicht, wenn es nach Moralvorstellungen geschieht, die jemand aus der pädagogischen Literatur des neunzehnten Jahrhunderts ausgegraben hat. Hier werden planmäßig Sexualneurotiker großgezogen. Ich glaube nicht an diese Methoden. Und wenn ich an etwas nicht glaube – dann meine ich es.«

Aber seine Frau blieb an ihr Denkschema fixiert und schüttelte bekümmert und verwundert ihren Kopf. »Ich kann nicht glauben, daß dies alles falsch sein soll. Seit bald zehn Jahren haben die Heranwachsenden einander und einige jüngere Kinder erzogen. Sie haben es nach ihren Regeln getan, und es hat niemals ernste Schwierigkeiten gegeben. Die meisten Eltern sind zufrieden und dankbar, daß es die Gruppen gibt. Sie nehmen ihnen eine Menge Arbeit ab. Und während dieser ganzen Zeit, während dieses System ausgearbeitet und vervollkommnet wurde, trieben Leute wie du sich irgendwo draußen im Raum herum.«

»Gerade weil ich fort war«, sagte Lane seufzend, »bin ich vielleicht einer der wenigen in dieser verrückten Stadt, die sich einen klaren Blick bewahrt haben.«

Estelle sagte: »Wir empfinden das System als außerordentlich praktisch und modern und zivilisiert.« Sie brach ab, als er sich achselzuckend abwandte und die Tür öffnete. »Schon gut«, sagte sie schnell. »Fangen wir nicht schon wieder an. Was hast du vor?«

»Ich gehe ins Büro«, antwortete er mißmutig.

»Kommst du heute abend zum Essen nach Hause?«

»Ja … selbstverständlich«, sagte er irritiert. »Dies ist mein Haus. Wohin sonst sollte ich gehen?«

»Gibt es eine Möglichkeit«, sagte die Frau vorsichtig, »daß wir heute abend über diese Angelegenheit diskutieren, und du bis dahin keine weiteren Schritte unternimmst, die dich unwiderruflich mit den Gruppen in Konflikt bringen würden?«

Einen Moment lang war Lane neugierig und fragte sich, wozu eine Konfrontation durch eine Gruppe führen konnte, aber dieser Augenblick der Schwäche verging rasch. »Nichts«, sagte er in finsterer Entschlossenheit, »das die Gruppen tun können, wird jemals meine Handlungen in dem, was ich für richtig halte, beeinflussen. Also lassen wir es einfach dabei. Darf ich jetzt gehen?«

»Tue nicht so, als ob du mich um Erlaubnis fragen müßtest«, sagte seine Frau ärgerlich. »In dieser Welt haben Männer immer das letzte Wort.«

»Ich muß gehen«, sagte er. »Bis heute abend.« Er verließ eilig das Haus. Seine Frau schloß leise die Tür hinter ihm.

In seinem Büro angelangt, fand Lane, daß die grundsätzliche Fragestellung sich seit dem vergangenen Tag nicht geändert hatte. Die Frage: Was sollen wir tun?

Der zuständige Senatsausschuß, dem Desmond Reid vorsaß, nahm die Haltung ein, daß etwas geschehen müsse – so meldete es ihm Andrew Scott. »Wie die Stimmung ist, werden wir nicht mehr lange hinhaltend taktieren können, Sir«, sagte er.

Der Kommandeur kräuselte sarkastisch seine Lippen. »Ich habe die Ausschußmitglieder eingeladen, als Beobachter an der Feindfahrt teilzunehmen, falls sie für einen Angriff stimmen«, sagte er. »Wie deutlich muß ich noch werden, um ihnen die Albernheit solcher Ideen vor Augen zu führen?« Er brach ungeduldig ab, zündete sich eine Zigarette an und fuhr fort: »Drei Monate lang versuchten wir die Fremden zum Kampf oder zu einem Dialog zu bringen – vorzugsweise zum letzteren. Aber sie zerstörten unsere Vorhut, und unsere Friedensmissionen wurden ignoriert. Also müssen wir abwarten, ob es uns gefällt oder nicht. Man kann das nur zwei Dutzend Male erklären; danach fängt es an, sich lächerlich anzuhören.«

Er machte eine Armbewegung, die ausdrückte, daß er den Punkt für erledigt hielt. Und wechselte das Thema. »Irgendwelche Meldungen über Mr. Jaeger?«

Sein Verbindungsoffizier und Sekretär lächelte mit einem selbstbewußten Ausdruck, der irgendwie zu verstehen gab, daß Andrew Scott stets über die neuesten Ereignisse auf jedem Gebiet im Bilde sei. »Mr. Jaeger wurde kurz nach sieben Uhr heute morgen aus dem Krankenhaus entlassen. Er fuhr von dort zu seinem Arbeitsplatz, kündigte und ließ sich seine Papiere geben. Seinen Arbeitskollegen sagte er, daß er Spaceport in einem oder zwei Tagen verlassen werde.«

»Das ist genau, was er mir ankündigte«, sagte Lane. Er ging an seinen Schreibtisch und setzte sich. Nach einiger Zeit fügte er nachdenklich hinzu: »Ich überlege, ob es irgendeinen Grund gibt, ihn an der Abreise zu hindern. Aber es fällt mir kein hinreichender Grund ein. Immerhin sollten wir wissen, wohin er verzieht. Also stellen Sie das fest, wenn es soweit ist.«

»Sehr wohl, Sir«, sagte Andrew Scott.

Gegen neun Uhr ging Estelle Lane geräuschlos zu Susans Zimmer und fand das Mädchen schlafend. Die Frau schüttelte ihren Kopf und seufzte über die vermeintliche Tragödie. Dann ging sie zurück in die Küche und zu einer Tasse Kaffee.

Da saß sie noch eine halbe Stunde später, als Susan hereinkam. Das Mädchen wirkte weniger gedrückt als am Vortag, ließ nicht zu, daß die Mutter das Frühstück bereitete, und machte sich selbst Toast. Danach kochte sie noch zwei Eier und setzte sich mit sichtlichem Genuß an den Tisch. »Ich bin ausgehungert«, sagte sie.

Estelle blieb still und beobachtete ihre Tochter hoffnungsvoll. Nach einem Ei und einer Scheibe Toast mit Butter blickte Susan auf und sagte: »Wie denkst du über gestern abend?«

»Man neigt zu Vergeßlichkeit«, antwortete die Frau. »In zehn Jahren verblaßte die Intensität der Erinnerung. Aber seit dein Vater zurück ist, drängt sie sich einem wieder auf. Und gestern abend war er wieder ganz der Herr im Haus, der zornige Patriarch in seiner subjektiven Realität.«

Susan sagte: »Mach keine Dummheiten, Mutter.«

»Was?« fragte Estelle verdutzt.

»Ich meine – zum Beispiel, daß du ihn wegen mir verläßt.«

Ihre Mutter erschrak. Schwieg eine Weile. Und dann wurde sie mißtrauisch. Sie fragte scharf: »Was willst du machen – vielleicht Selbstmord?«

»Aber Mutter, sei nicht albern.« Susan klang beleidigt.

Die Frau ließ sich nicht irre machen. »Im Regelbuch der Gruppen gibt es eine Seite über Quaßler, die mit schweren häuslichen Krisen konfrontiert werden. In dem Buch steht, daß besagte Quaßler in solchen Fällen oft zu einer tief empfundenen selbstaufopfernden Entscheidung kommen und so eine Art von Selbstmord begehen.«

»Ach, um Himmels willen, Mutter!« Das hübsche junge Gesicht war beinahe ziegelrot. »Du liegst völlig daneben. Ich habe nur entschieden, daß ich mich zusammenreißen und ein bißchen reifer benehmen muß.«

»Heißt das, daß du wieder in die Schule gehen willst?«

Susan machte ein Gesicht. »Selbst wenn ich es wollte, würde es wohl kaum einen Sinn haben, nicht? Papa hat sicherlich schon angerufen und mich abgemeldet. Oder möchtest du die Abmeldung rückgängig machen und das heute abend vor Papa vertreten?«

Estelle blickte finster auf ihre Hände. Dann sagte sie mit resignierendem Achselzucken: »Natürlich nicht. Wenn ich ihm so in den Rücken fiele – und er würde es so verstehen –, dann könnte diese Familie auseinanderbrechen.« Ihre Augen waren plötzlich naß. Sie stand schnell auf und trug ihre Kaffeetasse zur warmgestellten Kanne.

»Weißt du«, sagte Susan aufmunternd, »ich würde sowieso ungern in meine Schule hier zurückkehren. Ich wäre in einer schwierigen und peinlichen Lage, besonders, weil ich nicht schuldig bin.«

Estelle balancierte ihre aufgefüllte Kaffeetasse an den Tisch zurück. Sie hatte ihre Emotion unterdrückt, und ein Anflug von Ungeduld war in ihrer Stimme, als sie sagte: »Also, was hast du vor? Sag es mir Wort für Wort. Was willst du heute den Rest des Tages machen?«

»Ich werde wieder zu Bett gehen und dort bleiben. Ich weiß noch nicht, ob ich zum Abendessen kommen werde, wenn Papa da ist.«

»Gut, das ist heute. Und morgen?«

Das Mädchen seufzte. »Mutter, es ist schwierig genug für mich, über einen Tag im Detail nachzudenken, geschweige denn über einen zweiten.«

»Alles das sagt mir«, erwiderte Estelle, »daß morgen der entscheidende Tag sein wird. Ich hoffe, du hast nichts dagegen, wenn ich dich morgen scharf im Auge behalte und dir folge, wohin immer du gehst.«

»Du kannst das tun, wenn du willst«, sagte Susan mit Würde.

»Natürlich«, ergänzte ihre Mutter, »werde ich dich auch heute wie ein Habicht beobachten.«

Das Lächeln, das nun in Susans Züge kam, hatte ein wenig von der Gereiztheit, die gelegentlich das Gesicht ihres Vaters spannte, wenn er mit Estelle redete. Aber sie sagte nur: »Du mußt selber wissen, wie du deine Zeit verbringen willst. Ich werde jedenfalls im Bett sein und entweder lesen oder schlafen.«

»Warum willst du nicht lernen?« fragte die Frau automatisch.

Susan schaute sie an. »Vielleicht tue ich auch das. Aber du vergißt, daß ich diese Schulbücher wahrscheinlich nicht mehr brauchen werde.« Sie schob ihren Stuhl zurück und stand auf. Dann sah sie wieder ihre Mutter an und sagte lahm: »Ich gehe jetzt.«

Kurz nachdem Lane vom Mittagessen im Offizierskasino in sein Büro zurückgekehrt war, teilte ihm Andrew Scott über die Sprechanlage mit, daß ein Major Alex Mijnalen ihn kurz zu sprechen wünsche. Der Name war Lane vertraut. Obwohl er den Offizier nie persönlich kennengelernt hatte, wußte er, daß der Mann an mehreren der langen Expeditionen teilgenommen hatte und zu jenem Kreis erfahrener Schiffsführer gehörte, der das Rückgrat der Flotte war. »Sagen Sie ihm, daß er gleich kommen kann«, antwortete Lane.

Mijnalen war Minuten später zur Stelle. Sein hageres, energisches Gesicht war von einem Lächeln in unzählige Fältchen zerknittert. Er grüßte und sagte: »Ich sitze ganz in Ihrer Nähe, Sir – direkt unter Ihnen, und nur zwei Stockwerke. Manchmal habe in den Eindruck, daß mein Büro das Schalldämpfungssystem ist, das den Lärm all dieser Maschinen von Ihnen fernhält.« Sein rechter Arm wies zum Computer. »Wir vibrieren die ganze Zeit.«

Er war ein Mann Anfang fünfzig, etwas mager vielleicht, aber straff und in einer körperlichen Verfassung, die ihn jünger erscheinen ließ. Lane stand auf und begrüßte ihn mit einem stummen Händedruck, dann wartete er höflich.

»Sie werden sich fragen«, sagte Mijnalen, »warum ich Sie aufgesucht habe.« Er lächelte breit. »Nun – ich bin gekommen, um Sie im Klub willkommen zu heißen.«

Das war eine völlig unerwartete Bemerkung. »Klub?« echote Lane hilflos.

»Heute mittag«, sagte Mijnalen, »wurde Ihr Name in der Gruppenzentrale angeschlagen. Er wird dort vierundzwanzig Stunden ausgehängt bleiben. Anschließend, so bestimmen die verrückten Regeln dieser Gruppen, darf eine Person, die gegen die Gruppen eingestellt ist, keine weitere Publizität mehr erhalten. Die verschiedenen verborgenen Repressalien und Schikanen, mit denen man Gegner des Systems in die Knie zwingen will, beginnen mit dem Aushang und enden erst, wenn der Betroffene zu Kreuze kriecht.«

Lane hatte die Auslauffrist des Ultimatums nicht vergessen, das dieser unverschämte junge Bursche – Lane wurde noch immer zornrot, wenn er an den Vorfall dachte – ihm gestellt hatte. Aber als die Frist verstrichen war, ohne daß auch nur ein Anruf erfolgte, hatte er verächtlich die Achseln gezuckt. Aber nun starrte er den anderen an, und plötzlich war der Gedanke in seinem Kopf, daß dies der Grund von Mijnalens Besuch sei. War er womöglich ein Helfer und Bote der Gruppen? Mit diesem Gedanken verhärtete sich seine Miene. Vielleicht wußte dieser Major nicht, daß der Rest seiner Karriere nicht zuletzt vom Wohlwollen des Kommandeurs John Lane abhing.

Als seine Reaktion diesen Punkt erreicht hatte, fiel ihm ein, daß weder die Redeweise noch die Haltung oder der Ton des anderen zu einer solchen Funktion paßten. Lanes Verblüffung kehrte zurück. »Klub?« Diesmal sagte er es lauter und in unüberhörbar fragendem Ton.

»Ach so!« sagte der Major. »Wir Klubmitglieder informieren uns laufend über jeden Namen, der im Aushang der Gruppenzentrale auftaucht. Sodann nehmen wir mit dem Betreffenden Verbindung auf, damit er weiß, daß es andere gibt, die aus dieser oder jener Motivation heraus seine Ansichten in den umstrittenen Fragen teilen.« Er zuckte mit der Schulter. »Ich wurde schon vor fünf Jahren auf die schwarze Liste der Gruppen gesetzt, und ich habe eine Tochter mit siebzehn – nun, siebzehneinhalb. Das heißt, ich werde noch eineinhalb Jahre warten müssen, bis die Gruppen mich in Ruhe lassen – sofern wir sie nicht vorher in die Pfanne hauen.« Er grinste wieder, diesmal mit einem siegessicheren Ausdruck.

Das blendende Licht einer Erkenntnis ging Lane auf. Er sagte: »Nun, ich will verdammt sein.« Er stand kopfschüttelnd da, dann brummte er: »Offensichtlich hätte ich mir denken sollen, daß ich nicht allein bin.« Wieder eine Pause. Er fühlte eine Empfindung von Freude und Genugtuung in sich wachsen. Schließlich fragte er mit einem Lächeln: »Welches sind die Ziele des Klubs, und was haben wir Klubmitglieder zu tun?«

Major Mijnalen lachte. »Das ist nicht mit zwei Worten zu sagen, Sir, aber ich will versuchen, Ihnen einen kurzen Überblick zu geben. Ich weiß nicht, inwieweit Sie über die Aktivität und den Einfluß der Gruppen unterrichtet sind.«

»Ich weiß nicht viel darüber«, gab Lane zu, »aber was ich über die antiquierten Moralvorstellungen und die repressive Art der Erziehung durch diese Gruppen erfuhr, machte mich gleich stutzig. Irgend jemand muß es fertiggebracht haben, den Jugendlichen diesen alten Hut für neu zu verkaufen. Und nicht nur ihnen; sogar meine Frau, die ich immer für einen aufgeklärten Kopf gehalten hatte, ist Feuer und Flamme dafür.«

Der Schicksalsgenosse nickte verständnisvoll. »Sie sehen das richtig, Sir«, sagte er nüchtern. »Die Gruppen genießen hier in Spaceport massive Unterstützung durch die lokalen Behörden. Das geht so weit, daß sie gelegentlich die Funktion einer Hilfspolizei ausüben. Ihre Fürsprecher haben in den entscheidenden Gremien die Mehrheit. Selbst der hiesige Gerichtshof ist überwiegend mit Sympathisanten besetzt, wie wir leider feststellen mußten. Dies erklärt die Schwierigkeiten, auf die wir beim Kampf um unsere Rechte stoßen. Man kann sagen, daß die Gruppen heute die konservativen Kräfte und die Kirchengemeinden hinter sich haben. Da die soziale Unterschicht an diesem ganzen Konflikt kaum interessiert ist – ihre Kinder gehen meistens mit vierzehn oder fünfzehn direkt in einen Beruf und sind dem Einfluß der Gruppen somit entzogen –, haben wir nur eine relativ schmale Basis hier.«

»Das klingt nicht sehr ermutigend«, sagte Lane.

»Gewiß nicht«, stimmte der andere zu. »Aber Spaceport ist glücklicherweise nur eine Stadt unter vielen in diesem Land, und die wesentlichen Entscheidungen werden anderswo getroffen. Wir haben deshalb beim Bundesgericht Feststellungsklage wegen permanenter Mißachtung unserer verfassungsmäßigen

Rechte erhoben. Es geht ja nicht nur um das Elternrecht, sondern auch um ziemlich massive Diskriminierung und Beeinträchtigung unserer Persönlichkeiten. Parallel dazu haben wir ein zweites Verfahren gegen die Stadt angestrengt, damit ihr verboten wird, Nötigung und Erpressung unschuldiger Bürger durch die Gruppen weiterhin zu sanktionieren. Sie wurden wahrscheinlich auch durch ein Ultimatum unter Druck gesetzt, nicht wahr?«

Lane nickte. »Wie beurteilen Sie die Aussichten dieser Prozesse?« fragte er interessiert.

Major Mijnalen lächelte. »Es gibt keinen Zweifel, daß wir beide Prozesse gewinnen werden«, sagte er. »Das weiß auch die Gegenseite. Deshalb hat sie sich jetzt auf Verschleppungstaktik und indirekte Manöver verlegt. Einige einflußreiche Förderer der Gruppen versuchen die Verfahren durch Anforderung aller möglichen Gutachten möglichst lange zu blockieren. Zugleich sind sie dabei, durch politische Kanäle die Besetzung des Bundesgerichts mit ihnen genehmen Personen in die Wege zu leiten. Das wird ihnen kaum gelingen, aber wir müssen damit rechnen, daß die Verschleppungsmethoden eine Entscheidung noch in diesem Herbst verhindern werden.«

Lane sagte: »Und wie viele gibt es von uns?«

»Zur Zeit sind wir etwa eintausendfünfhundert.«

Lanes Augenbrauen gingen hoch. »Nicht sehr viel für eine Stadt mit mehr als einer Million Einwohnern«, sagte er.

»Kommandeur«, sagte Mijnalen in einem kritischen Ton, »Sie würden nicht glauben, daß es in einer Stadt wie Spaceport, wo mehr tapfere Männer versammelt sein sollten als anderswo, so viele Feiglinge gibt. Ich vermute, daß nicht wenige den Kampf zu Hause im Schlafzimmer verlieren. Es ist ein bißchen schwierig, jahrein, jahraus mit einer Frau zu sein, deren Muskeln auf jede Zärtlichkeit mit widerwilliger Anspannung reagieren, weil sie Ihren Gesichtspunkt mißbilligt.«

Das Lächeln verschwand aus Lanes Gesicht, als diese Worte gesprochen wurden. Nun erinnerte er sich, daß Estelles Muskeln genau das getan hatten, und er blickte finster.

»Dies ist eine gruppenorientierte Stadt«, sagte der Major. »Entweder man läßt sich den Fuß in den Nacken setzen – oder man schließt sich zusammen und kämpft. Wir werden es ihnen zeigen.«

Lanes Backenmuskeln wurden hart. Sein ganzer Körper straffte sich. »Ich bin dabei«, sagte er grimmig.

Mijnalen streckte ihm die Rechte hin. »Rufen Sie mich jederzeit, wenn Sie weitere Informationen brauchen. Selbstverständlich erhalten Sie von nun an unsere monatlichen Rundschreiben. Haben Sie jetzt noch die eine oder die andere Frage?«

Lane schüttelte seinen Kopf. Er hatte bereits daran gedacht, daß dieser Mann in der Lage sein würde, ihm zu sagen, welches die Folgen eines ignorierten Gruppen-Ultimatums waren. Aber er war etwas unglücklich und unzufrieden mit sich selbst, daß er sich hatte überrumpeln lassen, ohne die möglichen Konsequenzen zu überdenken. Andere Leute könnten auf den Gedanken kommen, daß ein Flottenkommandeur in solchen Situationen mehr Geistesgegenwart zeigen sollte.

Als er Mijnalen die Hand drückte, sagte Lane: »Sie scheinen sich gut gehalten zu haben – nach fünfjährigem Kampf.«

Der andere lächelte. »Ich habe mich nie besser gefühlt, Sir. Unser Sieg ist in Reichweite, sozusagen. Vor ein paar Tagen war Mr. Reid bei mir und versuchte erste Fühler in Richtung auf einen Kompromiß auszustrecken. Berücksichtigt man, daß er einer der einflußreichsten Männer auf der Gegenseite ist, so muß man schon das als einen Erfolg buchen.«

»Desmond Reid, eh?« Lane nickte sinnend. »Was haben Sie ihm gesagt?«

»Ich machte ihm deutlich, daß wir auf einem klaren Urteil bestehen werden«, sagte Mijnalen. »Daß wir nichts gegen Jugendgruppen mit freiwilliger Mitgliedschaft und ohne Machtbefugnisse gegenüber Andersdenkenden haben, aber alles bekämpfen werden, was darüber hinausgeht.«

Sie verabschiedeten sich, und Lane sah dem Major nach, bis er die Tür hinter sich geschlossen hatte. Dann setzte er sich wieder an seinen Schreibtisch. Wenige Augenblicke später war er mit den ungezählten Details beschäftigt, die einen Flottenkommandeur in seiner Arbeit kaum von einem Verwaltungsbeamten unterscheiden. Sein Eindruck war allerdings, daß der Stoß von Papieren, den er vor sich hatte, niemals wirklich kleiner wurde.

Etwa um halb vier am Nachmittag des gleichen Tages war eine aufgeregte Frauenstimme am Telefon der Gruppenzentrale. Die Stimme identifizierte sich dem Polizeisergeanten am Schreibtisch für eingehende Meldungen als eine Mrs. Jaeger. Hastig und mit gedämpfter Stimme sagte Mrs. Jaeger: »Mein Mann hat unserem Jungen, Bud, gerade verboten, das Haus zu verlassen, bis wir in zwei Tagen oder so aus der Stadt fortziehen.«

»Droht er dem Jungen mit Gewalt?« fragte der Polizeibeamte.

»Ja.«

»Hat es schon irgendwelche Handgreiflichkeiten gegeben?«

»Nein. Bud lehnt sich nicht auf. Ich melde das nur, weil Bud Pflichten in der Gruppe hat und morgen natürlich zur Schule gehen sollte.«

»Welcher Gruppe gehört er an?«

»Den roten Katzen. Wollen Sie ihnen sagen, daß . . .« Die Stimme brach ab. Ein scharfes, erschrockenes Luftholen wurde hörbar. Dann: »Auf Wiedersehen!« Die Verbindung wurde unterbrochen.

Der Polizeibeamte legte auf und machte eine Eintragung auf einem Stadtplan. Er verwendete dazu einen roten Fettstift. Und auf dem Stadtplan war zu sehen, daß es in der Gegend, wo er seine Markierung machte, mehrere andere Markierungen in Rot gab.

Nachdem er sie betrachtet hatte, blickte der Mann auf und winkte einem Mann an einem anderen Schreibtisch. »Sieh dir das mal an, Dan.«

Der andere Mann kam herüber und warf einen Blick auf die Karte, wo der Zeigefinger des Sergeanten herumfuhr. »Keine gute Woche für die roten Katzen«, kommentierte er.

27

Estelle brachte das Essen auf den für zwei Personen gedeckten Tisch und setzte sich ihrem Mann gegenüber. Während er herzhaft zulangte, rührte sie die Portion auf ihrem Teller kaum an. Schließlich sagte sie: »Es wird dich freuen, zu erfahren, daß ich einen Wochenvorrat von den Lebensmitteln eingelagert habe, die du am liebsten ißt. Dazu drei Stangen Zigaretten.«

Der Mann auf der anderen Seite des gedeckten Tisches hörte auf zu essen. »Sag das noch mal«, sagte er. Zwischen seinen Brauen stand eine senkrechte Falte.

»Ich habe es vorausgesehen«, sagte seine Frau, »und kaufte heute morgen für sieben Tage von den Dingen ein, die du am liebsten ißt.« Sie hielt inne und berichtigte sich. »Das heißt, von den Dingen, die du vor zehn Jahren gern zu essen pflegtest, soweit ich mich dunkel an sie erinnerte.«

Nun legte John Lane Messer und Gabel behutsam auf seinen Teller und starrte seine Frau an. »Für eine normalerweise brillante Unterhalterin«, sagte er, »ist das ein Satz von Feststellungen, der mir den Atem verschlägt.«

»Du meinst, du weißt es nicht?« Ihre Augen glänzten. Sie hauchte die Worte beinahe.

»Was soll ich wissen?« Lane begann die Geduld zu verlieren. Er klang ärgerlich.

»Sie müssen dich gestellt haben«, sagte sie. »Sie würden es nicht getan haben, ohne dich zuvor zur Rede zu stellen.«

Es war die unerwartete Bemerkung. Die Möglichkeit, daß ihr Dialog einen Zusammenhang mit den Gruppen haben könnte, war ihm nicht in den Sinn gekommen. Die Überraschung brachte eine Reaktion. Sein Gesicht fühlte sich plötzlich heiß an.

»Du wirst knallrot«, sagte die Frau triumphierend und unbarmherzig. »Das berechtigt mich zu einer scharfsinnigen Vermutung. Es geschah gestern abend, bevor du nach Hause kamst, die nackte Wut im Gesicht. Habe ich recht?«

Der Mann zögerte. Eine direkte Lüge war ihm unmöglich, und so machte er an diesem Punkt sein erstes Eingeständnis. »Da war irgendeine Bande von Halbstarken, die draußen wartete.« Er sprach die Worte mit der genau richtigen beiläufigen Gleichgültigkeit. »Ich schenkte ihrem Geschwätz keine Aufmerksamkeit. Willst du andeuten, daß das, worüber du hier redest, damit zusammenhängt?«

»Du wurdest zur Rede gestellt«, sagte sie. »Die Gruppe stellte dir ein befristetes Ultimatum. Du hast es verstreichen lassen. Also wirst du auf eingeschränkte Diät gesetzt, sobald unser gegenwärtiger Lebensmittelvorrat ausgeht. Und keine Zigaretten mehr.«

Der Mann nahm die Eröffnung als einen Spaß auf; dieser Unsinn konnte nicht ernst gemeint sein. Er bemühte sich, auf den

Scherz einzugehen, und sagte: »Ich werde als Ersatz für die Zigaretten deinen Kaffee trinken.«

»Auch keinen Kaffee mehr«, war die Antwort. »Er wird als ungesund und überflüssig angesehen.«

Lane strich sein Kinn. Es war eine stereotype Handlung von ihm, wann immer er gegen aufkommenden Zorn kämpfte. Und jetzt kämpfte er.

»Willst du mir erzählen«, sagte er nach längerer Pause, »daß die Lebensmittelhändler, Restaurants und Tabakkioske von Spaceport mit den Gruppen in einem System erpresserischen Nahrungsentzugs zusammenarbeiten?«

»Es ist nicht genau Nahrungsentzug«, erläuterte Estelle sorgfältig. »Man gestattet dir eine logische Diät für Männer deiner Kategorie. Die notwendigen Vitamine, Mineralstoffe und Proteine werden dir nicht vorenthalten. Natürlich wirst du ein wenig Gewicht verlieren, und die Mahlzeiten werden nicht so gut schmecken.«

Der Mann schwieg einen Moment, dann murmelte er, mehr zu sich selbst: »Das also gehört zu den Repressalien, von denen Mijnalen heute sprach.« Seine Augen blickten nachdenklich an ihr vorbei. »Ich will verdammt sein!«

Plötzlich wanderte sein Blick zu ihr und wurde bohrend. »Hör mal«, sagte er mit gefährlicher Ruhe, »dieses System kann ohne deine Mithilfe nicht funktionieren, es sei denn, sie schicken dir täglich einen Topfgucker ins Haus. Willst du dich zum Werkzeug dieser schmutzigen Erpressung machen lassen?«

»Die Gruppen schreiben es vor«, sagte Estelle, deren Züge von leichtem Rot überhaucht waren, »und ich finde die Maßnahme vernünftig.«

Der Mann preßte einen Moment seine Lippen zusammen. »Was geschieht mit dir und Susan?«

»Wir können in Restaurants essen, aber wir werden es wahrscheinlich nicht tun. Wir sind nicht an die eingeschränkte Diät gebunden, aber ich bin verpflichtet, dich auf die vorgeschriebenen Rationen zu setzen.«

»Mit anderen Worten, ich soll hier bei meiner Gefängniskost sitzen, während ihr euch vor meinen Augen mit Delikatessen vollstopft?«

»Keine Angst, so kraß wird es nicht sein«, sagte seine Frau beschwichtigend. »Wie ich sehe, werden wir oft das gleiche essen wie du.«

Lane lehnte sich zurück und trommelte mit den Fingern auf die Tischdecke. Er dachte an das, was Major Mijnalen ihm am Morgen erzählt hatte, und die Aussicht auf ein baldiges schmähliches Ende dieser erpresserischen Konspiration verschaffte ihm ein Gefühl von Befriedigung, das mäßigend auf ihn wirkte.

Während er so dasaß, studierte sie ihn aus plötzlich verengten Augen. »Ich kann sehen, daß du irgendeinen Plan entwickelst. Deine Augen haben sich verändert.«

Er gab ihr einen frostigen Blick. »Ich überlege nur, wie ich mit einer kriminellen Konspiration fertigwerden kann, ohne meine Aufmerksamkeit von wichtigeren Dingen abzuziehen ... Aber paß auf: Angenommen, die Lebensmittelgeschäfte in Spaceport wollen aus Furcht vor Repressalien nicht mehr an John Lane verkaufen. Angenommen ferner, du besinnst dich doch noch, daß du deinem Mann und deiner Ehe mehr Loyalität schuldig bist als dieser Mafia von Jugendlichen. Dann könnten wir unsere Lebensmittelvorräte außerhalb von Spaceport einkaufen und in die Stadt bringen.«

Sie schüttelte ihren Kopf. Ihre Augen leuchteten vor Befriedigung. »Sie würden am Kontrollpunkt beschlagnahmt.«

»Das ist doch nicht dein Ernst!« Er war verblüfft.

»Die Gruppen sind eine offizielle Einrichtung«, sagte die Frau triumphierend. »Das ist es, was ich dir die ganze Zeit klarzumachen versuche. Aber niemand kann mit John Lane über etwas reden, worüber er sich eine feste Meinung gebildet hat.«

Der Mann hörte ihre letzten Worte kaum. Er überlegte, wie er ihr weitere Informationen entlocken könnte, ohne daß sie es merkte. Nach kurzer Pause sagte er mit einem Achselzucken: »Es ist einfach. Wenn mir danach ist, fahre ich vor die Stadt und esse eine anständige Mahlzeit in einem Restaurant.« Er blickte sie lauernd an. »Sag bloß, das sei auch verboten.«

Seine Frau seufzte. »Sobald du auf der Liste stehst«, sagte sie, »mußt du einen legitimen Grund angeben können, wenn du Spaceport verlassen willst. Kannst du das nicht, weisen die Polizeiposten dich zurück.« Obwohl sie das Gewitter in seinem Gesicht aufziehen sah, riskierte sie einen zusätzlichen Affront: »Als Flottenkommandeur kannst du dir wahrscheinlich Gründe für das Verlassen der Stadt ausdenken, die niemand in Frage stellen wird. Aber um dir die Wahrheit zu sagen, ich kann mir nicht vorstellen, daß du, ein ehrlicher Mann, dir selbst eine Serie von falschen Orders ausstellen würdest.«

»Sehr interessant«, sagte der Mann. »Häftlingskost und Beschränkung meiner Bewegungsfreiheit. Entzug des Elternrechts und öffentliche Diskriminierung. Was gibt es sonst noch?«

Als seine Frau nichts sagte, fuhr er fort: »Wenn ich Susan zu ihrer neuen Schule bringen werde, wird man uns vermutlich nicht aus der Stadt lassen, wie?«

Estelle blickte auf und musterte ihn forschend. Dann antwortete sie lächelnd: »So ist es.«

»Hm!« sagte Lane. Der Rest der Mahlzeit wurde schweigend verzehrt. Wenn Estelle aufblickte, starrte sie auf die Wand hinter ihrem Mann. Er hob seinen Blick nicht vom Teller. Einmal, als er kurz von unten zu ihr blickte, war ein Ausdruck im Gesicht seiner Frau, der verdächtige Ähnlichkeit mit einem unterdrückten Lachen hatte. Der Ausdruck verschwand, sowie sie sich von ihm beobachtet wußte.

Aber gegen Ende der Mahlzeit war er wieder da. Und als er sie diesmal mißbilligend ansah, konnte sie ihre Heiterkeit nicht länger zügeln. Sie begann mit einem Kichern, und dann schnellte ihr Gelächter in eine hysterische Tonlage empor. Er legte Messer und Gabel auf seinen Teller und blickte sie kopfschüttelnd an. Sie lachte, daß ihr ganzer Körper sich schüttelte. Er sagte scharf: »Estelle!«

Das half. Sie wurde ruhiger und sackte zurück gegen die Stuhllehne. Als sie wieder sprechen konnte, sagte sie, noch immer nach Luft schnappend: »Der alte Dickkopf hat seine Lektion bekommen – das war es, was mir plötzlich so ungeheuer komisch vorkam.

»Dir wird das alberne Lachen noch vergehen«, entgegnete er ärgerlich.

»Ich kann mir nicht helfen, John«, sagte sie, in erneutes Glucksen ausbrechend, »aber ich finde, daß sie den richtigen Mann gefunden haben. Tut mir leid, aber das ist meine Wahrheit.«

Lanes Haltung straffte sich. Er hob seinen Kopf, und in seinem Blick war Entschlossenheit. »Dann sollst du auch meine Wahrheit hören«, sagte er in plötzlich schneidendem Ton. »Es wird dir erspart bleiben, Gefängnismahlzeiten für mich zu kochen, weil ich künftig im Offizierskasino essen werde. Dort kann ich haben, was ich will – auch Getränke und Zigaretten.

Was Susan anlangt, so werde ich sie am Montag mit einer Militärmaschine aus der Stadt bringen. Denke nicht, es zu verhindern, indem du die Gruppen alarmierst; ich werde eine Eskorte Militärpolizei bestellen. Wenn ihr glaubt, einen John Lane erpressen zu können«, schloß er, »dann werdet ihr noch die eine oder die andere Überraschung erleben.«

Er stand auf und stieß seinen Stuhl zurück. Ohne ihr Gelegenheit zu einer Erwiderung zu geben, sagte er: »Ich werde auch die nächste Zeit im Fremdenzimmer schlafen. Es ist offensichtlich, daß ich gegenwärtig keine Frau im eigentlichen Sinn des Wortes habe.«

Er wandte sich um und ging rasch hinaus und durch den Korridor zum Gästezimmer. Eine Tür fiel zu.

Eine benommene und deprimierte Estelle stapelte Teller und Gläser in den Geschirrspülautomaten, als das Telefon läutete. Es war Lee David.

»Tut mir leid, Lee«, sagte die Frau. »Ich weiß nicht, was geschehen wird. Mein Mann gibt nicht nach. Susan scheint heute etwas munterer zu sein. Mehr kann ich im Augenblick nicht sagen.«

Lee, der im Wohnzimmer seiner Mutter saß, wollte wissen, ob Susan am nächsten Tag zur Schule kommen würde. Als er eine negative Antwort erhielt, sagte er: »Sagen Sie ihr, daß man in allen Situationen ein gutes Gruppenmitglied sein muß. Werden Sie das tun?«

»Ich werde es ihr sagen«, antwortete Susans Mutter mit tonloser Stimme.

Lee drückte auf die Unterbrechertaste und rief dann Mike an. Das Signal schrillte in Mikes leerem Zimmer und summte gleichzeitig in einem kleinen Gerät, das Mike an seinen linken Unterarm geschnallt hatte. Er stand mit drei anderen Jungen vor dem Jaegerschen Haus und sprach mit Mrs. Jaeger.

Mike drückte auf den Knopf und hielt das winzige Funktelefon an seinen Mund. »Mike Sutter«, sagte er.

»Hier Lee«, meldete sich der andere. Die Stimme kam klar und laut aus dem kleinen Mikrophon. »Wie sieht es aus?«

»Mrs. Jaeger ist rausgekommen«, sagte Mike, »und wir machen

ihr gerade die Regeln für Leute klar, die aus der Stadt fortziehen wollen. Ich habe ihr gesagt, daß Bud morgen zur Schule muß, egal, was sein Alter dazu sagt, und daß wir ihn um halb acht abholen werden. Sie hat versprochen, alles das ihrem Mann zu sagen.«

Lee sagte: »Dann haben wir heute nichts mehr zu tun, und ihr könnt nach Hause gehen. Klar?«

»Klar«, sagte Mike.

»Hat es Dampf gegeben?«

»Nein. Sie sagt, Bud habe sich gefügt.«

»Klar«, sagte Lee und legte auf.

Und Mike drückte wieder auf den Knopf und unterbrach die Verbindung seinerseits. Er wandte sich an die Frau, »Mrs. Jaeger«, sagte er, »sollte bis morgen früh etwas schiefgehen, rufen Sie Lee David oder mich an. Werden Sie das tun?«

Die Frau nickte. Ein gespannter, furchtsamer Ausdruck war in ihrem Gesicht. »Es wird schwierig sein«, murmelte sie, »aber mein Mann erlaubte mir, herauszukommen und mit euch zu reden. Und ich werde noch mal mit ihm sprechen. Ich will nicht, daß dem Jungen was passiert.«

Mike sagte: »Wenn Ihr Mann morgen früh Schwierigkeiten macht und uns nicht einlassen will, dann sehen Sie zu, daß die rückwärtige Tür offen ist. Klar?«

Mrs. Jaeger versprach es. Die vier Jungen standen auf der Straße und sahen zu, wie die ärmlich gekleidete Frau ins Haus zurückkehrte. Nachdem sie die Tür geschlossen hatte, warteten die Gruppenmitglieder weitere fünf Minuten. Nach Ablauf dieser Frist gab es noch immer kein Zeichen, das auf ungewöhnliche Vorgänge im Haus schließen ließ.

Mike sagte: »Los, Männer, Schicht für heute.«

Die vier trennten sich. Ein Junge überquerte die Straße. Ein zweiter nahm dieselbe Richtung, blieb aber auf der Straßenseite, wo sie waren. Mike und Albert gingen in der Gegenrichtung bis zur nächsten Ecke, wo Mike rechts und Albert links abbog.

Im Schlafzimmer der Jaegers hatte die Frau inzwischen ihren Bericht über das Gespräch mit den roten Katzen erstattet. Len Jaeger lag auf dem Rücken im Bett und hörte zu. Er war bis auf seine Schuhe voll angekleidet. Seine Augen starrten zur Decke.

»Nichts da«, grollte er. »Diese kleinen Bastarde haben mich beinahe umgebracht.« Er stemmte seinen Oberkörper mit den

187

Ellenbogen hoch. »Und weißt du, was mir auf der Polizei gesagt wurde, als ich Anzeige gegen den Halunken erstatten wollte, der mir das Bein gestellt hatte? Sie nannten mich einen Lügner und hielten mir ein Protokoll vor die Nase, das diese Gruppe selber fabriziert und in ihrer Zentrale abgeliefert hatte. Danach soll ich über die Schwelle gestolpert und von selbst hingefallen sein!« Er schnaubte. »Aber ich werde mich nicht von einer Gangsterbande kleinkriegen lassen. Die Umzugsfirma kann uns erst übermorgen einen Wagen schicken, aber ich nehme die Haltung ein, daß wir morgen umziehen. Und wir brauchen den Jungen zum Packen, oder vielleicht nicht? Also bleibt es dabei. Und ich habe eine alte Schrotflinte da drinnen« – er machte eine Kopfbewegung zum Kleiderschrank –, »die sagt, daß sie ihre Nasen lieber in ihre Schulbücher stecken sollten, statt in meine Angelegenheiten.«

»Aber Len«, sagte Mrs. Jaeger bittend. »Sie haben die Macht, und es sind doch nur noch zwei Tage. Willst du uns ganz ins Unglück stoßen? Wenn du nur ein bißchend Verantwortungsgefühl für uns hast, wirst du dich nicht wieder mit ihnen anlegen. Sieh doch, wie es dir ergangen ist! Und vergiß nicht, deine Härte hat Bud schon einmal von uns fortgetrieben. Und die Zeit in der Fremde hat ihn ganz verändert. Er ist nicht mehr derselbe.«

»Ja«, sagte der Mann mit Befriedigung. »Er merkte, daß es draußen in der Welt nicht so einfach war, nicht? Brauchte plötzlich wieder den alten Mann, weil er in der Patsche saß. Gut, ich nahm ihn wieder auf. Ich gebe ihm, was er braucht, aber dafür verlange ich Disziplin und Gehorsam. Wenn er alt genug ist, für sich selbst aufzukommen, dann kann er tun, was er will. Aber bis dahin soll er richtig aufwachsen, und ich habe die Pflicht, darüber zu wachen. Ich will nicht, daß er sich dummes Zeug in den Kopf blasen läßt, basta!«

Als er geendet hatte, sah er, daß die Frau den Mund öffnete. Jaeger schnitt ihr das Wort ab. »Ich will nichts mehr davon hören! Das ist genug!«

Am folgenden Morgen schlich Susan kurz nach sechs auf Zehenspitzen aus ihrem Zimmer und durch den Korridor ins Arbeitszimmer ihres Vaters. Sie schloß leise die Tür hinter sich und lief zum Telefon. Sie war zum Ausgehen angezogen. Noch im Stehen wählte sie eine Nummer, und während sie das Telefon am anderen Ende läuten hörte, ließ sie sich in den Sessel sinken.

Peter Sennes und sein Zimmergenosse erwachten gleichzeitig vom Schrillen des Telefons. Sennes war schläfriger als sein Freund, und so meldete sich dieser.

»Hallo?« Pause, dann: »Augenblick.« Er deckte mit der einen Hand das Mikrophon zu, während er mit der anderen zu Sennes winkte. »Für dich«, sagte er. »Susan.«

Der Captain richtete sich im Bett auf, reckte seine Arme, rieb sich die Augen und nahm dann den Hörer. »Hallo, Susan«, sagte er. »So früh?« Er grinste.

Susan kauerte vornübergebeugt und schirmte den Hörer mit ihrer Linken nach außen ab, damit das Geräusch ihres Sprechens so wirksam wie möglich gedämpft würde. »Peter«, sagte sie mit leiser Stimme. »Hast du mich vermißt?«

Sennes' Brauen gingen hoch. »Sehr«, sagte er, nicht ganz wahrheitsgemäß.

»Ich dich auch, Peter«, hauchte die Mädchenstimme ins Telefon. Sie zögerte, setzte zum Sprechen an, brach wieder ab, überwand ihre Hemmung. »Peter«, sagte sie, »wirst du mich heiraten?«

Der junge Offizier war mittlerweile wach, sachlich, freundschaftlich, hatte sich völlig unter Kontrolle. »He!« sagte er. »Nicht so schnell. Was ist los?«

Selbst ein zärtlicher Widerstand war für das Mädchen fast zuviel. »Ich habe dir eine höfliche Frage gestellt«, sagte sie mit unsicher zitternder Stimme. »Ja oder nein?«

»Können wir darüber reden?« sagte Sennes. »Sag mal, warum kommst du nicht zum Flugfeld hinaus und frühstückst mit mir in der Fliegerkantine? Du weißt, ich muß heute meinen Routine-Testflug machen.«

»Ich weiß«, antwortete die leise, angespannte Stimme. »Ich möchte, daß du mich mitnimmst. Wir können uns vom Militärgeistlichen auf Tombaugh trauen lassen. Es ist schon oft gemacht worden.«

Selbst für einen erfahrenen Schürzenjäger war das Ganze ein bißchen rasant. Und Sennes zögerte. Nach einigen Momenten begriff er jedoch, daß die Verzögerung seiner Antwort einen verheerenden Effekt haben könnte, und er sagte hastig: »Der Grund, daß ich ein bißchen überlege, ist, daß ich für heute schon einen Passagier habe ...« Seine Miene klärte sich, als die Ent-

189

scheidung sich einstellte. »Aber du kannst ruhig auch mitkommen, weißt du. Kein Problem. Ist dir das recht?«

»Ich glaube.« Einen Augenblick war sie unschlüssig. Dann schluckte sie und sagte ernst: »Es muß sofort sein, Peter. Wir müssen gleich heiraten. Heute noch.«

»Ich erwarte dich an der Schnellbahnstation beim Flugfeld – wie letzten Sonntag«, sagte Sennes. »Und zwar in« – er blickte auf seine Armbanduhr und machte eine Grimasse, als er die Zeit sah – »in ungefähr vierzig Minuten.«

»Ich werde dort sein, Peter«, sagte Susan.

Der Mann hörte das Klicken der Unterbrechertaste am anderen Ende. Als er selbst den Hörer auflegte, machte er das gewohnte Siegeszeichen mit Daumen und Zeigefinger zum Kreis geformt. Er sagte: »Die kleine Susan möchte übers Heiraten reden.«

Sein Freund schüttelte in widerwilliger Bewunderung den Kopf. »Und niemand kann so übers Heiraten reden wie du.«

Im väterlichen Arbeitszimmer schrieb Susan hastig eine Notiz mit folgendem Text:

Liebe Mutter und Papa,
wenn Ihr diese Zeilen lest, werde ich Mrs. Peter Sennes sein. Es tut mir leid, daß ich es so heimlich machen muß, aber ich weiß, Ihr werdet es verstehen. Es ist das Beste so. Wünscht mir Glück.

Eure liebende Tochter
Susan

Sie legte Ihren Brief auf die Hausbar, gelangte auf Zehenspitzen aus dem Haus und lief die Straße hinunter zur Schnellbahnstation.

28

Kurz vor halb acht hatte sich die Gruppe der roten Katzen – Mädchen und Jungen – vor dem Jaegerschen Haus versammelt. Bei ihnen war ein erwachsener Zeuge. Pünktlich um halb acht ging dieser, ein Mann namens Gregory Bonge, zur Haustür und läutete. Lange blieb es still, dann wurde hinter der Tür eine grobe Männerstimme hörbar.

»Sagen Sie diesen Kindern, sie sollen verschwinden. Bud kommt nicht raus, und sie kommen nicht rein. Und wenn sie es trotzdem versuchen, dann habe ich eine geladene Schrotflinte und die Taschen voll Patronen. Wer bei mir einbricht, kriegt die Ohren weggeblasen.«

Der Zeuge kehrte zur Gruppe zurück und meldete, was er gehört hatte. Er endete: »Leute, dies sieht nach einem schweren Fall aus. In Anbetracht aller Umstände – wenn die Jaegers tatsächlich in zwei Tagen oder so die Stadt verlassen – empfehle ich euch, die Sache auf sich beruhen zu lassen und euch zurückzuziehen. Ferner würde ich euch vorschlagen, daß wir die Polizei verständigen und ihre Instruktionen abwarten.«

Bevor Lee etwas sagen konnte, schoß zornige Röte in Mikes Gesicht. Leidenschaftlich platzte er heraus: »Das lassen wir diesem Kerl nicht durchgehen, oder?«

Alle Gesichter waren sofort gespannt. Doch als Lee fragend in die Runde blickte, gab es keinen Zweifel: sie stimmten zu. Mikes Worte hatten die allgemeine Meinung ausgedrückt. Kein Nachgeben.

»Trotzdem, der alte Scheißer hat nicht alle beisammen«, sagte einer der Jungen. »Ich finde, wir sollten die Zentrale anrufen und für alle Fälle den Sicherungswagen anfordern.«

»Das machen wir«, sagte Lee.

Von Bud war nichts zu sehen und nichts zu hören. Im Haus war es völlig still. Ungefähr acht Minuten später kam ein größerer Lieferwagen die Straße entlang und hielt gegenüber dem Haus. Er hatte einen kastenförmigen Aufbau mit Schiebetüren und war mit Reklame für Milchprodukte bemalt. Es ergab sich, daß Lee in der Nähe auf dem Bürgersteig stand. Nun schlenderte er langsam weiter und kam vorübergehend hinter dem Lieferwagen außer Sicht. Einer der beiden Polizeibeamten im Wagen öffnete die Schiebetür auf Lees Seite einen Spalt breit und sagte: »Ihr könnt anfangen. Wir geben euch Feuerschutz.«

»Klar, Henry«, sagte der Junge.

Gleich darauf kam er hinter dem Wagen heraus und überquerte die Straße zur Gruppe. Er sagte: »Marianne, du gehst an die Tür und stellst Jaeger das Ultimatum, egal, ob er aufmacht oder nicht. Klar?«

Das Gesicht der Fünfzehnjährigen wurde auf einmal blaß und

schmal. Sie streckte furchtsam eine Hand aus und berührte Mikes Arm. Mikes verkniffenes Gesicht entspannte sich ein wenig. Er legte seine Hand auf ihre Schulter und drückte sie kurz und ermutigend. Dann zog er die Hand wieder zurück. Er nickte ihr zu. »Geh schon«, sagte er. »Niemand schießt auf Mädchen. Deshalb brauchen wir dich.«

»Komm mit, Mike«, drängte Lee. Er blickte zu den anderen und sagte: »Ihr wißt, was ihr zu tun habt. Macht euch fertig.«

Darauf gingen er und Mike eilig fort. Sie marschierten bis zu einem Punkt, wo man sie vom Jaegerschen Haus nicht mehr sehen konnte, überkletterten den Zaun eines anderen Hauses und rannten zum rückwärtigen Ende des Grundstücks. Nachdem sie drei weitere Zäune überklettert hatten, waren sie im Hof des Jaegerschen Hauses. Lee zog eine Gaspistole, während Mike, zwei Schritte vor ihm laufend, die Küchentür ansteuerte. Wie sich zeigte, hatte Mrs. Jaeger seine Aufforderung befolgt und die Küchentür nicht abgesperrt.

Sekunden später standen die zwei jungen Burschen in der leeren Küche. Während Mike vorsichtig die innere Tür zum Hausgang öffnete, brachte Lee die Gaspistole in Anschlag, um ihn zu decken. Und so, einer dicht hinter dem anderen, schlichen sie durch den halbdunklen Hausgang nach vorn.

Bud Jaeger hatte unterdessen einen hochgradig nervösen Zustand erreicht. Als die Gruppenmitglieder vor dem Haus erschienen waren, hatte sein Ziehvater ihn in sein Zimmer geschickt und gesagt, daß er sich darin aufzuhalten habe, bis er selbst ihn heraushole. Um neun Uhr aber sollte er für den Raumstart mit Captain Sennes – und seine Flucht von der Erde – bei einem der Hangars sein. Len Jaegers unnachgiebige Haltung gegenüber der Gruppe, bisher eine ausgezeichnete Abschirmung und ein wertvoller Schutz für den fremden Jungen, begann jetzt den Fluchtplan zu gefährden.

Durch die angelehnte Tür seines Zimmers konnte er Len Jaeger mit der Schrotflinte in den Händen an der Haustür stehen und durch das Guckloch spähen sehen. Aber es ereignete sich nichts, und Bud trat hinter die Gardine seines Fensters und beobachtete das Geschehen auf der Straße. Er sah Lee und Mike fortgehen, und bald darauf öffnete Marianne die rostige Gartenpforte und kam auf dem unebenen, geborsteten Plattenweg auf das Haus zu. Dann geriet sie in den toten Winkel seines Fensters, und er konnte sie nicht mehr beobachten.

Als er das Mädchen kommen sah, folgte Len Jaeger einer unklugen Eingebung. Er öffnete die Tür einen Spalt breit und steckte den Lauf der Schrotflinte durch, um denen draußen zu zeigen, daß er keine leeren Drohungen ausgestoßen hatte. Zugleich wollte er dem Mädchen sagen, es solle sich davonmachen, und dann die Tür wieder zuschlagen.

Seine Frau mißverstand die Bewegung. Als Len Jaeger seine Waffe durch den Türspalt schob, sprang sie entsetzt auf und lief zu ihm. Der Mann hörte sie kommen, und als sie ihn packte und von der Tür fortzerren wollte, stieß er sie mit der Linken zurück, daß sie taumelnd das Gleichgewicht verlor und fiel. Im nächsten Moment saß sie in der Diele auf dem Boden, zeternd und den Mann beschimpfend.

Für Bud waren es Sekunden der Verwirrung. Als Mrs. Jaeger ihren Mann angegriffen hatte, war er aus seinem Zimmer gekommen, um das momentane Durcheinander zu nützen und durch die Küche zu verschwinden.

Aber der Mann hatte die Bewegung aus den Augenwinkeln gesehen und knurrte mit einer halben Drehung seines Kopfes: »Du bleibst in deinem Zimmer, Bud!«

»Aber Vater«, stammelte Bud, »du kannst doch nicht auf ein Mädchen schießen!«

»Still!« Len Jaeger schob die Flinte wieder durch den Türspalt und spähte hinaus.

Für Bud sah es wie der entscheidende Augenblick aus. Er war noch nicht lange genug in der Gruppe, um zu wissen, daß dies für die roten Katzen keine neuartige Situation war, und daß sie eine Technik für solche Fälle hatten. Selbst die Methode, wie Marianne sich der Tür näherte, war berechnet: Wollte Jaeger sie im Blickfeld behalten, mußte er die Tür weit öffnen. Zugleich diente ihr Manöver dem Zweck, Len Jaegers Aufmerksamkeit zu fesseln, während Lee und Mike von hinten ins Haus eindrangen.

Bud wußte von alledem nichts; er fühlte, daß es an ihm sei, ein Unglück zu verhindern. Es war eine große Verantwortung, zu groß für einen Jungen, menschlich oder nichtmenschlich. Wie er vorwärtsrannte, ließ der Ernst der Situation ihn die komplizierte schauspielerische Leistung, Bud Jaeger zu sein, vergessen.

Das erste Versehen waren seine Arme. Die Tentakel, die den verblüfften Mann wie Stahlkabel umschlangen, hatten im Augenblick des Angriffs keine Ähnlichkeit mit menschlichen Armen und Händen.

Len Jaeger war völlig überrascht. Er verteidigte sich mit einem instinktiven Krümmen und Zurückwerfen des Oberkörpers. So warf er Bud, der an seinem Rücken hing, buchstäblich von sich ab. Doch die dazu nötige Anstrengung hatte verhängnisvolle Folgen. Die Schrotflinte in seinen Händen wurde seitwärts hochgerissen und stieß die Tür weit auf. Nachdem er sich von den pythonartigen Armen seines »Sohnes« befreit hatte, taumelte er unwillkürlich vorwärts über die Schwelle. Weil er die Waffe noch immer in den Händen hielt, hatte es den Anschein, als wollte er einen wütenden Ausfall gegen seine Belagerer machen.

Die beiden Polizisten, die im Lieferwagen hinter zwei verschiedenen Schießscharten hockten, feuerten gleichzeitig. Der Mann zuckte zusammen, als die gefrorenen Kristalle aus Anästhesiegas seine Kleider durchbohrten und eisig in seinen Körper eindrangen. Danach war die Rebellion Len Jaegers eine Sache der Vergangenheit. Er wankte wie ein tödlich Verwundeter, brach in die Knie und fiel vornüber in ein verunkrautetes Blumenbeet.

Bud hatte unterdessen Mühe, seinen Körper wieder unter Kontrolle zu bringen. In dem Bemühen, die Balance zu halten, veränderten sich sogar seine Beine in ihre eigentliche Form. Während Mike und Lee verdutzt starrten, sprang Bud wie ein Lebewesen mit gefederten Gliedern auf und ab und hin und her, gummiartig und elastisch. Seine Kleidung konnte nur teilweise verbergen, wie knochenlos biegsam seine Glieder waren.

Sein Gesicht verlor in diesen Momenten die Ähnlichkeit mit Bud Jaeger. Er fand sein Gleichgewicht in einem Augenblick wieder, wo er Mike und Lee halb zugewandt war. Und er mußte etwas in ihren Gesichtern gesehen haben, denn sofort versuchte er seine Bud-Jaeger-Gestalt wieder anzunehmen.

Das Gesicht kam zurück. Die Beine streckten sich. Die Arme machten einen Versuch, nach Knochen und Muskeln auszusehen und Gelenke vorzutäuschen, wo keine waren.

Das war das eine.

Das andere war seine Erkenntnis, daß es zu spät war. Er sah es in ihren geweiteten Augen, oder glaubte es zu sehen.

Er drehte um und rannte zur Tür hinaus.

Es war die unbeholfene, menschliche Version seines Laufens. Und so raste er aus der Tür, warf sie hinter sich zu und lief weiter.

Für die anderen Gruppenmitglieder war es die Flucht eines Jungen namens Bud Jaeger; Zweifel an seiner menschlichen Qualität kamen bei ihnen nicht auf. Niemand versuchte, ihn aufzuhalten. Schließlich war er derjenige, den sie von der Aufsicht seines Vaters befreien und in die Schule schicken sollten. Und je eher er aus dem Weg war, desto besser. Albert sah ihm nach und sagte: »Laßt ihn laufen. Wir werden ihn in der Schule sehen. Besser, er ist nicht dabei, wenn wir seinen Alten verarzten.«

Bud rannte zur nächsten Ecke und dann einen langen Block zur nächsten Station der Schnellbahn. Er sprang in langen Sätzen die Rolltreppe hinunter, sah einen Zug einlaufen, stieg ein und war zutiefst erleichtert, als er die Beschleunigung fühlte . . . gerettet.

Er ließ zwei verwirrte Jungen im Haus zurück. Mike und Lee waren weit davon entfernt, Klarheit über das zu haben, was sie gesehen hatten. Und mit jeder Minute wurde ihre Erinnerung ungewisser. Denn es war einfach unmöglich, zu glauben.

Len Jaeger wurde ins Krankenhaus zurückgebracht. Und die Gruppenmitglieder der roten Katzen machten sich auf den Weg zur Schule. Die meisten von ihnen nahmen als selbstverständlich an, daß sie im Laufe des Tages Bud sehen würden. Ganz gewiß erwarteten sie ihn nach der letzten Schulstunde zu treffen.

Nur Mike war nicht so sicher. In Mike regten sich Erinnerungen. Er dachte daran, wie er Bud einmal gejagt und durch Anrempeln zu Fall gebracht hatte. Andere Erinnerungen an Bud folgten, wie er in seiner komisch ungeschickten Art ging und lief, und wie er in der Schule an seinem mechanisierten Platz mit den Computeranschlüssen und anderen elektronischen Lehrhilfen gesessen hatte . . .

Doch Mike unternahm nichts. Er bewegte sich wie ein Automat durch den Tag. Sein lebhaftes Gesicht mit den leicht fanatisch aufflammenden Augen war geistesabwesend, und er fand es fast unmöglich, sich auf den Unterricht zu konzentrieren. In den Pausen konfrontierte er verschiedene Jungen, die er kannte, und jedem stellte er die gleiche Frage: »Hast du Bud Jaeger gesehen?«

Niemand hatte.

Die Zeiger der Schuluhren krochen langsam auf 14 Uhr 9. Mike war auf dem Rückweg in sein Klassenzimmer, nachdem er die Pause vor der letzten Schulstunde auf dem Hof verbracht hatte. Plötzlich ... Seine Gedanken und Erinnerungen fügten sich zu einem neuen Bild. Er blieb stehen. Drehte um. Rannte durch die sich leerenden Schulkorridore.

Als er Lees Klasse erreichte, hatte der Unterricht bereits angefangen – nach der Art solcher Klassen, natürlich. Es war eine Oberklasse, und es gab keine ständig anwesende Aufsichtsperson im Raum. Mike blieb in der offenen Tür stehen und winkte Lee. Der andere stand auf und kam herüber. Es folgte ein kurzes, aber ernstes und erregtes Gespräch im Flüsterton. Schließlich kehrte Lee an seinen Platz zurück und schaltete seine Geräte aus. Als er wieder herauskam, hasteten die zwei durch den Korridor und die Treppe hinunter zum nächsten Ausgang. Eine Minute später hatten sie das Schulgelände verlassen.

Estelle und John Lane frühstückten an diesem Morgen um halb neun. Wieder saßen sie allein am Tisch. »Kein Geräusch von Susan«, sagte die Frau mit vorwurfsvollem Unterton.

Ihr Mann schwieg. Die Frau starrte ihn anklagend an, und ihrem Gesicht war anzusehen, daß sie die Nacht kaum geschlafen hatte, aber der Mann ließ sich nicht anmerken, wie befriedigt er über die ganze Entwicklung war. Er las mit steinerner Miene seine Zeitung, und als er gefrühstückt hatte, stand er auf, um seine Vorbereitungen für den Gang ins Büro zu treffen.

Als er das Haus verlassen wollte, erwartete seine Frau ihn in der Diele. Er fand, daß es an der Zeit sei, ihr die Versöhnung durch eine kleine Geste zu erleichtern, aber als er zu ihr trat und den Kopf neigte, um ihr einen Abschiedskuß zu geben, entzog sie sich ihm mit einer abrupten Wendung zur Seite. »Na, dann auf Wiedersehen«, sagte Lane, öffnete die Haustür und ging.

Die Frau machte sich in niedergeschlagener Stimmung an ihre Hausarbeit. Zuerst räumte sie die Küche auf und spülte das Frühstücksgeschirr. Dann kam das Speisezimmer an die Reihe. Anschließend – und das machte immer die meiste Arbeit – das

Wohnzimmer. Als sie zur Hälfte damit fertig war, beschloß sie eine Kaffeepause einzulegen. Sie bereitete den Kaffee, schenkte sich eine Tasse davon ein und setzte sich an den Küchentisch. Ihr Blick fiel auf die Uhr. Es war einige Minuten nach zehn.

Mit entschlossenen Schritten verließ sie die Küche und ging in Susans Zimmer. Fand es natürlich leer. Nach einer Periode benommener Verblüffung durchsuchte sie den Raum nach einer Botschaft. Nichts.

In zunehmender Beunruhigung eilte sie zurück in die Küche, wo sie einen Nebenanschluß des Telefons hatte. Als sie die Büronummer ihres Mannes bis auf zwei Nummern gewählt hatte, verhielt sie.

Ihre Augen veränderten sich, die Angst verlor sich daraus. Sie wurde nachdenklich. Ihre Lippen formten und murmelten die Worte: »Vielleicht ist sie in der Schule, und das würde ihn wütend machen.«

Sie legte den Hörer zurück und zwang sich zur Ruhe. Sie trank ihren Kaffee und starrte gedankenverloren ins Leere.

Ihr Gesicht und ihre Augen wurden müde. Sie hatte den größten Teil der Nacht durchwacht. »Vielleicht«, murmelte sie, »sollte ich mich ein bißchen hinlegen.«

Es kostete sie eine Anstrengung, aufzustehen und ins Schlafzimmer zu gehen. Und als sie hineinkam, ließ sie sich aufs Bett fallen. Nach einer Weile schlief sie ein.

Kurz nach zehn Uhr summte die Sprechanlage an Lanes Schreibtisch. Es war Andrew Scott mit der Information, daß Len Jaeger wieder im Krankenhaus war.

»Nach der Meldung, die ich hier habe«, sagte Scott, »versuchte Mr. Jaeger heute morgen, seinen Sohn vom Schulbesuch zurückzuhalten.«

»Welches sind seine Verletzungen?« fragte Lane grimmig.

»Er wurde mit Gefrierpatronen bewußtlos gemacht.«

»Unglaublich!« sagte Lane. »Und das, nur weil er seinen Sohn zu Hause behalten wollte?«

»So lautet die Auskunft, die ich erhielt.«

»Wie lange muß er im Krankenhaus bleiben?«

»Der behandelnde Arzt erklärte auf meine Frage, daß Mr. Jaeger im Laufe des Tages aus seiner Bewußtlosigkeit erwachen werde und dann wahrscheinlich entlassen werden könne. Das ist alles, was ich darüber weiß, Sir.«

»So.« John Lane nickte vor sich hin, dann fuhr er fort: »Mr. Scott, dies ist nicht das erstemal, daß ich mich über die Privilegien wundere – und das ist milde ausgedrückt –, die man hier in Spaceport diesen Jugendlichengruppen eingeräumt hat, während ich von der Erde abwesend war. Anscheinend können diese Gruppen nach Belieben Erwachsene drangsalieren oder gar mißhandeln, ohne eine Bestrafung fürchten zu müssen.«

»Ich habe selbst keine heranwachsenden Kinder, Sir«, sagte Scott entschuldigend, »und so bin ich nur oberflächlich orientiert. Aber ich glaube, es gibt Regeln, die über solche Dinge bestimmen.«

»Sie scheinen sehr dehnbar zu sein«, antwortete der Kommandeur in einem Ton, der keine Zweifel an seiner Einstellung ließ. »Wie dem auch sei, können Sie ein Mitglied des – wie nennt es sich? – des Instituts für Grundausbildung kommen lassen, damit ich dem Mann einige Fragen stellen kann? Sie wissen besser als ich, ob auf meinem Terminkalender für heute noch eine halbe Stunde frei ist.«

»Sehr wohl, Sir. Lassen Sie mich sehen. Um dreizehn Uhr dreißig wäre eine Gelegenheit.«

»In Ordnung«, sagte Lane. »Rufen Sie zurück, wenn das Gespräch zustande kommt.«

Ein paar Minuten später meldete sich der Sekretär wieder. »Ein Mr. Portanyi wird kommen, Sir. Er ist Psychologe.«

Der Flottenkommandeur verzog das Gesicht, dann sagte er mit sardonischem Lächeln: »Ich habe ein dumpfes Gefühl, daß meine Frau sich freuen würde, wenn sie von dieser Zusammenkunft hörte.«

»Soll ich sie anrufen und es ihr sagen?«

»Nein, natürlich nicht«, sagte Lane hastig. »Unter keinen Umständen.«

Lane saß noch immer an seinem Schreibtisch, als einige Minuten nach Beginn der allgemeinen Mittagspause' eine Stimme aus dem großen Bildschirm kam. Es war eine Männerstimme, und sie klang sehr erregt.

»Kommandeur Lane«, sagte sie, »ein Patrouillenfahrzeug der SA-Serie meldete soeben, daß die feindliche Flotte die Umlaufbahn von Neptun gekreuzt hat und Kurs auf Null hält.«

Null war die Erde.

Es war eine elektrisierende Nachricht; und Lane sprang auf die Füße. »In welcher Position sind Sie?«

»In Tiefe, Sir, wie befohlen. Die Formation entspricht Plan T 23. Gefechtsberührung wahrscheinlich nicht vor Mitternacht Ihrer Ortszeit, Sir.«

Der Flottenkommandeur hatte seine Selbstbeherrschung wiedergefunden. »Sehr gut«, sagte er. »Halten Sie die ›Oriole‹ nahe bei Null. Ich werde möglicherweise gegen Abend an Bord gehen.«

»Verstanden, Sir.« Die körperlose Stimme schwieg.

Lane setzte sich wieder und rief seinen Sekretär an. »Mr. Scott«, sagte er, »lassen Sie den ganzen Tag und Abend eine Raumfähre für mich bereithalten.«

»Jawohl, Sir.«

»Und dann verständigen Sie die Mitglieder des Senatsausschusses und das Sekretariat des Präsidenten. Der Ausschuß muß sofort zu einer außerordentlichen Sitzung hier zusammenkommen.«

»Jawohl, Sir.«

Die Ausschußsitzung war, wie üblich, reine Zeitverschwendung. Die üblichen laienhaften Diskussionen, das übliche unstillbare Bedürfnis, Fragen zu stellen. Zum Schluß gewährten sie Lane freie Hand in Fragen der Flottenstrategie, und er revanchierte sich mit der Erneuerung seiner Einladung an die Ausschußmitglieder, am Abend mit ihm an Bord der ›Oriole‹ zu gehen.

Als er in sein Büro zurückkehrte, war es 13 Uhr fünfundvierzig, und er war hungrig. Er rief Scott an, um ihm zu sagen, daß er zum Essen ins Kasino gehen wolle.

Scott sagte: »Darf ich Sie darauf aufmerksam machen, daß

Mr. Portanyi im Vorzimmer wartet? Er war für halb zwei bestellt.«

»Oh!« sagte Lane. Und zögerte. Es war kein guter Zeitpunkt für das Interview; doch nach kurzer Überlegung sagte er: »Lassen Sie ihn hereinkommen.«

Portanyi trat ein. Er war etwa von Lanes Größe und Alter, dunkelhaarig und mager, mit eingefallener Brust und einem nervösen Tick in der rechten Gesichtshälfte. Nachdem er seinen erstaunten und faszinierten Blick von dem riesigen Bildschirm losgerissen hatte, stellte er sich vor. Lane bot ihm einen Platz an, und der Mann wartete höflich, bis der Kommandeur sich gesetzt hatte, bevor er der Einladung nachkam. Eine Minute nach diesen Präliminarien lauschte Lane mit kritischer Aufmerksamkeit dem Vortrag des Psychologen.

Ein normaler Erwachsener, begann Portanyi, sei ein vernünftiges Wesen. Ein solcher Mensch sehe ein, daß man zusammenarbeiten, wahrhaftig sein und sich verantwortungsbewußt verhalten müsse. Er nütze andere nicht aus und tue niemals etwas, das die Rechte anderer normaler Menschen beeinträchtige.

Wenn ein Erwachsener sich nicht so verhalte, dann liege es daran, daß er in seiner Jugend deformiert worden sei. Daher sei die Zeit zwischen zehn und zwanzig mehr noch als die frühere Kindheit für das ganze Leben entscheidend.

Zum Beispiel, sagte Portanyi, sei in der Gruppe der unter Achtzehnjährigen der Mut von enormer Bedeutung. Hier spiele der Begriff Feigheit eine überragende Rolle. Erwachsene, die diesen Komplex als Männlichkeitswahn mit sich schleppten, seien emotionell auf der Stufe der Pubertätszeit stehengeblieben. Daher – so Portanyi – solle alle Arbeit, die eine starke Ausprägung des Männlichkeitsprinzips erfordere, logischerweise von Jungen unter Achtzehn getan werden.

Daraus folge, daß alle einfacheren Polizeiaufgaben von in Gruppen organisierten Jugendlichen übernommen werden sollten, die nach selbsterarbeiteten Regeln operierten. Für heranwachsende Jungen sei der Tapferkeitsdrang normal, und für die Mädchen die Bewunderung tapferer Jungen.

Aber bei einem Erwachsenen sei jede starke und bewußt zur Schau gestellte Ausprägung von Männlichkeit ein Zeichen für das Verharren in einer spätpubertären Phase.

Ferner ergebe sich daraus, fuhr Portanyi fort, daß ein in seiner eigenen Jugend deformierter Erwachsener Kindern nur schaden könne, wenn er sie selber aufziehe. Darum sollten die Gruppen die Kinder erziehen, da ihre Mitglieder im richtigen Alter seien, es auf natürliche Weise zu tun.

Als Portanyi geendet hatte, schüttelte Lane bekümmert seinen Kopf. »Mein lieber Mr. Portanyi«, sagte er seufzend, »ich habe Sie um Ihren Besuch gebeten, weil ich mich aus berufenem Munde informieren wollte. Ich möchte deshalb von einer ausführlichen Diskussion dieser sonderbaren Thesen absehen, obwohl ich jeden einzelnen Punkt mit kritischen Argumenten in Frage stellen kann. Statt dessen möchte ich Ihnen im Rahmen Ihres eigenen Gedankengangs ein paar Fragen stellen.«

»Bitte sehr.«

»Wer sollte diese Raumexpeditionen durchführen?«

»Grundsätzlich junge Leute, Mädchen sowohl als auch Jungen«, war die verblüffende Antwort. »Natürlich mit erwachsenen Paaren, die die neutrale Rolle zu spielen hätten und in bestimmten Situationen als kreative Gehirne tätig werden müßten. Natürlich wären sie auch für jene Tätigkeiten heranzuziehen, die nur ausgebildete, spezialisierte Erwachsene leisten können.«

Lane lachte grimmig. »Sie belustigen mich, guter Mann. Lassen Sie sich von mir sagen, daß jedes Besatzungsmitglied eines Raumschiffs ein vollausgebildeter, hochqualifizierter Spezialist ist. Sein muß. Sie aber wollen die Schiffe mit Schülerinnen und Schülern samt ihren Gouvernanten bemannen! Was bleibt in Ihrer Welt für die Erwachsenen zu tun?«

»Es ist unsere Überzeugung«, sagte der andere, »daß menschliche Wesen – und ich beziehe mich ausschließlich auf normale Erwachsene, wenn ich das sage, weil ein Heranwachsender nur als embryonaler Mensch betrachtet wird – ihren Platz gegebenenfalls im Universum finden werden.«

»Sie finden es richtig, daß diese embryonalen Menschen – um Ihre eigenen Worte zu gebrauchen – unterdessen hier und jetzt eine Art Diktatur ausüben? Unbescholtene Bürger einschüchtern und erpressen und sich unbekümmert über geltendes Recht hinwegsetzen? Andersdenkende diffamieren und unterdrükken?«

»Es geht uns letztlich um die Formung eines vollkommeneren

Menschen«, sagte Portanyi ruhig. »Der deformierte Erwachsene aber ist gewöhnlich uneinsichtig. Das liegt in der Natur seiner bleibenden Fixierung auf pubertäre Komplexe. Läßt er sich nicht zur Einsicht bringen, so erscheinen uns im Interesse des höheren Ziels bestimmte Druckmittel gerechtfertigt.«

Lanes Gesicht begann sich zu röten. Seine Finger trommelten auf die Tischplatte. Aber er zwang sich zur Ruhe. »Vor dem Gesetz sind alle gleich«, sagte er. »Die Verfassung garantiert jedem Bürger bestimmte Rechte zur Entfaltung seiner Persönlichkeit. Meinen Sie nicht, daß die Gerichtshöfe eine solche Unterscheidung abwegig finden werden?«

Zum erstenmal zeigte sich Portanyi in seiner Selbstsicherheit erschüttert.

Er warf Lane einen langen, forschenden Blick zu, sah dann auf seine Hände und sagte zögernd: »Über die formaljuristischen Aspekte möchte ich mich hier nicht äußern, Sir. Das ist nicht mein Gebiet. Aber wir sind der Überzeugung, daß jede grundlegende Neuorientierung des menschlichen Zusammenlebens zwangsläufig auch zu einem neuen Rechtsgefühl führen wird, das den Realitäten Rechnung trägt.«

»Glücklicherweise gibt es diese Realität vorerst nur in Spaceport. Das läßt mich hoffen.« Lane machte eine Pause, dann sagte er: »Nach achteinhalb Jahren müssen statistische Ergebnisse vorliegen. Wie steht es – nach Ihren Begriffen – um die Jugendkriminalität in der Stadt?«

»Vor neun Jahren«, sagte Portanyi, »gingen alljährlich viele Tausende von rebellischen Jugendlichen und halbwüchsigen Übeltätern durch die Hände der Jugendbehörden. Heute haben wir zwischen zwei- und dreihundert Jugendliche in Lagern. Das sind solche, die sich der Autorität der Gruppen widersetzt haben und uns von den Gruppen zur Umerziehung überstellt wurden. Dann gibt es noch eine gewisse Restkriminalität vor allem unter der berufstätigen Jugend, die von den Gruppen noch nicht ganz erfaßt werden konnte; aber auch das sind nur ein paar hundert Fälle im Jahr.« Er breitete seine Hände aus. »Abgesehen davon gibt es heute keine Jugendkriminalität mehr in Spaceport. Das ist der Grund, Mr. Lane, warum sich heute die meisten Bürger dieser Stadt mit uns identifizieren.«

Lane stand auf. Er hatte genug gehört, und in seiner abrupten, entschiedenen Art sagte er kühl: »Ich bedaure, es Ihnen sagen zu müssen, aber mein Eindruck ist, daß die gesamte Gruppen-Organisation an Jugendkriminalität grenzt. Nach Ihrer Ansicht haben Sie die Kriminalität reduziert. Nach meiner Ansicht haben Sie sie ausgeweitet, so daß sie die überwiegende Zahl der Jugendlichen erfaßt hat. Sie haben die Jugendkriminalität einfach legalisiert und in bestimmte Kanäle gelenkt, wo Sie sie Ihrer abstrusen Philosophie nutzbar machen konnten.« Er machte eine abweisende Geste. »Ich habe jetzt wirklich keine Zeit, mich mit den Verrücktheiten auseinanderzusetzen, die Sie hier vorgetragen haben. Aber in Kürze werde ich Ihnen, Ihrer Ausbildungsstätte und Ihren gemeingefährlichen Zöglingen meine volle Aufmerksamkeit zuwenden.«

Der andere war noch etwas blasser geworden. »Kommandeur«, sagte er ernst, »ich bezweifle, daß in diesem Stadium eine einzelne Person, wie mächtig sie auch sein mag, die Gruppen zurückdrängen kann.«

Lane nickte grimmig. »Das glaube ich Ihnen gern. Aber ein Gerichtsentscheid und notfalls zwei Bataillone Nationalgarde werden dem Spuk recht bald ein Ende machen, meinen Sie nicht?«

Portanyi verbeugte sich steif. »Die Informationen, die ich Ihnen gegeben habe, Sir, sind das Beste, was wir für Sie tun können.«

Damit war das für beide Teile unbefriedigende Gespräch beendet. Portanyi ging. Lane war im Begriff, auf die Taste der Sprechanlage zu drücken und Scott zu sagen, daß er sein verspätetes Mittagessen einnehmen wolle, als die zweite Botschaft aus dem großen Bildschirm kam:

»Die fremde Flotte nähert sich der Uranusbahn und wird bei gleichbleibender Geschwindigkeit gegen neunzehn Uhr Saturn erreichen. Kurs weiterhin auf Null.«

Alle Raumschiffe operierten nach der Ortszeit von Spaceport. Lane sagte: »Wann wird es nach Ihrer Schätzung zur Kollision kommen?«

»Wir werden sie nicht weiter als bis zur Jupiterbahn vordringen lassen. Das würde etwa um einundzwanzig Uhr sein.«

»Danke«, sagte Lane.

Er hatte das Wort kaum ausgesprochen, als ein gewisses Telefon läutete. Er starrte es erschrocken an. Dann nahm er hastig den Hörer ab und sagte: »Kommandeur Lane am Apparat.«

»Kommandeur«, sagte der Präsident, »glauben Sie, daß wir eine öffentliche Bekanntmachung verbreiten sollten?«

»Nein, Herr Präsident«, sagte Lane, der über diesen Punkt bereits nachgedacht hatte. »Unsere Verteidigungsanlagen sind in Alarmzustand. Unsere Schiffe stehen zwischen der Erde und dem Gegner. Ich schlage vor, daß wir bis etwa siebzehn Uhr warten, um zu sehen, ob er wirklich ernst machen will. Die Panik wird dann nicht größer sein als jetzt.«

Nach kurzer Pause sagte der Präsident: »Ich stimme Ihnen zu, Kommandeur.« Er unterbrach die Verbindung.

Lane verließ sein Büro und ging zum Essen in die Offiziersmesse. Es war Viertel vor drei. Als er nach ungefähr zwanzig Minuten zurückkehrte und Scott verständigte, sagte der Sekretär: »Während Iher Abwesenheit hat Mr. Reid angerufen, der Ausschußvorsitzende.«

»Gut, daß ich nicht da war«, sagte Lane.

»Er bittet, daß Sie zurückrufen«, sagte Scott.

»Ich will jetzt nicht mit ihm reden«, erklärte Lane ungnädig. »Er ist ein alter Wichtigtuer. Ich habe zu tun. Soll er selber noch mal anrufen, wenn es dringend ist.«

Anscheinend war es dringend, denn kaum zehn Minuten später läutete es in Andrew Scotts Büro, und aus dem Hörer kam Desmond Reids Stimme. »Ist der Kommandeur jetzt da?«

»Ja, er ist eben gekommen, Mr. Reid. Einen Moment bitte, ich will nachsehen, ob er das Gespräch annehmen kann.«

Reid erklärte ihm daraufhin, wie eilig und dringend sein Anliegen sei, und Scott lauschte. Sein Mund klappte auf, und seine Finger umklammerten den Hörer fester. Dann hielt er das Hörermikrophon zu und sagte in die Sprechanlage: »Es ist wieder Mr. Reid, Sir. Es scheint sehr wichtig zu sein. Reden Sie lieber selbst mit ihm.«

Lane grunzte unwillig und schaltete sich ein. Desmond Reid stand in seinem Büro, flankiert von Lee David und Mike Sutter. Er berichtete aufgeregt, was er erfahren hatte. »Ich glaube«, schloß er, »ich sollte die beiden Jungen mitbringen, damit du sie selber befragen kannst.«

Lane sagte ärgerlich: »Ich habe eine Menge zu tun, Dez, und

204

ich lege keinen Wert darauf, diese Burschen in meinem Büro zu haben. Wenn sie heute morgen etwas Ungewöhnliches an Bud Jaeger bemerkt haben, dann können sie es dir auch sagen.«

»Ich denke, John, du solltest hören, was es ist – von ihnen.«

»Wenn es wichtig ist, kannst du es mir sagen; wenn nicht, brauche ich es nicht zu wissen.«

Reid seufzte. »Also gut. Ich bin in fünf Minuten drüben.«

Lane legte auf und wandte den Kopf, als sein Sekretär hereinkam. Scotts Miene spiegelte Erregung, aber er faßte sich und sagte vorsichtig: »Sir?«

Lane runzelte die Stirn. »Ihre Reaktion auf diesen Anruf scheint ungewöhnlich stark. So bedeutsam finde ich es nicht. Eine Möglichkeit, das ist alles.«

Der Sekretär starrte ihn aus großen Augen an. »Er hat es Ihnen nicht gesagt, Sir?« flüsterte er.

»Was er mir sagte«, kam die etwas gereizte Antwort, »war etwas über seltsames Verhalten von Bud Jaeger.«

»Was er mir sagte«, erklärte Scott, »war, daß der Junge möglicherweise nicht menschlich ist.«

Eine längere Pause folgte. Dann ein leichtes Kopfschütteln. »Eine solche Personifikation würde schwierig sein. Aber ...« Er stand auf, überlegte einen Moment und nickte dann entschlossen. »Aber wir sollten uns den Jungen genauer ansehen. Mr. Scott, lassen Sie ihn von der Militärpolizei festnehmen und zu mir bringen.«

»Wird sofort veranlaßt, Sir.«

»Gut.«

Als der Verbindungsoffizier gegangen war, wurde die Korridortür geöffnet, und Desmond Reid kam herein, erhitzt und schnaufend. John Lanes Haltung versteifte sich unwillkürlich, und es gab einen etwas peinlichen Moment, als die beiden Freunde und jetzigen Gegner einander in die Augen blickten. Aber Reid hatte sein dringendes Anliegen und ließ sich nicht lange davon abhalten, es vorzutragen.

Als er seinen kurzen Bericht gegeben hatte, wurde es still im Raum. Lane starrte auf den Bildschirm, während sein Gesicht einen inneren Kampf widerspiegelte. Reid beobachtete ihn zunehmend mißtrauisch, und nach einer Weile ging er auf ihn zu und sagte leise: »John, dein Gesicht zeigt eine Emotion, die zu billigen ich schwierig finde: Vergnügen. Was erfreut dich an dieser Situation?«

John Lane sah ihn an und lächelte. »Es ist nichts«, sagte er. »Ich mußte nur daran denken, daß unser Feind mit sicherem Instinkt unseren schwachen Punkt ausgemacht hat – die Gruppen. In einer solchen Weise zeigt auch dies, wie richtig mein Urteil über die Gruppen ist. Ausgerechnet dort gelang ihnen die Infiltration.« Er brach ab. »Aber lassen wir das. Egal, wie sie es machten, unser Problem bleibt bestehen.«

Er hob seine Stimme: »Ich habe Buds Festnahme durch die Militärpolizei angeordnet und hoffe, daß sie den Jungen in den nächsten Stunden vorführen werden. Wenn du willst, lasse ich dich durch Mr. Scott verständigen, sobald er hier ist.«

Desmond Reid nickte. »Ich würde gern dabeisein, wenn der Junge untersucht wird«, sagte er. Mit einem Lächeln fügte er hinzu: »Übrigens habe ich vor, mit dir an Bord der ›Oriole‹ zu gehen.«

»Was?« Ein ironisches Lächeln spielte um den Mund des Kommandeurs. »Dez«, sagte er, »das ist ein überständiger pubertärer Komplex – wurde mir heute gesagt.«

»Aber du hattest die Ausschußmitglieder eingeladen.«

»Das tat ich nur, um ihren verspäteten pubertären Tatendrang zu bremsen«, sagte Lane.

»Nichtsdestoweniger«, lächelte der alte Mann, »fühle ich ein starkes Bedürfnis, all den Jugendlichen ein Beispiel von Kühnheit zu geben.« Er machte eine vage, den halben Raum einschließende Geste, dann öffnete er die Tür und ging hinaus, immer noch lächelnd.

Lane kehrte an seinen Schreibtisch zurück, setzte sich und suchte sich zu erinnern, was er nach seiner Rückkehr vom Essen hatte erledigen wollen, als Scott atemlos hereingerannt kam. Er legte ein Blatt Papier auf den Schreibtisch und deutete mit zitterndem Finger auf die zwei letzten Zeilen.

Der Kommandeur sah, daß das Papier die Kopie eines Testflugbefehls für Tigerhai 2681 E war, ausgestellt auf Captain Peter Sennes als Pilot. Am Fuß des Blattes waren die Namen zweier Passagiere handschriftlich eingetragen: Susan Lane und Bud Jaeger.

Was der Mann am Schreibtisch nicht gleich bemerkte, war das Flugdatum. Nachdem er das Blatt überflogen und die beiden Namen gelesen hatte, blickte er zu seinem nervösen Helfer auf und sagte ungnädig: »Mr. Scott, das kommt ein bißchen spät. Wir hätten meiner Frau viel Angst und Unruhe ersparen können, wenn wir sie schon am letzten Sonntag verständigt hätten, daß ein zweiter Passagier an Bord der Maschine war.« Er brach ab, sagte dann mit finsterer Miene: »Was die Person des zweiten Passagiers betrifft, so bin ich bestürzt, daß wir erst jetzt entdecken, daß es dieser Jaeger-Junge war –«

»Sir«, unterbrach ihn Scott mit bebender Stimme, »dieses Papier bezieht sich nicht auf den Flug vom letzten Sonntag. Es kam auf dem üblichen Weg herein, und ich brachte es Ihnen sofort. Dieses Schiff startete heute früh um neun Uhr.«

John Lane griff nach dem Papier und starrte auf das Datum. Er ließ das Blatt sinken und erblaßte ein wenig. Er kauerte eine Zeitlang mit leerem Gesicht in seinem Sessel. Zuletzt regte er sich ein wenig und sagte mit müder Stimme: »Mr. Scott.«

»Ja, Sir?«

»Wenn Mr. Reid kommt, erwähnen Sie meine Tochter nicht. Es ist möglich, daß eine harte Entscheidung getroffen werden muß, und ich möchte nicht, daß er in der Weise beeinflußt wird, wie ich es jetzt bin.«

»Sehr wohl, Sir.« Scott zögerte, ermannte sich und fragte vorsichtig: »Wie wollen wir uns Ihrer Gattin gegenüber verhalten, Sir?«

Lane lächelte schwach. »Als ich heute früh kurz vor neun das Haus verließ, glaubte meine Frau, daß Susan in ihrem Bett liege und schlafe.« Er tippte auf das Papier. »Offensichtlich war das nicht der Fall.« Wieder schwieg er, und der elende Ausdruck erschien erneut in seinem Gesicht. Er sagte: »Bitte rufen Sie meine Frau an und sagen Sie ihr, sie möge ins Büro kommen. Ich glaube, sie sollte es wissen, wie immer die Entwicklung sein wird. Und wenn wir durch irgendeinen Zufall ein paar letzte Worte mit unserer Tochter wechseln können, dann sollte ihr dieses Privileg nicht genommen werden. Sagen Sie ihr einfach, sie solle sofort kommen. Sagen Sie ihr aber noch nicht, warum.«

Estelle verschlief mit Unterbrechungen den ganzen Vormittag und die Mittagszeit. Zweimal stand sie mit dem Entschluß auf, Kaffee zu kochen, doch beide Male ließ sie es wieder sein, ließ sich auf ihr Bett fallen und döste weiter. Kurz nach zwei Uhr wurde ihr klar, daß die Faulenzerei aufhören müsse, denn in einer knappen Stunde – so hoffte sie – würde Susan von der Schule nach Hause kommen.

Sie stand auf, ging ins Wohnzimmer und nahm ihre Arbeit dort wieder auf. Als sie fertig war, schleppte sie den Staubsauger und die verschiedenen Reinigungsmittel und Lappen ins Arbeitszimmer ihres Mannes und machte dort weiter. Und erst als sie die Hausbar abwischte, sah sie Susans Zettel.

In dem Augenblick, wo Andrew Scott sie anrief, hatte sie den Telefonhörer in der Hand und wählte mit fliegenden Fingern Lanes Büronummer. Die Folge war, daß Scott sagte: »Die Leitung ist belegt, Sir.«

Kaum hatte er aufgelegt, summte es. Scott nahm den Hörer wieder auf, drückte den beleuchteten Knopf an der Umschalttafel und meldete sich. Er lauschte und sagte dann: »Ich werde sehen.« Darauf legte er seine Handfläche über die Hörermembrane und sagte mit leiser Stimme: »Ihre Frau.«

Widerwillig streckte sein Chef die Hand nach dem Hörer aus. Seine Miene sagte, daß dies keine einfache Sache sein würde. Um sie zu überrumpeln, bevor sie ihn in eins ihrer endlosen Gespräche verstricken konnte, begann er sofort zu sprechen. »Estelle, ich habe eben entdeckt, daß unsere Tochter mit Captain Sennes an Bord eines ›Tigerhai‹ ist. Ich wäre dir dankbar, wenn du gleich in mein Büro kommen könntest. Unterdessen will ich Sennes rufen und sehen, wie die Situation ist. In Ordnung?«

Die Frau am anderen Ende schrie: »Warte!«

Der Schrei war nicht zu ignorieren. Lane stemmte beide Ellenbogen auf den Schreibtisch und wartete, während sie ihm die Botschaft vorlas.

Der Inhalt dieser Nachricht beunruhigte ihn weniger als die schreckliche Koinzidenz, daß die fremden Lebewesen irgendwie Captain Sennes' routinemäßigen Testflug als ein Mittel genutzt hatten, ihren Spion von der Erde fortzuschaffen. Vor allem mußte er Estelle aus der Leitung bringen, damit er sich um die Herstellung einer Funkverbindung mit Tigerhai 2681 E kümmern konnte.

Also sagte er beschwichtigend: »Ich kann nicht glauben, daß Captain Sennes so unvernünftig sein würde, mit einem minderjährigen Mädchen durchzubrennen, um es zu heiraten. Seine Karriere wäre im Eimer. Das Ganze muß eine romantisch-naive Dramatisierung von Susan sein. Ich habe Sennes nie für einen Ehekandidaten gehalten ...«

»Was war das?« fragte seine Frau scharf. »Was sagtest du?«

Eine Pause folgte, während der Mann die Bedeutung seiner eigenen Worte genoß, wie sie sich in den Ohren der Frau angehört haben mußten. Bevor er etwas sagen konnte, kam ihre Stimme wieder: »Bereite dich darauf vor, daß ich dich ohrfeigen werde!«

Die Situation war so viel schlimmer, als sie ahnte. Er versuchte sie zu besänftigen. »Hör zu, jetzt laß mich tun, was ich sagte. Dann kann ich mit Sennes reden, während du unterwegs hierher bist.«

»Es würde viel schneller gehen, wenn du ihn anriefst«, sagte die Frau, »und dann mich per Telefon verständigen würdest.«

»Teufel noch mal, Estelle«, brüllte ihr Mann. »Leg jetzt auf und komm rüber!«

Er unterbrach hastig die Verbindung und sah bleich zu seinem Adjutanten auf. »Es wird noch viel schlimmer werden, ich weiß, aber das reichte für den Anfang.«

Andrew Scott sagte diplomatisch: »Vielleicht ist die Situation nicht so schlecht, wie wir befürchten. Vielleicht sind sie auf Tombaugh, oder irgendwo.«

»Täuschen wir uns nicht«, war die knappe Antwort. »Es ist jetzt offensichtlich, warum der Feind hereinkommt. Sie werden unser Schiff in Empfang nehmen, beschützen und verteidigen, damit der kleine Bud mit seinen Informationen entwischen kann.«

»Sir, habe ich Ihre Erlaubnis, einen Versuch zur Kontaktaufnahme mit Captain Sennes zu machen?«

Die Frage brachte Lane in plötzliche Verlegenheit. Natürlich wollte er sagen, ja, selbstverständlich, tun Sie es sofort. Aber die Worte wollten nicht kommen, weil er nicht hören mochte, was als eine düstere Wahrscheinlichkeit in seinem Bewußtsein stand: daß Susan bereits tot sei. Schließlich schluckte er trocken und sagte mühsam: »Vermutlich sind sie schon jenseits der Marsumlaufbahn.«

»Dann wird der Kommunikationscomputer automatisch die Fernmeldesatelliten dort draußen einschalten und ein Trägersystem für Sofortübertragung aufbauen. Ist das richtig?«

»Das ist wohl richtig«, sagte Lane widerwillig. Er seufzte. »In Ordnung. Versuchen Sie es.«

Kurz darauf geschah zweierlei. Die Tür zum Korridor wurde geöffnet, und Desmond Reid kam herein, einen kleinen Handkoffer in der Linken. Er winkte den beiden Männern zu und wollte etwas sagen, erkannte aber, daß sie beschäftigt waren, und machte eine beschwichtigende Geste. Darauf deutete er zuerst auf sich und dann in Richtung des Konferenzzimmers. Er zog sich leise zurück und schloß die Tür.

Dieses Ereignis ging dem zweiten um vielleicht zehn Sekunden voraus.

Als der Flottenkommandeur seine Aufmerksamkeit wieder Scott zuwendete, sah er, daß der Mann ihm den Hörer hinstreckte. Scott sagte: »Captain Sennes am Apparat, Sir.«

31

Als Bud Jaeger beim Hangar des Tigerhai 2681 E eintraf und nach Captain Sennes fragte, mußte er in einem kleinen Büroabteil seine Personalien angeben und wurde dann aufgefordert, im benachbarten Wartezimmer zu bleiben, während seine Flugberechtigung überprüft wurde.

Der Warteraum war ganz verglast, und Bud Jaeger sah viele Männer hin und her eilen. Die Luft war erfüllt von menschlichen Stimmen, metallischem Gehämmer, Ölgeruch und den undefinierbaren Geräuschen und Vibrationen von Maschinen und Versorgungsanlagen. Alles zusammen vermittelte ein Gefühl von Energie und organisierter Macht, wie er es auf der Erde bisher noch nicht erlebt hatte.

Der fremde Junge nahm die Eindrücke in sich auf. Die beiden Angestellten, die nebenan in ihrem Büroabteil saßen, warfen ihm in periodischen Abständen Blicke zu. Endlich sagte einer zum anderen: »Das ist der stillste Junge, den ich je gesehen habe.

Seit er sich hingesetzt hat, hat er noch nicht den kleinen Finger bewegt. Wofür ist er eingeplant?«

Der zweite Mann spielte mit dem Formblatt vor sich. »Er ist Passagier bei Sennes.«

Der andere grinste. »Mal was anderes für Sennes – ein Junge als Passagier. Vielleicht wird er auf seine alten Tage noch ein Warmer. Der Junge ist wahrscheinlich starr vor Angst.«

Sie lachten beide. Und hielten die seltsame Reglosigkeit des »Jungen« für hinreichend geklärt.

Captain Sennes kam erst vierzehn Minuten vor neun, und bei ihm war Susan, die von der Hast der letzten Minuten noch völlig außer Atem war. »Hallo, Bud!« schnaufte sie, als sie in den Warteraum trat, während Sennes hastig ihr Formular ausfüllte und den Angestellten reichte.

Bud Jaeger stand verwirrt auf. »Was tust du hier?« fragte er Susan.

Sie kam zu keiner Antwort mehr, denn Sennes steckte seinen Kopf zur Tür herein und sagte: »Kommt mit, hier entlang.«

Die beiden jungen Leute liefen durch ein Gewirr von abgestellten Schiffen, Gerüsten, Maschinen und Kabeln hinter dem Offizier her durch die riesige Halle, als ob sie ihn verfolgten. Minuten vergingen, bis sie vor dem großen, langgestreckten Rumpf mit der meterhohen schwarzen Nummer 2681 E anlangten. Als Sennes zuerst Susan und dann Bud beim Einsteigen über eine Aluminiumleiter half, wußte der Junge noch immer nichts über den Grund ihrer Anwesenheit. Er folgte Susan in die Pilotenkanzel, setzte sich gehorsam auf den Platz, den sie ihm zuwies, und legte die Sicherheitsgurte an. Doch als er sie das gleiche tun sah, protestierte er: »Du fliegst doch nicht mit?«

Sie nickte.

»Aber – aber du warst doch schon mal mit!« sagte der Junge, als ob das ein vernünftiger Einwand wäre, dessen Bedeutung auf der Hand lag. Als das Mädchen diese Bedeutung nicht zu akzeptieren schien, drängte er: »Warte, Susan – du mußt nicht ...«

Auf der anderen Seite des Mädchens hatte Captain Sennes Kopfhörer und Mikrophon übergestülpt und befestigte mit ein paar schnellen Bewegungen seine Gurte. Auf der riesigen, gebogenen Mattscheibe zu ihren Füßen war zu sehen, wie die abgeflachte Kuppel des Hangars sich über ihnen öffnete.

Während Bud verwirrt zusah, unfähig zu einer Entscheidung, was zu tun sei, schien die weite Öffnung näher zu kommen. Das Raumfahrzeug stieg auf, und die Hangars und bald auch die Stadt blieben unter ihnen zurück. Der Junge überließ sich dem Beschleunigungsdruck und entspannte seinen Körper. Sein Gesicht war ausdruckslos, und seine Augen wirkten glasig.

Als das Schiff eine halbe Stunde von der Basis entfernt war, sagte Susan, die seit Minuten vergeblich bemüht war, das Gähnen zu unterdrücken, mit schläfriger Stimme: »Ich kann meine Augen kaum noch offenhalten. Hab' die halbe Nacht nicht geschlafen. Macht es dir was aus, Peter, wenn ich ein bißchen döse?«

»Absolut nicht«, sagte Peter Sennes. »Mach's dir nur bequem.«

Minuten später waren die beiden Männer sozusagen allein. Das Mädchen schlief, und ihr Kopf lag etwas zur Seite geneigt an der Nackenstütze.

»Tatsache ist«, sagte der Mann zu dem Jungen, »daß ich ihr beim Frühstück ein Schlafmittel in den Orangensaft getan habe. Schließlich haben wir eine lange Reise vor uns.«

Bud nickte, sagte aber nichts. Seine hellen Augen warfen dem Mann einen kurzen Blick zu, als er die Bemerkung registrierte. Die Regel war, daß man nicht mehr als nötig sprechen sollte. Der Hypnotisierte sollte selbst die rationalen Begründungen für seine Handlungen finden.

Aus irgendeinem Grund war er über die Gegenwart einer schlafenden Susan weniger beunruhigt, als er es anfangs über die wache Susan gewesen war. So vergingen die Stunden, und er saß stumm da, während die großartige Maschine die lange Strecke zur Umlaufbahn des Mars zurücklegte und tiefer in den Raum vorstieß, um die ungeheure Distanz zwischen Mars und Jupiter zu überbrücken.

Gegen drei Uhr regte Susan sich. Sie streckte ihre Arme und Beine und öffnete ihre Augen. »Sind wir noch nicht auf Tombaugh?« fragte sie mit einem Gähnen.

Ihre Frage hatte die Wirkung eines Katalysators.

Der Junge sah, daß die Worte ein verdutztes Stirnrunzeln in Captain Sennes' Gesicht brachten. »Tombaugh?« sagte er verständnislos. Aber er schien nachzudenken. Bud beobachtete ihn ängstlich.

– Oh, mein Vater … Er schickte den stummen Hilferuf hinaus in den Raum. – Wann kommst du? Ich brauche dich.

Und tatsächlich war der unsichtbare Beobachter seit Minuten bemüht, seine Geschwindigkeit dem dahinschießenden Tigerhai anzupassen.

– Mein Sohn, sagte er, du hast deine Sache gut gemacht.

– Aber Susan ist an Bord, antwortete der Junge unruhig … Und sie fragte gerade nach unserem Ziel.

– Hast du dich bei deinem Gespräch mit Captain Sennes so verhalten, wie du es gelernt hast?

– Ja. Als er sich für einen Moment abwandte, ließ ich den Kristall vor seine Füße fallen. Und dann wiederholte ich die Worte, die mir gesagt worden waren.

– Gut.

– Aber mein Vater, sie vergaßen zu sagen, daß es keine anderen Passagiere geben sollte.

– Das war ein unglückliches Versehen, besänftigte der Vater.

– Aber es ist Susan, und sie ist Mitglied meiner Gruppe.

– Dein Entkommen ist das Wichtigste, mein Sohn. Du sagst, Susan habe den Captain eben nach dem Ziel der Reise gefragt?

– Ja.

– Was war Captain Sennes' Antwort?

– Er hat noch nicht geantwortet. Er sitzt da und sieht sehr angespannt aus.

– Diese aktiven Flugoffiziere sind nicht die Typen, die mit gewöhnlicher Hypnose zu beeinflussen sind. Du hast seine Abwehr umgangen, aber die Wirkung läßt zweifellos nach, und er beginnt sich zu fragen, wie er zu seinem falschen Reiseziel gekommen ist. Du weißt also, was du zu tun hast.

– Oh!

– Was ist geschehen?

– Captain Sennes spricht mit jemand.

Statt den Hörer anzunehmen, stand John hastig auf und sagte: »Captain Sennes soll einen Moment warten. Dieses Gespräch kann von größter Wichtigkeit sein. Deshalb sollen alle Stellen mithören, die an diesen Kommunikationscomputer angeschlossen sind – der Präsident, die Kabinettsmitglieder und so weiter. Sie sollen jedes Wort hören, damit wir notfalls sofortige Entscheidungen treffen können. Ich gehe in den Konferenzraum und hole Mr. Reid. Als Ausschußvorsitzender hat er ein Recht auf Information. Können Sie inzwischen das übrige veranlassen?«

»Selbstverständlich, Sir.«

Lane ging rasch hinüber in den Konferenzraum und winkte Reid, herauszukommen. Dann erklärte er dem anderen mit wenigen Sätzen die Lage; aber er erwähnte nur Bud Jaeger und Captain Sennes. Zum Schluß sagte er: »Es könnte sich als notwendig erweisen, daß ich Befehl zur Zerstörung der Einheit geben muß. Wie denkst du darüber, Dez?«

Desmond Reid dachte einen Moment nach, dann sagte er: »Ich würde mich dagegen aussprechen, John. Dies könnte unsere Gelegenheit sein, mit diesen Lebewesen ins Gespräch zu kommen – und du sagtest mir, daß das der einzig vernünftige Weg sei. Daß dieser Bud Jaeger Informationen über uns preisgibt, und daß die Fremden vielleicht in den Besitz eines unserer modernsten Schiffe gelangen, mag unangenehm sein, aber für eine Verständigung wäre es kein zu hoher Preis, denke ich.«

Lane nickte, bemüht, sich seine Erleichterung nicht anmerken zu lassen. »Das ist auch meine Meinung, Dez, und ich bin froh, daß du sie bestätigt hast. Ich fürchte nämlich, ich könnte in diesem Fall von persönlichen Überlegungen beeinflußt sein.«

Reid blickte ihn überrascht an. »Wie meinst du das?«

»Susan ist an Bord.«

Desmond Reid erbleichte. Er ergriff Lanes Arm, um sich zu stützen. Zuletzt schluckte er und sagte mit schwacher Stimme: »Weiß deine Frau davon?«

Lane schüttelte den Kopf. »Noch nicht. Aber sie ist unterwegs hierher. Also wird sie es bald wissen.«

Während dieses Gesprächs waren sie in Lanes Büro zurückgekehrt. Lane sagte: »Ich habe für dieses Gespräch Kommunikationsschaltung laut Plan D angeordnet.«

Desmond Reid zog die Brauen hoch, aber er nickte. Lane ging an seinen Schreibtisch und setzte sich. Bevor er den Hörer aus Scotts Hand nahm, sagte er leise: »Wenn meine Frau kommt, instruieren Sie sie.«

»In Ordnung, Sir.«

Lane räusperte sich, ergriff den Hörer und sagte mit der sachlichen Stimme eines Mannes, der sich bewußt ist, daß wichtige Leute zuhören: »Hier spricht Flottenkommandeur John Lane. Ist dort Captain Peter Sennes an Bord von Tigerhai 2681 E?«

»Ja, Kommandeur. Und ich glaube, daß ich hier mit einem Problem zu tun habe, das mir eben erst bewußt wurde.«

»Captain Sennes«, sagte Lane, »Sie können mich in einem Moment über Ihr Problem informieren. Zuerst möchten wir wissen, wo Sie sind.«

»Quadrant einunddreißig, vier null drei. Sechs Flugstunden von der Basis.«

»Captain«, fuhr Lane fort, »wir haben Gründe, anzunehmen, daß der Junge, der einer Ihrer beiden Passagiere ist, ein Angehöriger der fremden Rasse ist, und wenn Sie ihn dazu bewegen können, dann möchten wir gern ein Gespräch mit ihm führen. Nun, welches ist Ihr Problem?«

»Mir wurde eben bewußt«, kam die ruhige Antwort, »daß ich gestern früh von dem Jungen hypnotisiert wurde. Ich glaube, ich habe mich jetzt mit Erfolg davon befreit. Und ich werde versuchen, Ihren Auftrag auszuführen. Einen Moment, bitte.«

Es wurde still.

– Mein Vater, sie wollen von der Erde aus mit mir sprechen. Sie wissen, was ich bin!

Der Vater war höchst beunruhigt.

– Dies ist sehr ernst. Laß mich rasch Instruktionen einholen.

– Soll ich mit Kommandeur Lane sprechen?

– Ja. Er ist der Flottenkommandeur, mit dem wir bereits zu tun hatten. Bringe in Erfahrung, was er will. Aber vermeide jedes Eingeständnis, was du bist.

Captain Sennes' Stimme meldete sich wieder. »Mein Passagier, Bud Jaeger«, sagte er, »hat Kopfhörer und Mikrophon angelegt und ist gesprächsbereit.«

– Was soll ich sagen, mein Vater?

– Frag ihn, was er will.

In diesem Augenblick sagte Lane: »Bud, hier spricht der Flottenkommandeur, John Lane. Du kennst mich?«

»Sie sind Susans Vater.«

»Richtig. Wir möchten mit euren führenden Leuten sprechen. Sie antworten nie auf unsere Kommunikationsversuche. Warum, Bud?«

»Weil Sie ohne vorherige Warnung unseren Hauptplaneten bombardiert haben.«

»Nein – das haben wir nicht getan!«

»Jemand war es. Wir versuchen herauszubringen, wer. Darum bin ich hier. Wir müssen es erfahren.«

»Die Erde war es nicht, Bud.«

»Unsere Führer rechneten damit, daß Sie lügen würden. Darum wollten sie keine Gespräche.«

»Einen Augenblick, Bud«, sagte Lane. Er legte seine Hand über den Hörer und sagte leise zu seinem Sekretär: »Lassen Sie von allen Dokumenten und Aufnahmen sämtlicher Raumexpeditionen Mikrofilmkopien machen. Sofort!«

»Ja, Sir.«

Lane nahm seine Hand vom Hörer und sagte: »Wie denkst du darüber, Bud? Du hast uns kennengelernt.«

»Ich habe nette Leute gesehen, aber auch solche wie Mr. Jaeger«, sagte Bud. »Aber richtig kennengelernt habe ich nur wenige, hauptsächlich die Jungen und Mädchen aus der Gruppe. Ich kann mir kein Urteil erlauben.«

»Wir waren es nicht, Bud. Gibt es eine Möglichkeit, daß wir mit deinem Vater sprechen?«

»Ich werde ihn fragen.«

»Ist er in der Nähe?«

»Er ist draußen – das heißt, eine Projektion von ihm.«

Lane mußte schlucken, dann fragte er: »Wie diejenige, die hier in Spaceport war?«

»Ja.«

– Er will mit dir reden, mein Vater.

– Ich sagte dir, du solltest keine Informationen geben. Was ist das für ein Ungehorsam?

– In der Gruppe habe ich gelernt, daß es an uns Jungen ist, die

Vernunft einzuführen. Die Erwachsenen können es nicht, oder sie wollen es nicht.

– Ich habe eben Instruktionen erhalten. Laß die zweite Kapsel fallen.

– Aber – aber das würde auch Susan töten.

– Mein Sohn, tue, was dein Vater dir befiehlt! Nur so kann deine Flucht gelingen.

– Aber ich kann das einem Mitglied meiner Gruppe nicht antun. Ich kann nicht ... Ich werde es nicht tun! Susan ist ein nettes Mädchen.

Des Vaters grimmiger Gedanke kam: – Was will Kommandeur Lane, du ungehorsames Kind?

– Ich werde ihn fragen.

33

Pünktlich um zwanzig Uhr Spaceport-Zeit trat der Präsident mit einer hastig vorbereiteten Erklärung vor die Mikrophone und Kameras und verkündete der Bevölkerung, was geschehen war. Er beendete seine Ansprache mit der sensationellen Auskunft, daß »Flottenkommandeur John Lane und Senator Desmond Reid, Vorsitzender des Ausschusses für Raumfahrtfragen, in diesem Augenblick unterwegs zu der fremden Flotte sind, um ihren Befehlshabern eine vollständige Widerlegung der Beschuldigung zu präsentieren, daß unsere Streitkräfte ihren Heimatplaneten bombardiert hätten«.

Es war eine ziemlich kühne Spekulation des Regierungschefs. Seine Worte erweckten den Eindruck, daß die Fremden tatsächlich beabsichtigten, auf Verhandlungen einzugehen, obwohl allen Eingeweihten klar war, daß davon keine Rede sein konnte.

Es war nichts geschehen, das sie logischerweise veranlassen können, ihre frühere ablehnende Haltung gegenüber jeglicher Kommunikation mit der menschlichen Rasse zu revidieren. Zweifler hielten es sogar für möglich, daß Lane und Reid zum Zeitpunkt der präsidialen Offenbarung bereits tot seien.

Im Hauptquartier in Spaceport wußte man nur, daß die Fremden zwei Zugeständnisse gemacht hatten, die von den Optimisten als versöhnliche Geste und von den Skeptikern als taktisches Manöver gedeutet wurden. Das erste war die Erlaubnis für Reid

217

und Lane, an Bord des Tigerhais 2681 E zu gehen. Das zweite war die Erlaubnis für Captain Sennes und Susan, mit dem Kurierschiff zur Erde zurückzukehren, das die zwei Männer gebracht hatte. Sennes bat zwar um die Genehmigung, als Pilot für Lane und Reid in seinem Schiff zu bleiben, doch Lane verweigerte sie ihm mit der Begründung, daß er noch immer unter irgendeiner subtilen gegnerischen Kontrolle sein könnte.

Nach diesem Austausch kehrte das Kurierschiff zur Erde zurück, während Tigerhai 2681 E seinen Kurs beibehielt. Die zwei Männer verschwanden im Schweigen totaler Funkstille.

Am folgenden Morgen um 7 Uhr 30 rief Susan bei Lee an. »Ich werde nicht mehr zur Schule kommen«, sagte sie kleinlaut. »Du weißt von den Plänen meines Vaters. Er wird seinen Willen durchsetzen, und ich möchte nicht, daß die Gruppe um meinetwillen Gewaltmaßnahmen versucht. Sie würden nicht helfen und meine Lage nur noch schwieriger machen. Verstehst du das?«

»Ich verstehe das«, sagte Lee. »Mr. Portanyi rief mich gestern an und berichtete von einem Gespräch, das er mit deinem Vater hatte. Es scheint, daß dein Vater und andere Gruppengegner vor das Bundesgericht gegangen sind, und daß wir ins Gedränge kommen könnten. Mr. Portanyi meint, wir sollten auf Aktionen wie gegen den alten Jaeger verzichten, um den Gegnern keine frische Munition zu liefern. Am Abend waren Mike und ich mit den anderen Gruppenleitern in der Zentrale, und da wurde die ganze Sache durchgekaut ... Aber weißt du was? Wir treffen uns heute abend bei Mike. Willst du nicht kommen?«

»Aber«, stammelte Susan, »aber meine Bewährungsfrist ist noch nicht um.«

»Das spielt in diesem Fall keine Rolle«, sagte Lee schnell. »In einer Zeit, wo alles drunter und drüber geht, brauchen nicht ausgerechnet wir Haare zu spalten. Um acht bei Mike. Klar?«

»Klar«, sagte Susan erleichtert.

Als Lee kurz darauf mit Mike am Schultor stand und ihm dies berichtete, sagte Mike: »Nun, sie wird eine Menge zu beichten haben.«

Der blonde Junge schwieg und starrte nachdenklich über die Straße. Endlich sagte er: »Unter diesen Umständen sehe ich keinen Sinn darin.«

Der dunkelhaarige Junge zuckte mit der Schulter. »Du hast eine unglückliche Hand mit Mädchen, Lee. So hast du zuerst Dolores geschädigt, und jetzt Susan.«

Lee lächelte. »Und du bist ein alter Hitzkopf, Mike. Es ist keine schlechte Sache, wenn man ein Freund der Regeln ist, aber du treibst es zu weit. Du bist wie diese Inquisitionsrichter des Mittelalters – treibst einen guten Gedanken ins Extrem, und auf einmal ist er nicht mehr gut. In einer Zeit wie dieser sollten wir lieber gemeinsam versuchen, die Gruppe zusammenzuhalten. Wenn man uns zwingt, die Regeln zu lockern und alles auf eine Basis von Freiwilligkeit zu stellen, dann müssen wir uns als Gruppe um so fester zusammenschließen. Das ist doch klar, oder?«

»Klar«, sagte Mike. Lee legte ihm den Arm um die Schultern, zog ihn herum, und so wanderten sie einträchtig über den Vorplatz zum Schulgebäude.

Die Eintracht blieb auch am Abend erhalten, obwohl es zu Anfang schien, als ob der alte Streit erneut aufflammen würde, denn Mike brachte sofort zur Sprache, was Lee gern übergangen hätte. »Wenn ein Mädchen wie Susan durchbrennt, um einen Raumfahrer zu heiraten«, erklärte Mike, »dann stimmt etwas mit der Gruppe nicht. Dann müssen wir von vorn anfangen.«

»Jetzt geht es wieder los!« sagte Lee. »Susan, sei still. Es ist gut.«

Susan hörte nicht auf ihn. »Mike hat recht«, sagte sie mit etwas unsicherer Stimme. »Ich bin eine dumme Gans gewesen. Ich bin nicht wirklich ausgerutscht, weil ich rechtzeitig zu mir kam. Aber für eine Woche hatte ich den Kopf verloren, weil ein Raumfahrer mir den Hof machte.«

Lee sagte in einem verzweifelten Ton: »Susan, halt den Mund.«

Mike war aufgestanden und kam an Lees Seite, berührte seinen Arm. »Laß sie reden.«

Darauf ging er weiter zu Susan. »Quaßler«, sagte er und legte seine Finger leicht um das Handgelenk des Mädchens. »Ich muß gestehen, ich finde jetzt, daß wir Susan das erstemal nicht hätten bestrafen sollen. Daß sie gekommen ist und freiwillig beichtet, zeigt mir, daß sie noch den richtigen Geist hat.« Er wandte sich zu ihr. »Alles, was ich wissen möchte, ist: Wann bist du zur Vernunft gekommen?«

»Als ich gestern mit ihm frühstückte«, sagte Susan. »Da saß er und redete in dieser doppelzüngigen Art auf mich ein, und plötzlich sah ich ihn, wie er ist.« Sie zuckte geringschätzig die Achseln. »Bloß ein weiterer alter Mann, wirklich.«

»Warum hast du danach die Reise mit ihm gemacht?« fragte Mike.

Sie sah ihn erstaunt an. »Du glaubst doch nicht, ich würde mir so eine phantastische Reise entgehen lassen?« Zu den anderen gewandt, fügte sie hinzu: »Ihr wißt nicht, was ihr da verpaßt habt.«

Mike machte ein Gesicht. »Kann schon sein, daß die Reise großartig war, aber ich finde, daß dieser Captain Sennes auf Quaßlerjagd gewesen ist und wir an ihm ein Exempel statuieren sollten.«

Susan warf ihm einen verdutzten Blick zu. »Ist Quaßlerjagd illegal?« fragte sie. »Ich dachte, in solchen Situationen seien nur die Quaßler schuldig.«

»Natürlich ist es so«, sagte Lee ruhig. »Mike hätte ihm nur gern eine kleine Abreibung verpaßt. Ich übrigens auch. Aber wir können das jetzt nicht riskieren.« Er blickte in die Runde. »Quaßler«, sagte er mit klarer, lauter Stimme, »wie ich es sehe, sind die Probleme in unserer Gruppe gelöst. Susan hat gebeichtet, wie es sich gehört, und wird wieder in ihre vollen Rechte eingesetzt. Die Gruppe wird weiterhin mit ihr in Verbindung bleiben. Klar?«

Ein zustimmender Chor antwortete.

»Jemand dagegen?« fragte Mike. Niemand meldete sich. »Dann sage ich Schicht für heute.«

Lee sagte zu Susan: »Alles ist geregelt, bis auf uns zwei, und wie es weitergehen soll.« Er hielt inne, denn er sah einen Blick in ihren Augen. Er packte sie bei der Hand. »Komm mit«, sagte er.

Sie liefen zusammen hinaus.

In den fernen Bereichen des Sonnensystems, jenseits von Jupiter, waren Verhandlungen im Gang. Computer fremder Bauart wurden von Ingenieuren der Dren für die Mikrofilme modifiziert, die Lane in seiner Aktentasche mitgebracht hatte. Danach war es nur eine Sache von Minuten, bis die Computer alles relevante Material zur genaueren Prüfung ausgewählt hatten.

Graurosa Gestalten von unheimlicher Flexibilität, feindselig gespannte Intelligenzen, saßen John Lane und Reid gegenüber und verbrachten Stunden um Stunden mit dem Sichten von Filmen, auf denen zu sehen war, wie Expeditionen von der Erde die

Planeten anderer Sonnen erforschten. Die Prüfung war noch nicht zur Hälfte abgeschlossen, als Lane und Reid sich übermüdet zurückziehen mußten. Das menschliche Schlafbedürfnis schien die Fremden seltsamerweise zu beruhigen. Wahrscheinlich vermittelte es ihnen ein Gefühl von Überlegenheit, das mithalf, ihre Befürchtungen und ihr Mißtrauen zu zerstreuen. Sie hatten von menschlichem Schlaf gehört; nun sahen sie ihn.

Als die beiden Männer nach Stunden erwachten, stellte man ihnen eine erstaunliche Frage: »Was sind die Gruppen? Nach welcher Theorie operieren sie?«

Lane und Reid berieten die unerwartete Wendung. »Was könnte der Zweck einer solchen Frage sein?« überlegte Reid besorgt. »Das ist doch irrelevant für unsere Vorstellung.«

»Ich sehe es so«, antwortete Lane. »Einer ihrer eigenen Jungen erwies sich als so beeinflußbar durch das System, daß sie feststellen wollen, warum er ein Verräter wurde.« Er brach ab. »Ich glaube, du kannst eine bessere Beschreibung geben als ich, Dez.«

Nachdem Reid die Fragen beantwortet hatte, verließen die Dren den Konferenzraum, ohne eine Erklärung abzugeben. Die zwei Männer warteten eine ganze Stunde, bis ihre Verhandlungspartner zurückkehrten.

Der Sprecher sagte: »Wir haben in euren Filmen keinen Beweis gegen eure Behauptung gefunden, unschuldig am Überfall auf unseren Hauptplaneten zu sein. Darum sind wir bereit, einen Nichtangriffspakt mit der Erde zu schließen, dem ein Abkommen über beiderseitige Zusammenarbeit folgen könnte. Unter anderem schlagen wir ein Austauschprogramm für Spezialisten verschiedener Gebiete vor, damit beide Partner bestimmte Einrichtungen des anderen studieren können. So müßte die Erde erlauben, daß wir Beauftragte zum Studium der Gruppenorganisation entsenden, die ein äußerst wirksames Erziehungsmittel zu sein scheint ...«

Als diese Worte gesprochen wurden, warf Desmond Reid seinem Freund einen verstohlenen Blick zu. Lane bemerkte es, und eine Spur von Farbe rötete seine Wangen. Er lächelte schwach und sagte mit gleichmäßiger Stimme: »Die Vorschläge sind zufriedenstellend. Auch wir begrüßen derartige Verträge, die von gemischten Kommissionen ausgearbeitet werden sollten.«

Später, als die beiden Männer unterwegs zur Erde waren, sagte

Lane: »Ich weiß nicht, was der Präsident zu meiner raschen Zustimmung sagen wird, aber man muß bedenken, daß diese Dren tatsächlich von jemand angegriffen wurden. Sollten wir einmal mit diesem Jemand zusammenstoßen, kann es nur von Vorteil sein, draußen im Raum ein paar Freunde zu haben.« Er zögerte, dann fügte er halb verlegen hinzu: »Das mit dem Studium der Gruppen war ein notwendiger Kompromiß; ich konnte ihnen diesen Wunsch nicht gut abschlagen.«

Desmond Reid sagte diplomatisch: »Wenn wir wieder auf der Erde sein werden, werde ich den Gruppen empfehlen, dich von ihrer schwarzen Liste zu streichen. Habe ich deine Erlaubnis?«

Lane, der im Pilotensitz saß, antwortete nicht sofort. Er starrte nachdenklich in den Weltraum hinaus. Endlich sagte er: »Wenn du damit die stillschweigende Bedingung verbindest, daß ich die Herrschaft der Gruppen und ihre Erziehungsgrundsätze anerkennen soll, lautet meine Antwort nein.«

Reid seufzte. »John«, sagte er geduldig, »ich weiß so gut wie du, was für Kinder und was für Erwachsene ist ...«

»Anscheinend nicht«, unterbrach Lane. »Sonst würdest du die Machtansprüche Halbwüchsiger nicht unterstützen.«

»Hör zu, John, das Problem ist, daß Heranwachsende tatsächlich fähige Leute sind, von der Gesellschaft aber nicht als solche anerkannt werden. Die Erfahrungen der Vergangenheit zeigen immer wieder, daß die Jugendlichen etwas mit diesen Fähigkeiten anfangen. Wenn wir wollen, kann es konstruktiv sein. Wenn nicht, wird es destruktiv sein. Als die langen Entdeckungsreisen im Weltall begannen, war für Spaceport der Augenblick der Wahrheit gekommen. Du warst beschäftigt. Und Susan war erst sechs, also hatte sie noch keinen Anteil daran. Außerdem akzeptiertest du die intensive Patrouillentätigkeit der Polizei vor zehn und zwanzig Jahren als normal für ein militärisches Zentrum. Aber die Tatsache ist, daß die Behörden mit einem Alptraum von Rebellion und Radikalisierung zu kämpfen hatten. Alles das ist vorbei, und du solltest froh darüber sein.«

John Lanes Gesichtsausdruck veränderte sich. Der Mund wurde schmal. Die Wangen verhärteten sich.

Reid fuhr in dringlicherem Ton fort: »Der Mensch scheint den Zyklus der Jugendlichenrebellion endlos zu wiederholen. Und dann wachsen diese Kinder – Rebellen oder Konformisten – physisch heran, nicht aber emotionell. Und die ganze Verrücktheit wird an die nächste Generation weitergegeben. Das muß aufhören. Wir müssen das Jugendproblem lösen, damit der Mensch voranschreiten kann.«

Er brach ab. »Also, was sagst du? Deine Erlaubnis? Von der Liste gestrichen?«

»Dez«, sagte Lane mit einem unerwarteten Lächeln, »es ist nicht die Art des feinen Mannes, die Euphorie über einen Verhandlungserfolg für Überrumpelungsmanöver auszunützen.« Das Lächeln verblaßte, als er fortfuhr: »Ich würde deine Theorie mit einigen Fragezeichen versehen, Dez, aber sei's drum. Ich bin nicht aus irgendeinem Prinzip gegen die Gruppen. Ich verlange nicht ihre Abschaffung. Ich bin sogar dafür, die Jugendlichen an allen sie betreffenden Entscheidungen zu beteiligen. Aber die Mitgliedschaft bei den Gruppen muß freiwillig werden, und sie dürfen keine Polizeifunktionen ausüben, müssen von der amtlichen Exekutive getrennt werden. Unter diesen Bedingungen kannst du meine Zustimmung haben. Ich glaube, sie sind fair, denn sie richten sich nur gegen Machtmißbrauch. Glaubst du sie trotzdem nicht annehmen zu können, müssen wir das letzte Wort anderen Stellen überlassen, die vielleicht weniger tolerant urteilen werden.«

Reids innerer Konflikt spiegelte sich in seinen Zügen. »Ich verstehe«, sagte er langsam. Nach einer Pause fuhr er fort: »Ich räume ein, John, daß ein Kompromiß nötig sein wird, um das Wesentliche zu erhalten.« Eine weitere Pause folgte, dann sagte er sinnend: »Ich werde mit meinen Freunden in den Gremien reden müssen, wie auch du mit den standhaften Kriegern deines Klubs. Wenn ich unseren Einfluß richtig einschätze, dann wird man sich jedoch hier wie dort nicht der praktischen Vernunft verschließen.« Er blickte auf. »Du hast meine persönliche Zusicherung, John. Darf ich dich nun beim Wort nehmen? Willst du endlich deinen Frieden mit den Gruppen machen?«

Nachdem seine blassen Wangen eine hellrote Farbe angenommen hatten, machte Lane ein grunzendes Geräusch. Und nachdem sein Gefährte auf einer Interpretation bestand, wurde kurz darauf offenbar, was für ein Wort es war, das ihm wie ein schlechter Bissen in der Kehle steckengeblieben war:

»... Ja!«

Von Robert Silverberg erschienen in der Reihe
HEYNE SCIENCE FICTION & FANTASY:

Gast aus der Zukunft · 06/3193-94
Das heilige Atom · 06/3224
Die Sterne rücken näher · 06/3248, auch / 06/1001
Die Seelenbank · 06/3256
Exil im Kosmos · 06/3269
Schwingen der Nacht · 06/3274, erneut: 06/3929
Macht über Leben und Tod · 06/3282, auch / 06/1006
Dimension 12 · 06/3309
Die Mysterien von Belzagor · 06/3345
Der Gesang der Neuronen · 06/3392, auch / 06/1005
Kinder der Retorte · 06/3441, auch / 06/1003
Es stirbt in mir · 06/3445
Ein glücklicher Tag im Jahr 2381 · 06/3477
Der Seher · 06/3590
Schadrach im Feuerofen · 06/3626
Mit den Toten geboren · 06/3644

DER GESANG DER NEURONEN
erschien ursprünglich als HEYNE-BUCH Nr. 06/3392
Titel der amerikanischen Originalausgabe
THORNS
Deutsche Übersetzung: Elke Kamper
Copyright © 1967 by Robert Silverberg
Copyright © 1971 der deutschen Übersetzung
by Lichtenberg Verlag GmbH, München

ROBERT SILVERBERG

Der Gesang
der
Neuronen

Camilla: *Sie sollten Ihre Maske abnehmen, Sir.*
Der Fremde: *Wirklich?*
Cassilda: *Wirklich, es ist an der Zeit. Alle außer Ihnen*
haben die Verkleidung abgelegt.
Der Fremde: *Ich trage keine Maske.*
Camilla: *(Entsetzt, beiseite zu Cassilda) Keine Maske?*
Keine Maske?

»Der König in Gelb«: Akt 1, Szene 2

1

Gesang der Neuronen

»Schmerz ist lehrreich«, keuchte Duncan Chalk.

Auf Kristallsprossen erstieg er die Ostwand seines Arbeitsraums. Weit oben stand der polierte Schreibtisch mit dem eingebauten Kommunikator, von dem aus er sein Imperium regierte. Es wäre für Chalk kein Problem gewesen, auf dem Stab eines Gravitrons an der Wand hochzugleiten. Dennoch zwang er sich jeden Morgen zu diesem Aufstieg.

Seine verschiedenen Anhänger begleiteten ihn. Leontes d'Amore mit den beweglichen Schimpansenlippen, Bart Aoudad, Tom Nikolaides mit den bemerkenswerten Schultern. Und andere. Doch Chalk, der wieder einmal die Lektion des Schmerzes lernte, war der Brennpunkt der Gruppe.

Sein Fleisch waberte und wogte. Der weiße Unterbau aus Knochen im Innern dieser schweren Masse lechzte nach Befreiung. Duncan Chalk bestand aus sechshundert Pfund Fleisch. Das große, ledrige Herz pumpte verzweifelt, durchflutete die schwammigen Glieder mit Leben. Chalk kletterte. Gewunden zog sich der Weg zwölf Meter an der Wand hoch bis zum Thron am oberen Ende. Flecken fluoreszierender Pilze am Weg glühten eifrig, gelbe Astern mit roten Spitzen verbreiteten pulsierende Wärme und Helligkeit.

Draußen war Winter. Dünne Streifen Neuschnee wirbelten durch die Straßen. Allmählich erhellte der Morgen den bleiernen Himmel. Chalk stöhnte. Chalk kletterte.

Aoudad sagte: »Der Idiot wird in elf Minuten hier sein, Sir. Er wird eine Vorstellung geben.«

»Das langweilt mich jetzt«, sagte Chalk. »Ich werde ihn ohnehin sehen.«

»Wir könnten versuchen, ihn zu foltern«, schlug der hinterhältige d'Amore mit flaumweicher Stimme vor. »Vielleicht würde seine Zahlenbegabung dadurch um so leuchtender glänzen.«

Chalk spuckte aus. Leontes d'Amore schrak zurück, wie von einem Guß Säure getroffen. Der Aufstieg ging weiter. Bleiche, fleischige Hände streckten sich aus, um nach schimmernden Stäben zu greifen. Muskeln ächzten und pochten unter den Fettschwarten. Chalk wallte an der Wand hoch, gönnte sich kaum eine Pause.

Die inneren Botschaften des Schmerzes verwirrten und entzückten ihn. Gewöhnlich zog er es vor, seinen Schmerz stellvertretend zu erleben, doch es war Morgen, und die Wand war seine Herausforderung. Aufwärts. Aufwärts. Zum Sitz der Macht. Er kletterte, Sprosse um Sprosse, sein Herz protestierte, seine Eingeweide wanden sich unter der Hülle aus Fleisch, seine Lenden bebten, selbst die Knochen bogen und senkten sich unter ihrer Bürde.

Über ihm warteten die helläugigen Schakale. Was wäre, wenn er fiele? Zehn von ihnen wären nötig, um ihn wieder auf den Weg zu heben. Was wäre, wenn sein zuckendes Herz in wilden Krämpfen versagte? Was, wenn seine Augen glasig würden, während er noch sah?

Würden sie sich freuen, wenn seine Macht verpuffte wie die Luft aus einem Ballon?

Würden sie Freude empfinden, wenn seine Hand abglitte und sein eiserner Griff um ihr Leben erlahmte?

Natürlich. Natürlich. Chalks dünne Lippen verzogen sich zu einem kühlen Lächeln. Er hatte die Lippen eines schlanken Mannes, Beduinenlippen, von der Sonne ausgedörrt, pergamentartig, trocken. Warum waren seine Lippen nicht dick und feucht?

Undeutlich wurde die sechzehnte Sprosse sichtbar. Chalk griff danach. Der Schweiß kochte ihm aus allen Poren. Er schwankte einen Augenblick, während er unverdrossen sein Gewicht vom Ballen des linken Fußes auf den Absatz des rechten verlagerte. Ein Fuß von Duncan Chalk zu sein war nicht angenehm. Einen Moment lang lastete nahezu unvorstellbarer Druck auf Chalks rechtem Knöchel. Dann lehnte er sich vor, ließ seine Hand mit wilder, hackender Bewegung auf die letzte Sprosse fallen, und freudig öffnete sich ihm sein Thron.

Chalk sank in den wartenden Sitz und fühlte, wie dieser ihn stützte. Die winzigen Hände in den Tiefen des Materials hielten, drückten, massierten, besänftigten ihn. Geisterhafte Bündel poröser Leitungen glitten in seine Kleidung, um den Schweiß aus den Tälern und Abzuggräben seines Fleisches zu saugen. Verborgene Nadeln drangen durch die Haut, spritzten wohltuende Flüssigkeiten. Die wilden Schläge des überanstrengten Herzens wichen einem stetigen Murmeln. Muskeln, vor Anspannung geschwollen und knotig, erschlafften. Chalk lächelte. Der Tag hatte begonnen; alles war gut.

Leontes d'Amore sagte: »Es erstaunt mich, Sir, wie leicht Sie diesen Aufstieg bewältigen.«

»Sie meinen, ich sei zu fett, um mich zu bewegen?«

»Sir, ich –«

»Die Faszination des Schwierigen«, sagte Chalk. »Sie hält die Welt in Gang.«

»Ich werde den Idioten bringen«, sagte d'Amore.

»Den gelehrten Idioten«, korrigierte ihn Chalk. »Ich habe kein Interesse an Idioten.«

»Natürlich. Den gelehrten Idioten. Natürlich.«

Durch eine schimmernde Öffnung in der rückwärtigen Wand glitt d'Amore davon. Chalk lehnte sich zurück, faltete die Hände über der nahtlosen Wölbung von Brust und Bauch. Er blickte über den großen Abgrund vor sich. Der Raum war hoch und weit, ein ausgedehnter, offener Saal, durch den Leuchtkäfer schwebten. Chalk hatte eine alte Vorliebe für leuchtende Organismen. Es werde Licht, Licht, Licht; hätte er Zeit gehabt, hätte er vielleicht dafür gesorgt, daß auch er leuchtete.

Tief unten auf dem Grund des Raums, wo Chalk seinen täglichen Aufstieg begonnen hatte, bewegten sich Gestalten in geschäftigen Mustern und taten Chalks Arbeit. Jenseits der Wände lagen andere Büros, füllten wabenartig das achteckige Gebäude, dessen Herzstück dieser Raum bildete. Chalk hatte eine hervorragende Organisation aufgebaut. In einem riesigen, indifferenten Universum hatte er sich einen beträchtlichen privaten Rückhalt geschaffen, denn noch immer fand die Welt Gefallen am Schmerz. Zwar gehörten die köstlich morbiden Schauder, die manchen überliefen, wenn er über Einzelheiten von Massenmorden, Kriegsverbrechen, Flugzeugunfällen und ähnlichem nachgrübelte, größtenteils der Vergangenheit an, doch Chalk war wie kein anderer in der Lage, stärkeren, extremeren und direkteren Ersatz zu beschaffen. Auch jetzt noch arbeitete er hart, um vielen Vergnügen, einigen Schmerz und sich selbst gleichzeitig Vergnügen und Schmerz zu bereiten.

Durch genetische Zufälle war er für seine Aufgabe einzigartig geeignet: ein auf Schmerz reagierender, sich von Schmerz nährender Emotionsfresser, vom Aufnehmen unverdünnter Angst ebenso abhängig wie andere von der Aufnahme von Brot und Fleisch. Er war der höchste Vertreter des Geschmacks seiner Zuschauer und darum perfekt dazu geeignet, die inneren Bedürfnisse dieses großen Publikums zu befriedigen. Doch obwohl seine Aufnahmefähigkeit sich mit den Jahren verringert hatte, war er immer noch nicht gesättigt. Jetzt bahnte er sich einen Weg durch die emotionalen Leckerbissen, die er in Szene setzte, ein frisches Stück Fleisch hier, einen blutigen Sinnenpudding dort, und sparte seinen eigenen Appetit auf für die subtileren Varianten der Grausamkeit, ständig auf der Suche nach neuen und gleichzeitig auf schreckliche Weise alten Empfindungen.

Er wandte sich an Aoudad. »Ich glaube nicht, daß der gelehrte Idiot viel taugen wird. Überwachen Sie den Raumfahrer Burris immer noch?«

»Täglich, Sir.« Aoudad war ein kurz angebundener Mann mit zuverlässigem Aussehen und toten, grauen Augen. Seine Ohren liefen fast spitz zu. »Ich behalte Burris im Auge.«

»Und Sie, Nick? Das Mädchen?«

»Sie ist langweilig«, sagte Nikolaides. »Aber ich beobachte sie.«

»Burris und das Mädchen . . .«, murmelte Chalk nachdenklich. »Die Summe aus der Verbitterung zweier Menschen. Wir brauchen ein neues Projekt. Vielleicht . . . vielleicht . . .«

D'Amore erschien wieder, glitt über einem vorspringenden Sims aus der gegenüberliegenden Wand. Der gelehrte Idiot stand ruhig neben ihm. Chalk beugte sich vor, Bauchfalte legte sich über Bauchfalte. Er heuchelte Interesse.

»Das ist David Melangio«, sagte d'Amore.

Melangio war vierzig Jahre alt, doch seine hohe Stirn war faltenlos, seine Augen vertrauensvoll wie Kinderaugen. Er sah

229

bleich und feucht aus wie ein unterirdisches Gewächs. D'Amore hatte ihn stilvoll in ein glänzendes, mit Eisenfäden durchwebtes Gewand gekleidet, doch Melangio wirkte darin grotesk; die Grazie und Würde des teuren Kostüms gingen verloren; es diente nur dazu, Melangios leere, knabenhafte Unschuld zu betonen.

Unschuld war keine Ware, für die das Publikum einen hohen Preis zahlen würde. Das war Chalks Geschäft: dem Publikum das zu liefern, was es wünschte. Doch Unschuld, gepaart mit etwas anderem, könnte die herrschenden Bedürfnisse befriedigen.

Chalk spielte mit dem Computerknopf neben seiner linken Hand. »Guten Morgen, David. Wie fühlen Sie sich heute?«

»Es hat letzte Nacht geschneit. Ich mag den Schnee.«

»Der Schnee wird bald fort sein. Maschinen schmelzen ihn.«

»Ich wünschte, ich könnte im Schnee spielen.« Sehnsüchtig.

»Sie würden sich die Knochen erfrieren«, sagte Chalk. »David, was für ein Tag war der 15. Februar 2002?«

»Freitag.«

»Der 20. April 1968?«

»Samstag.«

»Woher wissen Sie das?«

»Es muß so sein«, sagte Melangio schlicht.

»Der dreizehnte Präsident der Vereinigten Staaten?«

»Fillmore.«

»Was tut der Präsident?«

»Er wohnt im Weißen Haus.«

»Ja, ich weiß«, sagte Chalk sanft. »Aber was hat er für Pflichten?«

»Im Weißen Haus zu wohnen. Manchmal lassen sie ihn heraus.«

»Was für ein Wochentag war der 20. November 1891?«

»Ein Freitag.« Sofort.

»In welchen Monaten des Jahres 1811 fiel der fünfte Tag auf einen Montag?«

»Nur im August.«

»Wann wird der 29. Februar das nächste Mal auf einen Samstag fallen?«

Melangio kicherte. »Das ist zu leicht. Wir haben nur alle vier Jahre einen 29. Februar, daher –«

»In Ordnung. Erklären Sie mir das Schaltjahr.«

Verwirrung.

»Wissen Sie nicht, warum es das gibt, David?«

D'Amore sagte: »Er kann Ihnen jedes Datum aus neuntausend Jahren nennen, Sir, angefangen im Jahre 1. Aber er kann nichts erklären. Fragen Sie ihn nach Wetterberichten.«

Chalks dünne Lippen verzogen sich. »Erzählen Sie mir vom 14. August 2031, David.«

Die hohe, dünne Stimme antwortete: »Kühle Temperaturen am Vormittag, an der östlichen Küste gegen zwei Uhr nachmittags auf 28 Grad ansteigend. Um sieben Uhr abends war die Temperatur auf 22 Grad zurückgegangen und blieb bis nach Mitternacht konstant. Dann begann es zu regnen.«

»Wo waren Sie an diesem Tag?« fragte Chalk.

»Zu Hause bei meinem Bruder und meiner Schwester und meiner Mutter und meinem Vater.«

»Waren Sie an diesem Tag glücklich?«

…?

»Hat Ihnen an diesem Tag irgend jemand weh getan?« fragte Chalk.

Melangio nickte. »Mein Bruder hat mich getreten, hier ans Schienbein. Meine Schwester riß an den Haaren. Meine Mutter gab mir zum Frühstück Chemifix zu essen. Danach ging ich zum Spielen nach draußen. Ein Junge warf einen Stein nach meinem Hund. Dann –«

Seine Stimme war frei von Gefühlen. Melangio wiederholte die Seelenqualen seiner Knabenzeit so sanft, als nenne er das Datum des dritten Dienstag im September 1794. Und doch lag unter der starren Oberfläche nie überwundener Kindlichkeit echter Schmerz. Chalk spürte das. Er ließ Melangio in seinem eintönigen Bericht fortfahren, unterbrach ihn gelegentlich mit einer lenkenden Frage.

Chalks Augenlider verengten sich. So war es leichter, die Rezeptoren auszuwerfen, den Bodensatz von Kummer zusammenzuscharren und hervorzuziehen, der unter David Melangios eingleisigem Gehirn existierte. Alte, kleine Kümmernisse strömten durch den Raum wie Wasser aus einem Springbrunnen: ein toter Goldfisch, ein schreiender Vater, ein nacktes Mädchen, das sich mit wippenden Brüsten und rosigen Brustwarzen umdrehte und Worte ausstieß, die töteten. Alles war da, alles war zugänglich: die wunde, verkrüppelte Seele von David Melangio, vierzig Jahre

231

alt, eine menschliche Insel, gut abgeschirmt von der sie umgebenden stürmischen See.

Schließlich versickerte der Vortrag. Chalk hatte einstweilen genug Nahrung erhalten; er war es müde, Melangios Knöpfe zu drücken. Er beendete die Unterhaltung, indem er zu der seltsamen Erinnerungsfähigkeit des gelehrten Idioten zurückkehrte.

»David, merken Sie sich folgende Zahlen: 96748759.«

»Ja.«

»Und diese: 32807887.«

»Ja.«

»Und: 333141187698.«

Melangio wartete. Chalk sagte: »Jetzt, David.«

Ruhig strömten die Zahlen hervor: »96748759328078873331411 87698.«

»David, wieviel ist sieben mal zwölf?«

Pause. »Vierundsechzig?«

»Nein. Sechzehn minus neun?«

»Zehn?«

»Wenn Sie den ganzen Kalender von Anfang bis Ende und wieder zurück aufsagen können, warum können Sie dann nicht rechnen?«

Melangio lächelte freundlich. Er sagte nichts.

»David, fragen Sie sich je, warum Sie so sind, wie Sie sind?«

»Wie denn?« fragte Melangio.

Chalk war zufrieden. Das Vergnügen, das man aus David Melangio ziehen konnte, lag auf niedrigem Niveau. Chalk hatte für diesen Morgen seinen milden Genuß gehabt, und das gesichtslose Publikum würde an Melangios grotesker Fähigkeit, Daten, Zahlen und Wetterberichte herunterzuhaspeln, kurz aufflakkerndes Vergnügen finden. Doch niemand würde wirkliche Nahrung aus David Melangio ziehen.

»Danke, David«, sagte Chalk und verabschiedete ihn damit.

D'Amore sah verwirrt aus. Sein Wunderkind hatte den großen Mann nicht beeindruckt, und die Fortdauer von d'Amores Wohlstand hing davon ab, daß er ihn häufig beeindruckte. Wer das nicht tat, blieb im allgemeinen nicht lange in Chalks Diensten. Der Sims in der Wand glitt zurück und trug d'Amore und Melangio hinaus.

Sinnend betrachtete Chalk die schimmernden Ringe, die fest

in den Fettwülsten seiner kurzen, dicken Finger verankert waren. Dann lehnte er sich zurück und schloß die Augen. Er stellte sich seinen Körper vor wie eine Zwiebel aus konzentrischen inneren Gehäusen gebildet, nur daß jede Lage durch eine Quecksilberschicht von den benachbarten Lagen getrennt war. Die verschiedenen Schichten Duncan Chalks, übereinanderschlüpfend und -gleitend, gut geölt, in langsamer Bewegung, während das Quecksilber dem Druck wich und dunkle Kanäle hinuntersprudelte ...

Er sagte zu Bart Aoudad: »Wir müssen den Raumfahrer näher untersuchen.«

Aoudad nickte. »Ich werde die Überwachungsgeräte einschalten, Sir.«

Chalk wandte sich an Nikolaides. »Und das Mädchen. Das langweilige kleine Mädchen. Wir werden ein Experiment machen. Synergie. Katalyse. Sie zusammenbringen. Wer weiß? Wir könnten etwas Schmerz erzeugen. Etwas menschliches Gefühl. Nick, wir können aus dem Schmerz lernen. Er lehrt uns, daß wir lebendig sind.«

»Dieser Melangio«, bemerkte Aoudad. »Er scheint seinen Schmerz nicht zu fühlen. Er registriert ihn, er zeichnet ihn in seinem Gehirn auf. Aber er fühlt ihn nicht.«

»Genau«, sagte Chalk. »Ganz meine Meinung. Er kann nichts fühlen, nur aufnehmen und wiedergeben. Der Schmerz ist da, genug davon. Aber er kann ihn nicht erreichen.«

»Wie wäre es, wenn wir den Schmerz für ihn freisetzten?« schlug Aoudad vor. Er lächelte, aber ein freudloses Lächeln.

»Zu spät. Er würde binnen eines Augenblicks verbrennen, wenn ihn dieser Schmerz jemals erreichen könnte. Nein, Bart, wir wollen ihn bei seinen Kalendern lassen. Wir wollen ihn nicht zerstören. Er wird seinen Trick vorführen, alle werden applaudieren, und dann lassen wir ihn in die Gosse zurückfallen. Aber der Raumfahrer – mit ihm ist es anders.«

»Und das Mädchen«, erinnerte ihn Nikolaides.

»Ja. Der Raumfahrer und das Mädchen. Das müßte interessant sein. Wir würden eine Menge lernen.«

2

Auf Erden wie im Himmel

Viel später, wenn frisches Blut seine Hände beflecken und sein Herz mit der brandenden Kraft erneuerten Lebens schlagen würde, dann würde ihm all dies vielleicht nur noch wie ein häßlicher, widerlicher Traum erscheinen. Doch um dorthin zu gelangen, mußte er Heimdalls goldene Brücke überqueren. Im Augenblick lebte er noch im Schmerz. Er fühlte sich jetzt genauso, wie er sich gefühlt hatte, während es geschah. Viele Schrecken hüllten Minner Burris ein.

Normalerweise war er kein Mensch, dem Schrecken etwas anhaben konnte. Doch dies war zuviel gewesen: die großen, schlüpfrigen Umrisse, die sich um sein Schiff scharten, die goldenen Handfesseln, der offen bereitstehende Kasten mit den chirurgischen Instrumenten.

»– – – – – –«, hatte das blatternarbige Monstrum zu seiner Linken gesagt.

»– – – – – –«, hatte die Kreatur auf der anderen Seite in scheinbar salbungsvollen Worten geantwortet.

Dann hatten sie begonnen, Minner Burris zu zerstören.

Damals war damals und jetzt war jetzt, doch Burris trug eine Bürde aus Schmerz und Fremdartigkeit, die ihn immer, ob er wachte oder schlief, an das erinnerte, was ihm unter dem Mantel der Dunkelheit, jenseits des eisstarrenden Plutos, angetan worden war.

Vor drei Wochen war er auf die Erde zurückgekehrt. Jetzt hauste er in einem Zimmer in den Martlet-Türmen, unterstützt durch eine Regierungspension und irgendwie am Leben erhalten von seiner eigenen inneren Spannkraft. Von Monstren in ein Monstrum verwandelt worden zu sein war kein leicht zu tragendes Schicksal, doch Burris tat sein Bestes.

Wenn nur die Schmerzen nicht so qualvoll wären ...

Die Ärzte, die ihn untersucht hatten, waren zunächst überzeugt, seine Schmerzen lindern zu können. Dazu sei nur die Anwendung moderner medizinischer Technologie erforderlich.

»... die Sinneswahrnehmungen dämpfen ...«

»... eine minimale Dosis Drogen, um die Nervenstränge zu blockieren, und dann ...«

»... eine kleine operative Korrektur ...«

Doch die Nervenbahnen in Burris' Körper waren hoffnungslos verwirrt. Was immer die fremden Chirurgen mit ihm gemacht hatten, sie hatten ihn auf jeden Fall in etwas verwandelt, das jenseits des Begriffsvermögens der modernen medizinischen Technologie lag, von ihren Fähigkeiten ganz zu schweigen. Normalerweise intensivierten schmerzstillende Medikamente Burris' Empfindungen. Die Muster seiner Nervenströme waren bizarr, die Signale verschoben, verwirrt, umgelenkt. Sie konnten den Schaden nicht reparieren, den die Fremden angerichtet hatten. Und schließlich kroch Burris fort von ihnen, unter qualvollen Schmerzen, verstümmelt, gekränkt, um sich in einem dunklen Zimmer dieses riesigen halbverfallenen Wohnblocks zu verstecken. Vor siebzig Jahren waren die Martlet-Türme der letzte Schrei der Architektur gewesen: glatte, kilometerhohe Gebäude in dichten Reihen entlang der ehemals grünen Hänge der Airondacks, in nicht allzu großer Entfernung von New York. Siebzig Jahre sind heute eine lange Zeit für Wohnanlagen. Jetzt waren die Türme verkommen, vom Alter gezeichnet, von den Pfeilen des Verfalls durchbohrt. Früher prunkvolle Suiten waren in wirre Gehege von Einzimmerwohnungen zerstückelt. Ein ideales Versteck, dachte Burris. Hier nistete er in seiner Zelle wie ein Polyp in seiner Kalksteinhöhle. Er ruhte; er dachte; er arbeitete an der immensen Aufgabe, mit dem fertigzuwerden, was seiner wehrlosen äußeren Form angetan worden war.

Burris hörte scharrende Geräusche in den Gängen. Er sah nicht aus der Tür. Krabben und Garnelen, auf geheimnisvolle Weise zu Landlebewesen mutiert, die in das Labyrinth des Gebäudes eindrangen? Tausendfüßler auf der Suche nach der süßen Wärme von Blatterde? Spielzeug der Kinder mit den leblosen Augen? Burris saß in seinem Zimmer. Er dachte oft daran, nachts auszugehen, wie ein Gespenst die Gänge des Gebäudes zu durchstreifen, mit langen Schritten durch die Dunkelheit zu wandern und zufällige Beobachter zu erschrecken. Doch seit dem Tag, an dem er durch einen Vermittler diese Zone der Ruhe inmitten des Sturms gemietet hatte, hatte er seine vier Wände nicht mehr verlassen.

Er lag im Bett. Bleiches grünes Licht sickerte durch die Wände. Den Spiegel konnte man nicht abnehmen, denn er gehörte zur Konstruktion des Gebäudes, aber er ließ sich wenigstens neutralisieren; Burris hatte ihn ausgeschaltet, er war jetzt nur noch ein trübes, braunes Rechteck in der Wand. Von Zeit zu Zeit aktivierte er ihn und stellte sich seinem Abbild, als Disziplinübung. Vielleicht, dachte er, würde er das heute tun.

Wenn ich aufstehe.

Falls ich aufstehe.

Warum sollte ich aufstehen?

Ein spitziger Stachel war in sein Gehirn gepflanzt, Klammern umkrallten seine Eingeweide, unsichtbare Nägel fesselten seine Fußknöchel. Seine Lider rieben wie Sandpapier über die Augen. Der Schmerz war eine Konstante, wuchs sogar, um sein inniger Vertrauter zu werden.

Was sagte der Dichter noch? Das *Mit-Sein* des Körpers ...

Burris öffnete die Augen. Die Lider bewegten sich nicht mehr auf- und abwärts wie beim Menschen. Jetzt glitten die Blenden, die als Augenlider dienten, von der Mitte aus gegen die Ränder. Warum? Warum hatten die fremden Chirurgen all das getan? Diese Veränderung zum Beispiel konnte keinem plausiblen Zweck dienen. Augenlider, die aus Oberlid und Unterlid bestanden, waren gut genug. Die jetzigen verbesserten die Funktion des Auges nicht im geringsten; sie waren nur eine unüberwindliche Schranke, die jede sinnvolle Kommunikation zwischen Burris und der menschlichen Rasse verhinderte. Mit jedem Blinzeln schrie er den anderen seine Unheimlichkeit ins Gesicht.

Die Augen bewegten sich. Ein menschliches Auge bewegt sich in einer Reihe kleiner, ruckartiger Verschiebungen, die das Gehirn zu einer Abstraktion von Einheit verschmilzt. Burris' Augen bewegten sich, wie sich das Panoramaauge einer Kamera bewegen würde, wenn Kameras perfekt ausgerüstet wären: gleitend, stetig, ohne Unregelmäßigkeit. Was Burris sah, war schäbig. Wände, niedrige Decke, neutralisierter Spiegel, Vibratorbecken, Speisenschacht, das ganze eintönige Zubehör eines einfachen, billigen Zimmers, zur Selbstversorgung bestimmt. Das Fenster war undurchsichtig geblieben, seit er eingezogen war. Er hatte keine Ahnung von der Tageszeit, vom Wetter, nicht einmal von der Jahreszeit, obwohl Winter gewesen war, als er hierherkam, und er nahm an, daß immer noch Winter war. Die Beleuchtung im Raum war dürftig. Punkte indirekten Lichts erschienen in ungeordneten Mustern. Es war die Periode, in der Burris für Lichteindrücke wenig aufnahmefähig war. Manchmal erschien ihm die hell erleuchtete Welt tagelang in trüber Dunkelheit, als befinde er sich auf dem Grund eines schlammigen Tümpels. In unvorhersehbaren Abständen kehrte sich dann der Zyklus um, und ein paar Photonen genügten, um sein Gehirn in wilder Glut zu erhellen.

Aus der Dunkelheit erschien das Bild seines verschwundenen Ichs. Der ausgelöschte Minner Burris stand in einer Ecke des Raums und studierte ihn.

Dialog von Ich und Seele.

»Bist du wieder da, du dreckige Halluzination!«

»Ich werde dich nie verlassen.«

»Du bist alles, was ich habe, ist es das? Nun, heiß dich selbst willkommen. Ein Glas Kognak? Nimm mit meiner bescheidenen Gastfreundschaft vorlieb. Setz dich, setz dich!«

»Ich werde stehen bleiben. Wie kommst du zurecht, Minner?«

»Schlecht. Danke der Nachfrage.«

»Höre ich einen Unterton von Selbstmitleid in deiner Stimme?«

»Und wenn schon! Und wenn schon!«

»Ein schrecklicher Ton, und einer, den ich dich nie gelehrt habe.«

Burris konnte nicht mehr schwitzen, doch eine Dampfwolke bildete sich über jeder seiner neuen Ausdünstungsporen. Er starrte wie gebannt auf sein früheres Ich. Leise sagte er: »Weißt du, was ich mir wünsche? Daß sie dich erwischen und mit dir dasselbe machen, was sie mit mir gemacht haben. Dann würdest du verstehen.«

»Minner, Minner, man hat es schon mit mir gemacht! *Ecce homo!* Dort liegst du und beweist, daß ich es durchgemacht habe!«

»Nein. Da stehst du und beweist, daß du es nicht durchgemacht hast. Dein Gesicht. Deine Bauchspeicheldrüse. Deine Leber und deine Augen. Deine Haut. Es schmerzt – es schmerzt mich, nicht dich!«

Die Erscheinung lächelte freundlich. »Wann hast du angefangen, dir selbst leid zu tun, Minner? Das ist eine neue Entwicklung.«

Burris sah finster drein. »Vielleicht hast du recht.« Wieder überblickten seine Augen ruhig den Raum von Wand zu Wand. Er murmelte: »Sie beobachten mich, das ist das Dumme.«

»Wer?«

»Woher soll ich das wissen? Augen. Telelinsen in den Wänden. Ich habe danach gesucht, aber es nützt nichts. Zwei Moleküle im Durchmesser – wie soll ich sie je finden? Und sie sehen mich.«

»Dann laß sie sehen. Du brauchst dich nicht zu schämen. Du bist weder schön noch häßlich. Für dich gibt es keinen Bezugspunkt mehr. Ich glaube, es ist Zeit, daß du wieder nach draußen gehst.«

»Du hast gut reden«, sagte Burris barsch. »*Dich* starrt niemand an.«

»Gerade jetzt starrst du mich an.«

»Das tue ich«, gab Burris zu. »Aber du weißt warum.«

Mit bewußter Anstrengung leitete er die Phasenverschiebung ein. Seine Augen kämpften mit dem Licht. Er besaß keine Netzhaut mehr, doch die gegen sein Gehirn gebetteten Linsen genügten. Er betrachtete sein früheres Ich.

Ein großer Mann, breitschultrig und kräftig, muskulös und mit dichtem, rotblondem Haar. So war er gewesen. So war er jetzt. Die fremden Chirurgen hatten die grundlegende Struktur intakt gelassen. Doch alles übrige war verändert.

Die Vision seines Ich, die vor ihm stand, hatte ein fast so breites wie hohes Gesicht mit starken Backenknochen, kleinen Ohren und dunklen, weit auseinanderstehenden Augen. Die Lippen waren von der Art, die sich mühelos zu einer dünnen Linie zusammenpressen. Die Haut war sommersprossig; feines, goldenes Haar wuchs fast überall auf seinem Körper. Die Wirkung war von schablonenhafter Männlichkeit: ein recht starker, recht intelligenter, recht geschickter Mann, der sich in einer Gruppe nicht durch irgendeinen auffälligen positiven Zug hervortun würde, sondern durch eine ganze Reihe von unauffälligen positiven Zügen. Erfolg bei Frauen, Erfolg bei anderen Männern, Erfolg im Beruf – all diese Dinge verdankte er einst seiner unspektakulären Attraktivität.

All das war jetzt vorbei.

Burris sagte ruhig: »Ich habe nicht das Gefühl, daß ich mich selbst bemitleide. Tritt mich, wenn ich jammere. Aber erinnerst du dich, wie es war, wenn wir Bucklige sahen? Einen Mann ohne Nase? Ein Mädchen mit krummem Rücken, ohne Hals oder mit einem halben Arm? Mißgeburten? Verkehrsopfer? Und dann fragten wir uns, wie es wohl sein möge, so scheußlich auszusehen.«

»Du bist nicht scheußlich, Minner. Nur anders.«

»Ersticken sollst du an deiner verdammten Semantik! Ich bin etwas, das jetzt alle anstarren würden. Ich bin ein Monstrum. Plötzlich stehe ich außerhalb deiner Welt und gehöre zur Welt der Buckligen. Diese Menschen wissen genau, daß sie all diesen Augen nicht entkommen können. Sie hören auf, eine unabhängige Existenz zu führen, und leben nur noch der Tatsache ihrer eigenen Mißgestaltung.«

»Du übertreibst, Minner. Woher willst du das wissen?«

»Weil es mir passiert. Mein ganzes Leben ist jetzt um das herum aufgebaut, was die Wesen mir angetan haben. Ich habe keine andere Existenz. Es ist die zentrale Tatsache, die einzige Tatsache. Wie können wir die Tänzer vom Tanz unterscheiden? Ich kann es nicht. Wenn ich je nach draußen ginge, wäre es eine ständige Schaustellung.«

»Ein Buckliger hat ein Leben lang Zeit, sich an sich selbst zu gewöhnen. Er vergißt seinen Rücken. Für dich ist das noch neu. Hab Geduld, Minner. Du wirst dich zurechtfinden. Du wirst den starrenden Augen verzeihen.«

»Aber wann? Aber wann?«

Doch die Erscheinung war verschwunden. Burris zwang sich durch verschiedene Sehphasen und fand sich wieder allein. Er setzte sich auf, fühlte, wie Nadeln seine Nerven durchstachen. Es gab keine Bewegung, die nicht ihr gerüttelt Maß an Qual hatte. Sein Körper verließ ihn nie.

Er stand auf, erhob sich mit einer einzigen fließenden Bewegung. Dieser neue Körper verursacht mir Schmerzen, sagte er sich, aber er ist praktisch. Ich muß dahin kommen, ihn zu lieben.

Er stellte sich mitten in den Raum.

Selbstmitleid ist tödlich, dachte Burris. Ich darf mich nicht gehenlassen. Ich muß mich zurechtfinden. Ich muß mich anpassen.

Ich muß hinausgehen in die Welt.

Ich war ein starker Mann, nicht nur physisch. Ist all meine Kraft – diese Kraft – jetzt verschwunden?

Gewundene Kapillaren in ihm verstrickten und lösten sich. Winzige Sperrhähne setzten geheimnisvolle Hormone frei. Seine Herzkammern führten einen wirren Tanz auf.

Sie beobachten mich, dachte Burris. Sollen sie mich beobachten! Sollen sie sich doch satt sehen!

Mit einem wilden Schlag seiner Hand schaltete er den Spiegel ein und betrachtete sein nacktes Ich.

3

Seismische Unruhe

Aoudad sagte: »Wie wäre es, wenn wir tauschten? Du überwachst Burris, ich beobachte das Mädchen. Hm?«

»Nix.« Wollüstig dehnte Nikolaides den Schlußkonsonanten. »Chalk hat sie mir gegeben und ihn dir. Sie ist ohnehin langweilig. Warum sollten wir tauschen?«

»Ich habe ihn satt.«

»Finde dich mit ihm ab«, riet Nikolaides. »Widerlichkeit fördert den Charakter.«

»Du hast zu lange auf Chalk gehört.«

»Haben wir das nicht alle?«

Sie lächelten. Es würde keinen Tausch der Verantwortlichkeiten geben. Aoudad hieb auf den Schalter, und der Wagen, in dem sie fuhren, wechselte scharf von einem Computer-Leitstrahl zu einem anderen. Er begann, mit mehr als zweihundert Kilometern pro Stunde nordwärts zu schießen.

Aoudad hatte den Wagen selbst für Chalk entworfen. Er war wie ein Schoß, gepolstert mit weichen, warmen, rosafarbenen, schwammigen Fibern und ausgestattet mit allem Komfort außer Gravitronen. Chalk war seiner kürzlich müde geworden und gestattete seinen Untergebenen, ihn zu benutzen. Aoudad und Nikolaides fuhren ihn oft. Jeder der Männer betrachtete sich selbst als Chalks engsten Mitarbeiter; stillschweigend sah jeder im anderen einen Lakaien. Es war eine nützliche gegenseitige Täuschung.

Der Trick bestand darin, sich unabhängig von Duncan Chalk irgendeine Art von Existenz aufzubauen. Chalk forderte den größten Teil der wachen Stunden und war auch nicht zu stolz, seine Mitarbeiter noch im Schlaf zu benutzen, wenn er konnte. Und doch gab es immer noch Bruchstücke eines Lebens, in dem man dem dicken Mann ferne war und sich als selbständigen Menschen betrachtete. Für Nikolaides lag die Antwort in körperlicher Betätigung: rasende Fahrten über Seen, Wanderungen am Rand eines schwefelatmenden Vulkans, Himmelspaddeln, Wüstenbohren. Auch Aoudad hatte die körperliche Betätigung gewählt, wenn auch von sanfterer Art; mit gespreizten Beinen, Zeh an Zeh aneinandergelegt, würden die Frauen, die er hatte, eine Reihe bilden, die mehrere Kontinente umspannte. D'Amore und die anderen hatten ihre eigenen individuellen Fluchtmöglichkeiten. Wer sie nicht hatte, wurde von Chalk verschlungen.

Wieder fiel Schnee. Die zarten Flocken zergingen, wenn sie den Boden berührten, doch die Fahrspur war schlüpfrig. Schnell stellten die Servomechanismen das Fahrgestell so ein, daß der Wagen in der Spur blieb. Die Insassen des Fahrzeugs reagierten verschieden; Nikolaides beschleunigte den Wagen beim Gedanken an die potentielle Gefahr, so gering sie auch war, während Aoudad düster darüber nachsann, welche gierigen Schenkel ihn erwarteten, wenn er die Fahrt überlebte.

Nikolaides sagte: »Was diesen Tausch betrifft ...«

»Vergiß ihn. Wenn die Antwort nein ist, dann bleibt es dabei.«

»Ich möchte nur etwas herausfinden; sag mir eins, Bart: Bist du am Körper des Mädchens interessiert?«

Aoudad schreckte in übertriebener Unschuld zurück. »Für was, zum Teufel, hältst du mich eigentlich?«

»Ich weiß, was du bist, und alle anderen wissen es auch. Ich mache mir so meine Gedanken. Stellst du dir vielleicht vor, daß du das Mädchen haben kannst, wenn wir unsere Aufgaben tauschen und du Lona bekommst?«

»Bei einigen Frauen halte ich mich zurück«, platzte Aoudad heraus. »Mit ihr würde ich mich nie abgeben! Um Gottes willen, Nick! Das Mädchen ist zu gefährlich. Eine siebzehnjährige Jungfrau mit hundert Kindern – ich würde sie nicht anrühren! Dachtest du wirklich, ich könnte das tun?«

»Nicht wirklich.«

»Warum hast du dann gefragt?«

Nikolaides zuckte die Achseln und starrte in den Schnee.

Aoudad sagte: »Chalk hat dir gesagt, du solltest das herausfinden, stimmt's? Ist es das? Stimmt's?« Nikolaides antwortete nicht, und plötzlich begann Aoudad zu zittern. Wenn Chalk ihn solcher Wünsche verdächtigen konnte, mußte er allen Glauben an ihn verloren haben. Die Gebiete waren streng getrennt: hier die Arbeit, da die Frauen. Bisher hatte Aoudad die beiden noch nie miteinander vermischt, und Chalk wußte das. Was stimmte nicht? Wo hatte er den dicken Mann enttäuscht? Warum war ihm so das Vertrauen entzogen worden?

Mit hohler Stimme sagte Aoudad: »Nick, ich schwöre dir, ich hatte keine derartigen Absichten, als ich den Tausch vorschlug. Sexuell interessiert mich das Mädchen überhaupt nicht. Überhaupt nicht. Glaubst du, ich hätte Lust auf eine so groteske Göre? Ich habe nur daran gedacht, daß ich es satt habe, Burris' zerstükkelten und wieder zusammengeflickten Körper zu betrachten. Ich wollte ein bißchen Abwechslung in meine Aufgabe bringen. Und du ...«

»Hör auf damit, Bart.«

»... liest alle Arten finsterer und perverser ...«

»Das habe ich nicht getan!«

»Dann hat Chalk es getan. Und du hast mitgemacht. Ist das eine Verschwörung? Wer will mir eins auswischen?«

Nikolaides drückte den linken Daumen leicht auf den Medikamentenknopf, und ein Tablett mit Entspannungsdrogen klappte heraus. Ruhig gab er eine davon Aoudad, der die schlanke, elfenbeinfarbene Röhre an seinen Unterarm preßte. Einen Augenblick später verebbte die Spannung. Aoudad zog an der spitzen Muschel seines linken Ohrs. Diese Woge von Spannung und Argwohn war schlecht gewesen. So etwas kam jetzt häufiger vor. Er fürchtete, daß etwas Scheußliches gegen ihn im Gange war und daß Duncan Chalk sich anschickte, seine Gefühle anzuzapfen, während er auf einer vorherbestimmten Bahn über Paranoia und Schizophrenie bis zu katatonischer Starre gejagt würde.

Das lasse ich nicht mit mir machen, beschloß Aoudad. Er kann sein Vergnügen haben, aber es wird ihm nicht gelingen, seine Fangzähne in *meine* Kehle zu schlagen.

»Wir bleiben bei unseren Aufträgen, bis Chalk es anders bestimmt, ja?« sagte er laut.

»Ja.«

»Sollen wir sie beobachten, während wir fahren?«

»Nichts dagegen.«

Der Wagen passierte jetzt den Appalachia-Tunnel. Hohe weiße Mauern schlossen sie ein. Die Autobahn fiel hier steil ab, und
während der Wagen mit hoher Beschleunigung dahinschoß, trat
ein Schimmer von sinnlichem Genuß in Nikolaides' Augen. Er
lehnte sich in den breiten, für Chalk bestimmten Sitz zurück.
Aoudad, der neben ihm saß, schaltete die Kommunikationskanä-
le ein. Die Bildschirme wurden hell.

»Deiner«, sagte er, »und meiner.«

Er blickte auf seinen Schirm. Es schauderte Aoudad nicht mehr,
wenn er Minner Burris sah, doch auch jetzt noch war der Anblick
gespenstisch. Burris stand vor dem Spiegel und bot Aoudad damit ein doppeltes Bild seiner Gestalt.

»So also kann es einem gehen«, murmelte Aoudad. »Wie würde es dir gefallen, wenn man dir das antäte?«

»Ich würde mich auf der Stelle umbringen«, sagte Nikolaides.
»Aber irgendwie glaube ich, daß das Mädchen noch schlimmer
dran ist. Kannt du sie von deinem Platz aus sehen?«

»Was macht sie? Ist sie nackt?«

»Sie badet«, sagte Nikolaides. »Hundert Kinder! Und noch nie
etwas mit einem Mann gehabt! Dinge, die wir für selbstverständlich halten, Bart. Sieh her.«

Aoudad sah. Der helle, kompakte Schirm zeigte ein nacktes
Mädchen, das unter einer Vibradusche stand. Er hoffte, daß
Chalk in diesem Augenblick an seinen Gefühlsstrom angeschlossen war, denn als er Lona Kelvins nackten Körper betrachtete,
fühlte er nichts. Nicht das geringste. Keinen Funken Sinnlichkeit.

Sie konnte nicht mehr als hundert Pfund wiegen. Sie hatte abfallende Schultern, ein farbloses Gesicht, matte Augen. Ihre Brüste waren klein, die Taille schlank, die Hüften knabenhaft schmal.
Während Aoudad sie betrachtete, drehte sie sich um, zeigte ihr
flaches, unweibliches Gesäß und stellte die Vibradusche ab. Sie
begann sich anzukleiden. Ihre Bewegungen waren langsam, ihr
Ausdruck mürrisch.

»Vielleicht bin ich voreingenommen, weil ich mit Burris gearbeitet habe«, sagte Aoudad, »aber mir scheint, daß er viel komplizierter ist als sie. Sie ist nur ein dummes Kind, das eine schwere
Zeit hinter sich hat. Was wird er in ihr sehen?«

»Er wird ein menschliches Wesen sehen«, sagte Nikolaides. »Das könnte genügen. Es ist einen Versuch wert, sie zusammen-zubringen.«

»Du hörst dich an wie ein Menschenfreund«, sagte Aoudad erstaunt.

»Ich sehe nicht gern, wie Menschen Schmerz zugefügt wird.«

»Wer sieht das schon gern, außer Chalk? Aber wie kannst du überhaupt mit diesen beiden in Verbindung kommen? Sie sind zu weit von uns entfernt. Sie sind grotesk. Sie sind verschroben. Ich kann mir nicht vorstellen, wie Chalk sie dem Publikum ver-kaufen will.«

Geduldig sagte Nikolaides: »Einzeln sind sie verschroben. Bring sie zusammen, und sie sind Romeo und Julia. Chalk hat für diese Dinge ein gewisses Genie.«

Aoudad beäugte das leere Gesicht des Mädchens und dann die unheimliche, verzerrte Maske, die das Gesicht von Minner Burris darstellte. Er schüttelte den Kopf. Der Wagen schoß vor-wärts, eine Nadel, die das schwarze Gewebe der Nacht durch-drang. Er schaltete die Bildschirme aus und schloß die Augen. Frauen tanzten durch sein Gehirn: echte Frauen, erwachsene, mit weichen, rundlichen Leibern, die Schenkel gespreizt ...

Der Schnee in der Luft über ihnen wurde dichter. Selbst in der geschützten Höhle des schoßähnlichen Fahrzeugs fühlte Bart Aoudad ein gewisses Frösteln.

4

Tochter des Sturms

Lona Kelvin zog ihre Kleider an. Zwei Teile Unterwäsche, zwei Teile Oberkleidung, grau auf grau, dann war sie fertig. Sie ging zum Fenster ihres kleinen Zimmers und sah hinaus. Schneefall. Weiße Wirbel in der Nacht. Sie konnten den Schnee sehr schnell beseitigen, wenn er einmal auf dem Bo-den lag, aber sie konnten ihn nicht am Fallen hindern. Noch nicht.

Ein Gang durch die Arkade, beschloß Lona. Danach Schlaf, und wieder wäre ein Tag vergangen.

Sie zog ihre Jacke an. Schauderte vor Erwartung. Sah sich um.

Fotografien von Babys waren säuberlich an die Wände geheftet. Nicht hundert Babys; nur sechzig oder siebzig. Und nicht ihre Babys. Doch sechzig Babyfotos könnten genausogut hundert sein. Und für eine Mutter wie Lona könnten alle möglichen Babys ihre Babys sein.

Sie sahen aus, wie Babys aussehen. Runde, ungeformte Gesichter mit Knopfnasen, glänzenden, sabbernden Lippen und blicklosen Augen. Winzige Ohren, schmerzlich vollkommen. Greifende kleine Hände mit unglaublich glänzenden Fingernägeln. Weiche Haut. Lona streckte die Hand aus, berührte das Foto, das der Tür am nächsten hing, und stellte sich vor, sie berühre samtweiche Babyhaut. Dann legte sie die Hand auf ihren Körper. Berührte ihren flachen Bauch. Berührte eine kleine, harte Brust. Berührte die Lenden, aus denen eine Legion von Kindern geboren und nicht geboren war. Sie schüttelte den Kopf mit einer Geste, die man für Selbstmitleid hätte halten können, doch der größte Teil des Selbstmitleids war inzwischen fortgeschwemmt worden, hatte nur eine sandige Ablagerung von Verwirrung und Leere zurückgelassen.

Lona ging hinaus. Geräuschlos verschloß sich die Tür hinter ihr.

Der Aufzug trug sie rasch nach unten. Durch den schmalen Gang zwischen den hohen Häusern peitschte der Wind. Hoch oben drängte das künstliche Glühen der Nacht die Dunkelheit zurück; bunte Kugeln bewegten sich geräuschlos hin und her. Schneeflocken umtanzten sie. Das Straßenpflaster war warm. Die Gebäude, die Lona von beiden Seiten umgaben, waren hell beleuchtet. Zur Arkade, sagten Lonas Füße. Zur Arkade, um eine Weile durch die Helligkeit und Wärme dieser Schneenacht zu wandern.

Niemand erkannte sie.

Nur ein Mädchen, das am Abend allein ausging. Mausgraues Haar, das um ihre Ohren tanzte. Schmalnackiger Hals, abfallende Schultern, ein unzulänglicher Körper. Wie alt? Siebzehn. Könnte auch vierzehn sein. Niemand fragte. Ein mausgraues Mädchen.

Mausgrau.

Dr. Teh Ping Lin, San Francisco, 1966:

»Zur festgesetzten Zeit der hormonell herbeigeführten Ovulation wurden weibliche Mäuse der Schwarzen-Agouti-Zucht C3H/HeJ mit zeugungsfähigen Männchen einer Albino-Zucht, entweder BALB/c oder Cal A (ursprünglich A/Crgl/2) in einen gemeinsamen Käfig gesetzt. Neun bis zwölf Stunden nach der erwarteten Paarung wurden die Eier aus den Eileitern entnommen, die befruchteten Eier wurden durch das Vorhandensein des zweiten polaren Körpers oder durch die Beobachtung von Pronukleiden identifiziert.«

Für den Arzt war das ein entscheidendes Experiment. Die Mikroinjektion lebender Zellen war auch zu dieser Zeit nichts Neues, aber die Arbeit mit Säugetierzellen war fehlerhaft gewesen. Es war den Experimentatoren nicht gelungen, die strukturelle oder funktionelle Integrität des ganzen Ovums zu bewahren.

Niemand hatte Lona Kelvin je über diese Dinge informiert: »Das Ei eines Säugetiers ist offensichtlich schwieriger zu injizieren als andere Zellen, und zwar aufgrund der dicken Zona pellucida und der Vitellinmembrane, die beide von hoher Elastizität und widerstandsfähig gegen das Eindringen eines Mikroinstruments sind, vor allem in unbefruchtetem Zustand.«

Gruppen von Jungen hatten sich wie gewöhnlich in dem Vorraum versammelt, der zur Arkade führte. Einige hatten Mädchen bei sich. Lona betrachtete sie schüchtern. Der Winter reichte nicht bis in diese Vorhalle; die Mädchen hatten sich aus ihren heizbaren Hüllen geschält und stellten sich stolz zur Schau. Eine hatte ihre Brustwarzen mit Leuchtfarbe bemalt. Eine andere hatte ihren Kopf rasiert, um ihren feinmodellierten Schädel zu zeigen. Dort eine Rothaarige, wollüstig im letzten Stadium der Schwangerschaft, Arm in Arm mit zwei großen jungen Männern. Lachend schrie sie Obszönitäten.

Lona betrachtete sie nervös. Großer Bauch, massige Bürde. Kann sie ihre Zehen sehen? Ihre Brüste sind geschwollen. Schmerzen sie? Das Kind war sicher auf die alte Art empfangen worden. Lona schloß für einen Moment die Augen. Keuchen, Stoßen, Zittern in den Lenden, und ein Baby ist entstanden. *Ein* Baby. Vielleicht zwei. Lona schob die schmalen Schultern zurück, füllte die zusammengedrückten Lungen mit Luft. Bei dieser Bewegung hoben sich ihre Brüste, Farbe kam in ihre eckigen Wangen.

»Unterwegs zur Arkade? Geh mit mir!«

»He, Vogel! Laß uns zwitschern!«

»Brauchst du deinen Freund, Kleine?«

Strudel von Worten, leise, summende Einladungen. Nicht für sie. Nie für sie.

Ich bin Mutter.

Ich bin *die* Mutter.

»Diese befruchteten Eier wurden dann in eine Nährlösung gelegt, bestehend aus drei Teilen modifizierter Lockelösung, einem Teil 2,9prozentigem Natrium-Zitrat-Dihydrat und 25 mg Rinder-Gammaglobulin (RGG, Armour) pro Milliliter der Lockelösung. Penicillin (100 Einheiten pro Milliliter) und Streptomycin (50 μg/ml) wurden der Nährlösung beigefügt. Die Viskosität der Nährlösung bei 22 Grad Celsius war 1.1591 cp, der pH-Wert 7.2. Zur Mikromanipulation und Injektion wurden die Eier in einem Tropfen der obigen Lösung (GZL) belassen, der mit Mineralöl bedeckt in eine Vaselinemulde auf den Objektträger eines Mikroskops gelegt wurde.«

An diesem Abend gab es eine kleine Überraschung für Lona. Einer der Müßiggänger in der Vorhalle näherte sich ihr. War er betrunken? Sexuell so ausgehungert, daß sie für ihn attraktiv war? Von Mitleid für das einsame Mädchen getrieben? Oder wußte er, wer sie war, und wollte an ihrem Ruhm teilhaben? Das war am wenigsten wahrscheinlich. Er wußte es nicht, würde es nicht wollen. Ruhm gab es nicht.

Er war keine Schönheit, aber auch nicht besonders abstoßend. Mittelgroß; schwarzes Haar, glatt bis fast auf die Augenbrauen nach vorn gekämmt; die Augenbrauen selbst waren chirurgisch verlegt und bildeten ein skeptisch umgekehrtes V; die Augen grau, von heller, oberflächlicher Schlauheit; schwaches Kinn; scharf vorspringende Nase. Etwa neunzehn Jahre alt. Farblose Haut, von darunterliegenden Furchen gezeichnet, sonnenempfindliche Muster, die mittags glanzvoll aufleuchten würden. Er sah hungrig aus. In seinem Atem eine Mischung aus verschiedenen Dingen: billiger Wein, Gewürzbrot, ein Hauch von (Angeber!) gefiltertem Rum.

»Hallo, Süße! Tun wir uns zusammen! Ich bin Tom Piper, Tom Pipers Sohn. Und du?«

»Bitte – nein«, murmelte Lona. Sie versuchte zu entkommen. Er versperrte ihr den Weg, hauchte sie mit seinem Atem an.

»Schon vergeben? Triffst du drinnen jemanden?«

»Nein.«

»Warum dann nicht mit mir? Es gibt Schlechtere.«

»Lassen Sie mich.« Ein schwaches Wimmern.

Er blickte boshaft zur Seite. Kleine Augen bohrten sich in ihre. »Raumfahrer«, sagte er, »gerade von den äußeren Welten zurück. Wir suchen uns einen Teich, und ich erzähle dir von ihnen. Du darfst einem Raumfahrer keinen Korb geben.«

Lona runzelte die Stirn. Raumfahrer? Äußere Welten? Saturn, der in seinen Ringen tanzt, grüne Sonnen jenseits der Nacht, blasse Kreaturen mit vielen Armen? Er war kein Raumfahrer? Der Raum zeichnet die Seele. Tom Pipers Sohn war ohne Zeichen. Selbst Lona konnte das feststellen. Selbst Lona.

»Sie sind kein Raumfahrer«, sagte sie.

»Doch. Ich erzähle dir von den Sternen. Ophiuchus. Rigel. Aldebaran. Ich war dort draußen. Komm schon, Blume. Komm mit Tom!«

Er log. Er verherrlichte sich selbst, um seine Anziehungskraft zu vergrößern. Lona erschauerte. Hinter seiner massiven Schulter sah sie die Lichter der Arkade. Er beugte sich dicht zu ihr. Seine Hand glitt nach unten, fand ihre Hüfte, fuhr lasziv über den flachen Schenkel, die magere Seite.

»Wer weiß?« flüsterte er heiser. »Die Nacht kann uns überall hinführen. Vielleicht werde ich dir ein Baby machen. Ich wette, das würde dir gefallen. Hast du je ein Baby gehabt?«

Ihre Fingernägel zerkratzten seine Wange. Er taumelte zurück, überrascht, blutend, und einen Augenblick lang leuchteten die gebundenen Ornamente unter seiner Haut sogar im künstlichen Licht hell auf. Seine Augen blickten wild. Lona fuhr herum, drängte sich an ihm vorbei und verschwand in der Menge, die durch die Vorhalle wogte.

Mit Ellbogenstößen bahnte sie sich einen Weg in die Arkade.

Tom, Tom, des Pfeifers Sohn, macht dir ein Baby, dann läuft er davon ...

»Dreihundert frisch befruchtete Eier wurden in Vaselinemuldenpräparaten gehalten; jedes davon wurde einer der folgenden experimentellen Behandlungen unterzogen: (i) keine Pipetten-Punktierung und keine Injektion; (ii) Punktierung des Eies, aber keine Injektion; (iii) Injektion von 180 μ l der etwa 5 pg RGG enthaltenen Lösung; (iv) Injektion von 770 μ l der 20 pg RGG enthaltenden Lösung; oder (v) Injektion von 2730 μ l der 68 pg RGG enthaltenden Lösung.«

Die Arkade glitzerte. Hier waren alle billigeren Vergnügungen unter einem Glasdach vereint. Als Lona das Tor passierte, drückte sie ihren Daumen gegen den Zähler, damit ihre Anwesenheit registriert und der Besuch ihr in Rechnung gestellt wurde. Der Eintritt war nicht teuer. Aber sie hatte Geld, sie hatte Geld. Dafür hatten sie gesorgt.

Sie stellte sich breitbeinig hin und sah hinauf zu den Tribünen, die übereinander bis zum sechzig Meter hohen Dach reichten. Dort oben wirbelte Schnee, aber er fiel nicht; starke Gebläse verhinderten, daß er das Kuppeldach berührte; die Flocken sanken einem klebrigen Tod auf dem geheizten Straßenpflaster entgegen.

Sie sah die Glücksspieltribünen, wo ein Mann um jeden Einsatz spielen konnte. Das war ein Platz für die Jungen, die wenig Geld hatten. Für die Schmutzigen. Doch wenn ein Mann wollte, konnte er dort große Summen verlieren; einigen war das passiert. Da oben kreisten Räder, blinkten Lichter, klickten Knöpfe. Lona verstand die Glücksspiele nicht.

Weiter oben, in labyrinthischen Netzen von Gängen, konnte, wer das Bedürfnis oder die Neigung hatte, Fleisch kaufen. Frauen für Männer, Männer für Frauen, Jungen für Mädchen, Mädchen für Jungen und jede denkbare Kombination. Warum nicht? Der Mensch konnte frei über seinen Körper verfügen, solange er dabei nicht unmittelbar das Wohlbefinden eines anderen beeinträchtigte. Diejenigen, die verkauften, waren nicht gezwungen zu verkaufen. Sie konnten ebensogut ein Geschäft eröffnen. Lona ging nicht zu den Häusern des Fleisches.

Hier auf der Hauptebene der Arkade befanden sich die Stände der kleinen Händler. Für eine Handvoll Münzen konnte man eine Tüte voller Überraschungen kaufen. Wie wäre es mit einer dünnen Schnur aus lebendigem Licht, um die trüben Tage zu erhellen? Oder mit einem Haustier aus einer anderen Welt, wie sie behaupteten, obwohl die juwelenäugigen Kröten in den Laboratorien Brasiliens gezüchtet wurden? Wie wäre es mit einer Poesiebox, die euch in den Schlaf singt? Fotografien der Großen dieser Welt, geschickt entworfen, die lächelten und sprachen. Lona wanderte umher. Lona starrte. Lona berührte nichts, kaufte nichts.

»Die Lebensfähigkeit der Eier wurde durch Transplantation auf natürlich befruchtete Albino-Empfänger der Zucht BALB/c oder CaL A getestet, die unter Anästhesie standen. Durch Hormoninjektionen waren die Empfänger gleichzeitig mit den Agouti-Spendern C3H zur Ovulation gebracht und mit fruchtbaren Männchen ihres eigenen Albino-Stammes gepaart worden.«

Eines Tages werden meine Kinder hierherkommen, sagte sich Lona. Sie werden Spielzeug kaufen. Sie werden sich vergnügen. Sie werden durch die Menge laufen ...

... selbst eine Menge ...

Sie spürte einen Atem im Nacken. Eine Hand streichelte ihr Gesäß. Tom Piper? In panischer Angst drehte sie sich um. Nein, nein, nicht Tom Piper, nur irgendein giraffenartiger Junge, der begierig hinaufstarrte zu den fernen Rängen der Fleischhändler. Lona ging weiter.

»Die gesamte Prozedur dauerte von dem Zeitpunkt an, zu dem die Versuchseier aus den Eileitern der Spender entnommen wurden, bis zur Transplantation in das Emfänger-Infundibulum 30 bis 40 Minuten. Während dieser Periode der Lebenderhaltung bei Zimmertemperatur schrumpften viele Eier in ihrer Zona pellucida zusammen.«

Hier war die zoologische Ausstellung. Lebewesen in Käfigen, hin und her laufend, starrend, flehend. Lona ging hinein. Waren dies hier die letzten Tiere? Eine Welt, aus der die Tiere verschwunden waren. Hier der riesige Ameisenbär. Wo war der Rüssel, wo der Schwanz? Ein Faultier klammerte sich träge an totes Holz. Nervöse Nasenbären durchmaßen mit schnellen Schritten ihren Käfig. Der Tiergestank wurde durch surrende Pumpen unter dem Fliesenboden aus dem Raum gesogen.

»... die geschrumpften Eier überlebten gewöhnlich und wurden als im wesentlichen normal bezeichnet ...«

Die Tiere erschreckten Lona. Sie ging fort, hinaus aus dem Zoo, und umrundete noch einmal die Hauptgalerie der Arkade. Sie meinte, Tom Piper zu sehen, der sie verfolgte. Sie streifte leicht den harten Bauch des schwangeren Mädchens.

»... die Anzahl der degenerierenden Embryos und Resorptionslagen wurde in den autopsierten Empfängern ebenfalls untersucht ...«

Sie merkte, daß sie überhaupt nicht hier sein wollte. Daheim, sicher, warm, allein. Sie wußte nicht, was angsteinflößender war: Menschen in großen Herden oder ein Mensch allein.

»... eine beträchtliche Anzahl von Eiern überlebte die Mikromanipulation und die Injektion einer fremden Substanz ...«

Ich will gehen, entschloß sich Lona.

Ausgang. Ausgang. Wo war der Ausgang? Ausgänge waren hier nicht gekennzeichnet. Sie wollten, daß man blieb. Und wenn ein Feuer ausbrechen würde? Roboter, die aus verborgenen Täfelungen gleiten, den Brand löschen. Aber ich möchte gehen.

»... auf diese Weise ist für eine nützliche Methode gesorgt ...«

»... das Überleben der pronukleiden Eier nach den verschiedenen Behandlungen wird auf Tafel 1 dargestellt ...«

»... die Fötusse, die sich aus den mikroinjizierten Eiern entwickelten, waren häufig kleiner als ihre natürlichen Geschwister, obwohl keine andere äußere Abnormität beobachtet wurde ...«

Danke, Dr. Teh Ping Lin aus San Francisco.

Lona floh.

In einem rasenden Rundlauf eilte sie durch den Bauch der hellen Arkade. Tom Piper fand sie wieder, schrie ihr etwas zu, streckte die Hände aus. Er ist freundlich. Er will nichts Böses. Er ist einsam. Vielleicht ist er wirklich ein Raumfahrer.

Lona floh.

Sie entdeckte einen Ausgang und eilte auf die Straße. Die Geräusche der Arkade verklangen. Hier draußen in der Dunkelheit wurde sie ruhiger, der Angstschweiß auf ihrer Haut trocknete, verschaffte ihr Kühlung. Lona schauderte. Sie rannte nach Hause, sah häufig über die Schulter zurück. An ihre Hüfte hatte sie Waffen gegen Belästigungen gehakt, die jeden Angreifer vertreiben würden: eine Sirene, eine Rauchblende, einen Laser, der blindmachende Blitze ausstrahlte. Und doch war man nie sicher. Dieser Tom Piper; er konnte überall und zu allem fähig sein.

Sie betrat ihr Zimmer. Meine Babys, dachte sie. Ich möchte meine Babys haben.

Die Tür schloß sich. Das Licht ging an. Sechzig oder siebzig zarte Bilder hingen an den Wänden. Lona berührte sie. Mußten ihre Windeln gewechselt werden? Windeln waren eine ewige Wahrheit. Hatten sie Milch über ihre runden Bäckchen gekleckert? Sollte sie ihr lockiges Haar bürsten? Zarte Köpfchen, noch nicht geschlossen; flexible Knochen; winzige Stupsnasen. Meine Babys! Lonas Hände liebkosten die Wände. Sie legte ihre Kleider ab. Später, viel später, überkam sie endlich der Schlaf.

5

Auftritt Chalk; darauf Aoudad

Drei Tage hatte Chalk die Aufzeichnungen über das Paar studiert und dem Projekt seine nahezu ungeteilte Aufmerksamkeit gewidmet. Jetzt schien es ihm, als kenne er Minner Burris und Lona Kelvin so gründlich, wie sie nur je irgend jemand gekannt hatte. Und auch die Idee, sie zusammenzubringen, schien ihm vielversprechend.

Intuitiv hatte Chalk das von Anfang an gewußt. Doch obwohl er seinem intuitiven Urteil vertraute, handelte er nie danach, ehe er nicht Zeit fand, es rational zu begründen und genaue Erkundigungen einzuziehen. Jetzt hatte er das getan. Aoudad und Nikolaides, denen er die vorbereitenden Phasen seines Unternehmens anvertraut hatte, hatten ihm ihre Auswahl aus den Monitoraufzeichnungen vorgelegt. Chalk verließ sich nicht allein auf ihr Urteil. Er hatte dafür gesorgt, daß auch andere die Aufzeichnungen prüften und gleichfalls die ihrer Ansicht nach aufschlußreichsten Episoden zusammenstellten. Es war erfreulich zu sehen, wie gut die Entscheidungen übereinstimmten. Das rechtfertigte seinen Glauben an Aoudad und Nikolaides. Sie waren gute Leute.

In seinem pneumatischen Stuhl schaukelte Chalk hin und her und überdachte die Situation, während um ihn herum die von ihm aufgebaute Organisation lebhaft summte und pulsierte.

Ein Projekt. Ein Unternehmen. Das Zusammenführen zweier leidender menschlicher Wesen. Aber waren sie menschlich? Sie waren es einmal gewesen. Das Rohmaterial war menschlich. Ein Spermium, ein Ovum, eine Reihe genetischer Kodes. Ein wimmerndes Kind. So weit, so gut. Ein kleiner Junge, ein kleines Mädchen. Unbeschriebene Blätter, bereit für die Eindrücke des Lebens. Bei diesen beiden hatte das Leben hart zugeschlagen.

Minner Burris. Raumfahrer. Intelligent, energisch, gebildet.

Auf einer fremden Welt ergriffen und gegen seinen Willen in etwas Monströses verwandelt. Natürlich war Burris unglücklich über das, was aus ihm geworden war. Ein geringerer Mann wäre daran zerbrochen. Burris war kaum gebeugt. Wie Chalk wußte, war das interessant und lobenswert hinsichtlich dessen, was das Publikum aus der Geschichte von Minner Burris gewinnen konnte. Doch Burris litt auch. Und das war aus Chalks eigener Sicht interessant.

Lona Kelvin. Ein Mädchen. Früh verwaist, Mündel des Staates. Nicht hübsch, aber ihre Reifejahre lagen natürlich noch vor ihr, und sie könnte sich entwickeln. Unsicher, in bezug auf Männer gehemmt, nicht sehr klug. (Oder war sie klüger, als sie sich den Anschein zu geben wagte? fragte sich Chalk.) Sie hatte etwas mit Burris gemeinsam. Auch von ihr hatten Wissenschaftler Besitz ergriffen: keine entsetzlichen fremden Wesen, sondern freundliche, wohlwollende, unvoreingenommene, hochgradige Abstraktionen in weißen Laborkitteln, die, ohne Lona in irgendeiner Weise physisch zu verletzen, lediglich einige überflüssige, in ihrem Körper gelagerte Objekte entnommen und für ein Experiment verwendet hatten. Das war alles.

Und jetzt entsprangen Lonas hundert Babys ihren glänzenden Plastikschößen. Waren entsprungen? Ja. Schon geboren. In Lona hatten sie eine gewisse Leere hinterlassen. Sie litt.

Es wäre ein Akt der Nächstenliebe, entschied Duncan Chalk, dieses leidende Paar zusammzubringen.

»Schick Bart zu mir«, sagte er zu seinem Stuhl.

Aoudad kam sofort herein, als gleite er auf Rädern, als habe er im Vorzimmer sprungbereit auf ebendiese Aufforderung gewartet. Er war erfreulich angespannt. Vor langer Zeit war Aoudad selbstgenügsam und gefühlsmäßig lebendig gewesen, doch Chalk wußte, daß ihn die ständige Belastung gebrochen hatte. Seine zwanghafte Jagd nach Frauen war ein Anzeichen dafür. Doch wenn man ihn betrachtete, hatte man den Eindruck von Stärke. Kühle Augen, entschlossener Mund. Chalk spürte die unterschwellige Ausstrahlung von Angst und Nervosität. Aoudad wartete.

Chalk sagte: »Bart, können Sie Burris dazu bringen, jetzt sofort zu mir zu kommen?«

»Er hat sein Zimmer seit Wochen nicht verlassen.«

»Das weiß ich. Aber es ist zwecklos, daß ich zu ihm fahre. Man muß ihm zureden, wieder an die Öffentlichkeit zu gehen. Ich habe beschlossen, das Projekt voranzutreiben.«

Aoudad wirkte irgendwie erschrocken. »Ich werde ihn aufsuchen. Ich habe seit geraumer Zeit über Methoden nachgedacht, mit ihm Kontakt aufzunehmen. Er wird kommen.«

»Aber erwähnen Sie das Mädchen vorerst nicht.«

»Nein. Gewiß nicht.«

»Sie werden das schon richtig machen, Bart. Ich kann mich auf Sie verlassen. Das wissen Sie. Es steht viel auf dem Spiel, aber Sie werden die Sache wie immer ausgezeichnet erledigen.«

Chalk lächelte. Aoudad lächelte. Das Lächeln des einen war eine Waffe, des anderen eine Verteidigung. Chalk spürte die Ausstrahlung. Tief in ihm traten Hormondrüsen in Tätigkeit, und er reagierte mit einer Welle von Vergnügen auf Aoudads Unbehagen. Hinter Aoudads kühlen grauen Augen kreisten Ungewißheiten. Doch Chalk hatte die Wahrheit gesagt: Er vertraute tatsächlich auf Aoudads Geschicklichkeit in dieser Angelegenheit. Nur Aoudad selbst hatte kein Vertrauen; darum verschoben Chalks Versicherungen das Gleichgewicht ein wenig. Chalk hatte solche Techniken beizeiten gelernt.

Chalk fragte: »Wo ist Nick?«

»Ausgegangen. Ich glaube, er spürt dem Mädchen nach.«

»Gestern abend hätte er beinahe alles verpatzt. Das Mädchen war in der Arkade und stand nicht unter ausreichendem Schutz. Irgendein Narr hat sie befingert. Nick hatte Glück, daß das Mädchen widerstand. Ich rettete sie.«

»Ja. Gewiß.«

»Natürlich erkannte sie niemand. Sie ist vergessen. Ihr Jahr war voriges Jahr, heute ist sie nichts mehr. Doch«, sagte Chalk, »wenn man es richtig anfängt, steckt immer noch eine gute Story in ihr. Und wenn irgendein dummer Schmierfink sie in die Hände bekommt und sie beschmutzt, ruiniert das unser gesamtes Projekt. Nick sollte besser auf sie aufpassen. Das werde ich ihm sagen. Und Sie kümmern sich um Burris.«

Rasch verließ Aoudad den Raum. Chalk summte träge vor sich hin und freute sich. Die Sache würde klappen. Sein Publikum würde entzückt sein, wenn die Romanze aufblühte. Er würde das Geld nur so scheffeln. Natürlich hatte Chalk kein großes Bedürfnis nach noch mehr Geld. Früher einmal war das ein Antrieb gewesen, doch jetzt nicht mehr. Ihm lag auch nicht viel daran, größere Macht zu gewinnen. Den gängigen Theorien zum Trotz hatte Chalk genug Macht errungen und war nicht drauf erpicht, sie weiter auszudehnen, solange er sicher sein konnte, das zu behalten, was er besaß. Nein, es war etwas anderes, ein innerer Antrieb, der jetzt seine Entscheidungen lenkte. Wenn sowohl die Liebe zum Geld als auch die Liebe zur Macht gesättigt sind, bleibt immer noch die Liebe zur Liebe. Chalk fand seine Liebe nicht da, wo andere sie finden mochten, aber auch er hatte seine Bedürfnisse. Minner Burris und Lona Kelvin könnten diese Bedürfnisse befriedigen, vielleicht. Katalyse. Synergie. Dann würde er weitersehen.

Er schloß die Augen.

Er sah sich selbst, nackt durch ein blaugrünes Meer schwimmend. Stattliche Wellen prallten gegen seine glatten, weißen Seiten. Sein massiver Körper bewegte sich mühelos, denn hier wog er nichts, wurde er getragen von der Brust des Ozeans; einmal bogen sich seine Knochen nicht unter dem Zug der Schwerkraft. Hier war Chalk flink. Er rollte hin und her, zeigte seine Wendigkeit im Wasser. Delphine, Tintenfische, Schwertfische umspielten ihn. Neben ihm bewegte sich die wichtigtuerische, dumme, hoch aufragende Masse eines Sonnenfisches, der auch recht groß war, doch neben seiner eigenen leuchtenden Unermeßlichkeit wie ein Zwerg wirkte.

Chalk sah Boote am Horizont. Männer kamen auf ihn zu, steil aufgerichtet, mit grimmigen Gesichtern. Jetzt war er eine verfolgte Beute. Er lachte sein donnerndes Lachen. Als die Boote näher kamen, wendete er und schwamm auf sie zu, neckte sie, lud sie ein, ihr Schlimmstes zu tun. Er war dicht unter der Oberfläche, glänzte weiß in der Mittagssonne. Wasser strömte in Kaskaden von seinem Rücken.

Jetzt waren die Boote herangekommen. Chalk drehte sich um; mächtige Schwanzflossen peitschten das Wasser; ein Boot sprang hoch in die Luft, zerbrach wie ein Streichholz, schleuderte seine zappelnde menschliche Fracht in das Salzwasser. Eine heftige Muskelbewegung trug ihn fort von seinen Verfolgern. Er blies eine hohe, sprühende Fontäne, um seinen Triumph zu bekunden. Dann tauchte er unter, fröhlich posaunend, suchte die Tiefen; hin und wieder verschwand seine Weiße in einem Reich, zu dem das Licht keinen Zugang hatte.

6

Moder, merci; let me deye

»Du solltest aus diesem Zimmer gehen«, schlug der Besucher freundlich vor. »Zeig dich der Welt. Stell dich ihr mit erhobenem Haupt. Du hast nichts zu fürchten.«

Burris stöhnte. »Schon wieder du! Willst du mich nicht in Ruhe lassen?«

»Wie kann ich dich je verlassen?« fragte sein anderes Ich.

Burris starrte durch dichte Schichten von Dunkelheit. Er hatte an diesem Tag dreimal gegessen, also war vermutlich Nacht, obwohl er es nicht wußte und sich auch nicht darum kümmerte. Eine glänzende Klappe versorgte ihn mit jeder Nahrung, die er wünschte. Die Neugestalter seines Körpers hatten sein Verdauungssystem verbessert, es aber nicht grundlegend verändert. Eine ziemlich unbedeutende Gnade, wie er fand; doch er konnte immer noch mit irdischer Nahrung fertigwerden. Gott allein wußte, woher jetzt seine Enzyme kamen, aber es waren dieselben Enzyme. Rennin, Pepsin, die Lipasen, Bauchspeicheldrüsen-Amylase, Trypsin, die ganze Verdauungsmannschaft. Was war mit dem Dünndarm? Was war das Schicksal von Zwölffingerdarm, Leerdarm und Krummdarm? Wodurch waren Mesenterium und Bauchfell ersetzt worden? Fort, fort, alles fort, aber irgendwie taten Rennin und Pepsin ihre Arbeit. Das hatten die irdischen Ärzte, die ihn untersucht hatten, gesagt. Burris hatte das Gefühl, daß sie ihn mit Vergnügen sezieren würden, um Genaueres über seine Geheimnisse zu erfahren.

Aber noch nicht. Noch nicht gleich. Er würde diesen Punkt erreichen, aber noch war es nicht soweit.

Und die Erscheinung früheren Glücks wollte nicht verschwinden.

»Sieh dein Gesicht an«, sagte Burris. »Deine Augenlider bewegen sich so dumm, auf, ab, blink, blink. Die Augen sind so roh. Deine Nase läßt Schmutz in die Kehle dringen. Ich muß zugeben, daß ich im Vergleich zu dir eine beträchtliche Verbesserung darstelle.«

»Natürlich. Deshalb sage ich ja, du sollst ausgehen, dich von der Menschheit bewundern lassen.«

»Wann hat die Menschheit je verbesserte Modelle ihrer selbst bewundert? Hat der Pithekanthropus sich bei den ersten Neandertalern beliebt gemacht? Hat der Neandertaler dem Aurignacmenschen applaudiert?«

»Die Analogie paßt nicht. Du bist nicht weiter entwickelt als sie, Minner. Du bist durch äußere Mittel verändert worden. Sie haben keinen Grund, dich für das zu hassen, was du bist.«

»Sie brauchen nicht zu hassen. Nur zu starren. Außerdem habe ich Schmerzen. Es ist einfacher, hierzubleiben.«

»Sind die Schmerzen wirklich so schwer zu ertragen?«

»Ich gewöhne mich daran«, sagte Burris. »Doch jede Bewegung peinigt mich. Die Wesen haben nur experimentiert. Sie machten ihre kleinen Fehler. Zum Beispiel diese zusätzliche Herzkammer: jedesmal, wenn sie sich zusammenzieht, fühle ich ihre Bewegung im Hals. Dieser abgenutzte, durchlässige Darm: er transportiert die Nahrung, und ich habe Schmerzen. Ich sollte mich umbringen. Das wäre die wirksamste Erlösung.«

»Such Trost in der Literatur«, riet die Erscheinung. »Lies. Früher hast du das getan. Du warst ein ziemlich belesener Mann, Minner. Dreitausend Jahre Literatur stehen zu deiner Verfügung. Mehrere Sprachen. Homer. Chauser. Shakespeare.«

Burris betrachtete das heitere Gesicht des Mannes, der er einmal gewesen war. Er rezitierte: »*Moder, merci; let me deye.*«

»Sprich es zu Ende.«

»Der Rest ist nicht anwendbar.«

»Sprich es trotzdem zu Ende.«

Burris sagte:

»*For Adam ut of helle beye
And manken that is forloren.*«

»Dann stirb«, sagte der Besucher sanft. »Um Adam und die verlorene Menschheit loszukaufen. Sonst bleib am Leben. Minner, meinst du, du seist Jesus?«

»Er litt durch die Hände Fremder.«

»Um sie zu erlösen. Wirst du die Wesen erlösen, wenn du zurückgehst nach Manipool und auf ihrer Türschwelle stirbst?«

257

Burris zuckte die Achseln. »Ich bin kein Erlöser. Ich brauche selbst Erlösung. Ich bin in großer Not.«

»Jammerst du schon wieder!«

»*Sun, I se thi bodi swungin,*
thi brest, thin hond, thi fot thurch-stungen.«

Burris blickte finster vor sich hin. Sein neues Gesicht eignete sich gut dazu; die Lippen schürzten sich nach außen wie die sich weitende Öffnung eines Schließmuskels, entblößten die zweigeteilte Palisade unzerstörbarer Zähne. »Was willst du von mir?« fragte er.

»Was willst *du*, Minner?«

»Dieses Fleisch ablegen. Meinen alten Körper wiederhaben.«

»Ein Wunder also. Und du willst, daß dieses Wunder hier in diesen vier Wänden geschieht.«

»Der Ort ist so gut wie jeder andere. Und so wahrscheinlich wie jeder andere.«

»Nein. Geh hinaus. Such Hilfe.«

»Ich war draußen. Man hat mir nicht geholfen, sondern mich herumgeschoben und verstoßen. Was soll ich tun – mich an ein Museum verkaufen? Geh weg, verdammter Geist! Raus! Raus!«

»Dein Erlöser lebt«, sagte die Erscheinung.

»Dann gib mir seine Adresse.«

Er erhielt keine Antwort. Burris blieb allein zurück, starrte auf spinnwebdünne Schatten. Greifbare Stille stand im Raum. Ruhelosigkeit pulsierte in ihm. Sein Körper war jetzt dazu ausgerüstet, trotz aller Untätigkeit seine Spannkraft zu bewahren; es war der ideale Körper für einen Raumfahrer, geeignet, von Stern zu Stern zu treiben, die lange Stille zu ertragen.

So war er nach Manipool geflogen. Es lag auf seinem Weg. Der Mensch war ein Neuling zwischen den Sternen, hatte zum erstenmal sein Planetensystem verlassen. Niemand wußte, was er dort draußen treffen, was mit ihm geschehen würde. Burris hatte Pech gehabt. Er hatte überlebt. Die anderen lagen friedlich in Gräbern unter einer gefleckten Sonne. Die Italiener – Malcondotto und Prolisse –, sie hatten den Operationssaal nicht mehr verlassen. Sie waren Versuchsobjekte für Manipools Meisterwerk gewesen, ihn selbst. Burris hatte Malcondotto gesehen, tot, nachdem sie mit ihm fertig waren. Er hatte Ruhe. Er hatte so friedlich ausgesehen, falls ein Monstrum, selbst im Tode, überhaupt friedlich aussehen kann. Prolisse war ihm vorangegangen. Burris hatte nicht gesehen, was sie mit Prolisse gemacht hatten, und das war ebensogut gewesen.

Er war als zivilisierter Mensch zu den Sternen gereist, wach und mit scharfem Verstand. Kein Mann für niedrige Arbeiten. Ein Raumfahrer, das höchste Produkt der Menschheit, ein Offizier, ausgerüstet mit höherer Mathematik, höchster Topologie. Den Verstand vollgepackt mit literarischen Goldklumpen. Ein Mann, der geliebt hatte, gelernt hatte. Jetzt war Burris froh, daß er nie geheiratet hatte. Für einen Raumfahrer ist es unangebracht, eine Frau zu nehmen, aber es ist noch viel unangebrachter, verwandelt von den Sternen zurückzukehren und eine frühere Liebste zu umarmen.

Das Gespenst war wieder da. »Frag Aoudad«, riet es. »Er wird dir Hilfe verschaffen. Er wird dich wieder zu einem ganzen Mann machen.«

»Aoudad?«

»Aoudad.«

»Ich will ihn nicht sehen.«

Wieder war Burris allein.

Er sah seine Hände an. Feingliedrige, spitz zulaufende Finger, im wesentlichen unverändert bis auf die Fühler, die sie an jeder Seite auf die äußeren Fingerknochen gepfropft hatten. Noch einer ihrer kleinen Späße. Sie hätten ein Paar solcher Tentakel unter seine Arme pflanzen können, denn das wäre nützlich gewesen. Oder ihm einen Greifschwanz geben und ihn damit zu einem mindestens ebenso tüchtigen Kletterer machen wie ein brasilianischer Affe. Aber diese beiden muskulösen, seilähnlichen Gegenstände, bleistiftdick und acht Zentimeter lang, wozu sollten sie dienen? Sie hatten seine Hand verbreitert, wie er zum erstenmal feststellte, so daß sie sich dem neuen Finger anpaßte, ohne daß die Proportionen gestört wurden. Aufmerksam von ihnen. Jeden Tag entdeckte Burris irgendeine neue Facette seines Andersseins. Er dachte an den toten Malcondotto. Er dachte an den toten Prolisse. Er dachte an Aoudad. Aoudad? Wie könnte Aoudad ihm auf irgendeine vorstellbare Art helfen?

Sie hatten ihn auf einem Tisch oder dem manipoolischen Äquivalent eines Tisches, einem nachgiebigen, schwankenden Gegenstand, ausgestreckt. Sie hatten ihn gemessen. Was hatten

259

sie überprüft? Temperatur, Pulsschlag, Peristaltik, Pupillenkontraktion, Blutdruck, Jodverbrauch, Kapillarfunktion, und was sonst noch? Sie hatten Taster an den salzigen Film über seinen Augäpfeln gelegt. Sie hatten das Volumen des Zellinhalts im Samenleiter berechnet. Sie hatten die Wege der Nervenreizung verfolgt, damit sie blockiert werden konnten.

Anästhesie. Erfolgreich!

Operation.

Die Rinde abschälen. Nach Hypophyse, Hypothalamus, Schilddrüse suchen. Die unregelmäßig pulsierenden Herzkammern beruhigen. Mit winzigen, unfühlbaren Skalpellen hinabsteigen, um in die Durchfahrtwege zu gelangen. Der Körper, hatte Galen vermutet, war nur ein Sack voll Blut. Gab es ein Kreislaufsystem? Gab es einen Kreislauf? Auf Manipool hatten sie die Geheimnisse der menschlichen Konstruktion in drei Lektionen durchgenommen und entschlüsselt. Malcondotto, Prolisse, Burris. Zwei hatten sie vergeudet. Der dritte überlebte.

Sie hatten Blutgefäße abgebunden. Sie hatten die graue, seidige Masse des Gehirns freigelegt. Hier war Chaucers Knoten. Hier Piers Plowman. Hier Aggression. Rachsucht. Sinnliche Wahrnehmung. Nächstenliebe. Glaube. In dieser glitzernden Ausbuchtung wohnten Proust, Hemingway, Mozart, Beethoven. Hier Rembrandt.

Sieh, sieh: wie Christi Blut einströmt ins Firmament!

Er hatte darauf gewartet, daß es anfing, er wußte, daß Malcondotto unter ihrem Eingriff umgekommen war, daß Prolisse, geschunden und zerstückelt, verschwunden war.

Steht still, ihr rastlos regen Himmelsphären! Zeit, höre auf! Nie werd' es Mitternacht!

Es wurde Mitternacht. Die glatten Stichel gruben sich in sein Gehirn. Es würde nicht weh tun, dessen war er gewiß, und doch fürchtete er den Schmerz. Sein einziger Körper, sein unersetzliches Ich. Er hatte ihnen nichts getan. Er war in aller Unschuld gekommen.

Einmal, als Junge, hatte er sich beim Spielen ins Bein geschnitten, eine tiefe, klaffende Wunde, die rohes Fleisch enthüllte. *Eine Wunde,* dachte er, *ich habe eine Wunde.* Blut war über seine Füße geströmt. Man hatte die Wunde geheilt, nicht so rasch, wie solche Dinge heute behandelt werden, aber als er die rote Narbe

sah, hatte er über die Veränderung nachgedacht, die nun eingetreten war. Sein Bein würde nie wieder dasselbe sein, denn jetzt
trug es die Narbe einer Verletzung. Das hatte ihn mit zwölf Jahren tief bewegt – eine so fundamentale, so dauernde Veränderung an seinem Körper. In den letzten Augenblicken, bevor die
Wesen an ihm zu arbeiten begannen, dachte er daran. *Kommt,
Berge, Hügel, fallt über mich und deckt mich vor dem heiligen
Zorne Gottes. Nein! Nein?! Dann stürze ich mich kopfüber in die
Erde: Erd' öffne dich!*

Ein müßiger Befehl.

Oh, willst du mich nicht bergen?

Geräuschlos wirbelten die Messer. Die Zellkerne der Medulla,
die Impulse aus dem Vestibularmechanismus des Ohres empfin-
gen – fort. Die Basalganglien. Sulci und Gyri. Die Bronchien mit
ihren Knorpelringen. Die Alveolen, wunderbare Schwämme.
Epiglottis. Vas deferens. Lymphatische Gefäße. Dendriten und
Axone. Die Ärzte waren recht wißbegierig: Wie funktioniert dieses fantastische Geschöpf? Woraus besteht es?

Sie lösten die Spannung seines Körpers, bis er betäubt auf
einem Tisch lag, sich über eine unendliche Entfernung erstreckte. War er in diesem Stadium noch am Leben? Bündel aus Nerven, Scheffel von Eingeweiden. *Leib, lös dich auf in Luft, sonst
trägt dich lebend Luzifer zur Hölle! O Seele, wandle dich zu Wassertropfen und fall ins Weltmeer, ewig unauffindbar!*

Geduldig hatten sie ihn wiederhergestellt, ihn umständlich
neu zusammengesetzt, das Original verbessernd, wo sie es für
nötig hielten. Und dann, zweifellos voller Stolz, hatten die Wesen
von Manipool ihn seiner Welt zurückgegeben.

Nein, komm nicht, Luzifer!

»Frag Aoudad«, riet die Erscheinung.

Aoudad. *Aoudad?*

7

Zögern

Das Zimmer stank. Der Gestank war ekelhaft. Bart Aoudad fragte sich, ob der Mann sich je die Mühe machte zu lüften; unbemerkt injizierte er sich ein Mittel zur Betäubung der Geruchsnerven. Das Gehirn würde so präzise wie immer arbeiten; es mußte. Doch seine Nase würde für den Augenblick aufhören, ihre Wahrnehmungen weiterzugeben, wie immer diese sein möchten.

Gestank oder nicht, er war froh, daß er hier sein konnte. Eifriges Werben hatte ihm dieses Privileg verschafft.

Burris sagte: »Können Sie mich ansehen?«

»Mit Leichtigkeit. Sie faszinieren mich, wirklich. Hatten Sie erwartet, daß ich abgestoßen sein würde?«

»Die meisten Leute sind es.«

»Die meisten Leute sind Narren«, sagte Aoudad.

Er verriet nicht, daß er Burris nun schon seit vielen Wochen am Bildschirm überwachte, lange genug, um sich gegen die Fremdartigkeit des Mannes zu wappnen. Fremdartig war er, abstoßend genug auch; und doch gewöhnte man sich an seine Erscheinung. Aoudad war zwar noch nicht bereit, sich um die gleiche Art von Schönheitsbehandlung zu bewerben, doch er war unempfindlich gegen Burris' Häßlichkeit.

»Können Sie mir helfen?« fragte Burris.

»Ich glaube, das kann ich.«

»Vorausgesetzt, daß ich Hilfe will.«

»Ich nehme an, Sie wollen sie.«

Burris zuckte die Achseln. »Da bin ich nicht sicher. Man könnte sagen, daß ich mich allmählich an meine augenblickliche Erscheinung gewöhne. In einigen Tagen werde ich vielleicht anfangen, wieder auszugehen.«

Das war eine Lüge, Aoudad wußte es. Wen von ihnen beiden Burris zu täuschen versuchte, konnte Aoudad nicht mit Bestimmtheit sagen. Doch so gut Burris im Augenblick auch seine Bitterkeit verbarg, der Besucher wußte genau, daß sie immer noch an ihm nagte. Burris wollte heraus aus seinem Körper.

Aoudad sagte: »Ich arbeite für Duncan Chalk. Kennen Sie den Namen?«

»Nein.«

»Aber –« Aoudad verschluckte seine Überraschung. »Natürlich. Sie haben viel Zeit zwischen den Sternen verbracht. Aber vielleicht haben Sie einmal die Arkade besucht, oder vielleicht waren Sie in Luna Tivoli.«

»Ich habe davon gehört.«

»Das sind Chalks Unternehmen. Unter vielen anderen. Er sorgt dafür, daß Milliarden Menschen in diesem System immer glücklich sind. Er plant sogar, in Kürze auch in andere Systeme zu expandieren.« Das war eine fantasievolle Übertreibung von Aoudad, doch Burris brauchte es nicht zu wissen.

»So?« sagte Burris.

»Chalk ist reich, wissen Sie. Chalk ist ein Menschenfreund. Das ist eine gute Kombination. Sie enthält Möglichkeiten, die Ihnen vielleicht zugute kommen.«

»Ich sehe sie bereits«, sagte Burris sanft, beugte sich vor und faltete die Fühler, die sich auf seinen Händen wanden. »Sie engagieren mich als Ausstellungsstück für Chalks Zirkus. Sie zahlen mir acht Millionen im Jahr. Jeder Kuriositätenliebhaber des Systems kommt, um einen Blick zu riskieren. Chalk wird reicher, ich werde Millionär und sterbe glücklich, und die kleinliche Neugier der Massen ist befriedigt. Ja?«

»Nein«, sagte Aoudad, beunruhigt darüber, wie nahe Burris mit seiner Vermutung der Wahrheit gekommen war. »Ich bin sicher, Sie scherzen nur. Sie müssen einsehen, daß Mr. Chalk Ihr – eh – Mißgeschick unmöglich auf diese Weise ausnutzen könnte.«

»Glauben Sie, daß es so ein Mißgeschick ist?« fragte Burris. »Ich bin auf diese Art recht wirkungsvoll. Natürlich gibt es Schmerzen, aber ich kann fünfzehn Minuten lang unter Wasser bleiben. Können Sie das? Haben Sie solches Mitleid mit mir?«

Ich darf mich von ihm nicht irreführen lassen, beschloß Aoudad. Er ist teuflisch. Er würde gut mit Chalk auskommen.

Aoudad sagte: »Natürlich bin ich froh zu wissen, daß Sie Ihre gegenwärtige Lage einigermaßen befriedigend finden. Und doch – lassen Sie mich offen sprechen – vermute ich, daß Sie sich freuen würden, wenn Sie wieder zu Ihrer normalen menschlichen Form zurückkehren könnten.«

»Das glauben Sie, nicht wahr?«

»Ja.«

»Sie sind ein bemerkenswert hellsichtiger Mann, Mr. Aoudad. Haben Sie Ihren Zauberstab mitgebracht?«

»Mit Zauberei hat das nichts zu tun. Aber wenn Sie bereit sind, ein Quid für unser Quo zu liefern, kann Chalk vielleicht dafür sorgen, daß Sie in einen etwas konventionelleren Körper überführt werden.«

Die Wirkung auf Burris war unmittelbar und elektrisierend.

Er ließ die Pose beiläufiger Gleichgültigkeit fallen. Er gab die ironische Objektivität auf, hinter der er, wie Aoudad merkte, seine Qual verbarg. Sein Körper zitterte wie eine im Wind klirrende gläserne Blume. Für einen Augenblick verlor er die Kontrolle über seine Muskeln: Sein Mund zuckte in konvulsivischem Lächeln, ein schwingendes Tor, die Augen öffneten und schlossen sich krampfartig.

»Wie kann das gemacht werden?« fragte Burris.

»Lassen Sie es sich von Chalk erklären.«

Burris' Hand grub sich in Aoudads Schenkel. Aoudad zuckte bei der metallischen Berührung zusammen.

Burris fragte heiser: »Ist das möglich?«

»Vielleicht. Die Technik ist noch nicht ganz perfekt.«

»Soll ich auch diesmal das Versuchskaninchen sein?«

»Bitte. Chalk würde Sie nicht noch weiteren Qualen aussetzen. Man wird zusätzliche Forschungen anstellen, bevor die Methode bei Ihnen angewandt werden kann. Werden Sie mit ihm sprechen?«

Zögern. Wieder bewegten sich Augen und Mund scheinbar ohne Burris' Willen. Dann hatte der Raumfahrer sich wieder in der Gewalt. Er straffte sich, faltete die Hände, kreuzte die Beine. Wie viele Kniegelenke hat er? fragte sich Aoudad. Burris schwieg. Er kalkulierte. Elektronen brandeten durch die Windungen seines gemarterten Hirns.

Burris sagte: »Wenn Chalk mich in einen anderen Körper verpflanzen kann –«

»Ja?«

»Was gewinnt er dabei?«

»Das sagte ich Ihnen schon. Chalk ist ein Menschenfreund. Er weiß, daß Sie leiden. Er möchte das ändern. Besuchen Sie ihn, Burris. Lassen Sie sich von ihm helfen.«

264

»Wer sind Sie, Aoudad?«

»Niemand. Ein Glied von Duncan Chalk.«

»Ist das eine Falle?«

»Sie sind zu argwöhnisch«, sagte Aoudad. »Wir wollen Ihr Bestes.«

Schweigen. Burris stand auf, durchmaß den Raum mit seinen sonderbaren, fließend dahingleitenden Schritten. Aoudad wartete gespannt.

»Zu Chalk«, murmelte Burris schließlich. »Ja. Bringen Sie mich zu Chalk!«

8

Stabat Mater Dolorosa

Im Dunkeln fiel es Lona leicht, so zu tun, als sei sie tot. Sie trauerte oft an ihrem eigenen Grab. Sie sah sich selbst auf einem Hügel stehen, auf einer grasbewachsenen Anhöhe, vor einer kleinen, in den Boden eingelassenen Platte.

HIER RUHT
EIN OPFER
VON WISSENSCHAFTLERN ERMORDET.

Sie zog die Decke über ihren mageren Körper. Ihre fest geschlossenen Lider hielten die Tränen zurück. RUHE IN FRIEDEN. VERTRAUE AUF DIE AUFERSTEHUNG. Was machten sie heute mit den Toten? Sie in den Ofen stecken! Ein gleißender, heißer Blitz. Hell wie die Sonne. Und dann Staub. Staub zu Staub. Ein langer Schlaf.

Einmal war ich beinahe tot, erinnerte sich Lona. Doch sie hielten mich auf. Holten mich zurück.

Vor sechs Monaten, mitten in der Glut des Sommers. Eine gute Jahreszeit zum Sterben, dachte Lona. Ihre Babys waren geboren worden. Auf die Art, wie sie es taten, sie in Flaschen aufziehend, dauerte es keine neun Monate, nur sechs. Das Experiment lag jetzt genau ein Jahr zurück. Sechs Monate hatten die Babys Zeit gehabt, sich zu entwickeln. Dann die unerträgliche Publicity – und der Versuch, sich ihr durch Selbstmord zu entziehen.

265

Warum hatten sie sie ausgewählt?

Weil sie da war. Weil sie verfügbar war. Weil sie sich nicht wehren konnte. Weil sie einen Bauch voller fruchtbarer Eier mit sich herumtrug, die sie vermutlich nie brauchen würde.

»Die Ovarien einer Frau enthalten einige hunderttausend Eier, Miß Kelvin. Während Ihrer normalen Lebensdauer werden etwa vierhundert davon zur Reife gelangen. Die übrigen sind überflüssig. Diese möchten wir benutzen. Wir brauchen nur einige hundert ...«

»Im Namen der Wissenschaft ...«

»Ein bahnbrechendes Experiment ...«

»Die Eier sind überflüssig. Sie können darauf verzichten, ohne etwas zu verlieren ...«

»Die Geschichte der Medizin ... Ihr Name ... für immer ...«

»Keine Auswirkungen auf Ihre zukünftige Fruchtbarkeit. Sie können heiraten und ein Dutzend normaler Kinder haben ...«

Es war ein schwieriges Experiment mit vielen Facetten. Sie hatten ungefähr ein Jahrhundert lang die Techniken vervollkommnet, die jetzt alle zusammen bei einem einzigen Projekt angewandt wurden. Natürliche Oogenese, gepaart mit synthetischer Eireifung. Embryonische Induktion. Externe Befruchtung. Extramaternelle Inkubation nach Reimplantierung der befruchteten Eier. Worte. Töne. Synthetische Befähigung zum Leben. Fötalentwicklung ex utero. Simultanität des genetischen Materials. Meine Babys! Meine Babys!

Lona wußte nicht, wer der ›Vater‹ war, nur daß ein einziger Spender das gesamte Sperma liefern würde, genauso, wie ein einziger Spender alle Eier zur Verfügung stellen würde. So viel verstand sie. Die Ärzte hatten ihr das Projekt sehr gut erklärt. Schritt für Schritt, sprachen mit ihr, wie sie mit einem Kind sprechen würden. Den meisten Erläuterungen konnte sie folgen. Man behandelte sie gönnerhaft, weil sie keine nennenswerte Erziehung erhalten hatte und sich mit ausgefallenen Ideen nur zaghaft befreundete, aber die ungeformte Intelligenz war da.

Ihre Rolle in dem Projekt war einfach und endete bei der ersten Phase. Man entnahm ihren Ovarien einige hundert fruchtbare, aber ungereifte Eier. Was die Ärzte anging, konnte Lona danach in die Dunkelheit zurückfallen. Doch sie mußte wissen. Sie verfolgte die nächsten Schritte.

Die Eier wurden in künstlichen Ovarien gehegt, bis sie reif waren. Eine Frau konnte in den verborgenen Tiefen ihres Schoßes nur zwei oder drei Eier gleichzeitig zur Reife bringen; Maschinen konnten Hunderte von Eiern behandeln und taten es auch. Dann folgte der entscheidende, aber nicht wesentlich neue Vorgang der Mikroinjektion, um die Eier zu kräftigen. Und dann die Befruchtung. Die schwimmenden Spermien schlängelten sich auf ihr Ziel zu. Ein einziger Spender, ein einziger explosiver Ausbruch zur Erntezeit. In den früheren Stadien hatte man zahlreiche Eier verloren. Viele waren nicht fruchtbar oder nicht befruchtet. Hundert jedoch waren es. Die winzige Schlange hatte ihren Hafen erreicht.

Dann die Reimplantierung der befruchteten Eier. Man hatte davon gesprochen, hundert Frauen zu finden, um die hundert keimenden Zygoten zu tragen. Kuckuckseier, die die falschen Leiber anschwellen ließen. Am Ende jedoch betrachtete man das als übertrieben. Zwölf Frauen erklärten sich freiwillig bereit, die Babys auszutragen; der Rest der befruchteten Eier wanderte in künstliche Schöße. Zwölf fahle Leiber nackt unter den hellen Lampen. Zwölf Paar weicher Schenkel, die sich nicht einem Geliebten, sondern einem matten, grauen Aluminiuminstrument öffneten. Langsamer Druck, spritzendes Eindringen, Vollendung der Implantierung. Einige Versuche schlugen fehl. Acht der glatten Leiber wölbten sich bald.

»Lassen Sie mich mithelfen«, hatte Lona gesagt, ihren flachen Bauch berührt. »Lassen Sie mich eines der Babys austragen.«

»Nein.«

Sie hatten es freundlicher gesagt. Sie erklärten, es sei im Rahmen des Experiments unnötig, daß Lona sich den Beschwerden einer Schwangerschaft unterziehe. Schon vor langer Zeit war bewiesen worden, daß ein Ei aus dem Körper einer Frau entnommen, anderswo befruchtet und ihr dann für die übliche Tragzeit wieder eingepflanzt werden konnte. Warum sollte man das wiederholen? Es war festgestellt und bestätigt worden. Man konnte Lona die Unannehmlichkeiten ersparen. Sie wollte wissen, wie gut eine menschliche Mutter einen intrusiven Embryo austragen konnte, und dazu brauchten sie Lona nicht mehr.

Brauchte sie noch irgend jemand?

Niemand brauchte sie mehr.

267

Niemand. Lona beobachtete, was geschah.

Die acht freiwilligen Mütter erfüllten ihre Aufgabe gut. Ihre Schwangerschaft wurde künstlich beschleunigt. Ihre Leiber nahmen die Eindringlinge an, nährten sie mit Blut, hüllten sie warm in Plazenta. Ein medizinisches Wunder, ja. Aber wieviel aufregender noch, auf natürliche Mutterschaft ganz zu verzichten!

Eine Reihe schimmernder Kästen. In jedem eine sich teilende Zygote. Die Geschwindigkeit der Zellteilung war atemberaubend. Lona schwindelte. Während sie sich teilten, wurde im kortikalen Zytoplasma der Zygote Wachstum herbeigeführt, dann in den Hauptachsialorganen. »Mit fortschreitender Gastrulation breitet sich der mesodermale Mantel vom Blastopor aus weiter aus, und sein vorderer Rand legt sich direkt hinter das zukünftige Linsenektoderm. Dieser Rand ist das zukünftige Herz und gleichzeitig ein Linseninduktor. Auf der Entwicklungsstufe der offenen Neuralplatte sind die späteren Linsenzellen in zwei Regionen der Epidermis eingelagert, die direkt seitlich von der vorderen Gehirnplatte liegen. Wenn die Neuralplatte sich zu einer Röhre aufrollt, evaginieren die zukünftigen Retinalzellen als Teil des optischen Bläschens vom späteren Gehirn.«

In sechs Monaten hundert dralle Babys.

Ein Wort, nie zuvor in bezug auf Menschen angewandt, nun in aller Munde: *Hundertlinge.*

Warum nicht? Eine Mutter, ein Vater! Der Rest war nebensächlich. Die Frauen, die die Babys ausgetragen hatten, die metallenen Schöße – sie hatten Wärme und Nahrung geschenkt, aber sie waren den Kindern keine Mütter.

Wer war die Mutter?

Der Vater war nicht wichtig. Künstliche Befruchtung war ein Anlaß zum Gähnen. Zumindest statistisch konnte ein Mann binnen zweier Nachmittage alle Frauen der Welt befruchten. Was war schon dabei, wenn das Sperma eines Mannes hundert Babys auf einmal gezeugt hatte?

Aber die *Mutter* ...

Ihr Name sollte nicht bekanntgegeben werden. »Anonyme Spenderin« – das war ihr Platz in der Medizingeschichte. Aber die Story war einfach gut. Besonders deshalb, weil Lona noch nicht ganz siebzehn war. Besonders, weil sie ledig war. Besonders, weil sie (die Ärzte schworen es) technisch gesehen noch Jungfrau war.

Zwei Tage nach der gleichzeitigen Geburt der Hundertlinge waren Lonas Name und ihre Leistung in aller Öffentlichkeit bekannt.

Schmal und erschrocken stand sie im Kreuzfeuer der Blitzlichter.

»Werden Sie den Babys selbst Namen geben?«

»Was empfanden Sie, als Ihnen die Eier entnommen wurden?«

»Was ist es für ein Gefühl, wenn man weiß, daß man die Mutter der größten Familie in der Geschichte der Menschheit ist?«

»Wollen Sie mich heiraten?«

»Leben Sie mit mir, seien Sie meine Geliebte.«

»Eine halbe Million für die Exklusivrechte an der Story!«

»*Nie* mit einem Mann?«

»Wie haben Sie reagiert, als man Ihnen sagte, worum es bei dem Experiment gehen würde?«

»Haben Sie den Vater kennengelernt?«

».. .«

Das einen Monat lang. Helle Haut, gerötet vom Scheinwerferlicht. Weit aufgerissene, überanstrengte, blutunterlaufene Augen. Ärzte neben ihr, um ihre Antworten zu lenken. Ihr Augenblick des Ruhms, blendend, verwirrend. Die Ärzte fanden es beinahe so unerträglich wie sie selbst. Nie hätten sie ihren Namen preisgegeben: Nur hatte es einer von ihnen doch getan, für Geld, und die Schleusen hatten sich geöffnet. Nun versuchten sie, weitere Schnitzer zu verhindern, indem sie ihr einpaukten, was sie sagen sollte. Lona sagte tatsächlich recht wenig. Teils aus Angst, teils aus Unwissenheit. Was konnte sie der Welt sagen? Was wollte die Welt von ihr?

Binnen kurzer Zeit war sie ein Weltwunder. In den Liedmaschinen sangen sie ein Lied über sie. Dunkler Saitenklang; traurige Klage der Mutter von Hundertlingen. Es wurde überall gespielt. Sie konnte es nicht ertragen, nicht hören. Komm, mach ein Baby mit mir, Süße! Komm, noch mal hundert! Ihre Freunde, ohnehin nicht zahlreich, merkten, daß es ihr unangenehm war, *davon* zu sprechen, daher redeten sie absichtlich von anderen Dingen, von allem anderen, und schließlich hörten sie einfach auf zu reden. Lona zog sich zurück. Fremde wollten wissen, wie

269

es war mit all diesen Babys. Wie konnte sie das beantworten? Sie wußte es ja selbst kaum! Warum hatten sie ein Lied über sie gemacht? Warum klatschten sie und waren neugierig? Was *wollten* sie?

Für manche war es reine Blasphemie. Donner dröhnte von den Kanzeln. Lona spürte den Schwefelgeruch in den Nüstern. Die Babys schrien, strampelten und glucksten. Sie besuchte sie einmal, weinte, nahm eines auf, um es zu liebkosen. Man nahm ihr das Kind fort und brachte es wieder in seine aseptische Umgebung. Sie durfte sie nicht wieder besuchen.

Hundertlinge. Hundert Geschwister mit der gleichen Kodegruppe. Wie würden sie sein? Wie würden sie wachsen? Konnte ein Mensch in einer Welt leben, die er mit fünfzig Brüdern und fünfzig Schwestern teilte? Das war ein Teil des Experiments. Dieses Experiment würde ein Lebensalter dauern. Psychologen waren auf den Plan getreten. Über Fünflinge war viel bekannt, Sechslinge hatte man einige Male studiert, und vor dreißig Jahren hatte es für kurze Zeit Siebenlinge gegeben. Aber Hundertlinge? Ein unendlich großes Gebiet für neue Forschungen.

Ohne Lona. Ihre Rolle war am ersten Tag beendet. Etwas Kühles, Prickelndes war von einer lächelnden Krankenschwester zwischen ihre Schenkel getupft worden. Dann Männer, die ohne Interesse ihren Körper anstarrten. Eine Droge. Ein Traumnebel, durch den sie wahrnahm, daß etwas in sie eindrang. Keine andere Empfindung. Das Ende. »Danke, Miß Kelvin. Ihr Honorar.« Kühles Leinen auf ihrem Körper. Anderswo begannen sie, an den entnommenen Eiern zu arbeiten.

Meine Babys! *Meine* Babys!

Lichter in meinen Augen!

Als die Zeit kam, sich umzubringen, gelang es Lona nicht ganz. Ärzte, die einem Stückchen Materie Leben geben konnten, konnten auch das Leben in der Quelle dieser Materie erhalten. Sie brachten sie wieder auf die Beine, dann vergaßen sie sie.

Neun Tage im Scheinwerferlicht, am zehnten Tag mit Sicherheit im Dunkeln.

Dunkelheit, aber kein Frieden. Der Frieden war nie sicher; er mußte erobert werden, mühsam, von innen her. Sie lebte wieder in der Dunkelheit. Dennoch konnte Lona nie mehr dieselbe sein, denn irgendwo wuchsen und gediehen hundert Babys. Sie wären nicht nur in ihre Ovarien eingedrungen, sondern in das Gefüge ihres Lebens selbst, um diese Babys herauszureißen, und die Wirkung hallte immer noch nach in ihr.

Sie fröstelte in der Dunkelheit.

Irgendwann demnächst, versprach sie sich, werde ich es wieder versuchen. Und diesmal wird mich niemand bemerken. Diesmal werden sie mich gehen lassen. Ich werde schlafen, lange schlafen.

9

Am Anfang war das Wort

Für Burris war es fast, als werde er neu geboren. Er hatte sein Zimmer so viele Wochen lang nicht verlassen, daß es ihm wie eine dauernde Zuflucht erschien.

Aoudad hatte mit Bedacht dafür gesorgt, daß diese Geburt für Burris so schmerzlos wie möglich verlief. Sie gingen mitten in der Nacht, als die Stadt schlief. Burris trug einen Umhang mit Kapuze. Er sah darin so verschwörerisch aus, daß er lächeln mußte. Trotzdem betrachtete er es als notwendig. Die Kapuze verbarg ihn gut, und solange er den Kopf gesenkt hielt, war er vor den Blicken der Vorübergehenden sicher. Als sie das Gebäude verließen, drückte sich Burris in eine Ecke des Aufzugs und hoffte, daß niemand den Aufzug während der Abfahrt rufen würde. Niemand tat es. Doch als er durch die Eingangshalle ging, wurde er für einen kurzen Augenblick vom glimmenden Schein einer treibenden Lichtkugel getroffen, gerade als ein heimkehrender Hausbewohner erschien. Der Mann hielt inne, starrte unter die Kapuze. Burris verzog keine Miene. Als der Mann das Unerwartete sah, schloß er sekundenlang die Augen. Burris' hartes, entstelltes Gesicht sah ihn kalt an, und der Mann ging weiter. Er würde heute nacht mit Alpträumen schlafen. Doch das war nicht so schlimm, dachte Burris, wie wenn sich der Alp in die Struktur des Lebens selbst einschlich, wie es ihm geschehen war.

Ein Wagen wartete direkt vor dem Eingang des Gebäudes.

»Gewöhnlich führt Chalk um diese Zeit keine Gespräche«, sagte Aoudad beflissen. »Doch Sie müssen verstehen, daß dies hier etwas Besonderes ist. Er möchte auf Sie jede mögliche Rücksicht nehmen.«

»Großartig«, antwortete Burris finster.

Sie setzten sich in den Wagen. Es war, als vertausche man einen Schoß mit einem anderen, der weniger geräumig, aber einladender war. Burris lehnte sich in einen Liegesitz, der groß genug für mehrere Personen, doch offensichtlich nur für ein einziges, gigantisches Gesäß entworfen war. Aoudad saß neben ihm auf einem normalen Sitz. Der Wagen fuhr an, glitt mit gedämpft dröhnenden Turbinen vorwärts. Seine Transponder fingen die Impulse der nächsten Autobahn auf, und bald ließen sie die Stadt hinter sich und rasten auf einer nicht jedem zugänglichen Spur dahin.

Die Fenster des Wagens waren angenehm undurchsichtig. Burris warf die Kapuze zurück. Er gewöhnte sich daran, sich anderen Menschen zu zeigen. Aoudad, der sich anscheinend nichts aus seiner Entstellung machte, war ein gutes Übungsobjekt.

»Ein Drink?« fragte Aoudad. »Eine Zigarette? Irgendein Stimulans?«

»Nein, danke.«

»Können Sie so etwas zu sich nehmen – so, wie Sie sind?«

Burris lächelte grimmig. »Mein Metabolismus ist im Grunde derselbe wie Ihrer, selbst jetzt noch. Nur die Leitungen sind anders. Ich esse und trinke dasselbe wie Sie. Nur nicht gerade jetzt.«

»Ich hatte mir darüber Gedanken gemacht. Sie werden meine Neugier verzeihen.«

»Natürlich.«

»Und die körperlichen Funktionen –«

»Sie haben die Ausscheidung verbessert. Was sie hinsichtlich der Fortpflanzung getan haben, weiß ich nicht. Die Organe sind noch da, aber funktionieren sie auch? Ich habe keinen besonderen Wert darauf gelegt, das auszuprobieren.«

Die Muskeln von Aoudads linker Wange verzogen sich wie in einem Krampf. Die Reaktion entging Burris nicht. Warum ist er so an meinem Sexualleben interessiert! Normale Lüsternheit? Oder mehr?

»Verzeihen Sie meine Neugier«, sagte Aoudad noch einmal.

»Das ist bereits geschehen.« Burris lehnte sich zurück und fühlte, daß sein Sitz merkwürdige Dinge mit ihm machte. Vielleicht eine Massage. Zweifellos war er angespannt, und der arme Sessel versuchte, die Dinge in Ordnung zu bringen. Doch der Sitz war für einen dickeren Mann programmiert. Er schien zu summen, als sei ein Stromkreis überlastet. War er nur durch den Größenunterschied verwirrt? fragte sich Burris. Oder brachten ihn die verformten Konturen seiner Anatomie aus dem Konzept?

Er sprach mit Aoudad über den Sitz, und dieser stellte ihn ab. Lächelnd gratulierte Burris sich selbst zu seiner heiteren Entspanntheit. Seit Aoudads Ankunft hatte er nichts Bitteres gesagt. Er war ruhig, keine Sturm tobte in ihm, er schwebte in dessen totem Zentrum. Gut. Gut. Er war zu viel allein gewesen, hatte sich von seinen Leiden zerfressen lassen. Dieser Narr Aoudad war ein gnädiger Engel, gekommen, um ihn von sich selbst zu befreien. Ich bin dankbar, sagte Burris freundlich zu sich selbst.

»Hier ist es. Hier ist Chalks Büro.«

Das Gebäude war verhältnismäßig niedrig, nicht höher als drei oder vier Stockwerke, doch es hob sich vorteilhaft von den Türmen der Umgebung ab. Seine große horizontale Ausdehnung glich die mangelnde Höhe aus. Weiträumige Flügel erstreckten sich nach rechts und links; Burris nutzte seine zusätzliche periphere Sehfähigkeit und blickte um die Seiten des Bauwerks herum, so weit er konnte; er schätzte, daß es achteckig war. Die Außenwände bestanden aus mattem, braunem Metall, sauber bearbeitet, mit gekörnter, ornamentaler Oberfläche. Kein Licht war aus dem Innern sichtbar; doch dann merkte Burris, daß es keine Fenster gab.

Abrupt öffnete sich eine Wand vor ihnen, als sich ein unsichtbares Fallgatter geräuschlos hob. Der Wagen glitt hinein und hielt im Innern des Gebäudes an. Die Tür sprang auf. Burris merkte, daß ein kleiner, helläugiger Mann in den Wagen und auf ihn starrte.

Einen Augenblick lang fühlte er einen Schock, weil er sich so unerwartet den Blicken eines Fremden ausgesetzt sah. Dann faßte er sich wieder und kehrte den Fluß der Empfindung um, indem er zurückstarrte. Der kleine Mann war ebenfalls sehenswert. Auch ohne die Mitwirkung böswilliger Chirurgen war er auffallend häßlich. Er hatte fast keinen Hals; dickes, verfilztes

Haar hing auf seinen Kragen herunter; große, abstehende Ohren; eine dünne Nase; unglaublich lange, dünne Lippen, die sich im Augenblick in abstoßender Faßzinantion vorschoben. Keine Schönheit.

Aoudad sagte: »Minner Burris. Leontes d' Amore. Einer von Chalks Mitarbeitern.«

»Chalk ist wach. Er wartet«, sagte d'Amore. Sogar seine Stimme war häßlich.

Und doch stellt er sich der Welt jeden Tag, dachte Burris.

Er setzte seine Kapuze wieder auf und ließ sich durch ein Netz pneumatischer Röhren schleusen, bis er in einen riesigen, grottenähnlichen Raum glitt, der mit Aktivitätspunkten auf verschiedenen Ebenen ausgestattet war. Das milde Glühen von Leuchtpilzen erhellte den Ort. Burris drehte sich langsam um und ließ den Blick durch den Raum und über eine Reihe von Kristallsprossen schweifen, bis er am anderen Ende dicht unter der Decke auf einem thronartigen Sitz ein riesiges Individuum bemerkte.

Chalk. Offensichtlich.

Burris stand da, von dem Anblick ganz in Anspruch genommen, vergaß für einen Augenblick die Millionen kleiner, stechender Schmerzen, die seine ständigen Gefährten waren. So dick? So fleischig? Der Mann hatte Herden von Rindern verschlungen, um diese Masse zu erreichen.

Aoudad, der neben ihm stand, forderte ihn freundlich auf, weiterzugehen; er wagte es nicht, Burris' Ellbogen zu berühren.

»Lassen Sie sich anschauen«, sagte Chalk. Seine Stimme war leicht, liebenswürdig. »Hier herauf. Herauf zu mir, Burris.«

Noch einen Augenblick. Von Angesicht zu Angesicht.

Burris schüttelte die Kapuze, dann den Umhang ab. Soll er ruhig seinen Anblick haben. Vor diesem Fleischberg brauche ich mich nicht zu schämen.

Chalks gelassene Miene veränderte sich nicht.

Er studierte Burris eingehend, mit tiefem Interesse und ohne eine Spur von Abscheu. Auf einen Wink seiner fetten Hand verschwanden Aoudad und d'Amore. Burris und Chalk blieben allein in dem riesigen, dämmrigen Raum.

»Man hat Sie ganz schön zugerichtet«, bemerkte Chalk. »Haben Sie eine Ahnung, warum sie es getan haben?«

»Pure Neugier. Und der Wunsch, zu verbessern. Auf ihre unmenschliche Art waren sie menschlich.«

»Wie sehen sie aus?«

»Pockennarbig. Ledrig. Ich kann es nicht beschreiben.«

»In Ordnung.« Chalk war sitzen geblieben. Burris stand vor ihm, mit gefalteten Händen, die kleinen Finger verschränkend und wieder lösend. Er spürte, daß hinter ihm ein Sitz war, und nahm unaufgefordert Platz.

»Einen recht eindrucksvollen Palast haben Sie hier«, sagte er.

Chalk lächelte und ließ die Feststellung verklingen. Er sagte: »Schmerzt es?«

»Was?«

»Ihre Veränderungen.«

»Es ist ziemlich unangenehm. Irdische Schmerzmittel helfen kaum. Sie haben irgend etwas mit den Nervenbahnen gemacht, und niemand weiß genau, wo man sie blockieren kann. Aber es ist erträglich. Man sagt, amputierte Gliedmaßen schmerzten noch Jahre nach ihrer Entfernung. Das ist vermutlich dasselbe Gefühl.«

»Wurden Ihnen irgendwelche Gliedmaßen abgenommen?«

»Alle«, sagte Burris. »Und auf neue Art wieder angesetzt. Den Ärzten, die mich untersuchten, gefielen meine Gelenke sehr. Ebenso meine Sehnen und Bänder. Das hier sind meine eigenen Hände, ein wenig verändert. Meine Füße. Ich bin nicht ganz sicher, wieviel sonst noch von mir stammt und wieviel von ihnen.«

»Und innerlich?«

»Alles verändert. Ein Chaos. Ein Bericht ist in Vorbereitung. Ich bin noch nicht lange wieder auf der Erde. Sie haben mich eine Weile studiert, dann habe ich rebelliert.«

»Warum?«

»Ich wurde zu einer Sache. Nicht nur für sie, sondern auch für mich selbst. Ich bin keine Sache. Ich bin ein Mensch, den man verändert hat. Innerlich bin ich immer noch ein Mensch. Stechen Sie mich, und ich blute. Was können Sie für mich tun, Chalk?«

Eine fleischige Hand winkte. »Geduld, Geduld. Ich möchte mehr über Sie wissen. Sie waren Raumoffizier?«

»Ja.«

»Akademie und alles?«

»Natürlich.«

»Ihre Beurteilung muß gut gewesen sein. Ihnen wurde eine schwierige Aufgabe übertragen. Die erste Landung auf einer Welt intelligenter Wesen – das ist nie leicht. Wie groß war Ihr Team?«

»Drei Leute. Wir wurden alle operiert. Prolisse starb zuerst, dann Malcondotto. Sie hatten Glück.«

»Ihnen mißfällt Ihr gegenwärtiger Körper?«

»Er hat seine Vorzüge. Die Ärzte sagen, daß ich vermutlich fünfhundert Jahre leben werde. Aber es ist schmerzhaft und auch unbequem. Ich war nicht dafür geschaffen, ein Monstrum zu werden.«

»Sie sind nicht so häßlich, wie Sie vielleicht meinen«, bemerkte Chalk. »O ja, Kinder rennen schreiend vor Ihnen davon, solche Dinge, ja. Aber Kinder sind konservativ. Sie verabscheuen alles Neue. Ich finde Ihr Gesicht auf seine Art ganz attraktiv. Ich möchte sogar behaupten, daß eine Menge Frauen Ihnen zu Füßen liegen würden.«

»Ich weiß nicht. Ich habe es nicht ausprobiert.«

»Das Groteske hat seine Anziehungskraft, Burris. Ich wog bei meiner Geburt mehr als zwanzig Pfund. Mein Gewicht hat mich nie behindert. Ich betrachte es als einen Vorzug.«

»Sie hatten ein Leben lang Zeit, sich an Ihren Umfang zu gewöhnen«, sagte Burris. »Sie passen sich ihm auf tausend Arten an. Außerdem haben Sie sich selbst dafür entschieden, so zu sein. Ich war das Opfer einer unbegreiflichen Laune. Es ist eine Vergewaltigung. Ich wurde vergewaltigt, Chalk.«

»Sie möchten alles ungeschehen machen?«

»Was glauben Sie?«

Chalk nickte. Seine Augenlider senkten sich, und es sah aus, als sei er plötzlich fest eingeschlafen. Burris wartete, verwirrt; mehr als eine Minute verging. Ohne sich zu rühren, sagte Chalk: »Die Chirurgen hier auf der Erde können Gehirne erfolgreich von einem Körper in einen anderen verpflanzen.«

Burris fuhr auf, erfaßt von einer Welle fieberhafter Erregung. Ein neues Organ in seinem Körper spritzte irgendein unbekanntes Hormon in ein seltsames Gefäß neben seinem Herzen. Ihm wurde schwindlig. Er versuchte, sich aus einer rollenden Brandung an den Strand zu kämpfen, doch wieder und wieder sogen ihn die Wellen mit dem treibenden Sand zurück.

276

Ruhig fuhr Chalk fort: »Interessiert Sie die Technologie der Sache?«

Die Fühler an Burris' Händen krümmten sich ohne sein Zutun.

Fließend ertönten die Worte: »Das Gehirn muß auf chirurgischem Wege im Schädel isoliert werden, indem alle benachbarten Gewebe abgetrennt werden. Der Schädel selbst wird als Stütze und Schutz bewahrt. Natürlich muß während der langen Periode der Antikoagulation absolute Hämostase aufrechterhalten werden, und es gibt Techniken, die Schädelbasis und den vorderen Knochen abzudichten, um Blutverlust zu verhindern. Die Gehirnfunktionen werden mittels Elektroden und Thermosonden überwacht. Durch Verbindung der inneren Kinnbacken mit den Halsschlagadern wird der Kreislauf aufrechterhalten. Vaskularschlingen, Sie verstehen. Ich will Ihnen die Details ersparen, wie der Körper entfernt wird und nichts außer dem lebenden Gehirn zurückbleibt. Zum Schluß wird das Rückenmark abgetrennt, und das Gehirn ist vollkommen isoliert und wird durch sein eigenes Adersystem ernährt. Inzwischen ist der Empfänger vorbereitet worden. Halsschlagader und Drosselader werden weggeschnitten, ebenso die Hauptmuskeln der Hirnregion. Nach dem Eintauchen in eine antibiotische Lösung wird das zu verpflanzende Gehirn übertragen. Die Schlagadern des isolierten Gehirns werden durch eine Silikonkanüle an der proximalen Halsschlagader des Empfängers befestigt. Das alles geschieht unter leichter Unterkühlung, um Beschädigungen so gering wie möglich zu halten. Sobald der Blutkreislauf des verpflanzten Gehirns mit dem des Empfängerkörpers verbunden ist, wird die Temperatur wieder normalisiert, und man beginnt mit den üblichen postoperativen Techniken. Eine längere Umerziehungsperiode ist notwendig, ehe das verpflanzte Gehirn die Kontrolle über den Empfängerkörper erreicht hat.«

»Bemerkenswert.«

»Keine besondere Leistung im Vergleich zu dem, was mit Ihnen gemacht wurde«, räumte Chalk ein. »Aber die Methode wurde bei höheren Säugetieren erfolgreich angewandt. Sogar bei Primaten.«

»Auch bei Menschen?«

»Nein.«

»Dann –«

»Man hat tote Patienten benutzt. Gehirne in die Körper gerade Verstorbener verpflanzt. Doch in diesen Fällen stehen den Erfolgschancen zu große Hindernisse gegenüber. Immerhin ist es dreimal fast geglückt. Noch drei Jahre, Burris, und die Menschen werden Gehirne so leicht übertragen wie heute Arme und Beine.«

Burris gefiel das Gefühl intensiver Vorfreude nicht, das ihn durchtobte. Seine Hauttemperatur war unbehaglich hoch. Das Herz klopfte ihm bis zum Hals.

Chalk sagte: »Wir bauen einen synthetischen Körper für Sie, der möglichst genau Ihr ursprüngliches Aussehen hat; wir setzen einen Golem aus der Organbank zusammen, verstehen Sie, aber wir geben ihm kein Gehirn. Ihr Gehirn wird in diesen Körper verpflanzt. Natürlich wird es Unterschiede geben, aber im wesentlichen werden Sie vollständig sein. Interessiert?«

»Quälen Sie mich nicht, Chalk.«

»Ich gebe Ihnen mein Wort, daß ich es ernst meine. Wir müssen die Technik meistern, einen vollständigen Empfänger zusammenzusetzen, und wir müssen ihn am Leben erhalten, bis wir die Transplantation erfolgreich durchführen können. Ich sagte bereits, daß es drei Jahre dauern würde, letzteres zu erreichen. Sagen wir zwei weitere Jahre für den Bau des Golem. Fünf Jahre, Burris, und Sie werden wieder vollkommen menschlich sein.«

»Was wird das kosten?«

»Vielleicht hundert Millionen, vielleicht mehr.«

Burris lachte rauh. Seine Zunge – die einer Schlangenzunge jetzt sehr ähnlich war – blitzte hervor.

»Jetzt bauen Sie Luftschlösser.«

»Ich bitte Sie, auf meine Mittel zu vertrauen. Sind Sie bereit, sich von Ihrem jetzigen Körper zu trennen, wenn ich Ihnen dafür einen mehr der menschlichen Norm entsprechenden verschaffen kann?«

Das war eine Frage, mit der Burris nie gerechnet hatte. Er war verblüfft über das Ausmaß seiner eigenen Unentschlossenheit. Er verabscheute diesen Körper und war gebeugt vom Gewicht dessen, was an ihm begangen worden war. Und doch, begann er etwa, seine Fremdartigkeit zu lieben?

Nach einer kurzen Pause sagte er: »Je früher ich dieses Ding ablegen kann, desto besser.«

»Gut. Nun besteht da noch das Problem, Sie über die fünf Jahre oder so zu bringen, die das dauern wird; ich schlage vor, daß wir zumindest versuchen, das Aussehen Ihres Gesichts zu verändern, damit Sie sich in der Gesellschaft zurechtfinden, bis wir den Austausch vornehmen können. Sind Sie daran interessiert?«

»Das ist nicht zu machen. Ich habe die Idee bereits mit den Ärzten erwogen, die mich nach meiner Rückkehr untersuchten. Ich bin eine einzige Anhäufung fremder Antikörper, die jedes Transplantat abstoßen.«

»Glauben Sie, daß es wirklich so ist? Oder hat man Ihnen nur eine passende Lüge erzählt?«

»Ich denke, es ist so.«

»Ich möchte Sie in ein Krankenhaus schicken«, schlug Chalk vor. »Wir lassen ein paar Tests machen, um die frühere Behauptung zu bestätigen. Wenn es so ist, dann ist es eben so. Wenn nicht, können wir es Ihnen ein wenig leichter machen. Ja?«

»Warum tun Sie das, Chalk? Was ist das Quidproquo?«

Der fette Mann drehte sich um und beugte sich schwerfällig vor, bis seine Augen nur noch wenige Zentimeter von Burris' Gesicht entfernt waren. Burris beobachtete die merkwürdig zarten Lippen, die feine Nase, die immensen Wangen und die aufgequollenen Augenlider. Leise murmelte Chalk: »Der Preis ist gepfeffert. Er wird Sie anekeln. Sie werden den ganzen Handel abblasen.«

»Was ist es?«

»Ich bin Lieferant populärer Unterhaltung. Ich kann meine Investition nicht im entferntesten aus Ihnen herausholen, aber ich möchte zurückbekommen, was möglich ist.«

»Und der Preis?«

»Volle Rechte für die kommerzielle Auswertung Ihrer Story«, sagte Chalk. »Angefangen bei Ihrer Gefangennahme durch die Fremden über Ihre Rückkehr zur Erde und die schwierige Gewöhnung an Ihre Veränderungen bis zu der zukünftigen Periode Ihrer Wiederanpassung. Die Welt weiß bereits, daß drei Männer einen Planeten namens Manipool erreicht haben, daß zwei getötet wurden und einer als Opfer chirurgischer Experimente zurückkam. So viel wurde bekanntgegeben, und dann verschwanden Sie in der Versenkung. Ich möchte Sie wieder hervorholen. Ich möchte zeigen, wie Sie Ihr Menschsein wiederentdecken, wieder mit anderen zusammenkommen, wie Sie wieder aus der Hölle auftauchen und schließlich über Ihr katastrophales Erlebnis triumphieren und geläutert daraus hervorgehen. Das bedeutet häufiges Eindringen in Ihre Privatsphäre, und ich bin auf Ihre Ablehnung gefaßt. Schließlich würde man erwarten –«

»Es ist eine neue Form der Folter, nicht wahr?«

»Eine Art Feuerprobe vielleicht«, gab Chalk zu. Seine breite Stirn war mit Schweißtropfen bedeckt. Er sah rot und angestrengt aus, als nähere er sich einer Art innerem emotionalem Höhepunkt.

»Geläutert«, flüsterte Burris. »Sie bieten mir das Fegefeuer an.«

»Nennen Sie es so.«

»Ich verstecke mich wochenlang. Und dann stehe ich für fünf Jahre nackt vor der ganzen Welt. Hm?«

»Alle Spesen frei.«

»Alle Spesen frei«, sagte Burris. »Ja. Ja. Ich akzeptiere die Folter. Ich bin Ihr Spielzeug, Chalk. Nur ein Mensch würde das Angebot ablehnen. Aber ich nehme an. Ich nehme an!«

10

Ein Pfund Fleisch

»Er ist im Krankenhaus«, sagte Aoudad. »Sie haben angefangen, ihn zu studieren.« Er zerrte an den Kleidern der Frau. »Zieh das aus, Elise.«

Elise Prolisse schob die forschende Hand beiseite. »Wird Chalk ihm wirklich wieder einen menschlichen Körper geben?«

»Daran habe ich keinen Zweifel.«

»Wenn Marco zurückgekommen wäre, hätte man ihm also auch einen neuen Körper geben können.«

Aoudad blieb unverbindlich. »Du verlierst dich in zu viele Wenn. Marco ist tot. Knöpf dein Kleid auf, Liebes.«

»Warte. Kann ich Burris im Krankenhaus besuchen?«

»Vermutlich. Was willst du von ihm?«

»Nur mit ihm sprechen. Er war der letzte, der meinen Mann lebend gesehen hat, weißt du das nicht mehr? Er kann mir sagen, wie Marco starb.«

»Du würdest es nicht wissen wollen«, sagte Aoudad sanft. »Marco starb, als sie versuchten, ihn zu der Art von Kreatur zu machen, die Burris jetzt ist. Wenn du Burris sehen würdest, würdest du sagen, es ist besser, daß Marco nicht mehr lebt.«

»Aber trotzdem –«

»Du würdest es nicht wissen wollen.«

»Ich bat darum, ihn sehen zu dürfen, sobald er zurück war«, sagte Elise träumerisch. »Ich wollte mit ihm über Marco sprechen. Und der andere – Malcondotto –, er hatte auch eine Witwe. Aber sie ließen uns nicht in seine Nähe. Und danach verschwand Burris. Du könntest mich zu ihm bringen!«

»Es ist zu deinem eigenen Besten, nicht hinzugehen«, sagte Aoudad zu ihr. Seine Hände krochen an ihrem Körper entlang, langsam, suchten nach den Magnetverschlüssen und lösten sie. Das Kleid öffnete sich. Die schweren Brüste wurden sichtbar, schrecklich weiß, mit tiefroten Spitzen. Er fühlte das Würgen der Begier. Sie packte seine Hände, als er nach ihnen griff.

»Du wirst mir helfen, Burris zu sehen?« fragte sie.

»Ich –«

»Du wirst mir helfen, Burris zu sehen.« Diesmal war es keine Frage.

»Ja. Ja.«

Die Hände, die ihn aufhielten, gaben den Weg frei. Zitternd schob Aoudad die Kleider zurück. Sie war eine hübsche Frau, über die erste Jugend hinaus, fleischig, aber hübsch. Diese Italienerinnen! Weiße Haut, dunkles Haar. *Sensualissima!* Sollte sie Burris sehen, wenn sie unbedingt wollte! Würde Chalk Einwände erheben? Chalk hatte die Art von Ehestiftung, die er erwartete, bereits bezeichnet. Burris und die Witwe Prolisse? Aoudads Gedanken jagten einander.

Elise sah schmachtend zu ihm auf, als sich sein schlanker, sehniger Körper über sie beugte.

Ihr letztes Kleidungsstück wich seinem Angriff. Er starrte auf weiße Flächen, Inseln von Schwarz und Rot.

»Morgen wirst du es einrichten«, flüsterte sie.

»Ja. Morgen.«

Er ließ sich auf ihre Nacktheit fallen. Um den fleischigen Teil ihres linken Oberschenkels trug sie ein schwarzes Samtband. Ein Trauerflor für Marco Prolisse, auf unbegreifliche Weise von unbegreiflichen Wesen auf einer unbegreiflichen Welt zu Tode gebracht. *Pòver'uomo!* Ihr Fleisch brannte. Sie war weißglühend. Ein tropisches Tal öffnete sich vor ihm. Aoudad drang ein. Fast im selben Augenblick folgte ein erstickter, ekstatischer Schrei.

11

Fegefeuer

Das Krankenhaus lag am äußersten Rand der Wüste. Es war ein U-förmiges Gebäude, langgestreckt und niedrig, dessen Flügel nach Osten wiesen. Das Licht der aufgehenden Sonne strich an ihnen entlang, bis es voll auf den langen, horizontalen Trakt fiel, der die beiden parallelen Flügel miteinander verband. Das Gebäude bestand aus graurotem Sandstein. Direkt westlich davon – also hinter dem Hauptteil – befand sich ein schmaler Streifen Garten; jenseits des Gartens begann die Zone der trockenen, bräunlichen Wüste.

Die Wüste war nicht ohne eigenes Leben. Es gab zahlreiche dunkle Salbeibüsche. Unter der trockenen Oberfläche lagen die Gänge der Nagetiere. Nachts konnte man Känguruhmäuse sehen, tagsüber Grashüpfer. Kakteen, Wolfsmilch und andere Sukkulenten bedeckten den Boden.

Ein Teil des reichen Wüstenlebens war in das eigentliche Gelände des Krankenhauses eingedrungen. Der Garten auf der Rückseite war ein Wüstengarten, voll mit den dornigen Pflanzen der Trockenheit. Der Gartenhof zwischen den beiden Flügeln des U war gleichfalls mit Kakteen bepflanzt. Hier stand eine Saguaro, sechsmal größer als ein Mensch, mit zackigem Mittelstamm und fünf himmelwärts gerichteten Armen. Rechts und links neben ihr zwei Exemplare der bizarren Krebskaktee mit solidem Stamm, zwei kleinen, hilfeheischend ausgestreckten Armen und einem Büschel knorriger, verschlungener Triebe an der Spitze. Unten am Weg wuchs die baumhohe, groteske weiße Cholla. Ihr gegenüber, stämmig und derb, der dornengegürtete Rumpf einer Wasserkaktee. Die stacheligen Rohre einer Opuntia; flache, grauschimmernde Polster von Feigendisteln; die rankende Schönheit eines Cereus. Zu anderen Jahreszeiten trugen diese prachtvollen, dornigen, schwerfälligen Sukkulenten zarte Blüten, gelb, violett und rosa, blaß und zerbrechlich. Doch jetzt war Winter. Die Luft war trocken, der Himmel von hartem Blau, wolkenlos, in dieser Gegend fiel nie Schnee. Ein zeitloser Ort: die Feuchtigkeit war fast gleich Null. Die Winde konnten zwar eisig sein, konnten vom Sommer zum Winter einen Temperatursturz um fünfzig Grad verursachen, doch sonst blieben sie immer unverändert.

Dies war der Ort, an den man Lona Kelvin im Sommer gebracht hatte, vor sechs Monaten, nach ihrem Selbstmordversuch. Damals waren die meisten Kakteen schon verblüht. Jetzt war sie wieder hier, und wieder hatte sie die Blütezeit versäumt. Diesmal war sie drei Monate zu früh statt drei Monate zu spät gekommen. Es wäre besser für sie gewesen, wenn sie ihre Selbstmordabsichten zeitlich genauer abgestimmt hätte.

Die Ärzte standen an ihrem Bett und sprachen über sie, als sei sie gar nicht anwesend.

»Diesmal wird es leichter sein, sie zu reparieren. Nicht nötig, Knochen zu heilen. Nur eine Lungenverpflanzung, dann ist sie wieder in Ordnung.«

»Bis sie es wieder versucht.«

»Das ist nicht meine Sache. Soll man sie doch einer Psychotherapie unterziehen. Ich repariere nur den zerstörten Körper.«

»Nicht zerstört in diesem Fall. Nur mißbraucht.«

»Früher oder später wird sie es schaffen. Wirklich entschlossene Selbstmörder haben immer Erfolg. Sie betreten Nuklearkonverter oder tun sonst etwas Endgültiges. Aus dem neunzigsten Stock springen zum Beispiel. Einen Brei aus Molekülen können wir nicht mehr zusammenflicken.«

»Haben Sie keine Angst, daß Sie sie auf Ideen bringen?«

»Falls sie zuhört. Aber sie hätte selbst daran denken können, wenn sie gewollt hätte.«

»Da haben Sie etwas gesagt! Vielleicht ist sie keine wirklich entschlossene Selbstmörderin. Vielleicht will sie nur Aufmerksamkeit erregen.«

»Das wird es wohl sein. Zwei Selbstmordversuche in sechs Monaten, beide verpatzt – wo sie doch nur das Fenster öffnen und springen müßte –«

»Wie steht es mit den Alveolen?«

283

»Nicht schlecht.«

»Ihr Blutdruck?«

»Steigend. Der adrenokortikale Fluß ist verringert. Atmung um zwei Einheiten erhöht. Sie kommt durch.«

»In drei Tagen haben wir sie so weit, daß sie durch die Wüste spaziert.«

»Sie wird Ruhe brauchen. Und jemanden, der mit ihr redet. Warum, zum Teufel, will sie überhaupt sterben?«

»Wer weiß? Ich glaube nicht, daß sie klug genug war, sich umbringen zu wollen.«

»Angst und Zittern. Tödlicher Überdruß.«

»Anomie ist vermutlich vorbehalten für komplexere ...«

Diskutierend entfernten sie sich von ihrem Bett. Lona öffnete nicht die Augen. Sie hatte nicht einmal unterscheiden können, wie viele von ihnen an ihrem Bett gestanden hatten. Drei, vermutete sie. Mehr als zwei, weniger als vier – so schien es. Aber ihre Stimmen waren einander so ähnlich. Und sie diskutierten nicht wirklich miteinander; sie setzten nur eine Feststellung auf die andere und klebten sie sorgfältig fest. Warum hatten sie sie gerettet, wenn sie so gering von ihr dachten?

Diesmal war sie sicher gewesen, daß sie sterben würde.

Es gibt verschiedene Arten zu sterben. Lona war scharfsinnig genug, um die verläßlichsten zu erkennen, doch irgendwie hatte sie sich nicht erlaubt, sie zu erproben, nicht aus Angst vor dem Tod, sondern aus Angst vor dem, was ihr auf dem Weg dahin begegnen könnte. Damals hatte sie sich vor einen Lastwagen geworfen. Nicht auf die Autobahn, wo die mit zweihundertfünfzig Kilometern in der Stunde auf sie zurasenden Fahrzeuge sie schnell und wirksam zerschmettert hätten, sondern auf einer Stadtstraße, wo sie von einem Wagen erfaßt, hochgeschleudert und gegen eine Hauswand gedrückt wurde, zerbrochen, aber nicht völlig zerstört. So hatte man ihre Knochen geflickt, und nach einem Monat war sie wieder auf den Beinen. Sie hatte keine äußerlichen Narben.

Und gestern – es schien so einfach, durch den Keller nach unten in die Zersetzungskammer zu gehen, unter sorgfältiger Mißachtung der Vorschriften die Abfallbeseitigungsluke zu öffnen, ihren Kopf hineinzustecken und die ätzenden Dämpfe tief einzuatmen.

Kehle, Lunge und schlagendes Herz hätten sich auflösen sollen. Hätte man sie für eine Stunde zuckend auf dem kalten Boden liegenlassen, wäre das auch geschehen. Doch binnen Minuten war Lona in hilfreichen Händen. Jemand zwang eine neutralisierende Substanz in ihre Kehle. Sie wurde in einen Wagen geschoben. Erste-Hilfe-Station. Dann das Krankenhaus, fünfzehnhundert Kilometer von zu Hause entfernt.

Sie war am Leben.

Natürlich war sie verletzt. Sie hatte ihre Nasenwege verbrannt, ihre Kehle beschädigt, eine beträchtliche Menge Lungengewebe verloren. Die kleinen Schäden hatte man in der vorigen Nacht behoben. Nase und Kehle heilten bereits. In ein paar Tagen würden ihre Lungen wieder vollständig sein. Der Tod hatte in dieser Welt fast keine Gewalt mehr.

Bleiches Sonnenlicht streichelte ihre Wangen. Es war Spätnachmittag; die Sonne stand hinter dem Krankenhaus, sank dem Pazifik entgegen. Flatternd öffneten sich Lonas Lider. Weiße Kittel, weiße Laken, grüne Wände. Ein paar Bücher, ein paar Bänder. Eine Reihe medizinischer Geräte, vorsorglich hinter einer durchsichtigen Scheibe verschlossen. Ein Privatzimmer! Wer bezahlte das? Beim letzten Mal hatten die Wissenschaftler der Regierung bezahlt. Aber jetzt?

Von ihrem Fenster aus konnte sie die verzerrten, wie im Schmerz erstarrten, dornigen Formen der Kakteen im heiteren Garten sehen. Sie kniff die Augen zusammen und erkannte zwei Gestalten, die sich zwischen den bizarren Pflanzenreihen bewegten. Die eine, ein ziemlich großer Mann, trug einen gelblichen Morgenrock, wie ihn das Krankenhaus zur Verfügung stellte. Seine Schultern waren ungewöhnlich breit, Gesicht und Hände bandagiert. Er hat sich schwer verbrannt, dachte Lona. Der arme Mann. Neben ihm ging ein kleinerer Mann im Geschäftsanzug, mager, ruhelos. Der große zeigte dem anderen einen Kaktus. Sagte etwas zu ihm, hielt ihm vielleicht einen Vortrag über Kakteen. Jetzt streckte er eine bandagierte Hand aus. Berührte die langen, scharfen Stacheln. Vorsicht! Sie werden sich verletzen!! Er drückt seine Hand fest in die Stacheln! Jetzt wendet er sich an den kleineren Mann, zeigt auf die Kakteen. Der Kleine schüttelt den Kopf – nein, er will sich nicht an den Stacheln stechen.

Der Große muß ein bißchen verrückt sein, entschied Lona.

Sie sah zu, wie die beiden sich ihrem Fenster näherten. Sie sah die spitzen Ohren und die grauen Knopfaugen des kleineren Mannes. Vom Gesicht des größeren konnte sie nichts erkennen. Nur winzige Schlitze öffneten sich in der weißen Wand seiner Bandagen. Rasch lieferten Lonas Gedanken die Einzelheiten seiner Einstellung: die verrunzelte, geriffelte Haut, das von den Flammen zerfurchte, zerfressene Fleisch, die in fixiertem Hohn zur Seite gezogenen Lippen. Aber sie konnten das reparieren. Gewiß konnten sie ihm ein neues Gesicht geben. Sie würden ihn wieder in Ordnung bringen.

Lona fühlte tiefen Neid. Ja, dieser Mann hatte Schmerzen erlitten, doch bald würden die Ärzte alles reparieren. Seine Schmerzen waren nur äußerlich. Sie würden ihn fortschicken, groß und stark und wieder gutaussehend, zurück zu seiner Frau zu seinen ...

... Kindern.

Die Tür wurde geöffnet. Eine Krankenschwester trat ein, eine menschliche Krankenschwester, kein Roboter. Ihr Lächeln war leer, unpersönlich.

»Ach, Sie sind wach, meine Liebe? Haben Sie gut geschlafen? Das ist fein! Ich bin gekommen, um Sie fertigzumachen. Wir werden Ihre Lungen ein bißchen erneuern. Sie werden überhaupt nichts spüren – Sie machen einfach die Augen zu, und wenn Sie aufwachen, funktionieren Ihre Lungen wie neu!«

Das war die reine Wahrheit, wie üblich.

Es war Morgen, als sie sie in ihr Zimmer zurückbrachten, daher wußte Lona, daß sie mehrere Stunden an ihr gearbeitet und sie dann in den Raum für frisch Operierte geschoben hatten. Jetzt war sie selbst in Verbände gehüllt. Sie hatten ihren Körper geöffnet, neue Lungensegmente eingesetzt und ihn wieder geschlossen. Sie fühlte keinen Schmerz, noch nicht. Das Klopfen würde später anfangen. Ob es eine Narbe geben würde? Selbst jetzt noch gab es Operationen, die manchmal Narben hinterließen, in den meisten Fällen allerdings nicht. Lona sah einen zackigen roten Strich vom Haaransatz aus zwischen ihren Brüsten verlaufen. Bitte, nein, keine Narbe.

Sie hatte gehofft, auf dem Operationstisch zu sterben. Es hatte ausgesehen, als sei das ihre letzte Chance. Jetzt würde sie heimgehen müssen, lebend, unverändert.

Der große Mann spazierte wieder durch den Garten. Diesmal war er allein. Und diesmal trug er keine Verbände. Obwohl er ihr den Rücken zudrehte, sah Lona den nackten Hals, den Rand seines Kiefers. Wieder untersuchte er die Kakteen. Was zog ihn an diesen häßlichen Pflanzen an? Jetzt kniete er nieder, griff in die Stacheln. Jetzt stand er auf. Drehte sich um.

Mein Gott, der arme Mann!

Erschüttert und verwirrt starrte Lona in sein Gesicht. Er war zu weit entfernt, als daß sie Einzelheiten hätte erkennen können, doch daß an seinem Gesicht nichts mehr stimmte, sah sie deutlich.

So müssen sie ihn operiert haben, dachte sie. Nach dem Feuer. Doch warum hatten sie ihm kein normales Gesicht geben können? Warum hatten sie ihm das angetan?

Sie konnte die Augen nicht abwenden. Der Anblick dieser künstlichen Züge faszinierte sie. Der Mann schlenderte auf das Gebäude zu, bewegte sich langsam, sicher. Ein starker Mann. Ein Mann, der Leid ertragen konnte. Er tut mir so leid. Ich wünschte, ich könnte etwas tun, um ihm zu helfen.

Sie sagte sich, daß das albern war. Er hatte eine Familie. Er würde zurechtkommen.

12

Dornen

Burris erhielt die schlechte Nachricht an seinem fünften Tag im Krankenhaus.

Er war im Garten, wie gewöhnlich. Aoudad kam zu ihm.

»Es können keine Hautverpflanzungen gemacht werden. Die Ärzte sagen nein. Sie sind voll von verrückten Antikörpern.«

»Das wußte ich schon.« Ruhig.

»Selbst Ihre eigene Haut stößt Ihre Haut ab.«

»Ich kann es ihr kaum übelnehmen«, sagte Burris.

Sie gingen an der Saguaro vorbei. »Sie könnten irgendeine Art Maske tragen. Es würde ein bißchen unbequem sein, aber sie sind heutzutage ganz gut. Die Maske atmet. Poröses Plastikmaterial, direkt auf der Haut. Sie würden sich binnen einer Woche daran gewöhnen.«

»Ich werde es mir überlegen«, versprach Burris. Er kniete neben einem kleinen Rohrkaktus nieder. Konvexe Stachelreihen erstreckten sich in einem großen Bogen zum Pol hin. Blütenknospen schienen sich zu bilden. Auf dem kleinen, glänzenden Schild am Boden stand *Echinocactus grusoni*. Burris las es laut vor.

»Diese Kakteen faszinieren Sie sehr«, sagte Aoudad. »Warum? Was haben sie für Sie Besonderes?«

»Schönheit.«

»Die hier? Sie bestehen doch nur aus Stacheln!«

»Ich liebe Kakteen. Ich wünschte, ich könnte für immer in einem Kakteengarten leben.« Seine Fingerspitze berührte einen Stachel. »Wissen Sie, daß Sie auf Manipool fast nichts anderes als dornige Sukkulenten finden? Ich würde sie natürlich nicht Kakteen nennen, aber der allgemeine Eindruck ist derselbe. Es ist eine trockene Welt, Regengürtel an den Polen und dann zunehmende Trockenheit, je näher man dem Äquator kommt. Am Äquator regnet es alle Millionen Jahre einmal, in den gemäßigten Zonen nur wenig häufiger.«

»Heimweh?«

»Kaum. Aber dort habe ich die Schönheit von Dornen kennengelernt.«

»Dornen? Sie stechen.«

»Das ist ein Teil ihrer Schönheit.«

»Jetzt hören Sie sich wie Chalk an«, murmelte Aoudad. »Er sagt, Schmerz sei lehrreich. Schmerz sei Gewinn. Und Dornen seien schön. Mir ist eine Rose lieber.«

»Rosensträucher haben auch Stacheln«, bemerkte Burris gelassen.

Aoudad sah betrübt aus. »Dann eben Tulpen. Tulpen!«

Burris sagte: »Der Dorn ist nur eine hochentwickelte Blattform. Eine Anpassung an eine rauhe Umgebung. Kakteen können es sich nicht leisten, Wasser zu verdunsten wie Blattpflanzen. Also passen sie sich an. Schade, daß Sie eine so elegante Anpassung als häßlich empfinden.«

»Ich glaube, ich habe mir nie viel Gedanken darüber gemacht.

Hören Sie, Burris, Chalk hätte gern, daß Sie noch für eine oder zwei Wochen hierbleiben.«

»Aber wenn eine Gesichtsplastik unmöglich ist –«

»Man möchte Sie einer Generaluntersuchung unterziehen. Mit besonderem Augenmerk auf die spätere Körpertransplantation.«

»Ich verstehe.« Burris nickte kurz. Er wandte sich zur Sonne, ließ die schwachen, winterlichen Strahlen sein Gesicht berühren. »Wie gut es tut, wieder im Sonnenschein zu stehen! Ich bin Ihnen dankbar, Bart, wissen Sie das? Sie haben mich aus diesem Zimmer gezerrt, dieser dunklen Nacht der Seele. Jetzt fühle ich, wie alles in mir auftaut, aufbricht, sich bewegt. Verwechsle ich die Metaphern? Sie sehen doch, wieviel weniger starr ich schon bin.«

»Sind Sie flexibel genug, um sich mit einem Besucher zu unterhalten?«

»Mit wem?« Sofort argwöhnisch.

»Marco Prolisses Witwe.«

»Elise? Ich dachte, sie sei in Rom.«

»Von Rom nach hier ist es nur eine Stunde. Sie wünscht sehnlichst, Sie zu sprechen. Sie sagt, die Behörden hätten Sie von ihr ferngehalten. Ich möchte Sie nicht zwingen, aber ich meine, Sie müßten sie zu sich lassen. Vielleicht könnten Sie die Verbände wieder anlegen.«

»Nein. Keine Verbände. Nie mehr. Wann wird sie hier sein?«

»Sie ist bereits hier. Sagen Sie ein Wort, und ich bringe sie her.«

»Dann bringen Sie sie. Ich werde sie im Garten begrüßen. Hier ist es fast so wie auf Manipool.«

Aoudad war merkwürdig still. Nach einer Weile sagte er: »Treffen Sie sie in Ihrem Zimmer.«

Burris zuckte die Achseln. »Wie Sie meinen.« Er streichelte die Dornen.

Krankenschwestern, Pfleger, Ärzte, Techniker, Patienten in Rollstühlen, alle starrten ihn an, als er das Gebäude betrat. Selbst zwei Arbeitsroboter musterten ihn merkwürdig, versuchten, ihn in ihre programmierten Kenntnisse von den körperlichen Erscheinungsformen des Menschen einzufügen. Burris machte sich nichts daraus. Das Bewußtsein seiner Entstellung wich schnell, von Tag zu Tag mehr. Die Verbände, die er an seinem ersten Tag hier getragen hatte, erschienen ihm jetzt als absurder Einfall. Es war, wie wenn man in der Öffentlichkeit nackt herumlief, dachte er: Zuerst scheint es undenkbar, dann, mit der Zeit, wird es erträglich, schließlich Gewohnheit. Man muß sich an sein Ich gewöhnen.

Trotzdem fühlte er sich unbehaglich, als er auf Elise Prolisse wartete.

Er stand am Fenster und betrachtete den Innenhof, als es klopfte. Irgendein Impuls (Takt oder Angst?) veranlaßte ihn in letzter Minute, mit dem Rücken zur Tür stehenzubleiben, als sie eintrat. Schüchtern wurde die Tür geschlossen. Er hatte Elise seit fünf Jahren nicht mehr gesehen, doch er hatte sie als üppig in Erinnerung, ein wenig verblüht, aber eine hübsche Frau. Sein geschärftes Gehör sagte ihm, daß sie allein eingetreten war, ohne Aoudad. Ihr Atem ging rauh und unregelmäßig. Er hörte, wie sie die Tür verschloß.

»Minner«, sagte sie sanft, »Minner, drehen Sie sich um und sehen Sie mich an. Es ist in Ordnung. Ich kann es verkraften.«

Dies war anders, als sich namenlosem Krankenhauspersonal zu zeigen. Zu seiner Überraschung merkte Burris, wie sich die scheinbar dauerhafte Gelassenheit der letzten paar Tage rasch auflöste. Panik ergriff ihn. Er sehnte sich danach, sich zu verstekken. Doch die Bestürzung erzeugte Grausamkeit, eine eisige Entschlossenheit, Schmerz zuzufügen. Er drehte sich auf den Absätzen und schwang herum, um seinen Anblick in Elise Prolisses große, dunkle Augen zu schleudern.

Gesteh es ihr zu: sie ist anpassungsfähig.

»Mein Gott«, flüsterte sie. »Mein Gott, Minner, es ist«, ein leichter Ruck, »nicht so schrecklich. Ich hörte, es sei viel schlimmer.«

»Glauben Sie, ich sei hübsch?«

»Sie erschrecken mich nicht. Ich dachte, es würde vielleicht erschreckend sein.« Sie kam auf ihn zu. Sie trug ein enganliegendes schwarzes Kleid, das vermutlich aufgesprüht war; hohe Brüste waren wieder in Mode, und so trug Elise ihre hoch, fast aus dem Schlüsselbein entspringend und deutlich geteilt. Eine Brustplastik war das Geheimnis. Die prallen Fleischhügel waren ganz unter dem Kleid verborgen, aber was konnte eine dünne Sprayschicht schon verbergen? Ihre Hüften waren geschwungen, ihre Schenkel Säulen. Doch sie hatte etwas abgenommen. Zweifellos hatte in den letzten anstrengenden Monaten Schlaflosigkeit einige Zentimeter von diesem kontinentalen Hinterteil abgetragen. Sie war ihm jetzt ganz nahe. Irgendein verwirrendes Parfüm hüllte ihn ein, und ohne bewußte Anstrengung verschloß Burris seinen Geruchssinn davor.

Seine Hand glitt zwischen ihre Hände.

Seine Augen trafen ihre. Sie wich zurück, aber nur für den Bruchteil einer Sekunde.

»Ist Marco tapfer gestorben?« fragte sie.

»Er starb wie ein Mann. Wie der Mann, der er war.«

»Haben Sie es gesehen?«

»Nein, nicht die letzten Augenblicke. Ich sah, wie sie ihn fortbrachten. Während wir warteten, daß wir an die Reihe kämen.«

»Dachten Sie, daß Sie auch sterben würden?«

»Ich war davon überzeugt. Ich sprach die letzten Worte für Malcondotto. Er sprach sie für mich. Doch ich kam zurück.«

»Minner, Minner, Minner, wie schrecklich muß es gewesen sein!« Immer noch hielt sie seine Hand umklammert. Sie streichelte seine Finger ... streichelte sogar den kleinen Greifwurm dicht nebend seinem kleinen Finger. Burris spürte den fast unmerklichen entsetzten Ruck, als sie das ekelhafte Ding berührte. Ihre Augen waren groß, ernst, ohne Tränen. Sie hat zwei Kinder, oder sind es drei? Aber immer noch jung. Immer noch vital. Er wünschte, sie würde seine Hand loslassen. Ihre Nähe war verwirrend. Er spürte die von ihren Schenkeln ausgehende Wärmestrahlung, ziemlich niedrig auf dem elektromagnetischen Spektrum, aber wahrnehmbar. Er hätte sich auf die Lippen gebissen, um seine plötzliche Erregung zu dämpfen, wenn er die Lippe noch zwischen die Zähne hätte schieben können.

»Wann erhielten Sie die Nachricht über unser Schicksal?« fragte er.

»Als sie von der Aufnahmestation auf Ganymed kam. Man brachte es mir sehr schonend bei. Aber ich habe schreckliche Dinge gedacht. Ich muß sie Ihnen gestehen. Ich wollte von Gott wissen, warum Marco gestorben war und Sie noch lebten. Es tut mir leid, Minner.«

»Es braucht Ihnen nicht leid zu tun. Wenn ich die Wahl hätte, wäre ich tot und er am Leben. Beide, Marco und Malcondotto. Glauben Sie mir. Ich rede das nicht so dahin, Elise. Ich würde tauschen.«

Er fühlte sich wie ein Heuchler. Lieber tot als verstümmelt,

291

natürlich! Aber so würde sie seine Worte nicht verstehen. Sie würde nur das edle Motiv sehen, den unverheirateten Überlebenden, der wünscht, er könne sein Leben hergeben, um die toten Ehemänner und Väter zu retten. Was konnte er ihr sagen? Er hatte sich geschworen, nicht zu jammern.

»Erzählen Sie mir, wie es war«, sagte sie. Sie hielt immer noch seine Hand, setzte sich auf den Bettrand und zog ihn mit sich. »Wie sie euch gefangen haben. Wie sie euch behandelten. Wie es war. Ich muß es wissen!«

»Eine gewöhnliche Landung«, sagte Burris. »Eine Standardlandung mit den üblichen Kontaktprozeduren. Keine schlechte Welt; trocken; wenn man ihr Zeit gibt, wird sie sein wie Mars. Noch zwei Millionen Jahre. Im Moment ist sie eine Mischung aus Arizona, Sonora und Sahara. Wir haben die Wesen getroffen. Sie haben uns getroffen.«

Er schloß seine entstellten Augenlider. Er fühlte die sengende Hitze des Windes von Manipool. Er sah die Kakteenformen, schlangenhafte graue Pflanzen, die sich verschlungen und dornig Hunderte von Metern weit über den Sand erstreckten. Wieder kamen die Fahrzeuge der Eingeborenen auf ihn zu.

»Sie waren höflich zu uns. Man hatte sie schon früher besucht, sie kannten die ganze Kontaktroutine. Sie selbst betrieben keine Raumfahrt, aber nur, weil sie sich nicht dafür interessierten. Sie sprachen einige Sprachen. Malcondotto konnte mit ihnen reden; er beherrschte einen sirianischen Dialekt, und sie konnten ihm folgen. Sie waren höflich, distanziert – fremd. Sie nahmen uns mit.«

Über seinem Kopf ein Dach, in dem Geschöpfe wuchsen. Doch keine Dinge auf niedriger Entwicklungsstufe. Keine fluoreszierenden Pilze. Es waren schwarzknochige Kreaturen, die aus dem gewölbten Dach sprossen.

Röhren gärender Gemische mit anderen lebenden Wesen darin. Winzige, rosige, zweiästige Gebilde mit heftig strampelnden Beinen. Burris sagte: »Ein seltsamer Ort. Aber nicht feindlich. Sie schubsten uns ein bißchen herum, stießen uns. Wir sprachen. Wir beobachteten. Nach einer Weile dämmerte uns, daß wir gefangen waren.«

Elises Augen glänzten. Sie hingen an seinen Lippen, die die Worte formten.

»Eine hochentwickelte, wissenschaftlich gebildete Kultur, zweifellos. Fast schon nachwissenschaftlich. Sicherlich nachindustriell. Malcondotto dachte, daß sie Kernenergie verwendeten, aber wir waren nie ganz sicher. Nach dem dritten oder vierten Tag hatten wir keine Gelegenheit, das nachzuprüfen.«

Er merkte plötzlich, daß sie das überhaupt nicht interessierte. Sie hörte kaum zu. Warum war sie dann gekommen? Warum hatte sie gefragt? Die Geschichte, die im Mittelpunkt seines Daseins stand, sollte auch sie angehen, doch sie saß da, sah ihn stirnrunzelnd und mit großen Augen an, ohne zuzuhören. Finster starrte er sie an. Die Tür war verschlossen. Sie kann nichts anderes tun als zuhören. *Und so sprach dann der alte Seemann, im Auge glüh'nde Qual.*

»Am sechsten Tag kamen sie und holten Marco fort.«

Ein Anflug von Wachsamkeit. Ein Sprung in der glatten Oberfläche sinnlicher Sanftheit.

»Wir sahen ihn nicht mehr lebend wieder. Wir spürten gleich, daß sie uns etwas Schlimmes antun würden. Marco ahnte es zuerst. Er war immer ein bißchen wie ein Hellseher.«

»Ja. Ja, das war er. Ein wenig.«

»Er ging. Malcondotto und ich stellten Vermutungen an. Einige Tage vergingen, dann kamen sie auch Malcondotto holen. Marco war nicht zurückgekehrt. Malcondotto sprach mit ihnen, bevor sie ihn mitnahmen. Er erfuhr, daß sie mit Marco eine Art ... Experiment vorgenommen hatten. Ein Mißerfolg. Sie begruben ihn, ohne ihn uns zu zeigen. Dann machten sie sich bei Malcondotto an die Arbeit.«

Ich habe sie wieder verloren, merkte er. Es ist ihr gleichgültig. Ein Schimmer von Interesse, als ich ihr sagte, wie Prolisse starb. Dann ... *nulla.*

Sie kann nichts anderes tun als zuhören.

»Nach Tagen kamen sie mich holen. Sie zeigten mir Malcondotto, tot. Er sah ... ähnlich aus wie ich jetzt. Anders. Schlimmer. Ich konnte nicht verstehen, was sie zu mir sagten. Ein dröhnendes Summen, ein schnatternder, krächzender Ton. Was für ein Geräusch würden Kakteen machen, wenn sie sprechen könnten? Sie brachten mich zurück und ließen mich eine Weile warten. Ich nehme an, daß sie die ersten beiden Experimente noch einmal durchgingen, herauszufinden versuchten, was sie falsch

293

gemacht hatten, an welchen Organen man nicht herumspielen durfte. Ich wartete eine Million Jahre auf ihre Rückkehr. Sie kamen. Sie legten mich auf einen Tisch, Elise. Den Rest können Sie sehen.«

»Ich liebe dich«, flüsterte sie.

. . .?

»Ich begehre dich, Minner. Ich brenne.«

»Es war eine einsame Heimreise. Sie setzten mich in mein Schiff. Ich konnte immer noch einigermaßen damit umgehen. Sie rehabilitierten mich. Ich flog auf dieses System zu. Es war eine schlimme Reise.«

»Aber du hast es geschafft, zur Erde zurückzukommen.«

Wie kommt's dann, daß du außerhalb der Hölle?

Ich bin nicht außerhalb, dies hier ist Hölle!

»Ich habe es geschafft, ja« sagte er. »Ich hätte Sie nach der Landung besucht, Elise, aber Sie müssen verstehen, daß ich nicht tun konnte, was ich wollte. Zuerst hielten sie mich fest. Dann ließen sie mich gehen, und ich rannte davon. Sie müssen mir verzeihen.«

»Ich verzeihe dir. Ich liebe dich.«

»Elise –«

Sie berührte etwas an ihrem Hals. Die polymerisierten Ketten ihres Kleides lösten sich auf. Schwarzer Stoff lag zu ihren Füßen; sie stand nackt vor ihm.

So viel Fleisch. Berstend vor Vitalität. Ihre Hitze war überwältigend.

»Elise –«

»Komm, berühre mich. Mit deinem seltsamen Körper. Mit diesen Händen. Ich möchte das gekrümmte Ding spüren, das du an jeder Hand hast. Spüren, wie es mich streichelt.«

Sie hatte breite Schultern. Ihre Brüste waren fest verankert an den starken Schulterknochen, den straffen Bändern. Die Hüften, Gesäß, und die Schenkel einer Kurtisane. Sie war ihm schrecklich nahe, er fröstelte in der Glut; dann trat sie zurück, damit er sie ganz sehen konnte.

»Das ist nicht richtig, Elise.«

»Aber ich liebe dich! Fühlst du nicht, wie stark das ist?«

»Ja. Ja.«

»Du bist alles, was ich habe. Marco ist fort. Du hast ihn zuletzt gesehen. Du bist meine Verbindung zu ihm. Und du bist so . . .«

Du bist Helena, dachte er.

»... schön.«

»Schön? Bin ich schön?«

Chalk hatte es gesagt, Duncan der Korpulente. *Ich möchte sogar behaupten, daß eine Menge Frauen Ihnen zu Füßen liegen würden ... das Groteske hat seine Anziehungskraft.*

»Bitte. Elise, ziehen Sie sich an.«

Jetzt sprühte Zorn aus ihren sanften, warmen Augen. »Du bist nicht krank. Du bist stark!«

»Vielleicht.«

»Aber du weist mich zurück?« Sie zeigte auf seine Brust. »Diese Fremden – sie haben dich nicht zerstört. Du bist immer noch ein ... Mann.«

»Vielleicht.«

»Dann –«

»Ich habe so viel durchgemacht, Elise.«

»Ich etwa nicht?«

»Sie haben Ihren Mann verloren. Das ist so alt wie die Welt. Was mit mir passiert ist, ist völlig neu. Ich möchte nicht –«

»Hast du Angst?«

»Nein.«

»Dann zeig mir deinen Körper. Zieh den Mantel aus. Da ist das Bett.«

Er zögerte. Sicher kannte sie seine geheime Schuld. Er hatte sie jahrelang begehrt. Aber man spielt nicht mit den Frauen seiner Freunde, und sie war Marcos Frau. Jetzt war Marco tot. Elise stand da, sinnlich selbst in ihrem Zorn. Eine Helena.

Sie warf sich ihm entgegen.

Die fleischigen Hügel drängten gegen seine Brust, der feste Bauch preßte sich an ihn, die Hände umklammerten seine Schultern. Sie war eine große Frau. Er sah das Aufblitzen ihrer Zähne. Dann küßte sie ihn, verschlang seinen Mund, der starr zwischen ihren Lippen zuckte.

Es saugen ihre Lippen meine Seele aus mir – da fliegt sie, schau!

Seine Hände lagen auf der seidigen Glätte ihres Rückens. Seine Nägel gruben sich in ihr Fleisch. Die kleinen Tentakel bewegten sich in engen Kreisen. Sie drängte ihn nach hinten, auf das Bett, die Gottesanbeterin, die ihr Männchen gepackt hält.

Komm, Helena, komm, gib küssend mir meine Seele wieder!

Zusammen fielen sie auf das Bett. Ihr schwarzes Haar klebte schweißnaß an ihren Wangen. Ihre Brüste tanzten in Erregung, ihre Augen glänzten wie Jade. Sie zerrte an seinem Mantel.

Es gibt Frauen, die Bucklige suchen, Amputierte; Frauen, die Gelähmte, Krüppel, Aussätzige begehren. Elise begehrte ihn. Die heiße Flut ihrer Sinnlichkeit überschwemmte ihn. Sein Mantel teilte sich, und er war nackt vor ihr.

Er ließ sie sehen, wie er jetzt war.

Es war eine Probe; er betete, daß sie sie nicht bestehen möge, doch sie bestand sie, denn der Anblick seines Körpers schürte ihre Glut nur noch mehr. Er sah ihre geweiteten Nüstern, ihre gerötete Haut. Er war ihr Gefangener, ihr Opfer.

Sie siegt. Aber ich werde etwas gewinnen.

Er wandte sich ihr zu, griff nach ihren Schultern, zwang sie auf die Matratze und lehnte sich über sie. Das war ihr letzter Triumph einer Frau, im Moment des Sieges zu verlieren, sich im letzten Augenblick zu ergeben. Ihre Schenkel verschlangen ihn. Ihre seidige Haut umfing sein allzu kaltes Fleisch. In einem Ausbruch dämonischer Wut stieß er zu und drang ihr bis ins Innerste.

13

Rosenfingrige Eos

Tom Nikolaides trat in den Raum. Das Mädchen war jetzt wach und blickte durch das Fenster in den Garten. Nikolaides trug einen kleinen Blumentopf mit einem Kaktus, einem häßlichen Kaktus, mehr grau als grün und bewehrt mit bösartigen Stacheln.

»Na, geht es Ihnen jetzt besser?«

»Ja«, sagte Lona, »viel besser. Soll ich nach Hause?«

»Noch nicht. Wissen Sie, wer ich bin?«

»Nicht genau.«

»Tom Nikolaides. Nennen Sie mich Nick. Ich habe mit Public Relations zu tun. Reaktionsingenieur.«

Sie nahm die Information verblüfft auf. Er stellte den Kaktus auf den Tisch neben ihrem Bett.

»Ich weiß alles über Sie, Lona. Ich hatte am Rande mit dem

Babyexperiment im vorigen Jahr zu tun. Vielleicht haben Sie es vergessen, aber ich habe Sie interviewt. Ich arbeite für Duncan Chalk. Vielleicht wissen Sie, wer das ist?«

»Sollte ich das?«

»Einer der reichsten Männer der Welt. Einer der mächtigsten. Ihm gehören Nachrichtensender ... Videostationen ... Ihm gehört die Arkade. Er hat großes Interesse an Ihnen.«

»Warum haben Sie mir diese Pflanze gebracht?«

»Später. Ich ...«

»Sie ist sehr häßlich.«

Nikolaides lächelte. »Lona, wie würde es Ihnen gefallen, ein paar von Ihren Babys zu haben? Zwei vielleicht, um sie selbst großzuziehen.«

»Ich finde das nicht sehr witzig.«

Nikolaides beobachtete, wie Farbe in ihre hohlen Wangen kam und ein harter Funke des Begehrens in ihren Augen aufglomm. Er kam sich vor wie ein elender Wicht.

Er sagte: »Chalk kann das für Sie arrangieren. Sie *sind* ihre Mutter, wissen Sie. Er könnte Ihnen einen Jungen und ein Mädchen verschaffen.«

»Ich glaube Ihnen nicht.«

Nikolaides beugte sich vor und versuchte es mit väterlicher Herzlichkeit. »Sie müssen mir glauben, Lona. Sie sind ein unglückliches Mädchen, ich weiß. Und ich weiß auch, *warum* Sie unglücklich sind. Diese Babys. Hundert Kinder, aus Ihrem Körper genommen, Ihnen weggenommen. Und dann stieß man Sie beiseite, vergaß Sie. Als wären Sie einfach eine Sache, ein Roboter, der Babys macht.«

Sie begann sich zu interessieren, war aber immer noch skeptisch.

Er nahm den kleinen Kaktus wieder auf und spielte mit dem glänzenden Topf, steckte einen Finger in das Abflußloch im Boden und zog ihn wieder heraus. »Wir können Ihnen zwei von diesen Babys verschaffen«, sagte er mit ernster Miene, »aber es wird nicht leicht sein. Chalk müßte eine Menge Fäden ziehen. Er wird es tun, aber er möchte, daß Sie als Gegenleistung auch etwas für ihn tun.«

»Wenn er so reich ist, was kann ich dann für ihn tun?«

»Sie könnten einem andern unglücklichen Menschen helfen

und damit Mr. Chalk einen persönlichen Gefallen tun. Und dann wird er Ihnen helfen.«

Sie war verblüfft.

Nikolaides beugte sich zu ihr herunter. »Ein Mann ist hier in diesem Krankenhaus. Vielleicht haben Sie ihn gesehen. Vielleicht haben Sie von ihm gehört. Er ist Raumfahrer. Er flog zu einem fremden Planeten und wurde von Monstren gefangengenommen. Sie haben ihn verpfuscht. Sie nahmen ihn auseinander und setzten ihn falsch zusammen.«

»Das haben sie mit mir auch gemacht. Nur ohne mich vorher auseinanderzunehmen«, sagte Lona.

»Also gut. Er ging im Garten spazieren. Ein großer Mann. Aus der Entfernung merkt man vielleicht nicht, daß mit ihm etwas nicht stimmt, wenn man sein Gesicht nicht sehen kann. Er hat Augen, die sich *so* öffnen.« Er krümmte seine Zeigefinger über die Augen. »Und einen Mund – ich kann Ihnen nicht zeigen, was mit seinem Mund ist, aber er ist nicht menschlich. Aus der Nähe gesehen ist er ziemlich erschreckend. Aber innerlich ist er nach wie vor ein Mensch, und er ist ein wunderbarer Mensch, nur natürlich sehr verbittert über alles, was man ihm angetan hat. Chalk möchte ihm helfen. Er möchte ihm dadurch helfen, daß jemand nett zu ihm ist. Sie wissen, was Leiden ist, Lona. Setzen Sie sich mit diesem Mann in Verbindung. Seien Sie gut zu ihm. Zeigen Sie ihm, daß er immer noch ein Mensch ist, daß jemand ihn lieben kann. Bringen Sie ihn zu sich selbst zurück. Und wenn Sie das tun, wird Chalk sehen, daß Sie Ihre Babys bekommen.«

»Erwartet man von mir, daß ich mit ihm schlafe?«

»Man erwartet von Ihnen, daß Sie nett zu ihm sind. Ich habe nicht vor, Ihnen zu sagen, was das bedeutet. Tun Sie, was immer ihn glücklich machen würde. Sie müssen das beurteilen. Nehmen Sie einfach Ihre eigenen Gefühle, wenden Sie sie um, das Innere nach außen. Sie wissen wohl ungefähr, was er durchmacht.«

»Weil man ihn zu einer Mißgeburt gemacht hat. Und mich ebenfalls.«

Nikolaides fiel keine taktvolle Entgegnung auf diese Feststellung ein. Er nahm sie schweigend zur Kenntnis.

Er sagte: »Dieser Mann heißt Minner Burris. Sein Zimmer liegt Ihrem direkt gegenüber auf der anderen Seite der Halle. Zufällig interessiert er sich sehr für Kakteen, Gott weiß warum. Ich dachte, Sie könnten ihm diesen Kaktus als Aufmunterungsgeschenk schicken. Das wäre eine hübsche Geste. Sie könnte zu größeren Dingen führen. Ja?«

»Wie war der Name?«

»Nikolaides.«

»Nicht Ihrer. Seiner.«

»Minner Burris. Und sehen Sie, Sie können eine Karte mitschicken. Tippen Sie sie nicht mit der Maschine, schreiben Sie sie von Hand. Ich werde sie Ihnen diktieren, und Sie können sie ändern, wie es Ihnen gefällt.« Sein Mund war trocken. »Hier. Hier ist ein Stift …«

14

Und wenn sie nicht gestorben sind …

Da zwei seiner engsten Gehilfen sich im Westen aufhielten und mit Burris und Lona einen komplizierten, ballettartigen Pas de quatre aufführten, war Duncan Chalk gezwungen, sich fast ausschließlich auf Leontes d'Amore zu verlassen. Natürlich war d'Amore fähig, sonst hätte er es nie so weit gebracht. Dennoch fehlten ihm Nikolaides' Charakterstabilität und Aoudads verzehrende Mischung aus Ehrgeiz und Unsicherheit. D'Amore war schlau, aber unstet, ein Mann wie Treibsand.

Chalk war zu Hause, in seinem Palast am See. Überall um ihn herum tickten Fernschreiber und Nachrichtenbänder, doch er konnte sie mit Leichtigkeit aus seinem Bewußtsein ausschließen. Während d'Amore hinter seinem linken Ohr stand, meisterte Chalk geduldig und zügig den sich auftürmenden Stapel der täglichen Arbeit. Wie es hieß, bewältigte der Kaiser Ts'in Schihuang-ti täglich mehr als einhundertzwanzig Pfund Dokumente und fand trotzdem noch Zeit, die Chinesische Mauer zu bauen. Natürlich wurden Dokumente damals auf Bambustafeln geschrieben, die wesentlich schwerer wogen als Mikrostreifen. Doch der alte Schi-huang-ti war zu bewundern. Er war einer von Chalks Vorbildern.

Er sagte: »Um welche Zeit gab Aoudad diesen Bericht durch?«

»Eine Stunde bevor Sie aufwachten.«

»Man hätte mich wecken sollen. Sie wissen das. Er weiß das.«

D'Amores Lippen verzogen sich zu einer eleganten Grimasse der Betrübnis. »Da keine Krise vorlag, dachten wir –«

»Sie hatten unrecht.« Chalk drehte sich um und nagelte d'Amore mit einem kurzen Blick fest. D'Amores Unbehagen stillte Chalks Bedürfnis bis zu einem gewissen Grade, doch nicht ausreichend. Das unbedeutende ängstliche Sichwinden von Untergebenen war nicht nahrhafter als Stroh. Er brauchte Fleisch. Er sagte: »Also haben Burris und das Mädchen sich kennengelernt.«

»Mit großem Erfolg.«

»Ich wünschte, ich hätte es sehen können. Wie verhielten sie sich zueinander?«

»Sie sind beide sehr reizbar. Aber im Grunde finden sie einander sympathisch. Aoudad meint, alles würde klappen.«

»Habt ihr schon eine Reiseroute für sie geplant?«

»Wir sind dabei. Luna Tivoli, Titan, die ganze interplanetarische Rundfahrt. Aber wir lassen sie in der Antarktis anfangen. Die Unterbringung, die Details – alles ist unter Kontrolle.«

»Gut. Kosmische Flitterwochen. Vielleicht sogar ein Bündel Freude, um die Geschichte etwas aufzuhellen. Das wäre etwas, wenn sich herausstellte, daß er fruchtbar ist! Daß *sie* es ist, wissen wir ja, bei Gott!«

Besorgt sagte d'Amore: »Was das betrifft: die Frau von Prolisse wird immer noch untersucht.«

»Also habt ihr sie erwischt! Großartig. Großartig! Hat sie Widerstand geleistet?«

»Man erzählte ihr eine ganz plausible Geschichte. Sie meint, sie würde auf fremdartige Viren untersucht. Bis sie aufwacht, haben wir die Samenanalyse und unsere Antwort.«

Chalk nickte brüsk. D'Amore verließ ihn, und der dicke Mann nahm das Band mit der Aufzeichnung von Elises Besuch bei Burris aus der Kassette und schob es in das Vorführgerät, um es nochmals ablaufen zu lassen. Zuerst war Chalk gegen den Einfall gewesen, sie Burris besuchen zu lassen, trotz Aoudads dringender Empfehlungen. Doch bald hatte er auch einige Vorteile darin gesehen. Burris hatte seit seiner Rückkehr zur Erde keine Frau gehabt. Signora Prolisse war, wenn man Aoudad glauben durfte (und er mußte es ja wissen), geradezu wild auf den entstellten

300

Körper des Gefährten ihres verstorbenen Mannes. Also sollten sie ruhig zusammenkommen; man würde Burris' Reaktion sehen. Man sollte einen Preisbullen schließlich nicht ohne einige vorbereitende Tests zur öffentlichen Paarung schicken.

Das Band war anschaulich und ausführlich. Drei versteckte Kameras mit einem Linsendurchmesser von nur wenigen Molekülen hatten alles aufgezeichnet. Chalk hatte den Film dreimal gesehen, doch immer wieder gab es neue Feinheiten zu entdecken. Es verursachte ihm keinen besonderen Nervenkitzel, ahnungslose Paare beim Liebesakt zu beobachten; er zog sein Vergnügen aus raffinierteren Darbietungen. Der Anblick des Tiers mit zwei Rücken war nur für Heranwachsende interessant. Aber es war nützlich, etwas über Burris' Leistung zu wissen.

Nach der einleitenden Konversation beschleunigte er das Band. Wie gelangweilt sie wirkt, während er von seinem Abenteuer erzählt! Wie furchtsam er aussieht, als sie ihren Körper zur Schau stellt! Was erschreckt ihn so? Frauen sind nichts Neues für ihn. Obwohl das natürlich in seinem alten Leben war. Vielleicht fürchtet er, sie werde seinen neuen Körper abstoßend finden und sich im entscheidenden Moment von ihm abwenden. Der Augenblick der Wahrheit. Chalk überlegte. Die Kameras konnten Burris' Gedanken nicht enthüllen, nicht einmal seine gefühlsmäßige Konstellation, und Chalk hatte selbst noch keine Schritte unternommen, um seine innersten Gefühle aufzuspüren. So konnte er nur Schlüsse ziehen.

Gewiß war Burris widerwillig. Gewiß war die Dame zu allem entschlossen. Chalk studierte die nackte Tigerin, wie sie ihr Revier absteckte. Für eine Weile sah es so aus, als werde Burris sie zurückweisen – nicht an Sex interessiert oder nicht an Elise interessiert. Zu edel, um sich mit der Witwe seines Freundes zu paaren? Oder immer noch ängstlich, sich ihr hinzugeben, selbst angesichts ihres bedingungslosen Verlangens? Nun, jetzt war er nackt. Elise immer noch nicht abgeschreckt. Die Ärzte, die Burris nach seiner Rückkehr untersucht hatten, sagten, er sei immer noch zum Liebesakt fähig – soweit sie das beurteilen könnten –, und nun war offensichtlich, daß sie recht gehabt hatten.

Elises Arme und Beine bewegten sich in der Luft. Chalk zupfte an seinem Doppelkinn, während die kleinen Gestalten auf der Leinwand den Ritus vollzogen. Ja, Burris war auch jetzt noch zur

Liebe fähig. Chalk verlor das Interesse, während die Paarung ihrem Höhepunkt zustrebte. Nach einem letzten Schwenk auf schlaffe, erschöpfte Gestalten, die Seite an Seite auf dem zerwühlten Bett lagen, lief der Film aus. Er war zur Liebe fähig, aber wie war es mit Babys? Chalks Leute hatten Elise bald nach dem Verlassen von Burris' Zimmer abgefangen. Vor ein paar Stunden hatte das muntere Mädchen bewußtlos auf dem Untersuchungstisch eines Arztes gelegen, die schweren Schenkel gespreizt. Doch Chalk spürte, daß er diesmal auf jeden Fall enttäuscht werden würde. Vieles stand in seiner Macht, aber nicht alles.

D' Amore kam zurück. »Der Bericht ist da.«

»Und?«

»Kein zeugungsfähiges Sperma. Sie können nicht ganz klären, was sie da eigentlich bekommen haben, aber sie schwören, es sei nicht fortpflanzungsfähig. Die Fremden müssen auch daran irgend etwas verändert haben.«

»Zu schade«, seufzte Chalk. »Damit müssen wir eine Möglichkeit von der Liste streichen. Die zukünftige Mrs. Burris wird von ihm keine Kinder bekommen.«

D'Amore lachte. »Sie hat ja auch schon genug Babys, oder?«

15

Seelenhochzeit

Für Burris besaß das Mädchen wenig sinnliche Anziehungskraft, da sie so kurz nach Elise Prolisse erschien. Doch er mochte sie. Sie war ein freundliches, rührendes, zerbrechliches Kind. Sie meinte es gut. Der Kaktus im Blumentopf rührte ihn. Er schien eine zu bescheidene Geste, um irgend etwas anderes als Freundlichkeit zu sein.

Und sie war nicht entsetzt über seine Erscheinung. Bewegt, ja. Ein wenig unbehaglich, ja. Aber sie blickte ihm direkt in die Augen, verbarg jede Bestürzung, die sie vielleicht empfinden mochte.

»Sind Sie hier aus der Gegend?« fragte er.

»Nein. Ich komme aus dem Osten. Bitte setzen Sie sich. Stehen Sie meinetwegen nicht auf.«

»Das ist schon in Ordnung. Ich bin wirklich ganz kräftig, wissen Sie.«

»Wird man hier im Krankenhaus irgend etwas für Sie tun?«

»Nur Tests. Sie haben so eine Vorstellung, daß sie mich aus diesem Körper nehmen und in einen menschlicheren verpflanzen können.«

»Wie wunderbar!«

»Sagen sie es niemandem, aber ich vermute, daß es nicht klappen wird. Die ganze Sache hängt noch so hoch wie der Mond, und bevor sie sie zur Erde herunterholen ...« Er drehte den Kaktus auf dem Nachttisch. »Aber warum sind Sie im Krankenhaus, Lona?«

»Sie mußten meine Lungen in Ordnung bringen. Und die Nase und den Hals.«

»Heufieber?« fragte er.

»Ich habe den Kopf in den Zersetzungsschacht gesteckt«, sagte sie einfach.

Ein Krater öffnete sich unter Burris' Füßen. Er kämpfte um sein Gleichgewicht. Was ihn ebensosehr erschütterte wie das, was sie gesagt hatte, war die tonlose Stimme, mit der sie es gesagt hatte. Als sei es gar nichts, seine Bronchien von Säuredämpfen zerfressen zu lassen.

»Sie versuchten sich umzubringen?« stieß er hervor.

»Ja. Aber sie fanden mich zu schnell.«

»Aber – warum? In Ihrem Alter!« Gönnerhaft, sich selbst wegen dieses Tons hassend. »Sie haben doch das ganze Leben noch vor sich!«

Ihre Augen wurden groß. Trotzdem fehlte es ihnen an Tiefe; unwillkürlich verglich er sie mit den glühenden Kohlen von Elises Augen. »Haben Sie nicht von mir gehört?« fragte sie mit schüchterner Stimme.

Burris lächelte. »Tut mir leid, nein.«

»Lona Kelvin. Vielleicht haben Sie den Namen nicht gelesen. Oder vielleicht haben Sie ihn vergessen. Wer weiß? Sie waren noch im Weltraum, als das alles passierte.«

»Sie sind mir um zwei Runden voraus.«

»Ich war an einem Experiment beteiligt. Sie nannten es multiple Embryo-Ovartransplantation. Sie entnahmen mir ein paar hundert Eier, befruchteten sie und zogen sie auf. Einige im Körper anderer Frauen, einige in Inkubatoren. Ungefähr hundert von den Babys kamen zur Welt. Es dauerte sechs Monate. Das Experiment mit mir fand voriges Jahr etwa um diese Zeit statt.«

Die letzte Schicht falscher Vermutungen brach unter ihm zusammen. Burris hatte eine Oberschülerin gesehen, höflich, mit leerem Kopf, leicht betroffen von dem merkwürdigen Geschöpf im Zimmer auf der anderen Seite der Halle, doch hauptsächlich mit den Vorlieben und Moden, worin diese auch immer bestanden, ihrer Altersgenossen beschäftigt. Vielleicht war sie wegen einer Blinddarmoperation oder einer Nasenkorrektur hier. Wer konnte das wissen? Doch plötzlich hatte der Boden geschwankt, und Burris begann, sie in klarem kaltem Licht zu sehen. Ein Opfer des Universums.

»Hundert Babys? Ich habe nie davon gehört, Lona.«

»Sie müssen fort gewesen sein. Es gab einen großen Wirbel.«

»Wie alt sind Sie?«

»Siebzehn jetzt.«

»Also haben Sie keines der Babys selbst ausgetragen?«

»Nein. Nein. Das war schon alles. Sie entnahmen mir die Eier, und damit war die Sache für mich zu Ende. Natürlich hatte ich eine Menge Publicity. Zu viel.« Sie sah ihn schüchtern an. »Ich langweile Sie mit all diesem Gerede über mich selbst.«

»Aber ich möchte es wissen.«

»Es ist nicht sehr interessant. Ich war häufig im Video. Und in den Nachrichten. Sie gaben einfach keine Ruhe. Ich hatte nicht viel zu erzählen, weil ich ja nichts *getan* hatte, verstehen Sie? Ich war nur die Spenderin. Doch als mein Name bekannt wurde, kamen sie zu mir. Dauernd Reporter. Nie allein und doch immer allein, verstehen Sie? Dann konnte ich es nicht mehr ertragen. Alles, was ich wollte – ein paar Babys aus meinem eigenen Körper, nicht hundert Babys aus Maschinen. Also versuchte ich mich umzubringen.«

»Indem Sie Ihren Kopf in den Zersetzungsschacht steckten.«

»Nein, das war beim zweiten Mal. Beim ersten Mal warf ich mich unter einen Lastwagen.«

»Wann war das?« fragte Burris.

»Vorigen Sommer. Sie brachten mich hierher und flickten mich wieder zusammen. Dann schickten sie mich zurück in den Osten. Ich wohnte in einem Zimmer. Ich fürchtete mich vor allem. Ich wurde ängstlich, und schließlich ging ich durch den Keller in die Abfallkammer, öffnete die Zersetzungsluke und – nun ja … ich habe es wieder nicht geschafft. Ich lebe noch.«

»Wollen Sie noch immer unbedingt sterben, Lona?«

»Ich weiß nicht.« Die mageren Hände vollführten matt in die Luft greifende Bewegungen. »Wenn ich nur etwas hätte, an dem ich hängen könnte … Aber sehen Sie, ich soll nicht über mich reden. Ich wollte nur, daß Sie ungefähr wissen, warum ich hier bin. Sie sind derjenige, der …«

»Sie sollten nicht über sich selbst reden? Wer sagt das?«

Rote Flecken traten auf die eingefallenen Wangen. »Oh, ich weiß nicht. Ich meine, ich bin wirklich nicht wichtig. Lassen Sie uns über den Weltraum sprechen, Colonel Burris.«

»Nicht Colonel. Minner.«

»Dort draußen –«

»Sind Wesen, die uns einfangen und von Grund auf verändern. Das ist der Weltraum, Lona.«

»Wie schrecklich!«

»Das finde ich auch. Aber bestärken Sie mich nicht in meiner Überzeugung.«

»Das verstehe ich nicht.«

»Ich tue mir selbst schrecklich leid«, sagte Burris. »Wenn Sie mir die geringste Chance gäben, würde ich Ihnen die hübschen Ohren volljammern. Ich würde Ihnen erzählen, wie unfair ich es finde, daß sie mir das angetan haben. Ich würde mich über die Ungerechtigkeit eines blinden Universums auslassen. Ich würde eine Menge dummes Zeug reden.«

»Aber Sie haben ein Recht, darüber zornig zu sein. Sie wollten niemandem etwas Böses tun. Und man hat Sie einfach genommen und –«

»Ja.«

»Das war nicht anständig von ihnen.«

»Ich weiß, Lona. Und ich habe lang und breit darüber geredet, meist mit mir selbst, aber auch mit jedem, der mir zuhörte. Es ist praktisch das einzige, was ich sage oder denke. Und auf diese Weise habe ich eine zweite Verwandlung durchgemacht; zuerst von einem Menschen zu einem Monstrum, und dann von einem Monstrum zu einer wandelnden Verkörperung der Ungerechtigkeit.«

Sie sah verwirrt aus. Das ist zu hoch für sie, dachte Burris.

»Ich meine«, sagte er, »ich habe es zugelassen, daß ich zu der Sache *wurde*, die mit mir passiert ist. Ich bin eine Sache, eine Ware, ein moralisches Geschehnis. Andere Menschen haben Ambitionen, Wünsche, Begabungen, Fertigkeiten. Ich habe meine Einstellung. Und sie verschlingt mich. *Hat* mich verschlungen. Darum versuche ich, ihr zu entkommen.«

»Sie meinen, Sie würden lieber nicht über das sprechen, was Ihnen zugestoßen ist?«

»So ungefähr.«

Sie nickte. Er sah, wie ihre Mundwinkel zuckten, ihre dünnen Lippen kräuselten sich in lebhafter Bewegung. Schließlich erschien ein kleines Lächeln. »Wissen Sie, Col ... Minner, mit mir ist es ganz ähnlich. Ich meine, ein Opfer zu sein und all das und sich selbst so sehr zu bedauern. Mir hat man auch etwas Böses angetan, und seither gehe ich nur noch rückwärts, denke darüber nach und bin zornig. Oder elend. Dabei sollte ich eigentlich vergessen und mich etwas Neuem zuwenden.«

»Ja.«

»Aber ich kann nicht. Statt dessen versuche ich weiter, mir das Leben zu nehmen, weil ich das Gefühl habe, daß ich es nicht ertragen kann.« Zaudernd blickte sie zu Boden. »Darf ich Sie fragen, ob – haben Sie – haben Sie je versucht ...«

Eine Pause.

»Mich umzubringen, nachdem das passierte? Nein. Nein, Lona. Ich grüble nur. Aber das ist auch eine Art schleichender Selbstmord.«

»Wir sollten einen Tausch machen«, sagte sie. »Statt daß ich mich bedaure und Sie sich bedauern, lassen Sie mich Mitleid mit Ihnen haben, und Sie haben Mitleid mit mir. Wir werden einander sagen, wie schrecklich die Welt mit dem anderen umgegangen ist. Aber nicht mit uns selbst. Ich bringe die Worte ganz durcheinander, aber verstehen Sie, was ich meine?«

»Eine gegenseitige Sympathiegesellschaft. Opfer des Universums, vereinigt euch!« Er lachte. »Ja, ich verstehe. Eine gute Idee, Lona! Genau das, was ich – was wir brauchen. Ich meine, genau das, was *Sie* brauchen.«

»Und was *Sie* brauchen.«

Sie sah aus, als freue sie sich über sich selbst. Sie lächelte glücklich, und Burris war überrascht, wie sehr sich ihr Aussehen veränderte, als diese strahlende Zufriedenheit ihr Gesicht erhellte. Sie schien um ein oder zwei Jahre älter zu werden, fraulicher, an Stärke und Ausgeglichenheit zu gewinnen. Für einen Augenblick war sie nicht mehr das mürrische traurige Kind. Doch dann verblaßte der Glanz, und sie war wieder das kleine unscheinbare Mädchen.

»Spielen Sie gern Karten?«

»Ja.«

»Können Sie ›Zehn Planeten‹ spielen?«

»Wenn Sie es mir beibringen«, sagte Burris.

»Ich gehe die Karten holen.«

Sie lief aus dem Zimmer, der Morgenrock flatterte um ihren mageren Körper. Nach ein paar Augenblicken kam sie mit einem Päckchen wächsern aussehender Karten zurück und setzte sich mit auf sein Bett. Burris' flinke Augen ruhten auf ihr, als die mittlere Magnetschließe ihres Schlafanzugs sich öffnete, und er erhaschte einen Blick auf eine kleine, straffe weiße Brust. Einen Moment später drückte sie den Verschluß mit der Hand zu. Sie war noch nicht ganz Frau, sagte sich Burris, aber auch kein Kind mehr. Und dann erinnerte er sich daran: dieses schlanke Mädchen ist die Mutter (?) von hundert Babys.

»Haben Sie das Spiel schon einmal gespielt?« fragte sie.

»Ich fürchte nein.«

»Es ist ganz einfach. Zuerst bekommt jeder zehn Karten ...«

16

Aufbruch

Sie standen zusammen vor dem Kraftwerk des Krankenhauses und blickten duch die transparente Wand. Innen peitschte und vibrierte ein faseriges Gebilde, während es aus dem nächsten Mast Energie abzapfte und diese in den Transformatorspeicher fütterte. Burris erklärte Lona, wie auf diese Weise Energie drahtlos übertragen wurde. Lona versuchte zuzuhören, aber ihr lag nicht genug daran, um wirklich zu verstehen. Es war schwierig, sich auf etwas zu konzentrieren, das ihrer Erfahrungswelt so fern lag. Vor allem, wenn *er* an ihrer Seite war.

»Ein ziemlicher Gegensatz zu früheren Tagen«, sagte er gerade. »Ich kann mich noch an eine Zeit erinnern, als sich Leitungen von einer Million Volt durch die Landstraße zogen und man davon sprach, die Spannung auf eineinhalb Millionen zu erhöhen –«

»Sie wissen so viele Dinge. Wie fanden Sie die Zeit, alles über Elektrizität zu lernen, wo Sie doch auch Raumfahrer sein mußten?«

»Ich bin schrecklich alt«, sagte er.

»Ich wette, Sie sind nicht einmal achtzig.«

Sie scherzte, aber er schien es nicht zu merken. Sein Gesicht verzog sich auf diese merkwürdige Art, die Lippen (konnte man sie noch Lippen nennen?) schoben sich seitwärts zu den Wangen. »Ich bin vierzig«, sagte er rauh. »Ich nehme an, für Sie sind vierzig und achtzig so ungefähr dasselbe.«

»Nicht ganz.«

»Wir wollen uns den Garten ansehen.«

»Diese grauen, dornigen Gewächse!«

»Sie mögen sie nicht«, sagte er.

»O doch, sehr sogar«, beteuerte Lona schnell. Er mag Kakteen, sagte sie sich. Ich darf nicht Dinge kritisieren, die er gern hat. Er braucht jemanden, der dieselben Dinge liebt wie er. Selbst wenn sie nicht sonderlich hübsch sind.

Sie schlenderten auf den Garten zu. Es war Mittag, die blasse Sonne schnitt scharfe Schatten in die bröckelige, trockene Erde. Lona fröstelte. Sie trug einen Mantel über der Krankenhauskleidung, dennoch war es selbst hier in der Wüste ein kalter Tag. Burris, der leicht gekleidet war, schien die Kälte nichts auszumachen. Lona fragte sich, ob sein neuer Körper sich vielleicht wie der einer Schlange der Temperatur anpassen konnte. Doch sie fragte ihn nicht. Sie versuchte, nicht mit ihm über seinen Körper zu sprechen. Und je mehr sie darüber nachdachte, desto mehr schien es ihr, als bestehe die Anpassung einer Schlange an kaltes Wasser darin, sich zu verkriechen und einzuschlafen. Sie ließ den Gedanken fallen.

Er erzählte ihr eine Menge über Kakteen.

Sie spazierten durch den Garten, auf und ab, zwischen den Reihen stacheliger Pflanzen hindurch. Kein Blatt, nicht einmal ein Zweig. Auch keine Blüte. Doch hier sind Knospen, erläuterte er ihr. Diese Pflanze hier wird im Juni eine rote, apfelähnliche Frucht tragen. Aus dieser hier macht man Zucker. Aus den Dornen und allem? O nein, nicht aus den Dornen. Er lachte. Sie lachte ebenfalls. Sie wollte die Hand ausstrecken und seine ergreifen. Wie würde es sein, diese gekrümmten Anhängsel an den Fingern zu spüren? Wie fühlten sie sich an?

Sie hatte erwartet, daß sie sich vor ihm fürchten würde. Es überraschte sie, aber sie spürte keine Angst.

Trotzdem wünschte sie, er würde mit ihr hineingehen.

Er wies auf eine verschwommene Form, die über einer der garstigen Kaktuspflanzen schwebte. »Sehen Sie, dort!«

»Ein großer Falter?«

»Ein Kolibri, Dummchen. Er muß sich verirrt haben.« Burris trat vor, offensichtlich aufgeregt. Lona sah, daß die Gebilde an seinen Händen sich wanden, wie sie es oft taten, wenn er nicht darauf achtete. Er hatte sich auf ein Knie niedergelassen und betrachtete den Kolibri. Sie sah ihn im Profil, betrachtete das kräftige Kinn, das flache Trommelfell aus schwirrender Haut anstelle des Ohrs. Dann blickte sie auf den Vogel, weil er wünschen würde, daß sie es tat. Sie sah einen winzigen Körper und einen langen, geraden Schnabel. Eine dunkle Wolke umgab den Vogel.

»Sind das seine Flügel?« fragte sie.

»Ja. Sie bewegen sich unglaublich schnell. Sie können sie nicht sehen, oder?«

»Nur einen Schatten.«

»Ich sehe die einzelnen Flügel! Lona, das ist unglaublich! Ich sehe die Flügel! Mit diesen Augen!«

»Das ist wunderbar, Minner.«

»Der Vogel hat sich verirrt. Gehört vermutlich nach Mexiko und wünscht sich, er wäre jetzt dort. Er verhungert hier, ehe er eine Blume findet. Ich wünschte, ich könnte etwas tun.«

»Ihn einfangen? Von jemandem nach Mexiko bringen lassen?«

Burris betrachtete seine Hände, als erwäge er die Möglichkeit, den Kolibri mit einem blitzschnellen Griff zu fangen. Dann schüttelte er den Kopf. »Meine Hände wären nicht schnell genug, auch jetzt nicht. Oder ich würde ihn beim Fangen zerdrükken. Ich – da fliegt er weg!«

Und er flog fort. Lona sah den braunen Schatten am anderen

309

Ende des Gartens verschwinden. Wenigstens fliegt er nach Süden, dachte sie. Sie wandte sich Burris zu.

»Manchmal gefällt er Ihnen, nicht wahr?« fragte sie. »Sie mögen ihn ... ein wenig.«

»Was?«

»Ihren neuen Körper.«

Er zitterte leicht. Sie wünschte, sie hätte es nicht erwähnt.

Er schien eine impulsive Antwort zu unterdrücken. Er sagte: »Er hat einige Vorzüge, das gebe ich zu.«

»Minner, mir ist kalt.«

»Sollen wir hineingehen?«

»Wenn es Ihnen nichts ausmacht.«

»Ganz wie Sie möchten, Lona.«

Seite an Seite gingen sie auf die Tür zu. Ihre Schatten glitten in einem scharfen Winkel links neben ihnen her. Er war viel größer als sie, mehr als einen Kopf. Und sehr stark. Ich wünsche mir, daß er mich in seine Arme nimmt.

Sie war von seiner Erscheinung keineswegs abgestoßen.

Natürlich hatte sie nur seinen Kopf und seine Hände gesehen. Vielleicht hatte er ein großes, starrendes Auge mitten auf der Brust. Oder einen Mund unter jedem Arm. Oder einen Greifschwanz. Große, purpurne Flecken. Doch während ihr diese Fantasien durch den Kopf gingen, wurde ihr klar, daß selbst diese Dinge alle nicht wirklich erschreckend wären. Wenn sie sich an sein Gesicht und seine Hände gewöhnen konnte, und das hatte sie sehr schnell getan, was würden dann weitere Verunstaltungen ausmachen? Er hatte keine Ohren, seine Nase war keine Nase, seine Augen und seine Lippen waren bizarr, seine Zunge und seine Zähne wie Gebilde aus einem Alptraum. Und jede Hand hatte dieses Anhängsel. Trotzdem hatte sie sehr bald aufgehört, all das zu bemerken. Seine Stimme war angenehm und normal, und er war so klug, so interessant. Und er schien sie zu mögen. Sie überlegte, ob er wohl verheiratet war. Wie konnte sie fragen?

Die Tür des Krankenhauses glitt nach innen, als sie näher kamen.

»Mein Zimmer?« fragte er. »Oder Ihres?«

»Was werden wir jetzt tun?«

»Uns hinsetzen. Reden. Karten spielen.«

»Karten spielen langweilt Sie.«

310

»Habe ich ein Wort davon gesagt?« fragte er.

»Sie waren zu höflich. Aber ich habe es gemerkt. Ich konnte sehen, daß Sie es verbergen wollten. Es stand in Ihrem ...«, ihre Stimme stockte, »... Gesicht geschrieben.«

Immer wieder stoße ich darauf, verletze ihn, dachte sie.

»Hier ist mein Zimmer«, sagte sie.

Es spielte kaum eine Rolle, in wessen Zimmer sie gingen. Sie waren völlig gleich, eines mit Blick auf den Garten, in dem sie gerade gewesen waren, eines zum Innenhof hin gelegen. Ein Bett, ein Schreibpult, ein Bord mit medizinischen Geräten. Er nahm den Stuhl. Sie setzte sich auf das Bett. Sie wünschte, er würde herüberkommen, ihren Körper berühren, sie wärmen, doch natürlich wagte sie nicht, es ihm vorzuschlagen.

»Minner, wann werden Sie das Krankenhaus verlassen?«

»Bald. In ein paar Tagen. Und Sie, Lona?«

»Ich nehme an, ich könnte jetzt jederzeit gehen. Was werden Sie tun, wenn Sie hier herauskommen?«

»Ich weiß es noch nicht. Vielleicht werde ich reisen. Mir die Welt ansehen, mich von der Welt ansehen lassen.«

»Ich wollte immer gern reisen«, sagte sie. Zu offensichtlich? »Ich bin nie irgendwo hingekommen.«

»Wohin zum Beispiel?«

»Luna Tivoli«, sagte sie. »Oder der Kristallplanet. Oder – nun ja, überallhin. China. Die Antarktis.«

»Es ist nicht schwer, dort hinzukommen. Sie besteigen ein Schiff und fliegen los.« Für einen Moment verschloß sich sein Gesicht, und sie wußte nicht, was sie denken sollte; die Lippen glitten zusammen, die Augen verschwanden hinter den Irisblenden. Sie dachte an eine Schildkröte. Dann öffnete sich Burris wieder und sagte zu ihrem Erstaunen: »Wie wär's, wenn wir einige von diesen Orten gemeinsam besuchen würden?«

17

Nimm diese Scherben

Etwas oberhalb der Atmosphäre schwebte Chalk. Er überblickte seine Welt und fand sie gut. Die Meere waren grün mit blauen Rändern oder blau mit grünen Rändern, und es schien ihm, als könne er treibende Eisberge erkennen. Im Norden war das Land winterlich braun; unter der mittleren Wölbung lag sommerliches Grün.

Er verbrachte einen großen Teil seiner Zeit in niedrigen Umlaufbahnen. Das war die beste und ästhetisch befriedigendste Art, der Schwerkraft zu entgehen. Vielleicht fühlte sein Pilot sich unbehaglich, da Chalk die Verwendung von Umkehr-Gravitronen hier oben nicht erlaubte, nicht einmal irgendwelche Zentrifugalkräfte, um eine Illusion von Gewicht zu schaffen. Doch sein Pilot wurde gut genug bezahlt, um solche Unannehmlichkeiten in Kauf zu nehmen.

Für Chalk war Gewichtslosigkeit nicht im geringsten unangenehm. Er behielt zwar seine Masse, eine wundervolle, brontosaurierhafte Masse, doch er spürte keinen ihrer Nachteile.

»Dies ist eine der wenigen Gelegenheiten«, sagte er zu Lona und Burris, »bei denen man auf legitime Weise für nichts etwas bekommen kann. Bedenken Sie: Wenn wir starten, lassen wir die Schwerkraft der Beschleunigung durch Gravitronen aufheben, so daß der zusätzliche Druck verschwindet und wir in aller Bequemlichkeit aufsteigen. Wir brauchen uns nicht anzustrengen, um dort hinzukommen, wo wir sind, und brauchen nicht durch zusätzliches Gewicht zu bezahlen, bevor wir schwerelos sind. Wenn wir landen, behandeln wir das Problem der Abbremsung auf die gleiche Art. Normales Gewicht, schwerelos, wieder normales Gewicht, und zu keinem Zeitpunkt irgendein Andruck.«

»Aber ist das wirklich gratis?« fragte Lona. »Ich meine, es muß doch eine Menge kosten, die Gravitronen zu betreiben. Wenn Sie alles abwägen, die Unkosten für Start und Landungen, haben Sie doch nicht wirklich etwas für nichts bekommen, oder?«

Chalk sah amüsiert zu Burris hinüber. »Sie ist sehr klug, haben Sie das bemerkt?«

»Allerdings habe ich das.«

Lona errötete. »Sie machen sich über mich lustig.«

»Nein, das tun wir nicht«, sagte Burris. »Sie sind ganz allein auf den Begriff der Erhaltung der Energie gekommen, sehen Sie das nicht? Aber Sie sind zu streng mit unserem Gastgeber. Er betrachtet die Dinge von seiner eigenen Warte aus. Wenn er das Ansteigen der Schwerkraft nicht selbst fühlen muß, kostet es ihn im wahrsten Sinne des Wortes nichts. Jedenfalls nicht im Hinblick auf das Ertragen hohen Andrucks. Die Gravitronen absorbieren all das. Sehen Sie, es ist, als begehe man ein Verbrechen, Lona, und bezahle jemand anderen dafür, die Strafe abzusitzen. Gewiß, es kostet bares Geld, einen Stellvertreter zu finden. Aber man selbst hat sein Verbrechen gehabt, und der andere nimmt die Strafe auf sich. Der Gegenwert in Bargeld ...«

»Lassen Sie es gut sein«, sagte Lona. »Auf jeden Fall ist es schön hier oben.«

»Gefällt Ihnen die Schwerelosigkeit?« fragte Chalk. »Haben Sie sie schon einmal erlebt?«

»Nicht wirklich. Ein paar kurze Trips.«

»Und Sie, Burris? Erleichtert die Schwerelosigkeit Ihre Beschwerden etwas?«

»Ein wenig, danke. Es besteht kein Druck auf die Organe, die nicht da sind, wo sie eigentlich sein sollten. Ich spüre das verdammte Ziehen in der Brust nicht mehr. Eine geringe Wohltat, aber ich bin dankbar.«

Trotzdem war Burris, wie Chalk spürte, immer noch in ein Bad von Schmerzen getaucht. Vielleicht etwas lauer, aber noch heiß genug. Wie war es, ständig physische Beschwerden zu empfinden? Chalk wußte darüber einiges, einfach wegen der Anstrengung, seinen Körper bei voller Schwerkraft herumzuschleppen. Aber er war schon so lange aufgedunsen. Er war an den ständigen, schmerzenden Druck gewöhnt. Doch Burris? Das Gefühl, als würden Nägel in sein Fleisch gehämmert? Er protestierte nicht. Nur hin und wieder trat die bittere Rebellion an die Oberfläche. Burris machte Fortschritte, lernte, sich an das zu gewöhnen, was für ihn die Condition humaine war. Doch Chalk, empfindsam wie er war, fing immer noch die Ausstrahlungen des Schmerzes auf. Nicht nur physischen Schmerzes, auch psychischen Schmerzes. Burris war ruhiger geworden, hatte sich aus dem schwarzen Abgrund der Depression erhoben, in dem Aoudad ihn zuerst angetroffen hatte, doch er war noch längst nicht auf Rosen gebettet.

Das Mädchen war in vergleichsweise besserem Zustand, schloß Chalk. Sie war kein derart komplizierter Mechanismus.

Sie sahen glücklich aus Seite an Seite, Burris und das Mädchen. Das würde sich natürlich mit der Zeit ändern.

»Sehen Sie Hawaii?« fragte Chalk. »Und dort, am Rand der Welt, China. Die Große Mauer. Ein großer Teil ist restauriert. Sehen Sie, sie zieht sich dort direkt über diesem Golf vom Meer aus ins Hinterland. Der Mittelteil ist verschwunden, das Stück in der Ordossteppe. Aber das war damals schon nichts Großartiges, nur ein Wall aus Morast. Und dahinter, in Richtung auf Sinkiang, sehen Sie sie dort auftauchen? Wir haben entlang der Mauer einige Vergnügungszentren. Auf der mongolischen Seite ist kürzlich ein neues eröffnet worden. Kublai Khans Vergnügungsdom.« Chalk lachte. »Aber nicht staatlich. Alles andere als staatlich.«

Chalk beobachtete, daß sie sich bei den Händen hielten.

Er konzentrierte sich darauf, ihre Gefühle aufzufangen. Noch nichts Brauchbares. Von dem Mädchen ging eine Art sanfter, breiiger Zufriedenheit aus, ein eindeutig mütterliches Gefühl. Ja, sie würde es tun. Und von Burris? Bisher so gut wie gar nichts. Er war entspannt, entspannter, als Chalk ihn je gesehen hatte. Burris mochte das Mädchen. Sie amüsierte ihn offensichtlich. Ihm gefiel die Aufmerksamkeit, die sie ihm schenkte. Aber er empfand kein starkes Gefühl für sie; von ihrer Persönlichkeit hatte er keine allzu hohe Meinung. Sie würde ihn in Kürze von Herzen lieben. Chalk hielt es nicht für wahrscheinlich, daß ihr Gefühl erwidert würde. Aus diesen verschiedenen Voltstärken könnte ein interessanter Strom entstehen, vermutete Chalk. Ein Thermoelementeneffekt, sozusagen. Man würde sehen.

Das Schiff raste in westlicher Richtung über China hinweg, überquerte Kansu, zog seine Bahn über der alten Seidenstraße.

»Ich hörte, daß Sie beide morgen zu Ihrer Reise starten«, sagte Chalk. »Nick hat mir das jedenfalls berichtet.«

»Das stimmt. Die Reiseroute ist geplant«, erwiderte Burris.

»Ich kann es gar nicht erwarten. Ich bin so schrecklich aufgeregt!« rief Lona.

Dieser schulmädchenhafte Ausbruch ärgerte Burris. Chalk, der jetzt gut auf ihre wechselnden Stimmungen eingestellt war, grub seine Rezeptoren in den aufflackernden Zorn, der von Burris ausging, und verschlang ihn gierig. Das hervorbrechende Gefühl war ein plötzlicher Riß in einer nahtlosen Samtmaske. Ein gezackter, dunkler Chalk. Ein Anfang.

»Es müßte eine fabelhafte Reise werden«, sagte er. »Milliarden Menschen wünschen Ihnen alles Gute.«

18

Zum Jahrmarkt

Wer sich in der Obhut von Duncan Chalk befand, kam rasch voran. Chalks Günstlinge hatten Lona und Burris vom Krankenhaus ohne Zwischenstation zu Chalks privatem Raumhafen gebracht. Dann, nach ihrem Flug um die Welt, waren sie in ihr Hotel begleitet worden. Es war das prachtvollste Hotel, das die westliche Hemisphäre je gesehen hatte, eine Tatsache, die Lona anscheinend blendete und Burris auf irgendeine Art lästig war ...

Als er in die Halle trat, glitt er aus und stolperte.

Das passierte ihm jetzt, wo er sich in der Öffentlichkeit bewegte, immer häufiger. Er hatte nie wirklich gelernt, wie er seine Beine benutzen mußte. Seine Knie waren sehr sinnreich konstruierte Mechanismen aus Kugeln und Pfannen, die offenbar ohne Reibung arbeiten sollten und gelegentlich unerwartet unter ihm nachgaben. Das geschah eben jetzt. Er hatte das Gefühl, als löse sich sein linkes Bein unter seinem Gewicht auf; der dicke, gelbe Teppich kam immer näher.

Wachsame Robotpagen eilten ihm zu Hilfe. Aoudad, dessen Reflexe nicht ganz so schnell waren, streckte verspätet die Hand nach ihm aus. Doch Lona war am nächsten. sie ging leicht in die Knie und drückte ihre Schultern gegen seine Brust. Sie stützte ihn, während er sich festhielt, um sein Gleichgewicht wiederzufinden. Burris war überrascht, wie stark sie war. Sie hielt ihn aufrecht, bis die anderen ihn erreichten.

»Alles in Ordnung?« fragte sie atemlos.

»Mehr oder weniger.« Er schwang sein Bein vor und zurück, bis er sicher wahr, daß das Knie wieder fest an seinem Platz saß.

Brennender Schmerz schoß durch seine Hüfte. »Sie sind stark. Sie hielten mich aufrecht.«

»Alles ging so schnell. Ich wußte gar nicht, was ich tat. Ich bewegte mich einfach, und da waren Sie.«

»Aber ich bin doch schwer.«

Aoudad hatte ihn am Arm gepackt. Als merke er das erst jetzt, ließ er los und fragte: »Schaffen Sie es nun allein? Was war passiert?«

»Ich vergaß eine Sekunde lang, wie meine Beine funktionieren«, sagte Burris. Der Schmerz machte ihn fast blind. Er gab sich Mühe, ihn zu überwinden, nahm Lonas Hand und führte das Gefolge auf die Gravitronbank zu. Nikolaides kümmerte sich um ihre routinemäßige Anmeldung. Sie würden zwei Tage hierbleiben. Aoudad bestieg mit ihnen den nächsten Lift, und sie fuhren aufwärts.

»Zweiundachtzig«, sagte Aoudad in das Aufnahmegerät des Lifts.

»Ist es ein großes Zimmer?« fragte Lona.

»Es ist eine Suite«, sagte Aoudad. »Sie hat viele Zimmer.«

Insgesamt waren es sieben. Mehrere Schlafzimmer, eine Küche, ein Wohnraum und ein großes Konferenzzimmer, in dem sich später die Pressevertreter versammeln würden. Auf Burris' ruhige Aufforderung hin hatten er und Lona nebeneinanderliegende Schlafzimmer erhalten. Noch war nichts Körperliches zwischen ihnen. Burris wußte, daß es um so schwieriger sein würde, je länger er wartete; trotzdem hielt er sich zurück. Er konnte die Tiefe ihrer Gefühle nicht abschätzen, und über die Aufrichtigkeit seiner eigenen Gefühle hegte er große Zweifel.

Chalk hatte keine Kosten gescheut, als er sie hier unterbrachte. Es war eine verschwenderisch ausgestattete Suite, behangen mit Draperien anderer Welten, die von innen her leuchteten und flackerten. Hauchdünne Glasornamente auf dem Tisch sangen süße Melodien, wenn man sie in der Hand wärmte. Sie waren teuer. Das Bett in Burris' Schlafzimmer bot Platz für ein ganzes Regiment. Lonas Bett war rund und drehte sich auf einen Knopfdruck. Die Decken der Schlafzimmer bestanden aus Spiegeln. Man konnte sie verstellen zu Diamantenfacetten, glitzernden Scherben oder einer glatten, reflektierenden Fläche, die ein größeres und schärferes Bild zeigte als die Natur. Sie ließen sich auch verdunkeln. Burris zweifelte nicht daran, daß die Zimmer auch noch mit anderen Spielereien ausgestattet waren.

»Sie essen heute abend im Galaktischen Saal«, kündigte Aoudad an. »Morgen früh um elf geben Sie eine Pressekonferenz. Nachmittags treffen Sie Chalk. Am folgenden Mogen reisen Sie ab zum Pol.«

»Großartig.« Burris setzte sich hin.

»Soll ich einen Arzt heraufschicken, der sich um Ihr Bein kümmert?«

»Das wird nicht nötig sein.«

»Ich komme in eineinhalb Stunden wieder und führe Sie zum Dinner. Kleider finden Sie in den Wandschränken.«

Aoudad zog sich zurück.

Lonas Augen glänzten. Sie war im Wunderland. Burris, der durch Luxus nicht leicht zu beeindrucken war, interessierte sich zumindest für das Ausmaß der Bequemlichkeiten. Er lächelte ihr zu. Das Strahlen ihrer Augen verstärkte sich. Er zwinkerte.

»Wir wollen uns noch einmal umsehen«, murmelte sie.

Sie machten einen Rundgang durch die Suite. Ihr Schlafzimmer, seines, die Küche. Sie berührte den Programmknopf des Speiseautomaten. »Wir könnten heute abend hier essen«, schlug er vor. »Wenn Ihnen das lieber ist, hier können wir alles bekommen, was wir wollen.«

»Lassen Sie uns trotzdem ausgehen.«

»Natürlich.«

Er brauchte sich nicht zu rasieren, nicht einmal zu waschen: kleine Vorzüge seiner neuen Haut. Doch Lona war menschlicher. Er ließ sie in ihrem Zimmer zurück, wo sie die Vibradusche in der Schlafnische anstarrte. Die Kontrolltafel war fast so kompliziert wie die eines Raumschiffes. Nun, sollte sie damit spielen.

Er inspizierte seine Garderobe.

Sie hatten ihn ausgestattet, als müßte er als Star eines dreidimensionalen Videoschauspiels auftreten. Auf einem Regal standen etwa zwanzig Spraydosen, jede mit einer leuchtenden Abbildung des Inhalts. Da eine grüne Smokingjacke mit einer glitzernden, mit purpurnen Fäden durchwebten Tunika. Hier ein einteiliges, fließendes Gewand, das von innen her leuchtete. Dort eine prunkvolle, pfauenbunte Angelegenheit mit Epauletten und vorstehenden, rippenartigen Streifen. Seinem persönlichen Geschmack sagten einfachere Formen und sogar konventionellere Materialien mehr zu. Leinen, Baumwolle, die alten Stoffe. Doch sein privater Geschmack war bei diesem Unternehmen nicht maßgebend. Wenn man ihn nach seinem privaten Geschmack handeln ließe, würde er sich in sein schäbiges Zimmer in den Martlet-Türmen verkriechen und mit seinem Gespenst Zwiesprache halten. Doch er war hier, eine freiwillig an Chalks Fäden tanzende Marionette, und er mußte die richtigen Schritte tanzen. Dies war sein Fegefeuer. Er wählte das Kostüm mit den Epauletten und Streifen.

Aber würde das Spray wirken?

Seine Haut war fremdartig, porös, hatte andere physikalische Eigenschaften. Sie könnte das Gewand abstoßen. Oder – ein Alptraum – sie könnte geduldig die haftenden Moleküle auflösen, so daß seine Kleidung im Galaktischen Saal binnen Augenblicken zusammenfiel und ihn inmitten einer Menschenmenge nicht nur nackt, sondern ausgeliefert in all seinem unheimlichen Anderssein zurückließ. Er würde es riskieren. Sollten sie doch starren! Sollten sie doch alles sehen! Das Bild von Elise Prolisse kam ihn in den Sinn, wie sie die Hand auf einen verborgenen Knopf legte, in einem Moment ihr schwarzes Kleid auflöste und ihre verführerische Weiße enthüllte. Auf diese Kleider konnte man sich nicht verlassen. Doch sollte es ruhig sein. Burris zog sich aus und schob die Spraydose in den Verteiler. Dann stellte er sich darunter. Geschmeidig legte sich das Gewand um seinen Körper.

Das Auftragen dauerte nicht einmal fünf Minuten. Im Spiegel prüfte Burris seine Pracht und war nicht unzufrieden. Lona würde stolz auf ihn sein.

Er wartete auf sie.

Fast eine Stunde verging. Er hörte nichts aus ihrem Zimmer. Sicher war sie inzwischen fertig. »Lona?« rief er, aber er erhielt keine Antwort.

Panik erfaßte ihn. Das Mädchen hatte zweimal Selbstmord begehen wollen. Der Pomp und die Eleganz des Hotels reichten vielleicht aus, um sie endgültig die Schwelle überschreiten zu lassen. Sie befanden sich hier in einer Höhe von etwa dreihundert Metern, dieser Versuch würde ihr nicht mißglücken. Ich hätte sie niemals allein lassen dürfen, fluchte Burris grimmig.

»Lona!«

Er eilte zur Zwischentür und riß sie auf. Er sah sie sofort und war wie betäubt vor Erleichterung. Sie stand in ihrem Ankleidezimmer, nackt mit dem Rücken zu ihm. Schmale Schultern, schmale Hüften, die keinen Kontrast zu ihrer schlanken Taille bildeten. Das Rückgrat trat hervor wie das Gerippe eines Tunnelbaus, steil und umschattet. Ihr Gesäß war knabenhaft. Er bereute, daß er hier eingedrungen war. »Ich habe Sie nicht gehört«, sagte er. »Ich machte mir Sorgen, und als Sie nicht antworteten ...«

Sie drehte sich um, und Burris sah, daß sie ganz andere Dinge im Sinn hatte als verletztes Schamgefühl. Ihre Augen waren rotgerändert, ihre Wangen zeigten Tränenspuren. Verschämt hob sie einen dünnen Arm vor ihre kleinen Brüste, aber die Geste war instinktiv und verbarg nichts. Ihre Lippen zitterten. Unter seiner äußeren Haut fühlte Burris den Schock, den der Anblick ihres Körpers auslöste, und er fragte sich, warum eine so dürftig ausgestattete Blöße derart stark auf ihn wirkte. Weil sie jenseits einer Barriere gelegen hatte, entschied er, die jetzt durchbrochen war.

»O Minner, Minner, ich schämte mich, Sie zu rufen! Ich stehe hier seit einer halben Stunde!«

»Was ist denn?«

»Ich finde nichts zum Anziehen!«

Er kam vollends ins Zimmer. Sie wandte sich zur Seite, trat vom Wandschrank zurück, stand neben seinem Ellbogen und ließ die Hand über ihre Brust sinken. Er blickte in den Schrank. Dutzende von Spraydosen standen darin. Fünfzig, hundert.

»Und?«

»*Diese* da kann ich nicht tragen!«

Er nahm eine Dose auf. Nach der Abbildung auf dem Etikett enthielt sie ein Gebilde aus Nacht und Nebel, elegant, edel, großartig.

»Warum nicht?«

»Ich möchte etwas Einfaches. Hier gibt es nichts Einfaches.«

»Einfach? Für den Galaktischen Saal?«

»Ich habe Angst, Minner.«

Sie hatte wirklich Angst. Ihr nackter Körper zitterte. Sie hatte eine Gänsehaut.

»Sie können manchmal wirklich wie ein kleines Kind sein«, sagte er barsch.

Die Worte trafen sie wie Pfeile. Sie schrak zurück, wirkte nackter denn je, und neue Tränen rannen aus ihren Augen. Die Grausamkeit der Worte schien wie eine schlammige Ablagerung im Raum zu stehen, nachdem die Worte selbst schon verklungen waren.

»Wenn ich ein Kind bin«, sagte sie, »warum gehe ich dann in den Galaktischen Saal?«

Sie in die Arme nehmen? Sie trösten? Burris war unsicher. Mit einer Mischung aus väterlichem Ärger und kameradschaftlicher Ermunterung sagte er: »Seien Sie nicht dumm, Lona. Sie sind eine wichtige Person. Die ganze Welt wird Sie heute abend ansehen und sagen, wie schön und glücklich Sie sind. Ziehen Sie etwas an, das Kleopatra gefallen hätte. Und dann sagen Sie sich, daß Sie Kleopatra sind.«

»Sehe ich aus wie Kleopatra?«

Seine Augen glitten über ihren Körper. Er spürte, daß sie genau das wollte. Und er mußte sich eingestehen, daß sie auf ihre besondere Art sinnlich wirkte. Vielleicht suchte sie auch diesen Eindruck bei ihm zu provozieren. Doch auf ihre unaggressive Art war sie attraktiv. Sogar fraulich. Sie war eine Mischung aus schelmischer Mädchenhaftigkeit und neurotischer Fraulichkeit.

»Nehmen Sie eins von diesen und ziehen Sie es an«, sagte er. »Sie werden großartig aussehen. Sie brauchen sich nicht unbehaglich zu fühlen. Ich trage doch auch diese merkwürdige Verkleidung, und ich finde sie ganz lustig. Sie müssen zu mir passen. Also los.«

»Das ist das zweite Problem. Es gibt so viele Kleider. Ich kann mich nicht entschließen.«

Sie hatte nicht unrecht. Burris starrte auf die Batterie Dosen im Schrank. Die Auswahl war überwältigend. Selbst Kleopatra wäre verwirrt gewesen, und dieses arme Kind war völlig durcheinander. Verlegen suchte er herum und hoffte, er würde auf Anhieb etwas finden, das zu Lona paßte. Doch keines dieser Kleider war für hilflose Kinder entworfen, und solange er Lona so sah, konnte er keine Auswahl treffen. Zuletzt kam er auf das zurück, was er auf gut Glück herausgegriffen hatte, das elegante und dezente Kleid. »Das hier«, sagte er. »Ich glaube, das ist genau richtig.«

Zweifelnd betrachtete sie das Etikett. »In so einem modischen Kleid würde ich mich unbehaglich fühlen.«

»Dieses Thema haben wir bereits erledigt, Lona; ziehen Sie es an.«

»Ich kann die Maschine nicht benutzen. Ich weiß nicht, wie man das macht.«

»Das ist doch ganz einfach!« rief er und schalt sich selbst wegen der Leichtigkeit, mit der er ihr gegenüber in einen herrischen Ton verfiel. »Die Gebrauchsanweisung steht auf der Dose. Sie stecken die Dose in den Verteiler ...«

»Tun Sie es für mich.«

Er tat es. Sie stand unter der Verteilerzone, schlank, blaß und nackt, während das Kleid in einem feinen Nebel hervortrat und sie einhüllte. Burris begann zu argwöhnen, daß er manipuliert worden war, und zwar recht geschickt. Mit einem einzigen großen Satz hatten sie die Barriere der Nacktheit übersprungen, und jetzt zeigte sie sich ihm so beiläufig, als sei sie seit Jahrzehnten seine Frau, bat ihn um Rat beim Ankleiden, zwang ihn, dabeizustehen, während sie sich unter dem Verteiler drehte und wendete und sich in Eleganz hüllte. Die kleine Hexe. Er bewunderte ihre Technik. Die Tränen, der magere, nackte Körper, die Kleinmädchenallüren. Oder sah er in ihrem Verhalten viel mehr, als es tatsächlich enthielt? Vielleicht. Wahrscheinlich.

»Wie sehe ich aus?« fragte sie und trat vor.

»Großartig.« Er meinte es ernst. »Das ist ein Spiegel. Sehen Sie selbst.«

Ihre Freude war geradezu überwältigend. Burris kam zu dem Schluß, daß er sich über ihre Motive getäuscht hatte, sie war gar nicht so kompliziert, war angesichts der Eleganz zuerst wirklich erschrocken und stand jetzt ehrlich entzückt vor der schließlich erzielten Wirkung.

Und die Wirkung war großartig. Der Verteiler hatte ein Gewand versprüht, das nicht völlig durchsichtig und nicht ganz hauteng war. Es umfing sie wie eine Wolke, verhüllte die mageren Schenkel und die abfallenden Schultern und verlieh ihr kunstvoll den Anschein einer Sinnlichkeit, die höchstens in Andeutungen vorhanden war. Niemand trug Unterwäsche unter einem Spraykleid, und so war der nackte Körper nur teilweise verhüllt; doch die Modeschöpfer waren geschickt, der lose Fall des Kleides ließ seine Trägerin größer und voller wirken. Auch die Farben waren delikat. Durch irgendeinen molekularen Zauber waren die Polymeren nicht fest an ein Segment des Spektrums gebunden. Wenn Lona sich bewegte, veränderte das Kleid seine Farbe, changierte von Nebelgrau zum Blau eines Sommerhimmels, wurde dann schwarz, graubraun, perlgrau, malvenfarbig.

Das Kleid gab Lona irgendwie den Anschein von Blasiertheit. Sie schien größer, älter, wendiger, selbstsicherer. Sie hielt sich sehr gerade, ihre Brüste traten überraschend vorteilhaft hervor.

»Gefällt es Ihnen?« fragte sie scheu.

»Es ist wundervoll, Lona.«

»Ich fühle mich darin so seltsam. Ich habe noch nie so etwas getragen. Plötzlich bin ich Aschenbrödel, die zum Ball geht.«

»Mit Duncan Chalk als guter Fee?«

Sie lachten. »Ich hoffe, er verwandelt sich um Mitternacht in einen Kürbis«, sagte Lona. Sie trat auf den Spiegel zu. »Minner, noch fünf Minuten, dann bin ich fertig, einverstanden?«

Er ging in sein Zimmer zurück. Sie brauchte nicht fünf Minuten, sondern fünfzehn, um die Tränenspuren von ihrem Gesicht zu entfernen, aber er verzieh ihr. Als sie schließlich erschien, erkannte er sie kaum wieder. Sie hatte ihrem Gesicht einen strahlenden Glanz gegeben, der sie völlig verwandelte. Ihre Augen waren jetzt mit glitzerndem Staub umrandet; die Lippen leuchteten üppig; an den Ohren trug sie goldene Ohrclips. Leicht wie ein Morgennebel schwebte sie in sein Zimmer. »Jetzt können wir gehen«, sagte sie leise.

Burris war überrascht und amüsiert zugleich. In einer Hinsicht war sie ein kleines Mädchen, das sich als Frau verkleidet hatte. In anderer Hinsicht war sie eine Frau, die gerade zu entdecken begann, daß sie kein Mädchen mehr war.

Hatte sich die Larve wirklich schon geöffnet? Auf jeden Fall freute er sich über ihr jetziges Aussehen. Sie war wirklich entzückend. Vielleicht würden die Leute mehr auf sie und weniger auf ihn blicken.

Zusammen gingen sie auf den Lift zu.

Bevor sie das Zimmer verließen, hatte Burris Aoudad verständigt, daß sie zum Dinner herunterkämen. Dann fuhren sie nach unten. Burris fühlte wilde Angst in sich aufsteigen und unterdrückte sie grimmig. Dies würde sein Auftritt vor dem größten Publikum seit seiner Rückkehr zur Erde sein. Ein Abendessen im

Restaurant aller Restaurants; vielleicht würde sein fremdartiges Gesicht tausend anderen Gästen den Appetit auf ihren Kaviar verderben; von allen Seiten wandten sich ihm die Blicke zu. Er betrachtete es als Test. Irgendwie schöpfte er Kraft aus Lona, hüllte sich in einen Mantel aus Mut, wie sie sich in ihre ungewohnte Eleganz gehüllt hatte.

Als sie die Halle erreichten, hörte Burris die kurzen Seufzer der Zuschauer. Vergnügen? Furcht? Schauder lustvollen Entsetzens? Aus ihrem raschen Einatmen konnte er nicht auf ihre Motive schließen. Doch sie starrten, reagierten auf das seltsame Paar, das aus dem Lift getreten war.

Burris hatte Lona den Arm geboten und beherrschte eisern sein Gesicht. Seht euch nur satt an uns, dachte er höhnisch. Wir sind das Paar des Jahrhunderts. Der entstellte Raumfahrer und die jungfräuliche Mutter von hundert Babys. Die Schau der Epoche.

Und wie sie starrten! Burris fühlte, wie die Blicke über seinen ohrlosen Kiefer, seine fremdartigen Augenlider und seinen grotesken Mund glitten. Er staunte selbst, wie gering seine Reaktion auf ihre vulgäre Neugier war. Sie starrten auch Lona an, doch Lona hatte ihnen weniger zu bieten. Sie trug ihre Narben innerlich.

Plötzlich entstand links von Burris Bewegung.

Einen Augenblick später brach Elise Prolisse durch die Menge, eilte auf ihn zu, rief gellend: »Minner! Minner!«

Sie sah aus wie eine Furie. Ihr Gesicht war bizarr, in einer wilden, monströsen Parodie von Verschönerung bemalt: blaue Streifen auf den Wangen, rote Schatten über den Augen. Diesmal trug sie kein aufgesprühtes Kostüm, sondern ein loses Kleid aus raschelndem, verführerischem, natürlichem Stoff, tief ausgeschnitten, um die milchweißen Halbkugeln ihrer Brüste zu zeigen. Hände mit leuchtenden Krallen streckten sich ihm entgegen.

»Ich habe versucht, zu dir zu kommen«, keuchte sie. »Sie wollten mich nicht in deine Nähe lassen. Sie . . .«

Aoudad lief auf sie zu. »Elise!«

Mit den Fingernägeln zerkratzte sie seine Wange. Aoudad fuhr fluchend zurück, und Elise wandte sich Burris zu. Giftig sah sie Lona an. Sie zerrte an Burris' Arm und sagte: »Komm mit mir.

Jetzt, wo ich dich wiedergefunden habe, lasse ich dich nicht mehr fort!«

»*Lassen Sie die Hände von ihm!*« rief Lona. Jede Silbe scharf wie eine Messerklinge.

Die ältere Frau starrte das Mädchen an. Burris, verwirrt, dachte, sie würden sich prügeln. Elise wog mindestens vierzig Pfund mehr als Lona, und sie war stark, wie er aus Erfahrung wußte. Doch auch Lona hatte Kräfte, die man bei ihr nicht vermutete.

Eine Szene mitten in der Halle, dachte er mit seltsamer Klarheit. Uns bleibt nichts erspart.

»Ich liebe ihn, du kleine Hure!« schrie Elise heiser.

Lona antwortete nicht. Doch ihre Hand schoß mit einer schnellen, hackenden Geste auf Elises ausgestreckten Arm zu. Wie der Blitz traf ihre Handkante Elises fleischigen Unterarm. Elise zischte. Sie zog den Arm zurück. Wieder formten ihre Hände Krallen. Lona wich aus, ging leicht in die Knie, wartete sprungbereit.

All das hatte nur Sekunden gedauert. Jetzt bewegten sich die verblüfften Zuschauer. Burris, der sich von seiner kurzen Lähmung erholt hatte, trat vor und schirmte Lona vor Elises Zorn ab. Aoudad packte Elises Arm. Sie versuchte, sich zu befreien, ihre nackten Brüste wogten vor Erregung. Nikolaides eilte von der anderen Seite auf sie zu. Elise schrie, trat um sich, wollte sich losreißen. Die Robotpagen hatten einen Kreis gebildet. Burris sah zu, wie sie Elise fortzerrten.

Lona lehnte sich an eine Onyxsäule. Ihr Gesicht war dunkelrot, doch nicht einmal ihr Make-up hatte gelitten. Sie wirkte eher verblüfft als erschreckt.

»Wer war das?« fragte sie.

»Elise Prolisse. Die Witwe eines meiner Schiffsgefährten.«

»Was wollte sie?«

»Wer weiß?« log Burris.

Lona ließ sich nicht täuschen. »Sie sagte, daß sie Sie liebt.«

»Das ist ihre Sache. Vermutlich sind ihre Nerven etwas mitgenommen.«

»Ich habe sie im Krankenhaus gesehen. Sie besuchte Sie.« Grüne Flämmchen der Eifersucht flackerten in Lonas Augen. »Was will sie von Ihnen? Warum machte sie diese Szene?«

Aoudad kam ihm zu Hilfe. Ein Tuch gegen seine blutende Wange drückend sagte er: »Wir haben ihr ein Beruhigungsmittel gegeben. Sie wird Sie nicht mehr belästigen. Die Sache tut mir schrecklich leid. Eine dumme, hysterische Person –«

»Wir wollen wieder nach oben gehen«, sagte Lona. »Mir ist jetzt nicht nach einem Essen im Galaktischen Saal zumute.«

»O nein«, sagte Aoudad, »sagen Sie nicht ab. Ich gebe Ihnen einen Relaxer, und Sie fühlen sich sofort besser. Sie dürfen sich von so einer dummen Episode nicht den wundervollen Abend verderben lassen.«

»Wir wollen wenigstens diese Halle verlassen«, sagte Burris kurz.

Die kleine Gruppe wurde in einen hell erleuchteten Nebenraum geleitet. Lona sank auf einen Diwan. Burris, der erst jetzt seine Anspannung spürte, hatte Schmerzen in den Schenkeln, den Handgelenken, in der Brust. Aoudad holte eine Taschenpackung Relaxer hervor, nahm selbst davon und gab Lona gleichfalls ein Röhrchen. Burris lehnte ab, denn er wußte, daß die Droge auf ihn keine Wirkung haben würde. Binnen Sekunden lächelte Lona wieder.

Burris wußte, daß er sich nicht getäuscht hatte, als er die Eifersucht in ihren Augen bemerkte. Elise war aufgetaucht wie ein Taifun aus Fleisch, hatte gedroht, alles fortzuwirbeln, was Lona besaß, und Lona hatte sich standhaft gewehrt. Burris war geschmeichelt und gleichzeitig beunruhigt. Er konnte nicht leugnen, daß es ihm wie jedem Mann gefiel, das Objekt eines solchen Zweikampfes zu sein. Und doch hatte ihm dieser aufschlußreiche Augenblick gezeigt, wie eng Lona schon mit ihm verbunden war. Er selbst fühlte keine so tiefe Zuneigung. Er mochte das Mädchen, ja, war ihr für ihre Gesellschaft dankbar, doch weit davon entfernt, sie zu lieben. Er zweifelte sehr daran, daß er sie überhaupt je lieben würde, sie oder jemand anderen. Doch Lona hatte sich offenbar in ihrer Fantasie eine Liebesgeschichte aufgebaut, obwohl nicht einmal eine körperliche Beziehung zwischen ihnen bestand. Burris wußte, daß sich daraus Probleme ergeben würden.

Da Aoudads Entspannungsmittel ihre Verkrampfung gelöst hatte, erholte sich Lona schnell von Elises Angriff. Sie standen auf; trotz seiner Verletzung strahlte Aoudad wieder.

»Wollen Sie jetzt essen gehen?« fragte er.

»Ich fühle mich schon viel wohler«, sagte Lona. »Alles kam so plötzlich – es hat mich überrumpelt.«

»Fünf Minuten im Galaktischen Saal, und Sie haben die ganze Sache vergessen«, sagte Burris. Er bot ihr wieder den Arm. Aoudad begleitete sie zu dem Spezialaufzug, der nur in den Galaktischen Saal führte. Sie stiegen auf die Schwerkraftplattform und schwebten aufwärts. Das Restaurant lag im obersten Stockwerk des Hotels, überblickte den Himmel aus seiner luftigen Höhe wie ein privates Observatorium, ein sybaritisches Uraniborg des Essens. Burris, der nach Elises unerwartetem Angriff immer noch zitterte, fühlte, wie neue Angst in ihm hochstieg, als sie die Vorhalle des Restaurants erreichten. Äußerlich blieb er ruhig, doch er fürchtete, der überirdische Glanz des Galaktischen Saals werde in ihm eine Panik auslösen.

Er war schon einmal dort gewesen, vor langer Zeit. Doch das war in einem anderen Körper gewesen, und außerdem war das Mädchen tot.

Der Lift hielt an, und sie traten hinaus in ein Bad aus lebendem Licht.

Mit großer Geste sagte Aoudad: »Der Galaktische Saal! Ihr Tisch wartet. Viel Vergnügen!«

Er verschwand. Gezwungen lächelte Burris Lona zu, die vor Glück und Angst benommen und verwirrt aussah. Die Kristalltüren öffneten sich vor ihnen. Sie traten ein.

19

Le Jardin des Supplices

Nie hatte es jenseits von Babylon ein solides Restaurant gegeben. Reihe über Reihe hoben sich die Terrassen der sternenbesetzten Kuppel entgegen. Hier gab es keine Lichtbrechung, der Speisesaal schien offen unter dem Himmel zu liegen, doch in Wirklichkeit waren die eleganten Gäste vollkommen vor den Elementen geschützt. Eine Wand aus schwarzem Licht umrahmte die Fassade des Hotels und hielt die Helligkeit der Stadtbeleuchtung fern, so daß über dem Galaktischen Saal die Sterne strahlten wie über einer Waldlichtung.

Die fernen Welten des Universums schienen so beinahe zum Greifen nahe. Die Produkte dieser Welten, die Ernte von den Sternen, gaben dem Saal Glanz. Das Material seiner gewölbten Wände bestand aus einer Ansammlung fremdartiger Kunsterzeugnisse: Bergkristalle in hellen Farben, Scherben, Gemälde, klingende Zauberbäume aus merkwürdigen Legierungen, zickzackförmige Konstruktionen aus lebendem Licht, jede in ihre eigene Nische in der Prozession der Terrassen eingebettet. Die Tische schienen aus dem mit beinahe empfindungsfähigem Organismus bedeckten Boden zu wachsen, den man auf einer der Welten des Aldebaran gefunden hatte. Dieser Teppich unterschied sich, um es offen zu sagen, nicht allzusehr von irdischem Schlickboden, doch die Geschäftsführung gab sich keine besondere Mühe, ihn zu identifizieren, und seine Wirkung war äußerst luxuriös.

Andere Gebilde wuchsen an auserlesenen Stellen des Galaktischen Saals: in Kübel gepflanzte Stauden, süß duftende Blütengewächse, sogar Zwergbäume, alles (so hieß es) von anderen Welten importiert. Selbst der Kronleuchter war das Produkt fremder Hände: eine riesige Blüte aus goldenen Tränen, gearbeitet aus dem bernsteinähnlichen Sekret eines großen Meerestieres, das an den grauen Ufern eines Centauriplaneten lebte.

Sanft ergoß sich sein Licht in den riesigen Raum.

Es kostete unermeßliche Summen, im Galaktischen Saal zu speisen. Doch allabendlich waren sämtliche Tische besetzt. Man gab seine Bestellung Wochen im voraus auf. Wer das Glück gehabt hatte, sich für diesen Abend zu entscheiden, konnte als zusätzliche Attraktion den Raumfahrer und das Mädchen sehen, das die vielen Babys hatte. Doch die Gäste, größtenteils selbst Prominente, hatten nur flüchtiges Interesse an dem vielzitierten Paar. Ein schneller Blick, dann wandte man sich wieder den Genüssen auf dem eigenen Teller zu.

Lona klammerte sich an Burris' Arm, als sie die massiven, durchsichtigen Türen durchschritten. Ihre schmalen Finger drückten so fest zu, daß es ihn schmerzen mußte. Sie stand auf einer schmalen, erhöhten Plattform und blickte über einen riesigen, leeren Raum unter leuchtendem Sternenhimmel. Der

327

Hohlraum des kuppelförmigen Restaurants war leer und hatte einen Durchmesser von über hundert Metern; die Tischreihen zogen sich in Spiralen an den gewölbten Wänden hoch, so daß jedem Gast ein Fensterplatz zur Verfügung stand.

Sie hatte ein Gefühl, als falle sie nach vorn und taumele in den offenen Abgrund, der sich vor ihr auftat.

»Oh!« Entsetzt. Mit zitternden Knien und trockener Kehle wiegte sie sich auf den Absätzen, öffnete und schloß die Augen. Tausendfacher Schrecken erfaßte sie. Sie könnte fallen und sich in diesem Abgrund verlieren; ihr Spraykleid könnte sich auflösen und sie nackt den Blicken der eleganten Menge preisgeben; diese Furie mit den riesigen Eutern könnte zurückkommen und sie angreifen, während sie beim Essen saßen; sie könnte bei Tisch irgendeinen schrecklichen Fauxpas begehen oder von plötzlicher, heftiger Übelkeit befallen werden und den Teppich mit Erbrochenem besudeln. Alles war möglich. Das Restaurant war ein Traum, doch nicht unbedingt ein angenehmer Traum.

Eine einschmeichelnde Stimme aus dem Nichts murmelte: »Mr. Burris, Miß Kelvin, willkommen im Galaktischen Saal. Bitte treten sie näher.«

»Wir steigen auf die Schwerkraftplatte«, flüsterte Burris ihr zu.

Die kupferfarbene Scheibe, wenige Zentimeter dick und zwei Meter im Durchmesser, trat aus dem Rand ihrer Plattform hervor. Burris führte sie darauf, und sofort glitt die Scheibe aus ihrer Verankerung, bewegte sich schräg aufwärts. Lona sah nicht nach unten. Die schwebende Platte brachte sie zur gegenüberliegenden Wand des großen Raumes und hielt neben einem freien Tisch, der gefährlich dicht am Rande eines freitragenden Simses stand. Burris trat hinüber und half Lona auf den Sims. Die Scheibe, die sie hergebracht hatte, glitt davon und kehrte an ihren Platz zurück. Einen Augenblick lang sah Lona sie von der Seite, umgeben von einem bunten Lichtreflex.

Der einbeinige Tisch schien organisch aus dem Sims zu wachsen. Dankbar setzte sich Lona auf einen Stuhl, der sich sofort ihren Körperformen anpaßte. Etwas Obszönes lag in dieser vertraulichen Umklammerung; dennoch war sie tröstlich: der Stuhl, dachte Lona, würde sie nicht loslassen, falls ihr so dicht neben dem Abgrund zu ihrer Linken schwindlig würde.

»Wie gefällt es Ihnen?« fragte Burris und sah ihr in die Augen.

»Es ist unglaublich. So hätte ich es mir nie vorgestellt.« Sie sagte ihm nicht, daß der Eindruck sie beinahe krank machte.

»Wir haben einen besonders guten Tisch. Vermutlich ist es Chalks eigener Platz, wenn er hier speist.«

»Ich wußte nicht, daß es so viele Sterne gibt!«

Sie sahen hoch. Von ihrem Platz aus konnten sie den Himmel ungehindert in einem Bogen von fast hundertfünfzig Grad überblicken. Burris zeigte ihr die Sterne und Planeten.

»Mars«, sagte er. »Das ist einfach: der große, orangefarbene Stern. Aber können Sie den Saturn sehen? Die Ringe sind natürlich nicht sichtbar, aber ...« Er nahm ihre Hand, führte sie und beschrieb die Lage der Gestirne, bis sie zu sehen glaubte, was er meinte. »Bald werden wir dort draußen sein, Lona. Titan ist von hier aus nicht sichtbar, nicht mit bloßem Auge, aber in Kürze werden wir selbst dort sein. Und dann werden wir diese Ringe sehen! Schauen Sie, dort: Orion. Und Pegasus.« Er zählte ihr die Konstellationen auf. Er benannte die Sterne mit sinnlichem Vergnügen am Klang ihrer alten Namen: Sirius, Arkturus, Polaris, Bellatrix, Rigel, Algol, Antares, Beteigeuze, Aldebaran, Prokyon, Ularkab, Deneb, Wega Alphecca. »Jeder eine Sonne«, sagte er. »Die meisten haben Welten. Und da sind sie alle vor uns ausgebreitet!«

»Haben Sie viele andere Sonnen besucht?«

»Elf. Neun mit Planeten.«

»Sind irgendwelche von denen dabei, die Sie eben nannten? Diese Namen gefallen mir.«

Er schüttelte den Kopf. »Die Sonnen, die ich besuchte, haben Zahlen, keine Namen. Zumindest keine Namen, die Erdbewohner ihnen gegeben hätten. Die meisten tragen andere Namen. Einige habe ich kennengelernt.« Sie sah, daß sich seine Mundwinkel öffneten und rasch wieder schlossen: ein Zeichen seiner Spannung, wie Lona gelernt hatte. Sollte ich mit ihm über die Sterne reden? Vielleicht will er nicht erinnert werden.

Doch unter diesem leuchtenden Baldachin konnte sie das Thema nicht fallenlassen.

»Werden Sie je wieder dort hinaus gehen?« fragte sie.

»Aus unserem System heraus? Kaum. Ich bin jetzt nicht mehr im Dienst. Und wir haben noch keine Touristenflüge zu benachbarten Sternen. Aber natürlich werde ich die Erde wieder verlassen.

Mit Ihnen: die planetarische Rundreise. Nicht ganz dasselbe. Aber sicherer.«

»Können Sie – können Sie«, sie zögerte und hastete dann weiter, »mir den Planeten zeigen, wo Sie – gefangengenommen wurden?«

Sein Mund verzerrte sich dreimal rasch.

»Es ist eine bläuliche Sonne. Man kann sie von dieser Hemisphäre aus nicht erkennen. Sogar aus dem Orbit kann man sie nicht mit bloßem Auge sehen. Sechs Planeten. Manipool ist der vierte. Als wir ihn umkreisten, bereit zur Landung, spürte ich eine seltsame Erregung. Als ziehe mein Schicksal mich an diesen Ort. Vielleicht habe ich eine hellseherische Ader, hm, Lona? Sicher spielte Manipool in meinem Schicksal eine wichtige Rolle. Aber ich weiß, daß ich kein Hellseher bin. Von Zeit zu Zeit überkommt mich die feste Überzeugung, daß es meine Bestimmung ist, dorthin zurückzukehren. Und das ist absurd. *Dort* noch einmal hingehen … *ihnen* wieder gegenübertreten …« Plötzlich ballte er die Hand zur Faust, straffte sich mit einem krampfartigen Ruck, der seinen ganzen Arm nach hinten schleuderte. Eine Vase mit fleischigen blauen Blüten wäre beinahe in den Abgrund gefallen, Lona fing sie auf. Als er seine Hand schloß, hatte sie bemerkt, daß der kleine Fühler sich sauber um seine Finger wickelte. Sie legte ihre beiden Hände fest auf seine Hand und hielt ihn am Knöchel fest, bis die Spannung verebbte und seine Finger sich wieder öffneten.

»Sprechen wir nicht von Manipool«, schlug sie vor. »Die Sterne sind trotzdem schön.«

»Ja. Ich habe sie nie wirklich auf diese Art betrachtet, bis ich nach meiner ersten Reise auf die Erde zurückkehrte. Von hier unten aus sehen wir sie nur als Lichtpunkte. Aber wenn man dort draußen mitten im Sternenlicht ist und hierhin und dorthin springt, wie einen die Sterne treiben, dann ist es anders. Sie hinterlassen ein Zeichen an uns. Wissen Sie, Lona, daß Sie von hier aus einen fast so eindrucksvollen Blick über den Himmel haben wie aus einem Raumschiff?«

»Wie machen sie das? Ich habe noch nie so etwas gesehen.«

Er versuchte, ihr den Vorhang aus schwarzem Licht zu erklären. Nach dem dritten Satz kam Lona nicht mehr mit, aber sie starrte intensiv in seine fremdartigen Augen, tat so, als höre sie zu, und wußte, daß sie ihn nicht enttäuschen durfte. Er wußte so viel! Und doch hatte er Angst in diesem Raum des Entzückens, genau wie sie selbst. Solange sie sprachen, bildeten die Worte einen Damm gegen die Angst. Doch in den Pausen wurde sich Lona peinlich der vielen reichen, blasierten Leute um sie herum bewußt, des Abgrunds neben ihr, ihrer eigenen Unwissenheit und Unerfahrenheit. Sie fühlte sich nackt unter dem Glanz der Sterne. In den Gesprächspausen wurde selbst Burris ihr wieder fremd; seine chirurgischen Entstellungen, die sie schon beinahe nicht mehr bemerkt hatte, stachen plötzlich wieder unübersehbar ins Auge.

»Ein Drink?« fragte er.

»Ja. Ja, bitte. Bestellen Sie. Ich weiß nicht, was ich nehmen soll.«

Kein Kellner, weder Mensch noch Roboter, war in Sicht, und auch an den anderen Tischen bemerkte Lona keinerlei Bedienung. Burris bestellte, indem er einfach in das goldene Gitter neben seinem linken Ellbogen sprach. Seine lässige Sicherheit schüchterte Lona ein, und halb argwöhnte sie, daß das beabsichtigt war. Sie fragte: »Haben Sie oft hier gegessen? Sie scheinen sich auszukennen.«

»Ich war einmal hier. Vor mehr als zehn Jahren. Das ist kein Ort, den man schnell vergißt.«

»Waren Sie damals auch schon Raumfahrer?«

»O ja. Ich hatte ein paar Reisen hinter mir. Ich war auf Urlaub. Da war dieses Mädchen, dem ich Eindruck machen wollte –«

»Oh.«

»Ich machte keinen Eindruck. Sie heiratete einen anderen. Sie kamen um, als das Große Rad auseinanderbrach; es war ihre Hochzeitsreise.«

Vor mehr als zehn Jahren, dachte Lona. Sie war noch nicht sieben gewesen. Neben ihm fühlte sie sich klein in ihrer Jugend. Sie war froh, als die Getränke kamen.

Auf einem kleinen Gravitrontablett schwebten sie durch den Abgrund. Es erschien Lona verblüffend, daß die Serviertabletts, von denen sie jetzt viele bemerkte, nie zusammenstießen, während sie zu den Tischen glitten. Doch es war natürlich kein besonderes Kunststück, die Bewegung von Körpern auf Umlaufbahnen zu programmieren, daß diese sich nicht schnitten.

Ihr Drink wurde in einem Kelch aus schwarzem, poliertem

Stein serviert, der sich in der Hand plump, an den Lippen aber grazil anfühlte. Lona nahm den Kelch auf und hob ihn automatisch an den Mund; als sie gerade trinken wollte, bemerkte sie ihren Irrtum. Burris wartete lächelnd; sein eigenes Glas stand noch vor ihm.

Er wirkt verdammt schulmeisterlich, wenn er so lächelt, dachte sie. Weist mich zurecht, ohne ein Wort zu sagen. Ich weiß, was er denkt: daß ich eine unwissende Göre ohne Manieren bin.

Sie ließ den Ärger abflauen. Nach einem Moment merkte sie, daß sie sich eigentlich über sich selbst und nicht über ihn geärgert hatte. Das zu spüren machte es ihr leichter, die Ruhe zurückzugewinnen.

Sie blickte auf seinen Drink.

Etwas schwamm darin.

Das Glas war aus durchscheinendem Quarz. Es war zu drei Fünfteln mit einer seimigen, grünen Flüssigkeit gefüllt. Ein winziges, tränenförmiges Tier bewegte sich darin träge hin und her; seine violette Haut hinterließ ein schwaches Glühen in der Flüssigkeit.

»Gehört das da hinein?«

Burris lachte. »Ich habe einen sogenannten Deneb-Martini. Ein widersinniger Name. Spezialität des Hauses.«

»Und darin?«

»So etwas wie eine Kaulquappe. Eine amphibische Lebensform aus einer der Aldebaranwelten.«

»Und man trinkt es?«

»Ja. Lebendig.«

»Lebendig?« Lona schüttelte sich. »Warum? Schmeckt es so gut?«

»Eigentlich ist es vollkommen geschmacklos. Reine Dekoration. Blasiertheit in höchster Potenz, die wieder zurück zur Barbarei führt. Ein Schluck, und weg ist es.«

»Aber es ist lebendig! Wie können Sie es töten?«

»Haben Sie je eine Auster gegessen, Lona?«

»Nein. Was ist eine Auster?«

»Eine Molluske. Früher einmal recht beliebt; sie wurde in der Schale serviert. Lebend. Man träufelt Zitronensaft darüber – Zitronensäure, wissen Sie –, und die Auster windet sich. Dann ißt man sie. Sie schmeckt nach Meer. Tut mir leid, Lona. So ist es nun einmal. Austern wissen nicht, was mit ihnen geschieht. Sie haben keine Hoffnungen, Ängste, Träume. Und dieses Geschöpf hier auch nicht.«

»Aber es zu töten –«

»Wir töten, um zu essen. Wenn wir eine wirkliche Ernährungsmoral hätten, dürften wir nur synthetische Nahrung essen.« Burris lächelte freundlich. »Tut mir leid. Ich hätte es nicht bestellt, wenn ich gewußt hätte, daß es Sie kränkt. Soll ich es fortbringen lassen?«

»Nein. Vermutlich würde dann ein anderer es trinken. Ich habe das alles nicht so gemeint. Ich war nur ein bißchen bestürzt, Minner. Aber es ist ihr Drink. Genießen Sie ihn.«

»Ich werde ihn zurückschicken.«

»Bitte.« Sie berührte den Fühler an seiner linken Hand. »Wissen Sie, warum es mich stört? Weil es ist, als mache man sich selbst zum Gott, wenn man ein lebendes Wesen verschluckt. Ich meine, da sind Sie, riesengroß, und zerstören einfach etwas, das nie erfahren wird warum. Die Art –«

»Die Art, wie fremde Wesen einen schwächeren Organismus packen und operieren, ohne sich die Mühe zu machen, etwas zu erklären?« fragte er. »Die Art, wie Ärzte mit den Ovarien eines Mädchens komplizierte Experimente durchführen können, ohne die späteren psychologischen Auswirkungen zu bedenken? Mein Gott, Lona, wir müssen solche Gedanken beiseite schieben, wir dürfen nicht ständig darauf zurückkommen.«

»Was haben Sie für mich bestellt?« fragte sie.

»Gaudax. Ein Aperitif aus einer Centauriwelt. Mild und süß. Er wird Ihnen schmecken. Zum Wohl, Lona.«

»Zum Wohl.«

Er bewegte sein Glas in einem Kreis um ihren schwarzen Steinkelch herum. Dann tranken sie. Der Centauriaperitif prickelte auf ihrer Zunge; es war eine schwach ölige Flüssigkeit, doch delikat, köstlich. Sie erschauerte vor Vergnügen. Nach drei schnellen Schlucken setzte sie den Kelch ab.

Das kleine, schwimmende Gebilde war aus Burris' Glas verschwunden.

»Möchten Sie von meinem Drink kosten?« fragte er.

»Bitte. Nein.«

Er nickte. »Dann wollen wir das Essen bestellen. Verzeihen Sie mir meine Gedankenlosigkeit?«

Zwei dunkelgrüne Würfel, zehn Zentimeter groß, lagen nebeneinander in der Mitte des Tisches. Lona hatte sie für eine Dekoration gehalten, doch jetzt, als Burris ihr einen davon zuschob, stellte sie fest, daß es Speisekarten waren. Als sie den Würfel in die Hand nahm, strömte warmes Licht durch sein Inneres, und Leuchtbuchstaben erschienen, scheinbar einige Zentimeter unter der glatten Oberfläche. Sie drehte den Würfel nach allen Seiten. Suppen, Fleischgerichte, Vorspeisen, Süßspeisen …

Nichts auf der Karte war ihr bekannt.

»Ich sollte nicht hier sitzen, Minner. Ich esse nur ganz gewöhnliche Dinge. Dies hier ist so geheimnisvoll, daß ich gar nicht weiß, wo ich anfangen soll.«

»Soll ich für Sie bestellen?«

»Das wäre sicher besser. Nur wird es hier die Sachen nicht geben, die ich wirklich möchte. Wie zum Beispiel ein Proteinhacksteak und ein Glas Milch.«

»Vergessen Sie das Proteinhacksteak. Kosten Sie eine der selteneren Delikatessen.«

»Aber das ist so falsch! Ausgerechnet ich sollte vorgeben, ein Feinschmecker zu sein!«

»Sie sollen nichts vorgeben. Essen Sie und genießen Sie. Proteinhacksteaks sind nicht das einzige Gericht im Universum.«

Etwas von seiner Ruhe ging auf Lona über. Er bestellte für beide. Lona war stolz auf seine Gewandtheit. Es gehörte nicht allzuviel dazu, sich in der Speisekarte eines solchen Restaurants auszukennen, doch er wußte so viel. Er war erschreckend. Sie ertappte sich bei dem Gedanken: *Hätte ich ihn nur gekannt, bevor sie …* – dann ließ sie ihn wieder fallen. Keine denkbaren Umstände hätten sie mit dem noch nicht entstellten Minner Burris in Kontakt gebracht. Er hätte sie gar nicht bemerkt; damals mußte er mit Frauen wie dieser wabbeligen alten Elise zu tun gehabt haben. Die ihn immer noch begehrte, ihn aber jetzt nicht haben konnte. *Er gehört mir,* dachte Lona wild. *Er gehört mir! Sie haben mir ein zerbrochenes Wesen zugeschoben, ich helfe, es wieder in Ordnung zu bringen, und niemand wird es mir wegnehmen.*

»Würden Sie gern eine Suppe und eine Vorspeise essen?« fragte er.

»Ich bin eigentlich nicht hungrig.«

»Kosten Sie trotzdem ein wenig.«

»Es wäre an mich nur verschwendet.«

»Über Verwendung macht sich hier niemand Gedanken. Und wir brauchen dieses Essen nicht zu bezahlen. Probieren Sie.«

Ein Gericht nach dem anderen erschien. Jedes war eine Spezialität irgendeiner fernen Welt, entweder direkt importiert oder mit größter Kunstfertigkeit auf der Erde nachgemacht. Rasch füllte sich der Tisch mit Fremdartigem. Platten, Schüsseln, Tassen, angefüllt mit Merkwürdigkeiten, serviert in überwältigender Üppigkeit. Burris zählte ihr die Namen auf und versuchte, ihr die Gerichte zu erklären, aber ihr schwindelte, sie war kaum fähig, seine Worte zu erfassen. Was war dieses flockige weiße Fleisch? Und die goldenen, in Honig getauchten Beeren? Diese Suppe, blaß und mit aromatischem Käse bestreut? Allein die Erde brachte so viele verschiedene Küchen hervor; aus einer ganzen Galaxis wählen zu müssen war ein so betäubender Gedanke, daß ihr der Appetit verging.

Lona kostete. Sie geriet in Verwirrung. Ein Bissen von dem, ein Schluck von jenem. Sie wartete ständig darauf, daß der nächste Becher wieder irgendein lebendiges kleines Geschöpf enthielt. Noch ehe der Hauptgang serviert wurde, war sie gesättigt. Burris hatte zwei Sorten Wein bestellt. Er goß sie zusammen, und sie veränderten die Farbe, Türkis und Rubinrot mischten sich zu einer unerwarteten, undurchsichtigen Schattierung. »Katalytische Reaktion«, sagte er. »Man sorgt hier nicht nur für guten Geschmack, sondern auch für einen ästhetischen Anblick. Bitte.« Doch sie konnte nur einen winzigen Schluck trinken.

Bewegten sich die Sterne jetzt in unregelmäßigen Kreisen?

Sie hörte das Summen der Gespräche überall um sich herum. Länger als eine Stunde hatte sie so tun können, als befänden sich Burris und sie in privater Abgeschiedenheit, doch jetzt brach die Gegenwart der anderen Gäste wieder durch. Sie sahen sie an. Sprachen über sie. Bewegten sich umher, schwebten auf ihren Gravitronscheiben von Tisch zu Tisch. Haben Sie gesehen? Was halten Sie davon? Wie charmant! Wie seltsam! Was halten Sie davon? Wie charmant! Wie seltam! Wie grotesk!

»Minner, lassen Sie uns von hier fortgehen.«

»Aber wir haben unser Dessert noch nicht bekommen.«

»Ich weiß. Es ist mir gleich.«

»Likör von der Prokyongruppe. Kaffee à la Galaxis.«

»Minner, nein.« Sie sah, wie sich seine Augen zu voller Größe öffneten, und wußte, daß irgendein Ausdruck auf ihrem Gesicht ihn tief betroffen haben mußte. Ihr war beinahe übel. Vielleicht sah er das.

»Wir gehen«, sagte er zu ihr. »Wir kommen ein anderes Mal zum Dessert hierher.«

»Es tut mir so leid, Minner«, murmelte sie. »Ich wollte uns dieses Essen nicht verderben. Aber das Restaurant ... ich fühle mich an einem Ort wie diesem fehl am Platz. Er macht mir angst. Alle diese fremden Gerichte. Die starrenden Augen. Alle sehen uns an, nicht wahr? Wenn wir in unser Zimmer zurückgehen könnten, wäre alles so viel besser.«

Er rief die Schwebeplatte herbei. Der Stuhl entließ Lona aus seinem vertraulichen Griff. Als sie aufstand, schienen ihre Beine unter ihr nachzugeben. Sie wußte nicht, wie sie einen Schritt tun sollte, ohne zu stürzen. Während sie noch zögerte, sah sie mit merkwürdiger Klarheit einzelne Ausschnitte der sie umgebenden Szenerie. Eine dicke, juwelenbehangene Frau mit zahlreichen Doppelkinnen. Ein vergoldetes Mädchen in transparentem Kleid, nicht viel älter als sie selbst, aber unendlich viel selbstsicherer. Zwei Ebenen tiefer ein Garten mit kleinen, gabelförmig verzweigten Bäumen. Die Bänder aus lebendem Licht, die sich wie Girlanden durch den freien Raum zogen. Ein schwebendes Tablett und drei Becher mit dunklem, glänzendem, unbekanntem Inhalt. Lona schwankte. Burris hielt sie fest und hob sie auf die Scheibe, doch er tat es so diskret, daß ein Beobachter nicht gemerkt hätte, wie kräftig er sie stützen mußte.

Sie blickte starr geradeaus, während sie den Abgrund bis zur Eingangsplattform überquerten.

Ihr Gesicht war rot und schweißnaß. Ihr schien, als seien die fremdartigen Kreaturen wieder zum Leben erwacht und würden geduldig in ihren Verdauungssäften schwimmen. Irgendwie gelangten Burris und sie durch die Kristalltüren. Mit einem Schnelllift fuhren sie hinunter in die Halle; ein anderer Aufzug brachte sie wieder hinauf in ihre Suite. Lona erhaschte einen Blick auf Aoudad, der im Gang herumlungerte und schnell hinter einem dicken Pfeiler verschwand.

Burris legte die Handfläche auf die Tür. Sie öffnete sich vor ihnen.

»Ist Ihnen nicht gut?« fragte er.

»Ich weiß nicht. Ich bin froh, daß wir da heraus sind. Hier ist es so viel ruhiger. Haben Sie die Tür verschlossen?«

»Natürlich. Kann ich irgend etwas für Sie tun, Lona?«

»Lassen Sie mich ausruhen. Ein paar Minuten, allein.«

Er brachte sie in ihr Schlafzimmer und half ihr, sich auf das runde Bett zu legen. Dann ging er hinaus. Lona war überrascht, wie schnell sie jetzt, da sie nicht mehr im Restaurant war, ihr Gleichgewicht wiederfand. Zuletzt war es ihr so vorgekommen, als sei selbst der Himmel ein riesiges, neugieriges Auge.

Lona stand auf; sie war jetzt ruhiger und entschlossen, den Rest ihres falschen Glanzes abzuschütteln. Sie trat unter die Vibradusche. Augenblicklich verschwand das aufwendige Kleid. Sofort fühlte sie sich kleiner, jünger. Nackt machte sie sich für die Nacht fertig.

Sie schaltete eine gedämpfte Lampe ein, knipste die restliche Raumbeleuchtung aus und glitt zwischen die Laken. Sie waren kühl und angenehm auf ihrer Haut. Eine Kontrolltafel diente zur Regulierung von Bewegung und Form des Bettes, doch Lona ignorierte sie. Leise sagte sie in die Sprechanlage neben ihrem Kopfkissen: »Minner, möchten Sie jetzt hereinkommen?«

Er trat sofort ein. Noch immer trug er seinen überladenen Abendanzug samt Umhang und allem anderen. Die flammenden, rippenähnlichen Streifen waren so grotesk, daß sie die Fremdartigkeit seines Körpers nahezu vergessen ließen.

Das Abendessen war ein Mißerfolg gewesen, dachte sie. Das Restaurant, so glanzvoll es war, hatte für sie einer Folterkammer geglichen. Doch vielleicht war der Abend noch zu retten.

»Halten Sie mich fest«, sagte sie mit dünner Stimme. »Ich bin immer noch ein bißchen durcheinander.«

Burris kam zu ihr. Er setzte sich neben sie, und sie richtete sich ein wenig auf, ließ dabei das Laken heruntergleiten und ihre Brüste enthüllen. Er streckte die Arme nach ihr aus, doch die vorstehenden Rippen auf seinem Anzug bildeten ein unüberwindliches Hindernis, machten jede Berührung unmöglich.

»Ich ziehe diesen Aufputz besser aus.«

»Die Vibradusche ist dort drüben.«

»Soll ich das Licht ausmachen?«

»Nein. Nein.«

Sie wandte die Augen nicht von ihm ab, als er durch den Raum ging.

Er trat auf die Platte der Vibradusche und stellte sie an. Die Dusche war dazu bestimmt, die Haut von jeder anhaftenden Substanz zu reinigen; ein Sprayanzug würde sich natürlich zuerst auflösen. Burris' fremdländische Gewandung verschwand.

Lona hatte seinen Körper nie zuvor gesehen.

Reglos, auf alle katastrophalen Enthüllungen gefaßt, sah sie zu, wie sich der nackte Mann zu ihr umwandte. Ihr Gesicht war ebenso starr und beherrscht wie seines, denn dies war eine doppelte Prüfung; sie würde zeigen, ob sie den Schock ertragen konnte, mit dem Unbehagen konfrontiert zu werden, und ob er den Schock ertragen konnte, ihre Reaktion zu sehen.

Seit Tagen hatte sie vor diesem Augenblick gezittert. Jetzt war er da, und voller Verwunderung stellte sie fest, daß sie den gefürchteten Moment ohne Schaden durchlebt und überstanden hatte.

Er war nicht annähernd so schrecklich anzusehen, wie sie befürchtet hatte.

Natürlich war er seltsam. Wie an Gesicht und Armen war auch die Haut seines Körpers glänzend und unwirklich, eine nahtlose Umhüllung, wie sie nie zuvor ein Mensch getragen hatte. Er war unbehaart und besaß weder Brustwarzen noch Nabel, eine Tatsache, die Lona erst bemerkte, als sie herauszufinden suchte, was an ihm nicht stimmte.

Seine Arme und Beine waren auf ungewohnte Weise mit dem Rumpf verbunden und befanden sich, um einige Zentimeter verschoben, an ungewohnten Stellen. Der Brustkorb schien zu tief im Verhältnis zur Breite der Hüften. Seine Knie wölbten sich nicht nach vorn wie normale Knie. Wenn er sich bewegte, kräuselten sich die Muskeln seines Körpers auf merkwürdige Weise.

Doch diese Dinge waren unwesentlich und keine echten Deformierungen. Er hatte keine scheußlichen Narben, keine verborgenen zusätzlichen Gliedmaßen, keine unerwarteten Augen oder Münder am Körper. Die wirklichen Veränderungen waren innerlich und in seinem Gesicht.

Die größten Bedenken, die Lona gehabt hatte, erwiesen sich

als grundlos. Entgegen aller Wahrscheinlichkeit schien seine Männlichkeit normal zu sein, zumindest soweit sie das beurteilen konnte.

Burris kam auf das Bett zu. Sie hob die Arme. Einen Augenblick später war er neben ihr, seine Haut an ihrer. Sie fühlte sich fremdartig, aber nicht unangenehm an. Burris schien jetzt merkwürdig scheu. Lona zog ihn enger an sich. Sie schloß die Augen. Sie wollte sein verändertes Gesicht in diesem Augenblick nicht sehen, und außerdem waren ihre Augen plötzlich selbst gegen das gedämpfte Licht der Lampe empfindlich. Sie streckte die Hand nach ihm aus. Ihre Lippen trafen seinen Mund.

Sie war nicht oft geküßt worden. Doch so war sie noch nie geküßt worden. Wer seinen Mund neu geschaffen hatte, hatte ihn nicht zum Küssen entworfen, und so war Burris gezwungen, sie unbeholfen zu berühren. Mund an Mund. Doch wieder war es nicht unangenehm. Und dann spürte Lona seine Finger auf ihrem Fleisch, sechs Finger an jeder Hand. Seine Haut hatte einen süßen, beißenden Geruch. Das Licht erlosch.

Eine Spiralfeder in ihrem Körper preßte sich immer fester zusammen . . . fester . . . fester . . .

Eine Feder, die sich seit siebzehn Jahren immer enger zusammengepreßt hatte . . . und nun wurde ihre Kraft in einem einzigen Augenblick freigesetzt.

Sie entzog ihm ihren Mund. Ihre Kiefer öffneten sich, ein Muskel in ihrem Hals bebte. Plötzlich blähte sich ein ernüchterndes Bild vor ihr auf: sie selbst auf einem Operationstisch, betäubt, ihr Körper der Sonde der Männer in Weiß geöffnet. Wie mit einem Blitzschlag zertrümmerte sie die Vorstellung, und sie zerbrach und stürzte zusammen.

Lona klammerte sich an Burris.

Endlich! Endlich!

Er würde ihr keine Kinder geben. Sie spürte das, und es störte sie nicht.

»Lona«, sagte er, das Gesicht an ihrem Schlüsselbein, seine Stimme erstickt und heiser. »Lona, Lona, Lona . . .«

Helligkeit wie von einer explodierenden Sonne. Ihre Hand strich über seinen Rücken, auf und ab, und unmittelbar vor der Vereinigung kam ihr der Gedanke, daß seine Haut trocken war, daß er überhaupt nicht schwitzte. Dann stöhnte sie, spürte

Schmerz und Freude in einer konvulsivischen Einheit und hörte verwundert die wilden, lauten Schreie der Lust, die ohne ihr Zutun aus ihrer Kehle drangen.

20

Armageddon

Es war ein nachapokalyptisches Zeitalter. Der Untergang, den die Propheten geweissagt hatten, war nie hereingebrochen, oder die Welt war durch ihn hindurch in eine ruhigere Zeit gegangen. Sie hatten das Schlimmste vorausgesagt, eine dunkle Ära allgemeinen Niedergangs. Ein Zeitalter der Axt, des Schwertes, des Sturmes, des Wolfes, eine Ära, in der die Welt erschüttert würde. Doch die Schilde wurden nicht gespalten, die Finsternis fiel nicht herab. Warum nicht? Was war geschehen? Duncan Chalk, einer der Hauptnutznießer der neuen Zeit, sann oft genüßlich über diese Frage nach.

Die Schwerter waren jetzt Pflugscharen.

Der Hunger war besiegt.

Die Bevölkerungsexplosion hatte nicht stattgefunden.

Der Mensch verseuchte nicht länger seine eigene Umwelt. Die Luft war verhältnismäßig rein, die Flüsse sauber. Es gab Seen aus blauem Kristall, Parks mit frischem Grün. Natürlich war das Zeitalter des Glücks und Friedens noch nicht ganz erreicht; es gab Verbrechen, Krankheit, Hunger, auch jetzt noch. Doch das war an den dunklen Orten. Für die meisten war es eine Ära des Müßigganges und der Sorglosigkeit. Und *darin* sahen diejenigen, die immer schwarzsehen, den Niedergang.

Die Nachrichtenübermittlung geschah in Sekundenschnelle, jeder Punkt der Erde ließ sich in kürzester Zeit erreichen. Die unbewohnten Planeten des heimatlichen Sonnensystems waren all ihrer Metalle, Mineralien und sogar ihrer Gashüllen beraubt. Die Erde blühte. In einer Zeit der Fülle verfallen die Ideologien der Armut mit überraschender Schnelligkeit.

Und doch ist Fülle relativ. Bedürfnisse und Begierden – die materialistischen Impulse – blieben. Der tiefere, dunklere Hunger wird nicht immer durch Geld allein gestilt. Ein Zeitalter bestimmt die charakteristischen Formen seiner Unterhaltung selbst. Chalk war einer der Schöpfer dieser Formen gewesen.

Sein Unterhaltungsimperium erstreckte sich über das halbe System. Es brachte ihm Reichtum, Macht, die Befriedigung des Ego – und – soweit er es wünschte – Ruhm. Es führte ihn indirekt zur Erfüllung seiner inneren Bedürfnisse, die seiner physischen und psychologischen Konstellation entsprangen und die, hätte er in einem anderen Zeitalter gelebt, schwer auf ihm gelastet hätten. Jetzt war er auf schickliche Weise in der Lage, die Schritte zu unternehmen, die ihn in die gewünschte Position brachten.

Er brauchte ständig Nahrung, und seine Nahrung bestand nur zum Teil aus Fleisch und pflanzlichen Produkten.

Vom Zentrum seines Imperiums aus verfolgte Chalk die Taten seines vom Schicksal geschlagenen Liebespaares. Sie waren jetzt auf dem Weg in die Antarktis. Von Aoudad und Nikolaides, die über dem Bett der Liebe schwebten, erhielt er regelmäßige Berichte. Doch inzischen brauchte Chalk seine Lakaien nicht mehr, um zu erfahren, was vorging. Er hatte den Kontakt hergestellt und bezog seine ihm genehme Art von Information aus den beiden zerbrochenen Menschen, die er zusammengeführt hatte.

Gerade jetzt spürte er in ihnen einen milden Wellenschlag von Glück. Unbrauchbar für Chalk. Doch er spielte sein Spiel geduldig. Gegenseitiges Mitleid hatte sie zueinander hingezogen, aber war Mitleid die geeignete Grundlage für unsterbliche Liebe? Chalk glaubte das nicht. Er war bereit, ein Vermögen aufs Spiel zu setzen, um seine Ansicht zu beweisen. Ihr Verhältnis zueinander würde sich ändern. Und Chalk würde daraus seinen Profit ziehen, sozusagen.

Aoudad war jetzt an der Leitung. »Wir kommen gerade an, Sir. Sie werden eben in ihr Hotel gebracht.«

»Gut. Sorgen Sie dafür, daß man ihnen jeden Komfort bietet.«

»Natürlich.«

»Aber halten Sie sich nicht zu viel in ihrer Nähe auf. Sie möchten miteinander allein sein und nicht von Anstandsdamen begleitet werden. Können Sie mir folgen, Aoudad?«

»Sie werden den ganzen Pol für sich allein haben.«

Chalk lächelte. Ihre Reise würde der Traum aller Verliebten sein. Es war ein elegantes Zeitalter, und wer den richtigen Schlüssel besaß, konnte eine Tür zum Vergnügen nach der anderen aufschließen. Burris und Lona würden ihre Freude haben.

Die Apokalypse kam erst später.

21

Gen Süden

»Ich verstehe nicht«, sagte Lona. »Wie kann hier Sommer sein? Als wir abreisten, war Winter.«

»In der nördlichen Hemisphäre, ja.« Burris seufzte. »Doch jetzt sind wir unterhalb des Äquators. So weit unterhalb des Äquators, wie man überhaupt nur sein kann. Hier sind die Jahreszeiten umgekehrt. Wenn es bei uns Sommer wird, haben sie hier Winter. Und jetzt ist hier Sommer.«

»Ja, aber warum?«

»Es hat mit der Neigung der Erdachse zu tun. Wenn sich die Erde um die Sonne dreht, wird ein Teil des Planeten vom Sonnenlicht stark erwärmt, ein anderer Teil nicht. Wenn ich einen Globus hätte, könnte ich es dir zeigen.«

»Aber wenn hier Sommer ist, warum gibt es dann so viel Eis?«

Der dünne, weinerliche Ton ihrer Fragen ärgerte ihn noch mehr als die Fragen selbst. Burris wurde plötzlich schwindlig. Ein Krampf machte sich in seinem Zwerchfell bemerkbar, als mysteriöse Organe ihre Sekrete des Ärgers in sein Blut spritzten.

»Verdammt, Lona, bist du denn nie zur Schule gegangen?« fuhr er sie an.

Sie wich vor ihm zurück. »Schrei mich nicht an, Minner. Bitte schrei nicht.«

»Hat man dir denn überhaupt nichts beigebracht?«

»Ich habe die Schule früh verlassen. Ich war keine gute Schülerin.«

»Und jetzt bin ich wohl dein Lehrer?«

»Das brauchst du nicht zu sein«, sagte Lona ruhig. »Du brauchst gar nichts für mich zu sein, wenn du nicht willst.«

Plötzlich war er in der Defensive. »Ich wollte dich nicht anschreien.«

»Aber du hast es getan.«

»Ich habe die Geduld verloren. All diese Fragen –«

»All diese *dummen* Fragen – das wolltest du doch sagen.«

»Hören wir auf damit, Lona. Es tut mir leid, daß ich dich so angefahren habe. Ich habe letzte Nacht nicht viel geschlafen, und meine Nerven sind strapaziert. Laß uns einen Spaziergang machen. Ich werde versuchen, dir die Jahreszeiten zu erklären.«

»Ich interessiere mich nicht im geringsten für die Jahreszeiten, Minner.«

»Auch gut. Dann laß uns spazierengehen. Wir wollen versuchen, uns zu beruhigen.«

»Glaubst du eigentlich, *ich* hätte letzte Nacht viel geschlafen?«

Er hielt ein Lächeln für angebracht. »Vermutlich nicht, nein, wirklich nicht.«

»Aber schreie ich vielleicht oder beklage mich?«

»Das tust du in der Tat. Also lassen wir das und machen einen Spaziergang zur Entspannung, einverstanden?«

»Also gut«, sagte sie mürrisch. »Einen Sommerbummel.«

»Einen Sommerbummel, ganz recht.«

Sie zogen leichte Thermalkleidung, Kapuzen und Handschuhe an. Die Temperatur war mild für diesen Erdteil: einige Grade über dem Gefrierpunkt. Die Antarktis erlebte eine Hitzewelle. Chalks Polarhotel war nur ein paar Kilometer vom eigentlichen Pol entfernt; es lag ›nördlich‹ davon, wie alle Dinge, und erstreckte sich in Richtung auf das Ross-Schelfeis. Es war eine ausgedehnte geodätische Kuppel, solide genug, um den Orkanen der Polarnacht standzuhalten, und leicht genug, um die eisige Natur der Antarktis gelten zu lassen.

Eine doppelte Schleuse bildete das Tor zu dem Eisreich draußen. Die Kuppel war von einem drei Meter breiten Gürtel nackten, braunen Bodens umgeben, der von den Erbauern als Abschirmzone angelegt worden war. Jenseits dieses Streifens lag die weiße Ebene. Als Burris und Lona nach draußen traten, eilte sofort ein stämmiger Fremdenführer grinsend auf sie zu.

»Eine Fahrt im Motorschlitten, die Herrschaften? In fünfzehn Minuten sind Sie am Pol. Amundsens Lager, rekonstruiert. Das Scott-Museum. Wir könnten auch in die andere Richtung fahren und einen Blick auf die Gletscher werfen. Sie brauchen es nur zu sagen, und …«

»Nein.«

»Ich verstehe. Ihr erster Morgen hier, Sie möchten sich einfach ein bißchen umsehen. Habe volles Verständnis dafür. Nun, Sie schauen sich um, soviel Sie möchten. Und wenn Sie sich zu einer längeren Fahrt entschließen sollten ...«

»Bitte«, sagte Burris, »können wir weitergehen?«

Der Fremdenführer warf ihm einen verwunderten Blick zu und trat beiseite. Lona hakte Burris unter, und sie gingen hinaus auf das Eis. Als Burris sich umdrehte, sah er eine Gestalt aus der Kuppel kommen und den Führer beiseite rufen. Aoudad. Sie hatten eine ernsthafte Besprechung.

»Es ist so schön hier!« rief Lona.

»Auf eine sterile Art, ja. Die letzte Grenze. Fast unberührt, bis auf ein Museum hier und da.«

»Und Hotels.«

»Dies ist das einzige. Chalk hat ein Monopol.«

Die Sonne stand hoch über ihnen, hell, aber klein. So nahe am Pol schien der Sommertag nie zu enden; zwei Monate ununterbrochener Sonneneinstrahlung standen bevor, ehe das lange Eintauchen in die Dunkelheit begann. Gleißend blitzte das Licht über die eisbedeckte Ebene. Alles war flach hier, eine kilometerdicke Schicht von Weiße, die Berge und Täler begrub. Das Eis unter ihren Schuhsolen fühlte sich fest an. Nach zehn Minuten hatten sie das Hotel weit hinter sich gelassen.

»In welcher Richtung liegt der Südpol?« fragte Lona.

»Hier. Geradeaus vor uns. Wir werden später hingehen.«

»Und hinter uns?«

»Das Königin-Maud-Gebirge. Es fällt ab zum Ross-Schelf. Das ist eine große Eistafel, dreihundert Meter dick und größer als Kalifornien. Die frühen Forscher schlugen darauf ihre Lager auf. In ein paar Tagen werden wir Klein-Amerika besichtigen.«

»Es ist so flach hier. Die Sonne und das Eis sind so hell.« Lona bückte sich, kratzte eine Handvoll Schnee zusammen und ließ ihn fröhlich durch die Finger rieseln. »Ich würde schrecklich gern Pinguine sehen. Minner, stelle ich zu viele Fragen? Plappere ich?«

»Soll ich ehrlich oder taktvoll sein?«

»Mach dir nichts daraus. Gehen wir einfach spazieren.«

Sie gingen. Er fand das flotte Gehen auf dem Eis ausnehmend bequem. Es federte leicht bei jedem Schritt und paßte sich ausgezeichnet seinen veränderten Beingelenken an. Betonpflaster war nicht so freundlich. Burris, der eine unruhige und schmerzensreiche Nacht hinter sich hatte, war die Veränderung willkommen.

Aufzuwachen, von Schmerzen gequält und zerschlagen, und dann diesem ununterbrochenen Strom kindlicher Fragen ausgesetzt zu sein ...

Betrachte auch die andere Seite, sagte er zu sich selbst. Er war mitten in der Nacht erwacht. Er hatte von Manipool geträumt und war natürlich schreiend aus dem Schlaf hochgefahren. Das war schon häufiger vorgekommen, doch nie zuvor war jemand bei ihm gewesen, warm und sanft, der ihn tröstete. Lona hatte das getan. Sie hatte sich nicht darüber beschwert, daß er auch ihre Nachtruhe störte. Sie hatte ihn gestreichelt und besänftigt, bis der Alptraum verblaßte. Er war dankbar dafür. Sie war so zärtlich. So liebevoll. Und so dumm.

»Hast du die Antarktis je vom Raum aus gesehen?« fragte Lona.

»Oft.«

»Wie sieht sie aus?«

»Genau wie auf den Landkarten. Mehr oder weniger rund, mit einem in Richtung Südamerika ausgestreckten Daumen. Und weiß. Überall weiß. Du wirst sie sehen, wenn wir nach Titan unterwegs sind.«

Sie kuschelte sich beim Gehen in seine Armbeuge. Sein Armgelenk war anpassungsfähig; er dehnte es aus und bildete einen bequemen Unterschlupf für sie. Dieser Körper hatte seine Vorzüge.

»Irgendwann möchte ich hierher zurückkommen und mir alle Sehenswürdigkeiten anschauen«, sagte Lona. »Den Pol, die Museen der Forscher, die Gletscher. Aber dann möchte ich mit meinen Kindern kommen.«

Ein Eiszapfen glitt sauber durch Burris' Kehle.

»Was für Kinder, Lona?«

»Es werden zwei sein. Ein Junge und ein Mädchen. Vielleicht wäre in acht Jahren etwa die richtige Zeit, sie hierher mitzunehmen.«

Unter der Thermalkapuze flatterten seine Augenblenden unkontrolliert. Sie knirschten wie die hallenden Felsen der Symplegaden. Leise, mit wütend beherrschter Stimme, sagte er: »Du solltest wissen, Lona, daß ich dir keine Kinder geben kann. Die Ärzte haben das festgestellt. Die inneren Organe sind einfach –«

»Ja, ich weiß. Ich meinte keine Kinder von uns beiden, Minner.«

Er hatte das Gefühl, als kämen seine Eingeweide mit dem eisigen Boden in Berührung.

Mit sanfter Stimme fuhr sie fort: »Ich meine die Babys, die ich bereits habe. Die aus meinem Körper genommen wurden. Ich werde zwei von ihnen zurückbekommen – habe ich dir das nicht gesagt?«

Burris war seltsam erleichtert, als er erfuhr, daß sie nicht vorhatte, ihn wegen irgendeines biologisch unversehrten Mannes zu verlassen. Gleichzeitig überraschte es ihn, wie tief seine Erleichterung war. Wie selbstgefällig er angenommen hatte, daß sie erwartete, er werde der Vater ihrer Kinder sein! Wie niederschmetternd der Gedanke gewesen war, daß sie von einem anderen Kinder bekommen könnte!

Doch sie hatte ja bereits eine Menge Kinder. Fast hatte er es vergessen.

Er sagte: »Nein, du hast mir nichts erzählt. Du meinst, es ist ausgemacht, daß du einige von den Kindern bekommst und sie selbst großziehen darfst?«

»Mehr oder weniger.«

»Was soll das heißen?«

»Ich glaube nicht, daß es wirklich schon ausgemacht ist. Aber Chalk sagte, er werde es einrichten. Er hat es mir versprochen, hat mir sein Wort gegeben. Und ich weiß, daß er einflußreich genug ist, um es erreichen zu können. Es sind so viele Babys – sie können zwei der wirklichen Mutter überlassen, wenn sie sie haben möchte. Und ich will sie haben. Ich will sie haben. Chalk sagte, er werde mir die Kinder verschaffen, wenn ich ...«

Sie schwieg. Einen Augenblick lang waren ihre Lippen rund, dann schloß sie sie fest.

»Wenn du was, Lona?«

»Nichts.«

»Du wolltest etwas sagen.«

»Ich wollte sagen, daß er mir die Kinder verschafft, wenn ich sie haben will.«

Er sah sie an. »Das wolltest du nicht sagen. Wir wissen bereits, daß du sie haben willst. Was hast du Chalk dafür versprochen, daß er sie dir verschafft?«

346

Ihr Gesicht nahm einen schuldbewußten Ausdruck an.

»Was verheimlichst du mir?« fragte er.

Sie schüttelte stumm den Kopf. Er griff nach ihrer Hand, sie entzog sie ihm. Er sah auf sie herab. Sie war klein neben ihm; wie immer, wenn sich in seinem neuen Körper Gefühle bemerkbar machten, spürte er innerlich ein seltsames Klopfen und Pulsieren.

»Was hast du ihm versprochen?« fragte er.

»Minner, du siehst so merkwürdig aus. Dein Gesicht ist ganz fleckig. Rot und purpurn auf den Wangen . . .«

»Was war es, Lona?«

»Nichts. Nichts. Alles, was ich ihm sagte, alles, was ich versprach, war . . .«

»War?«

»Daß ich nett zu dir sein würde.« Leise. »Ich versprach ihm, daß ich dich glücklich machen würde. Und er wollte mir zwei von den Babys verschaffen. War das falsch, Minner?«

Er fühlte, wie Luft aus einem riesigen Einstich in seiner Brust entwich. Chalk hatte das alles arrangiert! Chalk hatte sie bestochen, sich um ihn zu kümmern! Chalk! Chalk!

»Minner, was ist los?«

Stürme tobten in seinem Innern. Die Erde kreiselte um ihre Achse, hob ihn auf, zermalmte ihn, die Kontinente brachen los und ergossen sich in einer mächtigen Kaskade über ihn.

»Sieh mich nicht so an«, bat sie.

»Wenn Chalk dir die Babys nicht angeboten hätte, wärst du dann je in meine Nähe gekommen?« fragte er gepreßt. »Hättest du mich überhaupt je angerührt, Lona?«

Tränen standen in ihren Augen. »Ich sah dich im Garten des Krankenhauses. Du hast mir so leid getan. Ich wußte nicht einmal, wer du warst. Ich dachte, du seist in ein Feuer geraten oder so. Dann lernte ich dich kennen. Ich liebe dich, Minner. Chalk hätte mich nicht dazu bringen können, dich zu lieben. Er konnte mich nur dazu bringen, gut zu dir zu sein. Aber das ist nicht Liebe.«

Er kam sich dumm vor, idiotisch, kraftlos, wie ein Haufen belebten Morasts. Er starrte sie an. Sie sah verblüfft aus. Dann bückte sie sich, nahm Schnee, formte ihn zu einem Ball und warf ihn ihm lachend ins Gesicht. »Hör auf, so unheimlich auszusehen«, sagte sie. »Fang mich, Minner. Fang mich!«

Sie rannte vor ihm davon. Nach einem Augenblick war sie unerwartet weit fort. Sie hielt inne, ein dunkler Fleck in der Weiße, und hob noch mehr Schnee auf. Er sah zu, wie sie einen weiteren Schneeball formte. Sie warf ihn linkisch, aus dem Ellbogen, wie Mädchen es tun, doch auch so flog er gut und landete nur ein paar Meter von seinen Füßen entfernt.

Er löste sich aus der Erstarrung, in die ihre unbedachten Worte ihn versetzt hatten. »Du kannst mich nicht fangen!« schrie Lona, und er begann zu laufen, rannte zum erstenmal, seit er Manipool verlassen hatte, stob mit langen, schwingenden Schritten über den Schneeteppich. Lona rannte ebenfalls, ihre Arme tanzten wie Windmühlenflügel, die Ellbogen stießen duch die dünne, frostige Luft. Burris fühlte Kraft in seine Glieder strömen. Seine Beine, die ihm mit ihren vielfachen Gelenken so unmöglich erschienen waren, trabten jetzt in perfekter Koordination dahin, brachten ihn gleichmäßig und schnell voran. Sein Herz klopfte kaum schneller. Mit einem Ruck warf er seine Kapuze zurück und ließ die kalte Luft über seine Wangen streichen.

Er brauchte nur ein paar Minuten, um sie einzuholen. Lona, die lachend und atemlos nach Luft rang, flog herum, als er sich ihr näherte, und warf sich in seine Arme. Sein Schwung trug ihn noch fünf Schritte weiter, ehe sie fielen. Sie rollten herum, behandschuhte Hände schlugen auf das Eis, und er schob auch ihre Kapuze zurück, kratzte eine Handvoll Schnee zusammen und warf sie ihr ins Gesicht. Das Eiswasser lief herunter, über ihren Hals, in ihren Mantel, unter ihre Kleidung, an ihren Brüsten und ihrem Bauch entlang. Sie kreischte in wilder Freude und Entrüstung.

»Minner! Nein, Minner! Nicht!«

Er warf noch mehr Schnee nach ihr. Sie verteidigte sich auf dieselbe Weise. Sich schüttelnd vor Lachen zwängte sie Schnee in seinen Kragen. Er war so kalt, daß er zu brennen schien. Miteinander rollten sie durch den Schnee. Dann war sie in seinen Armen, und er preßte sie an sich, zwang sie nieder auf den Boden des leblosen Kontinents. Es dauerte lange, bis sie wieder aufstanden.

22

Die Messer, mein Gott, die Messer

In dieser Nacht fuhr er wieder schreiend aus dem Schlaf.

Lona hatte damit gerechnet. Den größten Teil der Nacht war sie selbst wach gewesen, hatte neben ihm in der Dunkelheit gelegen und darauf gewartet, daß die unvermeidlichen Dämonen wieder von ihm Besitz ergriffen. Fast den ganzen Abend saß er da und war in düsteres Brüten versunken.

Der Tag war recht erfreulich gewesen – wenn man von diesem scheußlichen Augenblick am Morgen absah. Lona wünschte, sie könnte ihr Eingeständnis zurücknehmen: daß es in erster Linie Chalk gewesen war, der sie dazu gebracht hatte, sich ihm zu nähern. Doch wenigstens hatte sie das Belastendste für sich behalten: daß der geschenkte Kaktus Nikolaides' Idee gewesen war und daß Nikolaides sogar ihre kleine Karte diktiert hatte. Sie war sich jetzt klar darüber, wie dieses Wissen auf Burris wirken würde. Aber es war dumm gewesen, Chalks Versprechen, er werde ihr die Babys verschaffen, überhaupt zu erwähnen. Lona sah das jetzt ein. Aber nun war es zu spät. Sie konnte ihr Eingeständnis nicht mehr rückgängig machen.

Er hatte sich von diesem angespannten Augenblick erholt, und sie waren vergnügt gewesen. Eine Schneeballschlacht, eine Verfolgungsjagd in der pfadlosen Eiswildnis. Lona hatte Angst bekommen, als sie plötzlich merkte, daß das Hotel nicht mehr zu sehen war. Ringsum nichts als die flache weiße Ebene. Keine Bäume, die Schatten warfen, keine Sonnenbewegung, die die Himmelsrichtungen anzeigte, und kein Kompaß. Sie waren kilometerweit durch eine Landschaft gegangen, die sich nicht veränderte. »Können wir umkehren?« fragte sie, und er nickte. »Ich bin müde.« In Wirklichkeit war sie keineswegs müde, aber der Gedanke, sich hier zu verirren, erschreckte sie. Sie machten sich auf den Rückweg; zumindest sagte Burris das. Die neue Richtung sah genauso aus wie die alte. An einer Stelle lag ein länglicher dunkler Schatten unter dem Eis. Ein toter Pinguin, erklärte Burris ihr, und sie schauderte, aber dann tauchte wie durch ein Wunder das Hotel auf. Sie fragte sich, warum es überhaupt verschwunden war, wo doch die Welt hier so flach war. Und Burris erklärte ihr,

349

wie er ihr so viele Dinge erklärt hatte (doch jetzt in geduldigerem Ton), daß die Welt hier nicht wirklich flach, sondern fast ebenso stark gewölbt war wie an jedem anderen Ort, so daß sie nur ein paar Kilometer zu gehen brauchten, damit vertraute Kennzeichen hinter dem Horizont verschwanden. Wie es mit dem Hotel geschehen war.

Doch das Hotel war wiederaufgetaucht, und sie hatten großen Hunger, aßen ein herzhaftes Mittagessen und spülten es mit zahlreichen Flaschen Bier hinunter. Hier trank niemand grüne Cocktails, in denen lebendige kleine Organismen schwammen. Bier, Käse, Fleisch – das war die richtige Nahrung für dieses Land ewigen Winters.

Nachmittags unternahmen sie eine Fahrt im Motorschlitten. Zuerst fuhren sie zum Südpol.

»Er sieht genauso aus wie alles hier«, sagte Lona.

»Was hast du denn erwartet?« fragte Burris. »Eine Achse, die aus dem Schnee ragt?«

Also wurde er wieder sarkastisch. Sie sah den Kummer in seinen Augen nach seiner spitzen Erklärung und sagte sich, daß er sie nicht hatte verletzen wollen. Für ihn war das natürlich, nichts weiter. Vielleicht hatte er so starke Schmerzen – wirkliche Schmerzen –, daß er ständig so bissig sein mußte.

Allerdings unterschied sich der Pol doch von der ihn umgebenden Leere der Polarebene. Hier gab es Gebäude. Eine runde Zone um den südlichsten Punkt der Erde, etwa zwanzig Meter im Durchmesser, war sakrosankt, unberührt. Daneben stand das restaurierte oder rekonstruierte Zelt des Norwegers Roald Amundsen, der vor ein oder zwei Jahrhunderten mit einem Hundeschlitten hierhergekommen war. Eine gestreifte Flagge flatterte über dem dunklen Zelt. Sie blickten hinein: nichts.

In der Nähe erhob sich ein kleiner Bau aus unbehauenem Holz. »Warum aus Holz?« fragte Lona. »Es gibt doch keine Bäume in der Antarktis?« Einmal eine kluge Frage. Burris lachte.

Das Gebäude war dem Andenken von Robert Falcon Scott geweiht, der Amundsen zum Pol gefolgt und im Gegensatz zu dem Norweger auf dem Rückweg umgekommen war. Im Haus befanden sich Tagebücher, Schlafsäcke, allerlei Expeditionsutensilien. Lona las die Plakette. Scott und seine Männer waren nicht hier gestorben, sondern viele Kilometer entfernt; Erschöpfung und die eisigen Stürme hatten sie überwältigt, als sie sich zu ihrem Basislager schleppten. Dies hier existierte nur um des Effekts willen. Die Falschheit störte Lona, und sie glaubte, daß sie auch Burris störte.

Aber es war beeindruckend, fast genau auf dem Südpol zu stehen.

»Jetzt liegt die ganze Welt nördlich von uns«, sagte Burris. »Wir hängen am untersten Ende. Von hier aus gesehen, befindet sich alles über uns. Aber wir fallen nicht hinunter.«

Sie lachte. Trotzdem erschien ihr die Welt in diesem Augenblick keineswegs ungewohnt. Das sie umgebende Land erstreckte sich nach allen Seiten und nicht nach oben und unten. Sie versuchte sich vorzustellen, wie die Welt von einem Raumschiff aus aussah, ein am Himmel hängender Ball, und sie selbst, kleiner als eine Ameise, hing am tiefsten Punkt, die Füße wiesen auf den Mittelpunkt der Erde, der Kopf zu den Sternen. Irgendwie ergab das für sie keinen Sinn.

Neben dem Pol gab es einen Erfrischungsstand. Er war mit Schnee bedeckt, damit er unauffällig wirkte. Burris und Lona tranken dampfendheiße Schokolade.

Die ein paar hundert Meter entfernte unterirdische Beobachtungsstation besuchten sie nicht, obwohl Besucher willkommen waren. Wissenschaftler mit dichten Bärten lebten dort das ganze Jahr über und studierten den Magnetismus, das Wetter und Ähnliches. Doch Lona legte keinen Wert darauf, wieder ein Laboratorium zu betreten. Sie wechselte Blicke mit Burris, er nickte, und der Fremdenführer brachte sie mit dem Motorschlitten zurück.

Es war zu spät am Tag, um noch den ganzen Weg bis zum Ross-Schelfeis zurückzulegen. Doch sie fuhren mehr als eine Stunde lang vom Pol aus in nordwestlicher Richtung auf eine Bergkette zu, die näher kam, und erreichten einen geheimnisvollen warmen Ort, wo kein Schnee lag; dort gab es nur nackte, braune Erde mit roten Flecken von Algen und Felsen, die von einer dünnen Schicht gelbgrüner Flechten überzogen waren. Dann wollte Lona gern Pinguine sehen und erfuhr, daß es um diese Zeit im Binnenland außer einzelnen verirrten Tieren keine Pinguine gab. »Es sind Meeresvögel«, sagte der Fremdenführer. »Sie bleiben dicht an der Küste und kommen nur ins Hinterland, wenn es Zeit ist, ihre Eier zu legen.«

351

»Aber hier ist doch Sommer. Sie müßten jetzt brüten.«

»Sie bauen ihre Nester mitten im Winter. Die Pinguinbabys werden im Juni und Juli ausgebrütet. Wenn Sie Pinguine sehen wollen, buchen Sie die Tour ins Adélieland. Dort werden Sie welche finden.«

Während der langen Schlittenfahrt zurück zum Hotel schien Burris gut gelaunt. Er neckte Lona und ließ den Führer unterwegs einmal anhalten, damit sie einen spiegelglatten Schneedamm herunterrutschen konnten. Doch als sie sich dem Hotel näherten, bemerkte Lona eine Veränderung an ihm. Es war, als senke sich die Dämmerung herab, doch zu dieser Jahreszeit gab es am Pol keine Dämmerung. Burris wurde düster. Sein Gesicht wirkte angespannt, er lachte und scherzte nicht mehr. Als sie die Doppeltüren des Hotels passierten, war er wie aus Eis gehauen.

»Was ist los?« fragte sie.

»Wer sagt, daß etwas los ist?«

»Würdest du gern etwas trinken?«

Sie gingen in die Cocktailbar. Es war ein großer Raum im Stil des zwanzigsten Jahrhunderts, holzgetäfelt und mit einem echten Kamin. Etwa zwei Dutzend Leute saßen an den schweren Eichentischen, unterhielten sich und tranken. Nur Paare, stellte Lona fest. Hier hielten sich fast ausschließlich Hochzeitsreisende auf. Frisch Getraute kamen hierher, um ihr gemeinsames Leben in der eisigen Reinheit der Antarktis zu beginnen. In den Bergen von Marie-Byrd-Land sollte es ausgezeichnete Skimöglichkeiten geben.

Köpfe wandten sich nach ihnen um, als Burris und Lona eintraten. Und ebensoschnell wandten sie sich in einem Reflex von Aversion wieder ab. Oh, tut mir leid. Wollte Sie nicht anstarren. Ein Mann mit Ihrem Gesicht läßt sich vermutlich nicht gern anstarren. Wir wollten nur sehen, ob unsere Freunde zu einem Drink heruntergekommen sind.

»Der Dämon beim Hochzeitsmahl«, murmelte Burris.

Lona war nicht sicher, ob sie richtig verstanden hatte. Doch sie bat ihn nicht, seine Worte zu wiederholen.

Ein Robotkellner nahm ihre Bestellung auf. Sie trank Bier, er Tee mit Rum. Sie saßen allein an einem Seitentisch. Plötzlich hatten sie einander nichts zu sagen. Die Unterhaltung um sie herum schien unnatürlich laut. Gespräche über zukünftige

Ferien, Sport und die vielen Ausflugsmöglichkeiten, die hier geboten wurden.

Niemand kam herüber, um sich ihnen anzuschließen.

Burris saß steif aufgerichtet, die Schultern in einer Haltung, die ihm weh tun mußte, wie Lona wußte. Rasch trank er sein Glas leer. Er bestellte kein neues. Draußen wollte die blasse Sonne nicht untergehen.

»Es wäre so hübsch hier, wenn wir einen romantischen Sonnenuntergang hätten«, sagte Lona. »Blaue und goldene Streifen auf dem Eis. Aber es gibt keinen Sonnenuntergang, nicht wahr?«

Burris lächelte. Er antwortete nicht.

Ein Strom von Leuten ging ständig ein und aus. Um ihren Tisch machte man einen großen Bogen. Sie waren wie Felsen im Strom. Hände wurden geschüttelt, Küsse getauscht. Lona hörte, wie man sich miteinander bekannt machte. Dies war eine Art von Lokal, wo ein Paar sich ungezwungen zu einem anderen, fremden Paar gesellen konnte und herzlich aufgenommen wurde.

Niemand kam ungezwungen zu ihnen.

»Sie wissen, wer wir sind«, sagte Lona zu Burris. »Sie halten uns für Berühmtheiten, die so bedeutend sind, daß sie nicht belästigt werden wollen. Also lassen sie uns in Ruhe. Sie wollen nicht aufdringlich erscheinen.«

»Schon gut.«

»Warum gehen wir nicht zu jemandem hinüber? Brechen das Eis, zeigen, daß wir nicht unnahbar sind?«

»Nein. Laß uns einfach hier sitzen bleiben.«

Sie glaubte zu wissen, was an ihm nagte. Er war überzeugt, daß man ihren Tisch mied, weil er häßlich oder zumindest fremdartig war. Niemand wollte ihm voll ins Gesicht blicken müssen. Und man konnte ja nicht gut eine Unterhatung führen, während man ständig an seinem Gesprächspartner vorbeisah. Also hielten die anderen sich fern. War es das, was ihn störte? War es das Bewußtsein seiner Entstellung? Sie fragte ihn nicht. Sie dachte, sie könne vielleicht etwas unternehmen.

Etwa eine Stunde vor dem Abendessen kehrten sie in ihr Zimmer zurück. Es war ein einziger großer Raum mit unecht rustikaler Note. Die Wände bestanden aus halbierten Holzstämmen, doch die Luft war sorgfältig temperiert, und das Zimmer besaß jeden modernen Komfort. Burris saß still da. Nach einer Weile

353

stand er auf und begann, seine Beine zu untersuchen, indem er sie vor und zurück schwang. Seine Stimmung war jetzt so düster, daß Lona Angst bekam.

»Entschuldige mich«, sagte sie. »Ich bin in fünf Minuten wieder da.«

»Wohin gehst du?«

»Ich möchte sehen, welche Ausflüge für morgen angeboten werden.«

Er ließ sie gehen. Sie ging den gebogenen Korridor hinunter bis zur Haupthalle. Auf halbem Wege kam sie an einer riesigen Leinwand vorbei, auf die für eine Gruppe von Gästen eine Aurora Australis projiziert wurde. Grüne, rote und dunkelrote Muster flossen zuckend über den neutralen grauen Hintergrund. Es sah aus wie eine Szene aus dem Weltuntergang.

In der Halle nahm sich Lona eine Handvoll Ausflugsprospekte. Dann kehrte sie in den Vorführraum zurück. Sie sah ein Paar, das in der Cocktailbar gewesen war. Die Frau war Anfang Zwanzig, blond, mit kunstvollen grünen Streifen in der Frisur. Ihr Mann, falls er ihr Mann war, war älter, ungefähr vierzig, und trug einen kostspielig aussehenden Anzug. Ein Perpetuum-mobile-Ring aus einer der äußeren Welten drehte sich an seiner linken Hand.

Gespannt trat Lona auf sie zu. Sie lächelte.

»Hallo. Ich bin Lona Kelvin. Vielleicht haben Sie uns in der Bar bemerkt.«

Lona erntete gezwungenes, nervöses Lächeln. Sie wußte, daß sie dachten: *Was will sie von uns?*

Sie nannten ihre Namen. Lona verstand sie nicht, aber das war nicht wichtig.

Sie sagte: »Ich dachte, es wäre vielleicht nett, wenn wir vier heute abend beim Essen zusammensitzen würden. Sie werden Minner sicher sehr interessant finden. Er ist auf so vielen Planeten gewesen ...«

Sie sahen aus, als habe Lona ihnen eine Falle gestellt. Die blonde Frau war einer Panik nahe. Der höfliche Ehemann kam ihr geschickt zu Hilfe.

»Wir würden schrecklich gern ... andere Verabredung ... Freunde von zu Hause ... vielleicht ein andermal ...«

Es gab nicht nur Tische für vier oder sogar sechs Personen. Für willkommene Gäste war immer noch Platz. Nach dieser Abfuhr wußte Lona, was Burris schon Stunden zuvor gespürt hatte. Man wollte sie nicht. Er war der Mann mit dem bösen Blick, der Unheil über ihre Feste brachte. Lona umklammerte die Broschüren und hastete zurück in ihr Zimmer. Burris stand am Fenster, blickte hinaus auf den Schnee.

»Laß uns zusammen diese Prospekte anschauen, Minner.« Ihre Stimme war um einen Ton zu hoch, zu schrill.

»Ist etwas Interessantes dabei?«

»Sie sehen alle interessant aus. Ich weiß wirklich nicht, was am besten ist. Du mußt die Auswahl treffen.«

Sie saßen auf dem Bett und sortierten die Hochglanzblätter. Da was der Halbtagsausflug zum Adélieland, um die Pinguine zu sehen. Eine Ganztagstour zum Ross-Schelfeis, einschließlich Besichtigung von Klein-Amerika und der anderen Expeditionslager am MacMurdo-Sund. Zwischenaufenthalt am aktiven Vulkan Mount Erebus. Oder eine längere Tour zur antarktischen Halbinsel, um Seehunde und Seeleoparden zu sehen. Ein Skiausflug zum Marie-Byrd-Land. Die Küstengebirgstour durch Victorialand zur Mertzgletscherzunge. Und ein Dutzend anderer Ausflüge. Sie wählten die Fahrt zu den Pinguinen, und als sie später zum Abendessen hinuntergingen, trugen sie ihre Namen in die Liste ein.

Beim Essen saßen sie allein.

»Erzähl mir von deinen Kindern, Lona«, sagte Burris. »Hast du sie je gesehen?«

»Nicht richtig. Nicht so, daß ich sie berühren konnte, bis auf ein einziges Mal. Nur auf Bildschirmen.«

»Und Chalk wird wirklich dafür sorgen, daß du zwei davon selbst großziehen darfst?«

»Er sagte, er werde es tun.«

»Glaubst du ihm?«

»Was kann ich sonst machen?« fragte sie. Sie legte ihre Hand auf seine. »Hast du Schmerzen in den Beinen?«

»Nicht wirklich.«

Keiner von ihnen aß viel. Nach dem Essen wurden Filme gezeigt: anschauliche dreidimensionale Darstellungen eines antarktischen Winters. Die Finsternis war die Finsternis des Todes. Ein tödlicher Wind heulte über die Ebene, hob die obere Schneeschicht auf und trieb sie durch die Luft wie Millionen

Messer. Lona sah Pinguine über ihren Eiern stehen und sie wärmen. Dann sah sie zerzauste Pinguine, die vom Wind getrieben über das Land liefen, während am Himmel eine riesige Trommel geschlagen wurde und unsichtbare Höllenhunde auf schmalen Pfaden von Gipfel zu Gipfel eilten. Der Film endete mit dem Sonnenaufgang; in der Dämmerung nach sechsmonatiger Nacht färbte sich das Eis blutrot; der gefrorene Ozean brach auf, gigantische Eisschollen stießen krachend zusammen. Die meisten Hotelgäste begaben sich vom Vorführraum aus in die Bar. Lona und Burris gingen zu Bett. An diesem Abend liebten sie sich nicht. Lona spürte, wie der Sturm in ihm wuchs, und wußte, daß er ausbrechen würde, ehe der Morgen kam.

Sie lagen in Dunkelheit gewiegt; das Fenster mußte undurchsichtig gemacht werden, um die unermüdliche Sonne fernzuhalten. Lona lag auf dem Rücken neben ihm. Sie atmete langsam. Ihre Hüfte berührte seine. Irgendwann fiel sie in leichten, unruhigen Schlaf. Nach einer Weile wurde sie von ihren eigenen Phantomen heimgesucht. Schweißgebadet erwachte sie, fand sich nackt in einem fremden Zimmer neben einem fremden Mann. Ihr Herz schlug wie rasend. Sie preßte die Hände auf ihre Brüste und erinnerte sich, wo sie war.

Burris bewegte sich und stöhnte.

Windstöße peitschten das Gebäude. Lona erinnerte sich daran, daß Sommer war. Die Kälte durchdrang sie bis auf die Knochen. Sie hörte fernes Gelächter. Doch sie wich nicht von seiner Seite und versuchte auch nicht, wieder einzuschlafen.

Ihre Augen, an die Dunkelheit gewöhnt, beobachteten sein Gesicht. Der Mund war auf seine Art ausdrucksvoll; er öffnete sich, schloß sich, öffnete sich wieder. Einmal schoben sich auch seine Augenblenden auseinander, doch er sah nichts. Er ist wieder auf Manipool, dachte Lona. Sie sind gerade gelandet, er und ... und die mit den italienischen Namen. Gleich werden die Wesen kommen, um ihn zu holen.

Lona versuchte, sich Manipool vorzustellen. Den dürren, rötlichen Boden, die verschlungenen, dornigen Pflanzen. Wie waren die Städte? Gab es Straßen, Autos, Videogeräte? Burris hatte ihr nie davon erzählt. Sie wußte nur, daß es eine trockene Welt war, eine alte Welt, eine Welt, in der die Chirurgen große Kunstfertigkeit besaßen.

Und jetzt schrie Burris.

Der Laut begann tief in seiner Kehle, ein gurgelnder, stockender, röchelnder Schrei, der allmählich höher und lauter wurde. Lona drehte sich um, umarmte ihn, drückte ihn fest an sich. War seine Haut schweißnaß? Nein; unmöglich; das mußte sie selbst sein. Er schlug und trat um sich, die Decke fiel zu Boden. Lona fühlte, wie die Muskeln unter seiner glatten Haut sich wanden und anschwollen. Mit einer schnellen Bewegung könnte er mich auseinanderbrechen, dachte sie.

»Alles ist gut, Minner. Ich bin hier. Ich bin hier. Alles ist gut!«

»Die Messer ... Prolisse ... mein Gott, die Messer!«

»Minner!«

Sie ließ ihn nicht los. Sein linker Arm hing jetzt schlaff herab, war am Ellbogen in die falsche Richtung abgewinkelt. Er wurde ruhiger. Sein Atem ging laut und keuchend. Lona langte über ihn hinweg und schaltete das Licht ein.

Wieder war sein Gesicht rot und fleckig. Drei- oder viermal öffneten und schlossen sich seine Augen auf ihre gräßliche Art, und er legte die Hand auf seine Lippen. Lona ließ ihn los, setzte sich auf. Sie zitterte leicht. In dieser Nacht war der Ausbruch heftiger gewesen als in der vorigen.

»Ein Glas Wasser?« fragte sie.

Er nickte. Er klammerte sich so fest an die Matratze, daß sie dachte, er werde sie zerreißen.

Er schluckte gierig. »War es so schlimm heute nacht?« fragte sie. »Haben sie dir weh getan?«

»Ich träumte, daß ich ihnen beim Operieren zusah. Zuerst Prolisse, und er starb. Dann schnitten sie Malcondotto auseinander. Er starb. Und dann ...«

»Warst du an der Reihe?«

»Nein«, sagte er verwundert. »Nein, sie legten Elise auf den Tisch. Sie schnitten sie auf, genau zwischen den ... den Brüsten. Sie hoben einen Teil ihrer Brust ab, ich sah ihre Rippen und ihr schlagendes Herz. Und sie griffen hinein.«

»Armer Minner.« Sie mußte ihn unterbrechen, bevor er diese Scheußlichkeiten vollends über sie ausschüttete. Warum hatte er von Elise geträumt? War es ein gutes Zeichen, daß er sah, wie sie verstümmelt wurde? Oder wäre es besser, dachte sie, wenn ich diejenige gewesen wäre, von der er träumte ... wenn ich in etwas verwandelt worden wäre, das ihm gleicht?

Sie nahm seine Hand und ließ sie auf der Wärme ihres Körpers ruhen. Sie konnte sich nur eine Methode denken, um seinen Schmerz zu lindern, und sie wandte sie an. Er reagierte, erhob sich, beugte sich über sie. Sie bewegten sich schnell und harmonisch.

Danach schien er zu schlafen. Lona, die nicht so entspannt war, rückte von ihm ab und wartete, bis sie wieder in einen leichten Schlummer fiel. Sie hatte unangenehme Träume. Ein heimkehrender Raumfahrer schien eine giftige Kreatur mitgebracht zu haben, eine Art plumpen Vampir, und er klebte an ihrem Körper und saugte sie aus ... machte sie leer. Es war ein gräßlicher Traum, doch nicht gräßlich genug, um sie aufzuwecken, und nach einer Weile fiel sie in tiefen, traumlosen Schlaf.

Als sie erwachten, hatte Lona dunkle Ringe unter den Augen. Ihr Gesicht war abgezehrt und eingefallen. Burris sah man die unterbrochene Nachtruhe nicht an; seine Haut konnte nicht so augenfällig auf kurzfristige katabolische Effekte reagieren. Er wirkte beinahe fröhlich, als er sich für den neuen Tag bereitmachte.

»Freust du dich auf die Pinguine?« fragte er sie.

Hatte er seine düstere Stimmung vom vergangenen Abend und die Schreckensschreie der Nacht vergessen? Oder versuchte er nur, sie beiseite zu schieben?

Wie menschlich ist er überhaupt? fragte sich Lona.

»Ja«, sagte sie kühl. »Es wird ein herrlicher Tag werden, Minner. Ich kann es gar nicht erwarten, sie zu sehen.«

23

Sphärenklänge

»Sie beginnen bereits, einander zu hassen«, sagte Chalk erfreut.

Er war allein, doch das war für ihn kein Grund, seine Gedanken nicht laut zu äußern. Ein Arzt hatte ihm einmal gesagt, daß Sprechen eine positive neuropsychische Wirkung ausübe, selbst wenn man allein sei.

Er schwamm in einem Bad aus aromatischen Salzen. Die Wanne war drei Meter tief, sechs Meter lang und vier Meter breit: Sie bot selbst den Massen eines Duncan Chalk reichlich Raum. Die mamornen Innenwände hatten Ränder aus Alabaster und waren außen mit glänzendem, ochsenblutfarbenem Porzellan gekachelt. Der ganze Baderaum wurde von einer dicken, durchsichtigen Kuppel überdacht, die Chalk ungehinderten Ausblick auf den Himmel bot. Von außen konnte er nicht gesehen werden; ein erfinderischer Optikingenieur hatte dafür gesorgt. Die Außenseite der Kuppel besaß eine milchige Oberfläche mit einem zartrosa Muster.

Chalk schwebte träge und schwerelos im Wasser und dachte an seine leidenden *amanti*. Es war dunkel, doch in dieser Nacht gab es keine Sterne, nur den rötlichen Dunst unsichtbarer Wolken. Wieder schneite es. Die Flocken vollführten komplizierte Arabesken, während sie auf die Oberfläche der Kuppel zuwirbelten.

»Er langweilt sich mit ihr«, sagte Chalk. »Sie hat Angst vor ihm. Für seinen Geschmack fehlt es ihr an Intensität. Und für ihren Geschmack ist seine Spannung zu hoch. Doch sie reisen miteinander. Sie essen miteinander. Sie schlafen miteinander. Und bald werden sie erbittert miteinander streiten.«

Die Aufnahmen waren ausgezeichnet. Aoudad und Nikolaides, die ihnen beide heimlich auf den Fersen blieben, nahmen die verschiedensten fröhlichen Bilder von dem Paar auf, um sie für ein wartendes Publikum zu übertragen. Diese Schneeballschlacht; der Liebesakt im ewigen Eis: ein Meisterstück. Und die Schlittenfahrt. Minner und Lona am Südpol. Das Publikum verschlang sie nur so.

Chalk verschlang sie ebenfalls, auf seine Art.

Er schloß die Augen, verdunkelte seine Kuppel und schwebte wohlig in seinem warmen, duftenden Bad. Zersplitterte, bruchstückhafte Gefühle der Rastlosigkeit strömten auf ihn ein.

... Gelenke zu haben, die sich nicht so verhalten, wie sich menschliche Gelenke verhalten sollen ...

... sich verschmäht zu fühlen, von der Menschheit zurückgewiesen ...

... kinderlose Mutterschaft ...

... leuchtende Blitze von Schmerz, leuchtend wie die fluoreszierenden Pilze, die ihr gelbes Glühen über die Wände seines Büros verströmten ...

... der Schmerz des Körpers und der Seele ...

... allein!

... unrein!

Chalk keuchte, als fließe ein schwacher Strom durch seinen Körper. Ein Finger seiner Hand spreizte sich weit ab und blieb eine Augenblick so stehen. Ein Hund mit geifernden Lefzen sprang durch sein Gehirn. Unter dem wabernden Fleisch seiner Brust zogen sich die dicken Muskelstränge rhythmisch zusammen.

... Besuche von Dämonen im Schlaf ...

... ein Dickicht lauernder Augen, weit aufgerissen und glänzend ...

... eine Welt der Trockenheit ... Dornen ... Dornen ...

... das Kratzen und Scharren fremdartiger Tiere, die sich in den Wänden bewegen ... trockene Fäulnis der Seele ... alle Poesie in Asche verwandelt, alle Liebe in Rost ...

... versteinerte Augen, ausdruckslos zum All erhoben ... und das All starrt ausdruckslos zurück ...

Ekstatisch peitschten Chalks Füße das Wasser, ließen strömende Kaskaden aufspritzen. Mit der flachen Hand schlug er auf die Wasseroberfläche. Schwanzflossen! Dort sind Schwanzflossen! Ahoi, ahoi!

Freude umfing und verzehrte ihn.

Und das, sagte er sich einige Minuten später genüßlich, war erst der Anfang.

24

Wie im Himmel, also auch auf Erden

An einem Tag flammenden Sonnenlichts reisten sie ab in Richtung Luna Tivoli, besuchten die nächste Station ihrer Rundreise durch Chalks Horte des Entzückens. Der Tag war hell, aber immer noch herrschte Winter; sie flohen vor dem echten Winter des Nordens und dem winterlichen Sommer des Südens in den wetterlosen Winter des Weltraums. Im Raumhafen wurden sie ganz wie berühmte Persönlichkeiten behandelt: Wochenschauaufnahmen im Terminal, dann der kurznasige kleine Wagen, der sie in Windeseile über das Flugfeld brachte, während das Fußvolk staunte und den Notabeln, wer immer sie sein mochten, unbestimmte Hochrufe nachschickte.

Burris fand es entsetzlich. Jeder gelegentliche Blick, der ihn traf, schien ihm wie eine frische Operationswunde an seiner Seele.

»Warum hast du dich dann darauf eingelassen?« wollte Lona wissen. »Wenn du nicht willst, daß Leute dich so sehen, warum hast du dich dann von Chalk auf diese Reise schicken lassen?«

»Zur Strafe. Als freiwillig gewählte Buße für meinen Rückzug vor der Welt. Um der Disziplin willen.«

Die Aufzählung der abstrakten Begriffe überzeugte sie nicht, machte auf sie überhaupt keinen Eindruck.

»Aber hattest du denn keinen Grund?«

»Das waren meine Gründe.«

»Bloße Worte.«

»Spotte nie über Worte, Lona.«

Ihre Nüstern weiteten sich für einen Augenblick. »Du machst dich schon wieder über mich lustig.«

»Entschuldige.« Aufrichtig. Es war so leicht, sie aufzuziehen.

Sie sagte: »Ich weiß, wie es ist, wenn man angestarrt wird. Es schüchtert mich ein. Aber ich mußte es tun, damit Chalk mir zwei von meinen Babys verschafft.«

»Mir hat er auch etwas versprochen.«

»Siehst du! Ich wußte, daß du es zugeben würdest!«

»Eine Körpertransplantation«, gestand Burris. »Er wird mir einen gesunden, normalen menschlichen Körper geben. Ich brauche nichts weiter dafür zu tun, als mich ein paar Monate lang von seinen Kameraden sezieren zu lassen.«

»Ist so eine Operation denn wirklich durchführbar?«

»Lona, wenn sie aus einem Mädchenkörper, den noch nie ein Mann berührt hat, hundert Babys holen können, dann können sie alles schaffen.«

»Aber … ein Körperaustausch …«

Müde sagte er: »Die Technik ist noch nicht ganz perfekt, zugegeben. Es kann noch ein paar Jahre dauern. Ich werde warten müssen.«

361

»O Minner, das wäre wunderbar! Wenn du einen wirklichen Körper hättest!«

»Dies ist mein wirklicher Körper.«

»*Einen anderen* Körper. Der nicht so fremdartig ist. Der dir keine solchen Schmerzen verursacht. Wenn sie das nur könnten!«

»Wenn sie das nur könnten, ja.«

Der Gedanke erregte sie mehr als ihn. Er hatte seit Wochen damit gelebt, lange genug, um zu bezweifeln, daß es je möglich sein würde. Und jetzt hatte er ihr Chalks Versprechen preisgegeben, ein glitzerndes neues Spielzeug für sie. Aber was lag ihr daran? Sie waren nicht verheiratet. Sie würden von Chalk als Belohnung für diese Posse ihre Babys bekommen und noch einmal in der Versenkung verschwinden, auf ihre Art erfüllt, froh, den verwirrenden, aufreizenden, sarkastischen Gefährten los zu sein. Auch er würde seiner Wege gehen, vielleicht dazu verdammt, für immer in seiner grotesken Gestalt zu bleiben, vielleicht verpflanzt in einen glatten, unauffälligen, normalen Körper.

Der Wagen fuhr eine Rampe hinauf, und sie waren im Schiff. Die Haube des Fahrzeugs öffnete sich. Aoudad blickte neugierig herein.

»Wie geht's den Turteltauben?«

Schweigend, ohne zu lächeln, stiegen sie aus. Aoudad flatterte besorgt um sie herum. »Alles munter und entspannt? Keine Raumkrankheit, was, Minner? Nicht Sie, was? Hahaha!«

»Ha«, sagte Burris.

Auch Nikolaides war da, mit Dokumenten, Broschüren, Ausgabebelegen. Dante brauchte nur Vergil als Führer durch die Kreise der Hölle, aber ich bekomme zwei. Wir leben in inflationären Zeiten. Burris bot Lona den Arm, und sie gingen auf das Innere des Schiffes zu. Steif berührten ihn ihre Finger. Sie ist nervös, weil wir in den Raum reisen, dachte Burris, oder die Spannung dieser großen Fahrt lastet zu schwer auf ihr.

Es war ein kurzer Flug: acht Stunden unter niedriger, aber stetiger Beschleunigung, um die 400 000 Kilometer zurückzulegen. Früher hatte das gleiche Schiff die Reise in zwei Etappen gemacht, mit einem Zwischenaufenthalt auf dem Vergnügungssatelliten, der in 80 000 Kilometer Abstand die Erde umkreist hatte. Aber der Vergnügungssatellit, das Große Rad, war vor zehn

Jahren explodiert, durch einen seltenen Rechenfehler einer sicheren Epoche. Das Unglück hatte Tausende von Menschenleben gefordert; einen Monat lang waren Trümmer auf die Erde herabgeregnet; die nackten Stützpfeiler der zerschellten Station hatten fast drei Jahre lang wie die Knochen eines Risses die Erde umkreist, ehe die Bergungsoperation beendet war.

Jemand, den Burris geliebt hatte, war an Bord des Rades gewesen, als es auseinanderbrach. Doch sie war mit einem anderen dort, erfreute sich an den Spieltischen, den Sensor-Shows, der erlesenen Küche und der Atmosphäre des ›Heute ist heute‹. Das Morgen war unerwartet gekommen.

Als sie mit ihm brach, hatte er gedacht, für den Rest seines Lebens könne ihm nichts Schlimmeres geschehen. Die romantische Fantasie eines jungen Mannes, denn bald darauf war sie tot, und das war weit schlimmer für ihn als die Zurückweisung. Tot stand sie jenseits aller Hoffnung auf Wiederkehr, und für eine Weile war er ebenfalls tot, obwohl er noch umherging. Und danach verebbte merkwürdigerweise sein Schmerz, bis er völlig vergangen war. War es das Schlimmste, was einem Mann geschehen konnte, ein Mädchen an einen Rivalen und dann durch eine Katastrophe zu verlieren? Kaum. Kaum. Zehn Jahre später hatte Burris sich selbst verloren. Jetzt glaubte er zu wissen, was wirklich das Schlimmste war.

»Meine Damen und Herren, willkommen an Bord von *Aristarchus IV!* Im Namen von Kapitän Villeparisis möchte ich Ihnen allen einen angenehmen Flug wünschen. Wir müssen Sie bitten, in Ihren Liegen zu bleiben, bis die Periode der maximalen Beschleunigung vorüber ist. Sobald wir die Erde hinter uns gelassen haben, steht es Ihnen frei, sich ein wenig die Füße zu vertreten und den Blick in den Raum zu genießen.«

Das Schiff beförderte vierhundert Passagiere, Fracht und Post. An den Seiten befanden sich zwanzig Privatkabinen; eine davon war Lona und Burris zugewiesen worden. Die anderen Reisenden saßen Seite an Seite in einem riesigen Passagierraum und verrenkten sich die Hälse, um nochmals einen Blick auf die Hafengebäude zu werfen.

»Es geht los«, sagte Burris sanft.

Er spürte, wie die Booster gezündet und dann die Hauptraketen eingeschaltet wurden, spürte, wie sich das Schiff mühelos hob. Eine dreifache Gravitrondämmung schirmte die Passagiere vor den schlimmsten Wirkungen des Andrucks ab, aber in einem so großen Raumschiff war es unmöglich, die Schwerkraft ganz auszuschalten, wie Chalk es in seinem kleinen Vergnügungsschiff hatte tun können.

Die kleiner werdende Erde hing wie eine grüne Pflaume direkt vor der Sichtluke. Burris bemerkte, daß Lona gar nicht hinaussah, sondern ihn besorgt beobachtete.

»Wie fühlst du dich?« fragte sie.

»Gut. Gut.«

»Du siehst nicht entspannt aus.«

»Das macht der Andruck. Meinst du, ich sei nervös, weil wir in den Raum fliegen?«

Achselzucken. »Das ist dein erster Flug seit – seit Manipool, nicht wahr?«

»Ich war doch in Chalks Raumschiff, erinnerst du dich?«

»Das war anders. Es blieb knapp über der Atmosphäre.«

»Du glaubst, ich würde vor Schreck erstarren, nur weil ich eine Reise in den Raum mache?« fragte er. »Meinst du, ich stellte mir vor, dieses Schiff sei ein Nonstopexpreß zurück nach Manipool?«

»Du drehst mir die Worte im Mund um.«

»Wirklich? Ich habe gesagt, ich fühlte mich wohl. Und du hast angefangen, mir die fürchterlichsten Angstvorstellungen anzudichten. Du ...«

»Hör auf, Minner.«

Ihr Blick war böse, ihre Worte scharf akzentuiert, spröde, beißend. Er zwang seine Schultern zurück auf den Liegesitz und versuchte, die Fühler an seinen Händen zu entwirren. Jetzt hatte sie es geschafft: Er war ganz entspannt gewesen, aber sie hatte ihn wieder aufgebracht. Warum mußte sie ihn derartig bemuttern? Er war kein Krüppel. Ihn brauchte man während des Andrucks nicht zu beruhigen. Er hatte schon Raketenstarts erlebt, als sie noch nicht geboren war. Was machte ihm also jetzt eigentlich Angst? Wieso hatten ihre Worte seine Zuversicht so leicht unterminieren können?

Sie unterbrachen den Streit, wie man ein Band durchschneidet, doch die Gereiztheit blieb. So freundlich er konnte, sagte er: »Du solltest die Aussicht nicht verpassen, Lona. Du hast die Erde noch nie von hier oben aus gesehen, oder?«

Der Planet war jetzt weit genug von ihnen entfernt, daß man seinen ganzen Umriß sehen konnte. Die westliche Hemisphäre lag in hellem Sonnenlicht. Von der Antarktis, wo sie noch Stunden zuvor gewesen waren, war nichts erkennbar außer dem langen, vorstehenden Finger der Halbinsel, der in Richtung auf Kap Hoorn wies.

Burris gab sich Mühe, nicht schulmeisterlich zu wirken, und zeigte ihr, wie die Sonne schräg auf den Planeten traf, zu dieser Jahreszeit den Süden wärmte, den Norden dagegen kaum erhellte. Er sprach von der Ekliptik und ihrer Ebene, von Rotation und Revolution des Planeten, von Fortschreiten der Jahreszeiten. Ernst hörte Lona zu, nickte häufig, gab höfliche Laute der Zustimmung von sich, wann immer er innehielt und sie erwartete. Er hatte den Verdacht, daß sie immer noch nicht begriff. Doch inzwischen war er bereit, sich mit dem Anschein von Verständnis zu begnügen, und diesen Anschein gab sie ihm.

Sie verließen ihre Kabine und machten einen Rundgang durch das Schiff. Sie sahen die Erde aus verschiedenen Winkeln. Sie bestellten Drinks. Sie aßen. Aoudad lächelte ihnen von seinem Platz in der Touristenklasse aus zu. Sie erregten beträchtliches Aufsehen.

Als sie in ihre Kabine zurückgekehrt waren, schliefen sie.

Sie verschliefen den mystischen Augenblick des *Turnover*, als sie von der Anziehungskraft der Erde in die des Mondes überwechselten. Burris erwachte mit einem Ruck, starrte über das schlafende Mädchen hinweg und blinzelte in die Dunkelheit. Es kam ihm vor, als könne er die losgebrochenen Stützpfeiler des zertrümmerten Rades dort draußen schweben sehen. Nein, nein; unmöglich. Aber er *hatte* sie gesehen, auf einer Reise vor zehn Jahren. Einige der Leichen, die aus dem Rad geflogen waren, als es zersplitterte, sollten angeblich noch immer durch den Raum treiben und sich in großen Parabeln um die Sonne bewegen. Soweit Burris wußte, hatte niemand in all den Jahren tatsächlich einen dieser einsamen Wanderer gesehen; die meisten Toten, wahrscheinlich fast alle, waren von Schiffen des Raumrettungsdienstes eingesammelt und auf schickliche Weise beseitigt worden; die übrigen, so hätte er gern geglaubt, hatten inzwischen den Weg zur Sonne zum großartigsten aller Begräbnisse zurückgelegt. Es war ein alter privater Alptraum von ihm, daß *ihr* verzerrtes Gesicht vor den Sichtluken vorbeischweben könnte, wenn sie diese Zone passierte.

Das Schiff neigte und drehte sich sanft, und das geliebte, pokkennarbige weiße Gesicht des Mondes kam in Sicht.

Burris berührte Lonas Arm. Sie bewegte sich, blinzelte, sah ihn an und dann nach draußen. Während er sie beobachtete, nahm er das auf ihrem Gesicht sich ausbreitende Staunen wahr, obwohl sie ihm den Rücken zuwandte.

Ein halbes Dutzend leuchtender Kuppeln wurde auf der Mondoberfläche sichtbar.

»Tivoli!« rief sie.

Burris bezweifelte, daß eine dieser Kuppeln wirklich der Vergnügungspark war. Der Mond war überwuchert von kuppelförmigen Gebäuden, die seit Jahrzehnten für kriegerische, kommerzielle oder wissenschaftliche Zwecke errichtet worden waren, aber keines von denen, die man sah, war Tivoli. Doch er belehrte Lona nicht. Er lernte.

Das Schiff verlangsamte seine Geschwindigkeit und glitt auf einem Spiralkurs hinunter zu seiner Landebahn.

Dies war ein Zeitalter der Kuppeln; viele davon Werke Duncan Chalks. Auf der Erde waren es häufig durch Hängewerk gestützte geodätische Kuppeln, aber nicht immer; hier, unter geringerer Schwerkraft, zog man die einfacheren, weniger starren, in einem Stück konstruierten Kuppeln vor. Chalks Amüsierimperium wurde von Kuppeln bestimmt und abgegrenzt, angefangen von jener über seinem Privatbad bis zu denen über dem Galaktischen Saal, dem Antarktishotel, dem Tivoli und noch weiter, weiter hinaus zu den Sternen.

Die Landung war weich.

»Wir wollen uns eine schöne Zeit machen, Minner! Immer habe ich davon geträumt, einmal hierherzukommen!«

»Wir werden uns amüsieren«, versprach er.

Ihre Augen glänzten. Sie war ein Kind, weiter nichts; unschuldig, begeistert, schlicht – er zählte ihre Eigenschaften auf. Aber sie war warmherzig. Sie hegte und nährte und bemutterte ihn bis zum Überdruß. Er wußte, daß er sie unterschätzte. Ihr Leben hatte so wenig Freude gekannt, daß sie für unbedeutende Vergnügungen noch empfänglich war. Sie konnte Chalks Parks freimütig und von ganzem Herzen genießen. Sie war jung. Aber nicht hohl, versuchte Burris sich einzureden. Sie hatte gelitten. Sie trug Narben, genau wie er.

Die Rampe war ausgefahren. Lona eilte aus dem Schiff in die kuppelförmige Wartehalle; er folgte ihr und hatte nur geringe Schwierigkeiten, seine Beine zu koordinieren.

25

Luna Tivoli

Lona sah atemlos zu, wie die Kanone zurücklief, der Feuerwerkskörper hinaufglitt, durch den Schacht, durch die Öffnung in der Kuppel und hinaus in die Schwärze. Sie hielt den Atem an. Der Feuerwerkskörper explodierte.

Farben durchstrahlten die Nacht.

Dort draußen gab es keine Luft, nichts, was die leuchtenden Partikeln bremste, während sie herabsanken. Sie fielen fast unmerklich, blieben mehr oder weniger im Raum schweben. Die Bilder waren großartig. Gerade wurden Tiere gezeigt, die merkwürdigen Gestalten außerirdischer Wesen. Burris neben ihr starrte ebenso interessiert nach oben wie alle anderen.

»Hast du je so eines gesehen?« fragte sie.

Es war gerade eine Kreatur mit kordelartigen Ranken, endlos langem Hals und abgeflachten Paddelfüßen. Irgendeine sumpfige Welt hatte sie hervorgebracht.

»Nie.«

Ein weiterer Feuerwerkskörper wurde abgeschossen. Doch das war nur ein Auslöscher, der das paddelfüßige Geschöpf wegwischte und die schwarze Himmelstafel für das nächste Bild frei machte.

Noch ein Schuß.

Noch einer.

Noch einer.

»Das ist ganz anders als Feuerwerke auf der Erde«, sagte sie. »Kein Pfeifen. Kein Knall. Und dann bleibt alles einfach dort stehen. Wie lange bleibt es dort, wenn sie es nicht auswischen, Minner?«

»Ein paar Minuten. Auch hier gibt es Schwerkraft. Die Partikeln würden nach unten gezogen. Und würden durch kosmischen Staub durcheinandergebracht. Alle möglichen Abfälle kommen aus dem Raum heruntergerieselt.«

Er war immer auf jede Frage vorbereitet, hatte immer eine Antwort. Zuerst hatte diese Fähigkeit Lona beeindruckt. Jetzt ging sie ihr auf die Nerven. Sie wünschte, sie könnte ihn in Verlegenheit bringen. Sie versuchte es ständig. Sie wußte, daß ihn ihre Fragen ebenso reizten wie sie seine Antworten.

Ein fabelhaftes Paar sind wir. Noch keine Flitterwöchner, und schon stellen wir einander kleine Fallen!

Eine halbe Stunde lang betrachteten sie das lautlose Feuerwerk. Dann hatte Lona keine Ruhe mehr, und sie gingen fort.

»Wohin jetzt?« fragte er.

»Laß uns einfach bummeln.«

Er war verkrampft und nervös. Sie spürte das, spürte, daß er bereit war, ihr an die Kehle zu springen, wenn sie einen Schnitzer machte. Wie unerträglich dieser alberne Vergnügungspark für ihn sein mußte! Er wurde häufig angestarrt. Sie ebenfalls, doch sie war nur interessant wegen der Dinge, die man mit ihr gemacht hatte, nicht wegen ihres Aussehens, und man blickte ihr nicht lange nach.

Sie gingen weiter, von einem Gang mit Buden zum nächsten. Es war ein Jahrmarkt traditioneller Art, jahrhundertealten Mustern nachgebildet. Die Technologie hatte sich verändert, die Substanz nicht. Hier gab es Geschicklichkeitsspiele und Schießbudenfiguren, billige Restaurants, die undefinierbare Gerichte verkauften; wilde Karussellfahrten für jeden Geschmack; Jahrmarktsbuden mit billigen Horrordarbietungen; Tanzhallen; Spielpavillons; verdunkelte Theater (nur für Erwachsene!), in denen die banalen Geheimnisse des Fleisches enthüllt wurden; Flohzirkusse und sprechende Hunde; Feuerwerke in allen Variationen; schmetternde Musik; lodernde Leuchtstreben. Fünfhundert Hektar dumpfer Wonnen, aufgemacht mit den modernsten Tricks. Der bezeichnendste Unterschied zwischen Chalks Luna Tivoli und tausend Tivolis der Vergangenheit war der Standort auf dem geräumigen Grund des Kopernikuskraters mit Blick auf den östlichen Bogen des Ringwalls. Man atmete hier reine Luft, aber man tanzte in minimaler Schwerkraft. Das war Luna Tivoli.

»Wie wär's mit dem Strudel?« fragte eine geschmeidige Stimme. »Eine Fahrt durch den Strudel für die Herrschaften?«

Lächelnd drängte sich Lona vorwärts. Burris legte Münzen auf den Schalter, und sie wurden eingelassen. Ein Dutzend Aluminiumschalen klafften vor ihnen auf wie die Überreste gigantischer Muscheln, in einem Quecksilbersee schwimmend. Ein vierschrötiger Mann mit nackter Brust und kupferfarbener Haut sagte: »Eine Muschel für zwei? Hier entlang! Hier entlang!«

Burris half Lona in eine der Muscheln. Er setzte sich neben sie. Das Dach wurde luftdicht verschlossen. Es war dunkel, warm, bedrückend eng im Innern. Der Raum reichte gerade für sie beide.

»Glückliche Fantasien vom Mutterschoß«, sagte Burris.

Lona nahm seine Hand und hielt sie mit grimmiger Miene fest. Duch den Quecksilbersee kam ein Funke von Antriebsenergie. Und sie fuhren los, glitten durch Unbekanntes. Durch welche schwarzen Tunnel, welche versteckten Schlünde? Die Muschel schwankte in einem Strudel. Lona schrie, schrie wieder und wieder.

»Hast du Angst?« fragte er.

»Ich weiß nicht. Es bewegt sich so schnell.«

»Uns kann nichts passieren.«

Es war wie Gleiten, wie Fliegen. Buchstäblich keine Schwerkraft und keine Reibung, um ihre wirbelnde Fahrt zu bremsen, während sie in wildem Hin und Her durch Spiralen und über Steilhänge geschleudert wurden. Verborgene Hähne öffneten sich, Gerüche strömten herein.

»Was riechst du?« fragte sie ihn.

»Wüste. Den Geruch von Hitze. Und du?«

»Wälder an einem regnerischen Tag. Verfaulende Blätter, Minner. Wie ist das möglich?«

Vielleicht nehmen seine Sinne die Dinge nicht auf die gleiche Weise auf wie meine, wie menschliche Sinne. Wie kann er die Wüste riechen? Dieser reife, volle Geruch von Erde und Feuchtigkeit! Sie konnte rote Fliegenpilze aus dem Boden schießen sehen. Kleine Tiere mit vielen Beinen, die umherkrabbelten. Einen glänzenden Wurm. Und er: die Wüste?

Die Muschel schien umzuschlagen, flach über die sie tragende Substanz zu streichen und sich wieder aufzurichten. Als Lona den Geruch erneut bemerkte, hatte er sich verändert.

369

»Jetzt rieche ich die Arkade bei Nacht«, sagte sie. »Popcorn ...
Schweiß ... Gelächter. Wie riecht Gelächter, Minner? Wie emp-
findest du es?«

»Ich rieche die Treibstoffkammer eines Schiffes beim Kern-
wechsel. Vor einigen Stunden hat etwas gebrannt. Verschmortes
Fett, wo die Stangen undicht waren. Der Geruch sticht einem
beißend in die Nase.«

»Wie ist es möglich, daß wir nicht dieselben Dinge riechen?«

»Olfaktorische Psychovariation. Wir riechen das, was unser
Gehirn uns vorgaukelt. Man schickt uns nämlich keinen be-
stimmten Geruch, sondern nur das Rohmaterial. Wir formen die
Muster.«

»Das verstehe ich nicht, Minner.«

Er schwieg. Weitere Gerüche entstanden: Krankenhausge-
ruch, Mondscheingeruch, Stahlgeruch, Schneegeruch. Lona
fragte Burris nicht nach seinen Reaktionen auf die allgemeine
Stimulation. Einmal keuchte er; einmal zuckte er zusammen und
grub stöhnend seine Fingernägel in ihren Schenkel.

Dann hörten die Gerüche auf.

Immer noch glitt die Muschel weiter, Minute um Minute.
Jetzt ertönten Geräusche: leise Pfeiftöne, lautes Orgeldröhnen,
Hammerschläge, rhythmisch kratzendes Raspeln. Kein Sinnesor-
gan wurde ausgelassen. Das Innere der Muschel wurde kühl,
dann wieder warm; die Feuchtigkeit veränderte sich in einem
komplexen Zyklus. Jetzt schoß die Muschel hin und her, voll-
führte schwindelerregende Kreiselbewegungen als rasenden
Abschluß der Fahrt. Dann befanden sie sich plötzlich wieder im
sicheren Hafen. Burris' Hand umschloß Lonas, während er sie
weiterzog.

»Hat es dir Spaß gemacht?« fragte er, ohne zu lächeln.

»Ich weiß nicht recht. Auf jeden Fall war es ungewöhnlich.«

Er kaufte ihr Zuckerwatte. Sie kamen an einer Bude vorbei, wo
man mit kleinen Glaskugeln nach goldenen Zielen auf einer sich
bewegenden Scheibe warf. Wer mit drei von vier Würfen das Ziel
traf, erhielt einen Preis. Männer mit Erdenmuskeln bemühten
sich ohne Erfolg, mit der niedrigen Schwerkraft fertigzuwerden,
während schmollende Mädchen ihnen zusahen. Lona wies auf
die Preise: zarte, fremdartige Gegenstände, abstrakte, gewundene Formen aus Pelz. »Gewinne eins für mich, Minner«, bat sie.

370

Er blieb stehen und sah den Männern bei ihren ungeschickten, weit ausholenden Wurfversuchen zu. Die meisten schossen weit über das Ziel hinaus. Andere, die die geringe Schwerkraft ausgleichen wollten, warfen mit zu wenig Schwung, und die Glaskugeln fielen vor der Zielscheibe zu Boden. Eine dichtgedrängte Menschenmenge stand vor der Bude, als Minner vortreten wollte, doch wer ihn ansah, machte ihm Platz, drückte sich unbehaglich zur Seite. Lona bemerkte es und hoffte, daß es ihm nicht auffiel. Burris legte Geld auf den Schalter und nahm seine Glaskugeln. Der erste Wurf ging zehn Zentimeter über das Ziel hinweg.

»Nicht schlecht, Kamerad! Macht ihm Platz! Hier ist einer, der die richtige Schußweite hat!« Der Mann hinter der Budentheke starrte ungläubig auf Burris' Gesicht. Lona wurde rot. Warum müssen sie ihn anstarren? Sieht er denn so fremdartig aus?

Er warf noch einmal. *Ping.* Und wieder: *Ping. Ping.*

»Drei hintereinander! Geben Sie der jungen Dame ihren Preis!«

Lona umklammerte etwas Warmes, Pelziges, fast Lebendiges. Sie entfernten sich von der Bude, wichen geflüsterten Bemerkungen aus. Burris sagte: »Manches an diesem scheußlichen Körper ist doch ganz beachtlich, nicht wahr, Lona?«

Etwas später stellte sie ihren Preis neben sich; als sie sich wieder danach umwandte, war er verschwunden. Burris bot ihr an, einen neuen Preis zu gewinnen, doch sie sagte ihm, er solle sich nichts daraus machen.

Das Haus der erotischen Darbietungen betraten sie nicht. Als sie an der Abnormitätenschau vorbeikamen, zögerte Lona. Sie wollte gern hineingehen, wagte aber nicht, den Vorschlag zu machen. Ihr Zögern war fatal. Drei von Bier gerötete Gesichter tauchten auf, sahen Burris an, lachten schallend.

»He! Da ist einer ausgebrochen!«

Lona sah die feuerroten Flecken des Zorns auf seinen Wangen. Rasch schob sie ihn weiter, doch die Wunde war geschlagen. Wie viele Wochen geduldigen Selbstaufbaus waren in einem Augenblick zunichte gemacht worden?

Die Nacht drehte sich um diesen Punkt. Bisher hatte Burris sich tolerant, leicht amüsiert und nur mäßig gelangweilt gezeigt. Jetzt wurde er feindselig. Sie sah, daß sich seine Lider weit öffneten;

371

der kalte Glanz der entblößten Augen hätte sich, wäre er dazu imstande gewesen, wie Säure in diesen Vergnügungspark gefressen. Steif ging Burris neben ihr her. Jeder weitere Augenblick an diesem Ort war ihm verhaßt.

»Ich bin müde, Lona. Ich möchte zurück ins Hotelzimmmer gehen.«

»Nur noch ein Weilchen!«

»Wir können morgen abend wieder herkommen.«

»Aber es ist noch früh, Minner!«

Seine Lippen vollführten seltsam zuckende Bewegungen. »Dann bleib allein hier.«

»Nein! Ich habe Angst. Ich meine – ohne dich macht es mir keinen Spaß.«

»Es sah aber so aus – vorhin.«

»Das war vorhin. Jetzt ist jetzt.« Er zog an ihrem Ärmel. »Lona . . .«

»Nein«, sagte sie gereizt. »So schnell bringst du mich hier nicht fort. Im Hotelzimmer haben wir nichts außer Schlaf und Sex und dem Blick auf die Sterne. Hier ist Tivoli, Minner. Tivoli! Ich möchte jede einzelne Minute genießen.«

Er sagte etwas, das sie nicht verstand, und sie gingen weiter in eine andere Abteilung des Parks. Doch seine Rastlosigkeit war stärker als sein guter Wille. Nach ein paar Minuten fragte er wieder, ob sie jetzt gehen könnten.

»Versuch doch, dich zu amüsieren, Minner!«

»Dieser Park macht mich krank. Der Lärm . . . der Geruch . . . die *Augen*.«

»Niemand sieht dich an.«

»Sehr lustig! Hast du gehört, was sie sagten, als . . .«

»Sie waren betrunken.« Er bettelte geradezu um Mitgefühl, doch diesmal hatte sie keine Lust, es ihm zu gewähren. »Oh, ich weiß, man hat deine Gefühle verletzt. Deine Gefühle sind ja so leicht zu verletzten! Hör doch ein einziges Mal auf, dir selbst so leid zu tun! Ich bin hier, um mich zu amüsieren, und du wirst mir nicht den Spaß verderben!«

»Verderbtheit!«

»Nicht schlimmer als Egoismus!« erwiderte sie barsch.

»Wie lange wünschst du noch zu bleiben?« Eiskalt diesmal.

»Ich weiß nicht. Eine halbe Stunde. Eine Stunde.«

»Fünfzehn Minuten?«

»Laß uns nicht feilschen. Wir haben noch nicht ein Zehntel von dem gesehen, was es hier zu sehen gibt.«

»Es gibt noch andere Abende.«

»Schon wieder. Minner, hör auf! Ich will nicht mit dir streiten, aber ich gebe nicht nach. Ich gebe einfach nicht nach!«

Er machte eine höfliche Verbeugung, tiefer, als es ein Mann mit menschlichem Knochenbau je gekonnt hätte. »Zu Ihren Diensten, Verehrteste.« Die Worte waren giftig.. Lona zog es vor, sie zu ignorieren, und schob ihn weiter durch die überfüllte Gasse. Dies war der bisher schlimmste Streit. Bei früheren Reibereien waren sie beide kühl, schnippisch, sarkastisch, unbeteiligt geblieben. Doch nie hatten sie Auge in Auge gestanden und sich gegenseitig angeschrien. Sogar eine kleine Zuhörerschaft hatte sich um sie gesammelt: Punch und Judy, die zum Vergnügen des interessierten Publikums lautstark ihren Streit austragen. Was war mit ihnen geschehen? Warum zankten sie sich? Warum, fragte sich Lona, sah es manchmal so aus, als hasse er sie? Warum spürte sie bei diesen Gelegenheiten, daß es ganz leicht sein könnte, ihn zu hassen?

Sie sollten sich gegenseitig helfen, sich stützen. So war es am Anfang gewesen. Ein Band gegenseitigen Mitgefühls hatte sie vereint, denn sie hatten beide gelitten. Was war damit geschehen? So viel Bitterkeit hatte sich in ihre Beziehung eingeschlichen. Anklagen, Vorwürfe, Spannungen.

Vor ihnen vollführten drei sich überschneidende gelbe Räder einen komplizierten Flammentanz. Pulsierende Leuchtkörper fuhren flackernd auf und ab. Hoch oben auf einer Säule erschien eine nackte Frau, eingehüllt in tanzendes Licht. Sie drehte und wand sich, ein Muezzin, der die Gläubigen ins Haus der Lust rief. Ihr Körper war ungeheuer weiblich; die Brüste vorspringendes Gesims, die Gesäßbacken riesige halbkugelförmige Gebilde. Niemand wurde so geboren. Sie mußte von Ärzten verändert worden sein . . .

Ein Mitglied unseres Klubs, dachte Lona. Aber ihr macht es nichts aus. Sie steht ohne Scheu dort oben vor allen Leuten und ist glücklich, daß sie dafür bezahlt wird; und wie fühlt sie sich um vier Uhr morgens? Macht es ihr dann etwas aus?

Burris starrte gebannt auf das Mädchen.

»Nichts als Fleisch«, sagte Lona. »Warum bist du so fasziniert?«

»Das dort oben ist Elise!«

»Du irrst dich, Minner. Sie wäre nicht hier. Und bestimmt nicht da oben.«

»Ich sage dir, es ist Elise. Meine Augen sind schärfer als deine. Du weißt kaum, wie sie aussieht. Sie haben irgend etwas mit ihrem Körper gemacht, sie irgendwie ausgepolstert, aber ich weiß, daß es Elise ist.«

»Dann geh doch zu ihr!«

Er stand da wie erstarrt. »Ich habe nicht gesagt, daß ich das möchte.«

»Aber du hast es gedacht.«

»Bist du jetzt eifersüchtig auf ein nacktes Mädchen auf einer Säule?«

»Du hast sie geliebt, als du mich noch gar nicht kanntest.«

»Ich habe sie nie geliebt!« schrie er, und die Lüge stand in roten Flecken auf seiner Stirn geschrieben.

Aus tausend Lautsprechern dröhnten Loblieder auf das Mädchen, den Park, die Besucher. Alle Töne vereinigten sich zu einem einzigen, formlosen Rauschen. Burris trat näher an die Säule heran. Lona folgte ihm. Das Mädchen tanzte jetzt, warf die Beine hoch, hüpfte wild auf und ab. Ihr nackter Körper glänzte. Das aufgequollene Fleisch schaukelte und bebte. Sie vereinigte alle Sinnlichkeit wie in einem einzigen Gefäß.

»Es ist nicht Elise«, sagte Burris plötzlich, und der Bann war gebrochen.

Er wandte sich ab, blieb stehen. Sein Gesicht verdunkelte sich. Überall um sie herum strömten die Jahrmarktbesucher auf die Säule zu, die jetzt der Brennpunkt des Parks war, doch Lona und Burris rührten sich nicht. Sie wandten der Tänzerin den Rücken zu. Burris zuckte zusammen, als werde er geschlagen, und faltete die Arme über der Brust. Mit hängendem Kopf sank er auf eine Bank.

Dies war keine gespielte Langeweile. Lona merkte, daß er krank war.

»Ich fühle mich so müde«, sagte er heiser. »Als habe man mir alle Kraft ausgesaugt. Als sei ich tausend Jahre alt, Lona!«

Sie streckte die Arme nach ihm aus und mußte husten. Ganz plötzlich strömten Tränen aus ihren Augen. Sie ließ sich neben ihm auf die Bank fallen und rang nach Luft.

»Ich fühle mich genauso. Erschöpft.«

»Was ist nur mit uns?«

»Vielleicht etwas, das wir auf dieser Fahrt eingeatmet haben. Etwas, das wir gegessen haben, Minner?«

»Nein. Sieh dir meine Hände an.«

Sie zitterten. Die kleinen Fühler hingen schlaff herab. Sein Gesicht war grau.

Und Lona: ihr war, als habe man sie über Kontinente gehetzt, als hätte sie hundert Babys geboren.

Als er diesmal vorschlug, den Vergnügungspark zu verlassen, erhob sie sich und ging mit ihm.

26

Frost

Auf Titan lief sie fort und verließ ihn. Burris hatte es seit Tagen kommen sehen und war nicht im geringsten überrascht. Es war wie eine Erleichterung.

Seit dem Südpolbesuch war die Spannung ständig gewachsen. Er wußte nicht genau warum, außer daß sie nicht zueinander paßten. Aber sie hatten sich ständig bekämpft, zuerst auf versteckte Art, dann offen, aber nur mit Worten, und schließlich handgreiflich. So ging sie fort von ihm.

Sie verbrachten sechs Tage in Luna Tivoli. Ein Tag verlief wie der andere. Spät aufstehen, reichliches Frühstück, Besichtigung einiger Mondsehenswürdigkeiten, dann in den Park. Er war so groß, daß man immer wieder Neues entdecken konnte, doch am dritten Tag fand Burris, daß sie wie unter Zwang immer die gleichen Wege gingen, und am fünften Tag hatte er Tivoli unerträglich satt. Er versuchte, tolerant zu sein, da Lona so offensichtlich Gefallen an diesem Ort fand. Doch schließlich war seine Geduld zu Ende, und sie stritten sich. Der Streit wurde mit jedem Abend heftiger. Manchmal lösten sie den Konflikt in grimmiger, schweißnasser Leidenschaft, manchmal in schlaflosen Nächten des Trotzes.

Und immer kam während des Streits oder hinterher dieses Gefühl der Erschöpfung, dieser krankmachende, zerstörerische

Verlust aller Kraft. Nie zuvor hatte Burris so etwas erlebt. Die Tatsache, daß das Mädchen gleichzeitig davon ergriffen wurde, machte es doppelt seltsam. Aoudad und Nikolaides, die sie gelegentlich in der Menge sahen, sagten sie nichts davon.

Burris wußte, daß die heftigen Auseinandersetzungen einen immer tieferen Graben zwischen ihnen schufen. In weniger stürmischen Augenblicken bedauerte er das, denn Lona war zärtlich und lieb, und er schätzte ihre Wärme. Doch all das war in den Momenten des Zorns vergessen. Dann erschien sie ihm leer, unnütz, aufreizend, eine weitere Last neben all seinen anderen Lasten, ein dummes, unwissendes und gehässiges Kind. Er sagte ihr dies alles, zuerst versteckt hinter derben Metaphern, schließlich tobend und mit nackten Worten.

Der Bruch mußte kommen. Sie erschöpften sich, verausgabten ihre vitale Substanz in diesen Schlachten. Die Augenblicke der Liebe lagen jetzt weiter auseinander. Die Bitterkeit brach häufiger hervor.

Am willkürlich ausersehenen Morgen ihres willkürlich bestimmten sechsten Tages in Luna Tivoli sagte Lona: »Laß uns umbuchen und jetzt zum Titan fliegen.«

»Wir sollen noch fünf Tage hierbleiben.«

»Willst du das wirklich?«

»Nun, offen gesagt ... nein.«

Er fürchtete, er werde damit einen neuen Schwall böser Worte provozieren, und es war noch zu früh am Tag, um jetzt schon damit zu beginnen. Doch nein, dies war für Lona der Morgen der aufopfernden Gesten. Sie sagte: »Ich glaube, ich habe genug, und daß du genug hast, ist ja kein Geheimnis. Warum sollten wir also bleiben? Titan ist wahrscheinlich viel aufregender.«

»Wahrscheinlich.«

»Und hier sind wir so schlecht miteinander ausgekommen. Ein Szenenwechsel könnte uns beiden nicht schaden.«

Er würde gewiß helfen. Jeder Barbar mit einer dicken Brieftasche konnte sich den Preis einer Fahrkarte nach Luna Tivoli leisten, und der Ort war voll von Rowdies, Säufern und Schlägern. Er zog unwillkürlich ein Publikum an, das auf wesentlich niedrigerem Niveau stand als die führenden Klassen der Erde. Titan war exklusiver. Seine Besucher waren reiche, blasierte Leute, denen es nichts bedeutete, den doppelten Jahresverdienst eines Arbeiters für eine einzige kurze Reise auszugeben. Wenigstens würden diese Leute die Höflichkeit besitzen, mit ihm umzugehen, als existierten seine Entstellungen nicht. Die Flitterwöchner in der Antarktis, die ihre Augen vor allem verschlossen, was sie verwirrte, hatten ihn einfach wie einen Unsichtbaren behandelt. Die Besucher von Luna Tivoli hatten ihm ins Gesicht gelacht und sich über seine Andersartigkeit lustig gemacht. Auf Titan jedoch würden angeborene gute Manieren für kühle Indifferenz seiner Erscheinung gegenüber sorgen. Sieh den seltsamen Mann an, lächle, plaudere liebenswürdig, aber zeige nie durch ein Wort oder eine Geste, daß du dir seiner Seltsamkeit bewußt bist: das war feine Lebensart. Von den drei Grausamkeiten war Burris diese Art noch am liebsten.

Beim Feuerwerk erwischte er Aoudad und sagte: »Wir waren lange genug hier. Buchen Sie uns für Titan.«

»Aber Sie haben ...«

»... noch fünf Tage. Nun, wir wollen sie nicht. Bringen Sie uns von hier weg und nach Titan.«

»Ich werde sehen, was ich tun kann.«

Aoudad hatte gesehen, daß sie sich stritten. Burris war unglücklich darüber, aus Gründen, die er verachtete. Aoudad und Nikolaides waren für Lona und ihn eine Art Amor gewesen, und irgendwie fühlte sich Burris verpflichtet, sich ständig wie ein glühender Liebhaber zu benehmen. Auf undefinierbare Weise glaubte er jedesmal Aoudad zu enttäuschen, wenn er Lona anfuhr, und er schämte sich. Warum kümmere ich mich auch nur einen Deut darum, ob ich Aoudad enttäusche? fragte er sich verwundert. Aoudad beklagt sich nicht über die Streitereien. Er bietet nicht seine Vermittlung an. Er sagt kein Wort.

Wie Burris erwartet hatte, besorgte ihnen Aoudad ohne Schwierigkeiten die Flugkarten nach Titan. Er rief an, um ihrem Hotel Bescheid zu geben, daß sie früher als geplant eintreffen würden. Dann reisten sie ab.

Ein Start vom Mond war ganz anders als ein Start von der Erde. Bei nur einem Sechstel der normalen Schwerkraft war nicht mehr als ein leichter Schub nötig, um das Schiff in den Raum zu schicken. Es war ein verkehrsreicher Raumhafen; Schiffe in Richtung Mars, Venus, Titan, Ganymed und Erde starteten täglich, zu den äußeren Planeten alle drei Tage und zum Merkur wöchentlich.

Interstellare Schiffe starteten auf dem Mond nicht; nach Gesetz und Gewohnheit konnten sie nur von der Erde aus abfliegen und wurden während ihres ganzen Fluges überwacht, bis sie irgendwo jenseits von Plutos Umlaufbahn durch die Raumkrümmung sprangen. Die meisten der zum Titan fliegenden Schiffe landeten zuerst in dem bedeutenden Bergbauzentrum auf Ganymed, und in ihrem ursprünglichen Reiseplan war vorgesehen, daß sie eines dieser Schiffe nehmen sollten. Doch ihr Schiff flog ohne Zwischenlandung. Lona würde Ganymed versäumen, aber sie hatte es ja nicht anders gewolllt. Sie hatte vorgeschlagen, früher abzufliegen, nicht er. Vielleicht konnten sie auf dem Rückweg zur Erde auf Ganymed zwischenlanden.

Erzwungene Fröhlichkeit lag in Lonas Geplapper, als sie durch den Schlund der Dunkelheit glitten. Sie wollte alles über Titan wissen, genau wie sie alles über den Südpol, den Wechsel der Jahreszeiten, die Lebensweise der Kakteen und viele andere Dinge hatte wissen wollen; doch jene Fragen hatte sie aus naiver Neugier gestellt, diese stellte sie in der Hoffnung, den Kontakt, irgendeinen Kontakt mit Burris wiederherzustellen.

Burris wußte, daß es nicht gelingen würde.

»Es ist der größte Mond des Systems. Sogar größer als Merkur, und Merkur ist ein Planet.«

»Aber Merkur dreht sich um die Sonne, und Titan dreht sich um Saturn.«

»Das stimmt. Titan ist viel größer als unser Mond. Er ist mehr als eine Million Kilometer von Saturn entfernt. Du wirst die Ringe gut sehen können. Er hat eine Atmosphäre: Methan und Ammoniak, nicht sehr gut für die Lungen. Eiskalt. Man sagt, er sei pittoresk. Ich bin noch nie dort gewesen.«

»Wie kommt das?«

»Als ich jung war, konnte ich mir die Reise nicht leisten. Und später hatte ich in anderen Teilen des Universums zu viel zu tun.«

Das Schiff glitt durch den Raum. Lona sah sich mit großen Augen um, als sie über die Ebene des Asteroidengürtels sprangen, als Jupiter in Sicht kam, der in seiner Umlaufbahn nicht allzuweit von ihnen entfernt stand. Sie flogen weiter. Saturn erschien.

Dann erreichten sie Titan.

Natürlich wieder eine Kuppel. Eine kahle Landebahn auf einer kahlen Ebene. Auch dies war eine Eiswelt, doch ganz anders als die tödliche Antarktis. Jeder Fußbreit Titan war fremd und seltsam, während in der Antarktis sehr bald alles quälend vertraut wurde. Titan war nicht einfach ein Ort der Kälte, von Wind und Weiße.

Man konnte Saturn betrachten. Der beringte Planet hing niedrig am Himmel, wesentlich größer als die Erde, wie man sie vom Mond aus sah. Die Methan-Ammoniak-Atmosphäre reichte gerade aus, um dem Himmel über Titan eine bläuliche Tönung zu verleihen und einen hübschen Hintergrund zu schaffen für den glänzenden, goldenen Saturn mit seinem dicken, dunklen atmosphärischen Streifen und seiner Midgardschlange aus winzigen Staub- und Eispartikeln.

»Der Ring ist aber dünn«, beschwerte sich Lona. »So von der Seite aus kann man ihn kaum sehen.«

»Er ist dünn, weil Saturn so groß ist. Morgen wird man ihn besser erkennen können. Du wirst sehen, daß es nicht nur ein Ring ist, sondern mehrere. Die inneren Ringe bewegen sich schneller als die äußeren.«

Solange er die Unterhaltung auf dieser nüchternen Ebene weiterführte, ging alles gut. Er zögerte, den unpersönlichen Ton fallenzulassen, und Lona ging es ebenso. Ihre Nerven waren zu wundgerieben. Nach ihren letzten Streitereien standen sie zu nahe am Rand des Abgrunds.

Sie hatten eines der schönsten Zimmer in dem glitzernden Hotel. Sie waren nur von reichen Leuten umgeben, der höchsten Kaste der Erde, von denen, die an planetarischer Entwicklung, Raumtransport oder Energiesystemen Vermögen verdient hatten. Jeder schien jeden zu kennen. Die Frauen, gleich welchen Alters, waren schlank, beweglich, flink, die Männer häufig gedrungen, aber sie bewegten sich kraftvoll und energisch. Niemand machte grobe Bemerkungen über Burris oder Lona. Niemand starrte sie an. Auf ihre distanzierte Art waren alle freundlich.

Beim Essen am ersten Abend teilten sie den Tisch mit einem Industriellen, der große Holdings auf dem Mars besaß. Er war weit über siebzig und hatte ein gebräuntes, faltiges Gesicht mit kleinen, dunklen Augen. Seine Frau konnte nicht viel älter als dreißig sein. Sie sprachen hauptsächlich über die kommerzielle Ausbeutung extrasolarer Planeten.

Lona hinterher: »Sie hat ein Auge auf dich geworfen!«

»Sie hat mir nichts davon gesagt.«

»Das war doch ganz offensichtlich. Ich wette, sie hat unter dem Tisch deinen Fuß berührt.«

Er spürte, daß ein Streit im Anzug war. Hastig führte er Lona in den Aussichtsraum der Kuppel. »Ich mache dir einen Vorschlag«, sagte er. »Wenn sie mich verführt, hast du meine Erlaubnis, ihren Mann zu verführen.«

»Sehr witzig.«

»Warum nicht? Er hat Geld.«

»Ich bin noch keinen halben Tag hier, und schon hasse ich diesen Ort.«

»Hör auf, Lona. Du strengst deine Einbildungskraft zu sehr an. Diese Frau würde mich nicht anrühren. Der bloße Gedanke würde sie monatelang schaudern machen, glaub mir. Sieh, sieh doch dort draußen!«

Ein Sturm kam auf. Rauher Wind pfiff um die Kuppel. Saturn war an diesem Abend beinahe voll; der Reflex seines Scheins zog eine glitzernde Spur durch den Schnee, die sich mit dem weißen Glanz aus den erleuchteten Luken der Kuppel traf und vereinigte. Die hellen Lichtpunkte der Sterne waren über den gewölbten Himmel verstreut und hatten einen beinahe so harten Glanz, als betrachte man sie direkt aus dem Weltraum.

Es begann zu schneien. Eine Weile sahen sie zu, wie der Wind den Schnee peitschte. Dann hörten sie Musik und gingen den Tönen nach. Die meisten anderen Gäste taten es ihnen gleich.

»Möchtest du tanzen?« fragte er Lona.

Von irgendwoher war ein Orchester in Abendanzügen aufgetaucht. Die klingenden, wirbelnden Töne wurden lauter. Saiten, Flöten, einige Schlagzeuge, ein paar der fremdartigen Instrumente, die in der Big-Band-Musik dieser Zeit so beliebt waren. In graziösen Rhythmen bewegten sich die eleganten Gäste über das glänzende Parkett.

Steif nahm Burris Lona in den Arm, und sie schlossen sich den Tänzern an.

Er hatte früher nie viel getanzt und seit seiner Rückkehr von Manipool überhaupt nicht mehr. Der bloße Gedanke, an einem Ort wie diesem zu tanzen, wäre ihm noch vor ein paar Monaten grotesk erschienen. Aber er war überrascht, wie gut sich sein veränderter Körper den Tanzrhythmen anpaßte. Er lernte die Anmut in diesen raffinierten neuen Knochen kennen. Rundherum, rundherum, rundherum …

Lona blickte ihm fest in die Augen. Sie lächelte nicht. Sie schien sich vor etwas zu fürchten.

Über ihnen wölbte sich wieder eine durchsichtige Kuppel. Die Duncan-Chalk-Schule der Architektur: zeigt ihnen die Sterne, aber sorg dafür, daß sie es warm haben. Windstöße ließen Schneeflocken über die Kuppel tanzen und bliesen sie ebenso rasch wieder fort. Lonas Hand fühlte sich kalt an. Der Tanz wurde schneller. Die Temperaturregler in seinem Inneren, die die Schweißdrüsen ersetzt hatten, mußten mehr arbeiten als vorgesehen. Würde er es an einem so schwindelerregenden Ort lange aushalten? Würde er nicht stolpern?

Die Musik setzte aus.

Das Paar vom Abendessen kam herüber. Die Frau lächelte. Lona lächelte nicht.

Mit der Sicherheit der sehr Reichen sagte die Frau: »Darf ich Sie um den nächsten Tanz bitten?«

Burris hatte versucht, das zu vermeiden. Jetzt gab es keine taktvolle Art, sie abzuweisen, und Lonas Eifersucht würde neuen Zündstoff erhalten. Der dünne, klagende Schrei einer Oboe rief die Paare auf die Tanzfläche zurück. Burris führte die Frau und ließ Lona mit versteinertem Gesicht neben dem Industriellen zurück.

Die Frau war eine großartige Tänzerin. Sie schien über das Parkett zu schweben. Sie spornte Burris zu grotesken Verrenkungen an, und sie bewegten sich wie im Flug an der Außenseite der Tanzfläche entlang. Bei dieser Geschwindigkeit ließen ihn seine scharfen Augen im Stich, und er konnte Lona nicht finden. Die Musik machte ihn taub. Das Lächeln der Frau war zu strahlend.

»Sie sind ein wundervoller Partner«, sagte sie zu ihm. »Sie haben eine Stärke … ein Gefühl für den Rhythmus …«

»Vor Manipool war ich nie ein großer Tänzer.«

»Manipool?«

»Der Planet, wo ich … wo sie …«

Sie wußte es nicht. Er hatte angenommen, jedermann kenne seine Geschichte. Doch vielleicht schenkten diese Reichen den üblichen Videosensationen keine Beachtung. Sie hatten sein Unglück nicht verfolgt. Sehr wahrscheinlich hatte die Frau sein Aussehen mit solcher Selbstverständlichkeit aufgenommen, daß es ihr gar nicht einfiel, sich zu fragen, wie es gekommen war. Takt konnte auch übertrieben werden; sie war weniger an ihm interessiert, als er gedacht hatte.

»Machen Sie sich nichts daraus«, sagte er.

Als sie zum zweitenmal die Tanzfläche umrundeten, entdeckte er endlich Lona: sie verließ gerade den Saal. Der Industrielle stand allein, anscheinend verwirrt. Burris hielt sofort an. Seine Partnerin sah ihn fragend an.

»Entschuldigen Sie mich. Vielleicht ist sie krank.«

Nicht krank, nur trotzig. Er fand sie im Zimmer, auf dem Bett liegend, das Gesicht in den Kissen vergraben. Als er seine Hand auf ihren nackten Rücken legte, schauderte sie und schüttelte sie ab. Was sollte er zu ihr sagen? Sie schliefen weit auseinander, und als sein Traum von Manipool kam, gelang es ihm, seine Schreie zu ersticken, bevor sie laut wurden. Er setzte sich gerade auf, bis das Entsetzen verebbte.

Keiner von ihnen erwähnte am nächsten Morgen den Vorfall.

Sie machten eine Besichtigungsfahrt im Motorschlitten. Das Hotel- und Raumhafengelände von Titan lag fast in der Mitte einer kleinen, von hohen Bergen gesäumten Ebene. Hier gab es, wie auf dem Mond, zahlreiche Gipfel, neben denen der Mount Everest klein wirkte. Es schien widersinnig, daß so kleine Welten so große Gebirge besaßen. Etwa hundert Kilometer westlich des Hotels erstreckte sich der Martinelligletscher, ein riesiger, kriechender Fluß aus Eis, der sich Hunderte von Kilometern aus dem Herzen des hiesigen Himalaja nach unten wand. Der Gletscher endete, unwahrscheinlich genug, in dem in der ganzen Galaxis berühmten Gefrorenen Wasserfall, den jeder Besucher Titans besichtigen mußte, und so fuhren auch Lona und Burris hin.

Unterwegs gab es weniger bekannte Sehenswürdigkeiten, die Burris viel erregender fand. Die wirbelnden Methanwolken und die Bälle aus gefrorenem Ammoniak zum Beispiel, die die nackten Berge schmückten, gaben ihnen das Aussehen von Gebirgen aus einem Sungpergament. Oder der dunkle Methansee, eine halbe Fahrstunde von der Kuppel entfernt; in seinen wächsernen Tiefen lebten die kleinen, zähen Lebewesen von Titan,

Kreaturen, die eine Art Mollusken und Arthropoden waren, allerdings kaum mit irdischen vergleichbar. Sie waren dazu geschaffen, Methan zu atmen und zu trinken. Da Leben jeder Art in diesem Solarsystem so selten war, fand Burris es faszinierend, diese Raritäten in ihrer ursprünglichen Umgebung zu erleben. Um den Rand des Sees herum sah er ihre Nahrung: Titankraut, klebrige, fetthaltige Pflanzen, weiß und wie tot, und die dennoch fähig waren, diesem höllischen Klima Leben abzutrotzen.

Der Schlitten fuhr weiter in Richtung auf den Gefrorenen Wasserfall.

Und da war er: bläulichweiß, glitzernd im Licht des Saturn, schwebend über einem riesigen Abgrund. Die Betrachter gaben die obligatorischen Seufzer des Entzückens von sich. Niemand verließ den Schlitten, denn die Orkane dort draußen fegten wie wild über die Flanken des Gebirges, und man konnte sich nicht völlig darauf verlassen, in den Schutzanzügen vor der korrosiven Atmosphäre sicher zu sein.

Sie umkreisten den Wasserfall und betrachteten den glitzernden weißen Bogen von drei Seiten. Dann übermittelte der Fremdenführer die schlechte Nachricht: »Der Wind wird stärker. Wir müssen zurück.«

Der Sturm holte sie ein, ehe sie die Behaglichkeit der Kuppel erreicht hatten. Zuerst kam Regen, ein graupeliger Schauer herabfallenden Ammoniaks, der auf das Dach ihres Schlittens prasselte, und dann Wolken von Ammoniakkristallschnee, vom Wind getrieben. Der Schlitten kam nur mühsam voran. Burris hatte Schnee noch nie so dicht oder so schnell fallen sehen. Der Wind wühlte ihn auf und riß ihn hoch, schichtete ihn auf zu Kathedralen und Gebirgen. Mit einiger Anstrengung wich der Schlitten den rasch sich auftürmenden Schneewehen aus und kroch um plötzlich aufgerichtete Sperren. Die meisten Passagiere sahen gelassen aus. Sie begeisterten sich für die Schönheit dieses wilden Naturschauspiels. Burris, der wußte, wie nahe sie alle daran waren, verschüttet und zugeweht zu werden, saß in mürrischem Schweigen da. Vielleicht würde der Tod endlich Frieden bringen, doch wenn er sich seinen Tod aussuchen könnte, würde er sich nicht dafür entscheiden, hier lebendig begraben zu werden. Schon konnte er den beißenden Geruch der Angst und des Todes riechen, wenn die Luft knapp zu werden begann und die heulenden Motoren ihre Abgase zurück in die Passagierkabine bliesen. Einbildung, weiter nichts. Er versuchte, die Schönheit des Sturms zu genießen.

Trotzdem war es eine große Erleichterung, wieder in die Wärme und Geborgenheit der Kuppel zurückzukehren.

Kurz nach ihrer Ankunft stritten Burris und Lona von neuem. Diesmal bestand noch weniger Grund dazu als sonst. Doch sehr schnell erreichte ihr Streit das Stadium unverhüllter Bösartigkeit.

»Du hast mich während der ganzen Fahrt nicht angesehen, Minner!«

»Ich habe mir die Umgebung angesehen. Deshalb sind wir hier.«

»Du hättest meine Hand nehmen, hättest lächeln können.«

»Ich ...«

»Bin ich denn so langweilig?«

Er war es müde, ihr nachzugeben. »In der Tat, das bist du. Du bist ein langweiliges, unwissendes kleines Mädchen! All das ist an dich verschwendet! Alles! Du weißt weder Essen noch Kleidung, noch Sex, noch Reisen zu schätzen ...«

»Und was bist du? Nur eine scheußliche Mißgeburt!«

»Dann sind wir zu zweit!«

»Bin ich eine Mißgeburt?« schrie sie. »Man sieht es nicht. Ich bin wenigstens ein menschliches Wesen. Und was bist du?«

Das war der Augenblick, in dem er auf sie losging.

Seine glatten Finger schlossen sich um ihren Hals. Sie schlug ihn, hämmerte mit ihren Fäusten auf ihn ein, kratzte mit den Fingernägeln über seine Wangen. Doch sie konnte seine Haut nicht verletzen, und das brachte sie in noch größere Wut. Er hielt sie fest gepackt, schüttelte sie, ließ ihren Kopf hin und her rollen, während sie ständig trat und schlug. Die Hormone seines Zorns pulsierten durch seine Adern.

Ich könnte sie so leicht töten, dachte er.

Doch allein die Tatsache, daß er innehielt und einen zusammenhängenden Gedanken faßte, machte ihn ruhiger. Er ließ sie los. Er starrte seine Hände an, sie starrte ihn an. Rote Flecken zeichneten sich auf ihrem Hals ab, fast ebenso rot wie die Flecken, die auf seinem Gesicht erschienen waren. Keuchend trat sie zurück. Sie sprach nicht. Ihre zitternde Hand wies auf ihn.

Erschöpfung ließ ihn in die Knie brechen.

Mit einem Mal war seine ganze Kraft dahin. Seine Gelenke gaben nach, er fiel, kraftlos, nicht einmal mehr fähig, sich mit den Händen abzustützen. Er lag auf dem Gesicht, rief ihren Namen. Noch nie hatte er sich so schwach gefühlt, nicht einmal, als er sich von dem erholte, was man ihm auf Manipool angetan hatte.

So fühlt es sich an, wenn man ausgeblutet ist, dachte er. Blutsauger sind über mich hergefallen! Gott, werde ich je wieder stehen können? »Hilfe!« schrie er lautlos. »Lona, wo bist du?«

Als er wieder stark genug war, den Kopf zu heben, sah er, daß sie fort war. Er wußte nicht, wieviel Zeit vergangen war. Mühsam stemmte er sich hoch und setzte sich auf den Bettrand, bis die schlimmste Schwäche überwunden war. War das eine Strafe gewesen, über ihn verhängt, weil er sie geschlagen hatte? Nach jedem Streit war ihm hinterher so elend.

»Lona?«

Er ging in die Halle und hielt sich dabei dicht an der Seitenwand. Vermutlich glaubten die eleganten Damen, die an ihm vorbeisegelten, er sei betrunken. Sie lächelten. Er versuchte, das Lächeln zu erwidern.

Er fand sie nicht.

Irgendwie, Stunden später, entdeckte er Aoudad. Der kleine Mann sah besorgt aus.

»Haben Sie sie gesehen?« krächzte Burris.

»Sie ist inzwischen auf halbem Weg nach Ganymed. Nahm das Abendschiff.«

»Fort?«

Aoudad nickte. »Nick ist bei ihr. Sie fliegen zurück zur Erde. Was haben Sie getan – sie ein bißchen verprügelt?«

»Sie ließen Sie fort?« murmelte Burris. »Sie gestatteten ihr zu gehen? Was wird Chalk dazu sagen?«

»Chalk weiß es. Glauben Sie, wir hätten ihn nicht vorher gefragt? Er sagte, gut, wenn sie nach Hause will, dann laßt sie nach Hause. Setzt sie in das nächste Schiff. Das taten wir. He, Sie sind so blaß, Burris! Ich dachte, mit Ihrer Haut könnten Sie nicht bleich werden!«

»Wann fliegt das nächste Schiff in dieser Richtung?«

»Morgen abend. Sie wollen ihr doch nicht etwa nachlaufen?«

»Was sonst?«

Grinsend sagte Aoudad: »So werden Sie nie etwas erreichen.

Lassen Sie sie gehen. Hier wimmelt es von Frauen, die glücklich wären, Lonas Platz einzunehmen. Sie würden sich wundern, wie viele es sind. Einige davon wissen, daß ich zu Ihnen gehöre, und sie kommen zu mir und wollen, daß ich sie mit Ihnen zusammenbringe. Es ist das Gesicht, Minner. Ihr Gesicht fasziniert sie!«

Burris wandte sich ab.

Aoudad sagte: »Sie sind aufgewühlt. Kommen Sie, wir nehmen einen Drink.«

Ohne sich umzusehen, antwortete Burris: »Ich bin müde. Ich möchte mich ausruhen.«

»Soll ich Ihnen nach einer Weile eine der Frauen schicken?«

»Ist das Ihre Vorstellung von Ruhe?«

»Nun, Sie haben tatsächlich recht, ja.« Er kicherte. »Ich hätte nichts dagegen, mich selbst um sie zu kümmern, verstehen Sie, aber Sie sind es, den sie wollen. Sie.«

»Kann ich Ganymed anrufen? Vielleicht kann ich mit ihr sprechen, während das Schiff auftankt.«

Aoudad trat nahe an ihn heran. »Sie ist fort, Burris. Sie sollten sie vergessen. Was hatten Sie schon außer Problemen? Nur ein mageres kleines Kind! Sie haben sich doch nicht besonders mit ihr verstanden. Ich weiß es. Ich sah es. Sie haben einander nur angeschrien. Wozu brauchen Sie sie? Lassen Sie sich erzählen von . . .«

»Haben Sie irgendwelche Relaxer bei sich?«

»Sie wissen doch, daß sie Ihnen nichts nützen.«

Burris streckte trotzdem die Hand aus. Aoudad zuckte die Achseln und gab ihm einen Relaxer. Burris drückte das Röhrchen an seine Haut. Jetzt konnte die Illusion von Ruhe genausoviel wert sein wie die Ruhe selbst. Er dankte Aoudad und ging rasch auf sein Zimmer, allein.

Unterwegs kam er an einer Frau mit Haaren aus gesponnenem rosa Glas und Amethystaugen vorbei. Ihr Kleid war keusch und zugleich unanständig. Ihre samtweiche Stimme streifte seine ohrlosen Wangen. Zitternd eilte er an ihr vorbei und flüchtete in sein Zimmer.

Der weise Idiot

»Es hat eine entzückende Romanze verdorben«, sagte Tom Nikolaides.

Lona lächelte nicht.

»Von entzückend kann keine Rede sein. Ich war froh, daß ich
fortgehen konnte.«

»Weil er versuchte, Sie zu erwürgen?«

»Das war erst ganz zum Schluß. Schon lange vorher war es
schlimm. Man braucht sich nicht für nichts und wieder nichts
derart verletzen zu lassen.«

Nikolaides sah ihr tief in die Augen. Er verstand oder gab vor zu
verstehen.

»Nur zu wahr. Es ist wirklich schade, aber wir alle wußten, daß
es nicht von Dauer sein konnte.«

»Einschließlich Chalk?«

»Vor allem Chalk. Er sagte den Bruch voraus. Es ist bemerkenswert, wieviel Post wir in dieser Sache bekommen haben. Das
ganze Universum scheint es schrecklich zu finden, daß Sie beide
sich getrennt haben.«

Ein rasches, leeres Lächeln huschte über Lonas Gesicht. Mit ab-
gehackten Schritten durchmaß sie den langen Raum. Ihre Absätze klickten auf dem polierten Fußboden. »Wird Chalk bald
hier sein?« fragte sie.

»Gleich. Er ist ein sehr beschäftigter Mann. Doch sobald er im
Hause ist, werden wir Sie zu ihm bringen.«

»Nick, wird er mir wirklich meine Babys geben?«

»Wir wollen es hoffen.«

Sie trat neben ihn. Heftig ergriff sie sein Handgelenk. »Hoffen?
Hoffen? Er hat es mir versprochen!«

»Aber Sie haben Burris im Stich gelassen.«

»Sie haben selbst gesagt, daß Chalk damit gerechnet hatte. Die
Romanze sollte ja nicht ewig dauern. Jetzt ist sie zu Ende. Ich
habe meinen Teil der Abmachungen erfüllt, und jetzt muß Chalk
seinen erfüllen.«

Sie spürte, wie die Muskeln ihrer Schenkel zitterten. Diese modischen Schuhe; es war schwierig, darin zu stehen. Doch sie lie-

ßen sie größer, reifer wirken. Es war wichtig, auch äußerlich so auszusehen, wie sie innerlich geworden war. Diese Reise mit Burris hatte sie in fünf Wochen um ebenso viele Jahre älter gemacht. Die ständige Spannung ... die Streitereien ...

Vor allem die schreckliche Erschöpfung nach jedem Streit ...

Sie würde dem dicken Mann gerade in die Augen sehen. Wenn er versuchte, sich um sein Versprechen herumzudrücken, würde sie ihm das Leben schwermachen. Ganz gleich, wie mächtig er war, er konnte sie nicht betrügen! Sie hatte lange genug das Kindermädchen dieses unheimlichen Flüchtlings von einem fremden Planeten gespielt, um sich das Recht auf ihre eigenen Babys zu verdienen. Sie ...

Das war nicht richtig, ermahnte sie sich plötzlich. *Ich darf mich nicht über ihn lustig machen. Er hat seine Schwierigkeiten nicht haben wollen. Und ich habe sie freiwillig mit ihm geteilt.*

Nikolaides brach das plötzliche Schweigen. »Was haben Sie jetzt, da Sie wieder auf der Erde sind, für Pläne, Lona?«

»Zuerst will ich die Sache mit den Kindern regeln. Dann möchte ich endgültig aus dem öffentlichen Leben verschwinden. Ich habe jetzt zwei Runden Publicity hinter mir, zuerst, als man mir die Babys entnahm, und dann, als ich mit Minner verreiste. Das genügt.«

»Wohin wollen Sie gehen? Werden Sie die Erde verlassen?«

»Kaum. Ich werde hierbleiben. Vielleicht schreibe ich ein Buch.« Sie lächelte. »Nein, das wäre nicht gut, nicht wahr? Noch mehr Publicity. Ich will in Ruhe leben. Wie wäre es mit Patagonien?« Sie starrte vor sich hin. »Haben Sie eine Ahnung, wo *er* jetzt ist?«

»Chalk?«

»Minner«, sagte sie.

»Immer noch auf Titan, soviel ich weiß. Aoudad ist bei ihm.«

»Dann sind sie drei Wochen dort geblieben. Vermutlich amüsieren sie sich gut.« Sie lächelte geringschätzig.

»Aoudad bestimmt«, sagte Nikolaides. »Wenn er eine Menge Frauen zur Verfügung hat, amüsiert er sich überall gut. Bei Burris bin ich nicht so sicher. Ich weiß nur, daß sie noch keine Anstalten gemacht haben, nach Hause zurückzukommen. Sie sind immer noch an ihm interessiert, nicht wahr?«

»Nein!«

Nikolaides hielt sich die Ohren zu. »Schon gut. Schon gut. Ich glaube Ihnen. Es ist nur …«

Die Tür am anderen Ende des Raums öffnete sich. Ein kleiner, häßlicher Mann mit langen, dünnen Lippen kam herein. Lona erkannte ihn: es war d'Amore, einer von Chalks Leuten. Sofort sagte sie: »Ist Chalk schon im Haus? Ich muß ihn unbedingt sprechen!«

D'Amores unschöner Mund verzog sich zu dem breitesten Grinsen, das sie je gesehen hatte. »Sie sind wirklich energisch, Gnädigste! Keine zaghafte Schüchternheit mehr, was? Aber nein, Chalk ist noch nicht hier. Ich warte selbst auf ihn.« Er trat weiter in den Raum, und Lona bemerkte, daß jemand hinter ihm stand: weißgesichtig, sanftäugig, vollkommen gelöst, ein Mann mittleren Alters, der blöde lächelte. D'Amore sagte: »Lona, das ist David Melangio. Er beherrscht ein paar Tricks. Nennen Sie ihm Ihr Geburtsdatum und das Jahr; er wird Ihnen sagen, welcher Wochentag es war.«

Lona nannte es.

»Mittwoch«, sagte Melangio sofort.

»Wie macht er das?«

»Das ist sein Talent. Zählen Sie eine Reihe von Zahlen auf, so schnell Sie können, aber deutlich.«

Lona nannte ein Dutzend Zahlen. Melangio wiederholte sie.

»Richtig?« fragte d'Amore strahlend.

»Ich weiß nicht genau«, sagte sie. »Ich habe sie schon wieder vergessen.« Sie ging hinüber zu dem gelehrten Idioten, der sie ohne Interesse ansah. Als Lona in seine Augen blickte, stellte sie fest, daß er ebenfalls eine Mißgeburt war, nur aus Tricks bestehend, ohne Seele. Fröstelnd fragte sie sich, ob man wohl eine neue Liebesaffäre für sie ausheckte.

Nikolaides sagte: »Warum hast du ihn zurückgebracht? Ich dachte, Chalk hätte seine Option auslaufen lassen?«

»Chalk meinte, Miß Kelvin würde vielleicht gern mit ihm reden«, erwiderte d'Amore. »Er sagte, ich solle Melangio hierherbringen.«

»Was soll ich ihm sagen?« fragte Lona.

D'Amore lächelte. »Wie soll ich das wissen?«

Sie zog den schmallippigen Mann beiseite und flüsterte: »Er ist nicht ganz richtig im Kopf, nicht wahr?«

»Ja, ich würde sagen, daß ihm da etwas fehlt.«

»Also hat Chalk ein neues Projekt für mich. Soll ich jetzt vielleicht *seine* Hand halten?«

Sie hätte ebensogut die Wand fragen können. D'Amore sagte nur: »Gehen Sie mit ihm hinein, setzen Sie sich, reden Sie. Chalk wird vermutlich erst in einer Stunde hier sein.«

Nebenan war ein Raum mit einem schwebenden Glastisch und einigen Sesseln. Sie und Melangio gingen hinein, und die Tür schloß sich hinter ihnen mit der Endgültigkeit einer Gefängnistür.

Schweigen. Blicke.

Er sagte: »Fragen Sie mich etwas über Daten. Irgend etwas.«

Er schaukelte rhythmisch vor und zurück. Das Lächeln wich keinen Augenblick von seinem Gesicht. Lona dachte, daß seine geistige Entwicklung etwa bei acht Jahren stehengeblieben war.

»Fragen Sie mich, wann George Washington gestorben ist. Fragen Sie mich. Oder jemand anderer. Irgendeine wichtige Persönlichkeit.«

Sie seufzte. »Abraham Lincoln.«

»1. April 1865. Wissen Sie, wie alt er wäre, wenn er heute noch lebte?« Er sagte es ihr sofort, genau bis auf den Tag. Es hörte sich richtig an. Er sah aus, als sei er mit sich zufrieden.

»Wie machen Sie das?«

»Ich weiß nicht. Ich kann es einfach. Ich habe es immer gekonnt. Ich kann mich an das Wetter und alle Daten erinnern.« Er kicherte. »Beneiden Sie mich?«

»Nicht sonderlich.«

»Manche Leute beneiden mich aber. Sie würden gern lernen, wie man es macht. Mr. Chalk würde es gern wissen. Er möchte mich verheiraten, wissen Sie.«

Lona zuckte zusammen. Sie versuchte, nicht grausam zu sein, und fragte: »Hat er Ihnen das gesagt?«

»O nein. Nicht mit Worten. Aber ich weiß es. Er möchte, daß wir zusammen sind. Wie Sie mit dem Mann mit dem komischen Gesicht zusammen waren. Das hat Chalk gefallen. Besonders, wenn Sie mit ihm Streit hatten. Ich war einmal bei Mr. Chalk, und er wurde rot im Gesicht und jagte mich aus dem Zimmer, und später rief er mich zurück. Das muß gewesen sein, als Sie mit dem anderen einen Streit hatten.«

Lona versuchte, all das zu verstehen. »Können Sie Gedanken lesen, David?«

»Nein.«

»Kann Chalk es?«

»Nein. Nicht *lesen*. Es kommt nicht in Worten. Es kommt in Gefühlen. Er liest Gefühle. Ich weiß das. Und er mag unglückliche Gefühle. Er möchte, daß wir zusammen unglücklich sind, weil ihn das glücklich machen würde.«

Verblüfft beugte sich Lona zu Melangio hinüber und sagte: »Haben Sie Frauen gern, Melangio?«

»Ich habe meine Mutter gern. Manchmal habe ich meine Schwester gern. Obwohl sie mir oft wehgetan haben, als ich klein war.«

»Haben Sie sich je gewünscht zu heiraten?«

»Oh, nein! Heiraten ist für Erwachsene!«

»Und wie alt sind Sie?«

»Vierzig Jahre, acht Monate, drei Wochen, zwei Tage. Wie viele Stunden weiß ich nicht. Sie wollen mir nicht sagen, um welche Zeit ich geboren wurde.«

»Sie armer Kerl.«

»Ich tue Ihnen leid, weil sie mir nicht sagen wollen, um welche Zeit ich geboren wurde.«

»Sie tun mir leid«, sagte Lona. »Punkt. Aber ich kann nichts für Sie tun, David. Ich habe all meine Nettigkeit verbraucht. Jetzt müssen die Menschen anfangen, zu mir nett zu sein.«

»Ich bin nett zu Ihnen.«

»Ja, das sind Sie. Sie sind sehr nett.« Impulsiv ergriff sie seine Hand. Seine Haut war glatt und kühl. Aber nicht so glatt wie Burris' Hand, und auch nicht so kühl. Melangio erschauerte bei der Berührung, doch er erlaubte ihr, seine Hand zu drücken. Nach einem Augenblick ließ sie ihn los, ging zur Wand und strich mit den Händen darüber, bis sich die Tür öffnete. Sie trat hinaus und sah Nikolaides und d'Amore miteinander flüstern.

»Chalk möchte Sie jetzt sehen«, sagte d'Amore. »Hat Ihnen der kleine Plausch mit David gefallen?«

»Er ist reizend. Wo ist Chalk?«

Chalk war im Thronsaal, hockte hoch oben. Lona kletterte auf den Kristallsprossen hinauf. Als sie sich dem fetten Mann näherte, fühlte sie wieder die alte Schüchternheit in sich aufsteigen. Sie hatte seit kurzem gelernt, mit Menschen fertigzuwerden, doch mit Chalk fertigzuwerden könnte ihre Kraft übersteigen.

Er schaukelte sich in seinem riesigen Sessel. Sein breites Gesicht war zu etwas verzogen, das man für ein Lächeln halten konnte.

»Schön, Sie wiederzusehen. Haben Ihnen Ihre Reisen gefallen?«

»Sehr interessant. Und jetzt, meine Babys ...«

»Bitte, Lona, überstürzen Sie nichts. Haben Sie David kennengelernt?«

»Ja.«

»Ein bedauerlicher Fall. So hilfsbedürftig. Was halten Sie von seinem Talent?«

»Wir hatten einen Handel abgeschlossen«, sagte Lona. »Ich kümmere mich um Burris, Sie verschaffen mir zwei von meinen Babys. Punktum. Ich möchte nicht über Melangio sprechen.«

»Sie brachen früher mit Burris, als ich erwartet hatte«, sagte Chalk. »Ich habe noch nicht alle Vorkehrungen hinsichtlich Ihrer Kinder getroffen.«

»Werden Sie sie mir verschaffen?«

»Sehr bald. Aber noch nicht sofort. Es ist eine schwierige Transaktion, selbst für mich; Lona, wollen Sie mir einen Gefallen tun, während Sie auf die Kinder warten? Helfen Sie David, wie Sie Burris geholfen haben. Bringen Sie etwas Licht in sein Leben. Ich würde Sie beide gern zusammen sehen. Eine warmherzige, mütterliche Frau wie Sie –«

»Das ist ein Trick, nicht wahr?« sagte sie plötzlich. »Sie wollen ewig mit mir spielen. Ich soll einen Zombie nach dem anderen für Sie verhätscheln. Burris, Melangio, und wen dann? Nein. Nein. Wir hatten einen Handel abgeschlossen. Ich will meine Babys. *Ich will meine Babys!*«

Schalldämpfer schwirrten aus, um die Lautstärke ihrer Schreie zu mildern. Chalk wirkte verwirrt. Irgendwie sah es aus, als würde ihn dieser Gefühlsausbruch gleichzeitig ärgern und freuen. Sein Körper schien sich aufzublähen und auszudehnen, bis er eine Million Pfund wog.

»Sie haben mich betrogen«, sagte sie, ruhiger geworden. »Sie hatten nie vor, mir die Kinder zurückzugeben!«

Sie sprang auf ihn zu. Sie wollte Fleischfetzen aus diesem fetten Gesicht reißen.

Sofort fiel ein feinmaschiges goldenes Netz von der Decke herab. Lona schlug es beiseite, federte zurück, stürzte wieder auf ihn zu. Sie konnte Chalk nicht erreichen. Er war von einem Schutzmann umgeben.

Nikolaides. D'Amore. Sie ergriffen sie bei den Armen. Lona trat mit den Füßen nach ihnen.

»Sie ist überreizt«, sagte Chalk. »Sie braucht Beruhigung.«

Etwas stach in ihren linken Schenkel. Sie sank zusammen und verlor das Bewußtsein.

28

Umkehr

Langsam bekam er Titan satt. Nach Lonas Abreise hatte er bei dem eisigen Mond Zuflucht gesucht wie bei einer Droge. Aber jetzt war er betäubt. Nichts, das Aoudad sagen oder tun ... oder ihm verschaffen könnte ... würde ihn länger hier festhalten.

Elise lag nackt neben ihm. Hoch über ihnen hing reglos die Kaskade des Gefrorenen Wasserfalls. Sie hatten einen eigenen Motorschlitten gemietet, um allein hier herauszukommen, an der Mündung des Gletschers zu parken und sich beim Glitzern des Saturnlichts auf dem gefrorenen Ammoniak zu lieben.

»Tut es dir leid, daß ich hierher zu dir gekommen bin, Minner?« fragte sie.

»Ja.« Ihr gegenüber konnte er offen sein.

»Vermißt du sie immer noch? Du brauchst sie nicht.«

»Ich habe ihr wehgetan. Unnötig.«

»Und was hat sie dir angetan?«

»Ich möchte mit dir nicht über sie reden.« Er setzte sich auf und legte die Hände auf die Kontrollen des Schlittens. Elise setzte sich gleichfalls auf und preßte ihren Körper an ihn. In diesem fremdartigen Licht sah sie weißer aus denn je. Strömte überhaupt Blut durch diesen üppigen Körper? Sie war weiß wie der Tod. Burris startete den Schlitten. Er begann langsam am Rand des Gletschers entlangzukriechen und entfernte sich immer wieder von der

Kuppel. Hier und da lagen Methantümpel. Burris sagte: »Hättest du etwas dagegen, daß ich das Schlittendach öffne, Elise?«

»Wir würden sterben.« Sie sagte es völlig gleichgültig.

»Du würdest sterben. Ich bin nicht sicher, ob ich sterben würde. Woher soll ich wissen, ob dieser Körper nicht Methan atmen kann?«

»Das ist nicht wahrscheinlich.« Sie räkelte sich wollüstig, geil. Sie betete ihn an.

»Wohin fährst du?«

»Mich umsehen.«

»Vielleicht ist es hier nicht sicher. Du könntest durch das Eis brechen.«

»Dann würden wir sterben. Alles wäre zu Ende. Endlich Frieden, Elise.«

Der Schlitten rammte eine knirschende Zunge aus neuem Eis und wurde leicht erschüttert. Träge beobachtete Burris, wie der Stoß Elises fülliges Fleisch beben ließ. Sie war jetzt eine Woche bei ihm. Aoudad hatte sie herbeigezaubert. Über ihre Sinnlichkeit ließ sich eine Menge sagen, über ihre Seele wenig. Burris fragte sich, ob der arme Prolisse sich eigentlich darüber klar gewesen war, welche Art von Frau er da geheiratet hatte.

Sie berührte seine Haut. Dauernd berührte sie ihn, als weide sie sich daran, wie falsch sich sein Gewebe anfühlte. »Liebe mich noch einmal«, sagte sie.

»Nicht jetzt. Elise, was begehrst du an mir?«

»Alles.«

»Die Welt ist voll von Männern, die dich im Bett glücklich machen könnten. Was biete ich dir Besonderes?«

»Die Veränderungen von Manipool.«

»Du liebst mich wegen meines Aussehens?«

»Ich liebe dich, weil du ungewöhnlich bist.«

»Was ist mit blinden Männern? Einäugigen Männern? Buckligen? Männern ohne Nasen?«

»Es gibt keine. Heutzutage tragen alle Prothesen. Jeder ist vollkommen.«

»Außer mir.«

»Ja. Außer dir.« Ihre Nägel gruben sich in seine Haut. »Ich kann dich nicht kratzen. Ich kann dich nicht zum Schwitzen bringen. Ich kann dich nicht einmal ansehen, ohne mich ein bißchen unwohl zu fühlen. *Das* begehre ich an dir.«

»Unwohlsein?«

»Du bist albern.«

»Du bist masochistisch, Elise. Du willst dich erniedrigen. Du suchst dir das unheimlichste Wesen des ganzen Sonnensystems, wirfst dich ihm an den Hals und nennst es Liebe; aber es ist nicht Liebe, es ist nicht einmal Sex, es ist nur Selbstquälerei. Stimmt's?«

Sie sah ihn sonderbar an.

»Du magst es, daß man dir wehtut«, sagte er. Er legte seine Hand auf eine ihrer Brüste, spreizte weit die Finger, um die warme, weiche Wölbung ganz zu umfassen. Dann schloß er die Hand. Elise zuckte zusammen. Ihre zarten Nüstern weiteten sich, in ihren Augen standen Tränen. Sie biß die Zähne zusammen, doch sie schrie nicht, selbst als er mit aller Kraft zudrückte. Ihr Atem wurde lauter. Er glaubte, das Pochen ihres Herzens zu fühlen. Sie würde jedes Maß dieses Schmerzes auf sich nehmen, ohne zu klagen, selbst wenn er ihr die weiße Birne aus Fleisch vom Körper risse. Als er sie losließ, zeichneten sich sechs weiße Abdrücke auf ihrer Haut ab. Im nächsten Moment röteten sie sich. Elise sah aus wie eine sprungbereite Tigerin. Über ihnen stürzte der Gefrorene Wasserfall in ewiger Reglosigkeit herab. Würde er plötzlich zu fließen beginnen? Würde Saturn niederfallen und Titan mit seinen wirbelnden Ringen streifen?

»Morgen reise ich ab zur Erde«, sagte er.

Sie lehnte sich zurück. Ihr Körper war bereit, ihn aufzunehmen. »Liebe mich, Minner.«

»Ich fliege allein zurück. Um nach Lona zu sehen.«

»Du brauchst sie nicht. Hör auf, mich ärgern zu wollen.« Sie zerrte an ihm. »Leg dich neben mich. Ich möchte noch einmal Saturn betrachten, während du mich nimmst.«

Er ließ die Hand über ihre seidige Haut gleiten. Ihre Augen glitzerten. Er flüsterte: »Laß uns aus dem Schlitten steigen. Laß uns nackt zu diesem See laufen und darin schwimmen.«

Methanwolken bauschten sich über ihnen. Gegen die Temperatur, die dort draußen herrschte, müßte der antarktische Winter tropisch wirken. Würden sie zuerst an der Kälte oder an dem Gift in ihren Lungen sterben? Sie würden den See nie erreichen. Er sah sie beide ausgestreckt auf der Schneedüne liegen, weiß auf weiß, hart wie Marmor. Er würde länger standhalten als sie, würde den Atem anhalten, während sie stolperte und fiel, während sie zusammenbrach und das Hydrokarbonbad ihr Fleisch liebkoste. Aber er würde nicht lange standhalten.

»Ja!« schrie sie. »Wir werden schwimmen! Und hinterher werden wir uns am Ufer des Sees lieben!«

Sie streckte die Hand nach dem Hebel aus, mit dem man das transparente Dach des Schlittens öffnete. Burris bewunderte das Spiel ihrer Muskeln, als ihr Arm sich streckte, als Bänder und Sehnen unter der glatten Haut vom Handgelenk bis zum Fußknöchel sich in schöner Harmonie spannten. Ein Bein war unter ihren Körper gezogen, das andere ausgestreckt in einer anmutigen Biegung, die die Linie ihres Arms wiederholte. Ihre Brüste hatten sich gehoben, ihr Hals, der zur Schlaffheit neigte, war gestrafft. Sie war schön. Nun brauchte sie nur den Hebel umzulegen, und das Dach würde aufspringen und sie der giftigen Atmosphäre Titans aussetzen. Ihre schlanken Finger lagen auf dem Hebel. Er griff nach ihrem Arm, ließ nicht los, als ihre Muskeln sich spannten, zog sie fort, schleuderte sie zurück auf den Liegesitz. Wollüstig ließ sie sich fallen. Als sie sich wieder aufsetzte, schlug er sie über den Mund. Ein dünner Faden Blut trat aus dem Mundwinkel, ihre Augen glitzerten sehnsüchtig. Er schlug sie noch einmal, schlug sie so heftig, daß ihr Fleisch bebte. Sie keuchte genüßlich. Sie klammerte sich an ihn. In seiner Nase war der Geruch ihrer Lust.

Er schlug sie noch einmal. Dann, als er merkte, daß er ihr nur das gab, was sie haben wollte, zog er sich von ihr zurück und schob ihr den abgelegten Schutzanzug hinüber.

»Zieh ihn an. Wir fahren zurück zur Kuppel.«

Sie war die Verkörperung nackten Hungers. Sie wand sich wie in einer Parodie von Begierde. Heiser rief sie nach ihm.

»Wir fahren zurück«, sagte er. »Und wir werden nicht nackt zurückfahren.«

Widerwillig zog sie sich an.

Sie hätte das Dach geöffnet, dachte er. Sie wäre mit mir in dem Methansee geschwommen.

Er startete den Schlitten und fuhr zurück zum Hotel.

»Wirst du morgen wirklich zur Erde fliegen?«

»Ja. Ich habe den Flug gebucht.«

»Ohne mich?«

»Ohne dich.«

»Und wenn ich dir wieder folgen würde?«

»Ich kann dich nicht daran hindern. Aber es würde dir nichts nützen.«

Der Schlitten erreichte die Schleuse der Kuppel. Burris fuhr hinein und lieferte den Schlitten beim Mietschalter ab. Elise sah in ihrem Schutzanzug zerknittert und verschwitzt aus.

Burris ging in sein Zimmer, schloß rasch die Tür hinter sich und versperrte sie. Elise klopfte mehrmals. Er antwortete nicht, und sie ging fort. Er stützte den Kopf in die Hände. Wieder überfiel ihn Müdigkeit, die völlige Erschöpfung, die er seit dem letzten Streit mit Lona nicht mehr gespürt hatte. Doch nach ein paar Minuten verging sie.

Eine Stunde später kamen die Geschäftsführer des Hotels zu ihm. Drei Männer mit grimmigen Gesichtern, die sehr wenig sprachen. Burris zog den Schutzanzug an, den sie ihm gaben, und ging mit ihnen ins Freie.

»Sie liegt unter der Decke. Wir möchten, daß Sie sie identifizieren, ehe wir sie hereinholen.«

Feine Kristalle von Ammoniakschnee waren auf die Decke gefallen. Sie fielen herab, als Burris die Decke zurückschob. Elise, nackt, schien sich im Eis festzuhalten. Die Abdrücke seiner Fingerspitzen auf ihrer Brust waren dunkelrot. Er berührte sie. Sie war so hart wie Marmor.

»Sie war augenblicklich tot«, sagte eine Stimme neben ihm.

Burris sah auf. »Sie hat heute nachmittag eine Menge getrunken. Vielleicht ist das eine Erklärung.«

Für den Rest des Abends und am folgenden Morgen blieb er in seinem Zimmer. Mittags wurde er für die Fahrt zum Raumhafen aufgerufen, und vier Stunden später war er via Ganymed unterwegs zur Erde. Während der ganzen Zeit sprach er kaum ein Wort.

Dona Nobis Pacem

Lona war von den Gezeiten in die Martlet-Türme geschwemmt worden. Dort lebte sie in einer Einzimmerwohnung, ging selten aus, wechselte ihre Kleider nur gelegentlich, sprach mit niemandem. Sie kannte jetzt die Wahrheit, und die Wahrheit hatte sie eingekerkert.

... Dort fand er sie.

Sie stand da wie ein fluchtbereiter kleiner Vogel. »Wer ist da?«

»Minner.«

»Was willst du?«

»Laß mich herein, Lona. Bitte.«

»Wie hast du mich gefunden?«

»Vermutungen. Ein bißchen Erpressung. Mach die Tür auf, Lona.«

Sie öffnete ihm. Er hatte sich nicht verändert in den Wochen, in denen sie ihn nicht gesehen hatte. Er trat ein, lächelte nicht, berührte sie nicht, küßte sie nicht. Es war fast dunkel im Zimmer. Lona wollte das Licht einschalten, doch mit einer Geste bedeutete er ihr, sie solle es nicht tun.

»Tut mir leid, daß es so schäbig aussieht«, sagte sie.

»Es sieht gut aus. Genauso wie das Zimmer, in dem ich wohnte. Aber das war zwei Häuser weiter.«

»Wann bist du zur Erde zurückgekommen, Minner?«

»Vor ein paar Wochen. Ich habe lange gesucht.«

»Hast du Chalk gesehen?«

Burris nickte. »Ich habe nicht viel von ihm bekommen.«

»Ich auch nicht.« Lona ging auf den Speiseschacht zu. »Möchtest du etwas trinken?«

»Danke, nein.«

Er setzte sich. Etwas schrecklich Vertrautes lag in der sorgfältigen Art, wie er auf dem Stuhl Platz nahm und dabei seine zusätzlichen Gelenke vorsichtig bewegte. Sein bloßer Anblick ließ Lonas Puls schneller schlagen.

»Elise ist tot«, sagte er. »Sie hat sich auf Titan das Leben genommen.«

Lona gab keine Antwort.

Er sagte: »Ich hatte sie nicht aufgefordert, zu mir zu kommen. Sie war hochgradig hysterisch. Jetzt hat sie ihre Ruhe.«

»Sie ist im Selbstmord geschickter als ich.«

»Du hast doch nicht –«

»Nein. Nicht noch einmal. Ich habe ein ruhiges Leben geführt, Minner. Soll ich die Wahrheit gestehen? Ich habe darauf gewartet, daß du mich findest.«

»Du brauchtest nur jemanden wissen zu lassen, wo du warst!«

»So einfach war es nicht. Ich konnte nicht selbst auf mich aufmerksam machen. Aber ich bin froh, daß du hier bist. Ich habe dir so viel zu sagen.«

»Zum Beispiel?«

»Chalk wird mir keines von meinen Kindern verschaffen. Ich habe nachgeforscht. Es war nur eine passende Lüge, die mich dazu bringen sollte, für ihn zu arbeiten.«

Burris' Augen flackerten. »Du meinst, dich dazu zu bewegen, mit mir zusammen zu sein?«

»Genau. Ich will dir jetzt nichts verheimlichen, Minner. Du weißt es längst. Ehe ich mit dir ging, mußte ein Preis da sein. Die Kinder waren dieser Preis. Ich habe meinen Teil der Vereinbarung erfüllt, aber Chalk erfüllt seinen nicht.«

»Du hast recht, ich wußte, daß du gekauft worden warst, Lona. Ich war ebenfalls gekauft. Chalk fand meinen Preis dafür heraus, daß ich mich nicht mehr verstecke und eine interplanetarische Romanze mit einem gewissen Mädchen anfing.«

»Transplantation in einen neuen Körper?«

»Ja«, sagte Burris.

»Du wirst ihn nicht bekommen, genausowenig wie ich meine Babys bekommen werde«, sagte sie tonlos. »Zerstöre ich dir irgendwelche Illusionen? Chalk hat dich genauso betrogen wie mich.«

»Das habe ich herausgefunden«, sagte Burris, »als ich zurückgekommen war. Körpertransplantationen sind frühestens in zwanzig Jahren möglich. Nicht in fünf Jahren. Einige der Probleme lassen sich vielleicht nie lösen. Sie können ein Gehirn in einen neuen Körper verpflanzen und es am Leben erhalten, aber die – wie soll ich sagen – die *Seele* geht verloren. Das Ergebnis ist ein Zombie. Chalk wußte all das, als er mir den Handel vorschlug.«

»Er hat von uns seine Romanze bekommen. Und wir haben

399

nichts von ihm bekommen.« Lona stand auf und ging im Zimmer auf und ab. Sie kam zu dem kleinen Topfkaktus, den sie Burris geschenkt hatte, und rieb in Gedanken mit der Fingerspitze über seine stachelige Oberfläche. Burris schien den Kaktus jetzt erst zu bemerken. Er sah sie freudig überrascht an.

Lona sagte: »Weißt du, warum er uns zusammenbrachte, Minner?«

»Um an der Publicity zu verdienen. Er nimmt zwei verbrauchte Leute, richtet es so ein, daß sie halbwegs ins Leben zurückkehren, berichtet der Welt darüber und ...«

»Nein. Chalk hat genug Geld. Der Profit war ihm vollkommen gleichgültig.«

»Was war es dann?« fragte er.

»Ein Idiot hat mir den wahren Grund genannt. Ein Idiot namens Melangio, der einen Trick mit Zahlen vorführt. Vielleicht hast du ihn im Video gesehen. Chalk verwendete ihn in einigen Shows.«

»Nein.«

»Ich habe ihn bei Chalk kennengelernt. Manchmal sagt ein Narr die Wahrheit. Er sagte, Chalk sei ein Emotionsfresser. Er lebt von Angst, Schmerz, Neid, Kummer. Chalk stellt Situationen her, die er ausbeuten kann. Bring zwei Menschen zusammen, die so zerbrochen sind, daß sie unmöglich miteinander glücklich werden können, und sieh zu, wie sie leiden. Und ernähre dich davon. Und sauge sie aus.«

Burris sah sie verblüfft an. »Selbst über weite Entfernungen? Er konnte sich sogar von uns nähren, als wir in Luna Tivoli waren? Oder auf Titan?«

»Jedesmal, wenn wir uns stritten ... fühlten wir uns hinterher so erschöpft. Als hätten wir Blut verloren. Als seien wir Hunderte von Jahren alt.«

»Ja!«

»Das war Chalk«, sagte sie. »Der an unseren Leiden fett wurde. Er wußte, daß wir einander hassen würden, und genau das wollte er. Kann es Vampire dieser Art geben?«

»Also waren alle Versprechungen falsch«, flüsterte er. »Wir waren Marionetten. Wenn das wahr ist.«

»Ich weiß, daß es wahr ist.«

»Weil ein Idiot es dir gesagt hat?«

»Ein weiser Idiot, Minner. Doch wie dem auch sei, finde es

selbst heraus. Denk an alles, was Chalk dir gesagt hat. Denk an alles, was geschehen ist. Warum wartete Elise immer in den Kulissen, um sich dir in die Arme zu werfen? Glaubst du nicht, daß es Absicht war, der Teil eines Plans, um mich in Wut zu bringen? Wir waren durch unser Anderssein aneinander gebunden . . . durch unseren Haß. Und das genoß Chalk.«

Lange Zeit starrte Burris sie schweigend an. Dann, ohne ein Wort, ging er zur Tür, öffnete sie, ging hinaus in die Halle und schlug auf etwas. Lona konnte nicht sehen, was er tat, bis er mit Aoudad zurückkam, der sich unter seinem eisernen Griff wand.

»Ich dachte mir doch, daß Sie irgendwo dort draußen sind«, sagte Burris. »Kommen Sie herein. Wir möchten mit Ihnen reden.«

»Minner, tu ihm nichts«, sagte Lona. »Er ist nur ein Werkzeug.«

»Er kann ein paar Fragen beantworten. Nicht wahr, Bart?«

Aoudad befeuchtete seine Lippen. Seine Augen huschten wachsam von einem zum anderen.

Burris schlug zu.

Seine Hand hob sich mit unglaublicher Schnelligkeit. Lona sah sie nicht und Aoudad auch nicht, doch Aoudads Kopf flog zurück, und er fiel schwer gegen die Wand. Burris gab ihm keine Chance, sich zu verteidigen. Halb bewußtlos lehnte Aoudad an der Wand, während ihn die Schläge trafen. Schließlich sackte er zusammen, die Augen immer noch offen, das Gesicht blutig.

»Erzählen Sie uns«, sagte Burris. »Erzählen Sie uns von Duncan Chalk.«

Später verließen sie Lonas Zimmer. Aoudad blieb friedlich schlafend zurück. Unten auf der Straße fanden sie seinen Wagen, der auf einer Rampe wartete. Burris startete ihn und steuerte ihn zu Chalks Bürogebäude.

»Wir haben einen Fehler gemacht«, sagte er, »als wir versuchten, uns in das zurückzuverwandeln, was wir einmal waren. Wir sind die Essenz unserer selbst. Ich bin der entstellte Raumfahrer, du bist das Mädchen mit den hundert Babys. Es ist falsch, wenn man zu fliehen versucht.«

»Selbst wenn wir fliehen könnten?«

»Selbst wenn wir könnten. Sie könnten mir eines Tages einen anderen Körper geben, ja, und wohin würde mich das bringen?

Ich hätte das verloren, was ich jetzt bin, und nichts gewonnen. Und sie könnten dir zwei deiner Babys geben, vielleicht, aber was wäre mit den achtundneunzig anderen? Was geschehen ist, ist geschehen. Die entscheidende Begebenheit deines Lebens hat dich absorbiert. Dasselbe gilt für mich. Verstehst du, was ich meine?«

»Du willst sagen, daß wir uns dem stellen müssen – daß wir uns dem stellen müssen, was wir sind, Minner.«

»Genau das ist es. Kein Weglaufen mehr. Kein Trotz mehr. Kein Haß mehr.«

»Aber die Welt – die anderen Leute – die normalen ...«

»Das ist es: Wir gegen sie. Sie wollen uns verschwinden lassen. Sie wollen uns in ihre Panoptika stecken, zu ihren anderen Mißgeburten. Wir müssen uns wehren, Lona!«

Der Wagen hielt an. Da war das niedrige, fensterlose Gebäude. Sie traten ein, und ja, Chalk würde sie gleich empfangen, wenn sie ein Weilchen im Vorraum warten wollten. Sie warteten. Sie saßen nebeneinander, sahen einander kaum an. Lona hielt den kleinen Kaktustopf in den Händen. Es war der einzige Besitz, den sie aus ihrem Zimmer mitgenommen hatte. Der Rest ging sie nichts mehr an.

Burris sagte ruhig: »Wirf ihm deine Qual entgegen. Anders können wir nicht kämpfen.«

Leontes d'Amore erschien. »Chalk wird Sie jetzt empfangen«, sagte er.

Die Kristallsprossen hinauf. Der riesigen Gestalt auf dem hohen Thron entgegen.

»Lona? Burris? Wieder zusammen?« fragte Chalk. Er lachte dröhnend und tätschelte seinen Bauch, schlug sich auf die massigen Schenkel.

»Sie haben sich gut von uns genährt, nicht wahr, Chalk?« fragte Burris.

Das Lachen erstarb. Abrupt setzte Chalk sich auf, gespannt, wachsam. Jetzt wirkte er beinahe beweglich, bereit, sich davonzumachen.

Lona sagte: »Es ist bald Abend. Wir haben Ihnen Ihr Abendessen gebracht, Chalk.«

Sie standen vor ihm. Burris legte den Arm um Lonas schmale Taille. Chalks Lippen bewegten sich. Kein Laut kam heraus, und seine Hand erreichte den Alarmhebel auf dem Pult nicht ganz. Die plumpen Finger spreizten sich weit.

»Für Sie«, sagte Burris. »Mit unseren Empfehlungen. Mit unserer Liebe.«

Gefühle entströmten ihnen wie leuchtende Wellen. Chalk spürte sie, sah sie.

Es war ein Strom, dem Chalk nicht widerstehen konnte. Er schwankte hin und her, von der reißenden Flut fortgeschwemmt, ein Mundwinkel zog sich nach oben, dann der andere. Schaum stand ihm auf den Lippen, tropfte auf sein Kinn. Dreimal zuckte krampfartig sein Kopf nach hinten. Wie ein Roboter faltete und entfaltete er seine dicken Arme über der Brust.

Burris drückte Lona so fest an sich, daß ihre Rippen schmerzten.

Tanzten knisternde Flammen über Chalks Schreibtisch? Erschienen Ströme nackter Elektronen vor ihm, glühten auf in leuchtendem Grün? Er krümmte sich, keiner Bewegung mehr fähig, als sie ihm in leidenschaftlicher Intesität ihre Seelen zum Fraß vorsetzten. Er fraß, aber er konnte nicht verdauen. Er schwoll noch mehr an. Schweiß glänzte auf seinem Gesicht.

Niemand sprach ein Wort.

»*Versinke, weißer Wal! Schlag mit deiner mächtigen Flosse und sinke hinab!*

Retro me, Satanas!

Faust, hier ist Feuer, halte dran den Arm!«

Jetzt bewegte sich Chalk. Er schwankte auf seinem Stuhl, löste sich aus seiner Erstarrung, schlug mit seinen fleischigen Armen wieder und wieder auf den Schreibtisch. Er badete im Blut des Albatros'. Er zitterte, zuckte, zitterte wieder. Der Schrei aus seinem Mund war nur noch ein dünnes, schwaches Wimmern aus einem klaffenden Schlund. Jetzt richtete er sich straff auf, jetzt vibrierte er im Rhythmus der Zerstörung ...

Und dann kam die Erschlaffung.

Augäpfel rollten. Lippen klafften weit auseinander. Massige Schultern fielen herunter. Wangen sackten ab.

Consumatum est; die Rechnung ist beglichen.

Die drei Gestalten blieben reglos; die, die ihre Seelen von sich geschleudert hatten, und der, der sie empfangen hatte. Einer von den dreien würde sich nie wieder bewegen.

Burris erholte sich zuerst. Sogar das Atemholen war eine Anstrengung, Lippen und Zunge zu bewegen eine ungeheure Aufgabe. Er drehte sich um, wurde sich seiner Gliedmaßen wieder bewußt, legte die Hände auf Lona. Sie war leichenblaß, stand wie erstarrt. Als er sie berührte, schien rasch wieder Kraft in ihren Körper zu strömen.

»Wir können nicht länger hierbleiben«, sagte er sanft.

Sie gingen, langsam, unendlich alt, doch als sie auf den Kristallsprossen hinabstiegen, wurden sie jünger. Die Lebenskraft kehrte zurück. Es würde viele Tage dauern, bis sie sich wieder ganz erholt hatten, doch niemand würde sie mehr aussaugen können.

Niemand hielt sie auf, als sie das Gebäude verließen.

Es war dunkel geworden. Der Winter war vorüber. Über der Stadt lag der graue Dunst eines Frühlingsabends. Die Sterne waren kaum zu sehen. Es war immer noch kalt, doch sie fröstelten nicht.

»Diese Welt hat keinen Platz für uns«, sagte Burris.

»Sie würde nur versuchen, uns zu verschlingen, wie er es versucht hat.«

»Wir haben ihn besiegt. Doch eine ganze Welt können wir nicht besiegen.«

»Wohin werden wir gehen?«

Burris blickte zum Himmel. »Komm mit mir nach Manipool. Wir besuchen die Monstren, trinken einen Tee mit ihnen.«

»Ist das dein Ernst?«

»Ja. Wirst du mit mir gehen?«

»Ja.«

Sie gingen auf den Wagen zu.

»Wie fühlst du dich?« fragte er.

»Sehr müde. So müde, daß ich mich kaum rühren kann. Aber ich fühle mich lebendig. Mit jedem Schritt lebendiger. Zum ersten Mal, Minner, fühle ich mich wirklich lebendig.«

»Wie ich.«

»Dein Körper – schmerzt er dich?«

»Ich liebe meinen Körper«, sagte er. »Er beweist mir, daß ich lebe, daß ich fühle.« Er wandte sich ihr zu und nahm ihr die Kaktee aus den Händen. Der Himmel klärte sich auf. Die Stacheln glänzten im Licht der Sterne. »Lebendig zu sein – zu fühlen, selbst Schmerz zu fühlen – wie wichtig das ist, Lona!«

Er brach einen kleinen Sproß der Pflanze ab und drückte ihn fest in ihre Hand. Die Stacheln drangen tief ins Fleisch. Lona schreckte nur einen Moment zurück. Kleine Blutstropfen erschienen. Sie brach einen Sproß ab und drückte ihn in seine Hand. Es war schwierig, seine zähe, elastische Haut zu durchstechen, doch schließlich drangen die Stacheln ein. Er lächelte, als das Blut zu fließen begann. Er berührte ihre verwundete Hand mit seinen Lippen, und sie küßte die seine.

»Wir bluten«, sagte sie. »Wir fühlen Schmerz. Wir leben.«

»Schmerz ist lehrreich«, sagte Burris, und sie gingen schneller.

Von Philip José Farmer erschienen in der Reihe
HEYNE SCIENCE FICTION & FANTASY:

Die Irrfahrten des Mr. Green · 06/3127, auch / 06/1004
Das Tor der Zeit · 06/3144, auch / 06/1006
Als die Zeit stillstand · 06/3173
Der Sonnenheld · 06/3265, auch: 06/3975
Der Mondkrieg · 06/3302
Die synthetische Seele · 06/3326
Der Steingott erwacht · 06/3376, auch / 06/1005
Lord Tyger · 06/3450
Das echte Log des Phileas Fogg · 06/3494, auch: 06/3980
Die Flußwelt der Zeit · 06/3639
Auf dem Zeitstrom · 06/3653
Das dunkle Muster · 06/3693
Das magische Labyrinth · 06/3836
Die Götter der Flußwelt · (in Vorb.)

DER STEINGOTT ERWACHT
erschien ursprünglich als HEYNE-BUCH Nr. 06/3376
Titel der amerikanischen Originalausgabe:
THE STONE GOD AWAKENS
Deutsche Übersetzung von Walter Brumm
Copyright © 1970 by Philip José Farmer
Copyright © 1974 der deutschen Übersetzung
by Wilhelm Heyne Verlag, München

PHILIP JOSÉ FARMER

Der
Steingott
erwacht

Er wachte auf und wußte nicht, wo er war.

Vor ihm und über ihm knisterten Flammen. Beißender Holzrauch stieg ihm in die Nase, Tränen traten ihm in die Augen, Schreie mischten sich in das laute Krachen hallender Donnerschläge.

Er saß auf einem Stuhl – seinem metallenen Schreibtischstuhl? – Seine Arme hatte er ausgestreckt und halb angewinkelt, als ruhten sie auf seinem Schreibtisch – aber da war kein Schreibtisch! – Der Stuhl, auf dem er saß, stand auf einem Thron, der aus einem gewaltigen Granitblock gehauen war, und der Thron wiederum stand auf einer runden Steinplatte, deren Oberfläche mit dunklen, braunroten Flecken bedeckt war.

Er saß in einem großen Raum aus mächtigen Baumstämmen, Holzsäulen und Dachbalken. Flammen leckten über die Wände und hatten bereits den größten Teil des Gebäudes ergriffen. Ein Teil des Dachs war heruntergestürzt, durch den aufsteigenden Rauch konnte er den Himmel sehen, und der Himmel war schwarz und von Blitzen durchzuckt. Ungefähr fünfzig Meter hinter dem Gebäude sah er einen bewaldeten kleinen Hügel, der vom Feuerschein beleuchtet wurde. Die Bäume waren voll belaubt!

Noch vor einem Moment war Winter gewesen. Um die Gebäude des Forschungszentrums am Rand von Syracuse, New York, hatte der Schnee einen halben Meter hoch gelegen!

Ein Windstoß drückte den Rauch herunter, und er konnte nicht mehr hinaussehen. Das Feuer prasselte lauter, und brennendes Holz stürzte herab. Die dicken Pfosten waren wie Totempfähle mit unheimlichen geschnitzten Köpfen oder Masken verziert.

Er stand auf und hustete, als der beißende Rauch ihn einhüllte. Er stieg vom Sitz des gewaltigen Throns und blickte verwirrt umher. Er entdeckte eine halb geöffnete zweiflügelige Tür, draußen waren noch mehr Flammen – und kämpfende, fallende Gestalten und Schreie.

Er mußte hier heraus, bevor Rauch und Flammen ihm den Weg abschnitten, aber er hatte kein Verlangen, sich in den Kampf draußen zu stürzen. Er sprang von der Steinplattform herunter, griff in seine Jackentasche und brachte ein Springmesser zum Vorschein. Er drückte auf den Knopf, und die fünfzehn Zentimeter lange Klinge schnappte heraus. Im Staat New York des Jahres 1985 waren derartige Messer verboten, aber wenn man nicht schutzlos sein wollte, mußte man zuweilen etwas Illegales tun.

Er stolperte hustend durch den Rauch zur Tür, die er gesehen hatte, und spähte vorsichtig hinaus.

Das erste, was er sah, war eine geschwänzte haarige Gestalt, die keine drei Meter von ihm entfernt auf den Rücken stürzte – einen Speer im Bauch. Der Anblick verwirrte und schockierte ihn. Der Gefallene sah aus wie eine Kreuzung zwischen einem Menschen und einer siamesischen Katze. Das Fell war von einem hellen Grau, das Gesicht unterhalb der Stirn schwarz. Die Züge glichen denen eines Menschen, doch war die Nase rund und schwarz wie die einer Katze, die spitzigen Ohren waren ebenfalls schwarz und der Mund, im Todeskampf weit geöffnet, zeigte scharfe, spitze Raubtierzähne, doch waren die Eckzähne kaum länger als die anderen.

Der Speer wurde dem Opfer von einer Kreatur aus dem Leib gerissen, die krumme Beine und einen langen Schwanz, aber einen einheitlich braunen Pelz hatte. Es folgte ein Schrei, und der Besitzer des Speers stürzte über das katzenartige Wesen. Der Mann hinter dem Türspalt konnte ihn nun genauer betrachten. Auch dieses pelzbedeckte Wesen sah aus, als habe es sich vom Vierbeiner zum Zweibeiner entwickelt. Es hatte ein flaches Gesicht, nach vorn gerückte Augen, ein markant geformtes Kinn, beinahe menschliche Hände und Füße und eine breite Brust. Wenn die andere Kreatur einer siamesischen Katze geähnelt hatte, dann ähnelte diese einem Waschbären, von dem sie sogar die typische Zeichnung des Gesichts hatte: einen schwarzen Streifen über Augen und Wangen.

Es konnte nicht sehen, was den so menschenähnlich wirkenden Waschbären getötet hatte.

Es gab keinen Grund, das brennende Haus zu verlassen, solange das Feuer ihn nicht dazu zwang. Er kauerte hinter dem Türspalt und blickte hindurch. Die Szenerie hatte etwas Unwirkliches an sich. War es nur ein phantastischer Alptraum, der ihn heimsuchte?

Ein weiterer Teil des Dachs stürzte ein, und der Raum hinter ihm füllte sich mit Glut und Rauch. Er öffnete die Tür ein wenig weiter und schlüpfte geduckt hinaus. Er hielt sich an der Wand des Gebäudes, wo der herausquellende Rauch ihn verbarg, aber das hatte den Nachteil, daß er husten mußte und seine Augen brannten und tränten. So war es nicht verwunderlich, daß er überstürzt reagierte, als er plötzlich eines der waschbärähnlichen Wesen mit einer Steinaxt in der Hand durch den Rauch auf sich zutaumeln sah. Zu spät wurde ihm klar, daß es ihn nicht angriff, sondern hilflos umhertappte, blind vom Rauch und vom Verlust eines Auges, das ihm ausgeschlagen worden war.

Er stieß mit dem Messer zu; die Klinge fuhr in den pelzbedeckten Bauch. Blut quoll heraus, als das Wesen zurückschwankte und sich so von der Klinge befreite. Es ließ seine Streitaxt fallen, preßte seine Hände auf die Bauchwunde und fiel nach einer halben Drehung auf die Seite. Er nahm die Axt in die rechte Hand und das Messer in die linke, ließ sich auf alle viere nieder und kroch hustend weiter, eingehüllt in dichten Rauch.

Er fühlte sich, als taue er langsam auf. Sein Verstand begann sich allmählich zu erwärmen; sein Körper brach das Eis schneller, prickelnd wallte Wärme in ihm auf. Wieder tauchte einer dieser Waschbärmenschen auf, blickte zu ihm herüber, aber offenbar konnte er ihn nicht erkennen. Er blinzelte in den Rauch, als er sich näherte. Seine Hände hielten einen kurzen, schweren Spieß mit einer Steinspitze, und er beugte seinen Oberkörper nach vorn, als sei er nicht sicher, was er sah.

Er stand auf, Steinaxt und Messer bereit. Er fühlte, daß er wenig Chancen hatte. Obwohl der pelzbedeckte Zweibeiner nur ungefähr einen Meter fünfzig maß und etwa siebzig Kilo wiegen mochte, während er einen Meter siebenundachtzig groß war und knappe zwei Zentner auf die Waage brachte, hatte er diesem Spieß nicht viel entgegenzusetzen, denn er wußte nicht, wie er die Steinaxt mit einiger Hoffnung auf Erfolg werfen sollte.

Der Waschbärmensch blieb zehn Meter von ihm entfernt stehen. Seine Augen wurden groß – und er schrie. Im allgemeinen Tumult wäre sein Schrei vielleicht ungehört verhallt, aber nun hatten auch andere ihn gesehen. Gegner ließen voneinander ab und starrten zu ihm herüber, dann riefen sie den anderen Kriegern etwas zu, die ebenfalls den Kampf einstellten.

Stille breitete sich aus, als habe sein Erscheinen beide Parteien ihre blutige Feindschaft vergessen lassen.

Er ging zur nächsten der Leitern, die an den Palisadenzaun gelehnt waren. Der Waschbärmensch, der ihn zuerst entdeckt hatte, war als einziger nahe genug, um ihm den Weg abzuschneiden. Die anderen konnten ihre Speere und Streitäxte nach ihm werfen, aber das mußte er riskieren. Von Pfeilen und Bogen hatte er bisher nichts bemerkt.

Der Waschbärmensch wich zur Seite aus, als er näher kam, und hob seinen Spieß. Er begriff, daß er sich verteidigen mußte. Seine einzige Chance war, den anderen mit dem Steinbeil zu treffen, bevor dieser ihn mit seinem Spieß durchbohren konnte. Er schleuderte das Ding mit aller Kraft, die sein noch halb gefrorener Körper aufbieten konnte, und die Steinklinge traf den Hals des Wesens. Es fiel hintenüber und blieb auf dem Rücken liegen.

Von den Zuschauern, zu denen sich inzwischen fast alle Krieger gesellt hatten, stieg ein vielstimmiger Schrei auf. Er konnte unterscheiden, daß die Katzenwesen ein Triumphgeschrei anstimmten, während die Schreie der Waschbärenwesen Verzweiflung ausdrückten. Gleich darauf rasten die Waschbären in wilder Hast zu den Leitern, warfen ihre Spieße und Streitäxte fort, um schneller fliehen zu können. Vielen gelang die Flucht über die Palisaden, aber ein gutes Drittel von ihnen wurde noch vor den Leitern erschlagen oder aufgespießt. Einige wenige warfen sich vor ihren Feinden zu Boden, und ihre Demutshaltung rettete ihnen einstweilen das Leben; sie wurden gefangengenommen.

Erst jetzt begriff er, daß sein Opfer nicht die Absicht gehabt hatte, ihn anzugreifen. Es hatte den Spieß nur erhoben, um die Waffe in einer Geste der Unterwerfung beiseite zu legen, aber da hatte er die Steinaxt schon geschleudert. Er hatte schon zwei verhängnisvolle Fehler gemacht, und die Wirklichkeit war kein Tonband, das man neu überspielen oder löschen konnte.

Die Katzenleute umdrängten ihn, doch niemand wagte, ihn zu berühren. Sie ließen sich auf die Knie nieder und bewegten sich auf ihn zu, die Hände erhoben. Ihre Waffen lagen hinter ihnen am Boden. Ihre haarigen Gesichter mit den runden schwarzen Nasen, den spitzen Zähnen und den Katzenaugen machten es dem Mann unmöglich, in ihren Mienen zu lesen, aber ihr Verhalten drückte Ehrfurcht, Angst und Anbetung aus. Was immer der Ausdruck auf ihren Gesichtern sein mochte, sie hatten offensichtlich keine feindseligen Absichten.

Während er überlegte, was er in dieser seltsamen Situation tun solle, näherte sich eine mit Muschelketten und Armreifen geschmückte Gestalt aus dem Hintergrund, in einer Hand einen mit Schnitzwerk verzierten Stab, in der anderen eine kleine Streitaxt, die wohl nur zeremoniellen Zwecken diente. Dieses Katzenwesen, wahrscheinlich eine Art Priester oder Schamane, schritt langsam zwischen den Knieenden hindurch, die zur Seite rutschten und eine Gasse bildeten. Fünf Meter vor ihm legte der Katzenpriester seine Gegenstände sorgfältig auf den Boden nieder, hob beide Hände und machte mit seinem Oberkörper schwingende, kreisende Bewegungen und erhob seine Stimme in einer Art Anrufung oder Gebet.

Er hatte nicht erwartet, die Sprache dieser Wesen zu verstehen, und seine Erwartung bestätigte sich. Nichts an dieser weichen, vokalreichen Sprache deutete auch nur auf eine Verwandtschaft mit einer der großen menschlichen Sprachfamilien hin.

Das Katzenwesen beendete seine Vorstellung und machte eine einladende Gebärde. Er folgte dem Priester in ein Holzhaus mit niedriger, rauchgeschwärzter Balkendecke, von der kleine Holzplastiken an Lederstreifen herabhingen. Das Haus bestand aus einem einzigen Raum von ungefähr sieben mal zehn Metern Größe. In einer Wandnische war ein Lager aus Fellen, es gab keine Fenster, aber in Wandhaltern brannten mehrere Fackeln, und bei Tag fiel wahrscheinlich ausreichend Licht durch die zwei Türöffnungen an beiden Schmalseiten des Hauses. Während die Dorfbewohner sich draußen drängten, bedeutete ihm der Priester mit ehrerbietigen Gesten, er möge dieses Haus als das seine betrachten. Dann erschien ein weibliches Exemplar dieser Katzenwesen, das erste, das er zu Gesicht bekam. Sie trug eine große Tonschüssel, die mit geometrischen Ornamenten verziert war und eine Suppe aus Gemüse und Fleischstücken enthielt. Die Frau war ungefähr einen Meter fünfzig groß und hatte gut geformte volle Brüste unter dem Pelz, mit kleinen haarlosen Flächen um die schwärzlichen Brustwarzen. Eine Kette aus großen blauen Steinen hing von ihrem Hals, und ihre großen Augen waren von einem tiefen Blau. Sie wagte ihn nicht anzusehen, und als er die Schüssel aus ihren Händen nahm, war sie nahezu daran, das Gefäß samt Suppe fallenzulassen und zu fliehen. Er bemerkte, daß ihre Hände – wie auch die der anderen Katzenmenschen – vier Finger und einen gegengestellten Daumen hatten. Auch hatten sie Nägel, nicht Krallen. Abgesehen von ihrer starken Behaarung hätte man sie für menschliche Hände halten können.

Die Suppe roch sehr appetitlich, wenn auch anders als alle Suppen, die er in seinem bisherigen Leben gegessen hatte. Er nahm das große hölzerne Eßwerkzeug, das an einem Ende Löffel und am anderen Gabel war, und kostete die Suppe. Sie war zwar sehr fett, aber wohlschmeckend und mit verschiedenen Kräutern ausgezeichnet gewürzt. Das Fleisch schmeckte nach Wild, und er kämpfte einen Moment lang mit der unangenehmen Vorstellung, daß es von einem dieser Waschbärmenschen stammen mochte, doch er war zu hungrig, um sich durch diesen Gedanken abschrecken zu lassen. Trotz der entnervenden Stille und der neugierigen Augen, die jede seiner Bewegungen aufmerksam verfolgten, aß er die Schüssel leer. Die Frau trug sie fort, und der Priester und ein paar andere Katzenmänner, die das Privileg genossen, mit ihm im Raum zu sein, standen untätig herum, als erwarteten sie, daß er die Initiative ergriffe.

Er ging zur rückwärtigen Tür und blickte hinaus. Die Gewitterwolken waren nach Westen abgezogen, und am Osthimmel stand das fahle Grau eines neuen Tages. Er begann, den ersten Schock über die beängstigende und unvertraute Umgebung zu überwinden, und sein Verstand konfrontierte ihn mit Fragen, auf die er keine Antwort wußte. Wo, zum Teufel, war er?

Die Hügel, die er in der Ferne sehen konnte, erweckten tatsächlich den Eindruck, als wäre es die Gegend von Syracuse. Aber das war auch alles.

Die große Halle, in der er sein Bewußtsein wiedererlangt hatte, war nur zur Hälfte niedergebrannt, und ähnlich war es mit den anderen Holzhäusern, die er in Flammen gesehen hatte. Wahrscheinlich hatten die Regenschauer das Feuer gelöscht. Die Leitern an den Palisaden und die Leichen der Gefallenen waren verschwunden. Ein paar hölzerne Käfige enthielten ungefähr ein Dutzend Waschbärmenschen.

Ein Tor in der Palisadenwand stand offen, und durch die Öffnung waren Felder mit Mais und anderen Pflanzen zu sehen.

Frauen und Halbwüchsige arbeiteten dort, während die jüngeren Kinder zwischen ihnen herumliefen und spielten. Bewaffnete Männer hielten beim Tor und auf den Feldern Wache. Weitere Frauen verließen mit ihren Kindern das Dorf, um zur Feldarbeit zu gehen. Es war kurz vor Sonnenaufgang.

Die Katzenleute erwarteten offensichtlich, daß er etwas unternahm, aber er hatte keine Ahnung, worauf ihre Erwartungen zielten. Er konnte nur hoffen, daß er nichts tat, das ihre Ehrfurcht in Feindseligkeit verwandeln könnte.

Es gab zunächst nur einen Weg für ihn. Er mußte ihre Sprache lernen.

Er winkte die Frau zu sich, die die Suppe gebracht hatte und nun im Hintergrund wartete, als habe sie den Auftrag, sich um ihn zu kümmern. Dann zeigte er auf sich selbst und sagte: »Odysseus Sinclair.«

Sie blickte ihn verständnislos an. Die anderen murmelten und scharrten unbehaglich mit den Füßen.

Ihr Mund öffnete sich zu einem ängstlichen Lächeln. Ihre Zähne könnten mit einem Biß ein großes Stück aus ihm herausreißen. Die Zunge war dünn und sah rauh wie eine Katzenzunge aus. Trotz ihrer fremdartigen Erscheinung war diese Frau schön, aber das mochte daran liegen, daß er Siamkatzen schon immer schön gefunden hatte. Sie versuchte seinen Namen nachzusprechen, und er sagte ihn noch einmal. Nach einer Weile brachte sie »Warisa Singapira« heraus, und das war das beste Ergebnis ihrer Bemühungen.

Er zuckte mit den Schultern. Es war an ihm, sich anzupassen. Er mußte ihre Sprache lernen.

Die übrigen Anwesenden schauten verwundert drein, und erst viel später erfuhr er den Grund. Schließlich erwartet man von seinem Gott, daß er die Sprache seiner Gläubigen spricht und versteht. Aber hier stand ihr fleischgewordener Gott und Erlöser, auf den sie seit Hunderten von Jahren gewartet hatten, und war unfähig, ihnen ein verständliches Wort zu sagen.

Glücklicherweise hatten die Wufea mit den Menschen die Gabe gemeinsam, für alles eine Erklärung zu finden. Ihr Oberpriester und seine Tochter, Awina, fanden eine, die sich sehen lassen konnte: als Wuwiso, der Gott der Wufea, zu Stein geworden war, hatte der große Verschlinger Wurutana ihn mit

414

einem Zauberbann belegt. Wuwiso hatte seine Sprache vergessen, aber er würde sie rasch wieder erlernen.

Awina wurde seine Lehrerin, und weil sie gern redete – selbst zu einem Gott, den sie fürchtete –, lernte er schnell. Überdies war sie intelligent – manchmal dachte er, daß sie intelligenter sei als er – und erfand Mittel und Methoden, den Lernprozeß zu beschleunigen.

Auch hatte sie Sinn für Humor, und wenn Odysseus einen Scherz von ihr verstand, war das für ihn ein Beweis, daß er Fortschritte machte. Er war so zufrieden mit sich selbst und mit ihr, daß er mehr als einmal nahe daran war, sie zu küssen. Doch unterdrückte er solche Impulse. Obwohl er auf dem besten Weg war, dieses seltsam schöne und heitere Geschöpf liebzugewinnen, hatte er nicht die Absicht, zärtlich zu werden. Nichtsdestoweniger war sie für ihn eine Insel in einem unbekannten Universum, und wenn sie nicht bei ihm war, fühlte er sich einsam und unsicher.

Er lernte allmählich das Dorf und seine Umgebung kennen. Wann immer er zu Spaziergängen oder Erkundungen aufbrach, eskortierten ihn ein Priester und eine Leibwache von jungen Kriegern. Bald merkte er, daß sie ihn in jeder Richtung ungefähr zehn Kilometer weit gehen ließen, dann aber Schwierigkeiten machten. Er wäre gern weiter vorgedrungen, aber er fühlte sich noch nicht bereit, seinen Willen gegenüber seiner Ehrengarde – oder sollte er besser sagen: Aufsehergarde? – durchzusetzen.

Im Norden und Westen war das Land hügelig und bewaldet, mit vielen kleinen Seen, Flüssen und Bächen. Im Süden ging das Hügelland nach drei Kilometern in eine weite Ebene über. Von einer Hügelkuppe aus konnte man bei klarem Wetter fern im Süden eine gewaltige dunkle Formation erkennen, die er anfangs für ein Gebirge hielt. Beim zweiten Ausflug neigte er eher dazu, es für ein Wolkengebilde zu halten. Und beim dritten Mal war er wieder der Meinung, daß es ein Gebirge sein mußte.

Er fragte Awina danach; sie sah ihn seltsam an und sagte: »Wurutana!« als verstünde sie nicht, warum er sie fragen mußte.

Wurutana, soviel wußte er inzwischen, war der Name des Großen Verschlingers. Es bedeutete auch etwas anderes, aber er verstand die Sprache noch nicht gut genug, um komplizierteren Erklärungen folgen zu können.

415

Nach Awinas Auskunft gab es im Norden und im Osten, wo die Hügel sich in einem weiten Waldland aus immergrünen Bäumen verloren, noch andere Siedlungen der Wufea. Ihre Feinde, die sich Waragondit nannten, lebten im Westen und im Norden. Das Dorf, in dem er sich befand, hatte etwa zweihundert Bewohner, und insgesamt gab es ungefähr dreitausend Wufea.

Die Waragondit hatten ihre eigene Sprache, die keine Verwandtschaft mit der Sprache der Wufea hatte, aber beide Gruppen bedienten sich zur Verständigung einer dritten Sprache, die die Funktion einer Handelssprache hatte und Ayrata genannt wurde.

Die Wufea besaßen weder Metall, noch hatten sie je davon gehört. Sinclairs Messer war der erste Metallgegenstand, den sie zu Gesicht bekamen – abgesehen von seinem Schreibtischstuhl aus verchromtem Stahlrohr.

Sie wußten nichts von Pfeil und Bogen. Das war ihm unverständlich. Sie mochten kein Metall kennen, weil es in dieser Gegend keine Erzvorkommen gab, aber selbst die Menschen der Jungsteinzeit hatten Pfeil und Bogen gehabt. Dann erinnerte er sich, daß die Ureinwohner Australiens das Prinzip des Bogens auch nie entdeckt hatten. Und die präkolumbischen Indianerkulturen hatten, obwohl sie auf einem bewundernswert hohen technologischen Stand waren und obwohl sie Räder für die Spielzeuge ihrer Kinder anfertigten, das Prinzip des Rades niemals angewandt, um große Wagen, Ochsenkarren oder Schubkarren herzustellen.

Auf seinen Wanderungen hatte er Bäume gefunden, die der Eibe ähnelten. Er ließ seine Begleiter mit den Steinäxten Äste abhauen und ins Dorf bringen. Dort beschaffte er sich Därme und Federn und fertigte eine ganze Anzahl Bogen und Pfeile an.

Die Wufea waren verblüfft, die Vorzüge des Bogens leuchteten ihnen aber bald ein. Nach einigen Übungen mit Graspuppen, die er aufgestellt hatte, brachten sie einen gefangenen Waragondit hinaus, um ihre Fertigkeit mit der neuen Waffe an ihm zu erproben.

Odysseus zögerte, weil er nicht wußte, über wieviel Autorität er verfügte. Er wußte zwar, daß er für die Wufea eine Art Gott darstellte, und er hatte sogar an mehreren Zeremonien im noch nicht wiederaufgebauten Tempel teilgenommen. Aber da er ihren Gottesbegriff nicht genau genug kannte, wußte er nicht, wie mächtig er war. Nun schien sich eine Gelegenheit zu bieten, dies herauszufinden. Er hatte keine Gründe, sich für den Waragondit einzusetzen, aber er fühlte sich dazu verpflichtet. Er konnte nicht untätig zusehen, wie die Krieger ihre Treffsicherheit an einem hilflosen Gefangenen erprobten.

Zuerst schienen einige der Wufea geneigt, sich seinem Verbot zu widersetzen. Sie starrten ihn unfreundlich an, und einige murrten sogar laut, aber keiner trat ihm offen entgegen. Als der Oberpriester Aythira, Awinas Vater, in heiligem Zorn grimmig seinen Zauberstab mit der Schlange und den Vogelköpfen gegen sie schüttelte und eine mit Kieselsteinen gefüllte Kürbisrassel ertönen ließ, waren sie rasch eingeschüchtert. Der Hauptpunkt seiner zornigen Rede war, daß sie sich nun unter einer neuen Herrschaft befänden. Ihre Vorstellungen von dem, was ein Gott sein sollte, müsse nicht unbedingt mit den Vorstellungen des Gottes selbst übereinstimmen. Wenn sie sich störrisch und uneinsichtig zeigten, dann würde der Gott einen Blitz schleudern und sie in Stein verwandeln. Dies wäre dann die gerechte Umkehrung des Wunders, durch das der Steingott erwacht sei, Fleisch angenommen und ihnen in der Stunde der Not beigestanden habe.

Für Odysseus Sinclair war dies der erste Hinweis darauf, was mit ihm geschehen war. Später fragte er Awina über die Einzelheiten aus, vorsichtig und auf Umwegen, damit sie nicht merkte, wie groß seine Unwissenheit war.

Er war Stein gewesen. Man hatte ihn auf dem Grund eines Sees gefunden, der nach einem schweren Erdbeben ausgelaufen war. Er war fest mit einem steinernen Stuhl verbunden gewesen, und seine Ellbogen hatten auf einem Stück von einer dünnen Steinplatte geruht. Er war so schwer gewesen, daß es der vereinten Anstrengung der Männer zweier Dörfer bedurft hatte, um ihn aus dem Schlamm zu heben und auf Rollen zu dem größeren der beiden Dörfer zu ziehen. Dort hatte man ihn auf den Thron aus Granit gesetzt, der angeblich schon viele Generationen früher für ihn vorbereitet worden war.

Odysseus fragte sie nach dem Thron. Wer hatte ihn gemeißelt? Er hatte nirgendwo Anzeichen gesehen, daß die Wufea in der

Steinbearbeitung über die Herstellung von Speerspitzen, Streitäxten und Werkzeugen hinausgekommen waren.

Der Thron sei in den Ruinen einer mächtigen Stadt der ›Alten‹
gefunden worden, sagte sie. Über die Identität dieser ›Alten‹ und
über die Lage der Ruinenstadt wußte Awina nichts. Irgendwo im
Süden. In jenen Tagen, vor zwanzig oder dreißig Generationen,
hatten die Wufea viele Tagereisen weiter südlich gelebt, in einer
Ebene, die von jagdbarem Wild gewimmelt hatte. Dann war
Wurutana über das Dorf und die Stadt der ›Alten‹ gewachsen,
und die Wufea hatten nach Norden ziehen müssen, um dem
Schatten Wurutanas zu entgehen.

Der Blitzschlag, so schien es, hatte ihn während des Gewitters
getroffen, das mit dem Überfall der Waragondit zusammengefallen war. Er hatte auch den Tempel in Brand gesetzt. Die anderen Brände waren von den Waragondit gelegt worden.

An diesem Abend ging Odysseus aus seinem neuen Quartier
im wiederhergestellten Tempel. Er blickte zum Himmel auf und
fragte sich, ob er auf der Erde sei. Er wußte nicht, wie er anderswo
sein könnte. Aber wenn er auf der Erde war, mußte etwas mit
dem Zeitlauf durcheinandergekommen sein. Welches Jahr war
dies?

Die Sterne zeigten unvertraute Konstellationen, und der
Mond schien größer zu sein, als sei er der Erde nähergerückt.
Aber es war der Mond, den er gekannt hatte, kein Zweifel.

Eins war sicher: Seit 1985 waren mehr als ein paar Jahrhunderte
oder gar Jahrtausende vergangen.

Die Evolution von katzenartigen Tieren zu intelligenten
humanoiden Lebewesen bedurfte eines Zeitraums von Millionen Jahren. Eine solche Evolution widersprach zudem jeder
theoretischen Wahrscheinlichkeit. Die katzenartigen Säuger
seiner Zeit waren viel zu spezialisiert gewesen, um sich zu diesen
Geschöpfen entwickeln zu können. Sie waren in einer entwick-
lungsgeschichtlichen Sackgasse gewesen.

Immerhin war es möglich, daß die Wufea nicht von Katzen
abstammten. Die oberflächliche Ähnlichkeit mit siamesischen
Katzen mochte irreführend sein. Vielleicht stammten sie von
irgendeiner anderen Gattung ab. Aus Waschbären mochten sich
im Laufe von Jahrmillionen intelligente Zweibeiner entwickeln.
Diese Tiere waren nicht allzu spezialisiert. Aber intelligente

418

Zweibeiner mit menschlichen Händen als Abkömmlinge der Katzen seiner Tage?

Oder war es möglich, daß die katzenähnlichen Wufea einen Primaten zum Ahnherrn hatten, eine Lemurenart, zum Beispiel? Aber die Katzenaugen sprachen dagegen. Und warum war es nicht zu einer Rückbildung der Schwänze gekommen? Sie schienen keinem erkennbaren Zweck zu dienen. Alle entwickelten Primaten und Hominiden hatten im Verlauf der Evolution ihre Schwänze verloren. Warum war es bei diesen Geschöpfen anders?

Auch das übrige Tierleben war zu berücksichtigen. In den Ebenen des Südens gab es Pferde in großen Herden, und eine kleinere Abart lebte in den Wäldern. Die Wufea betrachteten das Waldpferd als jagdbares Wild, aber sie hatten noch nicht daran gedacht, es zu reiten. Diese Pferde unterschieden sich kaum von ihren Vorfahren. Aber es gab auch ein Tier mit einem schmalen Kopf auf einem giraffenartig langen Hals, das sich vom Laub der Bäume nährte; er hätte schwören mögen, daß dieses Tier sich auch aus dem Pferd entwickelt hatte.

Dann gab es ein fliegendes Eichhörnchen, nicht das Flughörnchen seiner Tage, sondern eins mit Fledermausflügeln. Aber es war ein Nager und mußte sich aus dem Flughörnchen entwickelt haben. Und es gab Tiere, deren Existenz viele Millionen Jahre der Evolution von den Formen bedeutete, die er gekannt hatte.

Awina zeigte große Neugierde für sein früheres Leben, bevor er zu Stein geworden war, aber er hielt es für besser, wenig darüber zu sagen, bis er wußte, welche Vorstellungen sie und ihresgleichen von seiner früheren Existenz hatten. Sie erzählte ihm die Legende, die es über Wuwiso gab. Er war einer der alten Götter, der einzige, der den schrecklichen Kampf zwischen ihnen und Wurutana, dem Großen Verschlinger, überlebt hatte. Wurutana hatte gesiegt, und die anderen Götter waren vernichtet worden. Alle bis auf Wuwiso. Er war entkommen, und um seinen Feind zu täuschen, der ihn verfolgte, hatte er sich in Stein verwandelt. Wurutana hatte den Steingott nicht zerstören können, aber er hatte ihn genommen und unter einem Berg versteckt, wo niemand ihn jemals finden würde. Dann hatte Wurutana zu wachsen begonnen, um die ganze Erde zu bedecken.

419

Wuwiso lag unterdessen im Herzen des Bergs, ohne etwas zu fühlen, zu wissen oder zu denken. Und Wurutana war glücklich darüber. Aber selbst Wurutana war nicht so mächtig wie der größte aller Götter, die Zeit. Die Zeit trug den Berg ab, und eines Tages brachte ein Fluß den Steingott zu Tal und verbarg ihn auf dem Grund eines tiefen Sees. Und dann entleerte ein Erdbeben den See, und die Wufea fanden den Steingott, wie es ihnen prophezeit worden war. Und die Wufea hatten viele Generationen lang gewartet, daß der Blitzschlag käme und ihren Gott wieder zum Leben erweckte und so die Prophezeiung sich erfüllen würde. Und schließlich, in der Stunde der größten Not, war das Gewitter wie vorausgesagt über das Land gezogen, und der Blitzschlag hatte Wuwiso von den Banden des Steins befreit.

Odysseus Sinclair zweifelte nicht daran, daß in diesem Mythos einige Tropfen Wahrheit enthalten waren.

Im Jahr 1985 – wie viele Zeitalter mochten inzwischen vergangen sein? – hatte er als Biophysiker am ›Projekt Niobe‹ gearbeitet. Ziel des Projekts war die Entwicklung eines ›Materie-Frosters‹, wie es von den Projektmitarbeitern genannt wurde. Das Gerät war imstande, auf unbestimmte Zeit alle Bewegungen in einem Stück Materie einzufrieren; die Moleküle und Atome stellten ihre Bewegungen ein. Bakterien, die sie der komplexen Energiestrahlung des Materie-Frosters ausgesetzt hatte, waren wie zu Stein geworden – einem unzerstörbaren Stein. Nichts hatte ihn zerstören können, weder Säuren noch große Hitze, Druck oder radioaktive Bestrahlung.

Das Gerät diente vor allem als Härter, die Strahlung besaß aber auch das Potential von ›Todesstrahlen‹ – oder ›Konservierungsstrahlen‹, wenn man diesen Begriff vorzog. Allerdings war die Methode wegen ihrer vorerst noch extrem kurzen Reichweite und ihres enormen Energieaufwands unpraktisch. Schließlich gab es noch nicht einmal eine Theorie, wie die ›versteinerte‹ Materie wieder ›entsteinert‹ werden konnte.

Bakterien, ein Seeigel, ein Regenwurm und eine weiße Maus waren ›versteinert‹ worden. An dem Tag, als Odysseus in seinen langen Schlaf gesunken war, hatte er an einem Experiment mit einem Meerschweinchen gearbeitet. Alles war wie bisher gelaufen – bis zu einem bestimmten Punkt. Odysseus hatte an seinem Schreibtisch gesessen, war aber im Begriff gewesen, aufzustehen

und durch den Raum zur Steuerkonsole zu gehen, die er überwacht hatte. Die Energie war eingeschaltet gewesen, aber es
hatte immer eine Weile gedauert, bis das Gerät seine Betriebs-
leistung erreichte. Von seinem Schreibtisch aus hatte er die Anzeigeskalen sehen können. Plötzlich hatte sich der große Zeiger,
der die Abgabeleistung des Geräts anzeigte, in den roten Skalen-
bereich bewegt. Odysseus hatte die Bewegung der Anzeigen-
nadel gesehn – das war seine letzte Erinnerung. Zwischen jenem
Augenblick und seinem Wiedererwachen war gähnende Leere.

Es war nicht schwierig, eine allgemeine Erklärung für das Geschehen zu finden. Etwas in dem komplizierten Gerät hatte
offenbar versagt; das Gerät war explodiert oder hatte ihn mit
seiner konzentrierten Strahlung erreicht, wozu es theoretisch
nicht in der Lage sein konnte. Und er, Odysseus Sinclair, war
›versteinert‹ worden. Ob die anderen entkommen oder ebenfalls zu ›Stein‹ geworden waren, wußte er nicht. Wahrscheinlich
würde er es nie erfahren.

Und so waren Äonen vergangen, während er als eine Statue
aus einer Materie existierte, die härter war als alles in der Welt,
und die zuletzt in die Hände der Wufea gefallen war. Und sie
hatten ihn auf einen Thron aus Granit gesetzt, bis der Zufall eines
Blitzschlags ihn in einer Mikrosekunde in Fleisch und Blut zu-
rückverwandelt hatte, so schnell, daß sein Herz weiterschlug, wo
es vor Äonen unterbrochen worden war, ohne auch nur zu
fühlen, daß es über Jahrtausende hinweg stumm und zu Stein
›gefroren‹ gewesen war.

Aus Stein geboren zu sein, war Schock genug. Manchem hätte
die Erkenntnis um den Verstand gebracht, und Odysseus war
überzeugt, daß er sie wenigstens mit einer Neurose würde bezahlen müssen. Aber nachdem er den Schock überwunden
hatte, begann die Einsamkeit zu schmerzen.

Es war bitter, zu wissen, daß alle seine Zeitgenossen und ihre
Enkel seit Hunderttausenden von Generationen Staub waren.
Aber zu wissen, daß er der einzige Mensch auf Erden war, schien
beinahe unerträglich. Nur der Umstand, daß er es nicht mit
absoluter Gewißheit wußte, bewahrte ihn vor Hoffnungslosig-
keit und Verzweiflung. Aber gab es noch Hoffnung?

Zumindest war er nicht das einzige intelligente Lebewesen auf der Erde. Es fehlte ihm nicht an Gesprächspartnern, selbst wenn sie so fremdartig waren, daß sie ihn oft abstießen.

Wochen und Monate vergingen, und Odysseus lernte die Sprache der Wufea verstehen und sprechen. Er nahm auch Lektionen bei den gefangenen Waragondit, um ihre Sprache zu erlernen. Soweit er beurteilen konnte, fehlte ihr jede Verwandtschaft mit der Sprache der Wufea.

Die Handelssprache Ayrata wiederum schien mit keiner der beiden anderen verwandt zu sein. Sie zeichnete sich durch einfache Lautgebung und Syntax aus und war so frei von Unregelmäßigkeiten wie Esperanto. Er fragte Awina nach der Herkunft dieser Sprache, und sie sagte, daß die Dhulhulikh sie eingeführt hätten; nicht nur bei den Wufea, sondern ›überall in der Welt‹. Jeder konnte sich mehr oder weniger gut in Ayrata verständigen, und alle Handelsgespräche und Verhandlungen zwischen verschiedenen Stämmen wurden in Ayrata geführt.

Odysseus ließ sich die Dhulhulikh beschreiben und kam zu dem Schluß, daß sie Wesen aus der Mythologie der Katzenleute sein mußten. Solche phantastische Kreaturen konnte es nicht geben.

Inzwischen hatte er auch herausgefunden, daß die Waragondit für das große Jahresfest aller Wufea aufgespart wurden. Zu diesem Anlaß sollten sie gefoltert und schließlich ihm geopfert werden.

»Wann wird dieses Fest stattfinden?« fragte er sie.

»In genau einem Mond«, antwortete sie.

»Wie, wenn ich das Opfer verschmähte?« sagte er nach kurzem Zögern. »Wenn ich sagte, daß die Gefangenen nicht gefoltert und getötet, sondern freigelassen werden sollen?«

Awinas blaue Augen öffneten sich weit. Es war Mittag, und ihre Pupillen waren zwei dünne schwarze Schlitze. Sie öffnete ihren Mund und fuhr mit ihrer rauhen rosa Zunge über die schwarzen Lippen.

»Vergib mir, Herr«, sagte sie. »Aber warum solltest du das tun?«

Wenn er versuchte, ihr Begriffe wie Barmherzigkeit oder Mitleid zu erklären, so würde sie ihn nicht verstehen. Den Wufea waren solche Regungen zwar nicht fremd, aber sie galten nur Angehörigen der eigenen Art. Ein Waragondit war für sie nicht mehr als ein Tier.

»Ist es nicht wahr«, sagte er stattdessen, »daß auch die Waragondit mich als ihren Gott verehren? Hatte ihr Überfall nicht den Zweck, mich zu entführen und in ihrem eigenen Tempel aufzustellen?«

Awina sah ihn schlau an und sagte: »Wer sollte dies besser wissen als du, Herr?«

»Nun«, erklärte er mit einer ungeduldigen Handbewegung, »was ich sagen will, ist, daß die Waragondit genauso wie die Wufea mein Volk sind.«

»Was?« Awina war fassungslos. Ihre Hände begannen zu zittern. »Mein Herr?«

»Wenn ein Gott spricht, sagt er nicht immer das, was sein Volk zu hören erwartet«, sagte Odysseus betont würdevoll. »Wenn ein Gott nur sagen würde, was jeder andere auch weiß und denkt, dann würde man keinen Gott benötigen. Nein, ein Gott sieht viel weiter und viel klarer als ein Sterblicher. Er weiß, was gut für sein Volk ist, auch wenn sein Volk so blind ist, daß es ihn nicht begreift.«

Sie schwieg verwirrt. Fliegen summten über ihren Köpfen, und Odysseus wunderte sich, daß diese lästigen Insekten die Jahrtausende überdauert hatten. Wäre die Menschheit intelligent genug gewesen, hätte sie auch überlebt ... Und dann dachte er, daß die Menschheit eben nicht intelligent genug gewesen war, was sich bereits 1985 abgezeichnet hatte. Schon damals war ziemlich klar gewesen, daß die Menschheit an ihrer eigenen Masse zugrundegehen mußte. Hunger, Erschöpfung der natürlichen Reserven und Vergiftung der Umwelt, diese Produkte einer sorglosen, ungezügelten Bevölkerungsexplosion mußten den Menschen ausgerottet haben, und Odysseus schätzte, daß dies spätestens im Jahr 2500 der Fall gewesen sein mußte. Jetzt sah es so aus, als sei nicht nur der Mensch, sondern sogar die Erinnerung an ihn verschwunden. Er selbst war nur ein zufälliger Überlebender, anachronistisch wie – wie ein Dinosaurier, der sich unversehens im zwanzigsten Jahrhundert wiederfindet. Doch hier war die gemeine Stubenfliege, und sie gedieh wie ihre entfernte Cousine, die Küchenschabe, die auch in jeder Hütte anzutreffen war. Sie waren längst vor dem Menschen dagewesen und hatten ihn überlebt.

Awina sagte: »Ich verstehe dich nicht, Herr. Warum sollten die seit alten Zeiten üblichen Opfer, die meinen Herrn während so vieler Generationen zu befriedigen schienen und gegen die er niemals etwas einzuwenden hatte, plötzlich …«

»Bete, daß du sehend wirst, Awina. Verblendung kann zum Tode führen.«

Awina schwieg erschrocken. Er hatte entdeckt, daß dunkle und unbestimmte Erklärungen am ehesten geeignet waren, sie in Angst zu versetzen; in solchen Fällen erwarteten sie das Schlimmste.

»Geh hin und sag den Ältesten und den Priestern, daß ich mit ihnen sprechen will! Und sag den Arbeitern, daß sie aufhören sollen, an diesem Haus herumzuhämmern, während wir hier versammelt sind.«

Awina rannte schreiend hinaus, und fünf Minuten später waren die Sippenoberhäupter und Priester im Tempel versammelt. Odysseus saß auf dem harten und kalten Granitthron und sagte ihnen, was er wollte. Sie blickten bestürzt und schockiert drein, doch keiner wagte, ihm zu widersprechen. Als er geendet hatte, fragte Aythira demütig: »Herr, verzeih mir, daß ich frage, welche Absicht du mit diesem Bündnis verfolgst?«

»Einmal möchte ich diese nutzlosen Kämpfe zwischen meinen Völkern beenden. Zum anderen werde ich die besten Krieger der Wufea und Waragondit mit mir nehmen und gegen Wurutana ziehen.«

»Wurutana!« murmelten sie in Ehrfurcht und Schrecken. Die Idee schien sie nicht wenig zu ängstigen.

»Ja, Wurutana! Seid ihr überrascht? Erwartet ihr nicht die Erfüllung der alten Prophezeiungen?«

»O ja, Herr«, sagte Aythira. »Aber nun, da die Zeit gekommen ist, finden wir unsere Knie schwach und unsere Eingeweide zu Wasser werden.«

Er wußte, daß die Wufea die Eingeweide für den Sitz der Tapferkeit hielten.

»Ich werde euch gegen Wurutana führen«, sagte Odysseus. Er fragte sich insgeheim, wer oder was Wurutana sein mochte, und was er würde tun müssen, um Wurutana zu besiegen. Er hatte versucht, soviel Informationen wie möglich über Wurutana zu erhalten, ohne sie wissen zu lassen, wie ahnungslos er war.

»Ihr werdet einen Boten zum nächsten Dorf der Waragondit

schicken und ihnen mitteilen, daß ich kommen werde«, sagte er. »Ihr werdet ihnen sagen, daß ich in Frieden zu ihnen komme und die Gefangenen mitbringe, um sie dort freizulassen. Und die Waragondit werden alle gefangenen Wufea freilassen, die sie in ihrer Gewalt haben. Wir werden eine große Friedensversammlung halten und dann zu den anderen Dörfern der Waragondit gehen und dort Versammlungen halten. Dann werde ich die Krieger auswählen, die mich begleiten sollen, und wir werden gemeinsam über die Ebene gegen Wurutana ziehen.«

Die Fellgesichter blickten einander verstohlen an. Ihre blauen, grünen und gelben Augen glommen unheimlich und katzenhaft, ihre Schwänze zuckten hin und her und verrieten ihre Erregung.

Sie hatten erwartet, daß er sie zu einem Ausrottungskrieg gegen die Waragondit führen werde. Nun verordnete er ihnen Frieden, und was noch schlimmer war, sie sollten ihren Gott mit ihrem Erbfeind teilen.

Odysseus sagte: »Euer wirklicher Feind ist Wurutana. Nun geht und tut, wie ich befohlen habe.«

Eine Woche später verließ er das Nordtor auf dem Trampelpfad, der zwischen den Maisfeldern und Gärten hinausführte. Die alten Leute, die zum Schutz des Dorfes zurückbleibenden jungen Krieger, die Frauen und die Kinder bereiteten ihnen einen lärmenden Abschied. Hinter Odysseus gingen drei Wufea-Musikanten, ein Trommler, ein Flötist und ein Standartenträger. Die Trommel war aus Holz und mit Fell bespannt, und die Flöte war aus dem Beinknochen eines großen Tiers gemacht. Die Standarte war ein Speer mit rechtwinklig abstehenden Federn am Schaft, einem Pferdeschädel auf der Spitze und einigen Rasseln am anderen Ende.

Hinter dieser Band, die eine für seine Ohren entsetzlich harmonische Musik machte, kamen die Oberpriester und seine zwei Gehilfen. Sie hatten sich mit Ketten, Ringen und Brustschildern aus Knochen geschmückt und schwenkten ihre geschnitzten Zauberstäbe. Den Schluß bildete eine Truppe von sechzig Kriegern mit Speeren, Bogen und pfeilgefüllten Köchern. Die jüngeren Krieger brannten darauf, ihre neuen Waffen an den Waragondit auszuprobieren, aber die älteren verbargen nur mühsam ihre Verachtung für Pfeil und Bogen, und auch das nur, wenn Odysseus in Hörweite war. Aber er hörte besser, als sie glaubten.

Die Waragondit gingen in einer Gruppe zwischen den Kriegern. Auch sie waren bewaffnet. Die Kolonne marschierte zügig durch die hügelige Gegend, immer auf dem ausgetretenen Pfad, den Krieger- und Jägertrupps seit Generationen benützt hatten. Es gab viele gewaltige Eichen, Ahornbäume, Tannen und Birken in dieser Gegend, aber nicht so viele, daß sie einen zusammenhängenden Wald gebildet hätten. Vögel waren häufig: Häher, Krähen, Drosseln, Sperlinge und viele vertraute Arten von Singvögeln. Odysseus sah ein schwarzgeflügeltes Eichhörnchen und einmal einen grauen Schatten im Unterholz, der ein Fuchs gewesen sein konnte. Eine rötlich gefärbte Ratte huschte über einen gefallenen Stamm, und hoch auf einem Hügel, wenig mehr als sechzig Meter zu seiner Rechten, erhob sich ein brauner Koloß aus dem Dickicht von Ranken und Stauden und witterte zu ihnen herüber. Es war ein Bär, der ein konsequenter Vegetarier war und niemanden angriff, solange man ihn in Ruhe ließ. Er fraß Mais und die Gemüsepflanzen ihrer Gärten, wenn sie unbewacht blieben, aber er war leicht zu vertreiben.

Odysseus sog den kühlen blauen Himmel ein mit seinen Augen und die kühle, frische Luft mit seinen Lungen. Die großen und gesunden Bäume, das reiche Tierleben, das Grün überall und das Gefühl, viel Bewegungsraum zu haben, verband sich in seinem Bewußtsein zu einem Zustand glücklicher Zufriedenheit. Er konnte vergessen, daß er der einzige lebende Mensch auf Erden war. Er konnte vergessen, daß ... da blieb er plötzlich stehen. Der Standartenträger hinter ihm schrie einen Befehl, die Musikanten und die Krieger verstummten.

Er vermißte jemand.

Er wandte sich um und fragte Aythira: »Wo ist Awina, deine Tochter?«

»Herr?« sagte Aythira.

»Awina soll mit mir kommen. Sie ist meine Stimme und meine Augen. Ich brauche sie.«

»Ich sagte ihr, sie solle bleiben, Herr, weil Frauen nicht an wichtigen Zügen teilnehmen, nicht im Krieg und nicht im Frieden.«

»Ihr werdet euch an Veränderungen gewöhnen müssen«, sagte Odysseus. »Laß sie holen. Wir warten.«

Aythira sah ihn verdrossen an, doch er gehorchte. Iisama, der schnellste Läufer unter den Kriegern, rannte zurück zum Dorf, das kaum zwei Kilometer hinter ihnen lag. Nach einer Weile kam er wieder in Sicht. Er lief in einem gemächlichen, aber ausgreifenden Trab, und ein paar Schritte hinter ihm rannte Awina. Sie hatte sich mit einer dreifachen Halskette aus mattgrünen, jadeähnlichen Steinen geschmückt. Sie kam außer Atem, aber lächelnd heran, kniete vor ihm nieder und küßte seine Hand: »Herr, ich weinte, weil du mich zurückgelassen hattest.«

Er riß seinen Blick von ihrem in der Sonne schimmernden grauweißen Fell und sagte: »Deine Tränen trockneten schnell genug.« Der Gedanke, daß sie wegen ihm geweint hatte, schmeichelte ihm, aber er war nicht sicher, ob sie nicht übertrieb und nur sagte, was er ihrem Gefühl nach gern hörte. Diese Wilden waren der Verstellung so fähig wie irgendein Kind der Zivilisation. Außerdem war da die Frage, ob er ihr gestatten sollte, sich emotionell an ihn zu binden. Solche Gefühle konnten leicht zu intimeren Beziehungen führen, die er sich bereits öfters ausgemalt hatte. Die Vorstellung erregte ihn ebensosehr, wie sie ihn abstieß.

Sie nahm ihren Platz an seiner Seite ein und schwieg lange, doch dann begann sie zögernd zu sprechen, und nach einer Weile plapperte sie so amüsant und unbekümmert wie sonst. Er fühlte sich viel wohler; das Gefühl der Einsamkeit war in der klaren Luft und dem strahlenden Sonnenschein verdampft.

Sie marschierten mit kurzen Unterbrechungen den ganzen Tag. Die Wufea hatten sich mit Proviant eingedeckt, und es gab genug Bäche und kleine Flüsse, aus denen sie trinken konnten. Die Wufea, obschon sie von Katzen stammen mochten, badeten, wann immer sich eine Gelegenheit bot. Auch leckten sie sich in echter Katzenart von den Schultern bis zur Schwanzspitze. Soweit es ihre eigenen Körper betraf, waren sie ein sauberes Volk, aber das Ungeziefer und der Schmutz in ihren Dörfern kümmerte sie wenig, und obwohl sie ihre Abfälle vergruben, machten sie sich wenig Mühe, den Unrat wegzuräumen, den ihre frei herumlaufenden Hunde, Schweine und Hühner hinterließen.

Als die Sonne unterging, befahl Odysseus, das Nachtlager am Ufer eines kleinen Flusses aufzuschlagen. Das Wasser war kühl und so klar, daß er in fünf Metern Tiefe die Fische am Grund dahinschießen sah, und weil er verschwitzt und müde war, legte er seine Kleider ab und schwamm eine Weile, während Wufea und Waragondit ihn aufmerksam beobachteten, wie sie es immer taten, wenn er nackt war. Er fragte sich, ob sie angesichts seines fehlendes Fells und der spärlichen Verteilung von Haar auf seinem kahlen Körper nicht insgeheim Abscheu vor ihm empfanden. Vielleicht nicht. Man konnte nicht erwarten, daß er wie sie war, denn schließlich war er ein Gott. Nach ihm badeten auch einige von den Wufea, während andere Feuerholz sammelten oder Fische fingen, um sie über den Lagerfeuern zu rösten.

Als er an diesem Abend zwischen seine Felle kroch und durch die Zweige zu dem großen gelblichweißen Mond aufblickte, dachte er, daß ihm nur zwei Dinge zu seinem Glück fehlten. Das eine war eine Flasche guten deutschen oder dänischen Biers. Das zweite war eine Frau, die ihn liebte und die er lieben könnte.

Er war im Begriff, seine Augen zu schließen und sich dem Schlaf zu überlassen, als er etwas Großes und Schwarzes mit lautlosen Flügelschlägen über die Scheibe des Mondes streichen sah. Sofort saß er aufrecht, und seine Hand stieß Awina an, die neben ihm kauerte.

»Da!« sagte er. Sein ausgestreckter Arm folgte der schwarzen Silhouette. »Was ist das?«

Sie spähte in die angezeigte Richtung und sah die Erscheinung, bevor sie zwischen den hohen Bäumen am Flußufer verschwand. Ihr anfänglicher Schreck legte sich rasch.

»Ich wußte nicht, daß welche hier sind«, sagte sie. »Wir haben lange keine gesehen ... Das war ein Dhulhulikh.«

»Sind sie gefährlich?«

»Im allgemeinen nicht. Weder wir noch die Waragondit töten sie. Sie sind für alle von großem Nutzen.«

Odysseus stellte ihr noch einige weitere Fragen, dann schlief er. Er träumte von Fledermäusen mit menschlichen Gesichtern.

Zwei Tage später kamen sie zum ersten Dorf der Waragondit. Schon lange vorher hatten Trommelsignale verkündet, daß sie gesehen worden waren. Hin und wieder hatte Odysseus Späher gesehen, die von Busch zu Busch huschten oder hinter Bäumen hervorlugten. Der Pfad folgte einem Bachlauf, führte in Kehren einen steilen Berg hinauf, und oben, in einer breiten Mulde auf dem Bergrücken, lag das Dorf der Waragondit.

Die Hütten waren rund. Abgesehen von dieser Eigenart war es dem Dorf der Wufea sehr ähnlich. Braunpelzige Krieger mit schwarzen Augen- und Wangenstreifen hatten sich vor dem offenen Palisadentor versammelt. Neben Steinäxten und Speeren trugen viele von ihnen Bolas aus durchbohrten Steinen an geflochtenen Lederstreifen.

Als die Prozession mit Odysseus an der Spitze näher kam, begann irgendwo im Dorf ein Höllenlärm von großen Holztrommeln und Rasseln. Ein Priester, reichlich mit Federn geschmückt, erschien im Tor und schüttelte einen Kürbis in ihre Richtung, wobei er etwas zu singen schien, aber der Lärm der Instrumente und die Entfernung machten es unmöglich, ihn zu hören.

Sie waren noch etwa zweihundert Schritte vom Dorf entfernt, als ein Wesen, das aussah wie eine Riesenfledermaus mit mächtiger Flügelspannweite, vom Himmel herabstieß und dicht über ihren Köpfen kreiste. Awina hatte weder gelogen noch übertrieben. Es war ein geflügelter Mensch oder zumindest ein Humanoid von der Größe eines vielleicht vierjährigen Kindes. Der Rumpf war bis auf den enormen Brustkorb durchaus menschlich, aber das für die Verankerung der großen Flügelmuskeln vergrößerte Brustbein und die hügelförmigen Muskelpakete auf dem Rücken gaben der Gestalt etwas Monströses, sie ähnelte einem Buckligen. Die Arme waren sehr dünn, und die Hände hatten überaus lange Finger und Nägel. Die Beine waren kurz, schwächlich und krumm, die Füße breit und platt, mit gegengestellten Greifzehen. Die hautigen Flügel glichen denen einer Fledermaus. Dieses Geschöpf hatte sechs Gliedmaßen, das erste sechsbeinige Säugetier, das Odysseus je gesehen hatte. Aber vielleicht nicht das letzte.

Der geflügelte Humanoid hatte ein nahezu dreieckiges Gesicht mit spitzem Kinn und einer mächtigen runden Schädelwölbung. Die Ohren waren so groß, daß sie wie Hilfsflügel aussahen, die Augen groß und blaß.

Am ganzen Körper dieses Wesens schien nicht ein einziges Haar zu sein.

Der fliegende Gnom segelte elegant heran, faltete seine Flügel zusammen und landete auf seinen dünnen Säbelbeinen. Er legte die gefalteten Flügel wie einen Mantel um sich und watschelte auf sie zu. In dem Moment, da er den Boden berührte, war alle Anmut und Eleganz dahin. Odysseus fand, daß er wie ein grotesk verwachsener, wasserköpfiger Kretin aussah. Der sonderbare Zwerg hob seinen dünnen rechten Arm, und eine piepsige Kinderstimme sagte in Ayrata: »Sei gegrüßt, Steingott! Glikh wünscht dir eine lange Gottesherrschaft!«

Odysseus verstand ihn gut genug, aber seine Kenntnis der Handelssprache war für eine Unterhaltung nicht ausreichend. Er sagte: »Sprichst du Wufea?«

»Gut. Es ist eine meiner bevorzugten Sprachen«, sagte Glikh. »Wir Dhulhulikh sprechen viele Zungen.«

»Welche Nachrichten bringst du, Glikh?« fragte Odysseus.

Der Gnom lächelte. »Mit deiner Erlaubnis, Herr, werden wir das auf später verschieben. Im Moment bin ich von den Waragondit ermächtigt, für sie zu sprechen. Sie wünschen dir Gutes und heißen dich willkommen, was sie auch sollten, denn du bist auch ihr Gott – denken sie.«

Die Rede des Fledermausmannes hatte einen unüberhörbaren ironischen Unterton. Odysseus blickte ihn streng an, aber Glikh lächelte nur. Er hatte lange, gelbliche Zähne.

Odysseus sagte: »Sie denken es? Wie soll ich das verstehen?«

»Nun, sie können nicht begreifen, warum du dich auf die Seite der Wufea stelltest, wo sie doch nur die Absicht hatten, dich in dieses Dorf zu bringen und zu verehren.«

Odysseus wollte weitergehen und den Zwerg ignorieren, dessen Worte und Tonfall ihm nicht gefielen. Aber Awina hatte ihm gesagt, daß die Fledermausleute die Kuriere seien, die Vertreter vielerlei Interessen und die Überbringer von Nachrichten und Klatsch. Es sei üblich, daß sie als Unterhändler zwischen verfeindeten Gruppen auftraten, die Frieden schließen wollten. Außerdem betätigten sie sich zuweilen als Händler.

»Sag ihnen, daß zwei von ihren Kriegern mich angegriffen hatten. Und dafür strafte ich sie«, sagte Odysseus.

»Ich werde es ihnen sagen. Planst du weitere Bestrafung?«

»Nein. Nur wenn sie etwas tun, das nach Bestrafung verlangt.«

Glikh zögerte und schluckte hörbar. Sein knorpeliger Adamsapfel hüpfte an seinem dünnen Hals auf und ab. Offenbar war er nicht so überlegen, wie er tat. Oder vielleicht wußte er nur zu gut, daß er am Boden recht hilflos und verwundbar war, und wagte nicht zu sagen, was er gern gesagt hätte.

»Wenn du weiter nichts zu sagen hast«, sagte Odysseus, »wollen wir jetzt weitergehen.«

»Es sind nur unwichtige Dinge, Neuigkeiten und Klatsch aus vielen Dörfern verschiedener Völker«, sagte Glikh. »Du magst einiges davon unterhaltend oder sogar lehrreich finden, Herr, aber es ist nichts von Bedeutung.«

Odysseus wußte nicht, ob mit dem Wort ›lehrreich‹ zynisch an seiner angeblichen Allwissenheit als Gott gezweifelt wurde, aber er nahm es wortlos hin. Sollte es nötig werden, so würde er dieses dürre kleine Ungeheuer packen und ihm als eine Lektion für andere den Hals umdrehen. Die Fledermausleute mochten heilig oder privilegiert sein, aber wenn dieser Bursche zu beleidigend wurde, konnte er sein Ansehen als Gott ernstlich schädigen.

Sie gingen weiter, nun zwischen Feldern, Gemüsegärten und Wiesen, auf denen rote Schafe grasten.

Die Häuptlinge und Priester der Waragondit erwarteten den Steingott am Tor. Der Fledermausmann war vorausgeflogen und hatte Odysseus' Antwort überbracht; nun kam er von der Seite herangewatschelt, die ledrigen Flügel halb geöffnet, und nahm zwischen den beiden Gruppen Aufstellung, um ihnen als Dolmetscher zu dienen.

Es gab Begrüßungsansprachen, in denen es nicht an Bekundungen der Freundschaft, der Verehrung und anderer edler Regungen mangelte. Dann sank der Oberhäuptling Djiidaumokh auf seine Knie und rieb seine Stirn an Odysseus' Hand. Die übrigen Häuptlinge und Priester folgten seinem Beispiel, und Odysseus und sein Gefolge zogen in das Dorf ein.

Ein Fest mit vielen feierlichen Reden schloß sich an. Es dauerte mehrere Tage, bevor Odysseus seine Wanderung fortsetzen konnte. Er besuchte noch zehn andere Dörfer der Waragondit, und je länger die Reise dauerte, desto mehr beschäftigte ihn die Frage, welche Bezahlung Glikh für seine Dienste erwartete. Gewöhnlich reiste der Gnom jetzt mit ihnen auf den Schultern eines Waragondit-Kriegers, die rachitisch anmutenden Beine um den dicken, pelzigen Hals seines Trägers geschlungen.

Als Odysseus ihn eines Tages danach fragte, winkte Glikh lässig ab. »Oh, ich habe Nahrung und Unterkunft, und auch meine anderen Bedürfnisse werden befriedigt. Ich bin eine bescheidene und einfache Person. Ich möchte nur mit vielen verschiedenen Leuten sprechen, mich und sie unterhalten, meine und ihre Neugierde befriedigen und anderen zu Diensten sein. Es ist mein größtes Vergnügen, zu helfen und mich nützlich zu machen.«

»Das ist alles, was du verlangst?«

»Nun, manchmal nehm ich ein paar Edelsteine oder hübsche geschnitzte Figuren oder dergleichen an. Aber mein wichtigster Handelsartikel sind Informationen.«

Odysseus sagte nichts dazu, doch fühlte er, daß an Glikhs Geschäften mehr war als er offenbarte.

»Das habe ich mir gedacht«, meinte Odysseus nach einer Pause. »Du kommst viel herum und fliegst weit. Sag mir, Glikh, hast du jemals Metall gesehen?« Weil die Sprache der Wufea kein Wort für Metall hatte, gebrauchte er eine Umschreibung. Als Glikh ihn verständnislos anblickte, zog er sein Springmesser aus der Tasche und ließ die Klinge herausschnellen. Dann erklärte er, was er mit Metall meinte. Glikh machte große Augen und bat um Erlaubnis, das Messer in die Hand zu nehmen. Odysseus beobachtete ihn, während die langen dünnen Finger den Stahl befühlten und die warzige Zunge den Geschmack prüfte. Schließlich reichte Glikh das Messer zurück.

Die Neschgai, sagte er, seien eine Rasse von Riesen, die in großen Dörfern aus riesigen Häusern lebten. Diese Häuser seien auch aus so einem seltsamen Material gemacht. Ihre größte Stadt liege an der Südküste dieses Landes, auf der anderen Seite von Wurutana. Die Neschgai gingen auf zwei Beinen und hätten Stoßzähne und große Ohren und lange Nasen, die bis zu ihren Hüften herabhingen.

Odysseus hatte so viele Fragen, daß er nicht wußte, welche er zuerst stellen sollte.

»Was ist deine Vorstellung von Wurutana?« fragte er, eine Formulierung wählend, die seine eigene Unwissenheit verbergen sollte. Glikh durfte nicht wissen, daß er keine Ahnung hatte.

Glikh war sichtlich erschrocken. »Was meinst du, Herr? Meine Vorstellung?«

»Was bedeutet dir Wurutana?«

»Mir?«

»Ja. Wie würdest du ihn nennen?«

»Den Großen Verschlinger. Den Allmächtigen. Ihn Der Wächst.«

»Ja, ich weiß, aber wie stehst du zu ihm? Welches Bild haben deine Augen von ihm?«

Glikh mußte sofort erraten haben, daß Odysseus eine Beschreibung von etwas wollte, das er selbst nicht kannte, denn er lächelte so sarkastisch, daß Odysseus versucht war, diesem dünnen Knirps die Knochen zu brechen.

»Wurutana ist so gewaltig, daß ich keine Worte finden kann, ihn zu beschreiben.«

»Du Plaudertasche!« sagte Odysseus. »Du großmäuliger Schwätzer! Du kannst keine Worte finden?«

Glikh blickte finster zu Boden und schwieg.

»Nun gut«, sagte Odysseus nach einer langen Pause. »Sag mir, gibt es irgendwo in diesem Land Wesen wie mich?«

»O ja, einige!« sagte Glikh.

»Wo sind sie?«

»Auf der anderen Seite von Wurutana. An der Küste, viele Tagereisen westlich von den Neschgai.«

»Warum hast du mir nicht von ihnen erzählt?« fragte Odysseus.

Glikh sah ihn bestürzt an und entgegnete: »Warum sollte ich? Du fragtest mich nicht nach ihnen. Es ist wahr, daß sie dir sehr ähnlich sehen, aber sie sind keine Götter. Für mich sind sie bloß eine unter vielen intelligenten Rassen.«

Für Odysseus stand fest, daß er nach Süden gehen mußte. Er würde sich mit Wurutana auseinandersetzen müssen, ob er wollte oder nicht. Auf sein Verlangen zeichnete Glikh die Umrisse des Landes in den nassen Sand an einem Bachufer.

Die Länder des Nordens waren unbekannt. Der südliche Teil des Kontinents hatte eine ungefähr keilförmige Gestalt. Er wurde westlich und östlich von Ozeanen begrenzt, über seine nördlichen Grenzen war nichts bekannt. Glikh sagte, er habe Gerüchte gehört, nach denen auch im Norden ein Meer sei.

Odysseus fragte sich, ob dies alles sein mochte, was von der Osthälfte der Vereinigten Staaten übriggeblieben sein mochte. Die Polkappen konnten abgeschmolzen und der Meeresspiegel durch die freigewordenen Wassermassen angehoben worden

433

sein. Das würde zu einer Überflutung des Mittelwestens und der atlantischen Küstenebene geführt haben. Vielleicht war dieser ›Kontinent‹ das frühere Appalachengebirge mit seinen Ausläufern und dem höhergelegenen Vorland; eine solche Hypothese würde die Form der Zeichnung erklären. Während er in ›versteinertem‹ Zustand gewesen war, konnte er natürlich zu anderen Kontinenten gebracht worden sein, und dies war vielleicht ein Teil des ehemaligen Eurasien.

Wenn er nur irgend etwas finden könnte, das eine Identifikation dieses Landes erlauben würde. Aber nach vielen Millionen Jahren würde alles vergangen sein. Die Knochen der Menschen bis auf ein paar fossile Skelette unter haushohen Ablagerungsschichten zu Staub und Erde zerfallen; der Stahl vom Rost aufgefressen, der Beton zerbröckelt; die Steine der Pyramiden und die Marmorstatuen von der Erosion abgetragen und zu Geröll und Sand verschliffen. Von den großartigen Werken der Menschheit würde nichts übriggeblieben sein, ausgenommen vielleicht ein paar Feuersteinwerkzeuge von Steinzeitmenschen. Diese mochten noch existieren, lange nachdem die Geschichte des Menschen mit seinen Büchern, Maschinen, Städten und Knochen untergegangen war.

Inzwischen hatten sich vielleicht neue Gebirge aufgefaltet, Kontinente sich gespalten, voneinander entfernt oder einander angenähert. Neue Ozeane waren entstanden, alte waren geschrumpft, neue Länder und Inseln waren aufgestiegen, alte zu Meeresboden geworden. Was zerklüftet und steil gewesen war, war nun glatt und zu sanften Formen eingeebnet. Gewaltige Massen von Gestein und Schlamm hatten die Überreste menschlichen Fleißes zu Staub zerrieben und begraben.

Nur das Land und die See waren geblieben, Wasser und Erde in neuen Formen. Nur das Leben war weitergegangen, und auch das Leben hatte neue Formen angenommen, obwohl alte Formen noch überlebten.

Aber – wenn er Glikh glauben konnte – es gab noch Menschen!

Der Mensch war nicht länger Herr der Erde, doch er lebte noch.

Odysseus mußte nach Süden gehen.

Zuvor aber hatte er Vorbereitungen zu treffen. Wer oder was immer Wurutana war, er fühlte, daß Pfeil und Bogen und Steinäxte nicht ausreichten, wenn er gegen den Großen Verschlinger bestehen wollte. Er befragte den Fledermausmenschen und erfuhr, daß es im Norden Vulkane und heiße Quellen gab, die einen scharfen und stechenden Geruch verbreiteten.

Glikh wußte mehr über den Norden, als er preisgeben wollte, aber Odysseus forschte nicht nach den Gründen dieser Zurückhaltung. Er wollte nur Informationen.

»Wie weit ist diese Gegend von hier entfernt?«

»Zehn Tagesmärsche.«

Ungefähr dreihundert Kilometer, schätzte Odysseus.

»Du wirst uns hinführen.«

Glikh öffnete den Mund zu einer Antwort, die nach seiner Miene nur Protest sein konnte, dann besann er sich eines Besseren und schwieg. Odysseus rief die Häuptlinge und Priester der Wufea und Waragondit zusammen und sagte ihnen, was während seiner Abwesenheit zu tun war.

Sie waren verwundert über seine Instruktionen, die das Sammeln und die Behandlung von Exkrementen und die Herstellung von Holzkohle betrafen. Er sagte ihnen, daß er ihnen die Gründe dafür später erläutern werde.

Außerdem verlangte er für seinen Zug nach Norden alle Krieger und jungen Männer, die nicht für die Feldarbeit und den Schutz des Dorfs benötigt wurden.

Die Stammesoberhäupter waren nicht glücklich über seine Forderungen, aber sie gehorchten. Eine Woche später brach eine große Kolonne aus hundert Kriegern, zweihundert jungen Männern, mehreren Priestern und zwei Kriegshäuptlingen auf, um mit Awina und Odysseus zu den rauchenden Bergen zu ziehen. Glikh flog voraus und erkundete das Land. Er meldete ihnen, wo es Wild gab und die Jagd sich lohnte, und dreimal machte er feindliche Späher aus. Sie gehörten zu einem Volk, das eng verwandt mit den Waragondit sein mußte. Ihre Pelze waren schwarz mit braungelben Augen- und Wangenstreifen, aber sonst glichen sie ihren südlichen Vettern.

Es gab keine Angriffe auf die Kolonne. Seine Streitmacht war so groß, daß die in kleinen und weit auseinanderliegenden Dörfern lebenden Bewohner dieser Landstriche offenbar keine Lust verspürten, sich den Eindringlingen zum Kampf zu stellen.

Doch so günstig die große Zahl sich hierin auswirkte, so nachteilig war sie für die Marschleistung. Die große Kolonne war schwerfällig und langsam, und statt der geschätzten zehn Tage brauchten sie zwanzig, um ihr Ziel zu erreichen. Das schwierigste Problem aber war die Ernährung dieser Armee. Die Gegenwart so vieler Zweibeiner verscheuchte das Wild, und kleine Jagdgruppen waren ständig unterwegs, um das benötigte Fleisch heranzuschaffen. Und diese Gruppen wurden gelegentlich von Einheimischen angegriffen. Aber eines Tages machte Glikh eine kleine Herde von Waldpferden aus, und sie organisierten eine Treibjagd. Danach hatten sie für viele Tage zu essen.

Endlich kamen sie zu den Vulkanen und heißen Quellen, und hier fand Odysseus den Schwefel, den er gesucht hatte. Er kam in einer gründlichen, durchscheinenden Form vor, die mit den primitiven Steinwerkzeugen seiner Leute abgebaut werden konnte. Innerhalb von zwei Wochen hatten sie beisammen, was sie tragen konnten, und Odysseus befahl den Rückmarsch.

Als die Kolonne nach weiteren drei Wochen in ihre Heimatdörfer zurückkehrte, stellte Odysseus zu seiner Zufriedenheit fest, daß inzwischen ein großer Vorrat Kaliumnitrat hergestellt worden war. Die Wufea hatten seine Weisungen gewissenhaft befolgt, selbst jene, die der besonderen Behandlung der Exkremente zur Beschleunigung des Zerfallsprozesses galten. Einige Tage später, nach den Festlichkeiten und Zeremonien, setzte Odysseus seine Krieger für die Herstellung von Schwarzpulver ein. Unter seiner Aufsicht und Anleitung wurden die Bestandteile gemahlen und im geeigneten Verhältnis gemischt. Die erste Demonstration versetzte die Wufea und Waragondit in Angst und Schrecken. Er ließ in einer Hütte, die für die Demonstration errichtet worden war, eine Fünf-Pfund-Bombe explodieren. Odysseus hatte alle vor den Gefahren der neuen Waffe gewarnt und ihnen verboten, sie ohne seine Erlaubnis zu verwenden, sonst wäre der gesamte Pulvervorrat innerhalb eines Tages zur Befriedigung ihrer Sensationslust in die Luft gejagt worden.

Am sechsten Tag zündete er eine Rakete mit einer zweipfündigen Sprengladung an einer kleinen Kiste. Sie explodierte an einer Felswand und lieferte ein ehrfurchtgebietendes Schauspiel. Nach dieser Probe wählte er ein Dutzend der geschicktesten Leute aus und unterwies sie in der Herstellung von hölzernen Handgranaten, Raketen und Zündschnüren. Seine Vorbereitungen beschäftigten ihn so, daß er sich überrumpelt fühlte, als Glikh eines Tages zu ihm kam und um seine Entlassung bat. Er wolle in seine Heimat zurückkehren.

»Und wo ist deine Heimat?« fragte Odysseus in der Hoffnung, dem Zwerg eine unbedachte Antwort zu entlocken.

»Im Süden, Herr, wie ich sagte. Viele Tagesreisen von hier.«

»Du hast deine Arbeit freiwillig getan und kannst gehen, wann du willst«, sagte Odysseus. »Werde ich dich bald wiedersehen?«

»Ich weiß es nicht, Herr«, sagte Glikh mit einem jener schlauen Seitenblicke, die Odysseus stets von neuem irritierten. »Aber es könnte sein, daß du andere von meiner Art sehen wirst.«

»Ich werde dich wiedersehen, eher als du denkst«, sagte Odysseus.

Glikh schien sichtlich zu erschrecken und fragte: »Was meinst du damit, Herr?«

»Leb wohl«, sagte Odysseus. »Und meinen Dank für deine Dienste.«

»Leb wohl, Herr«, antwortete Glikh nach kurzem Zögern. »Dies war eine sehr nützliche Erfahrung für mich.«

Er verließ Odysseus, um sich von den Häuptlingen und Dorfältesten zu verabschieden, dann flog er davon. Odysseus sah ihm nach, bis er als ein kleiner Punkt hinter einem Höhenzug verschwand.

Er sagte zu Awina: »Ich vermute, daß er gegangen ist, um jemandem über seine Beobachtungen Meldung zu machen.«

»Meldungen, Herr?«

»Ja. Ich bin überzeugt, daß er nicht für sich selbst oder sein Volk arbeitet, sondern für jemand anderen spioniert. Ich habe keine Beweise, aber nach meinen Beobachtungen ist es so gut wie sicher.«

»Vielleicht arbeitet er für Wurutana?« sagte sie.

»Das ist gut möglich. Wir werden es herausbringen. Sobald wir hier fertig sind, werden wir nach Süden ziehen und Wurutana überwinden.«

»Werde ich mitgehen?«

»Man sagte mir, daß es sehr gefährlich sei«, antwortete er. »Aber du scheinst Gefahr nicht zu fürchten. Ja, ich werde dich gern mitnehmen, aber ich werde niemandem befehlen, mit mir zu kommen. Ich werde nur Freiwillige nehmen.«

437

»Ich bin sehr glücklich, daß ich mit meinem Herrn gehen darf«, sagte Awina. Und dann fügte sie hinzu: »Aber wirst du gegen Wurutana kämpfen, oder wirst du deine Söhne und Töchter suchen?«

»Meine was?«

»Diese Sterblichen, von denen Glikh sprach. Die Leute, die dir gleichen, daß sie deine Kinder sein müssen.«

Er lächelte. »Du bist sehr klug, Awina. Ich werde beides tun.«

Sie kehrten ins Dorf der Wufea zurück, und wieder folgten Festlichkeiten und Zeremonien, bis die Dorfältesten klagten, daß es die Wufea ruinieren werde. Überdies würden die Felder vernachlässigt, und das übermäßige Jagen zur Ernährung der Gäste habe in weitem Umkreis alles Wild vertrieben.

Odysseus merkte, daß er auf ihre Klagen Rücksicht nehmen mußte, und so unternahm er einen großen Jagdzug in die südlichen Ebenen, um Fleischvorräte für den Winter heranzuschaffen. Auch wollte er einige Wildpferde fangen – und Näheres über Wurutana in Erfahrung zu bringen.

Die meisten der fünfzig Krieger, die ihn begleiteten, kehrten schon nach einer Woche mit großen Mengen Räucherfleisch in ihre Dörfer zurück. Die Jagdbeute war so reich, daß sie sie auf Schlitten ziehen mußten. Sie nahmen eine Anzahl eingefangener Wildpferde mit. Odysseus hatte ihnen eingeschärft, die Tiere gut zu behandeln und nicht zu schlachten.

Odysseus selbst drang mit zehn Kriegern und Awina weiter nach Süden vor. Sie sahen mehrmals kleine Herden von Elefanten, die etwa die Größe afrikanischer Elefanten hatten, aber stark behaart waren und einen Fettbuckel im Nacken hatten. Sie begegneten Antilopenherden, gefleckten Wölfen und tigerähnlichen Raubkatzen mit prachtvollen, weiß, gelb und grau gesprenkelten Fellen. Charakteristisch für die Savannenlandschaft aber waren vor allem die Herden der Wildpferde und die bis zu drei Meter hohen Laufvögel, die mit ihren scharfen Krallen und langen, spitzen Schnäbeln einen wehrhaften Eindruck machten. Sie schienen Räuber oder Aasfresser zu sein, und einmal sah Odysseus, wie zwei von den großen Vögeln ein Raubkatzenpaar von einem frisch gerissenen Pferdekadaver vertrieben.

Seine Leute fürchteten die Vögel und Raubtiere nicht, aber sie hatten große Angst vor den Kuriei, den Angehörigen eines hochgewachsenen, langbeinigen Volks mit roten Fellen und weißen Gesichtern, die bei den Bewohnern des Nordens für ihre Wildheit berüchtigt waren.

Niemand sagte etwas von Umkehr, aber je tiefer sie ins Stammland der Kuriei eindrangen, desto nervöser wurden seine Leute.

Odysseus zog unbeirrt weiter nach Süden, aber als nach drei weiteren Tagen die dunkle, gebirgsähnliche Masse am Horizont noch immer nicht merklich nähergerückt zu sein schien, entschloß er sich doch zur Umkehr. Seine indirekten Fragen hatten immerhin eine Information erbracht, wenn er auch ihrer Glaubwürdigkeit nicht ganz sicher war.

Wenn er die Andeutungen nicht falsch interpretierte, war Wurutana ein Baum. Ein Baum, wie es seit Anbeginn der Zeit keinen gegeben hatte.

Sie kehrten in die Heimatdörfer zurück, ohne eine Spur von den gefürchteten Kuriei zu sehen, und Odysseus begann sofort mit den Vorbereitungen für die große Reise. Aber der Herbst kam, die Blätter fielen und die Winde wurden schneidend kalt. Er beschloß, bis zum Frühling zu warten.

Einen Monat später, mit dem ersten Schnee, kamen Glikh und seine Frau ins Dorf geflogen. Sie hatten ihre haarlosen Körper in leichte Pelze gehüllt, so daß sie wie geflügelte Zwergeskimos aussahen. Guakh war noch kleiner als Glikh, aber dafür viel lauter. Sie war eine unverschämte, aufdringliche, nörglerische und neugierige Person, gegen die Odysseus vom ersten Augenblick an eine tiefe Abneigung empfand.

Sie und Glikh erzählten ihre Neuigkeiten und Klatschgeschichten, gaben vor, ganz zufällig in der Gegend zu sein, aber Odysseus sah und hörte, daß sie den Dorfbewohnern viele Fragen stellten. So konnte ihnen nicht verborgen bleiben, daß der Steingott nach der nächsten Schneeschmelze gegen Wurutana ziehen wollte. Odysseus befragte unterdessen Awina und andere und erfuhr, daß die Fledermausleute selten um diese Jahreszeit ins Dorf kamen. Der Oberpriester meinte sogar, so spät im Jahr habe sich in den letzten zwanzig Jahren noch nie einer von ihnen so weit im Norden blicken lassen.

Odysseus nickte nur. Er vermutete, daß die Fledermausleute von ihren Auftraggebern ausgesandt worden waren, um herauszufinden, was ihn aufhielt. Und wahrscheinlich würden die zwei im kommenden Frühjahr viel eher als gewöhnlich wieder aufkreuzen. Eines kalten Wintermorgens sah er sie davonfliegen und beschloß, daß er noch früher als geplant aufbrechen würde.

In der Zwischenzeit zähmte er die Pferde und lehrte die Krieger reiten. Die Schneefälle waren nicht annähernd so stark, wie er sie in Erinnerung hatte. Geographisch mochte dies die Gegend um Syracuse sein, aber das Klima war viel milder geworden. Die Schneefälle waren häufig, aber selten sehr ergiebig, und immer wieder wurden sie von Tauwetter und Regenfällen abgelöst. Er hatte viel Raum, seine Pferde einzureiten, die er im Tempel untergebracht hatte. Im Vorfrühling wurden die ersten Fohlen geboren, und er lehrte die Wufea alles, was er über Pferdeaufzucht wußte.

Der Frühling kam mit Tauwetter und noch mehr Regen, und das Land wurde schlammig. Odysseus mußte seinen Aufbruch wieder verschieben. Dann, als der Tag der Abreise bereits feststand, gab es eine weitere Verzögerung, weil unter den Wufea eine Seuche ausbrach. Dutzende starben in der ersten Woche, und dann wurde auch Awina krank. Odysseus verbrachte viel Zeit bei ihr und pflegte sie. Oft kam Aythira, um den bösen Geist der Krankheit zu bannen und Reinigungszeremonien vorzunehmen. Die Theorie der Entstehung von Krankheit durch Infektion mit Krankheitserregern war unbekannt, und Odysseus ließ die Wufea in ihrem Glauben an Krankheitsgeister und bösen Zauber von Dämonen. Ohne ein Mikroskop konnte er seine Erklärung nicht beweisen, und selbst wenn er eins gehabt hätte, wäre er unfähig gewesen, die Krankheit zu heilen. Das Fieber und die begleitende Furunkulose an Kopf und Hals dauerten bei den Erkrankten etwa eine Woche. Manche starben, manche erholten sich; es schien keinen erkennbaren Grund zu geben, warum die einen überlebten und die anderen zugrundegingen. Jeden Tag gab es Begräbnisse, und dann flaute die Seuche ab.

Odysseus hatte überlegt, wie lächerlich es doch wäre, wenn er einer Krankheit zum Opfer fiele, nachdem er viele Millionen Jahre durchgestanden hatte. Aber er blieb von der Seuche verschont. Dies war in mehr als einer Weise von Vorteil. Wäre er krank geworden, hätten die Wufea sicher an seiner göttlichen Natur gezweifelt.

Nach einem Monat traten keine neuen Erkankungen mehr auf. Ein Sechstel der Bevölkerung war ihr erlegen, Kinder, Jugendliche, Erwachsene und Alte.

Er war aus mehreren Gründen verzagt. Einmal hatte er diese Wesen trotz ihrer nichtmenschlichen Natur schätzen und lieben gelernt. Über einige Todesfälle war er tief betroffen, und als Aythira gestorben war, hatte er das Gefühl eines schmerzlichen Verlustes gehabt. Vielleicht berührte Awinas Trauer um ihren Vater ihn mehr als der Tod des Alten, aber es schmerzte ihn. Zum anderen benötigten die Wufea alle Arbeitsfähigen für die Frühjahrsaussaat. Sie konnten die Krieger, die er für seine Expedition brauchen würde, im Moment beim besten Willen nicht erübrigen.

Doch seit der Steingott ihnen Pfeil und Bogen und das Pferd als Transportmittel gegeben hatte, waren sie bei weitem erfolgreichere Jäger als in der Zeit vor seinem Erwachen.

Zwei Tage vor dem als endgültig festgesetzten Termin für den Abmarsch – die Frühjahrsaussaat war im Boden, das Land bestellt – kamen Glikh und seine Frau Guakh aus dem Blau des Himmels ins Dorf herabgesegelt.

»Herr, ich dachte, ich könnte dir zu Diensten sein!« sagte Glikh mit einem Lächeln, das sein lederiges Gesicht in tausend Falten legte, bis es tatsächlich Ähnlichkeit mit dem einer Fledermaus hatte.

Odysseus versicherte Glikh, daß er ihm wirklich von großem Nutzen sein könne. Und so war es auch – bis zu einem gewissen Grad. Doch über einen bestimmten Punkt hinaus würde er ihm nicht trauen.

Glikhs faltige Lider öffneten sich weit, als er die vier ziemlich primitiven Wagen sah, die Odysseus gebaut hatte. »Herr«, sagte er bewundernd, »du hast deinem Volk viele neue und wertvolle Dinge gegeben. Mit den Pfeilen und Bogen und dem Schießpulver und dem Gebrauch der Pferde könnte dein Volk alle anderen Völker des Nordens besiegen.«

»Das mag sein, aber ich bin an einer anderen Eroberung interessiert«, sagte Odysseus.

»Ah, ja. Wurutana!« Es klang nicht überrascht oder besorgt, eher befriedigt.

Am übernächsten Morgen brach die Karawane auf. Odysseus

und Awina ritten an der Spitze, gefolgt von vierzig berittenen Kriegern. Dann kamen die vier von Pferden gezogenen Wagen und sechzig Krieger zu Fuß. An den Flanken, vor und hinter der Kolonne, ritten Späher. Die Truppe bestand fast zu gleichen Teilen aus Wufea und Waragondit.

Der Marsch nach Süden ließ sich gut an. Das Wetter war trocken und nicht zu heiß, und weil niemand Proviant und Gepäck zu tragen brauchte, kamen sie schnell voran. Bei Sonnenuntergang hielten sie an einem Bach oder einer Wasserstelle, und berittene Bogenschützen schwärmten aus, um Fleisch herbeizuschaffen, während andere Krieger die Pferde versorgten und Holz für die Lagerfeuer sammelten. Die Jagd war gut, und alle hatten reichlich zu essen. Tag für Tag schien die dunkle Masse im Süden ein wenig größer zu werden, bis sie wie ein gewaltiges dunkles Waldgebirge den ganzen Süden beherrschte. Einmal kam ein großer Trupp Kuriei bis auf einige hundert Meter an die Karawane heran, aber die Eindringlinge waren ihnen an Zahl ebenbürtig, und die Kuriei schienen von der Tatsache, daß diese Leute Pferde ritten, verblüfft und verunsichert. Jedenfalls hielten sie respektvoll Abstand, und am zweiten Tag nach ihrem Auftauchen waren sie verschwunden. Glihk und Guakh, die jeden Tag weite Erkundungsflüge unternahmen, um Tierherden auszumachen und vor etwaigen Ansammlungen feindlicher Kuriei zu warnen, meldeten am nächsten Morgen, daß der Trupp sich aufgelöst habe und die Einheimischen in kleinen Gruppen zu ihren Dörfern zurückkehrten.

Zwei Tage später nahm das dunkle Gebirge vor ihnen eine stumpfgrüne Farbe an. Am folgenden Tag machten sie vielfarbige Blütenfelder aus, und schließlich zeichneten sich graue Streifen im Grün ab, die sich als ungeheure Stämme, Äste und Wurzeln herausstellten.

Wurutana war tatsächlich ein Baum, die gewaltigste Pflanze, die jemals existiert hatte. Odysseus mußte an Yggdrasil denken, die Weltesche der altgermanischen Mythen, aber es war ein hinkender Vergleich. In der Welt, die er gekannt hatte, gab es nichts Vergleichbares. Dieser Baum mußte an vielen Stellen dreitausend Meter hoch sein, und er breitete sich über ein Gebiet von Tausenden von Quadratkilometern aus. Seine riesenhaften Äste sanken allmählich zum Boden ab, verschwanden in der Erde und kamen als neue Stämme mit neuen Ästen wieder zum Vorschein. Er wirkte wie eine solide Masse, alles zusammenhängend. Irgendwo in diesem ungeheuren Kraken von einem Baum mußte noch immer der erste Ur-Stamm mit seinen gigantischen Ästen leben.

Als sie an den äußersten Ast kamen, der aus großer Höhe herabreichte und vor ihnen im Boden verschwand, machten sie staunend halt. Dann ritten sie langsam und ehrfürchtig um die graue, borkige Säule. Dieser Ast mußte einen Durchmesser von mindestens vierhundert Metern haben. Die Rinde war so dick, so rissig und zerklüftet, daß sie wie eine von der Erosion zerfurchte Felswand aussah.

Sie schwiegen. Wurutana war eine Naturgewalt, überwältigend wie das Meer, wie ein Zyklon oder ein herabstürzender Riesenmeteor.

»Sieh dort!« sagte Awina und zeigte hinauf. »Bäume wachsen *auf* dem Baum!«

Welkes Laub, der Staub von Jahrtausenden, totes Holz von kleineren Ästen und Verzweigungen, der Kot von Vögeln und ihre Kadaver – alles das war in den tiefen Klüften der Rinde zu Humus geworden. Angewehte oder von Vögeln übertragene Samen hatten in diesem Humus ihren Nährboden gefunden und Wurzeln geschlagen. Die Oberseite des gigantischen Astes war ein Dschungel von Büschen, Rankengewächsen und Bäumen. Manche von ihnen waren dreißig Meter hoch und mußten selbst Hunderte von Jahren alt sein.

Odysseus spähte in das trübe Halbdunkel vor ihnen. Die Vegetation darüber war so dicht, daß kein Sonnenstrahl den Erdboden erreichte. Aber Glikh hatte gesagt, daß es einfacher sei, auf den oberen Terrassen der Riesenäste zu reisen, als auf dem Boden. Es rinne so viel Wasser vom Baum auf die Erde, daß sich riesige Sümpfe gebildet hätten. Auch gebe es Treibsand, giftige Gewächse und Schlangen, die keines Sonnenlichts bedurften. Die Karawane würde innerhalb weniger Tage im Schlamm steckenbleiben.

Odysseus mißtraute dem Fledermausmenschen, aber diese Warnung schien ihm glaubhaft. Ein feuchter, ungesunder Geruch wehte aus der grünen Dämmerung vor ihnen, ein Geruch von Fäulnis, von bleichen, huschenden Lebewesen und über-

443

schwemmendem bodenlosem Morast, der jeden hinabsaugen würde, der unvorsichtig genug wäre, sich in ihn hineinzuwagen.

Odysseus blickte auf und musterte den nächsten Ast. Er stieß in einem Winkel von fünfundvierzig Grad herab und tauchte einen Kilometer entfernt in die grüne, blütenübersäte Masse ein.

»Wir werden zum nächsten weiterreiten und uns umsehen«, sagte Odysseus. Es war ihm bereits klar, daß sie die Pferde und Wagen würden zurücklassen müssen. Dort oben turnten Bergziegen oder Gemsen von einer Rindenterrasse zur nächsten, hellbraune und orangefarbene Tiere mit geschwungenem Gehörn und kleinen schwarzen Ziegenbärten.

Es gab auch andere Tiere: schwarze, blaßgesichtige Affen mit langen Greifschwänzen, eine Art Pavian mit scharlachrotem Hinterteil und grünem Fell, eine kleine Gazellenart mit verkümmertem Gehörn und Vögel, Vögel, Vögel!

Sie ritten einen halben Kilometer, bis sie zum nächsten Ast – oder zur nächsten Luftwurzel? – kamen, der sich in die Erde bohrte. In einer tiefen, kanalartigen Furche in seinem breiten Rücken floß Wasser herab in ein Bachbett. Glikh hatte gesagt, daß es viele Quellen, Bäche und sogar kleine Flüsse in den Unebenheiten der Rinde auf den Oberseiten der Äste gebe. Nun konnte er es sehen, mußte es glauben. Welch eine gewaltige Pumpe mußte dieser Baum sein! Welch ein Wasserspeicher! Er mußte seine Wurzeln tief ins Erdinnere gestoßen haben.

»Es ist einerlei, ob wir es hier versuchen oder anderswo«, sagte er. »Nehmt den Pferden die Zügel ab und laßt sie laufen.«

»All das gute Fleisch!« sagte Awina.

»Ich weiß. Aber ich mag sie nicht töten. Sie haben uns gedient; sie haben ein Recht, zu leben.«

Odysseus beobachtete die beiden Fledermausleute, während die Pferde abgeschirrt und die Wagen entladen wurden. Sie saßen abseits auf einem Vorsprung des Astes und unterhielten sich halblaut miteinander. Er hatte sie bis hierher mitziehen lassen, weil sie sich als Kundschafter nützlich gemacht und in ihrer Redseligkeit immer wieder Informationen geliefert hatten, wenn auch ungewollt.

Aber sie waren wahrscheinlich beauftragt, die Eindringlinge zu überwachen und auszuforschen, und zum geeigneten Zeitpunkt würden sie die Expedition verraten. Odysseus mußte zumindest von dieser Annahme ausgehen.

Er beschloß, sie noch einige Tage bei sich zu dulden. Der ›Baum‹ war eine Umgebung, die ihnen allen unvertraut war. Sie brauchten alle Ratschläge und hilfreichen Winke, die sie kriegen konnten. Und wenn es tiefer im Baum auch nicht viel offenen Luftraum geben würde, für die beiden würde sich allemal eine Lücke finden, durch die sie fliegen konnten. Sie könnten ihnen sicher auch weiterhin als Kundschafter dienen.

Aber wie, wenn sie vorausflögen, um andere vom Kommen des Steingottes und seiner Leute zu verständigen?

Dieses Risiko mußte er auf sich nehmen.

Er ging zu den Stapeln ausgeladenen Materials und wählte aus, was sie mitnehmen sollten. Das Weiterwandern auf diesem Baum würde die meiste Zeit eine mühselige Kletterei sein; sie konnten nur die wichtigsten Dinge mitnehmen. Für die schweren Schwarzpulverraketen schien es hier keine sinnvolle Verwendung zu geben. Er zögerte, als er an die Mühe dachte, die ihre Herstellung gekostet hatte, dann entschied er sich gegen ihre Mitnahme. Aber die Wurfbomben und Handgranaten würde er behalten.

Um zu verhindern, daß die Fledermausleute sich der Raketen bemächtigten, entleerte er sie und setzte das Pulver in Brand. Es gab eine gewaltige Stichflamme und eine riesige Rauchwolke, und eine halbe Stunde verging, bevor das Gezeter der aufgeschreckten Affen und Vögel nachließ.

Nachdem er sich vergewissert hatte, daß alle Traglasten richtig gepackt und festgeschnallt waren, gab er seinen Leuten das Zeichen, ihm zu folgen. Er stieg neben dem Wasserlauf aufwärts, manchmal kletternd, manchmal von einem Vorsprung der Rinde zum nächsten springend. Die Borke war fest und griffig, aber sehr rauh, und er war froh, daß er sich drei Paar Bundschuhe hatte machen lassen. Die anderen hatten eisenharte Schwielen an ihren Fußsohlen.

Den ganzen Nachmittag stiegen sie mühsam neben dem Wasserlauf aufwärts. Er war etwa vier Meter breit und in der Mitte zwei Meter tief, aber bei einem Gefälle von mehr als zwanzig Grad war die Gewalt der Strömung zu stark, als daß jemand ihn hätte durchwaten können. Weiter oben, sagte Glikh, wo der Ast über weite Strecken horizontal verlaufe, sei die Strömung langsam und träge, so daß man baden könne. Dort gebe es auch Fische, Frösche und Wasserpflanzen, sowie Tiere, die von diesen lebten.

Eine halbe Stunde vor dem Dunkelwerden erreichten sie die horizontale Strecke. Hier ruhten sie aus, während Odysseus die Umgebung studierte. Über ihnen waren Äste, die genauso groß und noch größer waren, als der, auf dem sie standen, und auch sie waren von Vegetation bedeckt. Hier und dort hingen dichte Massen von Lianen und Rankengewächsen in horizontalen und vertikalen Ebenen zwischen den Riesenästen und bildeten tausendfach verflochtene und verfilzte Vorhänge. Manche von ihnen sahen solide genug aus, um eine Elefantenherde tragen zu können, und alle trugen eine Überfülle von Orchideen und anderen Blüten. Vögel und langschwänzige Affen waren überall und erfüllten das grüne Halbdunkel mit Gezwitscher, Gezeter und Geschrei. Odysseus sah seltsame, muschelförmige Gehäuse, die an Zweigen und Ranken klebten und von mausähnlichen Tieren bewohnt wurden. Glikh erklärte, daß sie die Gehäuse aus zerkauten Blättern und Speichel machten, aber es sei nicht ratsam, diese Nester genauer zu untersuchen, denn von den Bewohnern gebissen zu werden, sei sehr schmerzhaft und giftig. Er warnte auch noch vor anderen Gefahren, und je länger seine Schilderung dauerte, desto deprimierter wurde Odysseus, obwohl er versuchte, sich nichts anmerken zu lassen. Aber Awina und einige andere, die Glikh zugehört hatten, konnten ihre Furcht vor dieser fremden und feindlichen Umwelt nicht verbergen. Als sie an diesem Abend um ihre kleinen Feuer saßen, waren sie schweigsam und bedrückt. Odysseus unternahm nichts, sie aufzuheitern; Stille war erwünscht.

Er machte eine Angel, nahm ein paar kleine Fleischstücke als Köder und ging fischen. Er fing eine schalenlose Schildkröte und wollte sie schön ins Wasser zurückwerfen, als ihm einfiel, daß er sie sich zum Frühstück zubereiten lassen könnte. Sein zweiter Wurf brachte ihm einen kleinen Fisch ein, den er wieder ins Wasser warf. Nach ungefähr zehn Minuten biß ein Fisch von einem halben Meter Länge an, der kräftige Brustflossen und kleine Fühler an Bauch und Flanken hatte. Als Odysseus ihn an Land zog, entdeckte er, daß es ein Lungenfisch war. Das Tier machte krächzende Geräusche und versuchte ihn mit den winzigen Krallen an den Spitzen seiner Flossen zu kratzen. Er steckte ihn in einen Korb, wo er aber so laut weiterkrächzte, daß er ihn schließlich wieder ins Wasser warf.

Das Problem des Schlafens war bald gelöst, allerdings nicht zu seiner Zufriedenheit. Es gab genug kleinere Spalten und Risse in der Borke, wo sie sich verbergen konnten, aber andererseits konnten sie nicht nahe genug beisammen schlafen. Ein Feind konnte sich unbemerkt nähern und sie einzeln überwältigen, ohne daß ein Wächter ihn zu Gesicht bekäme. Er verdoppelte die Wachen und übernahm selbst die erste Wache, dann legte er sich in einen Riß und versuchte zu schlafen. Es war ihm unmöglich. Das Heulen, Kreischen, Krächzen, Pfeifen, Kollern und Schnattern unsichtbarer Tiere zerrte an seinen Nerven. Der Mond ging auf, aber sein Licht drang nicht bis in diese Tiefe des vielstöckigen Dschungels.

Am nächsten Morgen waren sie alle übernächtig und mißgelaunt. Odysseus trank aus dem Bach und warf wieder seine Angel aus, fing weitere fünf von den schalenlosen Schildkröten und drei Forellen; er gab sie den Wufea.

Nach dem Frühstück fühlten sich alle besser. Sie nahmen ihre Traglasten auf und setzten ihre Wanderung fort. Gelegentlich passierten sie eine Stelle, wo Sonnenlicht durch die Laub- und Lianendächer sickerte, doch die meiste Zeit gingen sie im grünen Dämmerlicht, als bewegten sie sich unter Wasser. Oft war die Vegetation so dicht, daß die Fledermausleute nicht fliegen konnten und von Kriegern getragen werden mußten.

Am zweiten Tag im Baum waren sie in besserer Verfassung. Die Nachtgeräusche des Dschungels waren nun schon vertrauter, und sie hatten geschlafen. Sie fingen Fische, und ein Waragondit erledigte einen großen schwarzen Eber, den sie brieten und verzehrten. Auch gab es viele Bäume und Büsche mit Beeren, Nüssen und Früchten. Glikh sagte, daß alle genießbar seien, und so befahl Odysseus ihm oder seiner Frau, von jeder Sorte zu kosten, bevor die anderen aßen. Glikh lächelte grimmig und gehorchte.

Am dritten Tag erkletterten sie, Glikhs Empfehlung folgend, einen Stamm. Er sagte, auf den oberen Ästen würden sie leichter vorwärtskommen. Odysseus dachte, daß es dann auch für

andere Fledermausleute leichter wäre, die Kolonne auszumachen, aber er beschloß dennoch, ihrem Rat zu folgen. Bisher
hatte sich Glikh als ein guter Führer und Kundschafter erwiesen.

Sie hatten schon öfter Stämme entlangklettern müssen. Um
von einem Riesenast zum anderen zu gelangen, konnten sie sich
gewöhnlich der natürlichen Brücken aus Lianen und anderen
Kletterpflanzen bedienen, die fest und dicht miteinander ver-
flochten waren. Aber dann und wann mußten sie um einen
Stamm klettern, um auf einen anderen Ast zu kommen. Diese
Quergänge waren zeitraubend und mühsam, aber relativ sicher,
solange man nicht nach unten sah. Die Borke war wie stark zer-
klüfteter Fels und bot gute Griffe, und der Aufstieg durch eine
der tiefen Rinnen war wie leichte Kaminkletterei, technisch einfach aber schweißtreibend. Odysseus schaffte den Aufstieg, aber
er mußte alle Reserven mobilisieren, und seine Hände und Knie
und sein Rücken waren aufgescheuert und blutig. Hier erwiesen
sich das geringere Gewicht, die Geschmeidigkeit und die schützenden Pelze der Wufea und Waragondit als vorteilhaft.

Erschöpft und keuchend zog er sich nach einem luftigen
Quergang über die letzten, fast waagrecht verlaufenden Rinden-
terrassen der Astgabelung und kletterte auf die beruhigend
breite Oberfläche des Astes. Früh am Morgen hatten sie mit dem
Aufstieg begonnen, und jetzt dämmerte es bereits. Unten war es
Nacht; die Tiefen waren wie schwarze Höhlen, düster und
bodenlos. Das Jaulen eines Leoparden klang aus der Tiefe herauf.
Hundert Meter unter ihnen heulte und schnatterte eine Affen-
herde im Dschungel der nächsttieferen Etage. Odysseus schätzte,
daß sie über zweitausend Meter hoch sein mußten. Doch sie
waren noch weit vom Wipfel entfernt; der Stamm erhob sich
schier endlos über ihnen, und zwischen dem Ast, auf dem sie
standen, und dem Wipfel dieses Stammes gab es ein Dutzend
weitere Riesenäste.

Nach Einbruch der Dunkelheit wurde es hier oben rasch kalt.
Zweige, Äste und Bruchstücke von abgestorbenen Bäumen
wurden gesammelt und auf dem Grund einer Rinne aufge-
schlichtet, die nicht mit Erde gefüllt war. Hier oben war der
Humus nicht so dick wie unten, und es gab mehr nackte Borke.
Das Abendrot schwand vom Himmel. Von der See zogen

448

Wolkenbänke auf und hüllten sie ein. Fröstelnd drängten sie sich um die Feuer.

»Ich bin nicht so sicher, daß deine Idee gut war«, sagte Odysseus zu Glikh. »Es ist richtig, daß es hier weniger Vegetation gibt. Wir werden schneller vorankommen. Aber Nässe und Kälte können uns krankmachen.«

Der Fledermausmann und seine Frau hockten wie Gnome im flackernden Feuerschein. Glikhs Zähne klapperten, als er antwortete: »Morgen, Herr, werden wir Flöße bauen und uns einen Fluß abwärtstreiben lassen. Dann wirst du die Weisheit meines Rats erkennen. Wir werden schneller eine weitere Strecke zurücklegen. Du wirst sehen, daß die Unbequemlichkeit der Nächte von den Annehmlichkeiten der Tage mehr als aufgewogen wird.«

»Wir werden sehen«, sagte Odysseus und kroch zwischen seine Felle.

Die Wolke lag wie ein kalter Atem über dem Baum und seinen Bewohnern. Sie dämpfte die Geräusche, bedeckte alles mit feinen Nebeltröpfchen und machte alles feucht und klamm.

Irgendwann in dieser Nacht fuhr er erschreckt aus seinem unruhigen Schlaf. Er hatte einen durchdringenden Schrei gehört. Einen Moment dachte er, daß er geträumt hatte, aber dann hörte er die Rufe der anderen und sah sie in der Dunkelheit und im Nebel durcheinanderlaufen. Das Lagerfeuer in seiner Nähe war niedergebrannt.

Er ergriff einen Speer, warf seine warme Felldecke ab und sprang auf. Seine Fragen erbrachten, daß die anderen ebenso unwissend waren wie er. Die Expeditionsteilnehmer waren in drei Gruppen aufgeteilt. Jede dieser Gruppen war um ein Feuer auf dem Grund eines schluchtartigen Borkenrisses gelagert. Die dazwischenliegenden Rücken überragten selbst Odysseus' Kopf noch um einen halben bis einen Meter. Dort oben erschien auf einmal eine Gestalt im Nebel, und eine Stimme rief: »Herr! Zwei von den Unsrigen sind tot!«

Es war Edjauwando, ein Waragondit von einer anderen Gruppe. Odysseus kletterte aus der Furche, und andere folgten ihm. »Sie wurden mit Speeren getötet«, sagte Edjauwando.

Odysseus untersuchte die beiden Toten im Lichtschein des Feuers, das frische Nahrung erhalten hatte und sich prasselnd durch den Haufen Zweige und Äste fraß. Die Halswunden der beiden Opfer konnte von Speeren herrühren, aber auch von einer anderen Waffe. Edjauwando hatte bloß eine Vermutung ausgesprochen.

Die Wachen gaben an, sie hätten nichts bemerkt. Das war gut möglich, denn der Nebel verschluckte alles, was weiter als ein paar Schritte entfernt war. Odysseus verstärkte die Wachen und kehrte zu seiner Gruppe zurück. Er sagte: »Glikh, welche intelligenten Lebewesen gibt es in dieser Gegend?«

Glikh blinzelte ihn an. »Zwei, Herr. Es gibt die Wuggrud, die Riesen, und die Khrauz, ein Volk wie die Wufea, aber größer und gefleckt wie der Leopard. Aber weder die einen noch die anderen leben in dieser Höhe.«

»Wer immer es war«, sagte Odysseus, »es können nicht viele gewesen sein. Andernfalls hätten sie die ganze Gruppe überfallen.«

»Das ist sicherlich richtig, Herr«, sagte Glikh.

Den Rest der Nacht gab es wenig Schlaf. Odysseus schlummerte endlich doch noch ein, nur um sofort wieder von einer derb zupackenden Hand aus dem Schlaf gerüttelt zu werden. Der Wufea Wassundi berichtete: »Herr! Wach auf! Zwei von unseren Leuten sind tot!«

Diesmal waren die Toten Wächter, und die unbekannten Angreifer hatten sie erwürgt. Die benachbarten Posten, nur wenige Meter entfernt, hatten nichts gehört, bis die Körper in eine Rinne gekollert waren.

Nun schlief keiner mehr. Die Sonne ging auf und begann die Wolken aufzulösen. Odysseus suchte die Umgebung nach Spuren der nächtlichen Angreifer ab und fand nichts. Die Toten wurden in Borkenspalten gebettet und mit Erde und Ästen bedeckt. Nach einem in bedrücktem Schweigen verzehrten Frühstück gab Odysseus das Zeichen zum Aufbruch. Bis Mittag marschierten sie auf dem Ast weiter, dann befahl er, auf einen anderen überzuwechseln, der etwas tiefer lag und seit mehreren Kilometern parallel zu dem ihren verlief. Seine Vegetation war viel dichter, was dem Flüßchen zu verdanken war, das ein Drittel seiner Oberflächenbreite einnahm.

Der Übergang fand an einem nur wenig geneigten Vorhang aus Lianen statt. Odysseus schickte seine Leute in drei Gruppen hinüber. Während die erste über den Abgrund kroch, standen die anderen mit Pfeil und Bogen bereit, um etwaige Angreifer abzuwehren, denn die Leute der ersten Gruppe waren vollauf damit beschäftigt, sich in dem schwingenden Pflanzenteppich festzuhalten, unter Blättern verborgenen Löchern auszuweichen und die Festigkeit von Schlingpflanzensträngen zu prüfen, bevor sie ihnen ihr Gewicht anvertrauten.

Als die erste Gruppe die andere Seite erreichte, deckte sie den Übergang der zweiten. Odysseus war mit der ersten Gruppe gegangen. Er sah die Krieger der nächsten über das Rankenwerk kriechen, beladen mit Wurfbomben und Vorräten, und die ersten von ihnen waren nur noch sechs oder sieben Meter vom Ast entfernt, als die dritte Gruppe auf der anderen Seite ein großes Geschrei anstimmte. Odysseus bemerkte, daß sie nach oben zeigten, und hob seinen Blick gerade noch rechtzeitig, um einen gut drei Meter langen morschen Stamm herabstürzen zu sehen. Er krachte durch das Gewirr und riß Lianen und Ranken auseinander. Keiner der Krieger wurde getroffen, aber einer sah sich plötzlich an einem abgerissenen Pflanzenstrang über dem Abgrund baumeln. Die hinter ihm hatten haltgemacht, kletterten aber dann in panischer Hast weiter, als noch mehr Geschosse durch das Pflanzengeflecht schlugen.

Der unglückliche Wufea verlor seinen Halt und stürzte mit einem langgezogenen Schrei in die Tiefe. Ein anderer wurde von einem dicken Aststück in den Rücken getroffen und verschwand unter ihnen. Ein dritter sprang beiseite, um einem kopfgroßen Stück Rinde auszuweichen, verlor den Halt und fiel in die Dunkelheit.

Odysseus hatte inzwischen beobachtet, daß sich die Gegner auf dem nächsthöheren Ast befanden, genauer gesagt: an seinen Seiten, denn um ihre Geschosse ins Ziel zu bringen, mußten sie über die Borkenterrasse der Rundung abwärtsklettern. Sie waren vielleicht hundertzwanzig Meter über ihm, aber höchstens siebzig Meter über der letzten Gruppe auf dem Parallelast und so in Reichweite der Bogenschützen. Diese waren Waragondit unter der Führung Edjauwandos. Er rief ihnen seine Befehle zu, und bald flog die erste Salve Pfeile zum oberen Ast hinauf.

Die Gegner waren leopardenartig gefleckte Katzenmenschen mit Ohrbüscheln und Ziegenbärten. Sechs von ihnen stürzten,

451

von Pfeilen getroffen, durch den Lianenteppich. Einer prallte auf einen Krieger der zweiten Gruppe, und beide stürzten in die Tiefe. Die restlichen Wufea und Waragondit erreichten das sichere Ufer und tauchten in der schützenden Vegetation unter. Die Krieger auf der anderen Seite hatten inzwischen ihr Schießen eingestellt. Odysseus schrie und gestikulierte ihnen über die hundertfünfzig Meter breite Lücke zu. Sie antworteten in gleicher Weise und bedeuteten, daß die Khrauz sich vor den Pfeilen zurückgezogen hätten. Darauf winkte er sie herüber, und sie kamen, so schnell sie konnten, aber bevor die letzten in Sicherheit waren, wurden sie wieder von oben bombardiert. Diesmal verfehlten die Geschosse ihre Ziele, und es gab keine Verluste mehr.

Odysseus ließ seine Leute sechs große Flöße bauen und befahl Glikh, die vor ihnen liegende Strecke abzufliegen und nach Khrauz Ausschau zu halten. Er wollte nicht mit den Flößen in einen Hinterhalt geraten; auf dem Wasser würden sie besonders verwundbar sein. Glikh flog davon und kehrte nach einer Stunde zurück. Er hatte in der dichten Vegetation nichts gesehen.

Der Flußlauf nährte nicht nur üppiges Pflanzenleben. Es gab auch viele schöngefärbte Schmetterlinge, und Odysseus sah eine Libelle mit einer Flügelspannweite von einem halben Meter über die Wasseroberfläche schießen und auf große Wasserläufer Jagd machen. Im faulenden, modrigen Laub des Vorjahrs krabbelten handgroße Mistkäfer, und einmal kam ein Fischotter aus dem Ufergebüsch der anderen Seite und tauchte platschend ins Wasser.

Während die anderen mit Steinäxten und Lianenseilen an den Flößen arbeiteten oder Wache standen, hatte Odysseus Zeit, seine Beobachtungen zu machen und nachzudenken. Die Quelle dieses kleinen Flusses war ein großes Loch über der Gabelung von Stamm und Ast. Nach Glikhs Auskunft pumpte der Baum mehr Wasser aus dem Boden, als er zu seiner Erhaltung brauchte. Der Überschuß wurde an verschiedenen Stellen wie dieser abgelassen. Das Wasser lief dann durch den Kanal, dessen Strömung von der Neigung des Astes bestimmt wurde, bis es irgendwo in Kaskaden niederstürzte, wenn der Ast einen plötzlichen Abwärtsknick machte.

Dieser Fluß hatte eine Länge von vielen Kilometern. Glikh

schätzte die mit Flößen befahrbare Strecke auf sechzig Kilometer, aber er wußte es nicht genau. Der Ast beschrieb keine gerade Linie, und seine Bogen und Windungen erschwerten eine Messung.

Gegen Abend waren die Flöße fertig, und die Expedition schlug ihre Nachtlager an Ort und Stelle auf. Diesmal ließ Odysseus den Lagerplatz am Ufer von einer halbkreisförmigen vorgeschobenen Postenkette bewachen und übernahm selbst die erste Wache auf der Wasserseite. Aber die Nacht verging ohne Störung.

Am anderen Morgen ließen sie die Flöße zu Wasser. Odysseus stieg mit Awina und einem Dutzend anderer Wufea auf das erste, und sie stießen mit langen Stangen, die sie von einer bambusähnlichen Pflanze geschnitten hatten, vom Ufer ab und in die träge Strömung.

In der Mitte des Kanals war das Wasser fünf bis sechs Meter tief, und wo keine Algen und Wasserpflanzen wuchsen, konnte man den Grund sehen. Es gab viele Fische. Im Schilf der dichtbewachsenen Ufer quakten Frösche, und in den Bäumen, die ihre Äste über das Wasser reckten oder sich selbst halb umgesunken hinauslehnten, wimmelte es von Vögeln und Affen.

Wäre nicht die ständige Gefahr gewesen, von den Leopardenmenschen überfallen zu werden, hätte Odysseus diese Flußreise genossen. Das ruhige Dahingleiten auf dem still ziehenden Wasser verleitete zu träumerischer Naturbetrachtung, zu Entspannung und Sorglosigkeit.

Aber das durfte nicht sein, weil mangelnde Wachsamkeit den Tod bedeuten konnte. Jeder mußte bereit sein, schon im nächsten Augenblick in den Kampf zu gehen. Und es gab wohl keinen, der nicht von Minute zu Minute erwartete, daß Speere aus dem dichten Grün geflogen kämen.

So vergingen zwei Stunden, dann glitten die Flöße in eine Verbreiterung des Flusses hinaus, die fast ein See genannt werden konnte. Odysseus hatte andere Riesenäste gesehen, die hier und dort Verdickungen oder Abflachungen gebildet hatten, aber dieser übertraf alles. Der See, dessen Länge nicht abzusehen war, hatte eine Breite von annähernd hundertfünfzig Metern. Auch wurde das Wasser tiefer, so daß die Stangen der Flößer keinen Grund fanden. Odysseus stand vor der Wahl, in der Mitte

453

zu bleiben und die Flöße der minimalen Strömung zu überlassen oder in Ufernähe weiterzufahren, wo seichteres Wasser den Gebrauch der Stangen erlaubte. Er entschied sich für die erste Möglichkeit, denn in der Mitte würden sie vor den Speeren der Khrauz sicher sein und könnten sich nach den Stunden angestrengter Wachsamkeit ein wenig entspannen.

Nicht lange, und er bedauerte seinen Entschluß. Eine dreißigköpfige Herde von Tieren, die aus der Ferne wie Flußpferde aussahen, stampfte aus dem Uferdickicht und tauchte ins Wasser. Schnaubend und blasend begannen die Kolosse ein unbekümmertes Spiel, das sie näher und näher an die Flöße heranbrachte. Als eins der Flußpferde plötzlich zehn Meter neben seinem Floß auftauchte, konnte Odysseus sehen, daß die Ähnlichkeit nur oberflächlich war. Diese Tiere waren große Nager, die sich ganz dem Wasserleben angepaßt hatten. Ihre Augen und Nasenlöcher befanden sich in einer Ebene auf der Oberseite ihrer Köpfe, und bis auf eine Art Pferdemähne auf den dicken Hälsen hatten sie alles Haar verloren.

Plötzlich erschienen drei große Kanus auf dem See. Zwei tauchten hinter ihnen auf, eins kam vom Ausgang des Sees her. Sie waren bemalt und mit einer Art Bugspriet in Form eines geschnitzten Schlangenkopfes ausgerüstet; jedes enthielt neunzehn Leopardenmenschen, achtzehn Paddler und einen Steuermann oder Häuptling im Heck.

Ein paar Sekunden nach dieser Beobachtung sah Odysseus mehrere große Tiere mit schnellen Körperwindungen aus dem Dickicht der Uferböschungen ins Wasser gleiten. Sie sahen wie kurzschnäuzige Krokodile aus, hatten aber keine Beine, sondern bewegten sich wie Schlangen fort.

Odysseus gab den Befehl aus, Wurfbomben und Bogen bereitzuhalten und die Riesenwasserratten, sollten sie den Flößen zu nahe kommen, mit den Stangen abzudrängen. Dann öffnete er einen Lederbeutel und nahm eine der tönernen Handgranaten heraus. Auf seinen Wink eilte ein Wufeakrieger, dessen Pflicht es war, zu allen Zeiten eine brennende Zigarre in Bereitschaft zu halten, an seine Seite.

Die Leopardenmenschen kamen rasch näher, und die Bogenschützen ließen ihre Pfeile fliegen. Mehrere Paddler und ein Steuermann fielen. Ein übereifriger Wufea schleuderte eine

454

Handgranate auf das nächste Kriegskanu, aber weil die Entfernung noch viel zu weit war, lag sein Wurf zu kurz. Dennoch hatte es eine unerwartete Wirkung. Die Handgranate explodierte kurz vor ihrem Aufschlag ins Wasser und versetzte eine in der Nähe hochgekommene Riesenwasserratte so in Panik, daß sie wie von einem Katapult abgeschossen aus dem Wasser tauchte, mit ihren zwei mächtigen Vorderpfoten die Bordwand des Kriegskanus packte und in ihrer Angst über das Hindernis klettern wollte. Das Kanu kenterte, und seine Besatzung verschwand kreischend im Wasser.

Der See brodelte. Odysseus sah eins der beinlosen Krokodile, wie es sich an der Oberfläche um und um wälzte, die untere Hälfte eines Khrauz zwischen den kurzen Kiefern. Die Explosion und das Kentern des Kanus brachten den Angriffsschwung der übrigen Leopardenleute vorübergehend zum Erlahmen, sie hörten auf zu paddeln. Odysseus konnte die Steuerleute Befehle schreien hören, und nach ein paar Minuten formierten sich die zwei restlichen Boote zu einem neuen Angriff. Das Kanu, das vom Seeausgang gekommen war, wurde von einem Steuermann befehligt, dessen Mut die Grenze der Tollkühnheit überschritt. Er stand im Heck seines Kanus, schüttelte seinen Speer und feuerte seine Paddler zu größter Anstrengung an. Offenbar hatte er die Absicht, das erste Floß zu rammen oder zu überfahren, um es dann zu entern.

Die Bogenschützen trafen sechs von seinen Paddlern und durchbohrten seinen Oberschenkel mit einem Pfeil, aber er kniete nur nieder und feuerte seine Krieger weiter an. Das Kanu kam mit beängstigender Geschwindigkeit näher. Odysseus zündete eine Wurfbombe und schleuderte sie, als die Krieger im Boot ihre Paddel fallenließen und aufstanden, um ihre Speere zu werfen. Das Kanu durchschnitt das Wasser auf einem Kollisionskurs mit dem Floß. Nichts, so schien es, konnte es aufhalten.

Aber Odysseus hatte Glück. Seine Bombe traf den Bug des Kanus, und die Explosion riß ihn weg. Wasser schoß hinein und überflutete das Kanu, das kurz vor dem Floß unter der Last seiner Besatzung versank.

Die Explosion war so nahe gewesen, daß alle auf dem Floß halb betäubt waren. Als der schwarze Pulverrauch abgezogen war, sah Odysseus die meisten Besatzungsmitglieder des zerstörten

Kanus tot oder besinnungslos im Wasser treiben. Einer nach dem anderen verschwand unter der Oberfläche, zähnestarrende Kiefer schnappten zu und zogen sie hinunter. Die beinlosen Krokodile brachten das Wasser zum Sieden; Odysseus wußte nicht, woher sie alle gekommen waren. Und nun machten sich auch die Riesenwasserratten über die Khrauz her. Nur zwei oder drei erreichten schwimmend das Ufer, während das Blut ihrer Gefährten hinter ihnen das Wasser färbte. Das dritte Kanu trieb langsam über den See fort, gefüllt mit toten und sterbenden Leopardenmenschen. Die Bogenschützen hatten furchtbar unter ihnen gehaust.

Es gab noch einen Unfall, als das dritte Floß von einer auftauchenden Riesenratte einen harten Stoß erhielt und zwei Waragondit über Bord fielen; nur einer von ihnen konnte sich wieder auf das Floß retten, der andere wurde vor aller Augen unter Wasser gezogen und zerrissen.

Langsam trieben die Flöße weiter. Am Nachmittag näherten sie sich langsam dem unteren Ende des Sees; zwischen den zusammenrückenden Ufern nahm die Strömungsgeschwindigkeit wieder zu. Während der Kanal sich weiter verengte, wurde die Strömung noch heftiger und trug die Flöße mit beängstigender Geschwindigkeit dahin. Die Flößer hatten alle Mühe, mit ihren Stangen gefährliche Kollisionen abzuwenden. Odysseus fragte Glikh, ob es ratsam sei, mit den Flößen weiterzufahren. Glikh versicherte ihm, daß die nächsten fünfzehn Kilometer ungefährlich seien. Dann sollten sie die Flöße verlassen, denn nach weiteren drei Kilometern käme ein Wasserfall. Odysseus dankte ihm, obwohl sein Mißtrauen gegen die zwei Fledermausleute so groß geworden war, daß er nach Möglichkeit jedes Gespräch mit ihnen vermied. Er konnte sich des Verdachts nicht erwehren, daß Glikh die Leopardenleute gesehen hatte. Er war dicht über dem Wasser geflogen und hätte wenigstens eins der Kriegskanus sehen müssen. Immerhin war es möglich, daß er nichts gesehen hatte. Und wenn er sie in eine Falle hatte locken wollen, warum war er dann mit ihnen auf dem Floß geblieben? Er hatte die Gefahr mit ihnen geteilt.

Nach längerem Nachdenken entschied Odysseus, daß er nicht fair zu ihnen war. Sein Urteil stützte sich lediglich auf eine unbewußte Abneigung gegen die Wesen. Nicht, daß es richtig wäre, ihnen zu vertrauen. Er glaubte noch immer, daß sie für Wurutana arbeiteten, wer immer das auch sein mochte.

Die Flöße trieben mit gleichbleibender Geschwindigkeit weiter. nach einer halben Stunde wurde voraus der dumpfe Donner der Wasserfälle hörbar. Odysseus ließ die Flöße weitere drei Minuten stromabwärts schießen, dann gab er in einer Biegung, wo ein umgestürzter Stamm Treibgut angestaut und eine kleine strömungsfreie Zone geschaffen hatte, den Befehl zum Landen. Eins nach dem anderen glitten die Flöße in ruhiges Wasser und stießen gegen die moosgepolsterte Borke der Uferböschung. Zwei Leute fielen bei dem Manöver ins Wasser, blieben aber unverletzt. Sie entluden die Flöße und packten ihre Traglasten, um sofort weiterzumarschieren. Nach ein paar Kilometern kam die Kolonne zu den Fällen. Der kleine Fluß tobte durch den engen Kanal, dann schoß er in einem Bogen über den steil abfallenden und seitwärts wegdrehenden Riesenast hinaus und in den Abgrund. Odysseus schätzte die Fallhöhe bis zum Erdboden auf fünfzehnhundert Meter, aber nur das obere Drittel davon war einzusehen; weiter unten verlor sich alles in weißen Gischtwolken und dunkelgrünem Dämmerlicht.

Nach einigen hundert Metern Abstieg machten sie den Übergang auf einen anderen Ast, der nur einen kleinen Bach hatte. Sie folgten seinem Ufer, obwohl sie watend schneller vorangekommen wären. Aber in dem Wasserlauf gab es schön gezeichnete, aber sehr giftige Schlangen. Kurz vor Sonnenuntergang machten sie einen weiteren Übergang und wanderten den neuen Ast entlang, bis Glikh über der Astgabelung eines nahen Stamms ein großes Loch entdeckte. Er sagte, sie könnten in diesem Loch übernachten, allerdings müßten sie zuvor etwaige tierische Bewohner vertreiben, die darin hausen mochten.

»Der Baum hat viele solcher Höhlen, die oft sehr groß sind«, sagte er. »Gewöhnlich findet man sie, wo ein Ast aus einem Stamm wächst.«

»Ich habe bisher noch keine gesehen«, sagte Odysseus.

»Du wußtest nicht, wo du sie suchen solltest«, sagte Glikh lächelnd.

Odysseus überlegte. Er konnte sein Mißtrauen gegen Glikh nicht überwinden, doch vielleicht tat er ihm damit Unrecht. Glikh mußte selbst interessiert sein, einen guten, leicht zu verteidigenden Lagerplatz zu finden. Andererseits konnte eine Höhle zur Mausefalle werden. Was, wenn die Leopardenleute ihnen hierher folgten und den Eingang umstellten?

Aber seine Leute brauchten einen Ort, wo sie sich entspannen und halbwegs sicher fühlen konnten. Außerdem hatte er einige Verletzte in der Kolonne, die der Pflege bedurften.

»Also gut«, sagte er. »Wir werden heute nacht in dieser Höhle kampieren.«

Er sagte nicht, daß er die Absicht hatte, einige Tage dort zu bleiben. Es gab keine Bewohner, die zu vertreiben waren, obgleich zerbrochene Knochen und frische Losung darauf hindeuteten, daß der Besitzer der Höhle, irgendein großes Tier, bald zurückkehren mochte. Odysseus ließ Knochen und Exkremente hinausschaffen und in die Tiefe werfen, und die Reisenden zogen ein. Der Eingang war etwa sieben Meter breit und drei Meter hoch und öffnete sich in einen runden Höhlenraum von fünfzehn Metern Durchmesser. Die Wände waren so glatt, daß sie wie künstlich poliert aussahen, aber Glikh versicherte, daß es ein natürliches Phänomen sei.

Totes Holz wurde herbeigeschleppt und aufgestapelt, um die Höhlenöffnung bis auf einen schmalen Durchgang zu sperren, und ein Lagerfeuer wurde entzündet. Der Wind trieb den Rauch immer wieder ins Höhleninnere, aber es war auszuhalten.

Odysseus saß mit dem Rücken an der glatten Holzwand, und nach einer Weile kam Awina und ließ sich neben ihm nieder. Sie leckte ihre Arme und Beine und ihren Bauch, dann übertrug sie den reinigenden Speichel auf ihre Hände und wischte sich Gesicht und Ohren. Es war erstaunlich, was der Speichel vermochte. Innerhalb von wenigen Minuten war ihr struppiger, unsauberer und nach Schweiß riechender Pelz geruchlos, schimmernd und glatt. Die Wufea bezahlten für diesen Vorteil mit Haarballen im Magen, die sie von Zeit zu Zeit erbrachen. Odysseus schätzte das Resultat der Säuberung, aber er sah nicht gern dabei zu. Das Lecken und die Bewegungen waren für seinen Geschmack allzu animalisch.

Nachdem sie lange schweigend neben ihm gesessen hatte, sagte sie: »Die Krieger sind entmutigt.«

»Wirklich? Sie sind still, ja. Aber ich hatte gedacht, das sei die Müdigkeit.«

»Das stimmt. Aber sie sind auch niedergeschlagen. Sie flüstern miteinander. Sie sagen, daß du ein großer Gott bist, weil du der Steingott bist. Aber nun sind wir schon seit Tagen auf dem Körper des großen Wurutana selbst. Und du bist ein winziger Gott, verglichen mit Wurutana. Du hast uns nicht alle am Leben erhalten können. Wir haben erst ein kleines Stück Wegs hinter uns, und schon sind viele der Unsrigen tot.«

»Ich sagte vor unserer Abreise, daß einige in der Fremde den Tod finden würden.«

»Du sagtest nicht, daß alle sterben würden, Herr.«

»Nicht alle sind gestorben.«

»Noch nicht«, sagte sie. Dann sah sie seine finstere Miene und fügte hastig hinzu: »Ich sage das nicht, Herr! Sie sagen es, und nicht alle von ihnen. Aber selbst diejenigen, die nicht gesprochen haben, grübeln über die Worte der Angst. Und einige haben von den Wuggrud gesprochen.«

Odysseus blickte auf. »Den Wuggrud? Ah, ja, Glikh sprach von ihnen. Sie sollen Riesen sein, die Fremde fressen. Gewaltige, übelriechende Geschöpfe. Sag mir, Awina, hat einer von euch jemals einen Wuggrud gesehen?«

Awina richtete ihre dunkelblauen Augen auf ihn.

»Nein, Herr. Keiner von uns hat sie je gesehen. Aber wir haben von ihnen gehört. Unsere Alten haben uns Geschichten über sie erzählt. Unsere Vorfahren kannten sie, als die Wufea näher bei Wurutana lebten. Und Glikh hat sie gesehen.«

Odysseus hob den Kopf und blickte durch den Höhlenraum. »Glikh! Komm zu mir!« rief er.

Der Gnom erhob sich und kam herübergewatschelt. Er stand vor ihnen und sagte: »Was gibt es, Herr?«

»Warum verbreitest du Geschichten über die Wuggrud? Versuchst du meine Krieger zu entmutigen?«

»Niemals würde ich das tun, Herr«, sagte Glikh ohne eine Miene zu verziehen. »Nein, ich habe keine Geschichten verbreitet. Ich habe nur wahrheitsgemäß die Fragen beantwortet, die deine Krieger mir über Wuggrud stellten.«

»Sind sie so gräßlich, wie die Erzählungen es ihnen nachsagen?«

Glikh lächelte ein wenig. »Niemand kann so gräßlich sein, Herr. Aber sie sind schlimm genug.«

»Sind wir in ihrem Gebiet?«

»Wenn du in Wurutanas Gebiet bist, bist du in ihrem Gebiet.«

»Ich wünschte, wir bekämen ein paar von ihnen zu Gesicht und könnten sie mit unseren Pfeilen spicken. Das würde meinen Leuten die Furcht nehmen.«

»Die Sache mit den Wuggrud ist die, Herr«, sagte Glikh, »daß du sie früher oder später sehen wirst. Aber dann kann es zu spät sein.«

»Willst du mir Angst machen?«

Glikh hob seine faltigen Lider. »Ich, Herr? Einem Gott Angst machen? Wie könnte ich? Nein, Herr, es ist Wurutana, der deine tapferen Krieger so verzagt macht. Die Wuggrud sind es nicht.«

Nachdem Odysseus seine Runde gemacht und sich vergewissert hatte, daß genug Feuerholz da war und die Wachen eingeteilt und auf ihren Posten waren, legte er sich schlafen und dachte: Ich werde ihnen sagen, daß gegen Wurutana selbst nichts zu machen ist. Er ist nur ein Baum. Ein mächtiger, gewaltiger Baum, aber nur eine hirnlose Pflanze, die ihnen nichts anhaben kann. Und die anderen, die Khrauz und die Wuggrud, sind bloß die Läuse auf der Pflanze.

Morgen würde er ihnen dies sagen. Jetzt waren sie zu müde und abgestumpft. Nach einer ungestörten Nachtruhe und einem guten Frühstück würde er ihnen sagen, daß sie ein paar Tage ausruhen könnten. Und er würde ihnen eine zündende Ansprache halten.

Während er über seine Rede nachdachte, schlief er ein.

Zuerst dachte er, jemand wecke ihn für den Wachdienst, doch dann fühlte er sich herumgewälzt, und bevor er reagieren konnte, band ihm jemand die Hände auf dem Rücken zusammen.

Eine Stimme sagte etwas in einer unbekannten Sprache. Die Stimme war der tiefste Baß, den er je gehört hatte.

Er blickte auf. Die Höhle war voller Riesen. Massige Gestalten von zweieinhalb bis drei Metern Höhe stampften umher, Keulen, langstielige Holzschlegel und Speere mit feuergehärteten Holzspitzen in den klobigen Fäusten. Die Angreifer hatten sehr kurze Beine, lange Rümpfe und enorm muskulöse Arme, die ihnen bis über die Knie reichten. Sie waren nackt, und ihre Haarverteilung war überraschend menschenähnlich von dem dichten Fell, das Brust, Bauch und Unterleib bedeckte. Ihre

Hautfarbe glich der eines Nordeuropäers, die Haarfarben variierten von rotblond bis kastanienbraun. Ihre humanoiden Gesichter mit den vorstehenden Oberkiefern, den breiten, aufgestülpten Nasen und den starken Überaugenwülsten erinnerten Odysseus an Rekonstruktionen von Neandertalern, die er zu seiner Zeit gesehen hatte. Die Riesen stanken nach Schweiß und Exkrementen.

Die Baßstimme sprach wieder, und Glikhs dünnes, hohes Organ antwortete. Er sprach in einer Sprache, die Odysseus nicht verstand, aber Tonfall und Gesten der ungleichen Gesprächspartner machten deutlich, daß die Wuggrud Glikh nicht als einen Gefangenen betrachteten, sondern als einen guten Bekannten. Als Glikh bemerkte, daß Odysseus ihn beobachtete, kam er grinsend herübergewatschelt, spuckte Odysseus ins Gesicht und trat ihm in die Rippen.

»Du ekelhafter, stinkender Verräter!« knirschte Odysseus. »Ich hätte dir den Hals umdrehen sollen.«

Glikh lächelte und trat wieder zu. »Ja, das hättest du tun sollen, Herr.«

Der Wuggrud, der zuerst gesprochen hatte, packte Odysseus am Kragen und setzte ihn wie eine Puppe aufrecht. Odysseus sah jetzt, daß alle seine Leute gefesselt waren. Nein, nicht alle. Ungefähr zehn lagen tot am Boden, die Schädel eingeschlagen. In der Rückwand der Höhle war jetzt eine Öffnung, die den Blick in einen von Fackeln erhellten Stollen freigab.

So also waren sie überrumpelt worden. Aber wie konnten so wenige so viele überwältigen, selbst wenn diese wenigen Riesen waren? Was war mit den Wachen? Und warum war er vom Lärm des Kampfes nicht aufgewacht?

Glikh kauerte vor ihm nieder und sagte: »Ich hatte ein Pulver von den Wuggrud. Ich tat es in euer Wasser. Es wirkt langsam und subtil, aber sehr zuverlässig.«

Subtil war richtig. Das Wasser hatte rein und unverdächtig geschmeckt, und er hatte weder Kopfschmerzen noch einen schlechten Geschmack im Mund. Er blickte wieder umher. Awina saß neben ihm, gefesselt wie er. Seine Frage an Glikh, warum die zehn Wufea und Waragondit getötet worden waren, erübrigte sich, als ein Wuggrud sich bückte und mit einer einzigen ruckartigen Drehbewegung seiner enormen Hände das

Bein eines Wufea abriß. Nachdem er das Fell abgezogen hatte, biß er große Stücke herunter und verzehrte das rohe Fleisch mit Schmatzen, Kauen und zufriedenem Grunzen.

Odysseus war nahe daran, sich zu übergeben. Awina wandte ihren Kopf ab. Glikh und Guakh standen gleichgültig neben dem Feuer.

Zehn Riesen waren in der Höhle, und jeder von ihnen aß einen von den Erschlagenen. Wenn sie einen Knochen abgenagt hatten, ließen sie ihn fallen und wischten ihre blutigen Münder mit den Handrücken ab, bevor sie den nächsten Fleischbrocken abrissen. Als sie sich gesättigt hatten, trugen sie die zerfleischten Kadaver durch den Stollen davon. Odysseus hörte ein vielstimmiges Geschrei und Gelächter und vermutete, daß nun die Frauen und Kinder der Wuggrud ihr Abendessen bekamen. Die Vermutung bestätigte sich, als die Riesen mit leeren Händen zurückkehrten und hinter ihnen einige Frauen und Halbwüchsige im Stollen erschienen, Fleischstücke und Knochen in den Händen, und neugierig herausstarrten. Die Frauen waren beinahe so groß wie die Männer, aber viel fetter. Ihre Brüste, Bäuche, Hüften und Schenkel waren kolossal. Ein Wuggrud, der das Oberhaupt dieser Gruppe oder Sippe zu sein schien, sah sie in der Öffnung stehen, brüllte etwas und zeigte in den Stollen. Die Frauen antworteten in rauhen Tenorstimmen, dann machten sie widerwillig kehrt und watschelten protestierend hinaus. Dieser Rückzug schien dem Häuptling nicht schnell genug zu gehen, denn er versetzte dem letzten der ungeheuren Gesäße einen Fußtritt.

Die Riesen begannen sich zur Nachtruhe niederzulassen, und Odysseus sagte leise zu Awina: »Bei der ersten Gelegenheit greifst du in meine Tasche und ziehst mein Messer raus.«

Er sah Glikh auf der anderen Seite der Höhle mit seiner Frau reden, die herüberblickte und bösartig lächelte.

»Ich werde näherrücken und so tun, als ob ich dir etwas erzählte«, murmelte Odysseus. »Du holst das Messer heraus und läßt die Klingen aufspringen, wenn ich huste. Du weißt, wie es gemacht wird. Und dann schneidest du meine Fesseln durch.«

Er rückte näher zu ihr, und sie steckten die Köpfe zusammen. Er bewegte seine Lippen, als flüstere er. Awina stank nach Schweiß und zitterte vor Angst.

»Selbst wenn es gelingt, was können wir tun?« wisperte sie.

»Wir werden sehen«, sagte er. Ein Riese kam auf sie zu, und Odysseus erstarrte. Aber der Wuggrud kehrte ihnen den Rücken zu und setzte sich vor ihnen nieder. Odysseus hätte sich keine bessere Deckung wünschen können. Nicht lange, und der massige Schädel sank nach vorn. Tiefe, rasselnde Atemzüge verkündeten, daß der Riese eingeschlafen war. Die anderen hatten sich niedergelegt, bis auf einen, der am Höhleneingang stand und Wache hielt. Aber er blickte hinaus und schien an den Gefangenen nicht sonderlich interessiert zu sein. Warum sollte er? Sie waren alle gefesselt, und außerdem waren sie klein, und er stand zwischen ihnen und der Außenwelt.

Odysseus machte sich vor allem Sorgen wegen Glikh und Guakh. Jeden Augenblick konnte ihnen das Messer einfallen. Sie waren durch den mächtigen Wuggrud verdeckt, was bedeutete, daß auch sie Odysseus nicht sehen konnten. Das mochte Glikh möglicherweise nicht gefallen; er würde den Wunsch haben, Odysseus' Niederlage zu genießen.

Aber Glikh kam nicht. Vielleicht hatten er und Guakh sich gleichfalls schlafen gelegt. Odysseus hoffte es inbrünstig.

Solange niemand sie beobachtete, konnte Awina schnell arbeiten. Bald hatte sie das Messer in den gefesselten Händen, und Odysseus übertönte das Geräusch der vorschnappenden Klinge mit Husten und Räuspern. Fünfzehn Sekunden später hatte Awina die Riemen durchschnitten. Odysseus massierte seine Handgelenke und bewegte die Finger, um die Blutzirkulation wieder in Gang zu bringen. Dann durchschnitt er Awinas Fesseln.

Die nächste Phase war sehr kritisch. Wenn der Wächter sie sah, oder wenn die beiden Fledermausleute nicht schliefen, würden sie Alarm schlagen. Und in diesem Stadium konnten zwei schwächliche Gefangene nichts gegen die aufgestörten Riesen ausrichten.

Er flüsterte Awina zu, sie solle sich langsam die Wand entlang schieben. Er werde ihr folgen, bis der Schläfer vor ihnen zwischen dem Wächter und ihm sei. Inzwischen habe sie den Wufea neben ihr von seinen Fesseln zu befreien und ihm das Messer zu geben, damit er seinen Nachbarn befreien könne. Und so weiter. Sobald zehn von ihnen frei wären, sei das Messer in der gleichen

Weise zurückzureichen. Der Versuch, alle zu befreien, würde zu lange dauern und zu auffällig sein.

Awina gab das Messer und seine Instruktionen weiter. Odysseus konnte jetzt die beiden Fledermausleute sehen. Sie saßen Seite an Seite neben einem schnarchenden Wuggrud, die Köpfe zwischen ihren Knien. Er hatte den Eindruck, daß sie schliefen.

Die Fackeln waren fast ausgebrannt, und das Lagerfeuer am Eingang war zu stumpfroter Glut zusammengefallen. Der Morgen konnte nicht mehr fern sein.

Awina schob das Messer in seine Finger und meldete, daß die anderen bereit seien.

Odysseus spähte um den gebeugten Rücken des Riesen. Der Wächter in der Höhlenöffnung kratzte seinen Rücken mit einem Stück Holz und blickte hinaus. Die Waffen und Vorräte der Gefangenen lagen noch in der Nähe des Eingangs, wo sie sie am Abend verstaut hatten. Die Riesen hatten ihre Waffen griffbereit neben sich gelegt.

Er erhob sich vorsichtig, bewegte sich langsam auf den sitzenden Wuggrud zu, bis er über dem gebeugten Rücken stand. Er langte mit einwärts gerichteter Klinge über die Schulter des Wuggrud und durchtrennte ihm mit einem schnellen Schnitt die Halsschlagader. Das Blut schoß heraus, das Schnarchen wurde zu einem Röcheln, seine Knie öffneten sich, und der Kopf sank ihm nach vorn zwischen die Beine. Odysseus hob den Speer auf und rannte auf den Wächter zu, das blutige Messer zwischen den Zähnen.

Die befreiten Wufea ergriffen die Keulen und Speere ihrer Feinde und fielen über die Schlafenden her. Einer der Riesen schrie gellend, als sein eigener Speer ihn durchbohrte.

Der Wächter ließ seinen Holzstoß fallen und fuhr herum. Er hatte seine Bewegung noch nicht vollendet, als Odysseus ihm den Speer in den behaarten Bauch rannte. Aber die feuergehärtete Spitze war nicht scharf genug und drang nicht tief ein, weil der Bauch des Wuggrud mit Fett und harten Muskeln gepanzert war. Der Koloß wog wahrscheinlich fünf Zentner oder mehr, und der Aufprall warf ihn lediglich einen Schritt zurück. Dann packte er den Speer mit beiden Händen, stieß ihn vor sich her und drang auf Odysseus ein. Dieser stemmte sich gegen den Speer und ging rückwärts. Er konnte nichts tun, als den Speer

464

festhalten und sich durch die Höhle treiben lassen. Glücklicherweise hatte der Wuggrud keine andere Waffe bei sich.

Aber dann stieß der Wächter den Speer mit einem wütenden Brüllen so heftig nach vorn, daß Odysseus auf den Rücken fiel. Der Wuggrud, stark aus der Bauchwunde blutend, drehte den Speer um und hob ihn mit beiden Händen, um ihn Odysseus durch den Leib zu jagen. Seine enorme Kraft hätte einen Telegrafenmast durch den Körper eines Bullen treiben können.

Odysseus schnellte hoch und stieß das Messer durch das Fett und die Muskeln und riß es mit aller Kraft nach oben. Im selben Moment sprang ein grauweißer Körper von hinten auf die Schultern des Riesen und stieß ihm ein Steinmesser ins Gesicht.

Der Riese brüllte wie ein Stier, ließ den Speer fallen und wankte rückwärts. Odysseus riß das Messer heraus und stieß wieder zu, als der Riese seine Hände hochriß und Awina packen wollte. Er drehte die Klinge herum und zog sie heraus. Der Wuggrud griff an seinen Bauch, und Odysseus stieß das Messer durch seinen Handrücken. Ein Bogen schwirrte, und der Riese fiel auf den Rücken. Ein Pfeil ragte aus seinem Hals.

Odysseus sah sich um. Das Brüllen und Kreischen hatte plötzlich aufgehört. Alle zehn Riesen lagen tot am Boden. Die meisten waren im Schlaf getötet worden. Drei waren rechtzeitig aufgewacht, um sich zu verteidigen; der Kampf hatte weiteren drei Wufea das Leben gekostet.

Aus den Augenwinkeln nahm er eine Bewegung am Eingang wahr. Er wandte den Kopf und sah Guakh davonfliegen. Glikh entfaltete eben seine Flügel, um ihr zu folgen. Odysseus rannte ihnen fluchend nach, griff sich einen Bogen und Pfeile vom Haufen neben dem Eingang und verfolgte sie auf den Ast hinaus. Als er die Seite des Astes erreichte, sah er Glikh fünfzig Meter tiefer zu einem Lianenkomplex flattern. Er legte den Pfeil auf, zielte und ließ die Sehne los. Der Pfeil durchbohrte die dünne Haut des rechten Flügels, der Fledermausmann schrie und stürzte, fing sich wieder flatternd und verschwand hinter dem Lianenvorhang.

Odysseus kehrte in die Höhle zurück und gab sein Messer einem Krieger mit dem Auftrag, die Fesseln der restlichen Wufea und Waragondit zu zerschneiden. Als alle befreit und bewaffnet waren, führte er sie durch den Stollen zur inneren Höhle, wo

465

zehn Frauen und dreißig bis vierzig junge und halbwüchsige Wuggrud hausten. Der Gestank von Kot und Urin war unbeschreiblich. Odysseus hatte das Gefühl, in diesem Mief ersticken zu müssen. Die Wufea und Waragondit nahmen grausame Rache. Sie töteten die Frauen mit Pfeilschüssen, dann erstachen und zerschlugen sie die Jungen. Nach zwei Minuten war kein Wuggrud mehr am Leben.

Vor dem Abmarsch zählte Odysseus seine Leute. Er hatte noch vierundachtzig Krieger, Awina nicht mitgerechnet. Als alle ihre Traglasten aufgenommen hatten und marschbereit standen, kam Aufai, nun der ranghöchste Wufea-Führer, zu ihm und sagte: »Herr, wir sind bereit, dir zurück zu unseren Dörfern zu folgen.«

Odysseus sah ihm in die Augen, aber Aufai wich seinem Blick aus.

»Ich gehe weiter«, sagte Odysseus. »Ich gehe zur südlichen Küste, um zu sehen, ob es dort Sterbliche gibt, die wie ich aussehen.«

Aufai sagte nicht, daß ein Gott dies wissen sollte. Er sagte: »Und Wurutana, Herr?«

»Gegenwärtig ist gegen Wurutana nichts zu machen.«

Was konnte er oder irgendein anderer tun? Wurutana war nur ein Baum, und wer immer hier die Macht hatte und die Fledermausleute und die Wuggrud und vielleicht die Khrauz beherrschte, war nicht ausfindig zu machen. Jedenfalls nicht jetzt. Der Baum war einfach zu groß; die kontrollierende Einheit konnte überall in diesem riesigen und unübersichtlichen System sein. Aber eines Tages, dachte Odysseus, würde er einen Fledermausmenschen fangen und alles über den König von Wurutana und seinen Aufenthalt aus ihm herausquetschen.

Aber warum sollte er diesem verborgenen Herrscher nachspüren? Solange dieser im Baum blieb und die Bewohner der umliegenden Gegenden nicht behelligte, gab es keinen vernünftigen Grund, etwas gegen ihn zu unternehmen. Sollte er tun, was er wollte. Odysseus war nur bis hierher gekommen, weil er nicht gewußt hatte, was oder wer Wurutana war, und weil die Wufea und die anderen zu glauben schienen, daß Wurutana eine Gefahr für sie sei und daß der Steingott etwas dagegen tun könne.

Aber gegen Den Baum selbst konnte niemand etwas tun. Er

466

würde wachsen und sich ausbreiten, bis er den ganzen Kontinent bedeckte. Die Wufea konnten sich entweder anpassen und lernen, auf ihm zu leben, oder sie konnten Schiffe bauen und andere Länder suchen.

»Gegenwärtig ist gegen Wurutána nichts zu machen«, wiederholte er. »Ich werde weiterziehen und das Küstenland im Süden erforschen. Wenn ihr mich verlassen wollt, mögt ihr es tun. Ich werde keinen zwingen, mit mir zu gehen. Aber ich kehre nicht um. Das ist alles, was ich zu sagen habe.«

Aufai blickte bestürzt drein. Der Gedanke, ohne die Leitung und den Schutz des Steingotts die lange Rückreise anzutreten, schreckte ihn. Sie waren nur so weit mit ihm gekommen, weil er ihnen immer wieder aus schwierigen Situationen herausgeholfen hatte. Und selbst wenn sie ohne ihn durchkämen, würden sie in der Heimat zu erklären haben, warum sie ihren Steingott verlassen hatten.

Odysseus nahm seine Traglast mit einigen Vorräten und zwei Bomben auf den Rücken und sagte: »Komm mit, Awina.«

Er verließ den Höhleneingang und begann, um den gewaltigen Stamm zu queren. Als er nach einer halben Stunde schwieriger Kletterei auf der anderen Seite angelangt war, wo ein anderer Riesenast begann, machte er eine Pause. Er hörte Geräusche hinter sich und sagte: »Kommen sie, Awina?«

Sie lächelte. »Sie kommen.«

»Gut! Dann laß uns weitergehen.«

Er wartete hundert Meter weiter, wo eine starke Quelle entsprang und in eine tiefe Rinne floß, die sich bald zu einem Kanal weitete. Als sie alle den Stamm umklettert hatten und bei der Quelle anlangten, sagte er laut: »Ich danke euch, daß ihr mir treu geblieben seid. Ich kann euch nichts versprechen als noch mehr von dem zu erleben, was ihr erlebt habt. Es wird hart sein und schwierig und für manchen von uns vielleicht sogar tödlich, aber wenn wir Reichtümer finden, werden wir sie als Gleiche miteinander teilen. Jetzt werden wir wieder Flöße bauen. Aber diesmal wollen wir sie mit Geländern versehen, um Riesenwasserratten und andere Räuber daran zu hindern, einzelne von uns von den Flößen zu holen.«

Während ein Teil der Mannschaft das Material für Flöße und Stangen schlug, durchkämmten die übrigen die Umgebung auf der Suche nach versteckten Feinden und jagdbarem Wild. Als die Flöße fertig waren, hatten die Jagdtruppen drei Ziegen, vier Affen, einen großen Laufvogel und ein Wildschwein erbeutet und zum Lager gebracht. Sie machten Feuer, schlachteten das Wild und steckten es auf Spieße. Als der Duft von Gebratenem ihre Nasen füllte, erfüllte neuer Mut ihre Herzen. Nicht lange, und sie lachten und scherzten wieder, und als Odysseus und Awina mit acht Fischen vom Angeln zurückkehrten, hatte die Stimmung an den Lagerfeuern einen Grad von Ausgelassenheit erreicht, der nicht vermuten ließ, daß dieselben Leute noch vor wenigen Stunden mutlos und niedergeschlagen gewesen waren.

Nach der Mahlzeit bestiegen sie alle vier neuen Flöße, und eine mäßige Strömung trug sie fast zwanzig Kilometer weit, während die Sonne langsam zum Westhorizont wanderte. Es gab keinen Zwischenfall, und nichts deutete auf die Anwesenheit feindlicher Intelligenzen hin – bis sie Glikh auf Parallelkurs sahen. Er flog ungefähr sechzig Meter zu ihrer Linken und hoch genug, um über den Wipfeln der Bäume zu bleiben, die den Raum zwischen dem Flüßchen und der Seite des Astes ausfüllten. Als er bemerkte, daß er gesehen worden war, flog er schneller und verschwand hinter der grünen Wand. Einige Minuten später sahen sie ihn in der Krone einer alten Kiefer sitzen.

Einige Krieger wollten auf ihn schießen, aber Odysseus riet ihnen, ihre Pfeile nicht zu verschwenden. Er fragte sich, wo Guakh sein mochte. Vielleicht war sie vorausgeflogen, um neue Feinde zu verständigen. Vielleicht war sie unterwegs zur Stadt der Dhulhulikh, um die fliegenden Krieger zu mobilisieren.

Die Flöße passierten den Baum, auf dem Glikh saß. Er beobachtete sie, bis die Flöße hinter einer Biegung außer Sicht kamen. Kurz darauf sahen sie ihn wieder über den Wipfeln fliegen, und dann war er verschwunden. Aber eine Viertelstunde später sahen sie ihn wieder auf einem Ast hoch über dem Wasserlauf sitzen und auf sie warten. Dort blieb er, bis die Flöße ein weiteres Mal außer Sicht waren. Diesen Moment benützte Odysseus, um vom Floß an Land zu springen und sich hinter einem Busch zu verbergen. Er legte den Köcher auf den Boden und nahm zwei Pfeile in seine Hand, die den Bogen hielt. Einen dritten Pfeil setzte er schußbereit auf die Sehne.

Er brauchte nicht lange zu warten. Glikh stieß sich vom Ast ab, breitete seine Flügel aus und begann zu flattern. Er verlor an Höhe, stieg wieder auf und überflog die Baumlücke, die Odysseus für seinen Hinterhalt gewählt hatte. Die Entfernung war kaum fünfzehn Meter. Odysseus stand auf und zielte mit einer Körperlänge Vorhalt und schoß.

Der Pfeil durchbohrte Glikhs rechtes Ohr, streifte seinen Nacken und flog weiter. Glikh kreischte und schwenkte ab. Einen Moment sah es aus, als wolle er landen, aber dann schwang er sich mit wilden Flügelschlägen empor, um über das Dschungeldickicht den freien Luftraum jenseits des Riesenastes zu gewinnen. Odysseus hatte den zweiten Pfeil aufgelegt, und diesmal gab er weniger Vorhalt.

Der Pfeil durchschlug Glikhs rechten Flügel und traf seine Schulter. Anscheinend wurde er von einem Knochen abgelenkt, denn er veränderte seine Richtung und fiel ins Dickicht, statt steckenzubleiben, aber Glikh war offenbar verletzt und segelte taumelnd abwärts, um in der dämmerigen Tiefe jenseits des Astes zu verschwinden.

Odysseus seufzte und kehrte zu den Flößen zurück, die unter überhängendem Ufergebüsch auf ihn warteten. Wahrscheinlich würde Glikh seinen Sturz abfangen und irgendwo weiter unten sicher landen, aber wenigstens hatte er ihm den Schreck seines Lebens eingejagt.

»Wir halten hinter der nächsten Biegung«, sagte er, nachdem sie die Flöße in die Strömung gestoßen hatten. Er berichtete ihnen, was geschehen war, und obschon sie enttäuscht waren, daß er Glikh nicht getötet hatte, hatten sie ihren Spaß an seiner Schilderung von Glikhs panischem Schrecken. Einen Kilometer weiter flußabwärts zogen sie die Flöße ins Dickicht, wo sie die Lianenstricke der Verbindungen durchschnitten und die Rundhölzer und Stangen unter Büschen stapelten. Darauf durchquerten sie den Dschungelstreifen und begannen den Abstieg über die Borkenterrassen der Astrundung. Als sie vertikal nicht weiterkamen, ohne Gefahr zu laufen, in die Tiefe zu stürzen, folgten sie den horizontal verlaufenden Terrassen. Als der Abend kam, waren sie in einer der geräumigen Höhlen, die an den Seiten der Riesenäste häufig zu finden waren. Meistens wurden diese Höhlen von Tieren bewohnt – Pavianen, Affen, Raubkatzen und Vögeln. Der Besitzer dieser Höhle war nicht zu Hause, und als er kam, erwies er sich als ein Luchs mit Tigerstreifen. Er machte ihnen die Behausung nicht streitig.

»Wir bleiben hier, bis uns Fleisch und Wasser ausgehen«, sagte Odysseus. »Wenn Glikh nicht abgestürzt oder flugunfähig ist, wird er bald wieder hier oben sein. Aber er wird uns nicht finden.«

Er hatte keine Freude an diesem Versteckspiel, denn seine Leute brauchten Aktivität, aber wenn es ihm damit gelänge, die Fledermausleute samt ihren etwa herbeigerufenen Verbündeten abzuschütteln, würden Untätigkeit und Nervenbelastung sich gelohnt haben.

Am nächsten Morgen war er froh über seine Entscheidung. Er wurde von Awina geweckt, die von fremden Stimmen redete, vielen Stimmen. Er kroch in die Nähe der Höhlenöffnung und lauschte. Die hohen, dünnen Stimmen – weit entfernt, wie es schien – gehörten den Dhulhulikh. Sie riefen einander, als sie über dem Dschungel flogen oder durch die Vegetation watschelten. Aber wahrscheinlich würden sie nicht durch das Dickicht kriechen, denn ihre dünnen Flughäute waren empfindlich.

»Wir werden den Tag hier verbringen«, sagte Odysseus. »Aber wenn sie heute abend noch in der Gegend sind, werden wir uns einen fangen.«

Sie zogen sich so weit wie möglich vom Höhleneingang zurück, und das war gut so, denn ungefähr eine Stunde später flog ein Dhulhulikh vorbei. Er flog schnell, aber es war offensichtlich, daß er die Borkenterrassen und Höhlungen der Astseite absuchte.

Odysseus postierte sich neben der Öffnung und winkte den Wufea-Häuptling auf die andere Seite. Wie er vermutet hatte, kehrte der Fledermausmann bald zurück, um sich das Loch ein wenig genauer anzusehen. Der kleine Bursche landete mit so viel Schwung, daß er ein kleines Stück in die Öffnung laufen mußte, bevor er anhalten konnte. Es war leichtsinnig von ihm, und er schien nicht wirklich damit gerechnet zu haben, daß jemand in der Höhle war. Wahrscheinlich führte er nur Befehle aus und betrachtete diese Nachforschung als lästige Routine.

Wenn das so war, dann erlebte er nun den Schock seines Lebens. Bevor seine Augen sich dem Halbdunkel der Höhle anpassen konnten, wurde er von zwei Seiten gepackt. Eine große

Hand verschloß ihm den Mund, und eine harte Handkante traf seinen mageren Nacken.

Odysseus ließ den Bewußtlosen binden und knebeln. Als er nach einer Weile sah, daß der Fledermausmann die Augen geöffnet hatte, sagte er ihm in Ayrata, was er zu tun habe, wenn er am Leben bleiben wolle. Der Gefangene nickte, und der Knebel wurde entfernt.

Sein Name war Khyuks, und er gehörte einer speziellen Angriffseinheit an.

Und wer hatte sie hergerufen?

Darauf antwortete Khyuks nicht. Odysseus drehte ein wenig seinen Fuß, während Aufai ihm den Mund zuhielt. Khyuks wollte noch immer nicht reden, also machte Odysseus sich daran, einen der Flügel mit Löchern zu verzieren. Darauf begann Khyuks zu sprechen. Guakh hatte die Meldung gemacht.

Wie viele Dhulhulikh gehörten der Kampfgruppe an?

Ungefähr fünfzig.

Odysseus sah die gefiederten und mit Steinspitzen versehenen hölzernen Wurfpfeile in Khyuks' Gürtel und fragte, wie sie die Eindringlinge bekämpfen wollten.

Die Dhulhulikh würden natürlich aus der Luft ihre Pfeile auf die Krieger werfen. Und Khrauz würden gleichzeitig auf dem Land angreifen.

In diesem Moment landete ein zweiter Dhulhulikh im Höhleneingang. Er war vorsichtiger als sein Gefährte, und als die rechts und links stationierten Waragondit sich auf ihn stürzten, stieß er sich geistesgegenwärtig rückwärts ab und entkam. Doch er kam nicht weit; ein Wufea schoß ihm einen Pfeil in die Brust, und der Fledermausmann fiel ohne einen Laut von sich zu geben in die Tiefe. Alle saßen still und lauschten, ob Schreie von anderen Dhulhulikh anzeigten, daß der Erschossene gesehen worden war. Aber sie hörten nichts.

»Irgendwann werden sie die Köpfe ihrer Lieben zählen«, sagte Odysseus. »Und dann werden sie die vermißten Soldaten suchen, darauf könnt ich euch verlassen.«

»Was tun wir?« fragte Awina.

»Wenn alles ruhig bleibt, verlassen wir die Höhle bei Dunkelwerden und gehen hinauf in den Dschungel. Finden sie uns vorher, dann müssen wir uns auf einen höllischen Kampf gefaßt machen.« Er sagte nicht, daß die Fledermausleute sie auch einfach aushungern konnten.

Manche Fragen beantwortete Khyuks relativ bereitwillig, auf andere waren keine Antworten aus ihm herauszubringen. Seine Konstitution war so zart, daß er nicht viel Schmerz ertragen konnte. Wurden die Schmerzen unerträglich, so wurde er ohnmächtig, und wenn er wieder munter gemacht und von neuem gefoltert wurde, fiel er prompt wieder in Ohnmacht.

Er wollte ihnen nicht sagen, wo die Stadt der Dhulhulikh lag. Er verriet ihnen, daß die Stadt den Geist von Wurutana enthielt, aber er wollte nicht sagen, was der ›Geist‹ von Wurutana war. Er beharrte darauf, daß er es nicht wisse. Er habe Wurutana nie gesehen. Nur die Häuptlinge der Dhulhulikh bekämen ihn zu Gesicht. Wenigstens vermutete er es. Er hatte nie einen Häuptling sagen hören, daß er Wurutana gesehen habe, oder vielmehr Wurutanas Geist. Dieser Baum sei der Körper von Wurutana.

Wurutana war der Gott der Dhulhulikh und der anderen intelligenten Lebensformen, obwohl die primitiven Wuggrud noch eine Anzahl anderer Götter hatten.

Odysseus war neugierig, wie straff die Kontrolle war, die Wurutana ausübte. Er fragte, ob die Khrauz und die Wuggrud jemals untereinander kämpften.

»O ja«, sagte Khyuks. »Jeder Stamm liegt immer wieder im Streit mit seinen Nachbarn. Aber niemand bekämpft uns; alle gehorchen der Stimme Wurutanas.«

»Und wie viele Dhulhulikh gibt es insgesamt?«

Khyuks wußte es nicht. Selbst nach mehrmaliger Ohnmacht blieb er dabei. Er wußte nur, daß es viele gab. Sehr viele. Und warum nicht? Sie waren offensichtlich Wurutanas Günstlinge.

Allmählich wurde es Abend. Die Fledermausmenschen hatten ihre Vorbeiflüge eingestellt. Odysseus vermutete, daß sie ihre Suche auf weiter flußabwärts gelegene Gebiete konzentrierten. Bis sie entdeckten, daß zwei der Ihren fehlten, würden sie nicht wissen, wo sie abhanden gekommen waren. Und es war so gut wie unmöglich, im dunklen Dschungel nach ihnen zu suchen.

Sobald es Nacht geworden war, verließen sie die Höhle. Khyuks wurde gefesselt und geknebelt auf Odysseus' Rücken gebunden. Ohne Zwischenfall erreichten sie die Stelle, wo die zerlegten Flöße versteckt waren; sie wurden in Eile zusammengesetzt, und die Expedition setzte ihre Reise fort. Es war eine mondhelle Nacht, und ein seltsames, grausilbriges Licht erfüllte die oberen Bereiche Des Baums. Aber das ungebrochene Mondlicht sickerte nicht sehr weit herab. Gelegentlich fiel ein Strahl auf die schwarze Oberfläche und malte ein paar dünne Reflexe. Vögel und unbekannte Tiere riefen aus dem Dschungel. Fische sprangen, und hier und dort raschelte und platschte es.

Nach mehreren Kilometern nahm die Strömung zu und trug sie bald so schnell dahin, daß die Flößer nicht mehr mit ihren Stangen staken mußten; nun mußten sie gelegentlich gegen die Ufer stemmen, damit die Flöße in den Biegungen nicht gegen die Böschung getrieben wurden.

Odysseus kauerte neben seinem Gefangenen nieder und nahm ihm den Knebel aus dem Mund.

»Ich bin durstig«, krächzte Khyuks.

Odysseus schöpfte Wasser mit einem halbierten Kürbis und hob Khyuks' Kopf, daß er trinken konnte. Dann sagte er: »Ich glaube, das Wasser fließt auf einen Katarakt zu. Weißt du etwas darüber?«

»Nein«, sagte Khyuks grämlich. »Ich weiß von keinem Wasserfall.«

»Was soll das heißen?« fragte Odysseus. »Daß du diese Gegend nicht kennst, oder daß es am Ende dieses Flusses keinen Wasserfall gibt?«

»Ich bin nie diesen Ast entlang geflogen«, sagte Khyuks.

»Nun«, sagte Odysseus, »du sollst erfahren, ob es einen Wasserfall gibt oder nicht. Ich möchte so schnell wie möglich fort von hier, und wir werden bis zum letzten Moment auf den Flößen bleiben. Wenn wir sie dann verlassen müssen, werden wir keine Zeit haben, uns um dich zu kümmern, fürchte ich.«

Nach einer längeren Pause sagte Khyuks widerwillig: »Nach der Strömung zu urteilen, müssen wir ungefähr fünf Kilometer von der Stelle entfernt sein, wo der erste Katarakt ist.«

»Dann werden wir noch ein Stück fahren«, entschied Odysseus und stopfte den Knebel wieder in Khyuks' Mund.

Minuten später war es aus mit der friedlichen Flußfahrt. Fünfzig Meter voraus lehnte ein großer Baum über dem rechten Ufer, und als Odysseus ihn noch betrachtete und überlegte, daß er einen idealen Beobachtungsstand für die Dhulhulikh abgab, ertönte ein hoher Ruf aus den oberen Ästen, und ein Schwarm dunkler Körper löste sich aus der Krone. Große, lederige Schwingen breiteten sich aus, und die Fledermausleute verschwanden hinter der Dschungelkulisse. Eine Minute später kamen sie im Rücken der Flöße wieder zum Vorschein, schwenkten auf sie zu und griffen an. Und immer mehr kamen nach.

Odysseus brüllte einen Befehl, und die Flößer stießen ihre Fahrzeuge zum linken Ufer, wo überhängendes Buschwerk einigen Schutz bot. Die Krieger ergriffen Zweige und Wurzeln und zogen sich die Böschung hinauf, während die Flößer ihre Stangen in den Grund stießen und die Flöße an Ort und Stelle hielten. Unterdessen hatten Odysseus und andere schon begonnen, die Traglasten ans Ufer zu werfen. Zuletzt hob er Khyuks und warf ihn mit einem Schwung an Land. Der kleine Kerl landete mit dem Gesicht in einem Busch, und ein Waragondit zog ihn heraus und warf ihn zu den Traglasten.

Inzwischen stießen die ersten Dhulhulik auf die Flöße herab. Odysseus, noch mit Ausladen beschäftigt, sah einen auf sein Floß zuschießen, einen Kurzspeer in den kleinen Händen. Bevor er heruntergestoßen war, durchbohrte ein Pfeil seine Brust, und er plumpste ins Wasser. Ein langer schlangenähnlicher Körper schoß aus dem Unterholz des anderen Ufers und schwamm dem rasch abtreibenden Körper nach.

Odysseus schoß einen Pfeil in die Schulter eines Angreifers, dann machte er kehrt und sprang ans Ufer, ohne den Fall seines Opfers zu beobachten. Etwas schlug neben ihm in den weichen Humus, wahrscheinlich ein Wurfpfeil, dann war er in der Deckung des Dschungels. Er rief Awina und die Anführer, bis alle geantwortet hatten, dann gab er Befehl, daß die Krieger sich im Uferdschungel einigeln sollten. Während diese Umgruppierung stattfand, flogen die Fledermausleute über dem Dschungel eine Angriffswelle nach der anderen und warfen Kurzspeere und Wurfpfeile ab. Niemand wurde getroffen, und nach einer Weile hörte das blinde Bombardement auf. Ihre Gegner sahen ein, daß sie auf diese Art verloren. Außerdem hatten die Bogenschützen weitere fünf Dhulhulik abgeschossen. Die restlichen Angreifer zogen sich zu einer Konferenz auf den Baum zurück.

Trotz ihres Rückzugs behielten sie die Oberhand. Ihre Gegner mußten früher oder später den Stamm hinauf- oder hinabklettern, um zu einem anderen Ast zu gelangen. Dabei würden sie nahezu wehrlos sein, und die Dhulhulikh könnten die ganze Truppe mit nur geringem eigenen Risiko auslöschen.

Blieben sie aber im Dschungel dieses Astes, so würden sie das Unausweichliche nur hinausschieben. Die Fledermausleute konnten Verstärkungen holen und sie mit der Zeit zermürben und aushungern, wenn sie den direkten Kampf vermeiden wollten.

Es gab nur eins, dachte Odysseus. Sie mußten versuchen, im Schutz der Dunkelheit und des Dschungels zu entkommen, und das so schnell wie möglich.

Die Stelle, wo der Ast einen scharfen Knick nach unten machte, war kaum drei Kilometer entfernt, aber die Kolonne kam nur sehr langsam voran, weil sie sich erst einen Weg durch den dichten Dschungel bahnen und dabei jedes laute Geräusch vermeiden mußte. Späher der Dhulhulikh kreuzten ständig über den Wipfeln, doch es hatte nicht den Anschein, als ob sie den Abmarsch der Kolonne bemerkt hatten.

Odysseus sah den Nebel des Wasserfalls ungefähr vierhundert Meter voraus, als er auf einen Baum kletterte, um einen Überblick zu gewinnen. Er hatte sich zur Tarnung mit breitblättrigen Ranken umwickelt und sorgfältig darauf geachtet, daß die fliegenden Späher ihn nicht sehen konnten. Wie er gehofft hatte, war die Umgebung in eine Wasserwolke gehüllt, die sich seitwärts ausbreitete. Er legte die Marschroute fest und war im Begriff, wieder abzusteigen, als er einen Dhulhulikh vorbeifliegen sah. Er schmiegte sich an den Stamm, froh über sein Blätterkleid, und beobachtete den anderen. Der Fledermausmann flog ungefähr hundert Meter in Richtung auf den Wasserfall, machte dann plötzlich eine scharfe Schwenkung und kam langsam zurückgeflogen. Odysseus hielt den Atem an, als er sah, daß der Bursche direkt auf den Baum zukam, sich auf einem Ast auf der anderen Seite des Stamms niederließ und seine Flügel zusammenfaltete. Der Dhulhulikh musterte prüfend den Dschungel, blickte jedoch nicht in seine Richtung. Er trug ein Steinmesser im Gürtel und hielt einen Kurzspeer in der Hand. Von seinem Hals hing ein schneckenförmiges Instrument, das wie ein Widderhorn aussah. Odysseus vermutete, daß es eine Art Signalhorn war. Der Bursche hatte offenbar hier Posten bezogen, um nach ihm und seinen Leuten Ausschau zu halten.

Das Tosen des Wasserfalls übertönte fast alle Geräusche, die von unten kamen. Seine Leute hatten den Dhulhulikh gesehen und warteten die weitere Entwicklung ab. Der Dschungel sah unverändert aus.

Odysseus umkletterte vorsichtig den Stamm, um sich dem Dhulhulikh unbemerkt von hinten zu nähern. Er hatte nur sein Springmesser bei sich, das er zwischen den Zähnen hielt. Er mußte sich mit beiden Händen festhalten und sehr langsam bewegen, damit der Fledermausmann nicht das Rascheln seines Blätterkleids oder das Knacken von Zweigen durch den Lärm des Wassers hörte. Vorsichtig trat er auf den Ast, auf dem der Späher hockte. Es war ein dicker Ast, auf dem er notfalls freihändig stehen konnte, aber in Schulterhöhe verlief ein anderer, dünnerer Ast fast parallel, an dem er sich mit einer Hand bequem festhalten konnte. Er schob einen Fuß vor, zog den anderen nach, wiederholte die Bewegung – und erstarrte. Der Fledermausmann entfaltete seine Flügel halb, schlug sie einmal und faltete sie wieder ein. In diesem Augenblick sah Odysseus das Loch in der Flughaut des rechten Flügels. Nun erkannte er auch die Silhouette des Kopfes und die Haltung der Schultern. Es war Glikh!

Er mußte ihn lebendig haben.

Er bewegte sich noch vorsichtiger, und dann, gerade als Glikh seine Nähe zu fühlen schien und den Kopf wandte, schlug er ihm die Handkante ins Genick, nicht zu hart, weil er die dünne und leichte Halswirbelsäule nicht brechen wollte. Glikh sackte lautlos zusammen und fiel nach vorn; Odysseus mußte mit der anderen Hand zupacken und seinen Flügel festhalten. Er rief seine Leute, sie kamen aus ihren Verstecken, und er ließ den bewußtlosen Glikh in ihre Arme fallen. Als er unten anlangte, war Glikh bereits gefesselt und geknebelt. Einige Minuten später kam er zu sich und öffnete die Augen. Als er sah, wer ihn gefangen hatte, traten ihm die Augen aus den Höhlen, und er wand sich in seinen Fesseln. Er zappelte noch immer, als er auf Odysseus' Rücken geschnallt wurde. Odysseus bat Wulka, den kräftigen Waragondit, der Khyuks auf seinem Rücken trug, das zappelnde Bündel mit einem kräftigen Schlag zum Stillhalten zu bewegen, und Wulka gehorchte mit Freuden.

Bald erreichten sie den Astknick neben dem stürzenden Wasser, und Odysseus begann als erster den Abstieg ins Ungewisse. Die Dunkelheit und der feine Nebel verbargen sie nicht nur vor unerwünschten Spähern, sie behinderten auch ihre eigene Sicht, obwohl das Mondlicht hier besser durchkam. Odysseus konnte kaum zwei Meter weit sehen. Wassertropfen sammelten sich auf seinem Körper und kühlten ihn ab. Der Weg wurde gefährlich, weil die Rinde schlüpfrig war; hinzu kamen weiche, mit Feuchtigkeit vollgesogene Moospolster, die sich hier überall angesiedelt hatten.

Es war ein sehr langsamer, sehr vorsichtiger Abstieg, der alle Aufmerksamkeit verlangte. Odysseus verlor jedes Gefühl für den Ablauf der Zeit, aber irgendwann machte die Dunkelheit einem fahlen Grau Platz, und er konnte ein wenig besser sehen.

Der Ast schien sich allmählich wieder in die Horizontale zu strecken. Vorsichtig bewegte er sich durch Gischt und Nebel hinaus, vor jeder Gewichtsverlagerung die Festigkeit der Borke unter seinen Füßen prüfend. Der Wasserfall donnerte zu seiner Rechten, Wasser schien überall. Awina kam ihm nachgeklettert und schmiegte sich einen Moment an ihn. Ihr Pelz war naß. Er strich über ihren runden Kopf, fühlte ihre nassen, seidenweichen Ohren und strich ihr mit der Hand über den Rücken.

Weitere Gestalten tauchten aus dem Nebel auf. Er zählte sie. Alle waren da.

Glikh begann sich zu regen. Während des Abstiegs hatte er sich nicht zu rühren gewagt, aber nun versuchte er, seinen Blutkreislauf wieder in Gang zu bringen. Odysseus ging vorsichtig weiter, um aus den naßkalten Nebelwolken zu kommen. Der Anfang des Wasserfalls war ungefähr zweihundert Meter über ihnen. Fledermausleute waren nicht in Sicht. Vor ihnen setzte der Ast sich mehr oder weniger horizontal fort, soweit das Auge reichte. Nichts hinderte sie daran, neue Flöße zu bauen und ihre Reise auf dem Flüßchen fortzusetzen. Aber sie mußten sich bis zum Abend im Dschungel verstecken. Sie konnten einen Teil des Tages verschlafen, aber sie mußten auch auf die Jagd gehen. Ihr Fleischvorrat reichte kaum noch für eine Mahlzeit.

Als der Abend dämmerte, waren sie ausgeruht, aber hungrig. Vier Gruppen gingen auf die Jagd, während die anderen Wache hielten oder Flöße bauten. Eine Stunde später schlachteten sie ein Krokodil, zwei große rote Ziegen und drei Affen.

Sie aßen gut, und alle fühlten sich viel besser, als sie die Flöße bestiegen. Gegen Morgen kamen sie zu einem weiteren Abwärtsknick des Riesenastes mit einem zweiten Katarakt. Sie kletterten hinunter, blieben aber außerhalb der Nebelwolken, und als es Tag wurde, erreichten sie die Fortsetzung des Astes und seines kleinen Flusses. Nachdem sie geschlafen und wieder gejagt hatten, bauten sie neue Flöße. Der Boden des dritten Wasserfalls war auch der Boden des Baums, oder wie Awina es nannte, der Fuß Wurutanas.

Die ungeheuren Stämme, Äste und anderen Vegetationsformen, die über ihnen bis in eine Höhe von dreitausend Metern wuchsen, bildeten ein undruchdringliches Geflecht, das kaum einen Sonnenstrahl durchließ. Zur Mittagszeit herrschte hier unten eine fahle Dämmerung, und morgens und abends ein düsteres Halbdunkel. Der Erdboden zwischen den gigantischen Säulen erhielt alle überschüssigen Wassermassen der großen und kleinen Katarakte und der Regenfälle, soweit sie nicht von den Ästen und ihren Dschungeln aufgefangen wurden. So hatte sich unter Dem Baum ein Sumpf gebildet, ein ungeheurer, unaussprechlich trostloser Sumpf. Die Tiefe des stehenden Wassers wechselte von wenigen Zentimetern bis zu mehreren Metern. In diesem Wasser und im Schlamm gediehen viele seltsame, blasse und gefleckte Pflanzen.

In der Dämmerung sahen sie Bilder wie aus einem Alptraum. Riesige Borkenstücke, viele so groß wie ein Haus, waren von den Ästen und Stämmen herabgefallen und lagen nun halb versunken im Sumpf, um allmählich zu verfaulen, und die Insekten und anderen Tiere, die diese düstere Welt bewohnten, bohrten Löcher und Gänge in die zerfallenden Massen, um darin zu hausen.

Da gab es lange, dünne, weißliche Würmer mit behaarten Leibern; faustgroße weiße Käfer mit gefährlichen Kieferzangen; langnasige, spitzmausähnliche Tiere mit Säbelzähnen; Tausendfüßler, die eine übelriechende Flüssigkeit verspritzten, und eine Menge anderer, nicht weniger abstoßender Lebewesen. Die riesigen, geborstenen Borkenstücke, die Felsblöcken gleich aus der trüben Sumpflandschaft ragten, waren voll von giftigem Leben.

Aus dem Sumpf selbst wuchsen hohe, schlanke, fleischige Pflanzen mit herzförmigen Blättern und gelblichgrünen Beeren.

Verfilzte, fußhohe Teppiche aus einem zähen und schleimigen Unkraut bedeckten weite Flächen, wo Schlamm und seichtes Wasser den Wurzeln Halt gaben. Diese Teppiche, obwohl sie von gelben Skorpionen und blassen Hornvipern wimmelten, erwiesen sich als sicher und relativ gut begehbar, solange man sich nicht zu nahe an die dunklen Wasserflächen heranwagte.

Anfangs hatte Odysseus gedacht, daß sie unten bleiben würden. Obwohl sie nur langsam vorankamen, erschien ihm diese Gegend geeigneter als die oberen Bereiche, wo es zu viele Feinde gab. Aber ein Tag und eine Nacht zwischen Wurutanas Füßen waren mehr als genug für ihn und seine Leute. Sie hatten auf einem Borkenstück von der Größe eines Lagerschuppens genächtigt, aber das Getier hatte sie kaum zur Ruhe kommen lassen. Übernächtig und von Insektenbissen geplagt, machten sie sich am Morgen auf die Suche nach einem geeigneten Aufstieg. Sie mußten ein weites Gebiet mit Sumpfseen umgehen und kamen erst gegen Mittag an einen halbwegs einladend aussehenden Stamm. Dankbar kletterten sie hinauf, und als es Abend wurde, erreichten sie einen vielversprechend aussehenden horizontalen Ast, auf dem ein Bach floß. Sie bauten schmale Flöße, erlegten mehrere große Wildschweine und brieten sie. Am nächsten Morgen nahmen sie ihre Reise wieder auf, wohlversorgt mit Proviant, und legten in den folgenden Tagen unbehelligt eine Strecke von annähernd siebzig Kilometern zurück.

Um die Gefangenen an Fluchtversuchen zu hindern, und weil er sie nicht ständig in Fesseln halten wollte, hatte Odysseus Löcher in die Flughäute ihrer Schwingen gebohrt und sie mit Darmsaiten zusammengebunden.

An den Abenden hatte er aus Glikh wertvolle Informationen herausgeholt. Er wußte nun, daß es in vielen der großen Höhlen Kommunikationsmembranen gab, die der Verständigung zwischen den Dhulhulikh und dem Geist von Wurutana dienten. Wie Glikh unter der Tortur verraten hatte, erfolgte der Austausch von Nachrichten durch Klopfzeichen, die dem Morsecode ähnelten. Odysseus traute sich zu, selbst Botschaften an die zentrale Intelligenz durchzugeben. Die Sprache war Ayrata, und er kannte eine ganze Reihe von Buchstabensignalen. Nur mußte er zunächst einmal an eine solche Kommunikationsmembrane herankommen.

479

Khyuks hatte sich standhaft geweigert, irgend etwas über den Code preiszugeben; er wollte nicht einmal zugeben, daß es so etwas wie einen Code gab. Mit Glikh war es anders. Seine Schmerzwelle war niedriger – oder seine Charakterstärke geringer. Vielleicht war er auch nur intelligenter als Khyuks und begriff, daß er irgendwann im Verlauf der Folter doch zusammenbrechen würde. Warum also nicht gleich aussagen und sich unnötige Schmerzen ersparen?

Khyuks verfluchte Glikh als Verräter und Feigling und versprach, ihn bei der ersten Gelegenheit umzubringen. Glikh erwiderte, daß er das gleiche mit Khyuks machen werde.

Obwohl Glikh den Code preisgab, verriet er nicht, wo die zentrale Basis seines Volks war. Vielleicht könnte er es tatsächlich nicht sagen. Er schwor, daß er hoch über Dem Baum sein müsse, um bestimmte Navigationszeichen zu sehen, die ihm den Weg zur Basis wiesen. Diese Zeichen waren hohe Stämme mit besonderen Kennzeichen wie dürren Ästen oder charakteristisch geformten Kronen. Von unten aber habe er keine Möglichkeit, die Lage des Heimatstammes, wie er es nannte, zu bestimmen.

Odysseus verwand seine Enttäuschung. Er hatte nicht die Absicht, die Basis der Dhulhulikh anzugreifen, selbst wenn er ihre Lage gewußt hätte. Er hatte nicht die Streitmacht für einen Angriff. Aber er hätte gern gewußt, wo sie waren, so daß er sie später einmal mit einer größeren Streitmacht hätte angreifen können. So oder so, er würde es herausbringen.

Am sechsten Tag neigte der Ast sich wieder der Erde zu, und diesmal war das Gefälle so gering, daß der Bach fast unmerklich in den Sumpf überging. Wieder erstiegen sie einen Stamm, bis sie in tausend Meter Höhe einen vielversprechenden Ast fanden. Zehn Tage später erreichten sie einen dreihundert Meter hohen Wasserfall. Und dort war Der Baum zu Ende. Sie hatten ihn durchquert.

Odysseus fühlte sich benommen. Er hatte sich so daran gewöhnt, daß die Welt ein gigantischer Baum mit zahllosen Ebenen gewaltiger Äste, himmelhohen Stämmen und dichter Vegetation war, daß ihm die Landschaft dort draußen unglaublich leer und weiträumig vorkam.

Vor ihnen lag eine ausgedehnte Ebene, die am Horizont von Gebirgszügen begrenzt wurde. Jenseits der Berge, die vielleicht achtzig oder hundert Kilometer entfernt waren, lag das Meer, wenn er Glikh glauben durfte.

Awina stand neben ihm, nahe genug, daß das seidenweiche Fell ihrer Hüfte ihn berührte. Ihr langer schwarzer Schwanz bewegte sich hin und her und kitzelte manchmal seine Waden.

»Wurutana hat uns verschont«, sagte sie. »Ich weiß nicht, warum. Aber er hat seine Gründe.«

Odysseus sagte gereizt: »Warum kannst du dir nicht vorstellen, daß unser Erfolg ein Verdienst meiner göttlichen Kräfte ist?«

Awina erschrak und blickte zu ihm auf. Ihre Augen waren riesengroß und spiegelten das Blau des Himmels, aber ihre Pupillen waren in der Helligkeit zu schmalen Schlitzen geworden.

»Bitte vergib mir, Herr«, sagte sie. »Wir schulden dir viel. Ohne dich wären wir alle umgekommen. Dennoch bist du ein kleiner Gott, verglichen mit Wurutana.«

»Größe bedeutet nicht unbedingt Überlegenheit«, sagte er. Er war nicht verärgert, weil sie seine göttlichen Eigenschaften anzweifelte oder geringschätzte. So verrückt war er nicht. Er wollte nur seine Leistung gewürdigt wissen, seine menschliche und organisatorische Leistung, selbst wenn er gezwungen war, als ein Gott zu ihnen zu sprechen.

»Gehen wir!« rief er den anderen zu. »Bald werden wir wieder guten, festen Boden unter den Füßen haben!«

Aber der Abstieg zog sich länger hin, als er gedacht hatte, und als sie endlich auf festem Erdboden standen, blieben ihnen nur noch ein paar Stunden Ruhezeit bis zum bevorstehenden Nachtmarsch, der sie aus dem Bereich Des Baums und seiner geflügelten Späher bringen sollte. Die Ebene war eine Savanne, weite Grasflächen mit kleinen Gruppen akazienähnlicher Bäume durchsetzt, und während des Abstiegs hatte Odysseus große Herden von Pflanzenfressern gesehen: Wildpferde, Antilopen, Bisons und die eigenartigen Elefanten, die sich aus dem Tapir entwickelt haben mochten.

Als es dunkelte, zog die Kolonne in die Ebene hinaus. Sie kamen nicht sehr weit, weil sie viel Zeit mit der Jagd verbrachten. Im Morgengrauen machten sie kleine Feuer unter einer Gruppe von Akazien und brieten das Fleisch. Dann verschliefen sie im Schatten der Bäume den Tag, während einige Wache hielten.

Am dritten Tag erreichten sie die Berge und arbeiteten sich

zwei Tage lang durch weglosen Urwald aufwärts, bis sie einen Übergang über den Hauptkamm fanden. Zwei weitere Tage brauchten sie zum Abstieg in die Vorberge, und dann, als sie kurz vor Sonnenuntergang auf der Schulter eines bewaldeten Hügels standen, sahen sie in weiter Ferne das glitzernde Meer.

Dann ging die Sonne unter, und der Himmel wurde schwarz. Odysseus fühlte sich von einem Glücksgefühl erfüllt, ohne zu wissen, warum. Vielleicht war es so, weil das Gebirge den Blick auf Wurutana versperrte und die Nacht ihn daran hinderte, irgend etwas zu sehen, das ihn erinnerte, daß er nicht in seiner Zeit und auf einer Erde war, die sich bis zur Unkenntlichkeit verändert hatte. Zwar zeigten die Sterne sich in unvertrauten Konstellationen, aber das konnte er ignorieren. Später ging der Mond auf, und ihn konnte er nicht ignorieren. Er war zu gewaltig, zu bedrohlich nahe.

Bei Sonnenaufgang zogen sie weiter, und am Abend hatten sie die Berge hinter sich. Der nächste Morgen sah sie auf der Wanderschaft durch die Küstenebene. Sie war anfangs dicht bewaldet, aber am folgenden Tag kamen sie in eine Gegend, wo es viele offene Felder, Häuser, Scheunen und Zäune gab.

Die Häuser waren rechteckig, manchmal zweistöckig, gewöhnlich aus behauenen Stämmen, aber gelegentlich aus Bruchsteinmauerwerk. Die Scheunen waren teils aus Stein, teils aus Holz. Odysseus durchsuchte eine Anzahl der Bauwerke, aber alle waren unbewohnt. In manchen hatten sich Marder, Eulen und andere Wildtiere eingenistet. Er fand Figuren aus Stein und Holz und in einem Haus sogar Wandmalereien, alle ziemlich primitiv, aber die zahlreichen Menschendarstellungen zeigten klar, daß die Künstler – die mit den Bewohnern der Häuser identisch sein mußten – Menschen waren.

Aber wo waren sie? Nirgendwo fand sich ein Lebenszeichen, aber sie sahen auch keine Toten.

Zuweilen stießen sie auf ein Haus oder eine Scheune, die eingeäschert waren. Die Ursache war nicht festzustellen. Die Tiere, die in den Stallungen gewesen waren, waren entweder davongelaufen oder verhungert. Nirgendwo war auch nur ein menschlicher Knochen.

Er ließ Glikh kommen und fragte: »Was ist hier geschehen?«

Glikh blickte zu ihm auf und breitete seine Flügel aus, so weit die Darmsaite es erlaubte. »Ich weiß es nicht, Herr! Als ich vor sechs Jahren zuletzt hier war, lebten die Vroomav in dieser Gegend. Abgesehen von gelegentlichen Überfällen der Ignoom und der Neschgai führten sie ein friedliches Leben. Vielleicht werden wir erfahren, was hier geschehen ist, wenn wir zum Hauptdorf kommen. Wenn du mir erlauben würdest, vorauszufliegen, könnte ich es sehr rasch feststellen . . .«

Er legte seinen Kopf auf die Seite und lächelte schief. Natürlich konnte er nicht erwarten, daß sein Vorschlag ernst genommen würde, und Odysseus überhörte ihn kurzerhand. Die Kolonne marschierte jetzt eine schmale Landstraße entlang, und die Bauernhöfe zu beiden Seiten wurden zahlreicher. Aber alle waren verlassen.

»Nach dem Zustand der Gebäude und dem Wachstum der Vegetation ringsum zu urteilen, müssen sie vor ungefähr einem Jahr verlassen worden sein«, sagte Odysseus. »Vielleicht vor zwei Jahren.«

Glikh erzählte ihm, daß die Vroomav die einzigen Menschenwesen seien, die er kenne, ausgenommen jene, die die Sklaven der Neschgai seien. Es gebe sogar Geschichten, nach denen die Vroomav Abkömmlinge von entlaufenen Sklaven der Neschgai seien. Andererseits könnten die Sklaven der Neschgai gefangene Vroomav sein. Wie auch immer, die Vroomav lebten in einem Gebiet von dreihundert Quadratkilometern und hätten eine Bevölkerung von ungefähr achtzehntausend. Als Ackerbauern hätten sie nur wenig Handel getrieben, aber für die Dhulhulikh seien sie die Lieferanten von Korallen- und Muschelschmuck gewesen. Diesen hätten die Vroomav wiederum von den Pauzaidur, einem Volk, das im Meer lebe. Nach Glikhs Beschreibung, die Odysseus allerdings mit Skepsis aufnahm, waren diese Meeresbewohner so etwas wie Delphin-Zentauren.

Odysseus befragte ihn über die Geschichte der Menschen, aber Glikh bekannte, daß er nichts darüber wisse.

Die Landstraße wand sich durch die Küstenebene und führte sie schließlich zu einem von Wällen und Palisaden umgebenen Dorf an einer Meeresbucht. Es hatte einen kleinen Naturhafen, und eine Anzahl von Schiffen lagen zerschlagen am Ufer. Die Auswahl reichte von primitiven Einbäumen bis zu einmastigen Ruderschiffen, die eine entfernte Ähnlichkeit mit Wikingerschiffen zeigten. Anscheinend hatte ein Sturm sie von den Ankern gerissen und auf den Strand geworfen.

Das Dorf sah aus, als ob seine Bewohner sich plötzlich während eines Mittagessens zur Auswanderung entschlossen hätten. Etwa ein Viertel der Häuser war niedergebrannt, aber selbst dies konnte eine natürliche Ursache haben.

Nur ein Gegenstand paßte nicht in das Bild von einer Bevölkerung, die freiwillig ihre Heimat verließ. Dies war ein großer Holzpfahl in der Mitte des Dorfplatzes am Hafen, dessen oberer Teil einen geschnitzten Kopf darstellte. Der Kopf war haarlos und hatte sehr große, fächerförmige Ohren, eine lange Rüsselnase und einen offenen Mund, aus dem handlange Elefantenstoßzähne ragten.

»Neschgai«, sagte Glikh. »Das ist der Kopf eines Neschgai. Sie haben dies als ein Siegeszeichen zurückgelassen.«

»Wenn sie das Land überfallen haben, müßten wir Spuren von Kämpfen und Verwüstungen sehen«, sagte Odysseus. »Wo sind die Skelette?«

»Die Neschgai haben aufgeräumt«, erklärte Glikh. »Sie sind ein sehr sauberes Volk. Sie lieben Reinlichkeit und Ordnung über alles.«

Odysseus suchte und fand mehrere Massengräber. Er ließ eins davon ausgraben, bis ungefähr hundert Skelette aufgedeckt waren. Alle waren menschlich.

»Die Neschgai werden ihre eigenen Gefallen mitgenommen haben«, sagte Glikh. »Alle Neschgai werden an einem heiligen Ort bestattet.«

»Wie lange haben die Vroomav hier gelebt?«

»Seit etwa zwanzig Generationen, würde ich sagen«, antwortete Glikh.

Warum hatte der Blitz ihn nicht hundert Jahre früher getroffen? dachte Odysseus. Dann hätte er seinesgleichen finden und sich unter ihnen niederlassen können. Und mit seinem technologischen Wissen wären die Menschen nicht von den Neschgai besiegt worden.

Natürlich wäre er jetzt tot, aber wenigstens hätte er Angehörige gehabt, die ihn beweint und sein Andenken bewahrt haben würden. Er war deprimiert, alles erschien ihm sinnlos. Warum sollte er nicht ins Dorf der Wufea zurückkehren und dort in Ruhe unter Leuten leben, die ihn verehrten? Was die Partnerin betraf, die er so dringend brauchte ...

Innerhalb einer Stunde aber hatte er die niedergeschlagene Stimmung abgeschüttelt. Es war das Wesen des Lebens, nicht an den eigenen Tod zu denken, so zu tun, als müsse das Leben immer weitergehen.

Er durchsuchte die Häuser und Tempel, dann ging er zum Strand. Dort lag ein Schiff, das nicht allzu stark beschädigt war. Einige Schiffsplanken am Kiel waren zersplittert, andere verfault und morsch, aber das tragende Gerüst aus Kiel und Spanten, der Mast und die oberen Bordwände machten einen gesunden Eindruck. Das Schiff konnte leicht mit Material aus den Lagerschuppen ausgebessert werden. Er erklärte seinen Häuptlingen, was zu tun war, und sie nickten, als verstünden sie. Aber sie sahen recht besorgt aus.

Ihm kam der Gedanke, daß sie nichts über Seefahrt und Segeln wissen konnten. Tatsächlich war dies ihre erste Begegnung mit dem Meer.

»Eine Fahrt mit diesem Segelschiff wird euch anfangs unvertraut und vielleicht beängstigend erscheinen«, sagte er. »Aber ihr könnt lernen. Und sobald ihr wißt, wie ihr mit dem Schiff umzugehen habt, werdet ihr sogar Freude daran haben.«

Ihre Zweifel waren damit nicht aus der Welt geschafft, aber sie beeilten sich, seine Befehle auszuführen. Er untersuchte die im Lagerschuppen vorhandenen Segel und Ersatzmasten. Alle segelfähigen Schiffe waren für Raatakelung eingerichtet. Vorsegel schienen den Vroomav ebenso unbekannt zu sein wie Gaffel- und Focktakelung, was bedeutete, daß sie wahrscheinlich nicht wußten, wie man kreuzte oder hart am Wind segelte. Er konnte dies nicht verstehen. Es war eine Tatsache, daß der Mensch viele tausend Jahre zur See gefahren war, bevor er Segel erfand, die ihn befähigten, gegen den Wind zu kreuzen. Aber nachdem das Schratsegel erfunden worden war, hätte es für immer in der Technologie des Menschen bleiben müssen. Das war nicht der Fall, also mußte es eine tiefe Lücke in der Kontinuität menschlichen Wissens gegeben haben, einen Rückfall in die Barbarei, Generationen ohne Kontakt mit der See, ohne mündliche oder schriftliche Überlieferung. Wahrscheinlich das Ergebnis einer weltweiten Katastrophe.

Er wählte ein großes Haus für die Häuptlinge, Awina und sich selbst und wies den Kriegern vier getrennte, strategisch günstige Häuser als Wohnquartiere zu. Am Haupttor wurden Wachen postiert und erhielten Anweisung, die großen Trommeln im Haus über dem Tor zu schlagen, wenn sie etwas Verdächtiges sahen.

Drei Wochen später war das Schiff fertig. Es wurde von seinem Trockendock ins Wasser gelassen, und Odysseus ließ die gesamte Streitmacht an der Jungfernfahrt teilnehmen. Die Segelmannschaft hatte er einige Tage lang theoretisch unterwiesen; nun versuchte sie ihr Wissen in die Tat umzusetzen. Mehrmals waren sie nahe daran, das Schiff zum Kentern zu bringen, aber nach einer Woche intensiver Schulung waren sie so weit, daß eine längere Küstenfahrt gewagt werden konnte. Odysseus hatte die Takelung umgebaut und ein Gaffelsegel mit Focksegel installiert. Außerdem hatte er das Schiff mit einem selbstgezimmerten Ruder versehen. Die Vroomav hatten zum Steuern breite Ruderblätter an langen Stangen verwendet.

Er taufte das Schiff ›Neue Hoffnung‹, und an einem schönen, sonnigen Morgen stachen sie in See, um das Land der Neschgai aufzusuchen.

Die Küste war flach, mit vielen guten Stränden und nur wenigen Klippen da und dort. Eichen, Ahorne, Föhren, Fichten und viele andere Bäume, die es auf der Erde seiner Zeit noch nicht gegeben hatte, wuchsen bis nahe an den Strand. Auf den vielen vorgelagerten Sandbänken sonnten sich Herden von Seehunden und Robben.

Odysseus nutzte die Zeit, um Glikh über die Neschgai auszufragen. Der Fledermausmann war nicht gut auf sie zu sprechen.

»Die Neschgai glauben, sie seien besser als alle«, sagte er zornig. »Besser sogar als Wurutana. Dabei waren alle diese schwerfälligen, dickbäuchigen Langnasen vor nicht allzu langer Zeit primitive Wilde wie die Wuggrud und die Khrauz. Aber dann gruben sie die verschüttete Stadt Schabauzing aus und fanden viele Dinge darin, die ihnen erlaubten, in drei Generationen von Wilden zu reichen Besitzern von allerlei Zaubergerät zu werden.«

»Und die Vroomav?« fragte Odysseus.

»Sie lebten früher einmal mit Wurutana. Aber sie verließen ihn, obwohl er ihnen befahl, daß sie bleiben sollten, wo sie waren. Sie sind sehr eigensinnige, lästige und unangenehme Leute, wie du sehen wirst, wenn du ihnen begegnest. Sie zogen zur Küste und bauten hier ihre Häuser. Manche behaupten, daß sie sich zuerst mit den Neschgai verbündeten, die sie dann verräterisch überfielen und versklavten. Einige Vroomav seien geflohen, um hier an der Küste ein Volk zu gründen. Vielleicht wollten sie eines Tages gegen ihre früheren Herren ziehen. Aber die Neschgai schlugen offenbar zuerst zu. Nun, es geschieht den Vroomav recht. Sie lehnten sich gegen Wurutana auf, und jetzt müssen sie dafür büßen.« Glikh schien sehr glücklich über das traurige Schicksal der Menschen zu sein. Nach einer Pause fügte er hinzu: »Doch auch die Neschgai werden ihrem Schicksal nicht entgehen. Ihr Tod wird von Wurutana kommen, der niemals vergißt noch vergibt. Schon jetzt werden sie von den Ignoom und Glassim bedrängt, Brüdern der Wuggrud und Khrauz. Der Baum hat sie ausgesandt, die Neschgai zu vertilgen!«

Glikh starrte über das Wasser, und sein faltiges Gesicht wurde haßerfüllt und bösartig, als er mit gedämpfter Stimme sagte: »Auch die Völker des Nordens werden ausgelöscht, wenn sie sich nicht Wurutana unterwerfen und mit Dem Baum leben wollen. Der Baum wird über die Ebene wachsen, über das ganze Land, und er wird keine Abtrünnigen dulden. Er wird sie töten, so oder so.«

»Der Baum?« sagte Odysseus. »Oder die Dhulhulikh, die Den Baum gebrauchen, um alle anderen ihrem Willen zu beugen? Die vorgeben, Diener Des Baums zu sein, aber in Wirklichkeit seine Herren sind?«

»Was?« sagte Glikh. Er schüttelte seinen Kopf. »Das ist sicherlich nicht dein Ernst? Du mußt verrückt sein!«

Aber er hatte Mühe, ein selbstzufriedenes Lächeln zu verbergen, und Odysseus fragte sich, ob er damit nicht den Nagel auf den Kopf getroffen hatte.

Wenn seine Theorie mehr als eine Theorie war, würde sie vieles erklären. Aber noch immer bliebe viel Unerklärliches übrig. Wie war Der Baum entstanden? Es schien unmöglich, daß er sich natürlich aus einer der Pflanzen entwickelt hatte, die zu seiner Zeit die Erde bevölkert hatten.

Und dann war da das Geheimnis vom Ursprung all der vielen Arten von intelligenten Lebewesen, die untereinander nicht verwandt waren. Hatten sämtliche Säugetierarten plötzlich intelligente Formen entwickelt? Das war mehr als unwahrscheinlich.

Das Schiff segelte die Küste entlang, immer in Sichtweite des Ufers. Nachts ankerten sie, doch in mondhellen Nächten mit guter Sicht segelten sie durch.

Am sechsten Tag ihrer Seereise kamen sie in ein Gebiet mit zahlreichen Untiefen und Felsriffen. Odysseus ließ die Segel einholen und das Schiff mit Riemen und Stangen zwischen den Untiefen durchbugsieren. Gegen Mittag des folgenden Tages, als sie wieder freies Wasser vor sich hatten, passierten sie ein gewaltiges, in einen Küstenfelsen gehauenes Symbol, ein X in einem durchbrochenen Kreis. Glikh sagte, das sei das heilige Symbol von Nesch, dem alten Hauptgott der Neschgai, und markiere die Westgrenze ihres Landes.

»Bald werden wir einen Hafen und eine Stadt sehen«, sagte Glikh. »Und eine Truppengarnison und Handelsschiffe.«

»Handelsschiffe?« sagte Odysseus. »Mit wem handeln sie?«

»Miteinander, hauptsächlich. Aber einige von ihren großen Schiffen segeln weit nach Norden hinauf und handeln mit den Küstenvölkern.«

Odysseus fühlte eine seltsame Erregung. Sie entsprang nicht so sehr der Erwartung einer Konfrontation mit dem Unbekannten als einer neuen Idee. Vielleicht mußten die Neschgai nicht seine Feinde sein. Vielleicht würden sie sich freundlich zeigen und ihm helfen. Ihre Gegnerschaft zum Baum war ein gemeinsames Interesse.

Stunden später umfuhren sie eine Landzunge, und zu ihrer Rechten öffnete sich eine weite Bucht. Ein Wellenbrecher aus schweren Steinblöcken mit einem Befestigungsturm am Molenkopf schützte den inneren Teil der Bucht, und die Einfahrt gab den Blick auf ankernde Schiffe und eine terrassenförmig ansteigende Stadt im Hintergrund frei.

Odysseus steuerte die Einfahrt an, und als sie die Mole passierten, sah er Bewegungen hinter den schießschartenähnlichen Fenstern des Wachtturms. Kurz darauf ertönte ein gewaltiges Gebrüll hinter ihnen. Zurückblickend, sah er eine Riesengestalt auf dem Turm stehen, die eine gigantische Trompete blies. Auf den Mauern eines Befestigungswerks oder Sperrforts rechts voraus erschienen mehrere Dutzend Bewaffnete. Odysseus winkte ihnen zu und sah mit Erstaunen, daß die meisten von ihnen Menschen waren. Sie trugen Lederhelme und hölzerne Schilde; einige schwangen Speere, andere zielten mit Pfeilen und Bogen auf das Schiff. Hinter ihnen ragten die grauhäutigen Gestalten der Neschgai auf. Vermutlich waren die Riesen die Offiziere.

Kein Pfeil flog von den Mauern. Wahrscheinlich dachten sie, daß ein einzelnes Schiff kaum mit kriegerischen Absichten in ihren Hafen einfahren würde.

Einen Augenblick später war er seiner Sache nicht mehr so sicher. Ein langes, niedrig gebautes Schiff von der Art einer Galeere glitt rasch auf sie zu. Es war mit Soldaten bemannt und besaß ein Heckruder. Es hatte keine Segel – aber es hatte auch keine Ruderer!

Odysseus' Augen weiteten sich. Daß die Neschgai technologisch so fortgeschritten waren, hatte er nicht geahnt. Er starrte das ankommende Schiff an. Wie vertrug sich seine fortgeschrittene Antriebsmethode mit den primitiven Waffen seiner Besatzung?

Als die Galeere in einem Bogen hinter ihnen einschwenkte und keine zwanzig Meter entfernt auf Parallelkurs ging, um sie in den Hafen zu eskortieren, nahm seine Verblüffung noch zu. Außer dem Wellenschlag an den Bordwänden und dem leisen Zischen des vom scharfen Bug zerteilten Wassers war kein Geräusch zu hören. Wenn die Galeere von einer Verbrennungsmaschine angetrieben wurde, besaß sie auch eine ausgezeichnete Geräuschdämpfung.

»Was treibt dieses Boot an?« fragte er Glikh.

»Ich weiß es nicht, Herr«, antwortete Glikh. Die Art, wie er das ›Herr‹ aussprach, ließ erkennen, daß er Odysseus' Tage als ›Gott‹ für gezählt hielt.

Seine Leute holten die Segel ein. Andere standen mit Rudern und Stangen bereit, als das Schiff langsam an eine hölzerne Pier glitt. Halbnackte Menschen in Lendenschurzen fingen die hinübergeworfenen Taue auf und wickelten sie um Poller. Die Bordwand rieb sich ächzend an Prallkissen aus geflochtenem Tauwerk. Sekunden später glitt die Galeere an die Pier, und die Soldaten sprangen über die ausgelegten Enterbrücken.

Nun hatte Odysseus Gelegenheit, einige Neschgai aus der Nähe zu sehen. Sie waren zwischen drei und dreieinhalb Meter groß und standen auf stämmigen Säulenbeinen, die in kurzzehigen, fast runden Füßen endeten. Ihre Rümpfe waren im Verhältnis zu den Beinen sehr lang, dabei breit und massig, und ihre Arme waren dick und muskulös wie die Oberschenkel eines Radrennfahrers. Sie hatten vierfingrige Hände.

Ihre Köpfe zeichneten sich durch enorme Ohren und runzlige, sehr bewegliche Rüsselnasen aus, aber beide waren im Verhältnis zum Kopf viel kleiner als bei Elefanten. Die Stirnen waren breit und doppelt gewölbt über brauenlosen grünen, blauen oder braunen Augen. Zwei kleine Stoßzähne ragten fast rechtwinklig aus der Gesichtsebene und schoben die Mundwinkel hoch, so daß ihre breiten, dicklippigen Münder ständig zu lächeln schienen. Ihre Hautfarbe variierte zwischen sehr hellem Grau und schmutzigem Graubraun, und enorme Ketten aus großen Meerschnecken und verschiedenfarbigen Steinen hingen von ihren dicken Hälsen. Ihre einzige Kleidung war ein Lendenschurz.

Für Odysseus verband sich beim Anblick dieser Geschöpfe ihre etwas abstoßende Fremdartigkeit mit einer merkwürdigen Ausstrahlung von Macht und Weisheit. Ein Neschgai in einem prächtigen tiefroten Wollumhang, der ein Zeichen seines Rangs sein mochte, trat vor und sprach Odysseus an, während alle anderen respektvoll zuhörten. Zuerst trompetete er schrill durch die lange Nase – eine Begrüßung, wie Odysseus später erfuhr –, dann hielt er eine kurze Ansprache. Der Inhalt war, daß Odysseus und seine Mannschaft sich ihm, Guschguz, ergeben sollten. Man würde ihn ins Regierungsgebäude in die Hauptstadt bringen, wo der Herrscher und sein Großwesir Schegnif residierten. Dort würde er von Schegnif verhört. Ergebe Odysseus sich nicht freiwillig, so werde er, Guschguz, seine Streitkräfte angreifen lassen.

»Ist dies die Hauptstadt?« fragte Odysseus. Es war die größte Ansiedlung, die er bisher gesehen hatte; trotzdem konnte sie nicht mehr als dreißigtausend Bewohner haben.

»Nein«, sagte Guschguz. »Bruuzgisch liegt östlich von hier. Alle werden jetzt zur Garnison marschieren, wo Transportmittel zur Hauptstadt bereitgestellt werden.«

Odysseus erklärte, daß er als ein Freund komme und keinerlei kriegerische Absichten hege. Er und seine Leute würden sich vernünftigen Forderungen beugen.

Die Kolonne formierte sich, und Odysseus marschierte neben dem schwerfällig stampfenden Guschguz am inneren Hafenbecken entlang und eine steile Straße den Hügel hinauf. Der Riese roch penetrant wie ein schwitzendes Pferd und nicht wie ein Elefant, aber Odysseus empfand den Geruch als angenehm. Doch in den Gedärmen des Neschgai rumpelte und kollerte es unaufhörlich, ein Phänomen, das ihn in diesem Land ständig umgeben sollte. Während sie gingen, zog Guschguz eine große Stange aus gepreßtem Gemüse unter seinem Umhang hervor und begann zu kauen. Die Bedürfnisse ihrer großen Mägen zwangen die Neschgai, einen guten Teil ihrer Zeit mit Essen zuzubringen. Als sie die Oberstadt erreichten, schnaufte Guschguz schwer, und Speichel rann aus seinen Mundwinkeln. Wahrscheinlich neigten die Neschgai zu Herzkrankheiten, Rückenschmerzen und Leiden der Beine und Füße; damit zahlten sie für die Kombination von Größe und Gewicht mit der Körperhaltung von Zweibeinern.

Zu beiden Seiten der ziegelgepflasterten Straße standen bunt bemalte Häuser mit Schnitzereien an den Giebelbalken. Die Straße selbst war frei von Neugierigen, weil ein Vortrupp Soldaten sie geräumt hatte, aber viele große graue und kleine braune Gesichter starrten aus Fenstern und Türen, um den Zug der Fremden zu sehen.

Guschguz ließ sie auf dem Hof vor dem zyklopischen Garnisonsfort stehen und ging mit zwei Neschgai-Offizieren hinein. Eine Stunde verstrich, dann eine weitere. Beim Militär hat sich selbst in Jahrmillionen nichts geändert, dachte Odysseus. Zuerst Hektik, dann Warten, dann wieder Eile, wieder Warten. Millionen Jahre hatten neue Spezies zur Entfaltung gebracht, aber der Stumpfsinn militärischer Prozedur hatte sich nicht geändert.

Schließlich wurden die Torflügel des Forts geöffnet, und eine Reihe von Automobilen und Lastwagen rollte heraus. Sie sahen ein wenig wie die frühesten Wagen seiner Zeit aus, eher wie zweckentfremdete Pferdekutschen und Fuhrwerke. Sie waren bis auf die Räder und Reifen aus Holz gebaut. Die Räder waren aus Glas oder glasähnlichem Plastikmaterial, und die Reifen sahen wie weißer Gummi aus. Um die gigantischen Neschgai aufzunehmen, mußten die Fahrzeuge groß sein. Die Lenkräder glichen den Steuerrädern von Segelschiffen, und offensichtlich bedurfte es riesenhafter Hände und Kräfte, sie zu drehen.

Unter den Motorhauben drang kein Geräusch hervor. Odysseus legte seine Hand auf das Holz und konnte keine Vibration feststellen.

Die Kultur dieser Neschgai enthielt viele Widersprüchlichkeiten. Primitive Dinge fanden sich neben fortgeschrittenen. Wie waren steinzeitliche Geräte und Waffen mit geräusch- und abgasfreien Motoren zu vereinbaren?

Guschguz saß im Fond des ersten Fahrzeugs. Er aß ein Gemüsegericht aus einer riesigen Schüssel und trank dazu aus einem eimergroßen Krug. Als er die Wartenden erblickte, unterbrach er seine Mahlzeit lange genug, um Essen für die Menschen und die Neuankömmlinge zu bestellen. Sie erhielten eine Art Eintopf, überwiegend aus Gemüse, aber es waren auch Stücke von Pferdefleisch darin.

Nach der Mahlzeit wurden die meisten von Odysseus' Leuten auf die Lastwagen verladen, und die menschlichen Soldaten drängten sich zwischen sie. Odysseus, seine Häuptlinge, Awina und die zwei Fledermausleute bestiegen den zweiten Wagen hinter Guschguz. Langsam rollte die Wagenkolonne vom Platz und in eine ziegelgepflasterte Straße, die nach vielen Windungen endlich aus der Stadt führte. Odysseus beobachtete neugierig den Fahrer, der die Geschwindigkeit mit einem Fußpedal regelte, das zugleich die Bremse darstellte. Das Armaturenbrett bestand aus nur einem Instrument, einer Glasröhre, die mit Flüssigkeit gefüllt war. Der Pegelstand der Flüssigkeit wurde von Teilstrichen gemessen, neben denen Symbole standen. Odysseus studierte sie, weil sie die ersten Anzeichen von Schrift waren, die er bisher gesehen hatte. Er sah eine spiegelverkehrte 4, ein liegendes H, ein O, ein T und ein durchgestrichenes Z, aber dies waren Symbole, deren Einfachheit wahrscheinlich machte, daß sie erfunden worden waren und nichts mit einer schriftlichen Überlieferung zu tun hatten.

Die Fahrzeuge hatten Windschutzscheiben, aber die Seiten waren offen. Der Gegenwind war kein Problem, weil die Geschwindigkeit höchstens etwa dreißig Stundenkilometer betrug,

und sie sank unter zehn, wenn stärkere Steigungen zu überwinden waren. Von den Motoren war nicht das leiseste Geräusch
zu hören.

Nach eineinhalbstündiger Fahrt auf einer ungepflasterten
Landstraße fuhr die Kolonne in den Hof eines kleinen Forts, und
die Reisenden stiegen aus ihren Fahrzeugen in andere um.
Odysseus verstand nicht, warum sie die Wagen wechseln sollten,
wie man in der Postkutschenzeit die Pferde gewechselt hatte,
doch dann kam ihm der Gedanke, daß dieser Vergleich passen-
der sein mochte, als er gedacht hatte. Vielleicht waren die Motoren nicht elektrisch oder mechanisch, sondern biologisch
War es möglich, daß die Neschgai eine Art Muskelmaschine entwickelt hatten?

Etwas später sah er einen Sklaven Treibstoff in ein Rohr an der
Seite der Motorhaube gießen. Die Flüssigkeit war bestimmt kein
Benzin oder etwas Vergleichbares. Sie war dick und sirupartig und
hatte einen Gemüsegeruch. Nahrung für einen lebenden Motor?

Die Kolonne setzte sich wieder in Bewegung. Das Land war
hügelig und dicht bewaldet, mit verstreuten Einzelgehöften und
kleinen Weilern inmitten sorgfältig bestellter Felder. Auf diesen
wuchsen zuweilen seltsame Pflanzen, und als die Fahrzeuge
einmal anhielten, um den Neschgai-Chauffeuren Gelegenheit
zum Essen und Trinken zu geben, ging Odysseus zu einem solchen Feld. Niemand hielt ihn auf, aber drei Bogenschützen begleiteten ihn. Die Pflanzen waren groß wie Sonnenblumen und
trugen auf ihren elastischen Stengeln rundliche Köpfe, die von
dunkelgrünen Blättern umhüllt waren. Er öffnete einen dieser
Köpfe, indem er die schützenden Blätter auseinanderbog. Unter
ihren Deckschichten war eine dünne, fleischiggrüne Platte, deren
Oberfläche von breiten und dünnen dunklen, im rechten Winkel sich kreuzenden Linien bedeckt war. An den Schnittpunkten
der Linien waren kleine, knotenförmige Verdickungen. Er versuchte sich vorzustellen, wie diese Platte, die in ihrer Beschaffen-
heit einem Artischockenboden nicht unähnlich war, wohl im
Zustand der Reife aussehen mochte. Es bedurfte nicht allzu viel
Phantasie – hier hatte er eine noch unreife gedruckte Schaltung
vor sich.

Während der weiteren Fahrt betrachtete Odysseus die vorbei-
ziehenden Felder mit mehr Interesse als zuvor, und schon bald

sah er andere Gewächse, deren Form und Aussehen seiner Theorie neue Nahrung gaben. Diese Pflanzen gediehen wie Gurken oder Kürbisse am Boden, und ihre Früchte (oder Körper?) waren blätterumhüllte Walzen von ungefähr einem Meter Länge und einem halben Meter Durchmesser. Seine Theorie war, daß dies die Motoren der Fahrzeuge waren.

Er überdachte die Implikationen seiner Hypothese einer hochentwickelten Pflanzentechnologie, doch brachte ihn das nicht viel weiter. Er wußte nichts über die Art der Energieerzeugung und ihre Wirkungsweise, und so blieb alles bloß Spekulation. Sie fuhren an Pflanzenkulturen vorbei, deren Natur er nicht einmal erraten konnte, und mehrmals kamen sie durch kleine Dörfer, in denen die einfachen, kleinen Häuser der Menschen neben den großen, bemalten und mit feinem Schnitzwerk geschmückten Häusern der Neschgai standen. Nach allem, was er bisher gesehen hatte, mußten auf jeden erwachsenen Neschgai ungefähr drei erwachsene Menschen kommen. So gewaltig und stark die Neschgai waren, er konnte sich nicht vorstellen, daß einer von ihnen drei gewandteren und gemeinsam handelnden Menschen überlegen sein sollte.

Was hinderte die Menschen daran, gegen ihre Herren zu revoltieren? Sklavenmentalität? Eine Waffe, die die Neschgai unbesiegbar machte? Oder lebten beide Rassen tatsächlich in einer Symbiose, deren Vorteile die Menschen für ihren niedrigen Status entschädigten?

Er richtete seine Aufmerksamkeit auf die menschlichen Soldaten seiner Eskorte. Sie waren halb kahl, nicht anders als die Männer und Frauen in den Dörfern, obwohl die Kinder volles Haar hatten. Ihr Haar war lockig, beinahe gekräuselt, und sie hatten braune oder grünlichbraune Augen. Eine einheitliche Hautfarbe gab es nicht; manche waren hellhäutig wie Europäer, manche von einem schönen Dunkelbraun, und dazwischen kamen alle Schattierungen vor. Die Gesichter waren vorwiegend schmal, auffällig waren die Adlernasen, kräftig ausgeprägte Kinnpartien und hohe Backenknochen.

Der einzige fremdartige Zug an ihnen war das Fehlen des kleinen Zehs. Aber dies war vermutlich ein Ergebnis der Evolution. Schon zu seiner Zeit hatten Anthropologen die Ansicht vertreten, daß der Mensch im weiteren Verlauf seiner Entwicklungsgeschichte den kleinen Zeh verlieren werde – wie seine Weisheitszähne.

Die Reise dauerte bis in die Nacht hinein. Fünfmal wechselten sie die Fahrzeuge, und zuletzt kamen sie aus dem Hügelland hinaus auf eine Ebene, die von einer Steilküste zum Meer abgegrenzt wurde. Dort lag eine größere Stadt im Glanz vieler Lichter. Von weitem sahen sie wie schwache elektrische Glühbirnen aus, doch aus der Nähe betrachtet, erwiesen sie sich als etwas anderes. Es schien nicht ausgeschlossen, daß sie lebende Organismen waren. Odysseus sah, daß sie mit kokosnußähnlichen braunen Gehäusen verbunden waren, die Brennstoffzellen – oder lebende Pflanzenbatterien bergen mochten.

Die Stadt selbst war von Mauern umgeben und sah wie eine Illustration von Bagdad aus ›Tausendundeine Nacht‹ aus. Die Kolonne fuhr durch Tore und gewundene Straßen zum Stadtzentrum. Hier mußten sie aussteigen und wurden in ein weitläufiges Gebäude und hinauf in einen Saal geführt, wo man sie einsperrte. Doch dieser unangenehme Aspekt wurde von einer reichhaltigen Mahlzeit gemildert, die für sie bereitstand, und nach dem Essen legten sie sich auf Strohsäcke schlafen.

Am anderen Morgen wurde Odysseus vom Knarren der Türflügel und den stampfenden Tritten mehrerer Neschgai geweckt, die Brotkörbe, Gemüseschüsseln und Milchkrüge hereintrugen. Er frühstückte, wusch sich, ließ sich einen Lendenschurz und Sandalen geben und kehrte in den Saal zurück. Seine Kleider waren so schmutzig und zerrissen, daß er sie nicht mehr tragen konnte; er überließ sie einem Sklaven, der sie waschen und reparieren wollte. Dann folgte er Guschguz aus dem Saal. Die anderen mußten zurückbleiben.

Das Innere des vierstöckigen Gebäudes war so bunt und so reich mit Skulpturen verziert wie das Äußere. Odysseus sah viele Sklaven in den weiten und luftigen Korridoren, aber nur wenige Soldaten. Guschguz führte ihn eine marmorne Prunktreppe hinauf und durch weitere Hallen und Korridore, bis er endlich vor einer Tür haltmachte. Sie trug ein barock anmutendes Hochrelief, das verschlungene, wahrscheinlich mythologische Figuren darstellte, und wurde von zwei Neschgai in blauen Umhängen bewacht. Sie salutierten vor Guschguz, und einer öffnete die Tür. Odysseus sah sich in einem schmucklosen und unordentlich wirkenden Raum mit Wandregalen, die bis zur Decke mit Büchern, Schriftrollen und Papierstapeln angefüllt waren. Hinter einem gigantischen Tisch saß ein Neschgai mit einer randlosen Brille und einem hohen, konischen Hut aus Pergament in einem Berg von Polstern und Kissen. Es war Schegnif, der Großwesir.

Einen Moment später wurde Glikh von einem Offizier hereingeführt. Er grinste, und sein watschelnder Gang hatte etwas Selbstbewußtes, Herausforderndes, was zu einem Teil daran liegen mochte, daß man ihn von seinen Flügelfesseln befreit hatte. Wahrscheinlich hoffte er, Odysseus anschwärzen zu können.

Schegnif stellte Odysseus einige Fragen über seine Herkunft, seinen Namen und den Anlaß seiner Reise, und Odysseus beantwortete sie wahrheitsgemäß. Aber als er sagte, daß er aus einer anderen Zeit komme, die vielleicht zehn Millionen Jahre zurückliege, und daß ein Blitzschlag ihn ›entsteinert‹ habe, schien Schegnif selbst wie vom Blitz getroffen.

Nach einer langen Pause – die Stille wurde nur vom lauten Rumoren in den Gedärmen der drei Neschgai unterbrochen – nahm Schegnif seine Brille ab und polierte die tellergroßen Gläser mit einer Art Bettvorleger; dann schob er die Brille wieder auf seinen breiten Nasenrücken und beäugte sein Gegenüber.

»Entweder bist du ein Lügner oder ein Agent Des Baums«, sagte er. »Oder könnte es sein, daß du die Wahrheit sprichst?« Er richtete seinen Blick auf Glikh. »Sag mir, Fledermaus, spricht er die Wahrheit?«

Glikh schien ein wenig in sich zusammenzusinken. Er blickte Odysseus an und dann wieder Schegnif, offensichtlich im Zweifel, ob es für ihn vorteilhafter wäre, Odysseus als Lügner zu denunzieren oder zuzugeben, daß seine Geschichte wahr war. Schließlich sagte er mit seiner piepsenden Stimme: »Ich weiß nicht, ob er lügt oder nicht. Er sagte mir, daß er der zum Leben erwachte Steingott sei, aber ich war nicht dabei, als er zum Leben erwachte.«

»Hast du den Steingott der Wufea gesehen?«

»Ja.«

»Und hast du ihn gesehen, nachdem dieser Mann erschienen war?«

»Nein. Aber ich schaute auch nicht in den Tempel, um festzustellen, ob er noch da war. Ich gab mich mit seinem Wort zufrieden, obwohl ich es nicht hätte tun sollen.«

»Ich kann die Katzenleute über ihn ausfragen. Sie werden wissen, ob er der Steingott ist oder nicht«, sagte Schegnif. »Da sie ihn als den zum Leben erwachten Steingott verehren, glaube ich nicht, daß sie ihn einen Lügner nennen werden. Nehmen wir also einstweilen an, daß seine Geschichte wahr sei.«

Er stellte Odysseus eine Reihe von detaillierten Fragen, die Odysseus sichtlich zu seiner Zufriedenheit beantwortete, denn zuletzt legte er die Spitzen seiner Finger, die dick wie Bananen waren, nachdenklich gegeneinander und sagte: »Ich bin höchst erstaunt. Du mußt die lebende Quelle eines Mythos sein, der vor ungezählten Jahrtausenden entstand. Die Wufea fanden dich auf dem Grund eines Sees, der viele tausend Jahre existiert hatte. Aber wußtest du, daß du viele Male an der Oberfläche warst, bevor die Wufea dich fanden? Daß du viele Male verlorengingst oder gestohlen wurdest?«

Odysseus schüttelte den Kopf.

Der Großwesier sagte: »Du warst der Gott oder der Mittelpunkt von mehr als einer Religion. Du warst der Gott irgendeines primitiven Stammes der einen oder der anderen Spezies, und du saßest versteinert auf deinem Stuhl, während das armselige kleine Stammesdorf zur großen Metropole eines hochzivilisierten und mächtigen Reiches wurde. Und du saßest noch dort, als das Reich zerfiel, die Zivilisation unterging und das Volk ausstarb, als um dich noch die von Eidechsen und Eulen bewohnten Ruinen waren. Dein Wiedererwachen ist ein Ereignis, dessen Bedeutung nicht hoch genug eingeschätzt werden kann. Du wirst in der nächsten Zeit nicht über mangelnde Beschäftigung zu klagen haben. Unsere Wissenschaftler sind über dich informiert, und sie können ihren Eifer und ihre Neugierde kaum zügeln.«

»Das ist ja alles höchst interessant«, sagte Odysseus. Sollte er für diese Leute nichts als eine Mischung von Nachschlagewerk und Untersuchungsobjekt sein? »Aber ich habe viel mehr beizutragen als Nachrichten aus einer fernen Vergangenheit, so wissenswert diese auch sein mögen. Ich habe einen sehr bestimmten Nutzen in Gegenwart und Zukunft. Ich könnte der Schlüssel zum Überleben der Neschgai sein.«

497

Glikh blickte ihn seltsam an. Schegnif schnaufte, hob seinen Rüssel, als wolle er ihn über den Tisch hinweg beschnuppern, und sagte: »Zu unserem Überleben? Tatsächlich? Erzähle mir mehr darüber!«

»Ich würde es vorziehen, zu sprechen, wenn der Dhulhulikh nicht anwesend ist.«

»Ich protestiere, Herr!« piepste Glikh schrill. »Ich habe geschwiegen, während dieser Mensch seine Lügengeschichte von seinen angeblichen Abenteuern im Baum erzählte. Aber ich kann nicht länger schweigen! Dies ist sehr ernst! Er unterstellt uns Dhulhulikh, die nur mit allen in Frieden zu leben wünschen, finstere Motive!«

»Ich habe mir noch kein Urteil gebildet«, unterbrach ihn Schegnif. »Wir werden alle Aussagen anhören, auch die deines Gefährten, Khyuks. Die anderen werden gegenwärtig befragt, und ich werde noch heute die Zusammenfassung der Gespräche lesen. Übrigens, und das wird auch dich interessieren, Fledermaus, wir besitzen Aufzeichnungen, die darauf hindeuten, daß der Steingott einst hier in der Stadt war. Und dieser hier sieht ganz gewiß wie der Steingott aus, den ich von Bildern kenne. Ebenso gewiß ist, daß er nicht einer von unseren Sklaven ist. Du wirst das volle glatte Haar und die fünf Zehen bemerkt haben, nehme ich an?«

»Ich sagte nicht, daß er ein Sklave oder Vroomav sei, Herr.«

Schegnif sprach in einen orangefarben bemalten Holzkasten auf seinem Tisch, und die Tür schwang auf. Odysseus fragte sich, ob die Neschgai eine Art Radio hatten. Er hatte keine Antennen bemerkt, als sie in die Stadt gekommen waren, aber da war es Nacht gewesen.

Schegnif stand auf und sagte: »Wir werden dieses Gespräch morgen fortsetzen. Ich habe mich nun dringenden Geschäften zu widmen und weiß noch nicht, wie lange sie mich aufhalten werden. Es mag sein, daß ich dich spät am Abend noch einmal zu mir bitten werde, um mir das mit dem Schlüssel zu unserem Überleben erläutern zu lassen. Aber ich rate dir, meine Zeit nicht zu vergeuden, denn sie ist wertvoll.«

»Ich werde gern kommen«, versicherte Odysseus.

»Und ich soll keine Gelegenheit erhalten, mich zu verteidigen?« winselte Glikh.

»Jede Gelegenheit, wie du gut weißt«, entgegnete Schegnif. »Stelle keine unnötigen Fragen. Du weißt, daß ich sehr beschäftigt bin.«

Odysseus wurde in den Saal zurückgeführt, in dem sie alle genächtigt hatten, aber Glikh erhielt ein anderes Quartier, wo offenbar auch Khyuks festgehalten wurde. Die letzten Gruppen von Verhörspezialisten waren im Aufbruch begriffen, als Odysseus zurückkehrte.

Awina eilte zu ihm und fragte: »Wie ist es gegangen, Herr?«

»Wir sind nicht in der Gewalt unvernünftiger Wesen«, antwortete Odysseus. »Ich habe Hoffnung, daß wir die Verbündeten dieser Leute werden.«

Am gleichen Abend wurde er von einem Offizier, der sich mit dem Namen Tarschkrat vorstellte, abgeholt und in Schegnifs Arbeitszimmer geführt. Diesmal lud der Großwesir ihn ein, sich auf einem voluminösen Sitzkissen niederzulassen, und bot ihm eine dunkle, entfernt wie ein Likör schmeckende Flüssigkeit an. Odysseus dankte, doch trank er nicht viel. Das Zeug war ein hochprozentiges Destillat, das wie Feuer im Magen brannte. Schegnif saugte es mit seinem Rüssel ein und spritzte es sich dann in den Mund, während Tränen der Freude – oder des Schmerzes – über seine Wangen rannen. Der Steingutbehälter vor ihm enthielt wenigstens drei Liter, aber auch er trank nicht viel; er versuchte sich nur den Anschein zu geben. Während er Odysseus' Darlegungen lauschte, tauchte er seinen Rüssel immer wieder in den Krug, aber wahrscheinlich rührte er das Feuerwasser nur um.

Schließlich hob er seine Hand und unterbrach Odysseus mit seinem rumpelnden Baß: »Du glaubst also, Der Baum sei keine intelligente Einheit?«

»Das ist der Eindruck, den ich gewonnen habe«, sagte Odysseus. »Ich glaube, die Dhulhulikh würden gern sehen, daß alle Den Baum als ein übermächtiges Götterwesen anerkennen.«

»Du bist in deinem Glauben wahrscheinlich aufrichtig«, donnerte der Großwesir, »aber ich weiß, daß du irrst. Ich weiß, daß Der Baum ein denkendes Wesen ist. Das Buch von Tiznak hat es uns gesagt. Ich selbst kann es nicht lesen, aber ich glaube denen, die es können.«

»Ob der Baum ein denkendes Wesen ist oder nicht«, sagte Odysseus, »er wächst. In fünfzig oder hundert Jahren wird er dieses Land bedecken. Und wohin werden dann die Neschgai gehen?«

»In der Nähe der Meeresküste scheint Der Baum in seinem Wachstum behindert zu sein«, sagte der Großwesir. »Andernfalls hätte er uns schon vor langer Zeit überwachsen. Aber er dehnt sich nach Norden aus, und er wird eines Tages alles Land im Norden überschatten, ausgenommen die Küstenregion. Wir fürchten seine Bewohner. Der Baum schickt sie gegen uns, und er wird nicht nachlassen, bis er uns ausgerottet oder gezwungen haben wird, mit ihm zu leben.«

»Und die Dhulhulikh?«

»Bist du es uns sagtest, wußten wir nicht, daß sie im Baum leben. Sie haben immer behauptet, aus dem Norden zu kommen. Wenn deine Geschichte wahr ist, dann sind auch sie unsere Feinde. Dann sind sie, wie man sagen könnte, die Augen Des Baums, während die anderen, die Ignoom und anderen kriegerischen Völker, seine Hände sind.«

»Wenn der Baum eine intelligente Einheit ist«, sagte Odysseus, »dann muß er ein zentrales Gehirn haben. Und dieses Gehirn, hat man es einmal lokalisiert, kann zerstört werden. Und wenn der Baum nur eine hirnlose Pflanze unter der Kontrolle der Dhulhulikh ist, dann können wir die Dhulhulikh in ihren Schlupfwinkeln angreifen und vernichten.«

»Wirklich? Wie könntest du die Schlupfwinkel der Dhulhulikh im Baum ausfindig machen? Oder sie dort angreifen? Sie haben alle Vorteile auf ihrer Seite.«

Odysseus erklärte ihm, wie er es sich vorstellte. Er sprach länger als eine Stunde, bis Schegnif schließlich meinte, er habe genug gehört. Nun müsse er über den Vorschlag nachdenken.

Odysseus verließ den Großwesir in optimistischer Stimmung, aber er wußte, daß Schegnif erneut mit den Fledermausleuten sprechen würde, und es war nicht vorauszusagen, wie sie ihn beeinflussen mochten.

Der eskortierende Offizier führte ihn nicht in den Saal zurück, sondern in eine separate Wohnung. Odysseus fragte ihn, warum er von seinen Leuten getrennt wurde.

»Ich weiß es nicht«, sagte der Offizier. »Ich habe Anweisung, dich hier unterzubringen.«

Die Wohnung war für Neschgai eingerichtet, nicht für Menschen. Die Möbel waren riesig und für ihn unbequem. Immerhin brauchte er nicht allein zu sein. Schegnif hatte ihm zwei menschliche Frauen als Dienerinnen und Gespielinnen zugewiesen. Odysseus fragte sie nach ihren Namen. Die eine hieß Luscha, die andere Thebi. Beide waren jung und attraktiv, und daß der Haaransatz oben auf dem Kopf war, tat ihrer Schönheit keinen Abbruch. Luscha war schlank und kleinbrüstig, aber anmutig und langbeinig. Thebi war vollbusig und üppig. Sie hatte grüne Augen und lächelte viel. Sie erinnerte ihn sehr an seine Frau. Es war möglich, sagte er sich, daß sie sogar von seiner Frau abstammten – und natürlich auch von ihm, denn er hatte drei Kinder gehabt. Aber die Ähnlichkeit mit Clara konnte nur zufällig sein, weil sie keine Gene von so entfernten Vorfahren besitzen würde. Beide hatten dickes, dunkles Haar, das ihnen bis zur Taille reichte. Zu ihren roten, mit grünen Mustern durchwebten Lendenschurzen trugen sie Halsketten aus bunten Steinen.

Sie führten ihn ins Bad, wo sie alle drei eine fahrbare Holztreppe hinaufklettern mußten. Er setzte sich in das Waschbecken, wo die Neschgai ihre Hände zu waschen pflegten, und die zwei Frauen ließen Wasser einlaufen und stiegen zu ihm ins Bad, um ihn einzuseifen.

Später bestellte Thebi Essen und den dunklen Likör, und nach der Mahlzeit kletterte Odysseus in das riesige Bett. Als sie ihn fragten, ob er sie bei sich zu haben wünsche, war er bereits so weit, daß er nicht nein sagen konnte.

Am folgenden Vormittag wurde er wieder zu Schegnif gerufen. Der Großwesir war sichtlich erregt und vergeudete keine Zeit mit Begrüßungsworten.

»Die Dhulhulikh sind entkommen! Ausgeflogen wie Vögel!«

»Sie müssen begriffen haben, daß du meine Geschichte als wahr erkennen würdest«, sagte Odysseus. »Sie wußten, daß die Wahrheit nicht verborgen bleiben konnte.«

»Der für sie verantwortliche Offizier öffnete die Tür, um ihre Unterkunft zu betreten, und sie flogen an ihm vorbei durch die Öffnung, bevor er sie ergreifen konnte. Sie sind schneller und gewandter als wir. Sie flogen durch den Korridor und durch ein Fenster hinaus. Sie hatten das Glück, daß der Korridor leer und das Fenster nicht vergittert war. Und nun muß ich dem Schauzgrooz erklären, wie es zu dieser Flucht kommen konnte.«

501

Der Schauzgrooz war der Herrscher, König oder Sultan. Wörtlich bedeutete der Titel ›Die längste Nase‹. Der gegenwärtige Schauzgrooz war Zhigbruwzh IV., und er war noch nicht volljährig. Schegnif war der tatsächliche Herrscher, obwohl er jederzeit abgesetzt werden konnte, wenn Zhigbruwzh ihn loszuwerden wünschte. Glücklicherweise schätzte der junge Mann seinen Großwesir, der überdies sein Onkel war.

»Diese Flucht legt den Gedanken nahe, daß die Dhulhulikh wissen, was ich tun will. Und sie werden davon ausgehen, daß du meine Pläne billigen wirst. Das bedeutet wiederum, daß sie angreifen werden, bevor wir diese Pläne verwirklichen können. Ob du meine Vorschläge annimmst oder nicht, sie werden angreifen, denn sie müssen davon ausgehen, daß du es tust. Und die einzige Abwehr dieses Angriffs liegt in der Annahme meiner Vorschläge.«

»Sei dessen nicht so sicher«, sagte der Neschgai. »Du könntest vielleicht meinen, du hättest meine Nase in einer Klemme, aber ich denke darüber etwas anders. Wir sind ein altes Volk mit einer entwickelten Wissenschaft und Technologie. Wir sind nicht von einem kurznasigen Kümmerling abhängig, um unsere Feinde abzuwehren.«

Odysseus ließ ihn reden. Schegnif war aufgeregt über die Flucht der Fledermausleute, und wahrscheinlich fürchtete er die Konsequenzen. Er wußte recht gut, daß er nötig brauchte, was nur Odysseus ihm geben konnte, aber er mußte Dampf ablassen und sich selbst Mut machen. Er konnte reden und prahlen, soviel er wollte, aber dann mußte er mit Odysseus die weiteren Schritte diskutieren. Dies geschah eine Viertelstunde später, als Schegnifs Atem und Phantasie sich erschöpft hatten.

Nach einer langen Pause hob Schegnif seinen Rüssel, um Odysseus in den vollen Genuß seines Lächelns zu bringen, und sagte: »Wie auch immer, es kann nicht schaden, über deinen möglichen Beitrag zu unserer Sache zu sprechen. Wir Neschgai sind Realisten. Und du entstammst einem Volk, das viel älter ist als die Neschgai, obgleich ich nicht möchte, daß du es unseren Sklaven sagst.«

Wie sich zeigte, war den Neschgai das Schießpulver bekannt, aber Schegnif hatte die Herstellung verboten, weil er nicht wollte, daß die Menschen, Sklaven oder Freie, davon erfuhren.

Dies war ein Hinweis, daß die Sklaven nicht glücklich waren und in der Vergangenheit vielleicht revoltiert hatten. Andererseits war es möglich, daß sie zufrieden waren, Schegnif die menschliche Natur aber gut genug kannte, um zu wissen, daß sie versuchen würden, die Oberhand zu gewinnen, wenn die Mittel verfügbar wären.

Odysseus erklärte, daß seine Pläne ohne die Verwendung von Schießpulver undurchführbar seien, und machte Vorschläge, wie man die Herstellung geheimhalten könnte. Schegnif billigte die Idee einer streng isolierten Fabrik, wo nur Neschgai das Pulver herstellen und verarbeiten würden. Odysseus war mit dieser Lösung zufrieden, denn er brauchte das Pulver so bald wie möglich. Auch war ihm klar, daß das sogenannte Geheimnis nicht lange gewahrt bleiben würde; notfalls konnte er zu gegebener Zeit selbst das Rezept unter den Menschen verbreiten.

Darauf erläuterte er Schegnif, wie man Luftschiffe baute. Schegnif ließ sich rasch von der Nützlichkeit solcher Flugmaschinen überzeugen, aber die Technologie und die Beschaffung der nötigen Materialien bereiteten ihm Sorgen. Überdies fand er keinen Gefallen an der Vorstellung, daß die meisten Mitglieder der Luftstreitmacht Menschen sein sollten. Er wollte mehr Neschgai an Bord der Luftschiffe. Odysseus versuchte ihm klarzumachen, daß es eine Frage des Gewichts war, daß jeder zusätzliche Neschgai die Wirksamkeit der Luftstreitmacht verringern würde, weil sie entsprechend weniger Bomben würde mitführen können, doch der Großwesir war in diesem Punkt mißtrauisch und empfindlich. Odysseus sah ein, daß er vorsichtig taktieren mußte, und so schlug er vor, die Menschen einstweilen aus dem Spiel zu lassen und die Wufea und Waragondit als Luftschiffbesatzungen im Kampf gegen die Dhulhulikh einzusetzen. Sie seien beweglicher und mit den Verhältnissen im Baum vertrauter als die Neschgai oder die Menschen. Dies leuchtete Schegnif sofort ein, und noch am selben Tag erließ er die nötigen Anordnungen zur Durchführung des Vorhabens.

Die folgenden Wochen waren produktiv, wenn auch nicht so produktiv wie Odysseus wünschte. Die Neschgai sahen zwar so elefantenhaft weise aus, daß sie über menschlichen und allzumenschlichen Eigenschaften wie Kleinlichkeit, Eifersucht, Habgier, Prestigedenken, Kompetenzneid, Trägheit und schlichter

Dummheit zu stehen schienen, aber sie standen nicht über diesen Dingen, wenn sie darin auch nicht so aktiv waren wie die Menschen. Das lag einfach daran, daß sie langsamer waren. Und so kam das Projekt nur im Schneckentempo voran. Odysseus verbrachte die Hälfte seiner Zeit mit der Schlichtung administrativer Streitigkeiten, mit dem Besänftigen verletzten Stolzes und mit Nachforschungen über den Verbleib von Materialien oder Arbeitern, die er bestellt hatte.

Er beklagte sich bei Schegnif, der nur die Achseln zuckte und bedauernd mit seinem Rüssel wedelte.

»Es ist das System«, sagte er. »Ich kann nicht viel daran ändern. Ich kann drohen, hier und dort ein paar Nasen abzuschneiden, oder sogar einen Kopf. Aber wenn die Schuldigen gefunden und vor Gericht gestellt werden, wirst du noch mehr Zeit verlieren. Du würdest zuviel Zeit als Zeuge vor Gericht verbringen müssen, um deine Projekte weiterführen zu können. Unsere Gerichtshöfe arbeiten sehr langsam. Sie halten sich an die Devise: ›Ein abgeschnittener Kopf kann nicht wieder angenäht werden.‹ Wir Neschgai vergessen nicht, daß Nesch vor allem der Gott der Gerechtigkeit ist. Man kann nicht sorgfältig und gewissenhaft genug sein, wenn man Ungerechtigkeit vermeiden will.«

Odysseus versuchte es mit List und gutem Zureden. »Die Kundschafter melden, daß eine große Streitmacht von Ignoom und Glassim am Rand Des Baums zusammengezogen wird. Wir müssen mit einem baldigen Angriff rechnen.«

Schegnif lächelte. »Du meinst, wenn ich nicht rasch mit den neuen Waffen und Luftschiffen losschlage, werden wir Verluste erleiden? Nun, du magst recht haben, aber ich kann nichts zur Beschleunigung deiner Projekte tun.«

Es gab keinen anderen, an den er sich hätte wenden können, und so biß Odysseus die Zähne zusammen und stürzte sich von neuem in die Arbeit und den aufreibenden Kampf mit tausend Unzulänglichkeiten. Die Produktion von Schwarzpulver, Bomben und Raketentreibsätzen war inzwischen angelaufen, desgleichen die Herstellung von Schwefelsäure und das Ausschmelzen von Zinkblende. Durch die Reaktion der Schwefelsäure mit Zink sollte der Wasserstoff für die Gasfüllung der Luftschiffe gewonnen werden. Als Material für die Hülle wurde die innere Schale der Pflanze verwendet, die die Motoren lieferte. Sie war

504

sehr leicht, zäh und flexibel. Fünfzig von diesen Schalen, zusammengenäht und mit einer Mischung aus Harz und Pech abgedichtet, ergaben einen hinreichend großen Ballon. Drei solche Ballons sollten nach Odysseus' Plan unter der äußeren Hülle eines Luftschiffs montiert werden.

Das Hauptproblem war der Motor. Die einzige verfügbare Antriebskraft war der pflanzliche Muskelmotor, wie er in den Fahrzeugen und Booten der Neschgai verwendet wurde. Odysseus experimentierte mit verschiedenen Propellerformen, aber alle Versuche blieben unbefriedigend, weil die Motoren die Propeller nicht schnell genug und nicht lange genug drehen konnten.

Eine Lösung des Problems kam von Fabum, einem menschlichen Aufseher einer Motorenpflanzung. Er brachte zwei Fahrzeugmotoren in einem Gehäuse unter und erreichte, daß die Muskelenden beider Motoren zusammenwuchsen. Das Resultat war eine Verdreifachung der Energieleistung. Vier solche Gondeln mit acht Motoren und energiesparenden Übersetzungen für die Propeller reichten aus, um ein Luftschiff bei Windstille auf eine Geschwindigkeit von fünfundreißig Stundenkilometer zu bringen.

Drei Wochen nach diesem Durchbruch machte das erste Luftschiff seinen Jungfernflug. Das Wetter war günstig, und das Luftschiff kreiste eine halbe Stunde lang über der Stadt, damit die Bevölkerung es sehen konnte. Dann, auf dem Rückflug zum Hangar, warf es zehn dreißigpfündige Bomben auf ein Ziel, ein altes Haus. Nur eine Bombe war ein Volltreffer, aber dieser reichte aus, das Haus völlig zu zerstören. Und Odysseus sagte Schegnif, daß Übung und Zielsicherheit der Mannschaft bald verbessert werde.

Schegnif war sehr beeindruckt und erfreut. Er schenkte Fabum die Freiheit, was zwar bedeutete, daß er praktisch immer noch ein Sklave war, aber er konnte in einem besseren Quartier wohnen und mehr Geld verdienen, wenn sein Brotgeber bereit war, ihm mehr zu zahlen. Und er brauchte nicht mehr um Erlaubnis zu fragen, wenn er die unmittelbare Nachbarschaft verlassen wollte.

Neun weitere Luftschiffe wurden gebaut, während Odysseus die Mannschaften ausbildete. Er beklagte sich wieder über die unnötig große Zahl von gewichtigen Neschgai-Offizieren unter dem fliegenden Personal und die daraus resultierende Verringerung von Reichweite und Ladekapazität. Schegnif wies ihn ab und sagte, das spiele keine Rolle.

Dreimal erschien in dieser Zeit ein einzelner Dhulhulikh über dem Startplatz und beobachtete sie, und zweimal begleitete ein Fledermausmann ein fliegendes Luftschiff. Außer einigen beleidigenden Gesten taten sie jedoch nichts.

Inzwischen hatte Odysseus mit Schegnifs Erlaubnis sein Hauptquartier aus dem Palast zur Luftschiffwerft verlegt. Diese war zehn Kilometer außerhalb der Stadt, und sein Umzug brachte eine beträchtliche Zeitersparnis, wenngleich er jeden zweiten oder dritten Tag in die Stadt fahren und Schegnif Bericht erstatten mußte.

Luscha war fort. Obwohl sie Odysseus zugeteilt war, war sie einem Soldaten zur Ehe versprochen. Weinend – wobei sie aber versicherte, ihren zukünftigen Mann innig zu lieben – nahm sie Abschied. Selbst Thebi, die allen Grund hatte, eifersüchtig zu sein, weinte und küßte sie. Awina schien froh, daß sie nun wenigstens eine Konkurrentin loswurde, aber sie blieb mürrisch und eifersüchtig auf Thebi, die nun ihrer Position als Favoritin sicher war und angefangen hatte, Awina von oben herab zu behandeln. Awina nahm es hin, weil sie ihre Verbindung mit Odysseus nicht in Gefahr bringen wollte, aber sie kochte innerlich. Odysseus sah Gewalttätigkeiten voraus, und um die Situation zu entschärfen, tadelte er Thebi für ihr Benehmen. Thebi brach daraufhin in Tränen aus, während Awina lächelte, zufrieden wie eine Katze, die eben einen gestohlenen Lachs verzehrt hat.

Odysseus arbeitete stets bis tief in die Nacht und stand früh auf; so hatte er meistens nur den Wunsch, ins Bett zu fallen, wenn seine Tagesarbeit getan war. Er wurde der Eifersüchteleien und der Mühe überdrüssig, gekränkte Weiblichkeit zu beschwichtigen. Er hatte einfach nicht die Zeit für komplizierte Beziehungen, und manchmal wünschte er sich, daß beide ihn in Ruhe ließen. Obwohl er sie mit ein paar Worten hätte fortschicken könne, wollte er sie nicht verletzen. Außerdem liebte er sie beide, wenn auch auf verschiedene Weise. So blieb ihm nichts anderes übrig, als immer wieder zu vermitteln und einen für alle drei unbefriedigenden Zustand des labilen Gleichgewichts zu erhalten.

Eines Tages ließ er alle zehn Luftschiffe aufsteigen und eine Anzahl schwieriger Manöver fliegen. Von der See wehte ein frischer Wind, und die ungefügen, gasgefüllten Würste bewegten sich schwerfällig und träge. Zwei kollidierten und rissen einander die Motorengondel ab. Sofort wurden sie vom Wind gedreht und abgetrieben, und die Mannschaften mußten Ankerleinen auswerfen und Gas ablassen. Als sie landeten, waren sie zwanzig Kilometer von der Werft entfernt und so schwer beschädigt, daß die Mannschaften sie zurückließen und zu Fuß heimkehrten.

Die übrigen Luftschiffe erreichten den Landeplatz kurz vor Sonnenuntergang. Als die Schiffe in den Hangars verstaut waren und Odysseus über den Platz zu seinem Büro ging, sah er einen lang auseinandergezogenen Schwarm winziger Gestalten im Abendrot am Horizont. Er blieb stehen und beobachtete sie. Es konnten Vögel sein, aber die Art ihrer Flügelschläge und ihre kompakten Körper nährten den Verdacht, daß sie Dhulhulik waren. Er ließ die Alarmtrommel schlagen, ging in sein Büro und verließ sich auf die Soldaten, die das Gelände bewachten.

Gegen Mitternacht wurde er von Schreien vor seiner Tür aus dem Schlaf gerissen. Er sprang aus seinem Bett und öffnete. Draußen war ein Wächter bemüht, zwei kämpfende, kreischende Gestalten voneinander zu trennen. Odysseus sah Awina mit einem Feuersteinmesser in der Hand auf Thebi eindringen, die abwehrend das Hangelenk ihrer Gegnerin umklammert hielt. Awina war kleiner und leichter, aber sie war viel gewandter und stärker als Thebi, und nur Thebis Verzweiflung und die Anstrengungen des Wächters hatten Awina bislang daran gehindert, Thebi das Messer in den Bauch zu stoßen.

Odysseus brüllte, sie solle das Messer fallen lassen.

Im selben Augenblick hörte man draußen eine Explosion, und die Fenster zersplitterten. Odysseus und der Wächter warfen sich zu Boden.

Thebi ließ Awinas Handgelenk los und wandte sich erschrocken um.

Awina ignorierte die Explosion und die drei weiteren, die folgten, und stieß mit dem Messer zu.

Aber Thebi hatte ihren Arm gehoben, und das Messer schlitzte ihr den Unterarm auf, fuhr aufwärts und traf Thebis Kinn.

Thebi kreischte. Odysseus sprang mit einem Fluch auf, schlug mit der Handkante hart auf Awinas Handgelenk und stieß sie zurück, daß sie gegen die Bretterwand flog. Er hob ihr Messer auf und warf es aus dem Fenster, untersuchte Thebis Verletzungen und befahl dem Wächter, sie zu verbinden. Er trug sie in sein Zimmer und legte sie auf sein Bett. Als er zur Tür hinausrannte, erfolgte eine weitere Explosion, viel näher als die vorangegangenen. Die Tür am Ende der Baracke wurde aus den Angeln gerissen, und eine Rauchwolke schoß herein. Eine Gestalt raste durch den Rauch und schrie: »Herr! Die Fledermausleute!«

Es war Wulka, der Waragondit, rauchgeschwärzt und aus einer Schulterwunde blutend.

Odysseus rannte mit ihm hinaus zum Hangar, zwanzig Meter neben seiner Baracke. Zwei Luftschiffe waren dort, mit dicken Hanfseilen am Boden verankert. Sie waren kaum ein paar Schritte in der offenen Halle, als ein Dhulhulikh mit weit ausgebreiteten Schwingen aus der Dunkelheit des Dachgebälks herabstieß und etwas auf Odysseus schleuderte. Dieser sprang instinktiv zur Seite, und vielleicht war es seine schnelle Reaktion, daß ihn der vergiftete Wurfpfeil verfehlte, vielleicht war es auch nur mangelnde Treffsicherheit des Angreifers. Ein Bogenschütze der Waragondit, der an der Seitenwand stand, hob kühl seine Bogen, folgte der aufwärts flatternden Bewegung des geflügelten Mannes und schoß ihm einen Pfeil in den Bauch. Der Dhulhulikh klatschte mit ausgebreiteten Flügeln auf den Boden.

Mehrere andere Dhulhulikh flogen im oberen Teil des Hangars umher oder hatten sich auf den Luftschiffen niedergelassen, um ihre vergifteten Wurfpfeile zu schleudern. Anscheinend hatten sie ihre Bomben bereits abgeworfen. Draußen über der freien Fläche zwischen den Hangars, die von vereinzelten Fackeln und biologischen Lampen nur spärlich erhellt wurde, kreiste ein Schwarm von Fledermausleuten. Sie stießen aus der Dunkelheit herab, warfen ihre Pfeile oder kleine Bomben mit funkensprühenden Zündschnüren und schwangen sich wieder empor. Es war ein ständiges Auf und Ab, Hin und Herr, ein gespenstischer Reigen, und dazwischen das Krachen von Explosionen.

Im Hangar und draußen auf dem Platz lagen Gefallene. Die

meisten von ihnen waren Verteidiger: Neschgai, Menschen und einige von seinen Leuten, aber Odysseus sah auch mindestens ein Dutzend von den geflügelten Gnomen zwischen den Toten und Verwundeten liegen.

»Raus aus den Hangars!« schrie er seinen Leuten zu. »Durch die Hintertüren! Weg von den Luftschiffen, bevor sie Feuer fangen!«

Bisher hatten sie Glück gehabt. Keine der Bomben hatte den Wasserstoff in Brand gesetzt.

Kaum hatte er sich umgewandt, hörte er hinter sich einen dumpfen Knall und ein Brüllen, und grelles Licht zuckte über den Landeplatz. Ein Luftschiff, oder wahrscheinlich zwei, denn sie waren paarweise in den Hangars untergebracht, war in Flammen aufgegangen. Es war nur eine Frage von Minuten, daß das Feuer auf die benachbarten Hangars übergreifen und die darin lagernden Luftschiffe entzünden würde.

Odysseus wartete, bis seine Leute durch die Hintertür oder aus der vorderen Öffnung gerannt waren. Einige schafften es nicht und fielen, getroffen von vergifteten Wurfpfeilen.

Er sammelte seine Leute bei den Wohnbaracken. Ein weiterer Hangar explodierte in einer feurigen Gaswolke, und nach fünf Minuten brannten alle sechs Hangars lichterloh. Seine Luftflotte war vernichtet. Odysseus erkannte, daß sie schleunigst aus der Helligkeit verschwinden mußten, denn hier gab es nichts mehr zu retten, und die Dhulhulikh kreisten über ihnen, offenbar entschlossen, das ganze Personal des Stützpunktes zu töten. Trotz der Gefahr weiterer Bombenwürfe und des Übergreifens der Flammen ließ er seine Leute in die Baracken, wo sie wenigstens gegen die Giftpfeile geschützt waren. Durch die zerbrochenen Fenster feuerten sie auf jeden Dhulhulikh, der tief genug flog, um ein halbwegs sicheres Ziel abzugeben.

Weit im Westen, wo die Stadt lag, reflektierten die Wolken flackernden Lichtschein, wahrscheinlich von brennenden Gebäuden. Keine Bomben fielen auf die Baracken, und er vermutete, daß die Angreifer ihren Vorrat aufgebraucht hatten. Aber es war möglich, daß Verstärkungen mit mehr Bomben im Anflug waren.

Eine halbe Stunde später, als die Hangars nur noch schwelende Trümmerhaufen waren, fuhren vier gepanzerte Wagen vor. Ein menschlicher Soldat sprang aus dem ersten Wagen und rannte in

Odysseus' Baracke. Er befahl Odysseus, sich beim Neschgai-Offizier im Wagen zu melden. Odysseus eilte hinaus und fand Blizhmag, einen Obristen des Panzerwagenkorps. Blizhmag hatte eine klaffende Stirnwunde, eine Schnittwunde quer über seinem Rüssel und eine schwere Verletzung am linken Arm.

»Ich habe Befehl vom Großwesir, dich und deine Leute aus der Gefahrenzone zu evakuieren«, sagte er. »Aber macht schnell; wir haben es eilig. Feindliche Stoßtrupps sind bereits zwischen uns und der Stadt. Unsere Verteidigungslinien in dieser Gegend sind durchbrochen, und bis wir die Lage stabilisiert haben werden, muß mit einer feindlichen Besetzung dieses Stützpunkts gerechnet werden. Wir halten die Hauptstreitmacht des Gegners noch auf, aber niemand kann sagen, wie lange noch.«

»Gut«, sagte Odysseus. »Meine Leute sind bereit. Aber die anderen Wagen sollten vor die Barackeneingänge fahren. Die Leute können schneller einsteigen, und es wird weniger Verluste geben.«

Blizhmag gab seine Befehle, und eine Viertelstunde später rollte die Kolonne mit dreißig Stundenkilometern über die Landstraße. Die Panzerwagen sahen wie Schildkröten auf Rädern aus. Die gebogenen Dächer waren aus drei Schichten Holz, die Seiten waren doppelwandig und hatten Türen und Schießscharten. Die Besatzung eines Wagens bestand jeweils aus einem Fahrer, einem Offizier und sechs Armbrustschützen. Neben Odysseus kauerten, saßen und standen noch sechzehn oder siebzehn Passagiere eng zusammengedrängt im Wageninneren. Blizhmag hatte die ohnehin matten Scheinwerfer ausschalten lassen, um der Aufmerksamkeit feindlicher Stoßtrupps zu entgehen. Die Straße war ein weißliches Band in der Dunkelheit, und der Fahrer kannte sie auswendig; wiederholt wich er Schlaglöchern oder allzu tief ausgefahrenen Rinnen aus, um den überlasteten Wagen zu schonen.

Sie hatten ungefähr fünf Kilometer zurückgelegt, als der Neschgai-Fahrer seinen mächtigen Schädel näher an den Sehschlitz heranschob und gleichmütig brummte: »Feindlicher Stoßtrupp halbrechts voraus.«

Blizhmag, dem seine Wunden sichtlich zu schaffen machten, beugte sich stöhnend vor und spähte durch seinen Sehschlitz. Odysseus schob seinen Kopf über die Schulter des Fahrers und sah zwanzig bis dreißig blasse Gestalten mit federnden Sätzen über die Felder zur Landstraße laufen, um der Kolonne den Weg abzuschneiden. Blizhmag schaltete die Scheinwerfer ein. Ihre Reichweite betrug kaum zwanzig Meter, aber die Gestalten wurden etwas deutlicher, Augen glänzten rötlich im Widerschein des Lichts. Leopardenartig gefleckte Zweibeiner mit langen Schwänzen hielten Speere und dunkle runde Gegenstände, die Bomben sein mußten. Wie waren die Verbündeten Des Baums zu Schießpulver gekommen?

»Volle Fahrt voraus!« schnaufte Blizhmag. »Fahr sie über den Haufen, wenn sie zu nahe kommen! Armbrustschützen, Feuer frei!«

Der erste der Leopardenmenschen hatte die Straße erreicht. Plötzlich erschien rote Glut in seinen Händen, dann knisterte und sprühte eine kleine Flamme. Er hatte einen Feuerkasten geöffnet und an die Zündschnur einer Bombe gehalten. Die Flamme beschrieb einen Bogen, als die Bombe auf sie zuflog. Eine Armbrustsehne schwirrte, und der Bolzen schlug in die Brust des Leopardenmenschen, der mit einem Schrei zusammenbrach. Etwas schlug dumpf aufs Wagendach, dann folgte eine Explosion, die das Fahrzeug erschütterte und die Insassen fast betäubte. Aber die Bombe war vom Dach abgeprallt und auf der anderen Seite auf die Straße gefallen. Der Wagen fuhr weiter.

Die Angreifer, mit Speeren, offenen Feuerkästen und Bomben bewaffnet, kreisten sie ein. Die Speerträger versuchten ihre Waffen in die Schießscharten und Sehschlitze zu stoßen, und die anderen schleuderten ihre Bomben gegen die Seiten des Wagens,

Die Speerträger fielen, durchbohrt von Armbrustbolzen. Bomben prallten wirkungslos von den Seiten und vom Dach ab und explodierten auf der Straße, wo sie den Angreifern mehr Schaden zufügten als den Besatzungen der Panzerwagen.

Dann war der erste Wagen durch, und die Überlebenden griffen die nachfolgenden Fahrzeuge an. Mehr als die Hälfte von ihnen war tot oder verwundet. Ein Leopardenmann sprang in einem tollkühnen Angriff auf das Dach des letzten Wagens, zündete eine Bombe, sprang ab und wurde in den Rücken geschossen. Die Bombe zerfetzte die zwei oberen Holzschichten und beschädigte die dritte. Die Insassen konnten einige Stunden nichts hören, aber sie blieben unverletzt.

Als die Kolonne in die Stadt rollte, sah Odysseus ein paar brennende Häuser, zersplitterte Fenster und andere, kleinere Schäden. Die Fledermausleute hatten ein paar Dutzend Bomben geworfen und Soldaten und Zivilisten auf den Straßen mit Wurfspießen und Giftpfeilen getötet. Ein Selbstmordkommando war durch die Fenster im vierten Stock des Palastes geflogen (die trotz Schegnifs Anordnung immer noch nicht vergittert worden waren) und hatte mit vergifteten Wurfpfeilen viele Bedienstete und Angehörige der Palastwache getötet, aber der Herrscher und sein Großwesir waren unverletzt geblieben, und alle Angreifer bis auf zwei hatten den Tod gefunden.

Odysseus erfuhr dies von Schegnif, und er riet dem Großwesir, die zwei Gefangenen nicht hinrichten zu lassen. »Wir können sie ins Verhör nehmen, bis sie die Lage ihrer Stadt preisgeben.«

»Und was dann?« fragte Schegnif.

»Dann werden wir die Basis der Dhulhulikh mit einer neuen Luftflotte angreifen und zerstören.«

Schegnif war erstaunt. »Du bist nach den Ereignissen dieses Abends nicht niedergeschlagen?«

»Nicht im geringsten«, antwortete Odysseus. »Tatsächlich hat der Feind sehr wenig erreicht. Vielleicht hat er uns sogar einen Dienst erwiesen, denn wir werden jetzt bessere und größere Luftschiffe bauen. Dazu werden wir mehr Planung, Material und Zeit benötigen, aber sie werden ihren Zweck erfüllen und uns den Sieg bringen.«

»Die Invasion«, entgegnete Schegnif bedächtig, »die zur Zeit bereits eingedämmt ist, hat mich von einer Notwendigkeit überzeugt: Du hast recht mit deiner Auffassung, daß der Gegner ins Herz getroffen werden muß. Wir könnten unsere Hilfsquellen und unsere Truppen verschleißen, wenn wir uns auf die bloße Verteidigung unserer Grenzen beschränkten. Allerdings sehe ich nicht, wie wir Dem Baum etwas anhaben können, selbst wenn es uns gelänge, seine Augen zu töten, die Dhulhulikh.«

Odysseus erläuterte seine Pläne. Schegnif hörte zu, nickte, befühlte seine Stoßzähne und seinen Rüssel. Dann sagte er: »Ich werde deine Pläne unterstützen. Wir bringen Verstärkungen an die Front, und es gibt keinen Zweifel, daß die Ignoom und die Glassim in den nächsten Tagen eine schwere Niederlage erleiden werden. Wir werden sie schlagen, daß ihnen für lange Zeit die

Lust an kriegerischen Abenteuern vergehen wird. Die Bekämpfung der Dhulhulikh wird deine Sache sein.«

»Ich möchte die zwei gefangenen Dhulhulikh selbst verhören und in Gewahrsam halten«, sagte Odysseus. »Darüber hinaus brauche ich alle anderen, die etwa in Gefangenschaft geraten. Einige von ihnen werden uns die gewünschte Information geben.«

Schegnif war einverstanden und versprach, die Vorarbeiten energisch zu fördern.

Wieder arbeitete er von Sonnenaufgang bis in die Nacht, aber er nahm sich die Zeit, dem Streit zwischen Thebi und Awina auf den Grund zu gehen. Beide gaben zu, daß sie sich gestritten hätten, wer von ihnen höher in seiner Gunst stehe und mehr Rechte auf ihn habe. Wie es schien, war Thebi auf ihre Konkurrentin losgegangen, worauf Awina ihr Messer gezogen hatte.

Odysseus nahm sie beide hart ins Gebet, machte sie auf ihre Pflichten aufmerksam und erklärte ihnen, wie sie sich in Zukunft zu benehmen hätten. Schließlich drohte er, daß er sie kurzerhand beide fortschicken würde, wenn sie sich nicht daran hielten. Thebi weinte und Awina winselte, aber sie versprachen Besserung.

Eine seiner ersten Maßnahmen war, daß er eine große Zahl von Falknern zusammenrief. Diese waren freie Männer, deren einzige Aufgabe darin bestand, Jungfalken aufzuziehen und für die Jagd abzurichten. Statt diesen Raubvögeln die Jagd auf Enten, Tauben und andere gefiederte Beute beizubringen, sollten sie sie lehren, die Fledermausleute anzugreifen.

Fünf Monate später wohnte Odysseus der ersten Vorführung bei, deren Ergebnis über die Brauchbarkeit von Jagdfalken als Waffe gegen die Dhulhulikh entscheiden sollte. Schegnif und einige hohe Militärs waren erschienen und sahen zu, wie ein verdrießlich aussehender Fledermausmann, der wußte, was ihn erwartete, freigelassen wurde. Er flog gegen den Wind auf, stieg auf zwanzig Meter Höhe, schwenkte herum und kam zurück. Er war mit einem Kurzspeer bewaffnet, und man hatte ihm Freiheit und unbehinderte Heimkehr versprochen, falls es ihm gelänge, sich erfolgreich gegen zwei Jagdfalken zu wehren.

Wahrscheinlich glaubte er dem Versprechen nicht, aber er tat, was von ihm verlangt wurde, weil er keine Alternative hatte. Als er in der vorgeschriebenen Höhe zurückkam und das Feld mit den versammelten Beobachtern überflog, nahmen die Falkner den beiden Jagdfalken die Kappen ab und warfen die Vögel in die Luft. Sie kreisten einen Moment, machten ihre Beute aus und stürzten sich heiser schreiend auf den Dhulhulikh. Dieser versuchte ihrem Angriff mit plötzlichen Richtungsänderungen zu entgehen, aber für solche Gegner war er zu groß und zu schwerfällig. Die zwei Falken stießen wie gefiederte Blitze auf ihn herab, der Fledermausmann hatte im letzten Augenblick seine Flügel angestellt und sich herumgeworfen, um ihrem Angriff zu begegnen. Einer der Falken trat seinen Kopf und schlug ihm die Fänge ins Gesicht, worauf er von der Speerspitze durchbohrt wurde, der andere grub die Fänge in seinen Bauch. Der Dhulhulikh kreischte und fiel, konnte sich nicht mehr fangen und schlug hart auf den Rücken. Der überlebende Falke ließ nicht von seinem Opfer ab und begann, ihn mit Schnabelhieben zu zerfleischen.

»Natürlich können wir nicht für jeden Falken einen Ausbilder mitnehmen«, sagte Odysseus. »Wir werden die Tiere in Einzelkäfigen unterbringen, deren Türen von einem Mechanismus nach außen geöffnet werden können. Dann werden sie hinausfliegen und die nächsten Dhulhulikh angreifen.«

»Hoffen wir es«, seufzte Schegnif. »Ich habe nicht viel Vertrauen in die Wirksamkeit von Falken. Was soll sie daran hindern, sich zu viert oder zu fünft auf einen Dhulhulikh zu stürzen, während die anderen unbehelligt bleiben?«

»Das ist tatsächlich ein Problem, ja«, gab Odysseus zu. »Aber die Ausbilder arbeiten daran, eine Lösung zu finden.«

Trotz seiner Skepsis schien der Großwesir erfreut und befriedigt. Er ging eine Weile mit Odysseus auf und ab, und einmal, während sie sprachen, berührte er Odysseus' Nase freundschaftlich mit der Spitze seines Rüssels.

»Es ist in der Tat eine glückliche Fügung, daß der Steingott von einem Blitzschlag erweckt wurde«, sagte er. »Obwohl es ohne Zweifel Nesch war, der den Blitz schickte. Er tat es, damit du seinem Volk dienen konntest. Das sagen die Priester, und ich, Großwesir Seiner Majestät, beuge mein Haupt, wenn der niedrigste Priester mich über die Wahrheit belehrt.

Und so bin ich ermächtigt, dir zu sagen, daß du eingeladen

bist, im Buch von Tiznak zu lesen. Du bist der einzige Fremde, der einzige Nicht-Neschgai, dem diese Ehre jemals zuteil wurde. und auch unter den Neschgai werden nur wenige so geehrt.«

Am folgenden Morgen sollte Odysseus erfahren, was es mit der ehrenvollen Einladung auf sich hatte. Ein grau gewandeter Priester mit einer Kapuze und einem kunstvoll geschnitzten Zauberstab kam zu ihm. Sein Name war Zischbrum, und er war jung und sehr höflich. Aber er machte klar, daß der Hohepriester Odysseus' Anwesenheit im Tempel wünschte, nicht erbat.

Odysseus fuhr mit seinem Begleiter zum Westrand der Stadt und wurde in einen würfelförmigen Kuppelbau geführt. Die bescheidenen Abmessungen überraschten ihn. Der Innenraum hatte kaum eine Seitenlänge von zwanzig Metern und enthielt nichts als eine Granitstatue Neschs. Dieser Gott sah wie ein männlicher Neschgai aus, doch waren seine Stoßzähne etwas länger, sein Rüssel dicker. Drei Priester standen wie Wächter in einem Dreieck, dessen Mitte die Statue bildete, und wahrscheinlich hatten sie auch die Funktion von Wächtern.

Zischbrum führte seinen Gast am ersten Priester vorbei und blieb stehen. Er bückte sich und drückte auf einen kleinen Steinwürfel, und eine Granitplatte des Bodens vor ihm sank nach unten. Er führte Odysseus eine steile Treppe hinab, die vom matten Licht biologischer Leuchtkörper erhellt war. Die Granitplatte hob sich hinter ihnen und verschloß die Öffnung.

Odysseus hatte keine Ahnung gehabt, daß sich unter der Stadt der Neschgai eine zweite befand. Sie war nicht von den Neschgai erbaut worden, das war ihm bald klar, diese unterirdische Stadt war sehr viel älter, und sie war nicht auf Bewohner von der Körpergröße der Neschgai zugeschnitten.

»Wer hat diese Stadt erbaut?« fragte er.

»Wir wissen es nicht«, erwiderte der Priester. »Wir Neschgai waren ein kleiner und primitiver Stamm, als wir hierherkamen. Wir entdeckten die versunkene Stadt und gruben sie aus, und wir fanden vieles, das wir gebrauchen konnten. Die pflanzlichen Batterien und Motoren, zum Beispiel, wurden aus Saaten gezüchtet, die wir in Behältern konserviert fanden. Auch gibt es viele Objekte, deren Zwecke wir noch nicht bestimmen konnten. Wenn wir es könnten, würden wir vielleicht imstande sein, Den Baum zu zerstören. Dies mag der Grund sein, warum Der

Baum so begierig ist, uns zu zerstören.« Nach einer Pause sagte er: »Und dann gibt es das Buch von Tiznak.«

»Tiznak?«

»Er war der größte unserer Priester in den alten Tagen. Nesch verlieh ihm die Gabe, das Buch zu lesen. Folge mir. Ich werde dich zu dem Buch bringen. Und zu Kuuschmurzh, dem Hohenpriester.«

Kuuschmurzh war ein sehr alter und sehr runzliger Neschgai mit dicken Brillengläsern und zittrigen Händen. Er segnete Odysseus, ohne sich von seinem Lager aus Kissen zu erheben, und sagte, er wolle mit ihm sprechen, nachdem er in dem Buch gelesen habe. Das heißt, er wolle es tun, wenn Odysseus imstande sei, in dem Buch zu lesen.

Odysseus ging mit dem jungen Priester an vielen Räumen vorbei, die wie Schaufenster mit Glasscheiben verschlossen waren und aufgefundene Artefakte der versunkenen Kultur enthielten. Es war ein Museum, ein mit viel Behutsamkeit und Verständnis eingerichtetes archäologisches Museum. Sie kamen zu einer Kammer, die nur eine runde Metallplatte von zwei Metern Durchmesser enthielt. Das Metall schien Messing zu sein, und die Platte war leer bis auf ein rechteckiges kleines Messingschild, das nahe dem Rand befestigt war. Dieses Schild trug eine mehrzeilige schwarze Beschriftung. Odysseus blieb stehen und sagte: »Das ist seltsam. Was befand sich auf dieser Platte?«

»Du selbst, wenn man der Legende glauben darf«, sagte Zischbrum. »Die Plattform war leer, als wir Neschgai diesen Raum ausgruben.«

Odysseus' Herz schlug schneller, und er verspürte ein seltsam ziehendes Gefühl im Magen. Er beugte sich über die schwarze Schrift. Der Raum war so still, daß er das Blut in seinen Ohren singen hören konnte.

Die Buchstaben sahen aus, als ob sie sich aus dem lateinischen Alphabet entwickelt haben könnten, aber die Wörter hatten keine Ähnlichkeit mit irgendeiner Sprache, die ihm bekannt war. Der Text hatte sechs Zeilen, und in der ersten Zeile waren drei Wörter in Großbuchstaben. Wenn seine Deutung der Schriftzeichen richtig war, dann lauteten diese Wörter ›Cuziz Zine Nea‹. Konnten sie für Odysseus Sinclair stehen? Die am Schluß des Textes angeführten Daten waren womöglich noch unverständlicher als der Text selbst. Es waren auch keine arabischen Ziffern verwendet worden, aber eine der Jahreszahlen mußte 1985 darstellen, während die zuletzt angegebene sich wahrscheinlich auf das Jahr bezog, in dem dieses Ausstellungsstück auf die Plattform gesetzt und ins Museum gekommen war. So sehr er sich bemühte, er konnte die Aufschrift nicht entziffern.

Doch es spielte auch keine Rolle, ob es 1985 oder 50000 geschehen war, wobei alle Wahrscheinlichkeit für das frühere Datum sprach. Achtundvierzigtausend Jahre nach seiner Zeit hatten sich Sprache und Schrift sicherlich bis zur absoluten Unkenntlichkeit verändert.

Es spielte keine Rolle. Was eine Rolle spielte, war, daß er einmal auf dieser Metallplatte gesessen hatte, und daß viele Besucher, vielleicht Millionen, im Laufe von einigen hundert oder auch tausend Jahren an ihm vorübergegangen waren, diese Zeilen gelesen und mit ehrfürchtigem Gruseln seine versteinerten Züge betrachtet hatten. Und auch mit Heiterkeit, denn nicht einmal die Gegenwart des Todes kann Menschen davon abhalten, plumpe Witze zu reißen. Sie würden ihn mit Neid betrachtet haben, hätten sie gewußt, daß er wieder auferstehen würde, wenn ihr Staub seit Jahrmillionen verweht und vergessen wäre.

Er fragte sich, was später geschehen war. Hatte jemand ihn gestohlen? War er beim Untergang jener Museums-Zivilisation einfach abhanden gekommen, vom zusammenstürzenden Gebäude begraben worden? War er von der Plattform genommen und an einen anderen Ort gebracht worden? Wer wußte, was geschehen war? Es hatte vor so langer Zeit stattgefunden, daß es immer ein Geheimnis bleiben würde.

Er richtete sich auf und folgte Zischbrum durch alte Straßen mit geborstenem, unebenem Pflaster, die jetzt Korridore waren, und schließlich blieb der Neschgai vor einer leeren Wand stehen. Er sprach ein Wort, daraufhin schien die Wand zu schmelzen und neblig zu werden, und vor ihnen öffnete sich ein Durchgang. Odysseus folgte dem Riesen in einen kleinen Raum, der wie das Innere einer Kugel war. Die Innenwandung war mit einer silbrigen, reflektierenden Substanz überzogen, und in der Mitte, ohne sichtbare Befestigung, schwebte ein enorme silbrige Scheibe. Zischbrum nahm Odysseus bei der Hand und führte ihn zu einem Punkt vor der Scheibe. Sie hing senkrecht vor ihm, und er spiegelte sich darin.

Aber die Scheibe spiegelte nicht Zischbrum, der direkt hinter ihm stand.

»Ich kann nicht in dem Buch lesen«, sagte Zischbrum traurig. »Rufe, wenn du gelesen hast«, fügte er hinzu. »Die Tür wird sich öffnen, und ich werde dich dann zu Kuuschmurzh führen.«

Odysseus hörte den Neschgai nicht fortgehen. Er starrte sein Spiegelbild an – und plötzlich löste es sich auf, verdunstete, Schicht um Schicht seines Fleisches verblaßte; sein Gerippe stand vor ihm; auch das verblaßte, und nur die Scheibe blieb.

Er trat einen Schritt vor und dachte, daß er nicht in das feste Material gehen könne – aber wußte er, daß es fest war? Und dann war er *in* der Scheibe. Oder bildete er es sich nur ein?

Um ihn erschienen Dinge, schälten sich aus einem unsichtbaren Nebel, der sich durch sein Erscheinen aufzulösen schien.

Er ging weiter und streckte seine Hand aus, aber er konnte nichts berühren. Er ging durch den riesigen Baum, der vor ihm war, ging durch Finsternis und kam auf der anderen Seite heraus. Eine Fraue, eine schöne braune nackte Frau, die Ohrringe, einen Nasenring, Halsketten und Armreifen trug, ging durch ihn hindurch. Sie ging sehr schnell, wie in einem Zeitrafferfilm.

Dinge eilten vorbei. Jemand beschleunigte den Film noch mehr. Dann verlangsamte er sich, und Odysseus stand im Mondlicht vor einem anderen gigantischen Baum. Der Baum war sicherlich dreimal so groß wie die mächtigste Sequoia im Kalifornien seiner Zeit. Im Stamm, wo er der Erde entwuchs, waren mehrere Öffnungen oder Eingänge, aus denen Lichtschein drang. Ein Junge von vielleicht fünfzehn Jahren, mit Bändern und Quasten in seinem langen Haar und an seinen Ohren, betrat den Baum. Odysseus folgte ihm eine ausgehauene Treppe hinauf. Er verstand nicht, wie er da hinaufgehen konnte, ohne imstande zu sein, irgend etwas anzufassen. Als er den Jungen berühren wollte, griff seine Hand durch ihn.

Der Junge lebte mit einem Dutzend anderen Jugendlichen beiderlei Geschlechts in dem Baum. Sie hatten Lager aus Moos, einen kleinen steinernen Herd, Töpfe, Pfannen und Küchengeräte. In einer Ecke war ein primitiv bemalter Holzkasten, der Lebensmittelvorräte enthielt. Und das war alles.

Er verließ den Baum und wanderte durch eine parkähnliche Landschaft, die zu verblassen begann. Er hatte das Gefühl, daß Zeit verstrich, ungeheuer viel Zeit. Es war wieder Nacht, als die Dinge sich stabilisierten. Überall in dem Land, das er wie ein Geist durchwanderte, wuchsen Bäume, viel größer als die Sequoias. Sie waren riesenhaft und doch waren sie nur Zwergformen Des Baumes, den er kannte. In ihnen waren kleine Städte, und auf ihnen wuchsen gewöhnliche Bäume, die mit Ausnahme des Fleisches alle Nahrung lieferten, die die Bewohner der Städte brauchten.

Es gab auch Bäume, die biologische Labors enthielten. In ihnen experimentierte man mit gezüchteten Katzen und Hunden, die stark vergrößerte Schädelvolumen aufwiesen. Und es gab Affen, die ihre Schwänze und viel von ihrer Behaarung verloren hatten und aufrecht gingen. Und viele andere Tiere, die offensichtlich von Genetikern verändert und Nachkommen gezielter Mutationen waren.

Wieder hatte er das Gefühl, daß viel Zeit verging. Die Erde sah verlassen aus. Feuchtheiße Winde trieben schwere Wolkenmassen über das Land. Die Polarkappen waren geschmolzen, und Erdbeben, Vulkanausbrüche und überflutete Küstenländer verwandelten das Angesicht der Erde. Undurchdringliche Regenwälder überzogen das restliche Land. Kleine Gruppen von Menschen schlugen Lichtungen in den Dschungel und kultivierten bescheidene Felder. Die Dörfer waren klein und weit verstreut und ihre Bewohner lebten isoliert voneinander.

Große, durchscheinende Tropfen erschienen und schwebten über den Dörfern. Als sie der Wind davontrieb, waren die letzten Überlebenden der Gattung Homo sapiens tot.

Die anderen intelligenten Lebensformen, die Katzen-, Hunde-, Leoparden-, Bären- und Elefantenmenschen, blieben unbehelligt. Wer immer die Tropfen bediente und steuerte – sofern sie nicht selbst lebendige Einheiten waren – wollte nur den Homo sapiens ausrotten.

Die Fledermausleute waren eine genetisch modifizierte Form des Homo sapiens, und auch sie waren ausgerottet worden. Aber als die Tropfen fort waren, kamen überlebende Fledermausleute aus ihren Schlupfwinkeln im Dschungel.

Die Menschensklaven der Neschgai und die Vroomav waren keine Nachkommen des Homo sapiens. Ihre Vorfahren waren mutierte Affen gewesen. Dies erklärte, warum die Tropfen sie am Leben ließen.

Odysseus schwebte weiter über das Gesicht der Erde. Zeit verstrich, und die Wolkenmassen lockerten sich auf. Das Klima wurde trockener, der Regenwald wich zurück. Und Der Baum begann zu wachsen und sich auszubreiten.

Er schien rückwärts aus der Scheibe zu treten, ohne sein Zutun, ja gegen seinen Willen.

Später, im Gespräch mit dem Hohenpriester, formulierte er seine eigene Theorie über das Buch von Tiznak. Kuuschmurzh hatte eine theologische Erklärung für die seltsamen Dinge, die den Lesern des Buches widerfuhren. Nesch diktierte seinen Inhalt gemäß dem, was der einzelne Leser nach seinem Willen in dem Buch finden sollte. Aber der Hohepriester gab zu, daß seine Erklärung irrig sein könne. Sie sei kein Dogma.

Odysseus glaubte, daß die Hersteller der Scheibe – wer immer sie gewesen sein mochten – eine Aufnahme der Vergangenheit gespeichert hatten, eine Art Filmaufzeichnung. Die Besonderheit des Buches war, daß es in irgendeiner Weise den individuellen Wünschen jedes Lesers Rechnung trug und eine Abfolge von Schlüsselereignissen brachte, die ihn interessierten. Das Buch mußte imstande sein, den Geist des Lesers auszuforschen, und lieferte dann die gewünschte Information. Der einzige und wunde Punkt in seiner Erklärung war, daß die Hersteller die ›Filmaufzeichnung‹ der Vergangenheit wohl kaum nachträglich gemacht haben konnten. Aber sie hatten sie erst recht nicht zur Zeit des jeweiligen Geschehens machen können, denn die wiedergegebenen ›Aufzeichnungen‹ spiegelten Ereignisse, die Jahrmillionen auseinanderliegen mußten. Hatten sie also eine Art Zeitmaschine besessen, um nach Belieben durch die Zeit zu reisen?

»Das mag wohl wahr sein«, sagte der Hohepriester. »Deine Erklärung mag den Tatsachen entsprechen, und sie steht nicht im Widerspruch zu der offiziellen Erklärung, daß Nesch den Inhalt diktiert. Und ist es nicht klar, daß Nesch allein in der Lage ist, weite Zeiträume zu überblicken und ihr Geschehen seinen Auserwählten bildhaft darzustellen?«

Odysseus verneigte sich. Es hatte keinen Sinn, gegen diese Anschauung zu argumentieren.

»Verstehst du jetzt, daß Der Baum eine denkende Einheit und unser Feind ist?« sagte Kuuschmurzh.

»Das Buch hat mir darüber keine klare Auskunft gegeben«, sagte Odysseus. »Aber allmählich beginne ich daran zu glauben.«

Als er zu seinem Stützpunkt zurückkehrte, hatte seine innere Einstellung zu Thebi sich gewandelt. Er sah in ihr nicht länger die potentielle Mutter seiner Kinder. Er bezweifelte sehr, daß sie oder irgendeine andere Vroomav überhaupt von ihm empfangen konnte. Obwohl sie entwicklungsgeschichtlich über den Homo sapiens seiner Zeit hinausgewachsen war – das bewiesen die vierzehnigen Füße und die fehlenden Weisheitszähne –, hatte sie wahrscheinlich eine unterschiedliche Chromosomenanordnung. Sie war nicht unfruchtbar, er war kein Partner für sie. Genug Zeit war vergangen, daß dies als erwiesen gelten konnte.

Es war zwar möglich, daß sie von Natur aus unfruchtbar war, aber unwahrscheinlich, den Luscha war auch oft genug mit ihm im Bett gewesen, und hatte auch nicht empfangen. Blieb nur noch die Möglichkeit, daß er durch seine Versteinerung selbst unfruchtbar geworden war.

Er war enttäuscht. Aber dann fragte er sich, warum er enttäuscht sein sollte. Es war nicht seine Schuld, daß er der menschlichen Rasse nicht wieder auf die Beine helfen konnte. Es war auch nicht wichtig, ob die Erde noch einmal Menschen trug oder nicht. Im Gegenteil. Der Mensch war nahe daran gewesen, die Erde zu zerstören. Die schwebenden Tropfen hatten sich darauf konzentriert, Homo sapiens auszulöschen, hatten aber die anderen intelligenten Lebensformen in Ruhe gelassen. Nicht, daß diese von Natur aus edler und weniger schlecht waren. Aber sie hatten der Erde bis dahin nichts Böses zugefügt, und so waren sie verschont geblieben.

Warum sollte er seine verderbliche und destruktive Rasse wiederbeleben? Es gab keinen Grund, der dafür sprach. Aber er fühlte sich trotzdem schuldig, weil er unfähig war, es zu tun.

Dieses Schuldgefühl erklärte, warum er seinem Haushalt eine weitere menschliche Sklavin hinzufügte. Er nannte sie immer noch menschlich, denn in einer Weise waren sie es. Es war ein sehr schönes Mädchen mit goldbrauner Haut und grünen Augen und hieß Phanus.

521

Ein knappes Jahr nach der Zerstörung des ersten Luftschiff-geschwaders, an einem kühlen, klaren Morgen mit leichtem Südwind, stieg die neue Flotte auf, voran das Flaggschiff, die *Vizhgwaph*, was soviel wie ›Blauer Geist‹ bedeutete. Es war neunzig Meter lang und hatte einen Durchmesser von zwanzig Metern. Ein gräßlicher Dämon war in blauer Farbe auf seinen mächtigen Bug gemalt, unter dem die Gondel des Kommandanten hing. An jeder Seite waren drei Motorengondeln montiert, und unter dem Heck hing eine weitere Gondel mit Bogen- und Armbrustschützen und Bombenwerfern. Das hohle Innere enthielt ein sehr leichtes Holzskelett, Laufgänge, Leitern, Vorratszellen und zehn mächtige Gasballons. Auf der Oberseite des Zigarrenrumpfs befanden sich vier Gefechtsstände mit Bogenschützen, Falknern und Raketenschützen. Weitere Schützen saßen in Seitenbalkons entlang der Mittellinie, und eine Anzahl Öffnungen in der Außenhaut beider Seiten erlaubten es, von den Laufgängen Pfeile hinauszuschießen, Bomben zu werfen oder Falken auszulassen.

Odysseus stand auf der Brücke hinter dem Steuermann. Die Signalleute, die durch Flaggenzeichen mit den anderen Schiffen Verbindung hielten, die Ordonnanzen, die Befehle zu den verschiedenen Teilen des Luftschiffes zu bringen hatten, und mehrere Armbrust- und Bogenschützen waren ebenfalls in der Gondel. Hätte Schegnif nicht darauf bestanden, so viele Neschgai in die Besatzungen aufzunehmen, wäre mehr Platz auf der Brücke, dachte Odysseus mürrisch.

Er war sehr stolz auf seine Luftschiffe, schließlich waren sie seine Idee gewesen. Die Flotte flog in Formation und stieg immer höher. Odysseus hatte eine Flughöhe von viertausend Metern angeordnet; in dieser Höhe war die Luft zu dünn für die Fledermausleute. Sie konnten also die Luftschiffe nicht angreifen, bis diese über ihrem Ziel niedergingen.

Ihr Ziel war das Zentrum Des Baums, wenn ihre Informanten die Wahrheit gesagt hatten. Der Schmerz war ein Feind der Lüge, und die gefangenen Fledermausleute waren schmerzhaften Foltern unterworfen worden, bis sie gesagt hatten, was die Wahrheit sein mochte, denn ihre Aussagen stimmten überein.

Der Baum war von oben gesehen ein von Horizont zu Horizont reichendes Gewirr, ein grüngraues, bunt gesprenkeltes

Netzwerk von grauen Ästen, Laub und den verschiedenen Grüntönen der Büsche und Bäume, die auf Dem Baum wuchsen. Hier und dort blitzte die Sonne auf Wasserläufen, und einmal erhob sich eine blaßrosa Wolke aus dem tiefgrünen Dschungel, schwebte über das ungeheure Dickicht, um dann in einen Lianenteppich einzufallen. Es waren unzählige Vögel, die irgend etwas aufgestört hatte.

Der Baum glitt unter ihnen vorbei wie ein erstarrter Ozean. Gelegentlich gab es Stellen, wo die Riesenäste weniger dicht verschränkt waren, so daß man beinahe bis zum Boden des grünen Abgrundes sehen konnte. Welch ein kolossaler Organismus! Nie hatte die Welt Ähnliches gekannt, nicht in all den Milliarden Jahren ihrer Existenz. Es wäre eine Schande und eine Tragödie, ein solches Lebewesen zu vernichten.

Hin und wieder sahen sie fliegende Dhulhulikh tief unter sich. Sie wußten, daß die Luftschiffe des Steingottes und der Neschgai unterwegs zu ihrer Stadt waren. Sie hatten genug Späher und Spione, wahrscheinlich sogar unter den Sklaven der Neschgai.

Die Sonne stand am Westhimmel, als sie sich dem Mittelpunkt Des Baumes näherten, wo sich die Stadt der Dhulhulikh befinden mußte. Die meisten Stämme ragten hier in eine Höhe von dreitausend Metern auf, wo sie ihre mächtigen Kronen ausbreiteten. Ungefähr zehn Kilometer voraus kam ein Stamm in Sicht, dessen Krone die anderen um mehrere hundert Meter überragte. Nach den erpreßten Aussagen der Gefangenen mußte sie die Stadt der Dhulhulikh enthalten. Irgendwo in diesem Stamm und seinen mächtigen Ästen mußten sie ihre Höhlen haben. Natürlich würden sie sich bis zum letzten Moment verbergen.

Odysseus änderte die Formation seiner Flotte, so daß die Luftschiffe in einer Reihe hintereinander das Ziel passieren würden. Sie begannen tiefer zu gehen, und das Flaggschiff war auf dreitausenddreihundert Metern, als es den zentralen Stamm erreichte. Damit war es noch immer außerhalb der Reichweite der Fledermausleute, die nicht viel höher als dreitausend Meter fliegen konnten, und auch das nur ohne zusätzliches Gewicht.

Langsam glitt auf der Steuerbordseite die pilzförmige Baumkrone vorüber. Vögel flatterten auf und strichen ab, als der silbrig schimmernde Goliath vorbeizog.

Dann beschrieb das Flaggschiff einen Bogen von dreihundertsechzig Grad und flog in dreitausend Metern Höhe von neuem an. Es bewegte sich nun mit fünfzehn Stundenkilometern gegen den Wind, und der Vorbeiflug gab der Besatzung genug Zeit, Beobachtungen zu machen. Wieder flogen Vögel auf, Tausende von Vögeln, aber von den Dhulhulikh war keine Spur zu sehen.

Die Stadt war gut versteckt. Die Beobachter in den Luftschiffen sahen nichts als den üblichen Dschungel und die gelegentlichen Wasserläufe. Und doch hatten die Gefangenen unter der Folter ausgesagt, daß sechseinhalbtausend Krieger ausschwärmen konnten, ihre Stadt zu verteidigen.

Das Flaggschiff sank tiefer, und beim nächsten Vorbeiflug war es nur noch hundertfünfzig Meter über einem der gigantischen Äste. Odysseus gab den Bombenwerfern Befehl, sich bereitzuhalten.

Diesmal hatten sie wieder Rückenwind, und der ungeheure Stamm kam so bedrohlich schnell näher, daß Odysseus versucht war, den Kurs zu ändern, um eine Kollision zu vermeiden, aber er hatte seine Berechnung gemacht, und der Wind war im Abflauen begriffen, so daß plötzliche Böen nicht zu befürchten waren. Nach seiner Rechnung mußten sie den Stamm in etwa hundert Metern Entfernung passieren.

Dieser Vorbeiflug bot ihnen den bisher besten Einblick in die oberen Etagen und in die Verzweigungen der Äste über und unter ihnen.

Noch immer kein Zeichen von den Dhulhulikh.

Odysseus ließ das Flaggschiff von neuem wenden und noch tiefer gehen, doch hielt er größeren Abstand vom Stamm. In dieser Höhe, bereits unter der Wipfelebene der anderen Stämme, herrschte absolute Windstille, die ein sicheres Manövrieren erlaubte. Wie notwendig dies in den relativ engen Räumen war, zeigte sich kurz darauf, als der ›Blaue Geist‹ zwischen zwei Ästen durchschwebte, die einen Höhenabstand von nur achtzig Metern hatten.

Odysseus war zu sehr auf die Manöver konzentriert, um die gefurchte und überwachsene Oberfläche Des Baumes nach Eingängen zur Stadt abzusuchen. Aber als das Luftschiff in einem verhältnismäßig weiten Raum zwischen den Stämmen und Ästen wendete, hörte er einen der Beobachter rufen: »Dort ist eine Öffnung!«

Unter einer gewaltigen Astgabelung war der Eingang zu einer Höhle, oval und vielleicht dreißig Meter breit. Überschattet vom Ast, sah er dunkel und leer aus, doch Odysseus war überzeugt, daß viele Dhulhulikh hinter dieser Höhlenöffnung lauern mußten. Wahrscheinlich warteten sie ab, ob die Angreifer den Eingang entdecken würden. Grauschpaz, der verantwortliche Neschgai-Offizier, streckte seinen dicken Arm aus und sagte: »Da ist ein zweites Loch!«

Er zeigte auf ein weiteres dunkles Oval unter einem Ast im Stamm zu ihrer Rechten.

Das Schiff mußte zwischen beiden Löchern durch, was be deutete, daß es von beiden Seiten angegriffen werden konnte.

Odysseus ließ diese Information den anderen Luftschiffen übermitteln und befahl ihnen, nicht dem Flaggschiff zu folgen, sondern zu steigen und zu kreisen. Es war eine riskante Situation. Die Fledermausleute konnten leicht über das Luftschiff steigen und Bomben auf seine Hülle werfen. Ein, zwei Treffer könnten genügen, um den ›Blauen Geist‹ in eine Wolke aus Feuer zu verwandeln.

Er ließ Gefechtsalarm geben und befahl den Raketenschützen, im Vorbeiflug auf die Öffnungen zu feuern. Eine Minute später schossen Flammen und Rauch spuckende Projektile vom Luftschiff zu den Höhlenöffnungen hinüber. Mehrere explodierten neben den Eingängen, aber fünf verschwanden in dem einen und drei in dem anderen Loch. Jede Rakete trug einen Sprengkopf mit zehn Pfund Schwarzpulver und einem Aufschlagzünder.

Feuer und schwarzer Rauch schossen aus beiden Eingängen. Körper wurden herausgeschleudert und verschwanden in der Tiefe, und dann war das Luftschiff durch. Einen Augenblick später, während noch immer dichter Rauch aus den Öffnungen quoll, sprangen geflügelte Krieger heraus, fielen, begannen zu flattern und versuchten das Luftschiff einzuholen. Andere folgten ihnen, ein nicht endenwollender Strom von Kriegern.

Gleichzeitig erschienen Dhulhulikh aus anderen, verborgenen Löchern. In den Lianen- und Rankenvorhängen wurde es lebendig, Hunderte von geflügelten Kriegern brachen hervor.

Eine zweite Raketensalve traf die beiden Höhlen und unterbrach die Ströme der ausfliegenden Krieger. Ein anderes Luftschiff überflog die Lianen und entlud einige Dutzend Wurfbomben mit brennenden Lunten. Explosionen zerfetzten das Geflecht an vielen Stellen, und ein paar hundert Körper fielen heraus. Aber die meisten von ihnen fingen ihren Sturz ab und kamen wieder heraufgeflattert.

Awina packte Odysseus am Arm und zeigte zur Steuerbordseite.

»Da!« schrie sie. »Da, unter dem zweiten Ast! Ein riesiges Loch!«

Odysseus sah es, kurz bevor sich die Rundung des Stammes dazwischenschob und ihm die Sicht versperrte. Das Loch war dreieckig und sah aus, als ob es hundert Meter breit wäre. Aus ihm quoll eine breite unabsehbare Kolonne geflügelter Krieger, jeweils vierzig oder fünfzig nebeneinander. Sie marschierten diszipliniert zum Rand, sprangen Reihe um Reihe gemeinsam ab, fielen, breiteten die Flügel aus und begannen zu steigen. Sie beteiligten sich nicht an der Verfolgung des Luftschiffs, sondern flogen aufwärts, als strebten sie einem bestimmten Treffpunkt zu.

Wahrscheinlich wollten sie so hoch wie möglich steigen, um dann in Angriffsformation auf die Luftschiffe herabzustoßen.

Odysseus gab der Flotte Befehl, über die Flughöhe der Dhulhulikh hinaufzusteigen. Dieses Manöver beanspruchte fünfzehn Minuten. Dann bewegte die Flotte sich in Angriffsformation gegen die Wolke von Fledermausleuten, die unterhalb der pilzförmigen Krone den Stamm umkreiste. Odysseus wollte direkt die Stadt angreifen, aber zuerst mußten sie die fliegenden Truppen niederkämpfen.

Viele Dhulhulikh hatten Wurfbomben, und ihre Zahl schien unerschöpflich. Als sie die Luftschiffe in gleicher Höhe herankommen sahen, verließen sie Den Baum und flogen in weit ausfächernder Formation der Flotte entgegen, doch kurz bevor ihre Angriffsspitze herangekommen war, stiegen die Luftschiffe über den Schwarm. Ein Regen von Wurfbomben fiel auf die geflügelten Bataillone und zerriß den Schwarm durch Explosionen.

Hunderte von Dhulhulikh fielen in die Tiefe, andere taumelten mit matten Flügelschlägen abwärts, verletzt und kampfunfähig, um irgendwo einen rettenden Ast zu finden. Die Schiffe wendeten und kehrten zurück. Die fliegenden Krieger, verzweifelt bemüht, auf die Höhe der Luftschiffe zu kommen, hatten sich inzwischen besser verteilt, um die Wirkung der Bomben abzuschwächen. Trotzdem verloren sie wieder mehrere hundert Leute.

Die Flotte zog über sie hinweg, wendete, und nun sanken die stumpfen Nasen der Luftschiffe. Die Dhulhulikh sahen, daß die Schiffe unter ihnen durchkommen würden. Zweifellos fragten sie sich, welcher Wahnsinn die Eindringlinge befallen haben mochte, aber sie waren entschlossen, ihren Vorteil daraus zu ziehen. Sie kreisten in absteigenden und wieder aufsteigenden Spiralen vor dem Flaggschiff, das tiefer ging, bis es kurz vor den ersten Verteidigern war, dann begann es wieder zu steigen. Es durchstieß die Spirale; kein Dhulhulikh konnte es übersteigen, aber sie umringten es, strömten von allen Seiten herbei und hüllten es ein wie ein Mückenschwarm.

Bomben, von Händen und Katapulten geschleudert, explodierten zwischen ihnen. Die Luft war von Rauchwolken, anfliegenden und abstürzenden Körpern erfüllt. Einen Moment später entließ das Flaggschiff einen Teil seiner Falken. Vier von den anderen Luftschiffen waren dicht hinter dem Flaggschiff, und auch sie hatten die Hälfte ihrer Falken freigelassen. Die übrigen fünf Schiffe hatten abgedreht und sanken tiefer, aber die von den Explosionen und dann von den Falken angerichtete Verwirrung war so groß, daß kein Dhulhulikh an Verfolgung dachte.

Die fünf Luftschiffe schraubten sich um den Hauptstamm tiefer und feuerten Raketen in die Löcher. Die schwerste Konzentration ihres Feuers lag auf dem großen Loch, und eine Rakete schien irgendwo im Inneren einen Bombenvorrat getroffen haben, denn eine Serie von Detonationen waren im Inneren Des Baums zu hören. Die Ränder des Lochs wurden aufgerissen, und als der Rauch abzog, zeigte die Seite des Stamms eine klaffende Wunde.

Odysseus war zufrieden über diesen Erfolg, aber seine Freude verflog, als er bemerkte, daß das letzte der fünf Schiffe in Flammen aufgegangen war.

Eine gewaltige Glutwolke brach aus dem aufreißenden Rumpf, und das Wrack stürzte auf einen Ast, hundert Meter unter dem Loch, wo es innerhalb weniger Minuten ausbrannte.

Die vier übrigen Schiffe stiegen, entfernten sich vom Baum und hielten auf die fünf anderen zu, die inzwischen die Kampfzone verlassen und gleichfalls gewendet hatten. Die Dhulhulikh sahen sich von zwei Seiten angegriffen, aber sie stürzten sich mit dem Mut der Verzweiflung auf die Luftschiffe. Weitere Falken wurden aufgelassen und brachten Unordnung in die Reihen der Angreifer, aber genug Krieger kamen zu den Luftschiffen durch. Sie wurden mit einem Regen von Pfeilen und Armbrustbolzen empfangen, während sie die Zündschnüre ihrer kleinen Bomben in Brand setzten und die verderbenbringenden Kugeln gegen die Schiffe warfen. Einige trafen die Außenhaut des Flaggschiffs, prallten ab und explodierten, doch obwohl sie ein paar große Löcher in die Hülle rissen, blieben die großen Gaszellen im Inneren intakt.

Die Schiffe beider Flottenteile waren einander nun so nahe, daß sie die Dhulhulikh von zwei Seiten unter Feuer nehmen konnten. Die geflügelten Krieger verloren ihren taktischen Zusammenhalt, und als die restlichen Falken aufgelassen wurden, zeichnete sich das Ende der Luftschlacht ab. Hunderte von Fledermausleuten stürzten in die Tiefe, von Pfeilen und Bolzen durchbohrt, und viele von ihnen hatten keine Gelegenheit gehabt, ihre Bomben zu werfen. Andere taumelten, von immer wieder zustoßenden Falken bedrängt, aus dem Kampfgebiet in tiefere Regionen und ergriffen die Flucht.

Ein blendender Lichtblitz zuckte auf, der zu einer schrecklichen, weißglühenden Glutwolke wurde. Odysseus wirbelte herum und sah ein weiteres Luftschiff der zweiten Gruppe brennend abstürzen.

Es fiel langsam, beinahe majestätisch, dann brach es in der Luft entzwei. Weiße und rote Flammen brodelten aus dem Skelett des Rumpfs, und eine lange schwarze Rauchfahne stand über ihm, ein Fanal des Todes. Odysseus sah Gestalten aus den Gondeln springen, einige von ihnen in Flammen. Und viele geschwärzte Leichen geflügelter Krieger fielen mit den torkelnden Wrackhälften in die Tiefe. Das Schiff mußte Gegenstand einer besonders starken Konzentration von Dhulhulikh gewesen sein. So hatten sie ihre Bomben ins Ziel bringen können, nur um in der Glutwolke der Wasserstoffexplosion zu Hunderten das Schicksal ihrer Gegner zu teilen.

Die Fledermausleute schienen nun erheblich dezimiert zu sein – und sie waren vor allem demoralisiert. Odysseus erkannte, daß

528

diese Luftschlacht geschlagen war. Er gab den anderen Luftschiffen Befehl, die restliche Streitmacht der Fledermausleute zu binden und wenn möglich ganz zu vernichten, während er mit dem Flaggschiff die Invasion der Stadt vorbereiten werde. Bei der nächsten Wendung ließ er das Flaggschiff ausscheren und ging in einem weiten Bogen tiefer. Die Sonne berührte den Horizont und erfüllte die Gondel mit dem Licht des Abendrots, aber die Tiefen Des Baums lagen schon in tiefer Dunkelheit. Kein Dhulhulik zeigte sich, als der ›Blaue Geist‹ durch die Wipfelregion abwärts sank. Bald mußten sie die Suchscheinwerfer einschalten, und einmal fiel ein Lichtkegel auf einen Schwarm geflügelter Leute, die in ein Loch im Stamm flogen. Es schienen überwiegend Frauen und Kinder zu sein, die sich in den Lianenteppichen verborgen hatten und nun im Schutz der Dunkelheit in ihre Wohnungen zurückkehrten.

Odysseus kümmerte sich nicht um sie. Seine Leute in den verschiedenen Bordstationen beobachteten den Luftraum und hielten insbesondere nach Kriegern mit Bomben Ausschau. Er mußte sich auf sie verlassen. Seine Aufmerksamkeit war darauf konzentriert, das Loch über einem Ast wiederzufinden, das Grauschpaz entdeckt hatte. Und dann kam es darauf an, das Luftschiff langsam und vorsichtig in eine Position direkt vor dem Loch zu manövrieren.

Es war ein gewagter Schachzug, vielleicht sogar, wie einige Neschgai gesagt hatten, ›dumm und selbstmörderisch‹.

Langsam schob sich der ›Blaue Geist‹ durch die hereinbrechende Nacht, und eine nervenaufreibend lange Zeit verging, bis die Öffnung gefunden war – die einzige, die über einer Astgabelung lag, anstatt darunter.

Meter um Meter bewegte sich das Luftschiff näher an die Öffnung heran, und als es über dem Ast und vor dem Eingang war, wurden Haltetaue mit Ankerhaken abgeworfen, die sich in der Vegetation und in den Rissen der grauen Borke verfingen und das Schiff festhielten. Mehrere Besatzungsmitglieder ließen sich an den Tauen hinab und sicherten die Verankerungen mit scharfen Hartholzpflöcken, die in die Borke getrieben wurden. Nun konnten die Seilwinden an Bord bedient und das Luftschiff heruntergezogen werden.

Odysseus stieg aus der Gondel auf den Ast. Die anderen

drängten ihm nach. Über sich sah er die tastenden Suchscheinwerfer von drei weiteren Luftschiffen. Sie kamen herab, um auf benachbarten Ästen zu ankern. Ihre Besatzungen hatten dann die ungleich schwierige Aufgabe, am Stamm hinabzuklettern und in die Löcher unter den Ästen einzudringen.

Odysseus setzte seinen Lederhelm auf, an dem vorn eine Lampe angebracht war. Sie war nicht sehr hell, weil die Leistung der biologischen Batterie zu wünschen übrig ließ, aber es war besser als nichts.

Die Neschgai, angeführt von Grauschpaz, setzten sich an die Spitze der Invasionstruppen. Jeder von ihnen trug einen großen Schild aus Holz und Leder, und sie waren mit Wurfbomben, Speeren und Keulen bewaffnet. Hinter ihnen kam Odysseus mit Awina und einem Trupp Wufea und Waragondit, den Schluß bildeten Soldaten der Vroomav.

»Wartet einen Moment«, sagte Odysseus zu Grauschpaz. »Wir werden zuerst ein paar Raketen hineinschießen.«

Drei Raketenschützen eilten nach vorn, knieten nieder und zielten, während ihre Kameraden Feuer an die Zündschnüre legten. Mit zischenden Stichflammen und Rauchfahnen verschwanden die Geschosse in der schwarzen Öffnung. Zwei Detonationen folgten, dann eine dritte. Sie klang gedämpft; wahrscheinlich war die Rakete von einer Wand abgeprallt und tiefer ins Innere eingedrungen.

Grauschpaz trompetete schrill und brüllte: »Für Nesch und unseren Herrscher!« An der Spitze der fünfzehn Riesen stürmte er auf die rauchende Öffnung zu. Odysseus zählte bis zehn und folgte mit dem Rest seiner Truppe. Nur die Schützen in den Außenkanzeln des Luftschiffs waren auf ihren Posten geblieben, um etwaige Angriffe versprengter Dhulhulikh abzuwehren. Alle Kämpfer trugen Lederhelme mit Lampen und Steppanzügen zum Schutz gegen die vergifteten Wurfpfeile der Dhulhulikh.

Der Höhleneingang war ein Tunnel, breit genug, daß vier Menschen oder zwei Neschgai nebeneinander gehen konnten, aber nach fünfzehn Metern machte der Tunnel eine Biegung, und sie kamen zu den ersten der inneren Kammern. Das blasse, matte Licht von Hunderten fluoreszierenden Gewächsen an Decken und Wänden schien auf die zerrissenen und verstümmelten Leichen von Frauen, Kindern und alten Männern.

Der Höhlengang weitete sich zu einer Halle mit vielen offenen Kammern auf beiden Seiten. Sie waren in drei Etagen übereinander angelegt und dienten offenbar als Familienquartier. In den beiden unteren Etagen lagen weitere Frauen und Kinder der Dhulhulikh, erschlagen von den Neschgai, und aus den oberen Kammern spähten die angstverzerrten Gesichter einzelner Überlebender.

Sie drangen weiter vor. Seitenstollen zweigten ab, manche von ihnen so breit und hoch wie er selbst. Sie passierten lange Reihen von Kammern, in denen Tiere gehalten wurden, Ställe für Schweine, Geflügel und Ziegen. Öffnungen in der Decke gewährten Einblick in weitere Räume und Korridore. Der ganze Stamm und die von ihm ausgehenden Äste schien von Gängen und Höhlen durchzogen. Odysseus schickte Kundschafter hinauf, um die oberen Räume zu kontrollieren; er wollte nicht in einen Hinterhalt geraten. Jedesmal kehrten die Leute mit der Meldung zurück, daß die Räume leer seien.

Der Trupp stieß weiter vor, und dann kamen sie in den zentralen Teil der Stadt. Hier waren die Neschgai offenbar auf erbitterten Widerstand gestoßen. Ungefähr vierzig Dhulhulikh-Krieger lagen zerschmettert, zwischen ihnen ein gefallener Riese, die graue Gesichtshaut purpurn verfärbt, einen Wurfpfeil in der Seite seines Rüssels. Die Verteidiger hatten tapfer, aber vergeblich gegen die Riesen gekämpft. Anscheinend hatten sie einen großen runden Höhlenraum verteidigt, der ihre Nachrichtenzentrale sein mußte. In den Wänden waren neunzehn von den großen Membranen, von denen Odysseus gehört hatte, aufgespannte Trommelfelle von drei Metern Durchmesser für die Übermittlung der Morsesignale. Und hier lagen die Leichen weiterer fünfzig Erschlagener und zwei tote Neschgai in einer Blutlache, die den ganzen Boden bedeckte.

Grauschpaz erblickte Odysseus, hob seinen Rüssel und begrüßte ihn mit einem schrillen Trompetenstoß. »Dies war zu leicht. Ich fühle keine Befriedigung über den Sieg.«

»Die Sache ist noch lange nicht ausgestanden«, warnte ihn Odysseus. Er postierte Wachen in den Eingängen und trat an eine der Membrane. Er hob seine Hand und klopfte dreimal kurz. Die Membrane vibrierte und dröhnte. Er kannte den Code jetzt. Was ihm an Kenntnissen noch gefehlt hatte, das hatte er den gefangenen Dhulhulikh abgepreßt, und während des vergangenen Jahres hatte er einen Teil seiner spärlichen Freizeit darauf verwendet, den Code auswendig zu lernen und einzuüben.

Nun klopfte er an die Membrane: »Hier spricht der Steingott in der Stadt der Dhulhulikh.«

Man hatte ihm gesagt, daß Der Baum eine denkende Einheit sei, und daß die Dhulhulikh seine Diener seien, aber er konnte es noch immer nicht glauben. Er kam sich selbst ein wenig albern vor, als er die Wörter klopfte.

»Du bist der letzte der Menschen«, dröhnte die Antwort aus der Membrane.

Wer war das? fragte sich Odysseus verblüfft. Irgendein riesiges pflanzliches Gehirn in diesem kolossalen Stamm? Oder hockte ein geflügelter Pygmäe in einer verborgenen Kammer vor einer anderen Membrane? Ein kleiner Mann, entschlossen, den Mythos des denkenden Baums zu erhalten?

»Wer bist du?« klopfte Odysseus.

»Ich bin Wurutana.«

»Der Baum?«

»Der Baum!« Nach einer Pause folgte die Auskunft: »Schon vor vielen tausend Jahren hörte ich von dir. Jene, die sterben müssen, brachten Berichte über dich.«

»Jene, die sterben müssen, könnten töten«, antwortete Odysseus.

»Nicht mich. Ich bin unsterblich – und unbesiegbar.«

»Wenn das so ist«, klopfte Odysseus, »warum fürchtest du mich?«

»Ich fürchte dich nicht, der du sterben mußt.«

»Warum verfolgtest du mich dann? Was hatte ich getan, um deine Feindschaft auf mich zu ziehen?«

»Ich wollte mit dir sprechen. Du bist ein Fremdling, ein Anachronismus, ein Angehöriger einer Gattung, die seit zwanzig Millionen Jahren ausgestorben ist.«

Odysseus war schockiert. Zwanzig Millionen Jahre waren vergangen? Zwanzig Millionen Jahre! Dann sagte er sich, daß es keinen Grund gab, erschrocken zu sein. Zwanzig Millionen Jahre bedeuteten auch nicht mehr als zehn, oder fünf. Selbst eine Million Jahre überstieg alles, was ein Mensch sich vorstellen konnte.

»Woher weißt du das?« klopfte er.

»Meine Schöpfer sagten es mir. Sie legten eine große Menge Wissen in meine Gedächtniszellen.«

»Waren deine Schöpfer Menschen?«

Mehrere Sekunden blieb die Membrane still, dann kam die Antwort: »Ja.«

Obwohl Wurutana es leugnete, fürchtete er ihn, soviel war klar. Menschen hatten ihn gemacht, also konnte ein Mensch ihn zerstören. Das mußte seine Logik sein. Wahrscheinlich ahnte er nicht, daß dieser Mann im Vergleich mit den Schöpfern Des Baums ein unwissender Wilder war.

»Wir müssen nicht Feinde sein«, dröhnte es aus der Membrane. »Du kannst sicher und behaglich auf mir leben. Ich kann garantieren, daß keins der denkenden Wesen, die auf mir wohnen, dir Schaden zufügen wird.«

»Das mag wahr sein«, erwiderte Odysseus. »Aber die Leute, die auf dir wohnen, haben sich für ein primitives und eingeschränktes Leben in Unwissenheit entschieden. Sie ahnen nichts von Wissenschaft und Kunst. Sie wissen nichts von Fortschritt.«

»Fortschritt? Was hat Fortschritt je anderes bedeutet als Überbevölkerung, Massenmord und die Vergiftung von Luft, Erde und Wasser? Wissenschaft brachte den Mißbrauch der Wissenschaft, den Selbstmord der Rasse und die Agonie des ganzen Planeten, bevor die Rasse sich selbst ausrottete. Dies geschah mehr als einmal. Warum konzentrierten die überlebenden Menschen sich zu Lasten der anderen Naturwissenschaften auf die Biologie? Warum entstanden die Baumstädte? Weil die Überlebenden der Menschheit wußten, daß sie mit der Natur eins werden mußten. Und sie wurden es. Aber es war zu spät. Das Gift war in ihnen, und es war in dem, was sie aßen und tranken.

Andere denkende Wesen traten ihr Erbe an, jene, die der Mensch aus den geringeren Lebewesen in seinem Umkreis geschaffen hatte. Und diese begannen die Fehler und die Verbrechen der Menschen zu wiederholen. Nur war ihre Fähigkeit, Schaden anzurichten, begrenzt, weil der Mensch die natürlichen Vorräte der Erde erschöpft hatte.

Ich bin der einzige, der zwischen den Denkenden und Tötenden und dem Tod des Lebens auf diesem Planeten steht. Ich bin der Baum Wurutana, nicht der Zerstörer, wie Neschgai und

533

Wufea mich nennen, sondern der Erhalter. Ohne mich würde es kein Leben geben, denn ich bewahre das Gleichgewicht. Ich halte die Denkenden an ihrem Platz. Damit nütze ich ihnen und dem Rest des Lebens.

Du aber würdest die Erde wieder zerstören, wenn du könntest. Bestimmt nicht absichtlich, aber du würdest es tun.«

Die letzten Menschen der Baumstädte mußten pflanzliche Computer gezüchtet haben, mit Zellen, die Informationen speicherten und ihre Bibliotheken waren. Aber dann, ob durch Absicht oder einen Zufall der Evolution, war aus der Gedächtnispflanze eine selbstbewußte intelligente Einheit geworden.

Odysseus konnte nicht leugnen, daß das meiste von dem, was Wurutana sagte, wahr war. Aber er glaubte nicht, daß jede Form intelligenten Lebens sich notwendigerweise zu einem destruktiven Element entwickelte. Intelligenz mußte etwas anderes sein als nur ein Vehikel zur Förderung eigensüchtiger Interessen.

Er klopfte: »Ziehe deine Diener, die Dhulhulikh, zurück, und wir werden über unsere Ziele diskutieren. Vielleicht könnten wir zu einer friedlichen Vereinbarung kommen. Dann können wir nebeneinander leben.«

»Die Menschen waren immer Zerstörer.«

Odysseus ließ eine Bombe neben die Membrane legen und zünden, nachdem die Truppe den Höhlenraum verlassen hatte. Als die Explosion verhallt war, kehrten sie zurück. Die Membrane war verschwunden. In der Mitte der Fläche, wo sie sich befunden hatte, sah Odysseus eine abgerissene weißliche Fiber von der Dicke eines Handgelenks. Dies mußte der Nervenstrang sein.

»Legt dieses Ding frei«, befahl Odysseus. »Wir wollen sehen, ob es nach unten führt.«

Kaum hatten seine Leute begonnen, das Holz um die Nervenfaser zu bearbeiten, erfolgte eine unerwartete Reaktion. Aus tausend Löchern in den Wänden schossen Wasserstrahlen von einer Stärke, daß sogar die massigen Neschgai umgerissen wurden. Odysseus fühlte sich wie von Keulenschlägen getroffen und zur Seite geschleudert. Es war, als hätte sich plötzlich ein reißender Gießbach in die Höhle entleert. Die Leiber seiner Begleiter prallten gegen ihn, und er wurde mit ihnen in den Tunnel hinausgeschwemmt.

Dort war es nicht besser. Wasser ergoß sich aus den Wänden

und aus den Seitengängen und Kammern. Kreischende geflügelte Frauen und Kinder wurden aus ihren Räumen geschleudert und durch den Tunnel fortgespült. Einige fielen auf die Invasoren, die in der Flutwelle übereinanderkollerten und sich vergeblich bemühten, Boden unter die Füße zu bekommen. Alle hatten ihre Waffen verloren. Sie brauchten ihre Hände zum Schwimmen und Wegstoßen anderer Körper, zum Schutz gegen die schmerzhaften harten Wasserstrahlen. Die Oberfläche der brodelnden Strömung war mit zappelnden, schwimmenden, kämpfenden, schreienden Leibern bedeckt. Und zwischen ihnen trieben tote Dhulhulikh, die ledrigen Schwingen ausgebreitet, die Köpfe unter Wasser. Die Waffen Des Baums waren wirksam, aber nicht spezifisch; mit dem Feind ertränkte er auch seine Verbündeten.

Ein paar Minuten später kam der Alptraum für Odysseus zu einem Ende. Die Strömung riß ihn durch die Krümmung des Tunnels, warf ihn gegen die Wand, drehte ihn herum und spülte ihn hinaus. Plötzlich sank der Wasserspiegel, er schwamm hinaus auf den Ast und wurde wie ein Fisch an Land gespült. Das Wasser war noch immer um ihn, aber er hatte wieder Grund unter den Füßen.

Andere, die vor ihm angeschwemmt worden waren, halfen ihm auf. Er nahm seinen Platz unter ihnen ein und half anderen auf, die herausgespült wurden.

Awina wurde herausgefischt, dann kam Grauschpaz aus der Öffnung gewatet, andere Neschgai folgten, dann spülte die Strömung einen zappelnden Klumpen aus Wufea, Waragondit und Vroomav an. Der Ast füllte sich mit triefenden, keuchenden Gestalten. Aber viele von ihnen waren ertrunken oder erdrückt worden.

Odysseus blickte auf. Der Himmel war klar, und der Mond mußte aufgegangen sein. Er konnte ihn nicht sehen, weil der Stamm die Sicht versperrte, aber er sah das blasse Licht.

Er ging zu Bifak, dem Mann, der das Schiff während der Invasion kommandiert hatte. »Wo sind die Dhulhulikh-Krieger?«

»Die meisten müssen in der Schlacht gefallen sein«, sagte Bifak achselzuckend. »Ich nehme an, daß die Überlebenden geflohen sind.«

Das mochte zwar richtig sein, aber ihr plötzliches Verschwinden beunruhigte ihn. Wohin waren sie geflohen? Odysseus fühlte, daß es nichts Gutes bedeutete.

Der Wasserschwall aus dem großen Loch war inzwischen versiegt. Die Scheinwerfer des Luftschiffs zeigten einen Bodensatz von Ertrunkenen, hauptsächlich Dhulhulikh, fächerförmig vor dem Loch verstreut. Noch mehr mußten mit der ersten Flutwelle von der Astoberfläche gespült worden sein.

Odysseus schätzte, daß die Überflutung mehrere tausend Dhulhulik das Leben gekostet haben mußte. Er beorderte die Überlebenden von seiner Mannschaft an Bord und ließ die Vorbereitungen zum Start treffen, während er sich über die anderen Schiffe der Flotte informierte. Die Verbindung war mit Blinksignalen aufrechterhalten worden, und die Signalgeber waren über die Situation im Bild.

Ein Luftschiff war während der Invasion von einer Wurfbombe getroffen worden und in Flammen aufgegangen. Die zwei anderen, die hinter dem Flaggschiff heruntergekommen waren, um an der Invasion teilzunehmen, waren ebenfalls im Begriff zu starten. Sie hatten ihre gesamten Kommandoabteilungen verloren, die im Stamm ertrunken oder aus den Löchern gespült und in die Tiefe gerissen worden waren. Die vier restlichen Luftschiffe kreisten über Dem Baum.

Die Leinen wurden losgeworfen, und das Schiff stieg wie ein Aufzug in die Höhe, kam am nächsthöheren Ast vorbei, drehte sich langsam und gewann den relativ freien Luftraum zwischen den oberen Ästen. Die vier Luftschiffe in der Höhe begannen zu sinken, um den Aufstieg der anderen zu decken.

Odysseus stand hinter dem Steuermann und blickte über seine Schulter in die Nacht. »Ich frage mich, wo sie sind«, murmelte er.

»Wer?« fragte Awina.

»Die Dhulhulikh. Trotz aller Verluste müssen sie noch immer eine starke Streitmacht haben. Sie ...«

Im gleichen Moment wurde seine Frage beantwortet. Aus der weit ausladenden Krone über ihnen fielen Scharen von geflügelten Kriegern. Sie ließen sich zu Hunderten mit angelegten Flügeln fallen, um sie erst zu öffnen, als sie eine enorme Fallgeschwindigkeit erreicht hatten. Plötzlich erfüllten sie den Raum zwischen der Baumkrone und den Luftschiffen, dicht wie ein

Heuschreckenschwarm. Sie hatten gewartet, bis alle Schiffe unter ihnen waren, um mit einem letzten Großangriff die gesamte Flotte zu vernichten.

Erst später wurde Odysseus bewußt, daß die Fledermausleute unmöglich in die Baumkrone geflogen sein konnten; sie ragte tausend Meter über ihre maximale Flughöhe hinaus. Aber die Erklärung des Unmöglichen war einfach: die Dhulhulikh waren am Stamm hinaufgeklettert.

Hätten die geflügelten Krieger noch Wurfbomben gehabt, so wäre das Schicksal der Flotte besiegelt gewesen. Aber sie hatten keine Bomben mehr. Selbst zu Beginn der Kämpfe hatte nur einer unter fünfzig Dhulhulikh eine Bombe gehabt, und dieser Vorrat war während der Luftschlacht verbraucht worden oder verlorengegangen.

Trotzdem waren die von den Ästen aufsteigenden Luftschiffe in einer fatalen Situation, denn es fehlte ihnen an Personal. Viele Besatzungsmitglieder und Soldaten waren im Baum ums Leben gekommen oder abgestürzt. Das Flaggschiff war etwas besser dran, weil ein großer Teil seines Expeditionskorps überlebt hatte; aber auch hier fehlte es an Bogen- und Armbrustschützen und an Waffen.

So war es kein Wunder, daß die Schützen in den Rumpfstationen, so tapfer sie auch kämpften, überwältigt wurden. Innerhalb von wenigen Minuten waren die drei Luftschiffe mit geflügelten kleinen Gestalten bedeckt, die auf ihnen herumkrabbelten wie Milben auf frischgelegten Eiern.

Um die Luftschiffe schneller in die Höhe zu bringen, hatte Odysseus die Motorengondel nach oben schwenken lassen, so daß die Propeller fast waagrecht rotierten. So näherten die Schiffe sich rasch der Höhe, in der die Dhulhulikh nicht mehr fliegen konnten. Aber das würde nichts nützen, wenn sie die großen Gasballons unter den Außenhüllen aufschlitzten.

Die vier Schiffe über ihnen, voll bemannt und noch mit vielen Bomben, Raketen und Pfeilen bewaffnet, hatten dem Angriff erfolgreicher widerstanden. Ihre Raketen und Bomben hatten die ersten Angriffswellen aus der Luft gefegt. Weitere Fledermausleute kamen nach, aber die Schiffe hatten ihre Geschwindigkeit inzwischen erhöht, und wenn einzelne Angreifer zu ihnen durchkamen, prallten sie entweder von den Hüllen ab oder durchbrachen sie, wobei sie meist ihre Flügel verletzten und ihre dünnen Knochen brachen. Schon nach wenigen Minuten waren die vier oberen Schiffe aus der Gefahrenzone, stiegen höher und wendeten, um unter günstigeren Bedingungen erneut in den Kampf einzugreifen.

Die drei anderen Luftschiffe gewannen nur sehr langsam an Höhe, denn sie hatten die Last Hunderter geflügelter Krieger zu tragen. Diese schwärmten, nachdem sie die Mannschaften der Rumpfstationen getötet hatten, durch die Öffnungen ins Innere. Hier wußten sie eine Zeitlang nicht, was sie unternehmen oder wohin sie sich wenden sollten; denn die Schiffskapitäne hatten alle Lampen ausgelöscht.

So dauerte es deshalb einige Zeit, bis die Dhulhulikh den mittleren Laufgang und dann die Luke fanden, die zur Gondel führte. Die Luke war verschlossen worden, aber während einige mit gefundenen Werkzeugen und ihren Steinmessern gegen die Luke hämmerten, schnitten andere noch weitere Löcher in die Außenhaut. Sie kletterten hinaus, ließen sich fallen und versuchten fliegend an die Gondel heranzukommen. Die meisten von ihnen schafften es nicht, weil das Schiff zu schnell flog. Einige sprangen aus einem Loch im Bug und erreichten die Gondel, wo sie mit ihren Steinmessern vergeblich gegen die dicken Glasfenster schlugen. Odysseus ließ die Fenster öffnen und die geflügelten Krieger unter Feuer nehmen. Sie fielen in die Nacht hinab.

Mit splitterndem Krachen gab die Luke nach. Schreiend ergossen sich die Dhulhulikh über die Leiter in die Gondel und wurden von Armbrustschützen niedergemäht. Dann befahl Grauschpaz die Schützen zur Seite, und er und zwei andere Neschgai räumten mit ihren schweren Streitäxten die Leiter und trieben die Angreifer durch den Laufgang zurück. Odysseus hörte das Kreischen der Dhulhulikh und das wilde Trompeten der Neschgai, da wurde die Dunkelheit zur Rechten von einem blendenden Lichtblitz erhellt, als wieder ein Luftschiff explodierte. Innerhalb weniger Sekunden war es in Feuer gehüllt und stürzte wie eine lodernde Fackel. Ein paar dunkle Gestalten sprangen aus der Gondel, unter ihnen die eines großen Neschgai. Die meisten Dhulhulikh an Bord waren im Innern des Rumpfes bei der Explosion, die sie selbst ausgelöst haben mußten, verbrannt. Oder hatte der Kapitän, als er das Schiff erobert sah, eine Bombe zwischen die Gasbehälter geworfen, um die Eindringlinge und sich selbst und seine Mannschaft in die Luft zu sprengen?

Odysseus sah, daß das brennende, abstürzende Schiff mit einem tiefer fliegenden zu kollidieren drohte.

»Abdrehen, Dummköpfe!« schrie er aus Leibeskräften. »Abdrehen!«

Aber das Luftschiff schwebte unbeirrt einer Kollision mit dem brennenden Wrack entgegen.

Einen Moment später verließen Hunderte von geflügelten Gestalten das gefährdete Schiff. Sie strömten aus den eroberten Gefechtsstationen und aus den Löchern in der Hülle, ließen sich mit halbgefalteten Schwingen fallen und breiteten sie erst aus, als sie sicher außerhalb der Gefahrenzone waren.

Befreit vom Gewicht der Dhulhulikh, stieg das Schiff rasch höher und war bald über dem abstürzenden Wrack. Odysseus begriff, daß der Kapitän absichtlich auf Kollisionskurs gegangen war. Er und der Rest seiner Mannschaft waren in Gefahr, von den Dhulhulikh überwältigt zu werden, und so hatte er alles auf eine Karte gesetzt.

Der ›Blaue Geist‹ war nun gleichfalls in ernster Gefahr. Das Schiff war so belastet, daß es nicht mehr steigen konnte. Und die Neschgai, mochten sie auch kämpfen wie homerische Helden, würden früher oder später der ungeheuren Übermacht ihrer Gegner unterliegen. Sie hatten nur bisher durchgehalten, weil die Dhulhulikh, um in diesen Höhen kämpfen zu können, ihre Speere und Gürtel mit vergifteten Wurfpfeilen zurückgelassen hatten und sich allein auf ihre Steinmesser und ihre Wendigkeit in der Luft verließen. In ein paar Minuten würden sie wieder die Leiter herunterstürmen.

»Binde das Steuer fest«, befahl Odysseus dem Steuermann, »und komm mit mir und den anderen.«

Er zählte seine Leute. Er hatte zwölf Wufea, neun Waragondit und sieben Vroomav.

»Wir haben nur noch eine Chance«, sagte er. »Alle Dhulhulikh zu töten oder zu vertreiben. Folgt mir!«

Der Laufgang war mit Erschlagenen übersät und schlüpfrig vom Blut. Odysseus rannte, so schnell er konnte, eine Hand am

Geländer, in der anderen eine mit Feuersteinspitzen besetzte Keule. Anfangs blieben sie unbeachtet. Die Dhulhulikh umflatterten und umsprangen den einzigen Neschgai, der noch auf den Beinen war. Odysseus streckte drei Gegner nieder, bevor die kleinen Männer überhaupt merkten, daß Grauschpaz Hilfe bekommen hatte. Der Neschgai trompetete ermutigt und sammelte neue Kräfte, um weitere Schläge auszuteilen. Sein gesteppter Panzer war mit Blut bespritzt, auch mit seinem eigenen. Sein Rüssel hatte eine klaffende Wunde, und aus seinem Rücken ragte das Heft eines Steinmessers. Irgendein mutiger Fledermausmann mußte sich von oben auf ihn gestürzt und ihm das Messer mit der ganzen Wucht seines Körpers durch den Panzer in den massigen Rücken gestoßen haben.

Es gab noch etwa fünfzig kampffähige Dhulhulikh, die sich nun mit verzweifelter Wut auf die Neuankömmlinge stürzten. Sie verloren viele der ihren, aber innerhalb von sechzig Sekunden waren auch drei Wufea, ein Waragondit und zwei Vroomav tot. Doch Grauschpaz, von der Hauptlast des Kampfes befreit, ging zum Angriff über, köpfte allein drei Gegner mit einem weit ausholenden Streich seiner Axt, packte mit blutiger Hand einen Flügel, riß ihn ab und schleuderte den kreischenden kleinen Mann vom Laufsteg. Seine Axt zerschmetterte zwei weitere Schädel, und dann pflückte er einen der geflügelten Burschen von Odysseus' Rücken und brach ihm mit einem Druck seiner Finger das Genick.

Plötzlich flohen die Überlebenden zu den Löchern in der Schiffshülle. Sie hatten genug.

»Schnell die Toten von Bord!« brüllte Grauschpaz. »Wir müssen das Schiff in eine Höhe bringen, wo sie uns nicht mehr erreichen!«

Er drängte sich an ihnen vorbei, stieß sie fast vom Laufsteg, dann bückte er sich ächzend und wälzte die Riesenkörper seiner Freunde vom Steg. Die Außenhülle des Luftschiffs brach, wo die Toten aufprallten und durchfielen, und die Luft pfiff durch die Löcher, aber das spielte keine Rolle; auf ein paar Löcher mehr oder weniger kam es nun nicht mehr an.

Odysseus und seine Leute warfen die Toten über Bord. Als der Laufsteg geräumt war, turnten ein paar Waragondit und Wufea an den Verstrebungen hinunter und begannen die toten Dhulhulikh abzuwerfen, die unter dem Laufsteg die Innenwandung der Hülle bedeckten. Ein Wufea war so unvorsichtig, das tragende Gerüst zu verlassen, brach durch und verschwand.

Sie waren alle so müde, daß sie sich kaum noch bewegen konnten, aber Odysseus bestand darauf, daß sie das Innere des Schiffskörpers nach versteckten Dhulhulikh absuchten. Vier wurden aufgestöbert, flatterten davon und retteten sich durch Löcher.

Die zusammengeschmolzene Besatzung kehrte in die Gondel zurück. Einige legten sich auf den Boden und schliefen sofort ein. Odysseus zog das Messer aus Grauschpaz' Rückenmuskeln und verband die Wunde, und der Neschgai legte sich zwischen die anderen. Odysseus wußte, daß es keinen Schlaf für ihn geben würde, bis er den ›Blauen Geist‹ sicher ins Land der Neschgai zurückgebracht haben würde.

Wie sich herausstellte, bekam er in den folgenden Nächten genug Gelegenheit zu schlafen. Fünfzehn Stunden lang kämpfte das Luftschiff gegen einen stetigen Südwind an, während es langsam an Höhe verlor. Die Mannschaft suchte nach Lecks und fand vier winzige Löcher, konnte aber keine weiteren feststellen. Als das Schiff endlich die Grenze Des Baums erreichte, kreuzte es bereits in den unteren Regionen der gigantischen Pflanze. Dies hatte zwar den Vorteil, daß es keinen Wind gab, aber die Anforderungen an den Steuermann waren hoch. Er mußte zwischen Stämmen und Ästen, unter Ästen, zwischen Rankenkomplexen und Wasserfällen manövrieren, und manchmal wurde es so eng, daß kein Durchkommen möglich war und das Schiff gewendet werden mußte. Fünfzehn Kilometer südlich von den letzten Ausläufern Des Baumes ging das Luftschiff auf die Savanne nieder und kam nicht mehr hoch.

Die Überlebenden krochen mit ihren Vorräten und wenigen Waffen unter dem mächtigen, von Löchern durchsiebten Rumpf hervor, dann setzte Odysseus das Schiff in Brand, um zu verhindern, daß es in feindliche Hände fiel. Er hatte während des Rückflugs keine Dhulhulikh gesehen, war aber entschlossen, jedes unnötige Risiko zu vermeiden. Wenn es eine Vorstellung gab, die ihm unerträglich war, dann war es die, daß die Dhulhulikh lernten, eigene Luftschiffe zu bauen.

Sie verließen das ausgebrannte Wrack und durchzogen die

Ebene zu den Bergen, hinter denen das Land der Neschgai lag. Die anderen Luftschiffe waren längst vorausgeflogen. Ihre gegen den Wind laufenden Motoren ermüdeten rasch, und die Schiffe hatten Pausen einlegen müssen, bevor die pflanzlichen Muskelmotoren an Erschöpfung starben.

Drei Tage später sahen sie, wie sich von Süden ein Luftschiff näherte, und entzündeten hastig ein Signalfeuer. Anscheinend hatte man sich Sorgen über das Ausbleiben des Flaggschiffs gemacht und eine Suchexpedition ausgesandt, nachdem die Motoren sich erholt hatten.

Sobald das Schiff die Leute um das Feuer ausgemacht hatte, begann es Blinksignale zu senden. Kafbi, ein Vroomav und Kapitän des Schiffs, ließ Odysseus durchgeben: »Wir hatten Glück, daß wir davonkamen, Herr. Im ganzen Land herrschen Mord und Totschlag. Während unserer Abwesenheit erhoben die Sklaven und die Vroomav sich gegen die Neschgai. Alles ist Chaos. Die Neschgai halten Teile des Landes, und die Rebellen halten andere Teile. Unsere Schiffe wurden von den Neschgai in den Hangars zerstört, nur dieses konnte rechtzeitig aufsteigen. Wir haben die Neschgai vertrieben, dann machten wir uns auf die Suche nach dir. Die Sklaven und die Vroomav erwarten, daß du sie zum Sieg führst. Sie sagen, daß du der Gott der Menschen bist, seit undenklichen Zeiten vom Schicksal ausersehen, sie zu befreien und die elefantenköpfigen Ungeheuer vom Erdboden zu vertilgen.«

Der Baum würde bald genug von dieser Entwicklung erfahren, wenn er es nicht bereits gehört hatte. Er würde die restlichen Dhulhulikh und seine anderen halbwilden Bewohner aufbieten und zuschlagen, während die Neschgai und die Menschen einander bekriegten. Hätten die Menschen ihren Aufstand wenigstens verschoben, bis ihr größter Feind besiegt wäre – aber vernunftbegabte Lebewesen folgen selten der Vernunft.

»Der Herrscher und der Hohepriester wurden getötet«, signalisierte Kafbi. Der Großwesir Schegnif regiert jetzt. Seine Streitkräfte sind im Stadtteil um den Palast eingeschlossen. Bisher konnten wir ihn noch nicht nehmen.«

Odysseus seufzte mutlos. Zwanzig Millionen Jahre des Blutvergießens, der Schmerzen und des Schreckens lagen hinter ihm. Und es sah aus, als würde es auch die nächsten zwanzig

Millionen Jahre dabei bleiben. Es hat sich nichts geändert und es würde sich nichts ändern. Gut, daß er nicht noch einmal so lang leben würde.

Er blickte den verletzten Grauschpaz an, aber der Neschgai und die anderen, Awina ausgenommen, hatten sich nicht die Mühe gemacht, die Signale zu entziffern.

Er stand neben dem Feuer und dachte nach. Awina war an seiner Seite, und ihr Schwanz zuckte nervös hin und her. Auf einmal sagte sie leise: »Herr, und was tun wir, nachdem wir die Neschgai besiegt haben?«

Er tätschelte ihre Schulter. »Ich schätze deinen Optimismus«, sagte er. »›Nachdem‹ wir sie besiegt haben, nicht ›wenn‹! Ich frage mich, was ich ohne dich getan hätte.«

Ein Gefühl von Dankbarkeit überkam ihn, und zum ersten Mal wurde ihm bewußt, mit welch unwandelbarer Treue sie durch alle Schwierigkeiten zu ihm gestanden hatte.

»Es gibt keinen Grund, warum die Sklaven und die Vroomav sich selbst dezimieren sollten, um alle Neschgai abzuschlachten«, sagte er. »Ich glaube, es wäre für alle viel besser, wenn wir einen Waffenstillstand herbeiführen und eine neue Gesellschaft vorbereiten könnten; eine, in der die Neschgai weder Herren noch Sklaven, sondern gleichgestellt sind. Im Kampf gegen Den Baum brauchen wir sie ebensosehr wie sie uns. Wir müssen über Kompromisse nachdenken, Awina. Es ist nicht Schwäche, nach Kompromissen zu suchen. In der Bereitschaft, Kompromisse zu schließen und das Bündnis zu suchen, liegt die Stärke der Vernunft.«

»Die Sklaven und Vroomav wollen Vergeltung«, sagte sie. »Seit Jahrhunderten haben sie unter ihren Herren gelitten. Jetzt wollen sie es ihnen heimzahlen.«

»Ich kann das verstehen«, sagte er. »Aber wenn ihnen eine gute Zukunft geboten wird, können sie die Vergangenheit vielleicht vergessen.«

»Das glaubst du?«

»Gewiß. Zu meiner Zeit vergaßen manchmal alte Feinde die Wunden und Demütigungen der Vergangenheit und wurden sogar Freunde.«

»Herr«, sagte sie und blickte aus den Augenwinkeln zu ihm auf, »als nächstes wirst du davon sprechen, einen Kompromiß mit

Dem Baum zu schließen! Mit unserem alten Feind, dem Zerstörer!«

Wer weiß? dachte er. Und warum nicht? Wenn der fleischgeborene Geist sich einem anderen fleischgeborenen Geist verständigen kann, dann mußte es auch möglich sein, sich mit einem pflanzlichen Geist, der denselben Gesetzen der Vernunft gehorchte, zu verständigen. Es war eine Frage der Vernunft, nicht der Abstammung.